布魯克林有棵樹

A Tree Grows in Brooklyn

貝蒂・史密斯◎著
Betty Smith
方柏林◎譯

來自讀者的真實感想

- 我愛故事裡的法蘭西，也愛她的家人。堅毅的媽媽、溫柔的爸爸和弟弟、有著古老智慧的外婆、開朗的阿姨、各色鄰居們，他們全活生生的如同在我眼前。這本書以誠懇的態度書寫，閱讀中，我很快認同了法蘭西，經歷她與她家人的生命，裡面有快樂、有傷痛，也與她一起自省。閱畢，我有深深的滿足，也得到了一顆自省過的新鮮的內心。

——安石榴，作家

- 主角法蘭西在貧困、失學、面對種種打擊，但始終不改其志，熱愛閱讀，對生活充滿希望，一如法蘭西家前的那棵樹一樣，在風雨飄搖和各種巨變中，依然開枝散葉，卓然而立；本書直入人心，探索真實人性的價值，是非常值得閱讀的勵志經典。

——知名部落客　施典志

- 這本書的年份和題材完全都不是我過去會碰觸的類型，但看完後卻深深被吸引，且深受感動，難怪是經典！

——劉曉樺，知名譯者

- 法蘭西・諾蘭和她的家人永遠都會留在我心中。故事的角色深刻，情節豐富，讀完這本書後我更珍惜我所擁有的一切，它讓我知道即便貧困，即便教育程度不高，也可以活得有尊嚴、活得燦爛。

——美國讀者　蜜雪兒・史朗（Michelle M. Schramm）

● 近來「經典」兩字已被濫用，不管是書籍、音樂或者電影，許多冠上經典之名的作品其實都有辱此名，但這本書確實是顆珍寶。我自己五十年前讀了這本書，其後各送我女兒、媳婦一本閱讀，晚近又送了姪女一本。我們都很愛這個故事，它絕對值得收藏、分享。

——美國讀者　珍妮佛・紐威爾（Jennifer M. Newell）

● 《布魯克林有棵樹》是一本讓人了解個人如何能變得更堅強、堅定、睿智的書，最重要的，它談及人生存所需的人格力量，也就成了一篇關於愛、信任與磨難的文章。正是在讀完這本書後，我平生第一次了解，儘管磨難是艱難的考驗，但他確實是個人所能體驗，最積極能影響人生的因素之一。

——美國讀者

序

安娜·昆德蘭（Anna Quindlen）
普立茲獎得主、電影《親情無價》原著*One True Thing*作者
劉曉樺　譯

就像其他許多受人喜愛的名作一樣，《布魯克林有棵樹》表現出故事情節所能發揮的極限，在它將近五百頁的故事中，並未真正發生什麼重大的事件——當然，這麼說也不對，所有在生活中可能發生的事，在故事中都發生了：從出生到死亡，從婚姻到重婚，都囊括在故事裡面。但是，這些事件都像現實生活一樣，以一種緩慢、確實而曲折的方式一一發生，並非用個簡單的「然後」就一下跳到某件事上。

世上有許多對讀者和作者來說都一樣既煩人又過度簡化的問題，其中之一便是：「這個故事是在講述什麼？」若有人這樣問起《布魯克林有棵樹》，你不會說這是關於一個戀童癖在樓梯間攻擊小女孩，或是一個男人沉溺於飲酒作樂導致失業，或是一個女人在出租公寓當清潔工的故事。《布魯克林有棵樹》並不是一本可以簡述劇情的小說，最好的答案是這是個講述「生而為人的意義」的故事。

當這本書首次於一九四三年出版時，喜歡這本書的書評將其稱為一本「誠實的書」，這個形容也算適切；但更貼切的，應說這本書「有著最深刻、無法抹滅的真實」；誠實是在你自身的親身經歷上投下一束明亮的光芒，而真實的光芒卻是反映在所有事物之上。這也是為什麼《布魯克林有棵樹》在一出版就成為暢銷書的六十年後，仍持續被各個國家、各個階層的讀者所閱讀。

在它爆炸性的成功早期，這本書被認為是在描述城市生活、貧窮困苦和美國移民的掙扎，但這些其實都不過是故事背景而已，它的主題實際上更為深遠：它要講的是家庭、是愛情有其限制、是純真的喪失，是知識的誕生。

這一切都發生在法蘭西・諾蘭的生活之中。故事在一九一二年的夏天展開，十一歲的法蘭西住在沒有電梯的三樓公寓，院子裡長著一棵堅韌的天堂樹，而這種樹是「唯一能在水泥地上生長」的樹，就像窮人一樣。故事在頭幾頁便很快進入了亂哄哄又栩栩如生的社區場景，這裡的人艱苦度日，小孩子靠撿破爛換取幾分錢；賺來的錢一半自己花掉，一半帶回家給勉強付得起房租和買麵包的父母——買的還是店裡隔天就會壞掉的麵包。

法蘭西的母親身材嬌小、美麗動人，同時也堅忍不拔，擁有鋼鐵般的意志。她的父親溫暖迷人但卻不負責任，最糟的是，他有酗酒的毛病。所有像史密斯這類人和生活的刻板印象，都真實地令人無法否認，但在一個小女孩眼中卻並非如此；書中以小女孩的視野，簡單明瞭地講述種種生活瑣事：法蘭西的母親用舊罐子做了一個存錢筒，釘在衣櫥裡，好存錢買一小塊地、她父親當伴唱侍者時穿在舊禮服下的襯衣、替小孩子蓋借書卡從來不抬頭的圖書館館員、堅持法蘭西只能寫美和寧靜，不准寫真實生活的老師；這些鉅細靡遺的細節和生活時刻無一不讓我們想起自己的生活。

從文學的角度來看，這並非一本引人注目的書。書中並沒有充斥隱喻、明喻或作者的聲音。這本書真正的出色之處是在於它清清楚楚、栩栩如生地描述了場景和人物。當諾蘭搬家時，他們空蕩蕩的公寓看起來像「近視眼沒戴眼鏡看到的景象一樣，霧濛濛的」；當小孩子看著爸爸喝酒，他們「尋思著一杯睡前酒能開什麼眼界呢？」；法蘭西按照老師期許寫下富麗堂皇的文章，她看著自己的文字卻下了個結論：「這些話聽來有如罐頭食物，新鮮味都已經給煮掉了。」

這些故事片段不需要太多裝飾，它們的力量就在於它們可以喚醒全世界共通的簡單感情。為了上學，法蘭西必須先去衛生中心打預防針，除了對針頭的恐懼之外，她還必須承受醫生和護士討論她有多骯髒的恥辱。她的階層和出身良好的醫生，以及和她相同出身卻沒有對她伸出援手的護士中間隔著天大的鴻溝，但最後打完針、包紮好手臂後，法蘭西依舊勇敢地說出：「我弟弟是下一個，他的手臂和我一樣髒，所以請不要吃驚。你不用跟他說，跟我說就夠了。」

門關上後，她聽到醫生吃驚的聲音：「我真的不知道我說這些話她居然都聽得懂。」

其實生活周遭大部分的事情小孩子都能理解，法蘭西只是其中之一。成長會讓生活從像萬花筒般多采多姿變成乏味無趣，而書中描述法蘭西進入青春期的段落更是此類描述的佼佼者：長大後，法蘭西突然發現世界原來骯髒污穢，瑕疵百出；她的父母只是平凡人，而非無所不能；她過去深愛的戲劇原來也不過是情節老套的陳腔濫調。她和弟弟小時候若家中食物匱乏，他們母親會跟他們玩一個遊戲，假裝他們是在北極探險，被暴風雪困在洞穴裡，終於有一天她質問母親：「探險者挨餓受苦總有個理由，最終能做成大事；他們發現了北極。但是，我們這麼餓為的是什麼？」凱蒂．諾蘭哀傷地回答：「讓你了解『代價』兩字。」

法蘭西個性敏銳、對閱讀孜孜不倦、瘋狂寫作，夢想著一個和過去和現在不同的未來。相信讀者在閱讀這個撼動人心的故事前，就已經看過這樣子的小女孩，《小婦人》人中的老二，喬、著名的《清秀佳人》中的安，還有貝西．瑞所著的貝西—泰西系列小說都是。但是法蘭西．諾蘭和《布魯克林有棵樹》卻揭露出這些故事內在的弱點，這些故事因缺乏現實性而被視為青少年讀物，而《布魯克林有棵樹》卻是一本成人小說。

在法蘭西鍾愛的布魯克林裡，有強暴犯在走廊和樓梯間內鬼祟出沒，未婚媽媽被羞辱甚至攻擊，垃圾回收站的老好先生原來並非小孩可以獨處的對象。《小婦人》中的馬區姊妹雖然窮，但是他們的窮困卻有種尊貴的格調；貝西．瑞下定決心要成為作家，最終結局也得償所願。但是，法蘭西家的窮困是粗鄙的、是會啃蝕靈魂的，而她想成為作家的可能性最終也化為幻夢，因為她無法繼續升學，必須到工廠和辦公室上班幫忙家計。當法蘭西去戲院看戲，劇情安排英雄角色在最後一刻突然現身，付清貸款，解救了女主角，但法蘭西卻瞧不起這樣的高潮轉折。「如果他有事被耽擱，不能及時趕到又會如何？」她自問；而她也用她唯一知道的答案回答自己：「他們一定會活下來，」法蘭西冷冷地想著，「死沒有那麼容易。」

書中還描述了法蘭西深愛的父親因酒精中毒引發震顫性譫妄而哭喊不已、她的老師在她不寫蘋果園、高山茶這類文章，而大著膽子寫她生活中恐怖的實際經驗時只給她「丙」的成績，有了這些情節，為什麼這還不算一本黑暗冰冷的小說？原因之一，是因為我們知道法蘭西最終會戰勝一切，情節中處處迴盪著一種睿智、審慎的聲音，作者貝蒂．史密斯的聲音，肯定地告訴我們法蘭西會隨著年歲漸長，個性越來越平靜、穩定。這無庸置疑是個傳記式小說，史密斯開始是想寫成一本回憶錄，後來被編輯和出版社要求改寫為小說。史密斯自己曾說，第一版和隨後的版本出版之後，在如潮水般湧來的信件中有五分之一的開頭都是「親愛的法蘭西」。

就算我們不懷疑法蘭西長大後不只會成為作家，還會是個出色的暢銷作家，在小說的結尾我們也已經看到這些可愛的角色們有了個更好的未來和寧靜的生活：在他們迷人卻又沒用的父親死後才出生的妹妹，將來會過著比法蘭西和尼力輕鬆許多的生活；當法蘭西在替尼力燙襯衫上的工會標章時，她也即將離鄉背井，前往遠方念大學。她是要離開了，但是滿載她在這個極度貧窮卻也極度富有的地方學到的一切離開。在深富情感的結尾，法蘭西的目光穿過院子對面那棵被砍下卻依然蓬勃生長的樹木，看到一個小女孩，並對自己低語：「再見了，法蘭西。」

在故事的結局，我們道別的只是法蘭西嗎？當然不是，否則這本書早就為世人遺忘。這本書描寫的不僅僅是一世紀前的一個城市，也不是其時美國窮困人家的生活；不管某些評論的說法，這也不是一本關於社會議題、階級奮鬥、工會成員和窮人的義務教育的故事；這不是一本社會小說，裡頭的角色只是牽線木偶，一言一行都被當時的議題牽著走。在生活中，這些議題只能透過人類具現化，而它們得以成為故事的一部分，也是因為角色在其中經歷了蔑視、拯救或傷害。

相反的，《布魯克林有棵樹》中一切稀奇和歷久彌新的事物我們都能夠認同，不管我們的背景為何。法蘭西並不是和那些出租公寓或悲劇說再見，她道別的是她過去的自己、她曾有過的幻想，和她過往的生活。

布魯克林有棵樹

A Tree Grows in Brooklyn

布魯克林有棵樹
A Tree Grows in Brooklyn

CONTENTS

第一卷

1

寧靜這個詞用於紐約布魯克林恰如其分，尤其是一九一二年的夏天。沉靜這個詞大概更好些，只是對布魯克林的威廉斯堡不大合適。大草原可愛，「仙納度」❶悅耳，但用於布魯克林都不合適。還是只能用寧靜這個詞，特別是夏日的一個星期六下午。

下午的斜陽照在法蘭西．諾蘭家爬滿苔蘚的院子裡，把破舊的木籬笆曬得暖暖的。看著斜射下來的一縷縷陽光，法蘭西心頭湧出一種美好的感覺來。這樣的感覺，她回憶起一首詩歌時也有過；那是一首在學校裡背誦過的詩：

在這片原始森林，
松樹和鐵杉陣陣低語
苔蘚如鬚，
翠綠滿身黃昏中佇立，依稀朦朧如一個個督伊德僧侶❷。

法蘭西院子裡的樹既不是松樹，也不是鐵杉。樹上的綠色枝條從樹幹向四周發散，枝條上長滿了尖尖的葉子，使得整棵樹看起來如同無數把撐開的綠傘。有人稱它為天堂樹，因為不管它的種子落到什麼地方，都會長出一棵樹來，向著天空努力生長。這樹或長在四周圍滿木籬的空地上，或從棄置的垃圾堆裡鑽出來；它也是唯一能在水泥地上生長的樹。它長得高大茂盛，而且只長在住宅區。

星期天下午，你去散散步，走到一個不錯的住宅區，高雅的住宅區，看到別人家通往院子的鐵門後有這樣一棵小樹，你就知道布魯克林這一帶快變成住宅區了。樹懂，樹會打前鋒。到了後來，便漸漸會有些貧窮的外國人跑來，把破舊的褐砂石房整修成平房，把羽毛褥墊從窗戶裡推出來曬；等到此時天堂樹已經長得鬱鬱蔥蔥了。這種樹習性如此，就像窮人一樣。

法蘭西的院子裡長的就是這種樹。在她三樓的太平梯附近，樹上的小「傘」一個個蜷曲過來，讓一個坐在消防梯上的十一歲女孩覺得自己就住在樹上。夏天的每個星期六下午，法蘭西都這麼想像著。

啊，布魯克林的星期六多麼美好啊！啊，到處都是那麼美好啊！星期六是發薪日，也是個週末假日，卻又不用守星期天那些清規戒律。人們有錢出去買東西，在這一天好好吃一頓飯、喝醉、約會、做愛、熬夜、唱歌、放音樂、打架、跳舞，而且因為次日就是自由自在的一天，還可以睡個懶覺——至少可以睡到晚場的彌撒。

星期天，大部分人會擠著去參加十一點鐘的彌撒。但是呢，也有一些人，很少的一些，會去參加六點鐘那場。人們誇他們趕得早，但其實他們不配這樣的誇獎，因為他們根本是在外頭待得太久，回到家的時候都已經是早晨了，所以才去這場彌撒。他們只想趕快應付過去，趕快洗清罪惡，然後回家安安心心睡一天大覺。

法蘭西的星期六是從去垃圾回收站開始的。和其他布魯克林的小孩一樣，她和弟弟尼力會在外頭撿些

❶仙納度，Shenandoah，是一首膾炙人口的美國民謠。歌曲創作於十九世紀初期，作者已不詳。Shenandoah是一個居住在密蘇里河附近山谷酋長的名字，歌詞內容描述一位在河流上經商的年輕人愛上酋長女兒的故事。是一首傳達美國早期移民情境的優美歌曲。Shenandoah現在也是一條小河的名稱，全長四十英里，位在在美國西維吉尼亞和維吉尼亞州的阿帕拉契山脈間。因為Shenandoah太有名，整個區域的國家公園也是以Shenandoah命名。

❷此詩出自於美國詩人亨利．沃茲沃思．朗費羅（Henry Wadsworth Longfellow, 1807-1882）所著之Evangeline: A Tale of Acadie。

碎布、紙張、金屬、橡膠等破爛，藏在地下室上鎖的箱子裡，或是藏在床底下。星期一到星期五，每天放學回家的路上，法蘭西總是慢慢走，邊走邊看排水溝，希望能找到菸盒的錫紙或口香糖的包裝紙。之後她會將這些東西放在小罐子的蓋子上熔化；垃圾站不收沒有熔化的錫球，因為很多孩子會將鐵墊圈放在中間增加重量。有時候尼力會找到汽泡礦泉水的罐子，法蘭西就幫他把壺嘴弄下來，熔化出其中的鉛來，要不然垃圾站的人怕汽泡水公司的人找麻煩，不敢回收完整的壺嘴。壺嘴是好貨，化掉後能賣到五分錢。

法蘭西和尼力每天晚上都到地下室，把升降機架上當日收的破爛全倒出來。他們的媽媽是清潔工，所以兩個孩子享有這項特權，能下到地下室去。他們會把架子上的紙張、碎布和能回收的瓶子全都拿走。紙張不值什麼錢，十磅才能賣一分錢；碎布一磅兩分錢；鐵是一磅四分錢。銅是好貨，一磅能賣一毛錢。有時候法蘭西走財運，找到廢棄的煮衣鍋鍋底，就用開罐器將它掰下來，折起，錘打，再折，再錘打。

星期六早晨九點一過，孩子們就從大街小巷鑽出來，紛紛湧到曼哈頓大道這條主街上，再沿著曼哈頓大道慢慢走到斯科爾斯街。有的孩子把破爛直接拿在手上；有的則拖著用木頭肥皂盒做的推車，盒子下頭裝有穩當的木頭輪子；還有幾個推著裝得滿滿的嬰兒車。

法蘭西和尼力兩個人把他們收集到的破爛裝進一只麻袋裡，一人拎著一端在街上拖著走，沿著曼哈頓大道，路過茂吉街、滕・艾耶克街、斯塔格街，最後來到斯科爾斯街。這都是些醜陋的街道，名字倒是很漂亮。每條偏街陋巷裡都會有衣衫襤褸的髒小孩鑽出來，匯入街上的破爛大軍，一同前往卡尼的垃圾站。他們去的路上會遇到其他空手折返的孩子，這些孩子已經把破爛賣掉，賺來的錢也都花得一點不剩了。現在他們大搖大擺地走回來，還嘲笑起其他小孩。

「撿破爛的！撿破爛的！」

聽到這嘲笑，法蘭西的臉立刻就脹紅了。她知道這些罵人的人自己也是撿破爛的，可是這也無濟於事。其實過一會兒她弟弟也會和他的小夥伴們一起空著手大搖大擺地走回來，同樣嘲笑後來的人，可是這也安慰不了她，她就是覺得很害臊。

卡尼在一個搖搖欲墜的馬棚裡經營他垃圾回收的生意。轉過街角，法蘭西就看到那兩扇大門被鉤子鉤在牆邊，友善地敞開著；那個不起眼的磅秤的指針晃了一下，法蘭西暗自想像那是它對她睞了睞眼，表示歡迎。然後她看到卡尼，他鐵鏽色的頭髮、鐵鏽色的鬍鬚和鐵鏽色的眼睛就守在磅秤邊。卡尼更喜歡女孩子些，如果他伸手捏女孩子臉蛋的時候女孩不退縮，他就會多給一分錢。

因為有可能獲得這額外的好處，尼力閃到一邊，讓法蘭西獨自把麻袋拖進馬棚。卡尼跳上前，把袋子裡的東西倒在地上，然後先在法蘭西臉上捏了一把。當他將破爛堆上磅秤的時候，法蘭西眨了眨眼，好讓眼睛適應馬棚內的黑暗。她能聞到空氣中的苔蘚味和濕碎布的臭味。卡尼眼睛朝磅秤的指針瞟了一眼，然後說了兩個字，也就是他的出價。法蘭西知道他不讓人討價還價，只好點頭答應。卡尼把磅秤上的破爛掃下去，叫她等著，然後自己把廢紙扔到一個角落，碎布扔往另外一個角落，最後再將金屬挑出來。這一切弄完後，他才把手伸進口袋，扯出一個用蠟線拴著的舊皮袋，掏出一枚枚分幣來；分幣都發綠了，本身就像破爛似的。法蘭西低聲說了聲：「謝謝您。」這時候卡尼賊賊地看了她一眼，然後又伸手狠狠捏了她的臉蛋一把。法蘭西忍住沒有退縮。卡尼笑了，又多給了她一分錢。然後他的舉止陡然一變，活力十足地大聲吆喝起來。

「過來，」他對下一個男孩喊道，「把鉛拿出來！」他等著孩子們發笑，「我可不要什麼破銅爛鐵啊！」孩子們十分配合地笑了起來。這笑聲聽來有如迷失羔羊的咩咩叫喚，不過卡尼似乎心滿意足了。

法蘭西走出去，向弟弟報告成果：「他給了我一毛六，還有捏臉給的一分錢。」

「那一分錢歸你。」他說。這是兩人之間很早就有的協定。

法蘭西將一分錢放進洋裝的口袋裡，餘下的交給弟弟。尼力才十歲，比法蘭西小一歲，不過他是男孩，所以錢的事情歸他管。他將這些分幣小心翼翼地分好。

「八分錢放進存錢筒。」這是規定。他們不管在哪裡賺到錢，都要將一半存入存錢筒裡。存錢筒是個錫罐子，釘在衣櫥裡最陰暗的角落。「四分錢歸你，四分錢歸我。」

法蘭西把歸存錢筒的錢用手帕包好，打上結。她看著自己的五分錢，很高興這些錢能換成一個五分硬幣。

尼力把麻袋捲起來，用手臂夾著，衝進查理廉價雜貨店；法蘭西跟在他身後。查理廉價雜貨店是一家廉價糖果店，緊挨著卡尼的垃圾回收站，是專門為了垃圾站這邊的生意而開的。星期六結束後，糖果店的錢筒裡就會裝滿發綠的分幣。根據某個不成文的規定，這店只有男孩才能進去，所以法蘭西並沒有進去，而是靠在門口。

男孩們的年齡從八歲到十四歲不等，看上去都一個樣，全都穿著鬆垮垮的燈籠褲，戴著破破爛爛的鴨舌帽。他們隨處站著，手插在口袋裡，瘦瘦的肩膀用力朝前弓著。他們長大後也會是這個模樣，用一樣的姿勢站在別處。唯一不同的是，長大後他們的嘴邊會總叼著菸，那菸就像是永遠黏在嘴上一般。他們帶著口音說起話來，嘴角的菸就跟著一起一伏。

男孩們惴惴不安地在那裡呆著，瘦瘦的臉一會兒面向查理，一會兒互相看著，然後又轉向查理。法蘭西注意到有幾個男孩已經因為夏天把頭髮剃了。他們的頭髮剃得很短；剃刀貼得很近，頭皮上都出現刮痕了。這些已經剪了頭髮的幸運兒不是把帽子揣在口袋裡，就是扣在後腦勺上。而那些還沒有剃頭的，微捲的頭髮像小嬰兒一樣拖到頸後。他們為此很害羞，總是把帽子戴得緊緊的，戴到耳朵上，看上去活像女孩子，只是嘴裡常常蹦出些粗話。

查理廉價雜貨店並不便宜，老闆也不叫查理。只是他用了這個名字，而且店門口的遮陽棚上也是這麼說的，所以法蘭西就這麼信了。在查理的店裡，你出一分錢，查理就讓你抽獎。櫃檯後頭有塊木板，上頭掛著五十個鉤子，分別標有數字；每個鉤子上都掛有獎品，有些獎品還不錯，像溜冰鞋、棒球手套、頭上有真頭髮的布娃娃等等；別的鉤子上則掛著記事本、鉛筆等用一分錢就可以買到的東西。法蘭西在一旁看著，換尼力付錢抽獎了。他從破信封裡拿出一張髒兮兮的卡片來。二十六號！法蘭西滿懷希望地看了看抽獎板，結果尼力抽到的是一個一分錢的橡皮擦。

「要獎品還是糖果？」查理問他。

「當然是糖果，要不然咧？」

每次都這樣，總是這種結果。法蘭西還從來沒看到有人贏過一分錢以上的獎品。確實，那溜冰鞋的輪子都生鏽了，布娃娃的頭髮上也蒙了一層灰，這些東西似乎都在那裡等候了很長的時間，就像是小藍孩❸的玩具狗和小錫兵一樣。但法蘭西暗自下定決心，等有朝一日自己有了五毛錢，她一定要把所有的獎全摸下來，把板子上的獎品全部贏走。她想這一定很划算：溜冰鞋、棒球手套、布娃娃和所有東西，統統只要五毛錢！說起來，光是溜冰鞋就值這個價錢的四倍啊！到了那偉大的一天，尼力也要一起來，因為女孩子很少光顧查理的店。沒錯，星期六也會有幾個女孩子過來……但都是膽大、性急、早熟的那種女孩。

這些女孩大剌剌的，喜歡和男孩子一起打鬧——鄰居們都說這些女孩子以後篤定不正經。

法蘭西過了馬路，來到對面的金皮糖果店。金皮是個跛子，為人和善，對小孩子特別好……至少大家一直是這麼想的，直到有一天他把一名小女孩誘拐到他的一間暗房裡。

法蘭西在掙扎要不要花一分錢買個金皮的特賣品：一只福袋。偶爾會和她玩在一塊兒的茉迪．多納文現在就正要買一個。法蘭西擠到茉迪．多納文的身後，假裝是自己要花那一分錢。茉迪猶豫再三後，終於把手指向櫥窗裡一只鼓鼓的袋子；法蘭西在一旁也跟著忍不住屏住呼吸。不過若是法蘭西自己挑，她會挑個小一點的袋子。她從朋友的肩膀上看過去，看到茉迪拿出了幾粒過期的糖果，然後檢視起自己的獎品

❸Little Boy Blue。美國童謠中的人物，又譯作「憂鬱男孩」。

——一條亞麻手帕；法蘭西有一次是抽到了一小瓶香水。她又猶豫要不要買個福袋了；雖然糖果不能吃，不過偶爾來個驚喜，感覺還是不賴。但她轉念又想，好歹茉迪剛才買福袋已經讓她驚喜過了，這感覺也一樣很好。

法蘭西沿著曼哈頓大道走著，嘴裡唸著這些好聽的街名：斯科爾斯街、梅塞羅爾大道、蒙特羅斯大道，然後是詹森大道。最後兩條大道是義大利人的聚居地。猶太城從西格爾街開始，包括莫爾街、麥吉本街，最後經過百老匯。法蘭西向百老匯走去。

布魯克林威廉斯堡的百老匯大道上到底有什麼呢？什麼也沒有——除了一家全世界最好的五分一毛商店！這家店很大、閃閃發亮，裡頭全世界的東西應有盡有……至少對一個十一歲的女孩來說是如此。法蘭西有五分錢，她有能力可以買店裡的任何東西！這是世界上唯一能讓她有這樣感覺的地方。

到了店裡，她在貨架間的走道上逛了起來，拿起自己喜歡的東西把玩。能拿起一件東西，放在手裡感受它的輪廓，摸著它的外表，然後再小心放回去，是多麼美好的一種感覺啊！她有五分錢，所以有逛街的特權。如果有店員來問她是不是要買什麼，她可以說「是的」，然後買下來，好教他也見識一下。錢真是好東西，法蘭西心想。過足了挑東西的癮後，她買了自己打算要買的東西——五分錢的粉白相間薄荷威化餅。

她沿著貧民區的格雷安大道走回家。她在沿途上看到琳瑯滿目的推車——每一輛小推車都是一間小小的商店；周圍充斥著討價還價、情緒激動的猶太人，還有這區特有的氣味：烤魚、剛出爐的黑麥麵包，還有聞起來像是煮沸的蜂蜜的東西；這一切都讓她激動不已。她看著這些留著鬍子的男人，頭上戴著羊駝呢的小圓帽，身上穿著充絲薄棉外套。她很好奇這些人的眼睛為什麼這麼小，目光又這麼兇。她朝街邊一家不起眼的小商店內看去，聞到桌子上堆得亂七八糟的布料的味道。她注意到從窗戶裡鼓出了一個羽毛褥墊，東方風格的亮色衣服曬在消防梯上，還有些光著上身的孩子在水槽裡玩耍。一名大腹便便的女人耐心地坐在街邊一把硬邦邦的木頭椅子上，在熾烈的陽光下看著街上喧囂的生命，也守護著自己腹中那個神祕的生命。

法蘭西記得有一回媽媽告訴她說耶穌是猶太人，讓她吃驚不已。法蘭西還以為耶穌是天主教徒。不過媽媽什麼都懂，她說猶太人只不過把耶穌看成一個平凡的猶太男孩，調皮搗蛋，不肯好好去做木匠賺錢，不肯成家立業；媽媽還說，猶太人相信他們的彌賽亞還沒有到來。想到這些，法蘭西不禁望著大肚子的猶太女人發起愣來。

「我猜這就是猶太人生那麼多小孩的原因吧！」法蘭西心想，「也是她們這麼安靜地坐著……等著，不對自己的肥胖感到羞愧的原因。每個人都覺得自己懷的可能就是真正的小耶穌，怪不得她們走起路來都是那副神氣樣子。愛爾蘭的女人一比起來，就好像總是很慚愧，因為她們知道自己永遠也生不出耶穌來，生出來的不過是些叫米克的普通孩子。等我長大了、懷孕了，我走路的時候也要神神氣氣、悠哉悠哉地，儘管我不是猶太人。」

法蘭西回到家的時候已經十二點。不久，媽媽提著掃把和水桶進來了，砰一聲扔到角落。這一聲說明她要到星期一才會再去碰這些東西。

媽媽二十九歲，黑色頭髮，褐色眼睛，心靈手巧，身材也好。她是清潔工，負責把三棟出租公寓打掃得乾乾淨淨。誰會相信媽媽是靠擦地板養活了他們一家四口呢？她總是那麼漂亮、那麼苗條，開朗風趣又活力十足。她的手因為老是泡在加了蘇打的水裡所以紅腫龜裂，可是這雙手還是很美，手形還是漂亮；橢圓形的指甲彎彎的，模樣甚是可愛。人人都說像凱蒂．諾蘭這樣美麗的女子出去擦地板真是可惜了；不過，嫁給了她那樣的丈夫又能怎麼樣呢？儘管他們也承認，不管怎麼看，強尼．諾蘭都是個帥氣、可愛的傢伙，是整條街上最好看的男人，但他終歸是個酒鬼。他們說得沒錯。

法蘭西讓媽媽看著她將八分錢裝進存錢筒裡。她們花了整整五分鐘開心地猜著小存錢筒裡現在裝了多少錢。法蘭西覺得應該有一百美元了，不過媽媽說八美元還差不多。

媽媽然後叮囑法蘭西去買午飯：「從那個破杯子裡拿八分錢去買四分之一塊猶太黑麥麵包，要確定是新鮮的喔！然後再拿五分錢去索爾溫的鋪子買塊舌根肉。」

「可是那要有交情才能買得到耶！」

「你就跟他說是你媽媽說的。」凱蒂寸步不讓地說。她又想了一想，「我在想我們要不要買個五分錢的甜麵包，還是把錢存起來？」

「好啦，媽媽，今天是星期六耶！你一整個星期都說我們到星期六就能吃甜點的。」

「好吧，那就買些甜麵包吧！」

這家小小的猶太熟食店裡擠滿了前來買猶太黑麥麵包的基督教徒。在她的注視下，店裡頭的人將她的四分之一條麵包裝進紙袋裡。這麵包的皮又脆又嫩，下頭則是粉嘟嘟的。法蘭西想，要是新鮮的話，這麵包不費吹灰之力就可以當選為世界上最可口的麵包。接著她不大情願地走進索爾溫的鋪子。索爾溫先生有時候好說話，有時候又很強硬。在這兒切成片的舌頭一磅要賣七毛五，有錢人才買得起。不過等舌頭都賣完後，有時候花五分錢就能買到舌根肉，但是這就要看你和索爾溫先生的交情了。當然了，舌根那裡的舌頭肉很少，主要是些軟軟的、小小的骨頭，還有一些軟骨組織，只能勉強說是肉。

今兒個碰巧是索爾溫先生好說話的日子。「昨天舌頭賣完了。」他告訴法蘭西，「但是我給你留了這個，因為我知道你媽媽喜歡吃舌頭，而我喜歡你媽媽。記得告訴她我這番話，聽到沒有？」

「好的，先生。」法蘭西低聲說。她眼睛看著地板，覺得自己的臉在發燙。她討厭索爾溫先生，才不會把他的話告訴媽媽。

在麵包店裡，她仔細挑了四個甜麵包，都是糖粉最多的。她在店外碰到尼力，尼力往袋子裡瞄了一眼，一看到甜麵包就高興地跳了起來。儘管他這天早上已經吃了四分錢的糖果，但還是餓，便催促法蘭西一路跑回家。

爸爸沒有回家吃飯。他的職業是餐廳演唱的侍者，沒有固定的雇主；換言之，他不是經常有工作做。他通常星期六早上都會去工會總部等工作上門。

法蘭西、尼力和媽媽一起吃了一頓豐盛的午餐。每個人都吃了厚厚一片「舌頭肉」、兩片氣味香甜、塗了無鹽奶油的黑麥麵包、一個甜麵包，還有一杯又濃又熱的咖啡，咖啡旁還放有一匙加了糖的煉乳。

這咖啡是諾蘭家的獨家創意，也是他們的一大奢侈享受。媽媽每天早晨都會燒滿滿一大壺咖啡，午餐時加熱一次，晚餐時再加熱一次，如此一天下來，咖啡就越燒越濃。其實壺裡水多咖啡少，不過媽媽在裡頭放了一大塊菊苣，使得咖啡喝起來又濃又苦。家裡每人每天可以喝到三杯加了牛奶的咖啡，黑咖啡則可以隨時去喝。有時候一個人在家，家裡什麼吃的也沒有，外頭又下雨，但只要想到還有東西喝就會覺得寬慰許多，就算只不過是一杯又黑又苦的咖啡。

尼力和法蘭西都愛咖啡，但是喝得並不多。和往常一樣，今天尼力還是將黑咖啡放在旁邊沒有動，將煉乳塗到麵包上。但出於禮貌他還是啜了一小口咖啡。媽媽也還是幫法蘭西倒了咖啡，加進牛奶，儘管她知道她不會喝。

法蘭西喜歡咖啡的香味，也喜歡咖啡那熱騰騰的感覺。在吃麵包、吃肉的時候，她總用一隻手握著咖啡杯，享受著咖啡的溫暖；她時不時還去聞一下那又苦又甜的味道，那滋味比把咖啡喝下去還好。飯後，這杯咖啡就會被倒進水槽裡。

媽媽有兩個姊妹，西西和艾薇。兩人常常來公寓，每次她們看到媽媽把咖啡倒掉，都禁不住要數落一頓她的浪費。

媽媽解釋說：「法蘭西和家裡其他人一樣，每一餐都可以喝一杯咖啡。如果她覺得倒掉比喝了好，那也只好隨她了。我自己是覺得，像我們這樣的人家偶爾能有點東西浪費也不錯，好歹也能體會體會手頭有錢、不用東拼西湊是個什麼感覺。」

這種奇怪的想法媽媽很滿意，法蘭西也很滿意。這讓他們這種一貧如洗的窮人家和奢華的有錢人家有了共通點。這個小女孩覺得，即便她比任何威廉斯堡的人都窮，但在某種意義上她也比他們都更富有。因為她有得浪費，所以她富有。她慢慢地吃著甜麵包，不想一下子就失去那甜味，而那咖啡也慢慢變得冰冷。她很享受把咖啡倒進水槽排水管的感覺，這時候她總覺得自己很瀟灑、很奢侈。接下來她就要動身去羅許麵包坊採買全家下半週要吃的過期麵包。媽媽告訴她，她可以拿五分錢買塊過期的餡餅，只要餡餅沒有碎得太嚴重就好。

羅許麵包坊是附近社區商店的麵包供應商。這裡的麵包不用蠟紙包裹，所以壞得很快。羅許會從商家那裡收回過期麵包，再用半價賣給窮人。麵包坊的店面緊鄰烤房，一面是又長又窄的櫃檯，另外兩邊則排著同樣又長又窄的長椅。櫃檯後頭有兩扇對開的大門，現在正敞開著，讓烤房的貨車可以倒車進來，直接把麵包卸在櫃檯上。麵包五分錢兩塊，一卸下人們就一窩蜂擠上來搶著要買，很快就搶購一空。有時候，大家得等卸完三、四車後才買得到。由於價格低，包裝紙顧客得自己帶。來這兒買麵包的大多是兒童，有些小孩會直接把麵包夾在胳膊下，毫無顧忌地走回家，讓全世界都知道自己的貧窮；一些自尊心強一些的孩子則會把麵包包起來，有的用舊報紙，有的用乾淨的或髒的麵粉袋。法蘭西帶來的是只大紙袋。

法蘭西不急著立刻就把麵包買到手。她坐在長椅上，看著十幾個小孩互相推擠，衝著櫃檯大喊。對面的長椅上有四個老頭在打瞌睡。這幾個老頭都是家裡「吃閒飯的」，不是被使喚來跑腿，就是幫忙帶孩子，這些事是威廉斯堡這些風燭殘年的老人家唯一能做的事情了。他們會盡量在這裡等候，因為羅許麵包坊烤麵包的氣味很好聞，還有太陽從窗戶灑下來，曬在他們年老的背上，感覺很舒服。他們會幾個小時幾個小時地在那裡坐著打瞌睡，打發時間。在這短短的等候時間內，他們覺得生活又有了意義，甚至覺得自己又有些用處了。

法蘭西盯著最老的那人看，玩起她最喜歡的遊戲：猜人。那老人的頭髮又稀又亂，和凹陷的臉頰上的鬍碴一樣，是髒兮兮的灰色；嘴角邊結著乾掉的口水。他打了個呵欠，張大的嘴裡一顆牙齒也沒有。他又把嘴巴合上，嘴唇往內癟，整個嘴巴就消失不見，下巴幾乎碰到鼻子。法蘭西又好奇又噁心地看著他。她接著端詳起他的舊外套，外套的棉絮裡從袖口的脫線處掉出來；他的兩腿無力地放鬆張著，褲子扣釦子的地方油乎乎的，還有一顆釦子掉了。她還看到他的鞋子破爛不堪，腳趾頭處也裂開了。一隻鞋子上繫著鞋帶，打著很多結，另外一隻只用一根短短的、髒髒的帶子繫著。她還看到兩根粗厚、骯髒的腳趾頭，腳趾頭上留著皺巴巴的灰色指甲。她的思緒不停飛奔……

「他很老，一定有七十多歲了。他出生的時候大概亞伯拉罕・林肯還在世，正準備競選總統呢！那時候的威廉斯堡一定還是個鄉下小地方，或許還有印第安人在平樹一帶生活。都是好久以前的事情了。」她繼續看著他的腳。「他也曾是個小嬰兒，一定很乖、很乾淨，他媽媽也會親吻他的小腳趾吧！或許夜裡打起雷來，她會到搖籃前幫他把毛毯蓋好，對他低聲說別害怕，媽媽在。然後她會把他抱起來，臉貼著他的頭，說他是她的親親寶貝。他後來一定也是和尼力一樣的男孩子，在屋子裡跑進跑出，把門摔得砰砰作響。他媽媽一面罵他，心裡又一面想，或許有朝一日他會當上總統呢！然後他長成了小夥子，身材結實、無憂無慮。他走在街上的時候，女孩子們會笑著轉過頭來看他；他也對她們報以微笑，或許還向最漂亮的那個擠擠眼。我猜他一定結過婚，有過孩子；他們覺得他是世界上最好的爸爸，因為他努力養家，耶誕節還送他們玩具。現在他的孩子和他一樣，也都長大了，有自己的孩子了，誰還要老人呢？都在等著他死罷了。不過他不想死，他想活下去，儘管他已經這麼老，也沒有什麼好處可享了。」

四周安靜下來。夏日的陽光斜斜地從窗戶外照進來，照到地板上，金黃色的陽光裡灰塵恣意飛舞。一隻綠頭蒼蠅在陽光照耀的灰塵中飛進飛出，除了她自己和打瞌睡的老人外，四周已經沒有人了。還在等麵包的孩子們跑出去玩耍，遠處傳來他們的高聲叫鬧。

突然，法蘭西跳了起來。她的心跳得很快。她害怕了；不知何故，她想到一把手風琴拉到了最高音，然後這個手風琴又不斷收縮……收縮……收縮……想到多少個可愛的寶寶生到這個世上來，有朝一日卻都會變成這樣的老人，她心裡突然跑出一種莫名的恐慌。她得離開這裡，不然她也逃不開魔咒，她會突然間變成一個沒有牙齒的老太太，一雙腳讓人看了噁心。

這時候，櫃檯後頭的大門砰一聲開了，麵包車倒了進來。一個男的跑過來，站到櫃檯後頭。卡車司機開始將麵包向他扔過來，他就將麵包接住，堆在櫃檯上。聽到卡車把門撞開的聲音後，街道上的孩子全跑了過來，在法蘭西周圍推來擠去；而這時候法蘭西已經到了櫃檯前。

「我要買麵包！」法蘭西叫喚。一個大塊頭女孩猛推了她一下，想教訓教訓她，讓她知道她算哪根蔥。「別急！別急！」法蘭西告訴她。「我要六塊麵包，還要一個餡餅，不要太碎的。」她喊。

她堅定的態度讓櫃檯後的人注意到她，忙將六塊麵包和一塊最完好的回收餡餅向她推過來，收下她的兩毛錢。她從人群中往外擠，不小心弄掉了一塊麵包，可是人潮實在太洶湧，她蹲不下去，根本沒辦法撿。

出來之後，她坐到人行道上，把麵包和餡餅放進紙袋裡。一個女人推著嬰兒車從她身邊經過，嬰兒的腳露在車外頭搖啊搖的。但法蘭西看到的不是嬰兒的腳，而是那雙龐大舊鞋子裡的臭腳丫。她又驚慌起來，趕緊一路跑回家。

家裡沒人。媽媽和西西姨媽一起買了一毛錢的一般票，現在已經穿好衣服，出門去看日間戲了。法蘭西將麵包和餡餅拿出來，將紙袋摺好，以備下次再用。她進到她和尼力共用的小臥房裡，坐到自己的小床上。房裡沒有窗戶，她在黑暗之中等著，讓那驚恐的潮水退去。

過了一會兒，尼力進來了，爬到自己的小床下頭，掏出一只破舊的棒球手套。

「你要去哪裡？」她問。

「去外邊打球。」

「我能不能一起去？」

「不行。」

她跟著他走到街上，他的三個朋友已經在外頭等他了。這幾個孩子一個拿球棒，一個拿棒球，第三個什麼都沒有拿，不過倒是穿了條棒球褲。他們朝靠近格林龐特的一片空地走去。尼力看到法蘭西跟在身後，但是也沒說什麼。一個男孩用手肘撞了他一下，說：「喂！你姊在跟著呢！」

「是啊！」尼力回答。那男孩子轉過身，對法蘭西大吼：「滾蛋吧！」

「這是自由的國家。」法蘭西昂然說。

「這是自由的國家。」尼力也向那男孩重複這句話，之後他們就不再去管法蘭西。她繼續跟著他們，反正她也沒有什麼事情可做，要等到下午兩點鐘，社區圖書館重新開門後她才有地方好去。

一行人走得很慢，邊走邊鬧著玩。男孩們會停下來找排水溝裡的錫紙、撿菸屁股。這些菸屁股他們會留起來，等到下雨的午後再在地下室裡抽。他們還攔住一個要去教堂的猶太小男孩，千方百計捉弄了他一番。他們先是把他扣住，然後開始討論該如何處置他。小男孩就在那裡等著，臉上露出謙卑的笑容。最後這些小基督教徒們把他給放了，但是將他下一週的行為準則仔細吩咐給他聽。

「別他媽的上迪沃街來。」他們命令。

「好，我不會。」小男孩保證。幾個男孩子有些失望。他們本以為對方多少會反抗一下的。其中一個男孩從口袋裡掏出了一小截粉筆，在人行道上畫了條歪七扭八的線，命令：「永遠不可以踏過這條線。」

那個小男孩察覺到自己太好說話不是好事，反倒會得罪他們，便決定按他們的方式來玩。

「我連一隻腳踩在排水溝裡都不行嗎，夥伴們？」

「你連吐口水到排水溝裡都不行。」對方命令。

「那好吧！」他故作無奈地嘆了口氣。

一個年紀比較大的男孩突然有了個點子：「不准碰任何基督徒女孩，明白嗎？」接著他們便走了，任由那男孩在後頭盯著他們的背影。

「乖乖！」他低聲說，那大大的褐色猶太眼球轉了幾轉。那幾個非猶太人居然覺得他已經成熟到開始肖想女孩了——不管是不是猶太女孩——這讓他受寵若驚。他繼續往前走，嘴裡一遍又一遍地唸著：「乖乖！」

那幾個男孩繼續慢慢往前走，賊賊地看著剛提到女孩的那個大男孩，很想聽他說出些葷話來。不過還沒等他開口，法蘭西就聽到她弟弟說：「我認識那小子，他是個猶太白人。」尼力聽爸爸這樣說過一個他喜歡的猶太酒保。

「才沒有什麼猶太白人這種鬼東西咧！」那個大男孩說。

「這個嘛，假如要有什麼猶太白人的話，」尼力說，口氣一半贊同，一半又堅持己見，所以他才這麼好人緣，「那麼他就是了。」

「才沒有什麼猶太白人！」那個大男孩說，「假設也不行。」

「我們的主就是猶太人。」尼力套用媽媽的話說。

「然後別的猶太人都背叛他，還把他殺了。」大男孩說得斬釘截鐵，不留餘地。

在繼續深入探討神學問題之前，他們又看到一個小男孩從洪堡街出來，拐到安斯利街上。他提了個籃子，籃子上蓋著一塊雖然破爛但很乾淨的布。籃子的一頭伸出一根棍子來，棍子上掛著六個蝴蝶餅，像旗子一樣靜靜吊在那裡。尼力這夥人中的大男孩一聲令下，他們就一起向賣蝴蝶餅的那名男孩圍攏過去。那孩子不為所動，只是張口大叫了一聲：「媽媽！」

二樓的一扇窗子猛地打開，一個女人探出身來，胸前波濤洶湧。她用手抓住縐紋紙般的胸衣蓋住胸部，大吼一聲：「你們這些臭雜種，別去碰他，給我滾出這條街！」

法蘭西用手摀住耳朵，這樣告解的時候她就不用告訴神父自己聽到了髒話。

「太太，我們啥也沒做。」尼力說，臉上露出了討好的笑容。這笑容每每讓他媽媽上當，屢試不爽。

「只要我在你們就別想給我惹事！」然後她又用同樣的口氣向兒子吼：「上樓來，你！我看你以後在我睡午覺的時候還給不給老娘惹事！」賣蝴蝶餅的小孩上樓了，男孩們繼續向前遊蕩。

「那女人真兇啊！」大男孩頭向後頭的窗戶那兒一仰。

「是啊！」其他人附和。

「我家老頭子也兇的咧！」一名年紀較小的男孩說。

「誰管啊！」大男孩澆了他一桶冷水。

「我只是說說罷了。」小男孩道歉。

「我家老頭子不兇。」尼力說。其他男孩都笑了。

他們接著慢慢往前走，偶爾停下來，深深吸進一口牛頓溪傳來的氣味。牛頓溪細小的溪流一路蜿蜒流至格蘭街。

「天哪，真臭啊！」大男孩說。

「是啊！」尼力聽起來很滿足的樣子。

「我敢說這是世界上最臭的味道。」又有一個男孩吹噓說。

「是啊！」

法蘭西也輕輕地說了聲「是啊」。但她很驕傲這種氣味，聞到這味道她就知道附近有河。別看河髒，可是也一樣流注大海的。對她來說，這種刺鼻的臭味代表了遠航的船隻和遠方的冒險，所以她很喜歡這氣味。

他們到了空地，空地上有個被腳踩出來的簡陋菱形球場。一隻黃色蝴蝶從野草上飛過。男性大概是有種看到東西在動就要追的本能，不管這東西是地上跑的、天上飛的、水裡游的還是四處爬的，所以他們開始追起蝴蝶來，人還沒有跑到，破帽子倒是先扔了過去。尼力抓住蝴蝶，男孩們稍微看了一會兒，但沒多久就失去興趣，開始玩起自己發明的四人棒球賽。

他們玩得很起勁，一面玩一面不停飆髒話，出了一身臭汗，還互相打來打去。只要一有人遊手好閒經過此地並逗留，他們的動作就特別誇張，賣弄起自己的技巧。傳聞布魯克林道奇隊❹派出了一百名球探在星期六的下午在街上閒晃，看人在空地上打球，尋找有潛力的球員；而布魯克林的男孩們要是能進道奇隊，就是拿美國總統的位子來換他們也不幹。

過了一會兒，法蘭西看膩了。她知道他們會一直玩玩打打、賣弄身手直到晚飯的時候。現在已經兩點，圖書館員應該已經吃完中飯回來了。她帶著愉快和期盼，回頭往圖書館走去。

❹道奇隊（Dodgers）原為布魯克林的球隊，一九五八年始遷至洛杉磯。

2

圖書館又小又破，但是法蘭西覺得它很漂亮。她對圖書館的感覺和她對教會的感覺一樣。她把門推開，走了進去。她喜歡館裡舊皮套、漿糊和新鮮的書戳油墨混雜在一起的氣味，她覺得這比大彌撒上點的薰香還好聞。

法蘭西認為這個圖書館裡應該收藏了全世界的書，而她計畫把全世界所有的書都讀遍。她按照字母順序，一天讀一本，連枯燥乏味的書也不跳過。她記得她讀的第一本書的作者就叫「亞培」（Abbott）。她一天一本書的計畫已經持續了一段時間，現在她已經讀到B了。到目前為止，她讀完了關於蜜蜂（bees）、水牛（buffaloes）、百慕達（Bermuda）假期和拜占庭（Byzantine）建築的書。儘管她很有熱誠，她還是得承認有些B開頭的書真是難啃。不過法蘭西天生喜歡讀書，逮到什麼就讀什麼：垃圾作品她讀，經典作品她也讀，就連時刻表和雜貨店的價目表她都讀。有些書她讀得很愉快，像路易莎・奧爾科特❶的書就不錯。她打算等把Z字頭的書也讀完了，就回頭從A再看起。

星期六是個不一樣的日子，她會犒賞自己，不按字母順序讀書。這一天，她會請圖書館員推薦一本書給她看。

進了門，法蘭西輕輕把門關上——這是圖書館的規矩——她飛快看了一眼圖書館員放在桌子一端的金褐色陶罐。看罐即可知時節。秋天的時候，罐子裡會放幾束白英；到了耶誕節左右，裡頭會插上冬青。要

❶路易莎・奧爾科特（Louisa May Alcott, 1832-1888），十九世紀美國小說家，《小婦人》的作者。

是裡頭放的是貓柳，她就知道春天近了，哪怕地上還有積雪。今天是一九一二年的一個星期六，季節是夏季，這罐裡放的是什麼呢？她的眼神慢慢望去，看到幾株綠色的細莖，和幾片小小的、圓圓的葉子，然後她看到的是……金蓮花！紅色、黃色、金色、象牙白。這美麗的景象讓她的兩眼間都發疼了。這景色她一輩子也不會忘掉。

「等我長大了，」她想，「我也要買個褐色的碗，在炎熱的八月裡在裡頭放滿金蓮花。」

她把手放到光滑的桌面上——她很喜歡這光滑的觸感。她看著削好的鉛筆整整齊齊地排在桌上，還有乾淨的綠色記事本、裝著漿糊的白色大肚罐、疊得平平整整的卡片、等著放回書架的書籍。那枝筆尖上方有日期戳神奇鉛筆正孤零零地放在記事本邊上。

「是的，等我長大了，有了自己的房子，我不要豪華的椅子，不要蕾絲窗簾，而且絕對不要假盆栽。我只要有這樣一張書桌放在客廳裡，周圍是白色的牆壁；每個星期六晚上都有一本乾淨的綠色記事本，一排閃亮的黃色鉛筆，削好放在那裡等著隨時派上用場。還要有個金褐色的碗，裡頭總放著一朵花、一些葉子或是漿果，還有書……書……書……」

她給自己挑一本星期天要看的書，書的作者必須姓「布朗」（Brown）。法蘭西猜自己看布朗的書大概已經看了幾個月了。就在她認為她快看完B時，就發現下一排架子上放著「布朗恩」（Browne）的書，再接著是「布朗寧」（Browning）。她呻吟了一聲，恨不得能早點看到C，這樣就可以開始看瑪麗・科雷利❷的書了。這書她以前翻過，精彩到她雞皮疙瘩都起來了。她有看到這本書的一天嗎？或許她應該每天看兩本，或許……

她在桌子前站了好久，圖書館員終於肯招呼她了。

「要什麼？」那位女士沒好氣地問。

「這本書，我要這本。」法蘭西將書推上前。她把書的封底翻開，從裡頭的小封袋裡抽出卡片。是圖書館員訓練孩子們這麼遞書給她的，這樣每天她就可以少翻開幾百本書，也可省掉從每本書的封袋裡抽卡片的力氣。

她將卡片拿過來，蓋好戳，放入書桌的一道槽裡。然後她將法蘭西的圖書卡蓋了戳，推回給她。法蘭西接過來，但是沒有離開。

「還要什麼？」圖書管理員看也不看她就接著問。

「可不可以給一個女孩推薦一本好書呢？」

「幾歲的女孩？」

「十一歲。」

每週法蘭西都提出同樣的要求，可是圖書館員每週也還是回問同樣的問題。卡片上的名字對她毫無意義，再說她也不看孩子的臉。法蘭西每天都來借一本書，星期六借兩本，但就算她跑得這麼勤，圖書館員還是不認識她。館員的微笑對她來說意義重大；如果她能友善地對她說句話，那法蘭西更是會開心地飛上天。她愛圖書館，也一心景仰圖書館員，可惜圖書館員總想著別的事，而且她根本很討厭小孩。

圖書館員伸手去桌子下頭拿書的時候，法蘭西興奮得都發抖了。書拿出來的時候，她看到書名是《一夜春夢》，作者「麥卡錫」❸。棒極了！上週是《格勞斯塔克的貝芙麗》❹，兩週前也是這本；麥卡錫這

---

❷瑪麗．科雷利（Marie Corelli,1855-1924），十九世紀末二十世紀初的英國小說家，她曾寫過多部浪漫的長篇小說。

❸原書名為 *If I were King*，愛爾蘭作家賈斯汀．麥卡錫（Justin Huntly McCarthy, 1859-1936）所著。此部作品一九三八年曾改拍為電影，片名即為《一夜春夢》。

❹《格勞斯塔克的貝芙麗》（*Beverly of Graustark*），美國小說家及劇作家喬治．麥卡琴（George Barr McCutcheon, 1866-1928）所著。

本她只看過兩回。圖書館員將這兩本書翻來覆去地推薦了好多次，或許她自己只看過這兩本書；或許這兩本被列在什麼推薦書單上；也或許要推薦十一歲的小女孩這兩本書準沒錯。

法蘭西把書緊緊抱著，一路跑回家。路上她總想著找個臺階，坐下來就讀，可是她還是將這個衝動克制住了。

終於到家了，坐在消防梯上看書是她盼了整整一個星期的事。她在消防梯上墊了個墊子，從床上拿來枕頭，靠在欄杆上。冰箱裡還有冰，太幸運了！她倒了杯水，鑿了一小塊冰放進去，又將早上買的粉白色薄荷威化餅放進小碗裡。小碗有些裂了，但是那藍藍的顏色還是很賞心悅目。她把杯子、碗和書排排放到窗臺上，然後爬上消防梯。一到消防梯，她就像住在樹上一樣。樓上的、樓下的、左右兩邊的人都看不見她，可是她可以透過葉隙，將一切盡收眼底。

這是個陽光燦爛的下午，一陣懶洋洋的暖風吹過，帶來了溫暖的海洋氣息，樹葉在白色枕頭上映出變幻的圖案。院子裡一個人也沒有，真是不錯！要不然院子通常都被一樓一個店老闆的兒子占著。那男孩沒完沒了地玩著一種喪禮遊戲。他會挖一個小墳，將活捉來的毛毛蟲放進火柴盒裡，埋起來，替牠舉辦一個非正式的葬禮，然後在那小土丘前豎塊小石頭當墓碑。遊戲過程中他還一直假哭，哭得胸膛一起一伏。不過，今天這個憂鬱的男孩出門去本森赫斯特看姨媽去了，他不在家，法蘭西開心得就像收到了生日禮物一樣。

法蘭西呼吸著暖暖的空氣，看著樹影舞動，讀著書，吃著零食，喝著涼水。

如果我是國王，我的愛人啊，
啊，如果我是國王……

法蘭索瓦・維庸的故事她越讀越覺得有意思。有時候她擔心書會在圖書館裡弄丟，她就再也看不到，所以她曾花兩分錢買了本筆記本抄寫這本書。她一直想擁有一本書，實在買不起就這麼抄一本也行。不過，這些鉛筆寫出來的紙張看起來終究不像圖書館裡的書，聞起來也不像，所以她後來便放棄了。她發誓長大後一定要努力工作，好好存錢，將喜歡的書全都買下；這個想法給她無比的安慰。

就這樣，她拿著一本好書，守著一碗零食，獨自一人在家，看著樹影搖曳，任下午時光溜走，與世界和諧共處；對小女孩來說沒有比這更開心的事了。大約四點鐘，法蘭西家對面的出租公寓開始活躍起來，透過樹葉，她看著那些沒有窗簾的窗子，看到人們拿著啤酒壺出去，又裝著滿滿的帶泡沫的冰啤酒回來。孩子們跑進跑出，往來於肉鋪、食品店和麵包店之間。女人拿著鼓脹的當鋪包裹回來，男人星期天要穿的西裝又贖回來了，等到了星期一再送回當鋪，放上一週。光是每週的利息就夠當鋪發財了，不過這對西裝也不壞，它們會被擦乾淨，掛起來，放入樟腦丸防蟲蛀。西裝星期一進去，星期六出來，提米大叔收一毛錢當利息，這抵押和贖買的循環一週一週周而復始。

法蘭西還看到年輕的女孩正準備和戀人們出門約會。這些公寓都沒有浴室，所以女孩們就穿著襯衣、襯裙，站在廚房的流理臺前梳洗。她們抬手洗胳肢窩的時候，手舉到頭頂的曲線非常優美。窗戶後有很多女孩用這樣的姿勢洗著，看上去就像一種無聲的、充滿期待的儀式。

看到弗萊波家的馬車進入隔壁院子，法蘭西便停止了閱讀。看漂亮的馬和讀書一樣有趣。隔壁的院子鋪了鵝卵石，院子的另一頭還有間漂亮的馬廄；兩扇大鐵門將院子和街道隔開。在鵝卵石邊上有一小片土地撒滿肥料，上頭長著漂亮的玫瑰，還有一排鮮紅的天竺葵。這間馬廄比四鄰的任何一棟房子都還要高級，院子也是威廉斯堡最漂亮的一座院子。

法蘭西聽見門「喀」地一聲關上。首先進入眼簾的是那匹褐色閹馬，牠渾身閃亮，鬃毛和尾巴都烏黑亮麗。馬拉著一輛紅褐色的小馬車，車身上用金色油漆漆著「**牙醫弗萊波醫生**」七個字，以及他的地址。

這輛華美的馬車不拉貨也不送貨，只是每天在街上來回走動，幫牙醫打廣告，是個夢幻的活動看板。

法蘭克每天早晨把馬車拉出去，下午回來。他是個很不錯的小夥子，臉紅撲撲的如玫瑰一般，就像兒歌裡那俊俏的小夥子。他的日子過得很不錯，很多女孩和他打情罵俏。他唯一的工作就是慢慢駕著馬車，好讓路人看到上頭的名字和地址，這樣一來，需要裝假牙或是拔牙的時候，大家就會想起馬車上的地址，前來找弗萊波醫生了。

法蘭克悠閒地把外套脫了，圍上皮圍裙，那匹名叫鮑伯的馬就耐心地站在一旁，四隻腳輪流踏啊踏的。法蘭克將馬身上的輓具卸下，將皮革的部分擦了擦，然後將輓具掛在馬廄裡。隨後，他用一塊巨大的黃色濕海綿幫馬刷洗，馬一副很舒服的樣子。牠在斑駁的陽光下曬著，有時候馬蹄踢在地上時還會砸出火花來。法蘭克將海綿裡的水擠到褐色的馬背上，來回擦洗著，中間他還一直和馬說話。

「穩住，鮑伯。這才像個好小子！退回來。好了！」

鮑伯不是法蘭西生命中唯一的一匹馬。艾薇姨媽的丈夫，威利．費里曼也有一匹馬。馬名叫「鼓手」，牠拉一輛送牛奶的貨車。但威利和鼓手之間並沒有法蘭克和鮑伯之間的那種友誼。威利和鼓手都在暗自尋思著要怎麼加害對方。威利姨丈動不動就咒罵鼓手一頓，光聽他的咒罵，你會以為這馬每天晚上在牛奶公司的馬廄裡不睡覺，就一心琢磨要如何折磨牠的駕駛咧！

法蘭西喜歡玩一種遊戲，就是想像人們和他們養的寵物的相似度。布魯克林常見的寵物是白貴賓。養貴賓狗的女人通常是小個子，胖胖的，白白的，髒髒的，眼睛濕濕的，的確很像貴賓狗。媽媽的音樂老師婷莫爾小姐就很像她養在廚房鳥籠裡的金絲雀。這位婷莫爾小姐是個老處女，小個子，人很聰明，說話像鳥叫一樣。如果法蘭克能變成馬，看起來應該就像鮑伯。法蘭西從來沒見過威利姨丈的馬，但是她能想像牠的模樣。鼓手應該和威利一樣，小個子，瘦瘦黑黑的，眼神緊張，眼白過多。牠一定也像艾薇姨媽的丈夫一樣，成天哭喪個臉。她竭力不再繼續想威利姨丈。

在外頭的街道上，十幾個小男孩趴在鐵門上，看這街區唯一的馬洗澡。法蘭西看不見他們，但是能聽到他們的說話聲，他們為這匹馬編織出各種可怕的故事。

「你不要看牠一副溫順安靜的樣子，」一個男孩說，「那都是裝的。只要法蘭克一不留神，這馬就會張口咬他，活活把他踢死。」

「是啊！」另外一個男孩說，「我昨天還看見這馬踩死了一個小娃娃。」

第三個男孩福至心靈，說：「我還看過這馬撒尿撒在一個在水溝邊賣蘋果的老太太身上。」他想了想，又補了一句：「尿得蘋果上也都是。」

「他們幫馬戴眼罩，是不讓馬看到人這麼小。要是馬知道人這麼小，一定會將人全都幹掉。」

「戴上眼罩會不會還覺得人小？」

「小！小不拉嘰咧！」

「哇！」

每個說話的男孩都知道自己在胡扯，但又對別的男孩的說法深信不疑。最後，看鮑伯一直站在那裡，他們也膩煩了，於是其中一人撿了顆石子，向馬砸去。石頭砸到鮑伯身上的時候，馬的毛皮抖動了一下。男孩們興奮地瑟瑟發抖，以為馬會抓狂。法蘭克抬起頭，帶著布魯克林口音，溫和地跟他們說：「不能這樣吧，馬又沒礙著你。」

「是嗎？」一個男孩憤怒地喊。

「是的。」法蘭克回答。

「呸，滾你媽的蛋吧！」毫不意外地，年紀最小的男孩發出最後一招：飆髒話罵人。

法蘭克一面朝馬背上澆水，一面還是用那輕柔的口氣說：「你們是現在滾開呢？還是要等我去把你們的屁股踢爛？」

「就憑你一個？」

「就憑我一個。」法蘭克突然蹲下身去，撿了一塊鵝卵石，擺出要扔出去的架勢。男孩們往後散開了，嘴裡不乾不淨地叫囂反擊。

「我想我們這是自由的國家吧。」

「就是，這街道又不是你家的。」

「我要告訴我舅，他是警察。」

「給我滾蛋！」法蘭克冷冷地說。他小心地把石頭放了回去。

大男孩厭倦了這遊戲便三三兩兩地走了。小一點的孩子又溜了回來，他們想看法蘭克餵飽伯燕麥。

法蘭克洗完了馬，便將馬牽到樹下，好讓馬能在樹蔭下乘涼。他在馬脖子上套了滿滿一袋草料，然後便去洗馬車。他邊洗邊吹著「讓我叫你寶貝」的口哨。彷彿這口哨是種信號一般，住在諾蘭家樓下的小絲・嘉迪斯便從窗戶內探頭出來。

「喂，你好。」她興致勃勃地喊道。

法蘭克知道是誰在叫他。他等了好長時間才回了一句「你好」，說話的時候頭連抬都沒有抬起。他走到馬車另外一側，小絲看不到他，但她的聲音還是不屈不撓地跟著過來。

「今天休息啦？」她高興地問。

「快了，是的。」

「我猜你要出去找樂子吧！今晚可是星期六晚上呢！」沒有回答。「別跟我說你這麼帥的小夥子沒女朋友啊！」還是沒有回答。「今天晚上在酢漿草俱樂部有場舞會。」

「是嗎？」他的口氣並不像有興趣的樣子。

「是啊，我有兩張情侶票。」

「對不起，我有事。」

「在家陪你媽？」

「可能吧！」

「可惡，去死吧你！」她「砰」地一聲摔上窗戶。法蘭克長長舒了口氣。總算結束了。

法蘭西為小絲難過；不管法蘭克拒絕她多少次，她從不放棄希望。小絲總是追著男人跑，而男人總是躲著她跑。法蘭西的姨媽西西也總是追著男人跑，但男人總會掉過頭來追她，最終兩人還是走到一塊。

小絲和西西姨媽的差別在於：小絲對男人是饑不擇食，而西西只是正常程度的饑渴，但這一差可就是天壤之別啊！

3

爸爸五點鐘回家了。到了這個時候，馬和馬車都已經被鎖進了弗萊波家的馬廄。法蘭西的書看完了，餅乾也吃完了。她看到黃昏的陽光照在破舊的籬笆上，顯得那麼蒼白，那麼稀薄。她的枕頭被太陽曬得暖暖的，又被風拂得清清爽爽的，她把枕頭貼在臉頰上貼了好一陣子才放回到小床上。爸爸回來的時候唱著他最喜歡的歌曲《莫莉．馬龍》。他上樓的時候總是唱這首歌，好提醒大家他回來了。

在美麗的都柏林，
女孩們楚楚動人，
就在那裡我初遇……

沒等他唱下一句，法蘭西就笑盈盈地把門打開。

「媽媽呢？」他問。他進門的時候一定會問這句話。

「她和西西去看戲了。」

「唉呀！」他聽起來頗為失望。如果凱蒂不在，他總是很失望。「今天晚上我要在克羅姆餐廳工作，有人在那兒辦婚宴，排場很大呢。」他用外套的袖子撣了撣禮帽，然後掛起來。

「你是去做侍者，還是唱歌？」法蘭西問。

「兩個都做。我的圍裙乾淨不乾淨哪，法蘭西？」

「乾淨倒是乾淨，就是沒有熨過。來，我來熨一熨。」

她把熨衣板架在兩把椅子上，然後去加熱熨斗。加熱時她拿出圍裙，在上面灑了點水。那圍裙是方型的，粗棉布料子，上面有些發縐，繫帶是那種寬邊亞麻布。等熨斗熱起來的時候，她順便加熱咖啡，幫爸爸倒了一杯。爸爸喝了咖啡，又把他們替他留的甜麵包吃掉。晚上有工作做，天氣也好，爸爸看起來很開心。

「遇到這樣的日子，就像收到禮物一樣。」他說。

「是啊，爸爸。」

「熱咖啡多好啊！真無法想像沒有發明咖啡之前人們是怎麼過活的？」

「我喜歡咖啡的香味。」

「你從哪裡買的這些甜麵包？」

「溫克勒的店裡。怎麼啦？」

「他們越做越好啦！」

「那兒還留著猶太麵包，不過就剩一片了。」

「好極了！」他拿起麵包，將麵包翻了個面，看到底下貼著工會的標籤。「好麵包！都是工會的烤房做的。」他將標籤撕下來，這時候他突然又想到了什麼，問：「我圍裙上的工會標籤呢？」

「在這裡，縫到縫裡了。我把它熨出來。」

「標籤就像配件一樣，」他解釋，「就像你戴的玫瑰花。瞧瞧我這侍者工會的徽章。」那徽章顏色淡淡的，綠白相間，扣在外套翻領上。他用衣袖擦了擦徽章，又說：「我參加工會之前，老闆想給我多少薪水就給我多少薪水，有時候還連一個子兒也不給，說什麼光拿小費就夠了。有的地方甚至要我貼錢上班，說小費多得很，就算把侍者的工作拿出去租都有得賺。後來我參加了工會，是要交點會費沒錯，可是你媽媽也別捨不得啊。我的工作要是從工會找來的話，不管我賺了多少小費，雇主都還是一定要付我工資。所有行業都該組織工會才對。」

「是啊，爸爸。」法蘭西開始熨起衣服來。她很喜歡聽爸爸說話。

法蘭西想到了工會總部。有一次因為爸爸要工作，她便替他送圍裙和車錢過去。她看到他和幾個男人坐在一起，穿著他唯一的正式衣服，就是那件無尾晚禮服，黑禮帽也神氣活現地斜扣在頭上。法蘭西來的時候他正在抽雪茄，一看到了法蘭西，他便趕緊把帽子拿下來，把菸扔掉。

「這是我女兒。」他驕傲地向他們介紹。那些侍者看著瘦瘦的小女孩穿著破爛的洋裝，互看了一眼。他們和強尼．諾蘭不一樣，他們從星期一到星期五都有正式的侍應工作，星期六晚上出來不過是想賺點外快；而強尼沒有正職，只是四處接零工。

「兄弟們，我跟你們說，」他說，「我家裡有兩個很不錯的小孩，還有個漂亮老婆，不過啊，我這人不配當爸爸，也不配當丈夫。」

「別這麼說。」一個朋友拍拍他的肩膀。

法蘭西聽到這群侍者外有兩個人在議論爸爸，一個小矮子說：「聽聽這傢伙是怎麼說自己妻兒的，精彩得很！這小子很搞笑，工資拿回家給老婆，小費就自己留著買酒喝。他和麥克加洛迪酒吧還有個搞笑的交易，他給他所有的小費，麥克加洛迪就供他酒喝。現在他也不知道到底是麥克加洛迪欠他錢，還是他欠麥克加洛迪錢。不過這個辦法似乎挺有用的，他手上總是少不了酒。」說完這兩人就走了。

這些話聽得法蘭西心頭隱隱作痛；不過，看到站在爸爸身邊的那些人都很喜歡他，他一說話他們都笑、都認真聽，這傷痛的感覺便又緩和了些。那兩人是例外，她知道大家都喜歡爸爸的。

是的，每個人都喜歡強尼．諾蘭。他是個情歌歌手，情歌總是唱得甜到人心裡去。從古至今，有哪族人會不喜歡自己族裡的歌手？更別說愛爾蘭人了。他的這些侍者夥伴喜歡他，客人也喜歡他，老婆孩子也愛他。他依舊活潑、年輕、帥氣，老婆還沒對他心生怨恨，孩子們也還懵懵懂懂，不知以他為恥。

法蘭西收回自己的思緒，不再去想去工會總部那天的事，繼續聽爸爸說話。爸爸現在沉浸在回憶裡。

「就拿我來說吧！我這人啥也不是。」他平靜地點著了一支五分錢的雪茄。「馬鈴薯歉收那年，我父母從愛爾蘭跑到這兒來。開輪船公司的朋友說可以帶我父親去美國，那邊有工作機會等著他。他說船票他可以先墊，日後用工資抵。就這樣，我父母親到了這兒來。」

「我父親就跟我一樣，什麼事情都做不長。」他靜靜地抽了一會兒菸。

法蘭西一聲不吭地熨著衣服。她知道他只是在自言自語；他也不指望女兒能明白這些，只是希望有人傾聽。他幾乎每個星期六都說這些同樣的話，一週其他時間則都在喝酒，就算進出家門也說不了幾句話；但今天是星期六，是他說話的時間。

「我們家的人都不識字。我自己也只上到六年級——老頭子一死，我就輟學了。你們這些孩子很幸運，我保證會讓你們把書念完。」

「好的，爸爸。」

「我那時候才十二歲。去酒吧幫醉漢唱歌，他們朝我身上扔分幣。然後我就去酒吧、餐廳……當服務生……」他沉思了一會兒沒有出聲。

「我一直想做真正的歌手，打扮得像模像樣，正正經經上臺演出。不過我沒受多少教育，也沒有門路。『認分吧你！』我媽說；她還說，你不知道自己有工作做是多麼幸運。就這樣，我進了侍者歌手這一行。這工作不大穩定，我要是當個一般的服務生會好些。我就是因為這個才喝酒的。」他前言不搭後語地結束話題。

她抬頭看了看他，似乎想問問題，但是想了想又把話吞了回去。

「我喝酒，是因為我沒有未來，我很清楚。我不能像其他男人那樣開卡車；這個身材也沒辦法當員警。我必須灌啤酒，想唱歌的時候就唱。我喝酒，是因為我本事太小，擔子太重。」他停頓了好一陣，然後低聲說：「我過得不開心。我有妻子、有孩子，卻天生是個懶人。我從來不想有家室。」

這話又讓法蘭西心頭作痛。他不想要她和尼力？

「我這樣的人成家做什麼？可是我偏偏愛上了凱蒂・羅姆利。對了，我可不是在怪你媽。」他匆匆忙忙地說，「要不是她，我也會娶希爾蒂・歐黛兒。要知道，都到現在了，你媽媽還在吃她的醋。我遇到凱蒂的時候就跟希爾蒂說：『從此你和我各走各的路吧！』然後我和你媽就結了婚、生了孩子。你媽是個好女人，法蘭西，這個你絕對不要忘記。」

法蘭西知道媽媽是個好人，她知道，爸爸也這麼說。但為什麼她卻還會厚此薄彼呢？與媽媽相比，她更喜歡爸爸，這是為什麼？爸爸一無是處，他自己都這麼說的，不過她還是更喜歡爸爸。

「是的，你媽媽工作很辛苦。我愛我的老婆，我也愛我的孩子。」法蘭西心情又好了起來。「不過，男子漢大丈夫不該過點好日子嗎？或許有一天，工會不但有工作給大家做，也會讓大家玩樂。不過，我這輩子怕是沒指望了。現在，要不就拚命工作，要不就喝西北風……沒有中間的路。我死後大家很快會忘掉我。沒有人會說：『這個人愛自己的家庭，相信工會。』他們只會說：『可憐啊。不過他一無是處，歸根究柢只是個酒鬼。』是的，他們會這麼說。」

屋裡安靜了下來。強尼・諾蘭帶著憤懣，將抽了一半的雪茄從一扇沒有紗窗的窗戶扔了出去。他已經預見自己的人生將過早衰敗。他望著小女孩低著頭，在熨衣板上一聲不吭地熨著衣服，那瘦削的臉讓他又愛又痛。

「聽著！」他走到她身邊，摟住她的肩膀，「要是我今天晚上拿到很多小費，我就去賭一匹我知道星期一會參賽的賽馬。我會下幾塊錢，贏個十塊錢，然後再拿十塊錢去下另外一匹馬，贏個一百塊。如果我動腦筋，手氣又好，就能賺到五百塊。」

這贏錢的黃粱美夢還沒講完，他自己都覺得這是在作白日夢。不過他轉念又想，要是所說的一切都能實現那該有多好！接著他又說了起來。

「然後你覺得我會怎麼做呢，小歌后？」法蘭西開心地笑了，很高興他叫她「小歌后」。這個綽號是她還是嬰兒的時候他取的。他信誓旦旦地說她哭的時候音域之廣闊、音色之亮麗，簡直和歌劇女主角無異。

「不知道，你會怎麼做呢？」

「我會帶你去玩。就你和我，小歌后。我們去南方，去棉花盛開的地方。」他對這句話很滿意，又重複了一遍，「去那棉花盛開的地方。」這時候他想起這是他會唱的一首歌裡的一句歌詞。他把手插到口袋裡，吹起口哨，然後像派特·魯尼❶那樣，踩起踢踏舞的步子，唱了起來：

……雪白雪白的田野，
聽那老黑人的歌唱，聲音低又柔。
我想去那邊，有人在等待，
在那棉花盛開的地方……

法蘭西輕輕親了一下他的臉：「哦，爸爸。我真愛你。」她低聲說。

他把她緊緊抱著，那心痛的感覺忽又襲來：「喔，天哪！喔，天哪！」他一遍一遍地喃喃自語，那樣

❶派特·魯尼（Pat Rooney, 1880-1962），美國著名的踢踏舞者，他跳舞時手總是斜插在一邊的口袋裡。

的痛苦教他幾乎不能承受。「我做的是哪門子父親啊！」可是當他再次開口的時候，他的語調又平靜了。

「我們這麼聊，圍裙可沒有時間熨了。」

「全熨好了，爸爸。」她將圍裙整整齊齊摺成一個方塊。

「家裡還有錢沒有，寶貝？」

她看了看架子上的破杯子，回答：「有五分錢，還有些分幣。」

「你能不能拿七分錢去幫我買件假襯衣和一個紙領子？」

法蘭西去布店，給爸爸買星期六晚上的裝束。假襯衣是用上過漿的平紋細布做的襯衣，只有胸前一片，可以用領釦扣在脖子四周，然後用背心將位置固定住。這假襯衣可以代替襯衣，但是它穿一次就得扔掉。紙領子不是真用紙做的，之所以叫紙領子，是為了區別用賽璐珞做的領子。賽璐珞領是窮人穿的，髒了找塊破布擦擦便可。紙領子是用亞麻布做的，漿得硬硬的，也只能用一次。

法蘭西回來後，爸爸已經刮好鬍子，打濕頭髮，擦好皮鞋，穿上了乾淨的汗衫。汗衫沒有熨，後頭還有個洞，不過很好聞，也很乾淨。他站到椅子上，從碗櫥架的頂層拿出一個小盒子，裡頭有結婚時凱蒂送給他的珍珠鈕釦；這些鈕釦用掉了她整整一個月的工資。強尼對這些釦子十分驕傲，不管家境如何困頓，諾蘭家都不會將這些珍珠鈕釦典當出去。

法蘭西幫他把珍珠鈕釦扣到假襯衣上；他用一粒金色衣領釦將硬翻領扣上。這金鈕釦是強尼和凱蒂訂婚之前希爾蒂·歐黛兒送他的禮物，他也捨不得扔掉。他的領結是條絲織的黑色領結，打得極其漂亮。別的侍者都戴那種現成的鬆緊帶領結，可是強尼·諾蘭不會這樣；別的侍者穿著骯髒的白襯衫，或是乾淨卻燙得很馬虎的襯衫和賽璐珞領，但是強尼不會。他的穿著無可挑剔，哪怕這些都只是臨時的。

他終於穿好衣服了。他波浪般的金髮閃閃發亮。剛剛刮過鬍、梳洗過之後，他身上的氣味清爽好聞。他將外套套上，得意地扣起釦子。晚禮服的緞子翻領有些破舊，可是這身衣服穿得這麼合身，褲縫筆直，誰還會去注意翻領上的小瑕疵呢？法蘭西看著那雙擦得發亮的黑皮鞋，注意到直筒褲一直拖下來，蓋在鞋後跟和腳背上，看起來極為優雅。哪個爸爸的褲子能穿出這種效果呢？法蘭西對爸爸深感驕傲。她將熨好的圍裙小心翼翼地包在一張乾淨的包裝紙裡，那是她特地留下來給爸爸包圍裙用的。

她和他一起走向電車站，路上的女人衝著他微笑，但看到他牽著的小女孩微笑便停住了。強尼看上去就是個帥氣、瀟灑的愛爾蘭小夥子，根本看不出他的老婆是個清潔女工，還有兩個常常挨餓的孩子。

他們經過加百列五金行，停下來看了看櫥窗裡的溜冰鞋。媽媽從來都沒時間停下來逛街，爸爸則不然，總說他有一天會幫她買一雙。他們走到街角，格雷安大道的電車進站的時候，他一個箭步踏上候車月臺，節奏和減速的電車正好合拍。電車重新開動的時候他站在車後，抓著扶手，身體傾斜著向法蘭西揮手。有哪個父親像她爸爸這麼風度翩翩呢？法蘭西想。

4

看到爸爸離開後，法蘭西去看小絲．嘉迪斯為晚上的舞會準備什麼衣服。

小絲在一家兒童手套工廠當翻面工，養活媽媽和弟弟。手套縫製的時候是內面朝外縫，她的工作就是將手套翻回正面。她常常帶工作回家做；她弟弟得了肺結核，不能工作，所以她能多賺一分錢是一分。

法蘭西聽人說韓尼．嘉迪斯活不久了，可是她不相信。他那樣子不像；恰恰相反，他看起來好得很：皮膚光潔，臉頰緋紅，眼睛大大的、黑黑的，眼光熾烈有神，就如同一盞受到屏障、風吹不滅的油燈；不過是生是死他自己心裡有數。他十九歲了，熱愛生命，不能理解為什麼自己會遭此厄運。嘉迪斯太太看到法蘭西很高興，有客人來，韓尼就不會在那裡胡思亂想了。

「韓尼，法蘭西來了。」她開心地喊。

「你好，法蘭西。」

「你好，韓尼。」

「你不覺得韓尼氣色很好嗎，法蘭西？你跟他說，說他看上去很棒。」

「韓尼，你看上去氣色很好啊！」

韓尼對著空氣開口，似乎那裡有個看不見的人：「她跟一個腳踏進棺材一半的人說他氣色不錯。」

「我是說真的。」

「不，你心裡不是這麼想的。你不過是嘴上說說。」

「你看你是怎麼說話的，韓尼。你看看我——我瘦成這樣也沒有想到死。」

「你是不會死的，法蘭西。你生下來就命大，這些糟糕的日子你是能捱過去的。」

「是啊，但是我可沒有你這種紅潤的臉色。」

「是的，你沒有，可是你也知道這不是什麼好兆頭。」

「韓尼，你應該到屋頂上多坐坐。」他媽媽說。

「她叫一個快死的人上屋頂去坐坐。」韓尼又對那個看不見的人說。

「你需要新鮮空氣，還有陽光。」

「別煩我了，媽媽。」

「我都是為你好。」

「媽媽，媽媽，別煩我了！別煩了！」

他突然兩手抱住頭，痛苦地咳起嗽來。小絲和她的母親互看了一眼，決定不再煩他。她們留他在廚房裡咳嗽、啜泣，起身去屋前，讓法蘭西看衣服。

小絲每週有三個固定的任務：幫手套翻面、幫自己做衣服，追法蘭克。她每個星期六晚上都去化裝舞會，每次都穿不同的服裝。這些服裝都經過特別設計，好掩住她變了形的右臂。小時候，廚房地板上放了一個煮衣鍋，裡頭裝著滾燙的水，她不小心摔到了裡頭，右手被嚴重燙傷，從此之後她右臂的皮膚便變得又皺又紫，所以她一直都穿長袖衣服。

問題是，化裝舞會衣服的重點就在要**坦胸露背**，所以她只好發明一種後背挖空的服裝，前頭露出她豐滿的胸部，一隻長袖擋住她的右臂。裁判們認為那長袖有某種象徵意義，所以每一次她都拿頭獎。

小絲穿了當晚要穿的服裝。這服裝模仿克朗代克❶的舞廳小姐們穿的衣服，這是目前流行的款式：紫緞緊身洋裝，鮮紅色細紋平布襯裙，還有一塊蝴蝶金屬亮片別在左胸胸口處；長袖子則是豆綠色的雪紡。

❶阿拉斯加著名的淘金地。

法蘭西欣賞著這身服裝。小絲的媽媽又把衣櫥打開，法蘭西看到裡頭掛滿了五彩繽紛的衣裳。

小絲有六件不同顏色的緊身洋裝和六件平布襯裙，至少二十條雪紡長袖，你能想像到的顏色她都有。每個星期，小絲都換上不同的組合，穿出一身新意。下週，鮮紅色的襯裙可能會從天藍色的緊身洋裝下露出來，配上黑色的雪紡長袖，諸如此類。衣櫥裡還有二十來把從來沒有用過、裹得緊緊的絲傘，這都是她贏得的獎品。小絲收藏這些傘就像運動員收藏獎盃一樣。法蘭西光是看著這些傘就覺得開心，窮人總是信奉數大便是美。

法蘭西看著那些服裝，突然開始不安起來。看著這些鮮豔的顏色：鮮紅色、橙色、亮藍色、紅色、黃色，她總感覺這些衣裳背後似乎藏著什麼東西。似乎在這些長長的、憂鬱的衣服裡，包著一個咧嘴大笑的骷髏和一些手的殘骨。在這些鮮亮的服裝之後，它躲著，等著韓尼的到來。

5

六點鐘的時候，媽媽和西西姨媽回家了。法蘭西見到西西姨媽很開心，她是法蘭西最喜歡的姨媽，法蘭西愛她，很為她著迷。西西的生活一直豐富多彩，她今年三十五歲，結過三次婚，生過十個孩子，全都生下來不久就夭折了。西西常說法蘭西是她那十個孩子。

西西在一家橡膠工廠上班；在男人方面她放浪形骸。她的眼睛烏黑發亮，顧盼生姿；她還有一頭色澤亮麗的烏黑鬈髮，她總喜歡在頭髮上打上一個櫻桃色的蝴蝶結。媽媽今天則戴著她那頂翠綠色帽子，更襯得她皮膚白皙，就像奶瓶裡倒出來的乳酪一樣；手上則戴著一雙棉手套遮住了她那雙粗糙的手。她和西西進來的時候有說有笑，說著從表演上聽到的那些笑話。

西西為法蘭西帶了件禮物，一個玉米穗軸做的菸斗哨，一吹，裡頭就跳出一隻母雞來，越吹母雞就越漲大；這菸斗是從西西的工廠裡拿的。這工廠生產一些橡膠玩具，但純粹是為了掩人耳目。他們真正賺錢的是別的橡膠產品，要暗地裡才買得到。

法蘭西希望西西能留下來吃晚飯，西西在的時候，一切都那麼開心、熱鬧。法蘭西覺得西西了解小孩子。別人把小孩當成可愛又可恨的小討債鬼，但西西把她們當成真正的人。不過，儘管媽媽也來挽留，西西還是不肯留下來。她得回去，她說，她得回去看她丈夫還愛不愛她。這話媽媽聽了不禁笑起來，法蘭西也笑了，只是她不知道西西姨媽是什麼意思。西西走了，臨走時答應月初時會帶雜誌過來。西西的現任丈夫在一家小報的雜誌社做事，每個月他都能收到所有雜誌社出版物：愛情故事、西部探險故事、偵探故事、靈異故事，無所不有。這些雜誌都有色彩鮮豔的封面，從庫房拿到的時候都還用嶄新的黃線捆著。西西一拿到手就立刻拿過來送給法蘭西。法蘭西饑渴地讀著，讀完後用半價賣給社區文具店，賺來的錢就放入媽媽的錫製存錢筒。

西西走後，法蘭西把她在羅許麵包店看到老人噁心的腳的事一五一十告訴媽媽。

「胡說八道。」媽媽說，「人老了不是什麼多大的悲劇，除非世界上就他這麼一個老人，那樣的話才是悲劇。可是他還有別的老人陪他。老年人不是不開心，我們想要的東西，他們都不想要了。他們只想穿得暖和、有軟軟的東西吃，然後聚在一起回憶往事。所以啊，你也就別傻了，我們遲早都要老，誰都逃不過，還是盡快適應這個現實吧你。」

法蘭西知道媽媽說得對，不過呢……她很高興媽媽提起了別的話題。她和媽媽開始計畫如何用過期麵包準備下一週的食物。

諾蘭一家基本上就是靠這過期麵包餵飽肚子的，而凱蒂料理過期麵包的能耐教人嘆為觀止！她會拿一塊過期麵包，澆上開水，做成麵糊，接著撒上鹽、胡椒、百里香、切碎的洋蔥和雞蛋（如果雞蛋便宜的話），然後放進烤箱裡烤。烤成金黃色之後，她再做一種醬汁，材料是半杯番茄醬、兩杯開水、各式佐料，然後澆入濃咖啡，用粉將汁調得黏稠，最後將這醬汁澆在麵包上。味道很棒，熱呼呼的很好吃，令人回味無窮。剩下沒有吃掉的會切成薄片，次日再用培根油煎著吃。

媽媽還能用過期的麵包做出很好吃的麵包布丁來。材料有切片麵包、糖、肉桂、切成薄片的便宜蘋果。等食材烤黃了，她會把糖化開，澆到上面。有時候他們還做所謂的Weg Geschnissen，這個名字不好解釋，直譯的話就是「用本來要扔掉的麵包屑做的東西」。這些麵包屑蘸上麵粉、水、鹽、雞蛋做的麵糊，放進厚厚一層的豬油裡煎。麵糊在煎的時候，法蘭西會跑到糖果店買一分錢的黑糖棒，回來後把黑糖棒用擀麵棍敲碎，撒在這些煎過的碎麵包屑上。糖要在吃之前才撒，那時候糖要化不化，其味美妙無窮。

星期六的晚餐是節日大餐，諾蘭家會吃煎肉！先將一塊過期麵包用熱水做成糊狀，接著拌入碎洋蔥碎肉，然後加上鹽和一分錢的碎香菜增加味道。接著媽媽把麵糊捏成小丸子，下鍋煎過，然後沾熱番茄醬吃。這些炸肉丸有個名字，叫做炸彈丸❶，法蘭西和尼力常拿這名字開玩笑。

他們的主食就是這些過期麵包、煉乳、咖啡、洋蔥、馬鈴薯，還有最後一分鐘用一分錢買的佐味品，添增一些滋味。他們偶爾還能吃到香蕉，不過法蘭西想吃的是柳丁、鳳梨和橘子；特別是橘子。但橘子她只有在耶誕節才吃得到。

有時候，她省出一分錢來，就去買些碎餅乾。雜貨店的人會拿張皺掉的紙捲成喇叭狀，裝滿碎餅乾給她；反正餅乾在盒子裡就已經碎了，不能整塊賣。媽媽規定有一分錢的時候不要去買糖果、蛋糕，要買蘋果。不過，蘋果又有什麼了不起？法蘭西覺得生馬鈴薯的味道也差不多，而生馬鈴薯她不花錢就可以弄到。

不過，到了漫長、寒冷、陰暗的冬季快結束前，有時候不管法蘭西多麼饑餓，胃口都不好，這時就是吃醃黃瓜的時候了。她會拿一分錢去莫爾街的一家商店，店裡只賣泡在加了香料的鹽水裡的猶太醃黃瓜。一個老年人守在大桶邊上；他留著長長的白鬍子，頭上戴著圓頂猶太小帽，嘴裡沒有牙齒，手裡拿著大大的木叉。法蘭西和其他小孩都點一樣的東西。

「給我一分錢的老猶醃黃瓜。」

這個猶太人瞪著眼前的愛爾蘭小孩。他的眼圈紅紅的，眼睛小小的，一副受盡迫害、又兇狠的樣子。

---

❶Fricadelle是一種用碎肉雜其他佐料做成的炸肉丸。因為媽媽在肉丸裡還摻了麵包，所以法蘭西和尼力稱他們家的炸肉丸為fricadellen，表示不是正統的炸肉丸。

「外邦狗！外邦狗！❷」他衝著她啐了一口；他痛恨「老猶」這個詞。

法蘭西本無惡意，其實她壓根不知道「老猶」這個詞是什麼意思，她只覺得是指某種異類卻又受人喜愛的人物，但是猶太人顯然不知道她心裡想的事。法蘭西聽人說，他有一桶醃黃瓜是專只賣給非猶太人的。聽說他每天往裡頭吐痰，甚至做更可怕的事；這是他的復仇。不過，從來沒有證據可以證明這個可憐的老猶太人真的這麼做，而法蘭西也不相信他真會這樣做。

他用木叉在桶裡攪來攪去，躲在髒髒白鬍子後頭的嘴不斷喃喃咒罵。法蘭西提出要桶底的一根醃黃瓜時，他勃然大怒，又是轉眼珠，又是揪鬍子，但最終他還是撈出一根粗粗的、兩頭黃綠結實的上好醃黃瓜來，放在一張褐色的紙上。那猶太人還在咒罵，一邊罵，一邊用被醋泡得粗糙的手收下她的一分錢。然後他回到店後，慢慢消氣。他的頭點啊點，白鬍子一翹一翹的，又沉緬進故國的往事裡。

醃黃瓜能吃上一整天。法蘭西拿著慢慢吸，慢慢啃。她不是真的在吃，她只是想要有根醃黃瓜。在家吃了無數頓麵包和馬鈴薯後，法蘭西就懷念起滴著水的醃黃瓜了，她也不知道為什麼。不過，吃過一天醃黃瓜後，馬鈴薯和麵包又好吃了。是的，吃醃黃瓜的日子給她帶來期待。

❷猶太教、基督宗教中經常稱與自己信仰不同的人為外邦人。外邦狗，是一種辱罵的蔑稱。

6

尼力回家了，媽媽讓他和法蘭西去買週末要吃的肉。買肉是件大事，媽媽總是千叮嚀萬交代。

「去哈斯勒的店裡買五分錢熬湯用的骨頭，可是別在那裡買剁肉餡；肉餡去維納的店裡買，要剁碎的後腿肉，買一毛錢，別讓他從盤子裡拿給你。另外，帶一顆洋蔥過去。」

法蘭西和尼力在櫃檯前站了好久屠夫才注意到他們。

「你們要什麼肉？」他終於問了。

法蘭西開始和他交涉：「一毛錢的後腿肉。」

「要不要絞？」

「不要。」

「剛才來了個女的，買了兩毛五的後腿肉，我多絞了一些，剩下的就放在盤子上，正好一毛錢。真的，剛剛才絞的。」

媽媽警告的正是這個陷阱。不管屠夫怎麼說，就是別買盤子上的。

「不用，我媽媽讓我買一毛錢的後腿肉。」

屠夫氣急敗壞地剁下一小塊肉來，秤過以後扔到紙上。他正要將肉包起來時，法蘭西突然用發抖的聲音說：「哦，我忘了，我媽媽要碎肉。」

「我他媽的真是見鬼了！」他將肉剁了幾刀，塞進絞肉機裡。又被耍了，他憤憤不平地想著。新鮮的鮮紅絞肉旋轉而下，他攏進手裡，正要摜到紙上，這時候……

「媽媽說把這個洋蔥一起剁進肉裡。」她膽怯地將從家裡帶來的去皮洋蔥從櫃檯上遞過去。尼力站在一旁，什麼都沒說；他來的目的是提供精神支持。

「我的老天哪！」屠夫破口而出。不過他還是抄起兩把屠刀，將洋蔥剁進肉裡。法蘭西在一旁看著，她喜歡聽屠刀一刀一刀剁肉的聲音，像擊鼓一般節奏分明。屠夫又把肉攏到一起，摜到紙上，等著法蘭西。她倒吸了一口氣，最後一個要求最難開口。屠夫似乎也預感到了什麼，他站在那裡，暗暗顫抖著。法蘭西終於一口氣說了出來：「還要一塊炒肉用的板油。」

「該死的狗雜種。」屠夫憤憤地低聲說。他割了一塊白白的板油，出於報復，故意讓它掉到地上，然後撿起來，扔到那一小堆絞肉上。他火冒三丈地將這些包起來，將一毛錢抓過來，交給老闆結帳，一邊暗中詛咒自己的屠夫命。

絞肉解決之後，他們去哈斯勒的店裡買熬湯用的骨頭。哈斯勒賣的骨頭不錯，可是絞肉就難說了。他都關在門後絞肉，誰知道買到手的都是些什麼名堂。尼力拿著先前買的肉在外頭等著，要是讓哈斯勒看到你在別的地方買肉，出於自尊，他會請你去剛才買肉的地方買骨頭去。

法蘭西花了五分錢要了塊很好的骨頭，用來煮星期天的湯。哈斯勒讓她等著，一面跟她說起那個老掉牙的笑話：有個人買了兩分錢給狗吃的肉，哈斯勒問他是外帶還是在店裡吃。法蘭西怯生生地笑了，屠夫很滿意，走到冰箱前，拿出一根閃亮的白骨頭，裡頭還有黏乎乎的骨髓，根部也還沾著一絲絲的紅肉。他讓法蘭西好好瞧著。

「等你媽媽煮過這骨頭後，」他說，「你叫她把骨髓取出來，塗在麵包上，撒上胡椒和鹽，給你做個好吃的三明治。」

「我會跟媽媽講的。」

「你得多吃點，你這一身皮包骨，也該長點肉了，哈哈，哈哈。」

包好骨頭、收了錢之後，他割了粗粗的一段碎肝香腸給她。法蘭西頓時覺得內疚起來，這麼好的一個人，她卻不在他這裡買肉，跑到別人家買。真可惜媽媽不相信他賣的絞肉。

時候還早，街燈還沒有亮起來，可是那個賣辣根的老婦人已經坐在哈斯勒的門口，磨起她的辣根了。法蘭西拿出從家裡帶來的杯子，老婦人替她裝了一半，收了兩分錢。法蘭西很高興自己不辱使命，完成了買肉的重責大任，接著便到蔬菜店買了兩分錢煮湯用的蔬菜。她買了根乾癟的胡蘿蔔、一棵枯乾的芹菜、一顆發軟的番茄，還有一束新鮮的香菜。這些媽媽會拿來放在湯裡，煮出一鍋濃濃的湯，上頭浮著星星點點的碎肉；然後再加上自家做的寬麵條。這些再加上塗了骨髓的麵包，星期天可以吃一頓大餐了。

吃完炸彈丸、馬鈴薯、碎派，喝完咖啡後，尼力就去街上找朋友玩了。這些男孩子到了晚飯後總是不約而同地聚在街角，手插在褲子口袋裡，背向前弓著，在一起爭吵嬉鬧，說說笑笑，互相推來推去，吹吹口哨跳跳舞。

茉迪．多納文過來找法蘭西一起去告解。茉迪是個孤兒，和兩個在家做工的未婚姨媽一起生活。兩個姨媽靠做壽衣謀生，成打出售給棺材店。她們的壽衣上有用緞子縫成的穗邊，白色壽衣給處女之身的死者，淡紫色的給新婚的年輕死者，紫色的給中年死者，黑色的則給老年死者。茉迪有時候會帶些布片過來，她想法蘭西或許會想用它來做點什麼東西。法蘭西假裝很高興，可是將這些布片收起來的時候總是覺得毛骨悚然。

禮拜堂裡香菸繚繞，燭火搖曳。修女們已經在祭壇上擺好鮮花，聖母祭壇上的鮮花是最美的。在修女之間，聖母比耶穌和約瑟更受歡迎。告解室外頭人們排起了隊，女孩們和小夥子們只想把這事盡快了結，好繼續戀愛約會去。奧弗林神父的懺悔室外的隊伍最長；他年輕、友善而且寬容，跟他悔罪很容易。

輪到法蘭西的時候，她推開沉重的簾子，跪倒在告解室中。神父將那扇把他和罪人隔開的小門拉開，在網格狀的窗後畫了個十字，那遠古的神祕瞬時籠罩下來。神父閉著眼睛，用單調的拉丁文低低說了些什麼。法蘭西聞到了香、燭蠟、鮮花、神父的黑袍子和刮鬍膏混在一起的氣味。

「祝福我吧，神父，因為我有罪……」

她很快將罪說完，很快得到赦免。出來的時候頭還低著，貼近十指交扣的雙手。她到了祭壇前，在欄杆邊屈膝下跪，開始悔罪禱告。她手裡捻著珍珠母念珠，計算自己的禱告次數。茉迪的生活沒有那麼複雜，要懺悔的罪少些，所以早早就出去了。法蘭西出來的時候她正坐在臺階上等著。

和布魯克林其他女孩一樣，她們互相攬著腰，一起在街上閒晃。茉迪有一分錢，她買個了霜淇淋三明治，還讓法蘭西咬了一口。沒過多久茉迪就要回家了，她的姨媽不許她八點鐘之後還在外頭逗留。兩個人許諾下星期六還一起來懺悔，然後便分手了。

「別忘了，」茉迪邊倒退著走邊向法蘭西喊，「這回是我來找你，下次輪到你來叫我啊！」

「我不會忘的。」法蘭西回答。

法蘭西回到家裡，見到前屋有客人。來客是艾薇姨媽和她的丈夫，威利．費里曼姨丈。法蘭西喜歡艾薇姨媽，她和媽媽長得很像，她也很風趣，說話總讓人發笑，就像表演裡的人一樣，而且她還能夠模仿世界上的任何人。

費里曼姨丈將他的吉他帶了過來。他彈著吉他，所有人都在唱歌。費里曼瘦瘦黑黑的，頭髮烏亮，小鬍子如絲一般光滑。他右手沒有中指，考慮到這個因素，他的吉他彈得算是很好。需要用中指的時候，他就用大拇指猛敲一下，取代中指彈吉他弦，所以他的歌節奏都很奇怪。法蘭西進來的時候，他正好快把會的歌全彈完了，法蘭西恰巧聽到最後一首。

彈完後，他出去拿一大壺啤酒進來。艾薇姨媽請大家吃粗麥麵包和一毛錢的林堡乳酪，就這樣，他們吃著三明治、喝著啤酒。啤酒一下肚，費里曼姨丈就開始掏心掏肺。

「你看看我，凱蒂，」他對媽媽說，「你看到的是個廢物。」艾薇姨媽翻了翻白眼，嘆了口氣，下嘴唇抿起來。「孩子們瞧不起我，」他說，「老婆也說我沒有用，連我送牛奶貨車的馬——鼓手，也都欺負我。你知道有一天牠是怎麼對我的嗎？」

他的身子前傾，法蘭西看到他的雙眼因噙著淚而閃閃發亮。

「我在馬廄刷洗牠，幫牠洗肚子時牠卻尿了我一身。」

凱蒂和艾薇對看一眼，眼珠子飛快地轉著，兩人在偷笑呢。凱蒂突然看向法蘭西。她的眼睛裡還是帶著笑，只是嘴巴嚴肅地抿著。法蘭西看著地板，皺著眉頭，也是憋著不笑出來。

「看看牠幹的好事。馬廄裡所有人都笑我，大家都笑我。」他又灌了口啤酒。

「別這麼說，威爾❶。」他老婆說。

「艾薇不愛我。」姨丈對媽媽說。

「我愛你，威爾。」艾薇用她溫柔的聲音說，那語調本身就是一種撫慰。

「我們結婚的時候你是愛我的，不過現在不愛了，是不是？」他等著，但是艾薇什麼也沒有說。「你看，她不愛我吧！」他跟媽媽說。

「我們得回家了。」艾薇說。

睡覺前法蘭西和尼力得看一頁聖經、一頁莎士比亞的作品；這是規定。過去媽媽幫他們讀這兩頁，後來他們大了就自己讀。為了節省時間，尼力看聖經，法蘭西看莎士比亞。他們這樣讀了六年，現在聖經看了一半，《莎士比亞全集》讀到了〈馬克白〉。他們飛快讀完，到了十一點，諾蘭家所有人，除了在上班

❶威利的暱稱。

的強尼，都上床了。

星期六晚上法蘭西可以睡在前屋。她將兩把椅子拼起來，靠在窗子前，這樣她就可以看到街上的行人。她躺在那裡，聽著屋子裡夜間的聲息。人們進樓，回到自己的公寓，有的疲憊地邁著沉重的步子，有的輕快地跑上樓；有個人跌了一跤，咒罵起大廳裡破爛的地板油布；有個嬰兒裝樣子地哭著；一個樓下的醉漢在數落老婆有多不守婦道。

凌晨兩點，法蘭西聽到爸爸上樓時的輕柔歌聲。

……親愛的莫莉．馬龍，
推著她的手推車，
穿過大街小巷，
獨自把淚流……

唱到「把淚流」的時候，媽媽已經把門打開了。這是爸爸玩的一個小遊戲，如果他把這一段唱完之前門便開了，那就是他們贏。如果他唱完了還站在大廳上，那就算他贏。

法蘭西和尼力都下了床，坐到桌邊。爸爸拿出三塊錢放到桌子上，給了孩子每人五分錢。媽媽讓他們放進錫罐，說他們今天撿垃圾已經拿過錢了。爸爸帶回一大紙袋婚禮上沒吃的食物，婚禮上有一些客人沒來，新娘就把沒動的食物讓侍者分了。這些食物中有半隻冷掉的烤龍蝦、五個冰冷的牡蠣、一小罐魚子醬，還有一塊楔形的羊乳酪。孩子們不喜歡龍蝦，冷牡蠣沒有什麼味道，魚子醬也太鹹，可是他們太餓了，便將桌子上的東西一掃而空，消化個精光。要是能吃的話，這些孩子連指甲都能消化。

吃完後法蘭西就得面對現實了；她打破了從夜裡十二點到彌撒之前必須禁食的規矩，現在，她不能領聖餐了。此等重罪下週和神父有得懺悔了。

尼力又上了床，繼續呼呼大睡。法蘭西進到幽暗的前屋，坐到窗口旁；她不想睡。媽媽和爸爸坐在廚房裡，他們會坐在那裡一直說話說到天亮。爸爸跟媽媽分享晚上的工作：他看到的人，他們長什麼樣子，說話什麼口氣。諾蘭家的人對生活永遠也不覺得煩膩，他們自己的生活已經豐富飽滿，可是這還不夠，凡是他們接觸過的人的生活他們都要分享。

就這樣，強尼和凱蒂一直聊到天亮，他們抑揚頓挫的聲音在這黑夜裡聽來讓人覺得安全、寬慰。到了凌晨三點，街上一片寂靜。法蘭西看到對街一個女孩和男朋友跳舞回來了，兩人在門廳裡緊緊摟在一起。他們就這麼抱著不說話，後來那女孩身體向後傾，不小心按到了門鈴。她爸爸穿著襯褲下樓，壓低嗓門將那小子罵了個狗血淋頭，叫他去死、下地獄之類的。女孩跑上了樓，邊跑邊笑，差點笑岔了氣；她的男朋友則大搖大擺地沿著街走了，嘴裡吹著口哨《今夜只有你和我》。

法蘭西接著看到剛度過一個花天酒地紐約之夜的當鋪老闆陶莫尼先生，乘坐一輛雙人出租馬車回來了。他從來沒有進過自家當鋪的門，這當鋪是他繼承來的，還同時繼承了一個能幹的經理。沒人知道陶莫尼先生為什麼這麼有錢還住在店鋪上頭的房子裡？他在這髒兮兮的威廉斯堡過著像紐約貴族一般的生活。據一個去過他家的泥水匠透露，屋子裡擺滿了雕像、油畫和白色的毛皮地毯。陶莫尼先生是個光棍，一整個星期沒人知道他的行蹤，也沒有人看到他星期六晚上離開，只有法蘭西和巡邏的員警看到他回家。法蘭西看著他，就像在劇院的包廂裡看戲一般。

他高高的絲帽斜扣在一隻耳朵上方，銀頭枴杖夾在手臂下；在路燈照耀下，枴杖閃閃發光。他將緞子斗篷往後一甩，掏錢出來。馬車夫接過他的鈔票，用鞭子柄碰了碰圓頂禮帽的帽沿，然後抖了抖韁繩。陶莫尼先生目睹著他趕走馬車，彷彿那馬車是他和那美好人生的最後聯繫。然後他上了樓，走進他那豪華的公寓裡。

他應該經常去傳聞中的那些地方，像萊森韋伯飯店啊、沃爾多夫飯店之類的。法蘭西決定日後有機會她也要去，有朝一日，她會穿過只在幾條街外的威廉斯堡大橋到紐約市中心，看看這些漂亮的地方，在外頭好好端詳，這樣她就更能準確地想像陶莫尼先生的去向。

一陣清風從海面吹來，吹進布魯克林。在遙遠的北邊是義大利人居住的地區，他們在院子裡養雞，傳來一聲雞叫。雞一叫，遠處的狗也叫了起來，安穩睡在馬廄裡的鮑伯，也發出了一陣探問般的嘶叫。

法蘭西很喜歡星期六，不想在睡夢中度過它。只是接下來的一週讓她擔憂、讓她害怕。她會將星期六的回憶印到自己的腦海裡頭，除了那個等著買麵包的老人外，這個星期六無懈可擊。

一週間其他晚上她得睡在自己的小床上，透過通風口，她依稀能聽到附近一戶人家的聲音。那家的新娘子還像小孩一樣，而她的丈夫是個卡車司機，整個人就像隻猩猩。那新娘子的聲音輕柔，語帶懇求，男的聲音又粗又兇，然後是一陣短暫沉默。接著他便鼾聲震天，而新娘子則一直哀哀哭泣，一直哭到天亮。

法蘭西一想到那哭聲就瑟瑟發抖，手不由自主地掩住耳朵。然後她想起這是星期六，她睡在前屋，聽不到通風口的聲音。是的，還是星期六，美妙的星期六。星期一還要過很久才來，中間還隔著一個寧靜的星期日。這時候，她還可以慢慢去想那褐碗裡裝的金蓮花，還有馬兒洗澡和站在在陽光和樹蔭下的模樣。

她開始睏了。她聽著強尼和凱蒂在廚房說話，他們在回憶往事。

「我遇到你的時候才十七歲。」凱蒂說，「我在穗帶城堡工廠上班。」

「我那時十九歲，」強尼說，「和你的好友希爾蒂．歐黛兒在一塊兒呢。」

「她喔！」凱蒂嗤之以鼻。

風兒從法蘭西頭髮上吹過，輕輕的，香香的，暖暖的。她的手巴在窗臺上，臉靠了上去，她一抬頭就能看見出租公寓屋頂上方的星星。沒多久，她就睡著了。

第二卷

7

強尼・諾蘭和凱蒂・羅姆利初次相遇，也是在一個布魯克林的夏日，不過那是十二年前。那一年是一九〇〇年，他十九歲，她十七歲。凱蒂在穗帶城堡工廠上班，她最要好的朋友希爾蒂・歐黛兒也在那裡上班。希爾蒂是愛爾蘭人，凱蒂的父母生於奧地利，兩人是好朋友。凱蒂漂亮些，但希爾蒂開放些。希爾蒂一頭金髮，脖子上圍著石榴紅的雪紡巾，嘴裡嚼著森森牌口香糖，對市面上流行的新歌瞭若指掌，舞也跳得很好。

希爾蒂有個男朋友，一個年輕人，這人每個星期六晚上都帶她去跳舞；他的名字就是強尼・諾蘭。有時候他會在工廠外頭等希爾蒂，他總是帶著些哥兒們和他一起等，在轉角處閒晃、說笑。

有一天，希爾蒂要強尼下次跳舞的時候幫她的好友凱蒂也找個伴，強尼答應了，於是有天強尼和另外三個朋友一起坐電車前往卡納西。他們戴著草帽，繫草帽的帶子一根別在帽沿，一根別在衣服翻領上。強勁的海風將帽子吹落，他們用帶子將帽子扯回來，引得大家一陣哄笑。

強尼和自己的女友希爾蒂一起跳舞，但凱蒂拒絕跟強尼找來的舞伴跳。這個傢伙腦袋空空，說話粗俗，凱蒂從廁所回來的時候，他竟說出「我以為你掉下去了」這種話來，不過，她沒有反對對方請她喝啤酒。她坐在桌子邊看著強尼和希爾蒂跳舞，心想強尼真是個打著燈籠也難找的傢伙。

強尼的腳長而纖瘦，皮鞋擦得發亮。跳舞的時候他腳尖側向裡面，腳尖到腳跟隨著旋律搖擺，節奏優美。跳著跳著，人就熱了，強尼便將外套脫下來掛在椅背上。他褲臀的位置顯得服服帖帖，曲線優美，白色襯衫罩在褲帶上。他穿著高領襯衫，繫著圓點領帶（和他草帽上的帽帶正好相配），還套著嬰兒藍的袖帶❶，緞子蓬鬆地裹在袖帶的鬆緊帶上。凱蒂滿懷醋意地想這袖帶一定是希爾蒂幫他做的。這醋勁從這天之後一直沒消，從此之後她看到這顏色就反感。

凱蒂目不轉睛地看著強尼，他年輕，體形優美，一頭閃亮的金色鬈髮，深藍色的眼睛，鼻梁挺直，肩膀寬厚。凱蒂聽到鄰座女孩說他真是衣架子，她的男伴則說強尼是個舞林高手。雖然強尼不是凱蒂的男友，但是聽到這話她還是覺得很驕傲。

等樂隊奏起《親愛的羅西．歐葛瑞蒂》時，強尼出於禮貌來向她邀舞。他的手一挽住她，她便本能地跟上了他的節奏。這時候她就知道，他，就是自己要找的男人。她這輩子什麼都可以不要，只要能看著他、聽他說話就好。她當時就認定了，為了這些，她就是一輩子為他做牛做馬也願意。

或許這個決定是個天大的錯誤。或許她應該再等等，等有別的男人對自己也有這種感受，這樣的話，日後她的孩子們也不至於挨餓，她也不用靠幫人擦洗地板來維持生計。倘若如此，他或許還可以成為美好的追憶。可是她要定了諾蘭，別的人都看不上眼。她開始追求他。

她的追求在下一個星期一展開。工廠裡一吹起放工的哨音，她便跑出工廠，趕在希爾蒂之前到轉角處，用如歌似的聲音說：「你好呀，強尼．諾蘭。」

「你好啊，凱蒂，親愛的。」他回答。

從此之後，她每次都盡量和他說上幾句話。不知不覺地，強尼也開始期盼和她在轉角說話的時候了。

有一天，凱蒂用女人專屬的藉口，告訴女領班說自己每個月固定的日子來了，不大舒服，便提前十五分鐘下班。強尼正在轉角，和他那夥哥兒們一起吹著《安妮．魯尼》的調子打發時間。強尼的草帽斜擋在一隻眼睛前，手插在褲子口袋裡，在人行道上跳起了踢踏舞。過路行人都停下來欣賞，連巡邏的員警也喊了句：「兄弟，別在這浪費時間了，你該上臺表演才是。」

❶十九世紀末、二十世紀初男人使用的一種用來固定襯衫袖子的鬆緊帶配件。

強尼看到凱蒂走近便停止自己的表演，對她咧嘴一笑。她穿了一身緊身的灰色套裝，衣服邊鑲著工廠生產的黑穗邊，模樣很誘人。那穗邊千結百繞，突出她那穠纖合度的胸部，但其實她馬甲上的花邊就已經讓胸部呼之欲出了。她頭上斜扣著櫻桃色的帽子，好搭配那身灰色套裝，腳上則穿著維奇小羊皮高跟短靴。她的眼睛閃閃發亮，臉頰在激動和害羞之下顯得紅撲撲的。她想自己看上去一定煥然一新——為了追一個小夥子，她居然把自己變成這個樣子！

強尼向她打了聲招呼，別的年輕人三三兩兩地走開了。在那個特殊的一天凱蒂和強尼到底說了些什麼，事後兩人都記不起來了。總之，那談話有些隨意，有些誇張，偶爾有些美妙的停頓，而始終有情感在暗潮湧動。他們都發現自己深深地愛著對方。

工廠的哨子吹起來了，女孩們潮水般湧出穗帶城堡工廠。希爾蒂穿一身泥巴色套裝，金黃的亂髮在前額梳得高高的，一頂黑色的扁帽扣在頭髮上，上頭還有個看上去很邪惡的帽針❷。看到強尼時，她得意地笑了；可是一看到凱蒂和強尼在一起，她的笑容就僵住了，臉上先是露出痛苦和恐懼的神色，然後是憎惡。她衝到他們面前，將長長的帽針從黑帽上扯下來。

「凱蒂．羅姆利，他是我男友，」她尖叫，「你不能說搶就搶！」

「希爾蒂，希爾蒂。」強尼用他那輕聲細語、不慌不忙的語調勸道。

「我想這是個自由的國家吧！」凱蒂說，她的頭向後一揚。

「自由不是讓你來搶人的。」希爾蒂叫，拿著帽針就向凱蒂衝過去。

強尼站到兩個女孩中間，那帽針劃破他的臉頰。這時候，穗帶城堡工廠裡的一群女孩圍了過來，興奮地嘰嘰喳喳。強尼．諾蘭一手一個，抓住兩個女孩的手臂，把她們拉過轉角，把二人帶進一個門廳，用雙手攔著不讓她們離開，對她們，「希爾蒂，」他說，「我不是什麼好男人，我不該讓你有錯誤的期待，現在我是不可能娶你了。」

「都是她的錯。」希爾蒂哭著說。

「是我的錯。」強尼風度翩翩地說，「遇到凱蒂前，我根本不知情為何物。」

「但是她是我最好的朋友。」希爾蒂可憐兮兮地說，彷彿強尼犯了亂倫一樣。

「現在她就是我的女孩，別的我沒有什麼好說了。」

希爾蒂邊哭邊與他爭辯，最後強尼終於安撫了她，並告訴她自己和凱蒂之間的愛有多深厚。最後他說希爾蒂和他應該各走各的路。他很喜歡自己這話，又重複說了一遍，頗享受眼下這個戲劇性的場面。

「所以你走你的路，我走我的路吧！」

「你是說我走我的路，你走她的路吧！」希爾蒂憤憤地說。

希爾蒂終於走了。她肩膀低垂，沿著街道離去。強尼從後頭追上，在街上就抱住她，輕輕地和她吻別。

「我也不希望是這樣的結局。」他悲傷地說。

「你才不是這樣想呢。」希爾蒂脫口而出，「你要是真心的，」她又開始哭了起來，「就該和她一刀兩斷，繼續和我在一起。」

凱蒂也哭了，畢竟希爾蒂是她最要好的朋友。她也親吻了希爾蒂。希爾蒂噙滿淚水的雙眼就近在眼前，因仇恨瞇起，凱蒂無法直視，目光瞥向一旁。

就這樣，希爾蒂走自己的路，而強尼跟著凱蒂走了。

他們談了一陣子戀愛、接著訂婚，然後一九〇一年元旦那天，他們在凱蒂的教堂裡結了婚。結婚的時候，兩個人還認識不到四個月。

❷以前婦女用來把帽子插在頭髮上用的針飾。

湯瑪斯・羅姆利永遠原諒不了他的女兒。事實上，他無法原諒他任何一個嫁出去的女兒。他的育兒哲學很簡單，就是培養搖錢樹：一個男人應該享受製造孩子的過程，養育過程中盡量少花錢，然後等孩子長到十幾歲就放出去為父親賺錢。凱蒂結婚的時候才工作四年，他覺得這女兒還欠他錢。

羅姆利痛恨一切，痛恨所有人，誰也不知道為了什麼。他大塊頭，相貌英俊，鋼灰色的鬈髮蓋在獅子一般的頭顱上。他為了逃兵，和他的新娘逃離奧地利。他恨祖國，也冥頑不靈地厭惡新國家。他懂英語，也能說，但是他聽不聽、說不說，全看他的心情。如果有人用英語跟他講話，他會置之不理；在家裡，他也嚴禁說英語。但他女兒懂不了幾句德語（她們的母親讓她們在家只說英語，她認為女兒懂得的德語越少，就越不了解父親有多殘酷），因此，四個女兒在成長過程中和父親少有交流。他很少跟女兒說話，除非是開口詛咒她們。他張口閉口就是德文的「天殺的」，那簡直就成了他的「你好」、「再見」；暴跳如雷的時候，他會稱激怒他的對象為「你這俄國佬！」

他將這句話視為最惡毒的一句罵人話。他恨奧地利，也恨美國，但最恨的是俄國。他從來沒去過俄國，也沒見過任何一個俄國人，沒有人知道他為什麼如此憎恨這麼一個只給人模糊印象、對其國民所知甚少的國家。而這人就是法蘭西的外公。和這人的女兒們一樣，法蘭西也恨他。

他的妻子，亦即法蘭西的外祖母，則像個聖徒一般，她沒有受過教育，連自己名字都不會認不會寫，但是她記得一千多個故事和傳說；有一些是她自己編來哄孩子的，有一些則是她自己的母親和外祖母傳下來的民間傳說。她知道許多祖國的歌曲，也知道祖國的各種民諺。

她是個十分虔誠的人，對天主教每個聖徒的故事都瞭若指掌。她相信魔鬼、精靈和各種各樣的靈異存在。她熟悉各種草藥，能煮藥，也能煮符水——如果不是要用來害人的話。在祖國的時候她以智慧聞名，常有人上門來諮詢各種事情。她是個無可指摘、無罪可言的女人，可是她又能體貼了解那些有罪的人。她嚴於律己、寬以待人，包容他人的軟弱。她崇敬上帝，熱愛耶穌，但是她也知道為什麼人們有時候會背離祂們。

她結婚的時候還是處女之身，謙卑地順從了丈夫狂暴的愛。他的狂暴扼殺了她內心潛藏的所有欲望。可是她也知道對愛的饑渴——別人是這麼說的——是如何讓女孩子走上邪路；也知道，一個犯下強姦罪、被人從社區趕走的男孩，內心裡可能仍是個好人。她能理解為什麼人們會撒謊、會偷竊、會互相傷害。她知道人類所有可憐的弱點，知道各種殘酷的力量。

但是她不識字。

她的眼睛是那種柔和的褐色，清澈而純潔。她的褐色頭髮從中間梳開，長長地蓋住耳朵。她的皮膚白得幾近透明，嘴唇是那麼柔美。她說話時的聲音低沉、柔和、溫暖，如歌一般，讓所有聽她講話的人都感到寬慰。她所有的女兒和外孫女也都繼承了她這種聲音特質。

瑪麗認為一定是自己不經意作了什麼孽，才會嫁給了魔鬼本人。她真的這樣相信，因為這是她丈夫自己說的。「我就是魔鬼本人。」他經常這麼說。

她常常看著他，看他頭兩側各有一些頭髮站著，冰冷的灰色雙眼往兩旁斜吊。她邊看心裡邊感嘆：「是啊！他真是個魔鬼。」

他有時候會緊盯著她那聖女一樣的臉，心平氣和地對她指摘起耶穌基督的不是，褻瀆上帝。這讓她十分害怕，便從門後的釘子上取下圍巾，捂住頭，在外頭街上一直走、一直走，直到最後還是因為掛念孩子才又回到家中。

她跑到三個小女兒上學的公立學校，用結結巴巴的英語告訴老師，必須鼓勵孩子只說英語，德語一個詞、一句話都不能說，這樣她就可以保護孩子免受父親的折磨。她很傷心孩子們只上完六年級就必須出去工作，也傷心她們嫁給了沒出息的男人。看到女兒生了女兒時她哭了起來，因為她知道生為女人，一輩子都抬不起頭。每回法蘭西禱告時說起：「萬福瑪利亞，祢充滿恩寵，主與祢同在」時，祖母的面孔都會浮現眼前。

西西是瑪麗・羅姆利和湯瑪斯・羅姆利的長女，她在他們到達美國三個月後出生。她從來沒上過學，她到了學齡時瑪麗不知道有公立學校，不知道像他們這樣的人家也可以送孩子去上學。法律規定小孩都必須上學，可是也沒有人去找這些不明白教育制度的家長，督促他們送孩子上學。等其他幾個女兒也都到了入學年齡，瑪麗才發現有免費的學校可以上。可是西西那時候已經大了，和一群六歲小孩坐在一起不大適合，所以便留在家裡幫忙媽媽。

十歲的時候，西西就已經發育得如同三十歲的女人。所有男孩都在追求西西，西西也不停追逐男孩。十二歲時她就開始和一個二十歲的小夥子談戀愛，她父親將那小子痛打了一頓，讓這場戀愛早早就泡湯了。十四歲的時候，西西和一個二十五歲的消防隊員約會，這回是他揍了西西的爸爸，而不是她爸爸揍他，所以這場戀愛的收場是消防隊員娶了西西。

他們到了市政廳，西西發誓說自己已經十八歲，於是市政廳的一個職員便幫他們辦了手續。鄰居們都十分震驚，不過瑪麗知道對如此追求性慾的女兒來說，嫁人其實對她最好。

吉姆是個好人，他是個消防隊員，中學畢業，可謂是個受過教育的人。他的錢賺得不少，在家時間不多，是個理想的丈夫。他們在一起很快樂，西西對他沒有多少要求，只求能夠多多做愛，這讓他很開心。有時候想到老婆是個文盲，他也有些羞愧，不過西西人機靈，腦子聰明，心地善良，而且能把生活安排得有滋有味，不久，他也就不怎麼在乎她是文盲了。西西對媽媽和妹妹都很好，吉姆給了她不少零用錢，她花得很省，剩下的都給了媽媽。

結婚一個月後她就懷孕了。雖然她已經結了婚，算是個女人了，但她實際上不過是個十四歲的調皮孩子，還在街上和別的孩子一起跳橡皮筋，全然不顧鼓鼓的肚皮裡有個孩子，鄰居看了都心驚肉跳。

西西如果不是在做飯、打掃、做愛、跳繩、混到男孩子中間玩棒球，就是在替要出生的孩子做準備。她打算如果是女孩，就用祖母的名字替她命名，叫她瑪麗；如果是男孩呢，就叫約翰。不知什麼原因，她一直對約翰這個名字很有好感，她甚至開始用約翰這個名字稱呼吉姆，她說她想用孩子的名字叫他。一開始這只是個表示愛意的綽號，但是一轉眼大家都叫他約翰，很多人甚至以為這就是他的真名。

孩子出生了，是個女孩。生產很順利，街上的接生婆被叫了過來，過程只花了二十五分鐘，一切平安。唯一的遺憾是孩子生下來是個死胎，而孩子出生和夭折這天，碰巧也是西西十五歲生日。

她悲痛了一陣子，悲痛將她變了個人，她做事更勤快了，把家裡收拾得纖塵不染，也更體貼媽媽了。她不再像個小男孩那樣調皮，她相信孩子會夭折都是跳繩跳的。只是當她沉靜下來之後，她便顯得更小、更像孩子了。

到了二十歲的時候她已經生過四次孩子，四次都是死嬰。最終，她斷定這都是丈夫的錯。要不然自從她生下第一個孩子之後，她不就停止跳繩了嗎？她告訴吉姆，說自己不愛他了，因為他們倆在一起做愛，做出來的只有死亡。她要他離開，他爭了一段時間，但後來還是走了。一開始，他偶爾會送些錢來，有時候西西寂寞了也會跑去消防站。吉姆總是坐在外頭，椅子斜靠在牆上；西西會慢慢從那裡走過，笑著，屁股一扭一扭的，於是吉姆便擅離崗位，跑到公寓，兩人在那裡尋歡作樂個半小時左右。

最後，西西遇到了一個想和她結婚的男子。這個男的到底叫什麼，西西家的人從來都不知道，因為西西從一遇到他就叫他約翰。她的第二次婚結得很簡單。離婚手續又複雜、又費錢，而且她是個天主教徒，不相信所謂的離婚；加上她和吉姆是在市政廳讓一個小職員辦的手續，她想反正不是個教堂，算不得真正的結婚，幹嘛被這個阻礙？於是，她用自己第一次結婚後的名字，不提第一次的婚史，讓另外一個職員幫自己辦了手續。

西西沒在教堂結婚讓她的媽媽很難過，而她的這第二次婚姻也白送給湯瑪斯一個新的機會，一個折磨妻子的機會。他常常告訴妻子說他要報警，說西西犯了重婚罪。不過，沒等他去報警，西西就已經決定這個約翰也不適合自己。她和這個約翰結婚四年，也生了四個孩子，生下來的也都是死嬰。

她的丈夫是新教徒，她告訴丈夫天主教不承認他們的婚姻，因此，她也不承認。就這樣，她三兩下便又把這婚姻關係給解除了。

約翰二號欣然接受。他喜歡西西，和她在一起也相當快樂，不過她就像水銀一樣易變，她雖然坦率地可怕，天真地驚人，但他對她其實毫無了解；他已經厭倦了和一個謎一般的人一起生活，他並沒有因分手而特別難過。

二十四歲的時候西西就已經生過八個孩子，但沒有一個活下來，她認為是上帝不贊成她結婚。她到了一間橡膠工廠上班，跟所有人說自己是老處女（沒有人相信），回家和媽媽一起住。在第二、第三次婚姻之間她交過很多情人，統統稱他們為約翰。

每次生下死嬰，她對孩子的熱愛就更強烈一些。她有時候情緒很惡劣，覺得要是沒個孩子讓她來愛她就會瘋掉。她將她受挫的母愛全部傾瀉給和她上床的男人、她的兩個妹妹艾薇和凱蒂，以及她們的孩子。法蘭西喜歡她喜歡得不得了，她聽人私下說西西是個壞女人，不過她還是一樣喜歡她。艾薇和凱蒂常想對老是犯錯的老姊生氣，可是她對她們很好，她們也惱火不起來。

法蘭西十一歲生日後不久，西西第三次在市政廳結婚。第三個約翰在一家雜誌社上班，因為他，法蘭西每個月都有新雜誌可看。為了這些雜誌，她希望西西的第三次婚姻能持續下去。

瑪麗和湯瑪斯的二女兒是伊麗莎，她不如三個姊妹漂亮，也不像她們那麼熱情。她很平凡、無趣，對生活缺乏熱情。瑪麗總想送一個女兒當修女，於是就選中了伊麗莎。伊麗莎十六歲的時候進了修道院。她選擇了最嚴格的修行方法：除非父母死亡，否則不能離開修道院大門。她選擇烏蘇拉❸這個名字為教名。這位烏蘇拉修女對法蘭西來說，就像個虛構的傳說。

法蘭西只見過烏蘇拉修女一次，那是在湯瑪斯・羅姆利的葬禮上，為了參加葬禮她踏出修道院。那時候法蘭西九歲，剛領過第一次聖餐，領完聖餐之後她便決定全心把自己奉獻給教會，日後也想當名修女。

她激動地等著烏蘇拉修女的到來，有個姨媽當修女，這真是不可思議呢！多大的一個榮耀啊！可是，當烏蘇拉修女低下身子親吻她的時候，法蘭西看到她的上唇和腮上有些細鬚。這讓法蘭西十分恐懼，以為只要年紀輕輕進入修道院臉上都會長出鬍子來，於是法蘭西便放棄了當修女的想法。

艾薇是羅姆利的三女兒。她也是很早就結了婚，嫁給威利・費里曼。他是個英俊的年輕人，頭髮烏黑，嘴上的鬍鬚如同絲綢一般，眼睛水汪汪的，就像個義大利人。法蘭西覺得他的名字很滑稽，每次想到都忍俊不禁。

費里曼沒有什麼出息，但他也不是廢渣，只不過是性情軟弱，成天抱怨不休；不過他倒是彈得一手好吉他。羅姆利家的女子都有個毛病：抵擋不了有創意或者表演才能的人。對她們來說，任何音樂、繪畫或者講故事的才能都很優秀，都值得去培育、守護。

艾薇是家裡最有文化的一個。她在一個高級社區的邊緣租了一間地下室公寓來住，在此尋思如何讓生活更上一層樓。

她想有所成就，想讓孩子得到自己不曾享有的機遇。她有三個孩子：一個男孩跟著爸爸命名，叫做威

❸相傳西元五世紀時信奉天主教的威爾士公主烏蘇拉，與一位信奉異教的王子訂婚。她為了保全處女之身，便打算至羅馬朝聖許願，於是與十位貴族女伴結伴出遊。她的女伴們各有一艘大船，船上攜有千名少女。這萬名處女大軍沿萊茵河而下，路上遇到了匈奴軍隊，烏蘇拉拒絕嫁給匈奴首領，匈奴首領遂將她和一萬一千名少女全部殺害。

利，女孩子叫花兒，另外還有個男孩叫保羅—瓊斯。她培養子女的第一步，就是讓他們離開天主教主日學校，進入聖公會的主日學校。也不知是聽誰說的，她總覺得新教比天主教更有文化一些。

艾薇很喜歡有音樂天分的人，可是自己又沒有這方面的才能，所以便積極讓子女學習音樂。她希望讓花兒唱歌，保羅—瓊斯拉小提琴，小威利彈鋼琴，偏偏這些孩子都沒有音樂天賦。但艾薇不認輸，他們喜歡最好，不喜歡也得逼著喜歡；既然他們沒有音樂天賦，那就一小時一小時填鴨填進他們的腦子也成。她給保羅—瓊斯買了把二手小提琴，找了個自稱「小快板教授」的人來給保羅—瓊斯上課，學費討價還價到每小時五毛錢。他的課像拉鋸子一樣恐怖，一年結束的時候，他教了小費里曼一整首曲子，說是「諧趣曲」。艾薇覺得能拉支完整的曲子很不錯，比一直拉音階強……嗯，至少強那麼一點。然後艾薇的野心又加大了。

「老公啊，」她對丈夫說，「既然我們給保羅—瓊斯一把小提琴了，不如讓小花兒也上課，兩個人共用一把小提琴。」

「最好不要同時上。」她丈夫酸溜溜地說。

「要不然呢？」她氣呼呼地回了句。

就這樣，他們每週又湊出五毛錢放進花兒手裡，花兒便一百個不情願地也跟著去上小提琴課了。不巧這位小快板教授對女學生有個癖好，他要女學生上課時脫掉鞋子和襪子，光著腳丫站在他家的綠地毯上，隨便她們拉琴。他也不糾正她們的指法、節奏，而是整個小時都盯著她們的腳出神。

有一天上課前艾薇看著花兒準備上課，她看到孩子把鞋子脫了，小心翼翼地洗起腳來。艾薇覺得洗腳固然可嘉，但有些古怪。

「你現在洗腳幹嘛？」

「上小提琴課啊。」

「小提琴用手拉，又不是用腳。」

「腳髒髒的我怎好意思站在教授面前？」

「怎麼，他透視眼，你穿鞋子他還能看見你的腳？」

「不是，他老要我把鞋襪脫掉。」

艾薇跳了起來。她對佛洛依德一無所知，而在她貧乏的性知識中也不包括詭異的癖好，但是常理告訴她小快板教授不該收人家五毛錢一小時卻不幹正事。她當機立斷，將花兒的音樂教育就地正法。

問起保羅—瓊斯的時候，他說他上課的時候不用脫鞋脫襪，只要脫帽子。艾薇就讓他繼續上課。過了五年，他的小提琴就拉到了他爸彈吉他的水準，而他爸爸一輩子沒上過任何課。

費里曼姨丈也就只有音樂這個長處，除此之外，他是個很乏味的人。在家裡，他唯一的話題就是他那匹牛奶馬車的馬「鼓手」是如何如何地捉弄他。費里曼和這馬已經鬥了五年，艾薇希望二者什麼時候能趕緊作個了斷。

艾薇其實很愛她丈夫，不過她有時候就是忍不住要模仿他一下。她會站在諾蘭家廚房，假裝自己是那匹馬「鼓手」，還模仿費里曼姨丈如何在馬脖子上套草料袋子。

「這馬站在人行道邊，像這個樣子。」艾薇把頭低下，幾乎低到了兩個膝蓋之間。「威爾會拿個草料袋過來，當他正要掛上馬脖子上去時，馬就突然將頭一揚。」這時候艾薇突然把頭猛一抬，學馬嘶叫一聲，「威爾等著，那馬又低下頭去，看牠那樣子你會覺得牠那頭永遠抬不起來似的，像沒骨頭一樣。」艾薇的頭垂得低低的，低得教人吃驚。「威爾又拿草料袋過來，馬頭突然又揚起來。」

「然後呢？」法蘭西問。

「然後就換我下去，將草料袋子掛上去。就這樣。」

「牠讓不讓你掛？」

「讓不讓我掛？」艾薇回了凱蒂一句，然後轉向法蘭西，「牠會沿著人行道跑過來，迎向我，我的草料袋還沒提起來，牠自己就把頭伸進去了。你說牠讓不讓我掛？」她憤憤不平地嘀咕著。然後她又轉向凱蒂：「你知道，小凱，我覺得我那男人是看到馬這麼喜歡我，在吃馬的醋呢！」

凱蒂張著嘴瞪著她一會兒，然後大笑起來。艾薇和法蘭西都笑了，兩個羅姆利家的女兒和法蘭西這半個羅姆利站在那兒，因為分享一樁男人弱點的祕密而一塊兒笑著。

這些就是羅姆利家的女人：瑪麗媽媽，艾薇、西西、凱蒂三個女兒，還有法蘭西。雖然法蘭西姓諾蘭，但她長大以後也會成為羅姆利家的女兒。她們一個個身材苗條、瘦弱，眼睛充滿好奇，嗓音柔和輕快。

可是她們卻有鋼鐵般的意志。

8

羅姆利家族專出堅強的女性；而諾蘭家族則專出軟弱卻有才氣的男人。強尼家族的人快絕種了，一代代下來，諾蘭家的男人越來越英俊，卻也越來越軟弱、越來越迷人。他們容易墜入情網，但卻逃避婚姻，這就是他們快要絕種的主要原因。

露西・諾蘭和年輕英俊的丈夫結婚後不久就從愛爾蘭搬到了美國。他們一年一個，一口氣生了四個兒子。米奇・諾蘭三十歲便死了，但露西一人仍把安迪、喬治、佛朗基和強尼拉拔到讀完六年級。孩子們到了十二歲就得休學，出去賺點小錢。

孩子們長大後，個個相貌英俊，會彈奏樂器，也能歌善舞，把女孩們迷得神魂顛倒。諾蘭家住在愛爾蘭城最破的房子裡，但孩子們是那區裡穿得最好的。他家的熨衣板一直架在廚房裡，根本不收走，總是有人在熨褲子、熨領帶、熨襯衫。諾蘭家這些孩子身材高大、金髮碧眼、相貌英俊，是這貧民窟的驕傲。他們的鞋子永遠閃閃發亮，褲子十分貼身，帽子神氣地扣在頭上。只不過他們都活不到三十五歲——全死了，只有強尼一人留下後嗣。

安迪是長兄，也是最英俊的一個。他一頭鬈髮黃中帶紅，五官稜角分明；但他得了肺結核。他和一個名叫法蘭西・麥蘭妮的女孩子訂了婚，但是婚期一直推遲，希望他的身體能好轉，只是他最後還是病逝了。

諾蘭家的孩子都在當伴唱侍者，他們本來組成了諾蘭四重唱樂隊，後來安迪病重，成了三重唱。他們賺的錢不多，賺的一點錢也都拿去買酒、賭馬。

安迪最後一次臥病在床的時候，兄弟們花了七塊錢，幫他買了一個真正的天鵝絨枕頭，想讓他在死前享受一點奢侈。安迪覺得這枕頭好極了，用了兩天，突然吐血，將這簇新的枕頭染上一塊鐵鏽一般的褐色。然後，安迪死了。他媽媽在他的遺體前哭了三天，法蘭西．麥蘭妮發誓決不嫁人，諾蘭家的三個兒子也發誓決不離開母親。

但六個月後，強尼和凱蒂結婚了。露西痛恨凱蒂，她本想讓幾個兒子都守在家裡，直到她死或是他們死。到目前為止，大家都避不結婚，可是這個女子！這個女子！這個凱蒂．羅姆利！瞧她幹的好事！露西覺得一定是她把強尼騙去結婚的。

喬治和佛朗基都喜歡凱蒂，但又覺得強尼溜之大吉，把母親丟給他們照顧的做法很不光彩。不過他們還是往好處想，想幫他們找個結婚禮物。他們最後決定把幫安迪買的、用沒多久的枕頭送給凱蒂。他們的媽媽縫了個新枕套，將安迪臨終前留下的血污給遮住。於是這個枕頭傳給了強尼和凱蒂，他們覺得這枕頭太高級了，捨不得平常使用，只有二人生病的時候才拿出來用一下。法蘭西稱之為「病人枕」，但凱蒂和法蘭西都不知道這其實曾經是個死人枕。

強尼結婚大約一年後，佛朗基——很多人覺得他比安迪還英俊——有天晚上在一個晚會上喝醉了，路過某戶愛好田園的布魯克林人家的門口。這戶人家門口有塊一尺見方的草地，用鐵絲網圍著，鐵絲網則用尖尖的棍子撐著。佛朗基絆倒在這鐵絲網上，一根棍子刺穿他的肚子。他掙扎著站起來，搖搖晃晃回到家，當天晚上他就死了。他死時孤身一人，沒有神父來赦免他的罪。露西相信兒子的靈魂一定在煉獄某處徘徊遊蕩，所以她接下來的餘生裡，每個月都做場小彌撒，希望兒子的靈魂能安息。

才一年多一點時間，露西．諾蘭便失去了三個兒子，兩個死了，一個結婚了；她為這三個兒子傷心。另外一個兒子喬治從來沒有離開她，可是三年後，二十八歲那年，他也死了，那個時候，就只剩下二十三歲的強尼了。

這些就是諾蘭家的孩子。因為他們自己不小心，或是生活習慣太差，全都早死或慘死，強尼是唯一活過三十歲的。

而法蘭西．諾蘭這個孩子繼承了所有羅姆利家和所有諾蘭家的特徵。和貧窮的諾蘭家人一樣，她有那些鮮明的弱點，也熱愛美；但她也兼具羅姆利外祖母的神祕、講故事的天賦、對一切事物懷抱信心，以及對弱者的同情。她還有羅姆利外祖父那種殘酷的意志力、艾薇姨媽的模仿力；有露西．諾蘭的霸占性；有強尼的多愁善感，卻沒有強尼的好看相貌。她有凱蒂所有的溫柔，可是不比凱蒂的堅強如鐵。所有好的壞的，她都具備。

她身上還有很多別的東西：她是她在圖書館裡看過的那些書；她是那褐碗裡的一朵花。那棵在院子裡茂盛生長的樹，以及和摯愛弟弟的爭吵都是她生命的一部分；她身上有凱蒂暗中的傷心痛哭，也有父親醉酒後踉蹌回家的恥辱。

這一切造就了她，除此之外，她還有羅姆利和諾蘭家族沒有的東西。她的生命還包括了她的閱讀、她的觀察，她那一天又一天的生活。有些東西是她與生俱來的，不只屬於她，而且是「只」專屬於她，讓她有別於兩個家族中的任何一個人。這是上帝或是任何類似上帝的存在加添給每個生靈的；這份獨特，就如同世界上沒有任何兩個人擁有相同的指紋一樣。

9

強尼和凱蒂結婚後，住到了威廉斯堡一條偏僻的街道上——波加特街。這條街的名字唸起來有種陰沉、令人毛骨悚然的效果，這也是強尼選擇這條街的原因。婚後頭一年，他們倆在這裡過得很開心。

凱蒂嫁給強尼，是因為她喜歡聽他唱歌，看他跳舞，看他穿扮。和其他女人一樣，一結婚，她就想讓他改頭換面。她勸他不要繼續做伴唱侍者，而他還在熱戀之中，巴不得讓她開心，於是爽快答應。他們一起找了份工作，晚上一起看管一所公立學校。他們都熱愛這份工作，其他所有人都睡著時，他們的一天才開始。晚飯後，凱蒂會穿上公主袖的黑外套，外套上裝飾有許多穗帶——都是她最後從廠裡順手牽羊拿的——頭上繫一塊櫻桃色羊毛頭飾（她稱之為「新新玩意兒」），和強尼一起去工作。

學校舊舊的、小小的、暖暖的。他們很期待在這裡度過夜晚。他們手挽著手走著，他穿著他的招牌漆皮皮鞋，她穿著她的羊皮皮靴。有時候夜間霜凍，繁星滿天，他們會跑一跑跳一跳，一路走一路笑。他們有開校門的專用鑰匙，他們很把這個當回事，晚上的學校成了他們專屬的世界。

他們邊工作邊遊戲。強尼會坐在課桌前，凱蒂則扮起老師，在黑板上互相為對方寫東西。他們還會把像百葉窗一樣捲起來的地圖拉下來，用橡膠頭的教鞭指著上頭的各個國家。他們對這些國家和這些國家的奇怪語言，都充滿好奇（那一年他十九歲，她十七歲）。

他們最喜歡清掃禮堂。強尼會撣去鋼琴上的灰塵，手指順便在琴鍵上一路滑過，彈幾段和弦。凱蒂坐在第一排，要求他唱歌給她聽。他對著她唱歌，唱的都是當時的情歌，如《她也有過好時光》、《我的心兒為你碎》等等。住在附近的人會被這夜半歌聲吵醒，在暖暖的床上躺著，迷迷糊糊地邊聽邊低聲對枕邊人說：「那小子，也不知道是誰家的，真是可惜了。真可惜，他該上臺表演才是。」

有時候強尼還假裝講臺就是舞臺，跑上去跳舞。他是那麼優雅，那麼英俊，充滿了愛，充滿了生活情趣。凱蒂看著他，心想此時此刻她就是死了也開心。

到了凌晨兩點，他們會到教師的午餐室，那裡有個煤氣灶，他們會煮一壺咖啡。他們在櫥櫃裡放了一罐煉乳，他們喜歡這屋子裡充滿熱呼呼的咖啡香味，他們的粗麥麵包和香腸三明治也很美味。吃過飯後，他們有時候會跑到教師休息室，那裡有張鋪了印花棉布的躺椅，他們就相互摟著肩膀，在那裡躺一會兒。最後，他們會倒空垃圾桶。凱蒂會把長一點的粉筆頭和鉛筆頭留起來，帶回家，放進一個小盒子裡。法蘭西長大一些後，看到家裡有這麼多粉筆和鉛筆頭可用，頗感驕傲。

天亮的時候，他們已經把學校收拾得很乾淨、閃亮、暖和，可以交給日班的清潔工了。他們步行回家，看著星星慢慢淡出天幕。他們路過麵包坊，烤麵包的香味從地下室的烤房裡傳出來。強尼會跑下去，花五分錢買些剛出爐的麵包。回到家，他們的早飯便是熱咖啡和這些暖暖的甜麵包。飯後，強尼會出門，買一份當日的《美國人》報紙，唸新聞給凱蒂聽，還不時穿插他的評論，她則邊聽邊打掃家裡。到了中午，他們會吃一頓熱騰騰的燉肉、麵條，或是其他美食。飯後，他們便去睡覺，一直睡到上工之前。

他們每個月賺五十美元。那個時候，對他們這個階層來講，這個收入算是不錯了。他們的日子過得很舒適，還不時有些刺激的小插曲。

他們那時多麼年輕、多麼深愛著對方啊！

幾個月之後，凱蒂發現自己懷孕了。這件事他們本來渾然不知，發現之後又驚又慌。她告訴強尼說自己「有了」，強尼一開始還一頭霧水。了解之後他不想讓她繼續去學校上班，她告訴他說她有這個感覺有一陣子了，但是不敢肯定，所以一直在做事，也不覺得有什麼辛苦。她告訴他說上班對她有好處，他也就不再勸她休息了。她繼續做事，直到後來身體變得太笨重，無法彎到桌子下擦灰塵為止。再過一陣子，她就什麼也做不了了，只能去陪他作伴，躺在那張過去他們做愛的椅子上。所有的工作他都包了下來。早晨兩點，他會笨拙地做些三明治，還把咖啡燒過頭。但他們還是很開心，只是隨著時間一天天過去，強尼越來越擔心。

到了十二月一個寒冷的夜晚，就在長夜將盡時，她的陣痛開始了。她躺在椅子上，強忍著，不想告訴強尼，想等他把工作做完。回家的路上，一陣撕裂般的疼痛突然襲來，她終於忍不住，痛苦地呻吟起來。強尼知道孩子快出生了，他扶她回家，讓她和衣躺下，把她蓋得暖暖的，然後趕緊去找接生婆金德勒太太，求她快點去。這個好老婦人不慌不忙，把他急得半死。

她先得把頭髮上幾十個髮捲取下來，然後她又找不到假牙，沒有假牙她絕對不肯工作。強尼幫她一起找，最後在外頭的窗臺上找到。假牙泡在一杯水裡，水都結凍了，還要先解凍她才能裝上。好不容易裝上了，她還要製作一個護身符。她先拿一片聖枝主日時在祭壇受過祝福的棕葉、一個聖母像、一根藍色知更鳥的羽毛，一片削鉛筆刀的破刀片，還有一束不知名的藥草。她把這些用一根髒髒的線綁起來；這線是從一名婦女的馬甲上拿下來的；那女子很厲害，前後只用了十分鐘就產下一對雙胞胎。最後，她還在這些寶貝上面灑了聖水。她說這聖水取自耶路撒冷的一口井，當年耶穌都從這口井裡取水解渴。她向這六神無主的年輕人解釋說，這護身符能消除疼痛，確保他家太太生下個健健康康的好孩子。最後，她又抓了個鱷魚皮包——這個鱷魚皮包整條街無人不曉，小一輩的人都認為自己是在這鱷魚包裡生下來的，在裡頭踢啊踢的，然後接生婆便把自己交給媽媽——這一切都準備就緒後，她終於可以出門了。

他們趕到的時候凱蒂正痛得大叫，公寓裡擠滿了鄰居家的女人，站在四周禱告，回憶自己生孩子的往事。

「生我們家文森的時候啊，」一個女人說，「我……」

「我比她塊頭還小呢！」另外一個說，「那個時候……」

「他們都說我活不了，」第三個女人自豪地說，「可是你看……」

女人們歡迎接生婆到來，把強尼給趕開。他坐在門口的走廊上，凱蒂每叫一聲他就渾身顫抖一回。這一切發生得太突然了，他困惑不已。現在早晨七點了，儘管窗戶關著，但她的慘叫聲還是一聲聲傳過來。男人上班經過這裡，看著傳來慘叫聲的窗戶，再看看在走廊裡縮成一團的強尼，便都嚴肅起來。

凱蒂生了一整天，強尼什麼忙也幫不上——沒有什麼他能幫的。快到晚上的時候，他再也受不了了，跑到媽媽家去尋求安慰。他告訴媽媽說凱蒂在生孩子，他媽媽號啕大哭起來，聲音大得差點把屋頂給掀掉。

「這下可好了，她把你給抓牢了啊！」她失聲大哭，「你再也不會回到我的身邊啦！」強尼怎麼勸都勸不住。

強尼跑去找哥哥喬治，喬治那時正忙著跳舞，他只好坐在那裡喝酒，等喬治跳完，他這時已經把要去學校工作的事情忘到了九霄雲外。等喬治這天晚上閒下來之後，他們就跑了幾家通宵酒吧，在每個地方都喝上幾杯，到處跟人說強尼的痛苦遭遇。男人們都滿懷同情地聽著，請強尼喝酒，還說他們也都經歷過這一關。

天快亮的時候兩個小子跑回媽媽家，強尼在不安之中睡著了。九點時他突然醒來，隱隱有種大難臨頭的感覺。他想起凱蒂，也想起學校的事，可惜為時已晚。他趕快梳洗完畢，立刻趕回家裡。路上經過一個水果攤，他看到攤上擺著酪梨，便幫凱蒂買了兩個。

他壓根不知道當天晚上發生的事情。那天晚上，他的妻子凱蒂痛得死去活來，折騰了二十四個小時後，終於把孩子生了下來，是個瘦弱的小女孩。這次生產唯一了不得的事是小女孩生下來時頭頂有胎膜，聽說頭頂有胎膜的孩子長大後會大有出息。接生婆鬼鬼祟祟地將這胎膜藏了起來，日後賣給了布魯克林海軍船塢的一個水手，賣了兩塊錢。據說身上帶著胎膜的人就算掉進水裡也淹不死；水手將胎膜放進一個法蘭絨的袋子裡，掛在脖子上。

那天晚上強尼喝了個大醉，睡得不省人事的他不知道夜裡天氣變涼，學校裡歸他看顧的爐火熄滅了，水管結凍爆裂，地下室和一樓成了一片澤國。

回到家中，他發現凱蒂正躺在昏暗的臥室裡，孩子躺在她身旁，靠在安迪的枕頭上。屋子裡出奇地乾淨，是鄰居家的那些女人幫忙打掃的，家裡還殘存著些石炭酸混雜著蒙農牌滑石粉的氣味。接生婆走了，臨走前丟下一句話：「一共五塊錢，你丈夫知道我住哪兒。」

她走了，凱蒂把臉轉向牆壁，努力不讓自己哭出來。那天晚上，她安慰自己強尼大概是去學校值班了吧！她想，哪怕他兩點鐘吃東西的時候跑回來一會兒也好啊！現在都快中午了，他也該回來了。或許他忙了一晚上，現在去媽媽家補個小覺了。她勸自己，不管強尼去幹嘛都沒關係了，只要回來解釋一下，她就放心了。

等接生婆走後不久，艾薇來了，有人要一個鄰居家小孩去找她的。艾薇給她帶了些甜奶油、一盒蘇打餅乾，還幫她沏了些茶；凱蒂吃得津津有味，艾薇看了看孩子，覺得孩子不太健壯，但是她沒跟凱蒂說。

強尼回家後，艾薇本來準備好好數落他一番，可是看到他一臉蒼白、驚魂未定的樣子，想到他不過才二十歲也就作罷了。她親了親他的臉頰，把要說的話悶進肚子裡，反勸他不用怕，還幫他現煮了些咖啡。

強尼看都沒怎麼看小孩。他手裡拿著兩顆酪梨，跪到凱蒂床邊，又擔心又害怕地哭了起來，凱蒂也跟著他一起掉淚。晚上那時候她多希望他在身邊，而現在，她寧可她當初跑出去，躲到什麼地方，偷偷把孩子生下來，等事情結束了再回來告訴他一切安好。她痛也痛了，那痛苦就如同在沸油裡滾了一遭，簡直是求生不得，求死不能。她都痛了啊！親愛的上帝！這還不夠嗎？幹嘛讓他也受這個罪？他不是吃苦受罪的命，可是她是。兩個小時前她剛生下孩子，身體還很虛弱，甚至無法從枕頭上抬起頭來，不過她還是安慰他，叫他不要怕，說她會照顧他。

強尼感覺好一些了。他說畢竟這些都算不了什麼，還說他得知很多丈夫都「闖過這一關」。

「我也闖過這一關了，」他說，「現在我是個男人了。」

然後他開始對孩子又親又抱。他建議用安迪未婚女友法蘭西．麥蘭妮的名字替小孩命名，叫孩子為法蘭西。凱蒂答應了，他們覺得，如果讓麥蘭妮做孩子的教母，將對彌合麥蘭妮受傷的心靈有幫助，因為若她真和安迪結婚了，她就要改姓諾蘭，那他們的孩子就會叫這個名字：法蘭西．諾蘭。

他將酪梨削皮去核，加上些食用油和酸菜醋，做成沙拉端出來給凱蒂。凱蒂對這平淡的味道頗覺失望，但強尼說酪梨就像橄欖，吃著吃著就習慣了。凱蒂被他的體貼打動了，為了他，便將這酪梨沙拉吃了，還讓艾薇也嘗了些。艾薇嘗了嘗，說她寧願吃番茄。

強尼在廚房喝咖啡的時候，有個男孩從學校過來，帶來一張校長的通知信，上頭說強尼擅離職守，因此學校決定開除他。校長要他過去一趟，領取積欠的工資；紙條的結尾還說，不要指望他幫強尼寫任何推薦信。強尼看著紙條，臉都白了。他給了那男孩五分錢，感謝他帶信來，並要他帶信給校長說他馬上就去。之後他把紙條撕了，一個字都沒對凱蒂說。

強尼見到校長，向他解釋情況。校長對他說，如果知道老婆要生孩子，就該更加認真對待工作才是。出於好心，他告訴這年輕小夥子，水管爆裂的損失就不用他賠了，由教育委員會負責就好。強尼道了聲謝，校長還從自己腰包裡掏錢付給他，但是要他簽下一份保證書，保證下回工資單來了就歸校長領。總而言之，校長用他自己的辦法，盡量讓事情有個善了。

強尼付了接生婆的錢，也先付了下個月的房租。他有些害怕了起來，現在有了孩子，凱蒂身體還不夠好，要休息一陣子才能上班，他卻又丟了工作。幸好他把下個月的房租先交了，至少還可以安心再住個三十天。現在他也只能靠想這些聊以自慰，至於日後，船到橋頭自然就會直了吧！

下午，他去向瑪麗．羅姆利通報孩子出生的消息。路上，他停在橡膠廠門口，要找西西的領班。他請領班帶話給西西，說她妹妹生孩子了，叫她下班後去看看。領班說他會轉告的，然後擠了擠眼睛，用手指戳了戳強尼的肋骨，說：「不錯啊，老兄。」強尼咧嘴一笑，給了他一毛錢，囑咐他怎麼花：「買一支上好的雪茄，我請客，替我好好享受一番啊！」

「我會的，老兄。」領班向他保證。他拍了拍強尼的手，答應帶話給西西。

瑪麗・羅姆利聽到消息後哭了：「可憐的孩子！可憐的孩子！」她傷心地哭著，「生到這個悲慘的世界，生下來就是要受苦受難的。唉，快樂那麼少，多的是辛苦工作。唉！唉！」

強尼很想告訴湯瑪斯・羅姆利，但是瑪麗懇求他先別講。湯瑪斯痛恨強尼・諾蘭，因為強尼是愛爾蘭人。湯瑪斯仇恨德國人、美國人、俄國人，但是他最不能忍受的是愛爾蘭人。他有根深柢固的種族歧視，連自己的種族也仇恨，他說兩個異族通婚，生出來的都是雜種。

「如果我讓金絲雀和烏鴉交配，你說能配出什麼名堂來？」這就是他的論點。

強尼把岳母帶到自己家裡之後，便出去找工作了。

凱蒂看到媽媽很高興。生孩子的疼痛她還記憶猶新，她現在知道媽媽生她的時候也經歷一樣的遭遇了。她想到媽媽一共生了七個孩子，撫養他們大；然後白髮人送黑髮人，看著三個孩子夭折，活下來的幾個挨餓的挨餓，受苦的受苦。她這時候就預見到自己這個生下來還不到一天的孩子，日後一定也是這個命運。她又慌又怕。

「我懂什麼呢？」凱蒂問她媽媽，「我只能教她我會的，可是我會什麼呢？你窮了一輩子，媽媽，強尼和我也窮，這孩子長大了也一樣是窮命。我們就是這個樣子，永遠也翻不了身。有時候我會想，自己一年不如一年，日子一天天過去，等強尼和我都老了，情況也不會好轉。現在我們年紀還輕，做得動，可是我們不會永遠年輕力壯的。」

接著她想到真正讓她煩惱的事情了。「我的意思是，」她想，「我能工作，強尼是不用期待他了，他還得靠我照顧才行。啊，老天，別再讓我生孩子了，不然我會照顧不了強尼，他照顧不了他自己啊！」

瑪麗開口，打斷了她的思緒：「在我們老家我們有過什麼？什麼都沒有。我們都是農夫，時常挨餓。然後好了，到這裡後日子也好不了多少，只除了你爸不用像在老家那樣，要去當兵打仗。除此之外，我看日子還變得更難過。我想念老家，想念那些大樹、開闊的田野、熟悉的日子，還有那些老朋友。」

「如果你不是期望來這裡後生活會好轉，那你來美國幹什麼呢？」

「為了孩子啊！希望我的孩子能生在一個自由的國家。」

「你的孩子也不怎麼爭氣啊，媽媽。」凱蒂露出了苦澀的微笑。

「不過老家沒有的，這裡有。別看這裡苦，什麼都不熟悉，可是這裡有『希望』。在老家，一個人再努力，頂多也只能達到他父親的成就。如果父親是木匠，兒子最多也只會是個木匠，不可能會變成老師或牧師。他或許能夠進步——但是也只能到達父親的地位。在老家，人是屬於過去的；而在這裡，人是屬於未來的。在這片土地上，一個人要是有顆好心，肯老老實實做事，不走邪路，都能達到自己的目標。」

「也不見得吧！你幾個孩子的成就都沒有超過你呢！」

瑪麗．羅姆利嘆了口氣：「這或許是我的錯，我不知道該怎麼教育女兒。我們家世世代代幾百年來都為地主工作，我沒有送我的長女上學是我無知啊！不知道在這個國家像我們這樣的人也可以免費送孩子上學，這樣西西哪裡有機會超過我呢？至於另外三個呢，你們都受過教育。」

「我只上到六年級，如果這也算教育的話。」

「還有你家『約尼』，」——她老將強尼說成約尼——「也上過學。明白了吧？」她激動了起來，「你看，起了個頭之後會越來越好的。」她抱起孩子，將她舉得高高的。「這孩子的父母親識字，」她斷然地說，「在我看來，這就有無限可能了。」

「媽媽，我還年輕。媽媽，我剛滿十八歲，我還有力氣，我會努力做事。不過，我不想孩子長大以後也只能靠力氣賺錢。媽媽，我們應該怎樣做，才能改變她的命運呢？從哪裡開始？」

「祕訣就是讀書寫字。你識字啊！你可以找本好書，每天讀一頁給孩子聽，一天都不間斷，直到孩子自己能讀書為止。到了那時候，可以讓孩子自己讀，一樣每天讀一頁。這就是祕訣。」

「我會讀的。」凱蒂保證，「但是什麼書是好書？」

「有兩部好書，其中一本是莎士比亞。聽人說，莎士比亞的書裡寫盡了人世間的百態，所有為人類所知的美、所有智慧、所有生命都寫在這書裡了！聽人說，這些故事都是能拿到舞臺上表演的。我沒有認識看過這書的人，但是聽我老家的地主說，這書裡有些內容都能當歌唱呢！」

「莎士比亞是不是德語書？」

「是英語書。這也是我聽那時候的地主說的。他正要送兒子上那個著名的海德堡大學呢！都是好久以前的事情了。」

「另外一本書是什麼？」

「是新教教徒看的聖經。」

「我們有自己的聖經啊！天主教的。」

瑪麗偷偷看了看房間四周：「一個好天主教徒不該這麼說，不過我相信新教的聖經把耶穌這個世上最偉大的故事說得更好、更活潑些。我有個很要好的新教朋友唸給我聽過她們的聖經，所以我才這麼說。」

「就看這個吧，還有莎士比亞的書。每天你幫孩子讀一頁，哪怕你自己也不明白書上的話，或是不知道正確的發音。你一定要持續下去，這樣孩子長大後就見過世面——知道這世界並不是只有威廉斯堡這裡這麼大。」

「新教聖經和莎士比亞。」

「你還得把我講過的民間故事講給孩子聽——過去我媽媽也是這樣傳給我，我外祖母也是這樣傳給我媽媽的。你得跟孩子們講老家的神話故事，說那些仙女、小精靈、小矮人等——他們不住凡界，卻住在人們心中。你還要跟孩子講纏著你父親一家的那些厲鬼，還有你嬸嬸邪惡的眼睛，那是中了邪才會這樣的。你還要跟孩子講我們家裡出事、要死人的時候，總會有些徵兆顯示給家裡的女人。這孩子還要相信上帝，還有祂唯一的兒子耶穌。」說著，她畫了個十字。

「對了，別忘了還有耶誕老人。孩子六歲之前都必須相信耶誕老人。」

「媽媽，我知道世上沒有鬼怪和仙女，你這不是要我向孩子撒謊嗎？」

瑪麗立刻尖銳地反駁：「不，你不知道世上究竟有沒有鬼怪，有沒有天堂或天使。」

「我知道沒有耶誕老人。」

「但是你必須把這些東西教給孩子。」

「為什麼啊？我自己都不相信還教她？」

「因為，」瑪麗．羅姆利簡單地說，「孩子得有想像力，想像力是無價的。孩子得有一個神祕的世界，裡頭住著從來不存在的東西。她得相信，這很重要。她先得相信這些不屬於人世的東西，這樣一來，如果生活艱難，孩子就可以回到那個神祕的世界，住在幻想裡。我都這一把年紀了，還覺得很有必要回顧那些聖徒的生活，回顧過去發生的各種神蹟奇事。有了這些想像，以後日子不好過時，也不會鑽牛角尖困在日子裡面。」

「孩子會長大，會明白事理，等她發現我撒謊，她會很失望的。」

「這就是學習接受事實啊！自個兒學到事實真相不好嗎？先全心相信，後來又不相信，這也是件好事，這樣人的各種情感就會變得更飽滿，更綿長。等她長成了女人，要是有人對她不好，讓她失望，她也不會無法承受，因為她已經經歷過失望了。教孩子的時候，也別忘了教他們苦難也是好事。苦難磨練人啊！讓一個人的經歷更為富足。」

「真是這樣的話，」凱蒂酸澀地說，「我們羅姆利家人都是富人了。」

「是的，我們很窮。我們受苦受難，我們的日子很艱難。可是我們知道我剛才跟你說的那些事，所以我們比常人更出色。我不識字，我告訴你的這些都是生活中的實際體會；你得教孩子這些。另外，隨著年齡增長，你自己的閱歷也會越來越豐富，這個你也要教給他們。」

「我還得教孩子什麼？」

「孩子得相信天堂，但這個天堂可不是上帝坐在寶座上，天使四處飛的天堂；」——瑪麗德語和英語夾雜，吃力地表達自己的想法——「而是一個可愛的地方，人們夢想的地方——一個能實現夢想的地方。這或許算另外一種宗教吧！我也無法表達。」

「還有，還有什麼呢？」

「你去世之前得有塊小小的土地——或許上面還建了棟房子，讓子子孫孫一直繼承下去。」

凱蒂笑了：「**我買地**？買房子？我們能繳得出房租就謝天謝地了。」

「沒錯，」瑪麗斬釘截鐵地說，「可是你還是得買。幾千年來，我們世世代代都是農民，在別人的土地上付出勞力，但那是在老家。現在我們在工廠上班，靠自己雙手，狀況已經好些了。每天上完班，總有些時間不歸老闆，歸自己；這不錯啊！但能擁有一塊土地就更好了。買一塊地，傳給子孫後代……這樣，我們在這個世上就更上一層樓了。」

「我們怎麼才能擁有自己的土地呢？雖然強尼和我都上班，但錢賺得很少，有時候房租一付，保險一繳，買菜的錢都快沒有了，哪裡有閒錢剩下來買地？」

「你得找個煉乳罐子，好好洗乾淨。」

「罐子？」

「把罐口好好剪掉，然後把罐子剪開，剪成一條條條狀，有手指那麼長，這麼寬。」她將兩個手指併攏，示意給凱蒂看，「接著將這些剪開的條子往外扳，大概弄成個星星的形狀。然後你在罐底開一道細長的口子，將罐子釘到衣櫥最陰暗的角落裡，每根條子上釘個釘子。你每天放五分錢進去，過了三年，就是一筆小財了，有五十塊呢！再把錢拿出來，去鄉下買塊地。記住要拿證件，寫明這是你的地。這樣一來，你就成了個小地主。一旦擁有土地，一旦有了開始，就再也無法後退，你就再也不會當農奴啦！」

「每天五分錢。聽起來是不多，可是錢從哪裡來？我們現在就夠窮了，又多了一張嘴……」

「你可以這樣：你去蔬菜店的時候問起胡蘿蔔多少錢一把，老闆會說三分錢。那你就去找，看有哪一把不那麼新鮮，也不那麼大的，跟他說這一把不大好，能不能兩分錢賣給我？你要說得理直氣壯，他就會用兩分錢賣給你；這樣你就省下了一分錢，可以把這一分錢放進星形的存錢筒裡。再比如，到了冬天，你買一蒲式耳❶的煤要兩毛五。天冷了，你想在爐子裡生火，但是等一等，等一個小時後再生。你就忍個一個小時，圍上披肩，跟自己說我忍受這種冷，都是為了省錢買地。這一小時能幫你省下三分錢的煤，這樣你的存錢筒裡就又多了三分錢。晚上你一個人的時候不要點燈，坐在黑暗裡，腦子自由自在地東想西想，這樣你看，又省下了些煤油錢可以放進存錢筒。錢就這樣越積越多，到最後攢出了五十塊錢，你就可以在布魯克林買塊地了。」

「這辦法有用嗎，這種存法？」

「我用聖母的名義發誓，有用。」

「那麼你怎麼沒有存夠錢買地呢？」

「我存了。我們剛到這裡的時候我就裝了個存錢筒，我花了十年的時間才存了五十塊錢。我把錢帶著，找了個街上的鄰居，聽人說這個人能幫人買地，價錢也公道。他給我看了一片很好的土地，並用我的

❶穀物、水果等容量單位。在美國約等同三十五公升。

母語告訴我說這地是你的了。他把錢收下，給了我一張紙，但是我不識字，看不懂上面寫什麼。後來，我看到別人在我那塊地上蓋房子，我把那張紙給他們看，那些人笑了，同情地看著我。那人沒有權力買賣那塊地，這是個……用英語怎麼說呢……是個『假局』。」

「騙局。」

「唉！我們這些人，從老家來，這裡人人都知道我們是新來的，所以常常被人騙，畢竟我們不識字。可是你受過教育，你要先看過那張紙，保證地是你的，到手了你才給錢。」

「你後來就不再存錢了嗎，媽媽？」

「存了。從頭再來一遍。第二次更難些，因為孩子多。我存啊存，存啊存，可是搬家的時候你爸看到這個存錢筒，就把錢拿走了。他不拿錢買地，他一直喜歡養雞，便用這錢買了隻公雞和很多母雞，養在院子裡。」

「我好像還記得那些雞，」凱蒂說，「都很久很久以前的事了。」

「他說雞下蛋後可以在附近賣，換回很多錢。唉，不提也罷，男人的夢想說多荒唐就有多荒唐。第一天晚上，二十隻餓瘋了的貓從籬笆那邊爬過來，吃掉了許多雞。第二天晚上，換義大利人翻籬笆過來，又偷走了不少。第三天，員警上門了，說布魯克林嚴禁在自家院裡養雞，我們只好塞給他五塊錢，省得他把你爸帶到警局。你爸爸把剩下的雞賣了，買了金絲雀；金絲雀他就可以安心養了，不用擔驚受怕。就這樣，我的第二筆錢也完了。但是我又開始存錢了。或許有一天……」她靜靜坐了一會兒，然後她站起身，披上披肩。

「天黑了，你爸爸應該下班回來了。願聖母瑪利亞看顧你和孩子。」

西西一下班就直接趕過來，她甚至沒花時間把頭髮蝴蝶結上的灰色橡膠粉末給撣掉。一看到孩子，她欣喜若狂，激動得幾乎話都說不出來。她宣佈法蘭西是全世界最漂亮的孩子，強尼懷疑地看著她，在他看來，那嬰孩又紫又皺，八成有什麼問題。西西幫孩子洗了個澡（這孩子頭一天洗澡洗了十幾回），又跑到熟食店，誘哄店裡的人讓自己賒帳，等到她星期六發薪水的時候再還。她一口氣買了兩塊錢的東西：切豬舌、燻鮭魚、奶白色的燻鱘魚和脆卷。她還買了一袋炭，把火燒得呼呼叫。她送給凱蒂一托盤食物，然後就和強尼在廚房一起吃起來。屋子裡暖暖的，混雜著各種氣味，有精美的食物、香香的脂粉，還有西西身上一種糖果般的氣味，那氣味來自西西雞心項鍊中間一個硬硬的、圓圓的粉白色東西。

飯後強尼抽著雪茄，端詳起西西。他在想，人們判斷一個人的時候，究竟是用什麼標準來判定那人是好是壞呢？比如西西，她是壞人，也是好人。在男人這方面她很壞，可是她也是個好人，她到了哪裡，就給那裡帶來生命力。那生命力充滿善良，充滿溫柔，教人招架不住，卻又熱鬧非凡，芳香四溢。他希望自己新生的女兒長大後也像西西。

西西宣佈晚上要留宿，凱蒂卻煩惱起來，因為他們家只有一張床，她和強尼的那張床。西西聽了便說要是強尼能讓她生個像法蘭西這樣的好孩子，她就跟他睡也無妨。凱蒂皺了皺眉。她當然知道西西是在說笑，但是西西這人率真、直接，誰知道這話裡有幾分真實。於是她開始數落起西西，強尼上前打圓場，說自己要去學校。

他不忍心告訴凱蒂說他們的飯碗丟了。他去找哥哥喬治，喬治正在值班，幸運的是，那天晚上他們需要人做侍者，中間還要唱歌。強尼接下了這份差事，老闆答應下週還給他事做。就這樣，他又回到歌唱侍者這行來，而且從此之後就再也沒有做過別的工作。

西西睡到凱蒂床上，兩個人幾乎一整夜都在聊天。凱蒂說她擔心強尼，害怕未來；她們說到了瑪麗·羅姆利，說她是個多好的媽媽，對艾薇、西西和凱蒂都很好；她們也說到了父親湯瑪斯·羅姆利。西西說他是個老頑固，凱蒂說西西應該尊重一點。西西說：「喔，得了吧！」凱蒂笑了。

凱蒂把媽媽當天說的事情告訴西西。存錢筒這個點子讓西西大為興奮；當時已是半夜，但她竟從床上爬起來，將一罐牛奶倒進碗裡，當場就做起存錢筒來。她想爬進狹小的衣櫥間，可是那件龐大的睡袍纏住了她。她把睡袍扯掉，裸身爬進衣櫥間裡，跪在地上，將存錢筒釘到角落裡，屁股就露在外頭。凱蒂狂笑起來，笑得她都擔心會不會大出血。西西凌晨三點鐘在衣櫥間這麼敲打，把四鄰出租公寓的住戶都吵醒了，住樓上的跺地板，住樓下的敲天花板。西西說屋裡有病人，哪個鄰居竟然這麼狗膽包天，這麼吵鬧？這話又惹得凱蒂一陣大笑。「你們這麼吵誰還睡得著呢？」西西問。說著，她「砰」地一聲，狠命地將最後一根釘子敲了下去。

存錢筒釘好後，她又穿上睡袍，在存錢筒裡存下了第一筆五分錢，然後才爬回床上。凱蒂跟她說起兩本書的時候她興奮地聽著，她答應把這兩本書弄到手，當是送給孩子受洗的禮物。

法蘭西出世後的第一個晚上，就在媽媽和西西兩人中間舒舒服服地睡著。

第二天，西西開始張羅這兩本書的事情了。她跑到公共圖書館，問圖書館員怎樣才能弄到莎士比亞和聖經，而且她要留著。圖書館員說聖經他幫不上忙，但是他們有本舊的莎士比亞正要扔掉，西西可以拿走。她就買下了它，這是一本破破爛爛的舊書，但是所有劇本和十四行詩裡頭都有。書上有密密麻麻的註腳和詳細的釋義，還有作者的傳記、照片；每一段戲還附有鋼版畫插圖。書上的字體很小，紙張很薄，每頁還分成左右兩欄。這本書花掉西西兩毛五分錢。

聖經難找一些，但是後來弄到了，價錢更便宜。事實上，西西一分錢都沒有花。這聖經的封面還印了個名字：基甸。

買下莎士比亞之後，沒過幾天，西西有天早晨醒來，用手戳了戳她的現任情人。當時他們兩人住在一家安靜的家庭旅館裡。

「約翰，」（這人真名查理，西西一樣稱他為約翰）「那梳妝臺上放的是什麼書？」

「聖經。」

「新教用的聖經？」

「沒錯。」

「那我要拿走了。」

「拿啊！他們放書就是給人拿的。」

「不會吧？」

「就是啊！」

「真的假的？」

「有人會將它順手牽羊偷走，但看過之後就會悔改、洗心革面，於是又把書放回來，或是另買一本，好讓他人也來順手牽羊、閱讀、悔改。這樣一來，發書的公司也不會有什麼損失。」

「是嗎？可憐這一本篤定是有去無回了。」她將聖經用旅館的一條毛巾包起來，這毛巾她也要一併「帶」走。

「但是，」她的約翰突然覺得寒意從四面八方襲來，「要是你看過之後決心悔改了，那麼我就得回老婆身邊。」他打了個冷顫，伸手抱住她，「答應我你永遠不會洗心革面。」

「我不會的。」

「你怎麼知道你不會？」

「我從來不聽別人的建議，我也不識字。我判斷好壞的唯一標準是我的感覺。我感覺不好，那就肯定不好；我感覺好，那一定就好。我跟你在一起的感覺就很好。」她將手臂搭在他胸膛上，在他耳朵上響亮地吻了一下。

「我真希望我們能結婚，西西。」

「我也希望，約翰。我知道我們之間行得通，哪怕只是一小段時間。」她又老實地補充說。

「但是我結婚了，而且天主教真他媽的麻煩，不准離婚。」

「我也不相信離婚。」西西老是重婚，沒享受過離婚之樂。

「你知道嗎，西西？」

「什麼？」

「你的心是金子做的。」

「別說笑了。」

「不是說笑。」他看著西西將萊爾線長襪套上她曲線優美的腿，然後將紅色絲織吊襪帶扣上。「來讓我親一下。」他突然懇求起來。

「我們還有時間沒有？」她問了個很實際的問題，但是同時也把襪子給脫了。

法蘭西・諾蘭的讀書生涯就這樣開始了。

10

法蘭西是個很不起眼的小孩，瘦瘦小小的，神色憂鬱，不像是生命力旺盛的樣子。但凱蒂還是固執地餵她母乳，儘管鄰居老說她的母乳對小孩不好。

孩子三個月的時候凱蒂的母乳突然停了，只好開始用奶瓶餵奶。凱蒂很擔心，她去問媽媽，但瑪麗．羅姆利看著她，只是嘆了口氣，什麼都沒有說。凱蒂去問接生婆，那女人問了她一個愚蠢的問題。

「你星期五去哪裡買魚？」

「帕迪市場，怎麼啦？」

「要是你知道有個老太太每天去買鱈魚頭餵貓，你大概就不會去了吧，對不對？」

「是啊！我每個星期都看到她。」

「是她幹的！是她讓你的奶停掉的。」

「不會吧！」

「她盯著你呢。」

「為什麼呀？」

「吃醋吧！看你和那愛爾蘭小子一起那麼快樂。」

「吃醋？那把年紀還吃什麼醋？」

「她是個女巫，過去在老家我就認識她，她是和我乘同一艘船一起過來的。她年輕的時候愛上了凱利郡❶裡的一個野小子。好啦，那小子害她懷了孕，她老爹要自己女兒和那小子成婚，但那小子不肯，趁著深更半夜坐船跑到美國來了。她的孩子生下來就死啦！然後呢，她就把靈魂賣給了魔鬼，魔鬼把法術傳給她，她能讓母牛、母羊的奶乾掉，哪個女子嫁給了年輕小夥子，她也不放過。」

「我記得她看我的樣子很古怪。」

「那就是她用眼神向你施法術。」

「我的奶要怎麼樣才能回來呢？」

「我告訴你該怎麼辦吧。等月圓的時候，用你的頭髮做個小人，剪些指甲，扯點破布，灑上些聖水，給這小人取名叫奈麗・格羅根，這就是那巫婆的名字；然後再在上頭扎上三根生鏽的針，這麼一來，就能破除她施在你身上的法力，你的奶就能回來了，而且還流得跟夏儂河般洶湧。我收你兩毛五就好。」

凱蒂把錢交給了她。月圓的時候，她做了個布娃娃，用針使勁扎啊扎，可是她還是沒有母乳。法蘭西喝著奶瓶的奶，越來越枯黃瘦弱。絕望之下，凱蒂把西西叫來，向她求救。西西聽她說完那巫婆的故事。

「什麼狗屁巫婆。」她輕蔑地說，「才不是什麼法術，是強尼幹的。」

於是，凱蒂知道她又懷孕了。她告訴強尼，強尼開始擔起心來。他做歌唱侍者做得還挺開心，常有事做，工作也很穩定。他不大喝酒，大部分的錢也都拿回家。但想到要生第二個孩子，他就覺得自己被困住了。他才二十歲，凱蒂才十八歲，他覺得兩人都還年輕，怎麼會把自己搞到如此地步？聽到消息後，他跑出去喝了個大醉。

接生婆後來過來，看看她的符咒有沒有功效。凱蒂告訴她符咒失敗了，是她又懷孕了，不是巫婆的錯。接生婆掀開裙子，將手伸進襯裙上的一個大袋子裡，掏出一瓶深褐色的液體，看上去就不是什麼好東西。

「好了，這有什麼好擔心的？」她說，「這東西你早晚各服一次，連服三天，你就會恢復原樣了。」凱蒂把頭搖得像波浪鼓一般。「怎麼，你該不是怕神父對你說什麼吧？」

「不是，是我無法下手殺生。」

「這不算是殺生，你還沒感到生命存在，怎麼能算殺生呢？你也還沒感覺到它在動，對不對？」

「還沒有。」

「我就說吧！」她得意洋洋地用拳頭敲了一下桌子，「這瓶東西我只收你一塊錢。」

「謝了，可是我不要。」

「別傻了！你自己都還小，現在這個小孩就夠你受的了。你家男人長得是帥氣，可是也不是那麼可靠啊！」

「我男人怎麼樣是我的事，我這孩子也沒給我什麼麻煩。」

「我只是來幫你的。」

「謝謝你，再見。」

接生婆將瓶子放回襯裙口袋，起身離開：「要是你要生了，你知道我住哪兒。」走到門邊時，她又回頭給了個正面一點的建議：「如果你不斷跑上跑下，說不定可以流產。」

布魯克林那年的秋天暖洋洋的，是冬天來臨前回暖的日子。凱蒂坐在門階上，抱著沒什麼元氣的孩子，讓法蘭西貼著大肚皮裡即將出生的另外一個孩子。鄰居們很同情，常會停下來表達她們對法蘭西的悲憫。

「這孩子恐怕會養不大。」她們告訴她，「氣色不好啊！如果主把她接走了，或許才是最好的結局。貧窮人養個生病的孩子怎麼會有什麼好結果？世上的孩子已經夠多了，哪裡還容得下這些生病的孩子？」

「別這麼說。」凱蒂將孩子抱得緊緊的，「死怎麼會比較好？誰會想死呢？所有東西不都在努力求生存？你看那棵樹，長在那塊小格子一樣的地上，沒有日曬，也沒人澆水，只能靠天下雨，它卻能在酸性的

❶凱利郡是愛爾蘭西南部地名。

土地上長得那麼茁壯，這都是因為它努力奮鬥才能長得這樣啊！我的孩子也會一樣茁壯的。」

「啊？你說那棵醜八怪樹，早砍早好。」

「如果世界上只有這麼一棵樹，你就會覺得它漂亮。」凱蒂說，「可是樹這麼多，你才看不出它其實多漂亮。你看這些孩子。」她指著一群在水溝邊玩耍的髒孩子，「你們隨便帶一個回去，好好幫他們洗個澡，穿上好衣服，放進一間漂亮的屋子裡，你就知道他有多漂亮了。」

「你這些想法是很好，可是這個孩子就是個小病人。」她們對她說。「這孩子會活下去的。」凱蒂狠狠地拋下一句話，「我會讓她活下去。」

果然，法蘭西踉踉蹌蹌、哭哭啼啼地闖過了第一年。

法蘭西週歲生日的一星期後，弟弟出生了。

這一回，陣痛的時候凱蒂沒在上班。這回她咬緊牙關，不再在那裡痛苦尖叫。她還是很痛，但她安安靜靜地熬過去。儘管只能無助地忍受疼痛，但她依然堅強，為未來奠定忍受苦難的能力。

生下來的是個健康的男孩，一生下來就響亮地大聲啼哭，彷彿在控訴出生的過程何等不堪。接生婆將他抱到凱蒂胸前，凱蒂立刻對這個孩子生出無限柔情。大一點的法蘭西此刻躺在一旁的搖籃裡，嚶嚶地哭了起來。凱蒂把這個一年前生下來的瘦孩子和結實的兒子一比，不由得有些輕視。但這個想法只在她腦子一閃而過，她對自己的輕視覺得羞愧，她知道這不是小女孩的錯。「我得警惕啊！」她私底下暗忖，「我以後應該會更寵愛這個兒子，但是一定不能讓女兒知道。偏心是不對的，可是我也克制不了自己。」

西西要求她幫孩子取名為強尼，但是凱蒂覺得小男孩有百分之百的權利取個屬於自己的名字。西西很惱火，把凱蒂唸了一頓。最後凱蒂質問西西是不是愛上強尼了，這當然是一時氣話，不是心底的實話，但西西卻回答說：「這可說不定。」凱蒂只有噤聲，她害怕她們再這麼吵下去，最終會發現西西是真的愛著強尼。

凱蒂幫孩子取名為哥尼流，這是她從一部戲裡看到的一個英雄人物，演出的演員也是相貌堂堂。孩子長大之後，名字被布魯克林化，變成「尼力」。

凱蒂很快就把兒子看成自己的整個世界，不費什麼心思，也沒經過什麼太複雜的情感掙扎，自然而然地強尼在她心裡的排名便變成了第二，法蘭西則敬陪末席。凱蒂愛這個男孩，因為兒子和強尼和法蘭西相比，更像是百分之百屬於她。尼力看起來就像和強尼是一個模子印出來的，但是凱蒂不會讓他踏上強尼的後塵。他會擁有強尼身上所有的優點，她會在這裡鼓勵他；但若尼力身上暴露出強尼的缺點，她就會逐個扼殺。他會長大，她會為他驕傲；等到她晚年，兒子也會照顧她的餘生。對兒子她一點都不能放鬆，法蘭西和強尼得過且過就算了，但是對兒子她絕不會心存僥倖，她要保證兒子出人頭地。

漸漸地，隨著兒子長大，凱蒂的那些柔情全消失了，不過她身上也多出了其他一些東西，也就是人們常說的「個性」。她能幹，堅強，目光長遠。她還是愛強尼，可是過去那種狂野的迷戀漸漸消失。她也愛著法蘭西，但是是出於歉意，這種愛與其說是愛，不如說是同情、是責任。

強尼和法蘭西也感覺到凱蒂這種變化。兒子越長越結實、越來越英俊；強尼則越來越軟弱，一天比一天頹喪失志。法蘭西感覺到媽媽對她是這種態度，她的心也對母親硬了起來，但是這樣一來，卻反而讓她和母親更親近了，因為這份強硬使得她們兩人更為相像。

尼力一歲的時候凱蒂就不再靠強尼養家了。強尼成了酒鬼，有人給他一晚的工作，他就去做，薪水帶回家，小費則留著買醉。強尼覺得自己未老先衰，他還沒到投票的年齡，就已經有了一個老婆和兩個孩子。生活還沒來得及開始，就已經結束。他完了，沒有人比強尼・諾蘭更清楚這一點。

凱蒂吃的苦不比強尼少，她還比他小兩歲，才十九歲而已。或許也可以說她完了，她的生活也是還沒有來得及開始就已經結束。但是兩人的共同之處也僅止於此；強尼知道自己完了，他投降；但凱蒂不願意接受，她舊的自我在哪裡結束，新的自我就從哪裡開始。

她的溫情被能幹所取代。她放棄了夢想，面對慘澹的現實。

凱蒂有一種強烈的生存欲望，這種欲望將她變成了一個鬥士；而強尼渴盼名垂千古，結果卻成了百無一用的空想家。這就是兩人最大的不同之處，可是這樣的兩個人卻深深地愛著對方。

11

強尼到了投票年齡的那年，用大醉三日的方法來慶祝他的生日。三天之後，凱蒂將他關進臥室，裡頭一滴酒也沒有。但強尼並沒有清醒過來，反而開始胡言亂語，他一會兒哭，一會兒要酒喝，說他難受得要死。凱蒂告訴他這是好事，受點苦他就會堅強起來，接受教訓，把酒戒掉。但可憐的強尼哪裡肯堅強起來，他反倒更軟弱下去，又是哭又是叫，彷彿變成了個女妖。

鄰居來敲凱蒂的門，叫她幫這個可憐人想想辦法。凱蒂的嘴巴冷冷抿著，大聲叫他們少管閒事。儘管她敢這麼和鄰居對峙，她也清楚，等不到這個月結束，他們就得搬家了。強尼把他們的臉都丟盡了，哪還能繼續住在這一區？

快到傍晚時，他痛苦的哭叫讓凱蒂也害怕了起來，她把兩個孩子塞進一輛嬰兒車，推到西西的工廠，找到西西那個可憐的領班，請他帶話給西西，讓她離開機器過來一趟。她把強尼的情況告訴了西西，西西說她一下班就會馬上過去收拾強尼。

西西向一名男性朋友談起強尼，問他有什麼辦法。那個朋友給了她一些建議，她於是買了半品脫的好威士忌，把它藏在豐滿的胸脯間，繫上馬甲，再扣上外頭洋裝的釦子。

她到了凱蒂家，問凱蒂能不能和強尼獨處一會兒，說她有辦法把強尼治好。凱蒂將西西和強尼一起鎖進臥室，自己回到廚房，一整晚頭靠著手，趴在桌子上等著。

強尼一看到西西，他那可憐暈頭脹腦的腦袋就稍微清醒了些，他拉住西西的手臂，苦苦哀求：「你是我的好朋友，西西，你是我姊姊。看在上帝的分上，幫我拿點酒來吧！」

「慢點，強尼。」她用溫柔、撫慰的口氣說，「我這裡有可以喝的給你。」

她解開腰上的釦子，露出一層層白色繡花的荷葉邊和深粉色的絲帶。屋子裡充滿了西西身上佩戴香囊的濃香。強尼看著她解開馬甲上一個漂亮的蝴蝶結，正要褪去胸衣，他的眼睛發直。這個可憐的傢伙想到她的壞名聲，誤會了她的意思。

「不要，西西，不要這樣，我求求你！」他呻吟著說。

「強尼，別傻了，凡事都講究天時地利，現在不是做這事的時候。」她把酒瓶拿出來。

他一把抓住。酒瓶在西西身上靠得暖暖的，她讓他猛灌了一大口，然後將瓶子從他緊緊握著的手裡挖出來。喝完酒，他安靜了下來，開始想睡了，求西西不要走；她答應不走。她也懶得將馬甲的結綁回去或把外頭的裙子扣上，就這樣躺在他身邊。她摟住他的肩膀，他則把臉貼在她那帶著溫暖氣息的胸前。他睡著了，眼睛閉上，眼淚卻滑過眼角。他們靠在一起，身上暖和，心裡更暖和。

她躺著沒睡，摟著他，眼睜睜望著黑夜。她對他的感覺就如同對她的十個孩子，可惜他們都死了，無法得到她這樣溫馨的愛。她輕輕地撫摸著他的鬈髮、撫摸他的臉。他在夢中呻吟時，她就像安慰嬰兒一樣跟他講話。她的手被壓到抽筋，想抽回來。他驚醒了一會，緊緊抓住她，求她不要走；和她說話的時候，他喊她媽媽。

每回他醒來、害怕的時候，她就讓他喝一口威士忌。快到早晨時，他醒了，清醒了，但是他說頭很痛。他猛地從她懷裡轉開，痛苦地呻吟起來。

「回媽媽這裡來。」她用那溫柔、顫動的聲音說。

她再一次張開雙臂，他又一次轉過來，將臉靠在她豐滿的胸脯上。他靜靜地哭著，哭著講述他的恐懼、他的擔憂、他對人世的困惑。她聽他講，任由他哭，像媽媽抱孩子般抱著他（只是她沒有孩子讓她這麼抱著過）。有時候，西西會和他一起哭。他的話講完了，她把剩下的最後一點威士忌也讓他喝下，他終於在疲乏之中陷入沉睡。

她躺著好久沒動，不想讓他覺得她要離開。快天亮時，他緊抓著的手鬆開了，臉上露出了祥和的表情，讓他看起來像個大男孩。西西將他的頭放到枕頭上，嫻熟地將他的衣服脫掉，替他蓋上被子。她將威士忌酒瓶扔進通風井，她想如果凱蒂不知道這裡發生了什麼事，也就無從煩惱。她將粉紅色的絲帶胡亂繫上，腰部稍微整理了一下，出來的時候將門輕輕關上。

西西有兩大弱點：她是個了不起的情人，也是個了不起的母親。她的柔情太多，不管誰來索取她都會給予，錢也好、時間也好、脫衣也好、同情也好、理解也好、友誼也好、陪伴也好、她的愛也好，她都能付出。不管遇到什麼，都能激發她的母性。她愛男人，是的，但是她也愛女人和老人，尤其是孩子。她多麼喜歡孩子啊！她愛那些窮困潦倒的人，她想讓所有人開心。她偶爾去教堂告解，卻覺得神父一輩子獨身，未免錯失了人世間的一大樂趣，不由得心生同情，竟然想要勾引他。

她愛街上那些東挖西刨的野狗；看到那些野貓形容枯槁、四處覓食，或是大著肚子，蹣行在布魯克林的角落，想找個洞生小貓，西西便會流淚。她愛布魯克林那些灰不溜秋的麻雀，覺得空地上長出的野草是那麼漂亮。她會摘上幾束白苜蓿花，覺得這是上帝所造的最美的花。有一回她在自己房間裡看到老鼠，第二天晚上，她就準備了個盒子，裡頭放了些碎乳酪。是的，她聆聽每個人的煩惱，但是沒有人聽她的。不過沒關係，西西的天性是付出，而不是索求。

西西走進廚房的時候，凱蒂用她那腫脹的雙眼，懷疑地看著西西紛亂的衣裳。

「我沒有忘記，」她可憐又有尊嚴地說，「你是我姊姊。希望你也記住這一點。」

「別他媽說這種話了。」西西說。她知道凱蒂的意思。但是她看著凱蒂的眼睛，深深地笑了。凱蒂突然寬慰了下來。

「強尼怎麼樣？」

「他醒來就沒事了，不過求求你，他醒來後你別再唸他。凱蒂，別唸他。」

「可是總得告訴他……」

「要是我再聽說你唸他，我就把他從你身邊搶走，我發誓。不管你是不是我妹妹。」

凱蒂知道她是當真的，不禁有些害怕起來：「好吧，我不唸他。」她含糊不清地說，「這次就算了。」

西西親了親凱蒂的臉頰，讚美她：「你看，這才算是長大了，像個女人的樣子了。」西西同情強尼，也同情凱蒂。

凱蒂當場就崩潰了，哭了起來。她的聲音乾澀難聽，因為她痛恨自己哭泣，可是卻又忍不住。西西只得聆聽，再做一次剛剛對強尼做的事，只是這回要站在凱蒂的立場。西西對待凱蒂和對待強尼的方式不一樣。她對強尼柔情似水，因為強尼需要如此，但西西知道凱蒂內心剛硬如鐵。凱蒂講完之後，她也表現出她剛強的那面。

「西西，你現在都知道了，強尼是個酒鬼。」

「怎麼說呢，人非聖賢啊！有誰身上沒被貼過標籤。就算是我，我一生滴酒不沾，可是你知道嗎？」她十分坦率、十分天真地說，「有人在背後說我是壞女人呢！你能相信嗎？我承認，我有時候會抽上一支法國菸，可是你說壞……」

「不是啦！他們說的是你和男人的交往……」

「凱蒂，別唸我！我們每個人該怎樣就怎樣，該過什麼樣的日子就過什麼樣的日子。你有個好男人，凱蒂。」

「可是他酗酒。」

「而且他會一直喝下去，喝到他老死，就這麼簡單。他是酒鬼，你得認了，愛他就要愛他的全部。」

「全部？你是說包括不工作、整夜不歸、濫交朋友？」

「你嫁給他了，就表示他總是有什麼打動了你的心。你就想想這一點吧！把別的都忘掉。」

「有時候，我自己也不知道為什麼會嫁給他。」

「撒謊！你知道你為什麼嫁給他。你嫁給他，是因為你想和他同床共枕，可是你又太虔誠，不願意在婚前就和他做愛。」

「你說成這樣。我那時還是從別人手裡把他搶過來的呢。」

「就只為了要上床，一直都是這樣，沒別的原因。要是這回事好，婚姻就好；要是它壞，婚姻就壞。」

「不是，還有別的。」

「還有什麼別的？不過或許真的還有。」西西讓步了，「如果說還有別的好東西，那就是財富啊！」

「你錯了。這東西對你或許重要，可是……」

「這對任何人都重要，應該重要。如果這樣，所有的婚姻都會幸福。」

「這個我承認，我承認我喜歡看他跳舞、聽他唱歌……還有他的長相……」

「你說的就是我剛才說的，只是用你自己的方式表達。」

「西西這樣的女子，誰比得過她？」凱蒂心想，「她事事都有自己的想法，或許她的想法才對，我也不知道。她是我姊姊，但是別人都在背後說她閒話。她是壞女孩，這個無法否認，等她死了，她的靈魂一定永遠在煉獄徘徊。這個我也常告訴她，但她總說在那裡徘徊的不會就她一個。如果西西比我先死，我一定會幫她做彌撒，讓她的靈魂安息。或許她只會在煉獄待一小陣子，因為她雖然壞，可是她對所有有幸和她打交道的人都很好，上帝也一定也會考慮這點的。」

突然，凱蒂斜過身來，親了一下西西。西西很吃驚，因為她不知道凱蒂剛剛腦子裡轉了這麼一圈。

「或許你是對的，西西，也或許你錯了。但對我來說，最重要的是，除了酗酒外，我愛強尼的一切，我會盡量對他好。我會盡量忽略……」她沒有繼續說下去。在心裡，凱蒂知道自己不是那種說忽略就能忽略的人。

法蘭西沒有睡。她躺在洗衣籃裡，籃子就放在爐灶邊。她吸吮著自己的拇指，聽著媽媽和姨媽談話。可是她才兩歲，什麼也聽不懂。

12

強尼出了這個醜後，凱蒂也沒面子留在這條街上了。當然了，很多鄰居家裡的丈夫也好不到哪裡去，不過凱蒂不願和人比爛。她希望諾蘭家的人出人頭地，而不是跟著芸芸眾生隨波逐流。另外，錢也是個問題。這個問題根本不用討論，他們本來就窮，現在又多了兩個孩子，住不起這裡了。凱蒂開始找可以用勞務換取住處的地方，至少也要有個能遮風蔽雨的屋頂。

她找到了一處房子，可以靠做這房子的清潔工換取免費租住。強尼發誓不讓老婆做清潔工，但凱蒂用她新養成的潑辣口吻告訴他，不做清潔工就沒有房子住，也不想想他們每個月都越來越難湊齊租金。強尼聽了只好作罷，並答應清潔的工作他來做，等他找到穩定的工作後，他們一定再搬家。

凱蒂將家裡僅有的一點東西打包好：一張雙人床，一個搖籃，一輛破舊的嬰兒車，一組三件的綠色絨套沙發，一塊上頭印有粉色玫瑰的地毯，一組客廳的蕾絲窗簾，一株橡膠盆栽，一株玫瑰天竺葵，一隻關在金色鳥籠裡的金絲雀，一本精裝相簿，一張餐桌，幾把椅子，一盒碗盤和廚具，一個金色十字架，十字架的底座是個音樂盒，打開的時候會唱「聖母頌」；還有一個母親送給她的一個樸實無華的木頭十字架，一整洗衣籃的衣服，一組床單，強尼的一堆樂譜，還有兩本書——聖經和莎士比亞全集。

東西真是很少，少到他們找了個送冰人，裝了一車，讓一匹羸弱的老馬拉走就行。諾蘭家四口人也一道上了送冰的馬車，朝新家出發。

凱蒂在搬空後、就像近視眼沒戴眼鏡所看到的景象一樣，霧濛濛的老屋子裡做的最後一件事，就是把存錢筒撬開。裡頭有三塊八毛錢，遺憾的是，凱蒂知道她還得付一塊錢給送冰人，當作搬家的費用。

到了新家之後，強尼幫送冰人搬家具，而凱蒂第一件事就是將存錢筒釘到衣櫥裡。她放了兩塊八毛錢進去，又從自己破舊的錢包裡拿出一毛錢硬幣存進去；這一毛錢本來是要另外給送冰人的。

在威廉斯堡，搬家的規矩是搬完之後要請搬家的人喝一品脫啤酒。可是凱蒂心想：「反正我們不會再遇見他。而且給一塊錢也夠了。他要是送冰，不知道得送多少才能賺到一塊錢呢！」

凱蒂在裝蕾絲窗簾的時候瑪麗．羅姆利來了，在各個房間灑上聖水，祛除可能潛伏在各角落的邪魔。誰知道以前的住客是什麼樣的人？說不定是個新教徒，或是臨死前沒去悔罪的天主教徒。聖水能潔淨家裡，這樣一來，若是上帝選上他們家，祂就會前來賜福。

外婆拿著聖水瓶對向陽光，在對面的牆上投射出一道寬闊的彩虹，還是嬰兒的法蘭西開心得不得了，瑪麗和孩子一起笑，還晃動瓶子讓彩虹跳舞。

「真耐看啊！真耐看啊！❶」她用德文說。

「真難堪啊！真難堪啊！❷」法蘭西跟著用英文說，邊伸出了雙手。

瑪麗把還剩一半聖水的聖水瓶給了她，自己去幫凱蒂的忙。法蘭西很失望，因為彩虹不見了。她想彩虹一定是藏在瓶子裡，所以就把聖水全部倒在自己的膝蓋上，希望能看到彩虹從瓶子裡溜出來。後來凱蒂看到她身上濕了，輕輕拍了她幾下，溫和地告誡她她已經夠大了，不可以再尿褲子。瑪麗於是跟她解釋聖水的事。

「哎呀，孩子自己祝福了自己，卻換來一頓打。」

凱蒂笑了，法蘭西也笑了，因為媽媽不再生氣了。尼力也笑了，露出他的三顆乳牙。瑪麗看著他們，面帶微笑說以笑聲作為新家的開始是個好兆頭。

到了晚飯時他們全收拾好了，強尼和孩子待在一起，凱蒂則去食品店開賒帳帳戶。她告訴老闆自己剛搬到這條街上，問能不能先賒幾樣食物，等到星期六發薪時再還？老闆答應了，他給了她一袋子食物，裡頭還有個小本子，上面記著她賒欠的帳目。他叫她每回來「信用」採購時，都要帶著這小本子。這個小小的儀式結束後，凱蒂一家便準備了足夠的食物，夠挨到下次發薪的時候了。

晚飯後，凱蒂唸書將孩子哄睡。她讀了一頁莎士比亞全集的引言，然後一頁聖經中的系譜。她到目前為止只讀了這麼多。孩子們和凱蒂都不知道他們讀的都是些什麼，唸著唸著，凱蒂自己都睏了，但她還是堅持要將兩頁讀完。她小心地幫孩子們蓋好被，然後和強尼也上床準備睡覺。才八點鐘，可是兩人搬家搬了一整天都累壞了。

諾蘭一家在洛瑞姆街上的新家裡睡著了。他們住的這地方還在威廉斯堡，可是也離格林龐特不遠了。

---

❶原文為德文的Schoen。

❷原文為英文的Shame。

13

洛瑞姆街比波加特街要高級些。街上住的是郵差、消防隊員和一些店鋪老闆。這些店鋪老闆都有些家產，不用在店鋪後頭的房間裡湊合著住。

公寓有間浴室，浴缸是一個橢圓形的木頭盆子，裡頭襯著鋅皮。浴缸裝滿水的時候法蘭西總是忍不住一直盯著看，她還從來沒見過這麼一大盆水，在一個嬰孩的眼中，這簡直就和汪洋大海無異。

他們喜歡新家，凱蒂和強尼把地下室、走道、屋頂和屋前人行道打掃得乾乾淨淨，靠這個來抵房租。這裡沒有通風口，但每間臥室都有扇窗戶，廚房和前頭的房間也各有三扇窗戶。在這裡的第一個秋天很舒適，整天都有太陽，第一年的冬天也很暖和。強尼的工作還算穩定，酒喝得不多，還有錢買煤燒。

夏天的時候孩子們白天多半在戶外，坐在臺階上玩。他們是公寓內唯一有孩子的人家，所以臺階上總有地方給法蘭西和尼力坐。法蘭西快四歲了，開始照顧尼力了，尼力也快三歲了。她常常會在臺階上坐著，一坐便坐很久，用她瘦瘦的手臂抱著瘦瘦的雙腿。不遠處有片她未曾見過的海，從海上吹來一陣鹹鹹的海風，拂動她褐色的直髮。她不時看一眼在臺階爬上爬下的尼力，她坐著，前後搖晃身體，腦子裡轉著很多念頭：為什麼會有風吹來？草是什麼？為什麼尼力和她不一樣，是男孩不是女孩？

法蘭西和尼力有時候就坐在一起，兩個孩子大眼瞪小眼。尼力和法蘭西的眼睛一個樣子，一樣深邃，只是尼力的眼珠是明亮而澄淨的藍色，法蘭西的眼珠則是幽暗而澄淨的灰色。兩個孩子說個沒完沒了，尼力說得很少，法蘭西說得多，有時候法蘭西說啊說，說啊說，說到這性情溫和的小男孩頭靠在鐵欄杆上，就那麼坐著睡著了。

法蘭西那年夏天開始「刺繡」。凱蒂用一分錢給她買了一塊像女子手帕般大小的小方巾，上頭有個圖案：一隻紐芬蘭犬伸著舌頭坐在地上。凱蒂又花了一分錢，買了一小卷繡花用的棉線給她，之後又用兩分錢買下兩個圓形繡綳。法蘭西的外祖母教她如何穿針引線，很快地，法蘭西就繡得很熟練了，路過的女人會停下來，又同情又羨慕地咂著嘴，看著小女孩。小女孩眼窩深陷，右眉內側都擠出了一道線。她用針繡著那塊整整潔潔的方布，尼力斜靠過來，看著她變魔術般讓閃亮的鋼針在布上一下出現、一下消失。西西給了她一個插針用的布草莓，尼力煩躁的時候，法蘭西會讓他拿著針插草莓玩上一陣子。如果想做被單，要繡上一百塊方布，然後再將它們縫到一起，法蘭西聽說真的有些婦女做到了，於是這便成了法蘭西努力的目標。整個夏天，她斷斷續續繡著，到了秋天，卻發現方塊布還只繡了一半，看來拼出一張被單的事只能往後挪了。

寒來暑往，季節變換。法蘭西和尼力不斷長大，凱蒂越來越忙、越來越累，強尼卻做得越來越少，酒喝得越來越多。孩子們的書還持續在讀，有時候凱蒂累了，會跳過一頁，但是大部分時間她都能堅守原本的計畫。他們已經讀到了《凱薩大帝》，凱蒂看不懂舞臺說明中的「號角聲」，她想大概和消防車有關，所以每次唸到這個詞的時候，她都「噹噹、噹噹」地叫，孩子們覺得有趣極了。

存錢筒裡的零錢越來越多，但有一次法蘭西腿上不小心戳進了一根生鏽的釘子，凱蒂不得不打開錫罐，取出兩塊錢去看醫生。還有十幾次，他們會把錫罐頂的金屬條撬開，用刀子弄出一個五分錢硬幣讓強尼坐車去上班。但是家裡規定強尼拿到小費後，必須向存錢筒裡存入一毛錢，這樣一來，還是存錢筒賺錢。

天暖的時候法蘭西就在街上或臺階上自己玩。她很想找玩伴，但是又不知道怎樣和其他小女孩交朋友。別的孩子躲著她，因為她說話很古怪；她說話古怪，是因為凱蒂每天晚上讀書給她聽。有一回，有個小孩為了一件事情取笑她，她反駁說：「什麼呀，你們根本不知道自己在做什麼。你們都只是喧譁和焦慮，卻毫無意義。」

還有一回，法蘭西想和一個小女孩交朋友，便說：「你在這兒等著，我進去，去『得』（begat）❶我的繩索，我們一起跳繩。」

「你是說『拿』繩索來吧。」小女孩糾正她。

「不，我要去『得』。東西，不是『拿』，是『得』。」

「『得』是什麼玩意？」那個五歲的小女孩問。

「『得』，就像夏娃『得』（begat）該隱（Cain）❷」

「你真傻，女孩子要枴杖（Cane）幹嘛？男人走路走不好，才要用枴杖。」

「夏娃就得了，她還得了亞伯呢。」

「管她有沒有。對了，你知道嗎？」

「什麼？」

「你說起話來像個南歐蠻子。」

「我才不像什麼南歐蠻子呢！」法蘭西哭了，「我說話就像……就像……就像上帝一樣。」

「你這樣說不怕天打雷劈。」

「才不會。」

「你這兒空空的吧！」小女孩敲著她的額頭。

「才沒呢！」

「那你為什麼說話這麼怪？」

「我媽媽唸這些東西給我聽。」

「原來是你媽媽的腦袋空空。」小女孩改正說。

「什麼呀，我媽才不像你媽，又髒又邋遢的。」法蘭西只能想出這句來了。

這話那個小女孩已經聽過很多次，她很機靈，知道辯下去是自己吃虧，便說：「這個嘛，我寧可要又髒又邋遢的媽媽，也不要瘋子媽媽；我寧願沒有爸爸，也好過家裡有個酒鬼爸爸。」

「邋遢鬼！邋遢鬼！」法蘭西怒吼。

「瘋子，瘋子，瘋子。」小女孩說。

「邋遢鬼，髒鬼、邋遢鬼！」法蘭西喊叫。她自知占不了上風，無奈地哭了。

小女孩一蹦一跳地走了，蓬鬆的鬈髮在陽光下跳動著。她邊跳邊唱，聲音清脆而嘹亮：「石頭和棍子能夠打斷我的骨頭，可是你的話一點也傷不到我。有朝一日我去世，你將為我罵名哭。」

法蘭西真的哭了。她對罵倒是無所謂，可是沒有人跟她玩，她覺得很孤單。野一點的孩子覺得法蘭西太安靜，乖一點的孩子則躲著她。法蘭西隱隱覺得這也不是她的錯，應該和西西姨媽有關。西西姨媽常來串門子，她打扮招搖，經過街上時好多男人都不懷好意地看著她；除此之外，大概也和爸爸有關，爸爸有時回家時連路都走不穩，在人行道上踉踉蹌蹌。他們的躲避似乎也和鄰居那些女人有關，她們常想從她嘴裡套話，問她爸爸、媽媽還有西西姨媽的事。那些問題看似隨意，實際是要哄騙法蘭西，好在法蘭西並不上當，媽媽不是警告過她了嗎？「別讓鄰居欺負了。」

就這樣，在溫暖的夏日裡，這個孩子孤孤單單地坐在臺階上，假裝對人行道上玩耍的孩子不屑一顧。法蘭西自己想像出一些朋友，和他們一起玩，哄自己說他們強過現實中的小孩。可是看到孩子們手拉著手，圍成一圈，唱起一首悲傷的歌，她的心就跟著節奏跳動起來。孩子們唱著：

---

❶此處是兒童的誤用，正確拼法是beget，beget一詞（過去式為begot，但從前也有begat一說）多指父親得子，如Adam begot Cain，即亞當得該隱，語出聖經。

❷該隱是《聖經》中的人物，是亞當與夏娃的長子，他名字的發音與下文的cane（枴杖）同音。

威特翩翩好少年，
人似野花高又健。
我等縱有青春貌，
怎奈歲月快如箭。
莉琪威娜美無邊，
百媚千嬌勝群媛。
心跳面紅先莫走，
且把情郎與我言。

她們停住，又是鬧又是哄，硬是讓被選中的女孩低聲說出一個男孩的名字。法蘭西心想，假如她也玩，被逮住了，她會說出哪個男孩的名字呢？如果她低聲說強尼．諾蘭，她們會不會哄堂大笑？

莉琪說出一個男孩的名字，小女孩們高聲起鬨。然後她們又手牽著手，圍成一圈，好言好語地大聲誇讚那個男孩：

赫米赫米好少年，
許給莉琪把婚結。
翩翩走至你門邊，
脫帽敬立在階前。
你把綢衣穿在身，
下樓快如一陣煙。

二人就要把婚結，
良辰吉日在明天。

女孩們停下來，高興地拍手。後來這個遊戲玩累了，她們的情緒也跟著轉變，雖然還是圍成一圈，但是步子慢了下來，頭也垂了下來。

媽媽媽媽我病了，
快快去把大夫找。
大夫大夫我來問，
這回是否要送命？
孩子且聽老夫言，
黃泉路上無後先。
送葬馬車有幾輛？
人人皆有全家齊。

在其他街上這首歌的歌詞有些不一樣，但換湯不換藥。誰也不知道這些歌詞是從哪裡來的，小女孩們從別的女孩們那兒學來，而這個遊戲是布魯克林最流行的遊戲。

除了這個遊戲之外，這裡還有別的遊戲，兩個小女孩可以在臺階上玩抓金屬片的遊戲❸。法蘭西自己一個人玩，先是當自己，然後裝成對方。她還會和那個想像的對方說話。「我抓三，你抓二。」她會說。

還有一種遊戲叫「跳房子」。這個遊戲通常是由男孩子開始，女孩子結束。幾個男孩子會把一個錫罐放到電車軌道上，用十分專業的眼神，看著電車的車輪從錫罐上輾過，把它壓平。男孩子們接著拿過錫罐，對折，再放回到電車軌道上；錫片再次被壓平，然後又折，又壓。重複幾次，這錫罐就成了扁平、沉重的錫塊。孩子們會在人行道上畫好格子，標上數字，這時候遊戲就輪到女孩了，她們單腳著地，從一個格子跳到另外一個格子，誰用最少步子跳完誰獲勝。

法蘭西自己畫了跳房子的格子，也放了錫罐在電車軌道上壓，也用專業的眼神，看著電車從上面駛過。聽到車子輾壓的聲音，她又害怕又快樂，電車司機要是知道自己的車子被她這麼利用，會不會生氣呢？她尋思著。她也畫好了格子，可是她只會寫一和七兩個數字。她也會從頭跳到尾，但她還是巴不得有人和她一起玩，因為她相信她自己跳的步子一定最少，世界上任何一個女孩都贏不了她。

有時候街上會有人來演奏樂曲，這法蘭西就不需要夥伴也可以欣賞了。有支三人樂隊每星期都會來一次，他們穿著普通的外衣，可是帽子很滑稽，看起來像電車司機的帽子，只不過帽頂癟了下去。法蘭西每次一聽到孩子們在喊：「表演音樂的來了！」她就會跑到街上，有時候還拖著尼力一起去。

這支樂隊的樂器有小提琴、鼓和短號，這些人會演奏維也納的老曲子，彈得不能說好，但至少音量很足。小女孩們會群聚過來，一起跳華爾滋，在這溫暖的夏日，她們在人行道上轉過一圈又一圈。總有那麼三兩個男孩會模仿起女孩子，故意做出誇張的舞蹈動作，還往她們身上橫衝直撞。女孩子若是生氣，男孩子就誇張地向她們鞠躬（屁股篤定還會撞上一對跳舞的女孩），然後用花言巧語向她們道歉。

法蘭西膽子小，不敢惡作劇，有的孩子就敢。他們不跳舞，而是站在短號手旁，叭滋叭滋地吸著水淋淋的醃黃瓜，這麼一來，口水流進短號裡，惹得短號手火冒三丈。要是老這麼惹他，他會用德語蹦出一連串咒罵來，結尾聽起來總是「該死的外國猶太佬」。很多布魯克林的德國人總是稱惹他們不開心的人為猶太人。

法蘭西對樂隊收錢的方式很著迷。演奏過兩曲後，小提琴手和短號手會繼續彈奏，鼓手則停下來，手裡拿個帽子，厚著臉皮討賞錢，眾人就往帽子裡扔分幣。在街上要了一圈後，他就站在人行道的邊上，望向樓上的窗戶。女人們會用一小塊報紙包住兩分錢扔下來。用報紙包錢很重要，若是沒包，錢一散掉，孩子們就覺得見者有分，會一哄而上把錢搶了一溜煙跑走，害得街頭音樂家憤怒地在後頭追趕。不知何故，用報紙包住的錢孩子不會搶，有時候他們還撿起來，交給樂手。什麼錢歸什麼人，他們似乎有約在先，彼此心照不宣。

要是樂手錢拿夠了，還會加演一首歌。錢少的話，他們會換個地方，希望在別處多賺一些。法蘭西通常會帶著尼力跟著樂手一處處、一條條街跑，直到天黑樂手也散夥回家。除了法蘭西外，還有一大群孩子也像被勾了魂似的跟著樂手跑。很多小女孩還帶著小弟弟小妹妹，放在自家的小拖車或破爛的嬰兒車裡推著一起走。音樂就像有魔力一般，讓她們忘了吃飯，忘了回家。那些小娃娃會哭、會尿褲子，然後又睡著；醒來又哭，又尿褲子，又睡著，如此不斷重複。而那《藍色多瑙河》則演奏了一遍又一遍。

法蘭西覺得這些樂手的日子過得挺不錯的，她打算等尼力長大了，他就拉那種「拉拉」（他把手風琴叫「拉拉」），她則敲鈴鼓，兩人一起在街上演奏，這樣大家就會丟錢給她，等她有錢了，媽媽就不用工作了。

儘管她會跟著三人樂隊跑，但法蘭西更喜歡的還是風琴表演。每過一段時間，就會有一名男子拖一架風琴過來，風琴上頭坐著一隻猴子，穿鑲金邊的紅衣，頭戴一頂無沿小圓帽，帽帶繫在下巴上。猴子下半身穿著一條紅褲子，上面恰到好處地挖了一個洞，讓猴尾巴從洞裡伸出來。法蘭西特別喜歡那隻猴子，她會把自己買糖果的一分錢給牠，就是想看牠伸爪子到帽子上敬禮的樣子。如果媽媽在，她也會拿本應放入

---

❸美國傳統遊戲，道具為一個小橡皮球和一些「金屬片」（jacks，或小石塊）。孩子們會將球扔下，然後在球彈起來後，落下去之前去抓叉子，玩法有點像中國小孩玩的「抓石子」（丟沙包）遊戲。

存錢筒的一分錢交給猴子主人，並嚴肅地交代他不要虐待猴子，要是給她發現，她就去檢舉他。她這些話那義大利人一句都聽不懂，但總會給她同樣的回應。他會脫下帽子，謙卑地鞠個躬，腿還彎曲一下，嘴裡一個勁地高聲說：「明白，明白，明白。」

那架風琴好厲害，每次它一來，街上就像開嘉年華會一般。拉風琴的男子一頭烏黑鬈髮，牙齒潔白。他穿著一條綠色絨布褲子，上身是一件褐色燈芯絨夾克，口袋裡拖出一條紅色絲手帕，耳朵上還戴著一只圓耳環。幫他拖風琴的女子穿一身紅色圓裙，黃色上衣，戴著兩個大大的圓耳環。

音樂聲叮叮噹噹，曲子不知是來自《卡門》或《遊吟詩人》。那女子手裡搖著一個上頭綁著緞帶的髒鈴鼓，無精打采地隨著節拍用手肘敲著。一曲奏完，她會猛然打個轉，露出用髒髒的白襪子裹著的肥腿，還驚鴻一瞥地現出五顏六色的襯裙。

法蘭西從未注意到她的骯髒和倦怠；她只是聽著音樂，看那一閃而過的鮮豔色彩，感受那些鮮活的人物、他們的魅力。凱蒂警告她千萬不要跟著這風琴跑：凱蒂說，穿這種衣服的風琴手是西西里人，而全世界都知道西西里人是黑手黨。黑手黨會綁架小孩，索取贖金。他們會把小孩綁走，丟個紙條，讓人某時某刻帶一百塊去墓地，紙條上還印有一隻黑手印。媽媽就是這麼說風琴樂隊這些人的。

風琴樂隊離開多日後，法蘭西還會想像自己就是風琴手。她會哼著自己所記得的威爾第的曲子，用手肘敲一個老派盤，假裝那是鈴鼓。遊戲結束，她會在紙上描出自己的手，用黑蠟筆將手印塗黑。

有時候法蘭西會猶豫起來，不知道長大後應該去參加樂隊還是做風琴手？要是她和尼力也能有一架小風琴和一隻猴子就好了，這樣他們就可以成天和猴子玩，還可以四處演奏，看小猴子敬禮。人們會給他們很多錢，猴子可以和他們同吃同喝，說不定晚上還可以睡在她床上。這個職業看來很不錯，但法蘭西將自己的打算告訴媽媽時，凱蒂朝她澆了一頭冷水，要她別傻了，猴子身上有蝨子，她絕對不會讓猴子來睡家裡乾乾淨淨的床。

法蘭西又想像自己當鈴鼓手，但接著又想，這麼一來她就得當黑手黨，還得綁架小孩子，她很不願意做這些事，雖然在紙上畫黑手是挺好玩的。

街上總是有音樂，在那遙遠的夏日，布魯克林的街上總是有人唱歌、有人跳舞，日子總是歡樂的。但是當那些臉上還有嬰兒模樣的瘦小孩子牽著手，圍在一起，唱著那些單調的歌曲，卻又為這個夏日增添了幾許憂傷。她們才四、五歲，卻被迫早熟，學著自己照顧自己，這讓人多麼悲傷；那《藍色多瑙河》被樂隊演奏得如此拙劣，卻也如此哀傷；猴子鮮紅的帽子下，眼神也是哀傷的；風琴的演奏聲音明快而響亮，可是那調子也是那麼哀傷。甚至吟遊歌手來後院的時候，唱的也是這樣的歌謠：

要是我有辦法，決不讓你老去。

這聽來也很哀傷。他們都是些流浪漢，無非是餓得想混口飯吃。他們沒有音樂天分，只有一身膽量，敢站在院子裡，手拿著帽子，大聲歌唱。遺憾的是，這膽量也無法讓他們在這世上有什麼進步。一天快要結束的時候，他們會和布魯克林的其他人一樣陷入迷惘。那時候的陽光仍然明亮，可是光線已經稀薄，照在身上，也不覺暖和了。

14

洛瑞姆街上的日子過得頗開心，若不是西西姨媽弄巧成拙，諾蘭家會一直在這裡住下去。西西姨媽因為三輪車和氣球兩次事件，害得諾蘭家不好意思再住下去了。

有一天，西西姨媽下了班，想趁凱蒂上班的時候去看看法蘭西和尼力。在離他們家還有兩條街的時候，她看到了一輛漂亮的三輪車，陽光下，三輪車的銅把手亮得刺眼，不由得讓西西瞇起了眼睛。這種三輪車如今是難得一見了，它的後頭有寬敞的皮座椅，能坐兩個小孩，座椅後方有靠背，車前是鐵杆，和小小的前輪相連，兩個後輪很大。車前的把手頂端是純銅的，踏板在座位前方，小孩可以輕輕鬆鬆地坐在裡頭，靠著車後背，踩著車子，握著膝蓋上方的把手掌握方向。

西西看到三輪車在臺階前無人看管，便毫不猶豫地拉走，拉至諾蘭家門前，把兩個孩子叫出來，讓他們騎著玩。

法蘭西覺得好玩極了！她和尼力坐在車座上，西西拉著他們在街上四處轉。太陽把座墊的皮曬得暖暖的，上頭的氣息聞起來濃厚而昂貴。溫暖的陽光照在把手上，晃來晃去，如同一團舞動的火焰。法蘭西想，要是她伸手去碰，準會燙傷自己的手。這時候，問題來了。

一小群人圍了上來，為首的是個歇斯底里的婦人，牽著個號啕大哭的男孩。女人衝向西西，嘴裡大叫著：「偷車賊！」她伸手去拉車把手，但是西西抓得緊緊的，爭搶中，法蘭西差點就被甩了出去。執勤的員警跑了過來。

「什麼事？什麼事？」員警接手此案。

「這個女的是小偷。」那女人說，「她把我家小孩的三輪車偷走了。」

「我沒有偷，警官。」西西說，她的語音輕柔，魅力十足，「這車子一直放那兒沒有人動，我不過借用一下，給兩個孩子坐一坐。他們從來沒有坐過這麼好的三輪車。你知道坐這樣的車子對小孩多麼重要，他們開心地要飛上天了！」員警看了看後座上的兩個孩子。法蘭西怕得發抖，但還是衝著他笑了。「我只是帶孩子繞這街轉一圈，然後就會放回去。真是這樣的，長官。」

員警的眼睛看到西西豐滿的胸脯；西西喜歡穿緊身的胸衣，那胸脯呼之欲出。員警看向那惱怒的婦人，說：「女士，這麼小氣做什麼呢？」他說，「你就讓她帶著孩子繞著街轉幾圈好了，給人騎一騎，又不會要了你的命。」（他還沒把「命」說出來，周圍的小孩就一陣竊笑了。）「就讓他們騎一騎好了，我保證這車子原樣還你。」

他就是法律，那女人又能怎樣呢？員警給了那號啕大哭的男孩一枚五分硬幣，叫他閉嘴。他叫圍觀的人散開，說要是他們不快滾，他就叫輛警車來，把他們全帶去局裡。

人群散開了。員警手裡揮著警棍，充滿騎士風度地陪著西西和兩名小乘客在街上繞。西西看著他，衝著他的眼睛笑。他於是把警棍別到腰帶下，堅持要幫她拉車。西西穿著小巧的高跟鞋，跟在他身邊幾乎是小跑步了。她用那輕柔的、活潑的聲音和他說話，把他迷得神魂顛倒。他們繞街繞了三圈，人們看到一身制服的員警如此著迷，不禁掩嘴而笑。員警裝著沒有看見，和西西熱情地聊著，多半說的是他老婆；他說他老婆是個好人，可是呢，怎麼說呢，有點病。

西西說她能理解。

車子一事後，人們開始說閒話了。強尼動不動酒醉回家，加上男人不懷好意地盯著西西，這些就已經夠他們嚼舌的了，現在又多了這一件。凱蒂想搬家了，這回就像在波加特街的時候一樣，左鄰右舍對諾蘭家知道得太多了。凱蒂正想要另找個地方，這時候又出了另外一件事，迫使他們立刻搬走。這個讓他們加速逃走的原因和性有關係，不過，若是正確看待這事的話，其實也沒有什麼大不了。

一個星期六下午，凱蒂去格靈百貨公司打零工；格靈百貨是威廉斯堡一家大百貨公司。她在百貨公司替星期六晚上加班的員工煮咖啡、做三明治當晚餐，抵作員工的加班費。強尼那時候在工會總部，等著工作上門。西西那天不上班，她知道孩子們一定被鎖在家裡，便過來陪他們。

她敲了敲門，說自己是西西姨媽。法蘭西沒有鬆開門鏈，但是把門打開，確定是姨媽後才放她進來。看到西西來，孩子們一湧而上，擁抱個沒完。他們愛死西西姨媽了，對他們來說，西西姨媽是個大美女，身上總是香香的，總穿著漂亮的衣裳，還帶禮物來讓他們驚喜。

這回她帶來的是香噴噴的雪松木雪茄盒、幾張紅色和白色的紙巾，還有一罐漿糊。他們坐在餐桌前，一起裝飾那個盒子。西西用兩毛五的硬幣在紙上描出圓圈，法蘭西剪下來。西西還教她如何將圓紙圍在鉛筆頭上，做成小小的紙杯子。她們做了好多紙杯子後，西西在盒子上畫了一個心形，然後在紅色杯子的底上沾點漿糊，貼在鉛筆畫的心形上，這個心形裡於是裝滿了紅色杯子；盒蓋其餘的部分則黏上白色的小杯子。完成之後，盒蓋上就彷彿有了一整片密密麻麻的白色康乃馨，中間是個紅色的心形康乃馨。雪茄盒的四邊她們用白色小杯子裝點，盒子裡頭襯上紅色的紙巾，整個完成之後漂亮極了，完全看不出是個雪茄盒子。裝飾這個盒子花掉了大半個下午的時間。

西西五點鐘和人約了吃炒雜燴，於是準備出發。法蘭西拉住她不放，求她別走。西西也不想走，但又怕錯過約會。她在自己的錢包裡搜索了半天，想找點東西給兩個孩子玩。他們站在她膝邊，幫她一起找。法蘭西看到了一個香菸盒，於是拿了出來。菸盒子上是個男子，躺在沙發上，蹺著二郎腿，嘴裡叼根菸，頭上方有一個大大的煙圈；煙圈裡有個女人，長髮遮在眼前，胸脯從衣服裡露出來。盒子上的商標寫著「美國夢」。這是西西工廠裡的產品。

兩個孩子一起搶這盒子，西西不情不願地把盒子留給他們，但解釋說裡頭裝的是香菸，他們只能拿著看看，不准打開，而且千萬不要碰封口，她說。

她走了之後，孩子們看著盒上的圖畫玩。他們晃了晃盒子，裡頭瑟瑟作響，聲音有些悶，有些神祕。

「不是香菸吧，是蛇呢！」尼力說。

「不是。」法蘭西說，「是蟲子，活蟲子。」

他們爭了起來。法蘭西說盒子這麼小，裝不下蛇；尼力說，一定是蛇蜷起了身子，像玻璃缸裡的鯡魚。兩個人的好奇心越來越濃，一下便把西西的告誡拋到了腦後。封口處也貼得不是很緊，一撕就開。法蘭西把盒子打開，裡頭是個用錫紙包著的軟軟的東西。法蘭西小心地將錫紙撕開，尼力準備等蛇一出來就要趕緊鑽進桌子底下。可是裡頭裝的不是蛇，不是蟲子，也不是香菸。裡頭的東西沒有什麼趣味，法蘭西和尼力吹吹玩玩，一會兒就失去了興趣，便笨手笨腳地將那吹出的氣球用線拴住，放到窗外，然後把窗戶拉下，將線壓住。然後他們輪流在那打開的盒子上跳來跳去，把它踩得粉碎。他們就這樣熱衷地跳啊跳，把掛在窗外的東西忘得一乾二淨。

強尼晚上有工作，便回家來拿假襯衣和紙領子。他悠哉悠哉地往家裡晃，沒想到有件令他震驚的事情在等著他。他只看了那東西一眼，臉便紅得發燒。凱蒂回家的時候，他把這事說給凱蒂聽。

凱蒂詳細盤問了法蘭西一番，弄了個水落石出。她對西西大為光火。當夜，孩子都睡著了，強尼也上班去之後，她一個人坐在陰暗的廚房裡，臉上一陣陣發燒。強尼上班的時候也心神不寧，彷彿世界末日到了似的。

艾薇晚上稍晚時來了，和凱蒂兩人說起了西西。

「夠了，凱蒂，」艾薇說，「事情得到此為止。西西平時為人怎麼樣，那是她自個兒的事，但搞出今日的事情就要另當別論了。我家有個成長中的女兒，你也是，我們不能再讓西西進我們家了。她是個壞女人，這一點是事實，我們無可否認。」

「她也有很多優點。」凱蒂慢條斯理地說。

「今天的事情之後，你還能說這種話？」

「好吧……我想或許你是對的，不過不要告訴媽媽就是了，她不知道西西的為人處事，西西又是她的寶貝女兒。」

強尼回家後，凱蒂告訴他以後不許西西再上門。強尼嘆了口氣，說恐怕也只有這個辦法了。強尼和凱蒂談了一整晚，到了天亮，他們計畫好準備等到月底就搬家。

凱蒂在威廉斯堡的格蘭街上找到了一個地方，同樣可以做清潔工，以工換租。搬家時，她將存錢筒取出，裡頭有八塊多錢。給了搬家的兩塊，其他錢等存錢筒釘進新房裡後又放了回去。瑪麗・羅姆利又來了，一樣替他們在屋子裡灑聖水。一家人再一次重新安頓，再一次去附近的店裡開賒帳帳戶。

新家不如洛瑞姆街上的家，一家人雖然後悔但是也無可奈何。他們沒住一樓，改住在頂樓。樓下沒有臺階了，只有個臨街的商店。屋子裡沒有浴室，廁所在走廊中間，由兩家合用。

唯一的優點是屋頂是他們的。根據一條不成文的規定，頂樓總是屬於住在頂層的人，而院子則歸一樓的人。另外一個好處是樓上沒有住人，這樣一來，再也不會有人在上面地動山搖，讓他們的韋斯巴哈白熱燈燃罩碎成粉末了。

凱蒂正在和搬家的人爭論時，強尼把法蘭西帶到樓頂。法蘭西的視野大幅開拓。不遠處就是美麗的威廉斯堡橋；東河那邊摩天大樓林立，清晰可見，如同銀彩紙做出來的夢幻城市。更遠處是布魯克林大橋，和近處的威廉斯堡橋遙相呼應。

「太美了，」法蘭西說，「和鄉村的風景照片一樣美。」

「我有時候上班會過那座橋。」強尼說。

法蘭西驚奇地看著他。他都經過過那魔幻般的大橋，怎麼會看起來還是這個樣子，說話還是這個口氣？她覺得這真不可思議，伸出手摸摸他的手臂。他每天經過那座大橋，摸起來一定有所不同，可惜結果還是感覺和以前一樣，她有些失望。

孩子伸手摸自己的時候，強尼摟住她，低頭笑著問：「你多大了，小歌后？」

「六歲，就快七歲了。」

「這麼說，你九月就該上學了。」

「不，媽媽說我要等到明年，等尼力年紀到了我們再一起上。」

「為什麼啊？」

「這樣的話，假如有人欺負我們，我們就可以一起對付他。」

「媽媽考慮得真是周全。」

法蘭西轉過去看其他的屋頂。有座屋頂上有個鴿子籠，鴿子關在裡頭，平平安安的。鴿子主人是個十七歲的少年，手裡拿一根長竹竿，竹竿一頭有塊破布。那小夥子握著那竹竿一圈圈揮舞，一群鴿子一圈又一圈地飛著。其中有隻鴿子離開了鴿群，朝著飛舞的破布飛來。小夥子小心翼翼地將竹竿放低，那笨鴿子仍舊跟著破布。小夥子將牠抓住，放進鴿子籠。法蘭西有些沮喪。

「那人偷了一隻鴿子。」

「明天有人會偷他的。」強尼說。

「可是，那可憐的鴿子離開自己的親人了啊！或許牠有鴿子寶寶呢！」她眼裡湧出眼淚來。

「不用哭。」強尼說，「或許鴿子想離開自己的親人呢！牠要是不喜歡新鴿子群，鴿子籠打開的時候，牠就可以飛回去找老鴿群啊！」法蘭西這才放寬了心。

他們站在那裡好久沒說話，兩人手拉著手，在樓頂邊緣看著河對岸的紐約。最後，強尼自言自語般地說：「七年了。」

「你說什麼，爸爸？」

「你媽媽和我都結婚七年了。」

「你們結婚的時候我在不在？」

「不在。」

「不過，尼力出生的時候我在。」

「是的。」強尼又開始自言自語，「結婚才七年，都住過三個地方了，但願這是我最後一個家。」

他說的是「**我**」的最後一個家，而不是說「**我們**」的最後一個家，但是法蘭西也沒發現。

第三卷

15

新房子有四個房間，一個挨著一個，他們稱之為火車車廂屋。廚房高而窄小，面對院子。院子四周是石板路，中間是一塊水泥一樣的酸土地，上頭幾乎什麼也長不了。

可還是長了棵樹。

法蘭西第一次看到這棵樹的時候，它才長到兩層樓高。她可以從窗口往下看，這樹就像一群高矮胖瘦不一的人擠在一起，在雨中打著傘。

後院有根細細的曬衣竿，上頭有六根繩子，用滑輪與各廚房窗戶連接。如果繩子從滑輪脫落，附近的男孩就爬上曬衣的竿子將繩子重新裝好。男孩們用這法子賺零用錢，據說這些孩子會在深更半夜爬上曬衣竿，故意解開繩子，隔天好再賺一毛錢。

如果陽光好、風大，這些繩子上掛滿衣服倒別有一番風景。那些白色的方被單，迎著風，有如故事書裡的船帆。那些紅的、綠的、黃的衣裳用木頭夾子夾在繩子上，彷彿有自己的生命一般。

曬衣竿背後是一面磚牆，牆上沒有窗戶，是附近學校的後牆。法蘭西發現，如果她仔細看的話，沒有任何兩塊磚是一樣的。牆上的磚一層又一層，中間是剝落的白灰泥，看上去節奏分明，讓人賞心悅目。太陽照在上面的時候，它們閃閃發亮。法蘭西把臉湊上去，就能聞到牆暖暖的、濕濕的。下雨的時候，總是它們先淋到，散發出一種潮濕的泥土味，那氣息就如同是生命本身。冬天時，下起第一場薄薄的小雪，雪一落到人行道上就化掉，卻能附在粗糙的磚牆上面，如同童話裡的飾帶。

學校的院子有四英尺長的部分和法蘭西家的院子毗鄰，但中間有一道鐵絲網隔著。院子總被一樓的男孩霸占，他在的話別的孩子就不能玩。法蘭西只下去過幾次，都是趕在學校下課的時候下去，看著成群的孩子在院子中玩。學校的下課時間不過是將幾百個孩子趕鴨子一般帶到這四面都是石板路的院子中間，上課鈴響後又領出去。到了院子裡，連遊戲的空間也沒有，孩子們就在裡頭亂擠亂轉，一個個氣呼呼地尖著嗓子，叫個不停。持續了五分鐘後，上課鈴一響，這些聲音便像被快刀斬斷一樣戛然而止，接著一片死寂，所有動作突然僵住。然後，那亂轉亂擠變成了你推我擠，孩子們巴不得趕快進入教室，就像先前巴不得出去一樣。擠著進去的時候，他們的尖叫聲也變成了低沉的嗚咽。

有天下午，法蘭西在院子裡玩，看到一個小女孩單獨自跑出來，拿著兩個板擦拍打，將上頭的粉筆灰拍掉。法蘭西的臉貼著鐵絲網，覺得那小女孩做的事是全世界最有趣的事。媽媽曾經告訴她說只有老師的寵物才能得到這個差事，對法蘭西來說，寵物就是貓、狗和小鳥。她發誓，等她長大上學之後，一定要學貓喵喵叫，學狗汪汪叫，或學小鳥啾啾叫，當「寵物」接下拍打板擦的差事。

這天下午，她就這麼站在那裡看著，眼睛裡流露出羨慕的神情。那個打板擦的小女孩也察覺出她的羨慕，便更炫耀地拍起來。她在牆上拍，在石頭人行道上拍，最後一個表演是反手在背後拍。她問法蘭西：

「想不想再近一點看？」

法蘭西害羞地點了點頭。女孩將黑板擦拿到鐵絲網邊上，法蘭西伸了根指頭出去，摸摸那彩色的氈毛，上頭一層粉筆灰使得那些顏色混同在一起。她正要去摸這美麗的東西時，那小女孩突然縮手將板擦收回，還對著她的臉狠狠啐了一口口水。法蘭西緊閉雙眼，強忍著不讓受傷的眼淚流下。其他女孩好奇地站著，想看她的眼淚掉下來。但看到法蘭西沒哭，那女孩便開始取笑：「怎麼不哭出來呢，你這傻蛋？要不要我再向你臉上吐一口啊？」

法蘭西轉身，走向地下室，在黑暗中坐了好久，直到那潮水一般的傷痛不再沖刷自己。隨著年歲增長，她的感知能力跟著提高，這回遇到的幻滅不過是個開頭，以後還會有很多很多。從此之後，她再也不喜歡板擦了。

家裡的廚房同時也是客廳和餐廳。廚房的一面牆上有兩扇長長的窗戶，另一面牆上有一個凹進去的地方放著鐵製煤爐；煤爐上方凹進去的地方是用珊瑚色的磚抹上奶油色的灰泥修成的。上面有石壁爐架，還有一塊爐底石，法蘭西可以用粉筆在那石頭上畫東西玩。爐邊是個熱水爐，生火的時候水爐就會跟著熱。天冷的時候，法蘭西在外頭受凍回家，會伸開雙臂，臉貼著溫暖的銀色爐子，心中充滿感激。

爐子旁是兩個滑石洗衣盆，上頭有帶鉸鏈的木頭蓋子。兩個洗衣盆間的隔板可以去掉，合成一個洗澡盆。不過，這洗澡盆不大好用，有時候法蘭西坐在裡頭，蓋子會砰一聲砸著她的頭。盆底很粗糙，坐在這潮濕又粗糙的盆底，起身的時候不是洗過澡的一身輕鬆，而是渾身發痛。另外，還有四個水龍頭得對付。不管法蘭西怎麼提醒自己那兒有四個屹立不搖的水龍頭，她還是常突然從肥皂水裡站起身，背部重重撞上水龍頭，所以她背上總有一道憤怒的劃痕。

過了廚房是兩間臥室，一間連著另一間。臥室的窗戶很小，灰濛濛的。通風口如同一口棺材，嵌在兩間臥室上頭。如果用錘子和鑿子或許能把通風口打開，不過真要這樣，得到的犒賞會是一陣潮濕陰冷的風。通風口的頂上是個小小的、斜頂的玻璃天窗，那玻璃是厚厚的毛玻璃，上頭有鐵絲網擋著，不讓它被東西砸碎。通風口四周是條波狀鋼條。這個裝置照道理是要讓陽光和空氣進入臥室，但由於玻璃厚重，上面又有鐵絲網，四周還有鋼條，灰塵堆積了不知道多少年，哪裡還有什麼陽光進得來；通風口四周滿是灰塵和蜘蛛網，空氣也透不過來；不過，雨雪卻總能一意孤行地闖進來，有暴風雨的時候，通風口下頭的木頭就發潮、冒煙，發出墳墓一般的味道。

這個通風口是個可怕的發明。即便窗戶封得嚴嚴實實，這通風口還是如同一個擴音器，讓你聽到所有人發出的各種聲音。不只老鼠在通風口下方跑來跑去，通風口也常有失火的風險。要是有個卡車司機喝醉了酒，漫不經心扔根火柴到通風口裡，還以為自己是扔到院子裡或者街上了，那整幢樓一下子就能點著。通風口的底部也堆了很多髒東西，由於人無法接觸到通風口底部（入口太小，人身體下不去），這裡就成了一個垃圾堆，人不要鬼不拿的各種東西在這裡匯集，齊聚一堂，生鏽的剃刀和帶血的衣服就算是好的了。法蘭西有一回往下看，想起了神父說的煉獄，覺得煉獄大概就像這通風口底部吧！只是陣勢大一些。法蘭西走向客廳，她經過這些臥室時總是瑟瑟發抖，眼睛都不敢睜開。

客廳，或者說前屋，就是家裡的正屋。它有兩扇高而窄的窗戶正對著街道。三樓很高，下頭的喧囂傳上來已如強弩之末，聽來反倒溫馨宜人。客廳是個體面的地方，有自己的門通向走廊，如果有客人來，也可以直接到這裡，無需經過廚房、穿越臥室。客廳四牆都貼有暗褐色底、金色條紋的壁紙，風格莊重。窗戶靠室內的部分有木條做的百葉窗，中間開闊，兩頭逐漸變窄。法蘭西常常拉開這百葉窗，然後手一碰，它們又收了回去。法蘭西靠玩這百葉窗度過了很多快樂時光。這百葉窗是個看不厭的奇蹟，放下來就能掩住整面窗戶，擋住日曬風吹，收起來就成了小小一片，只露出波瀾不驚的小小側面。

黑色大理石壁爐裡頭嵌著低低的客廳暖爐。暖爐只有前面那一半能看見，看起來像圓弧那面朝外的半顆大西瓜。暖爐是由無數薄雲母片做成的小窗，架子則是薄薄一層刻花的鐵片。只有耶誕節的時候凱蒂才捨得在客廳生火，這時候所有小窗戶都會閃閃發亮，法蘭西會愉快地坐在那兒取暖；夜色降臨時，她就看著那些小窗戶從玫瑰紅漸漸變成琥珀色。凱蒂進來後，便點著煤氣燈，驅走陰影，讓爐子裡的光為之褪色，她這麼做，簡直是種犯罪。

前屋最棒的地方是有一架鋼琴。這鋼琴是一個奇蹟，是無數次禱告也求不來的奇蹟，可是它居然出現在諾蘭家客廳裡！他們既沒有禱告，也沒有許願，但這個真真正正的奇蹟卻主動送上門來。鋼琴是原來房客的，因為沒錢搬走，才留在了這裡。

那時候搬鋼琴可是個浩大工程。鋼琴是不可能從狹窄陡峭的樓梯搬下去的，鋼琴必須捆綁起來，繫上繩子，從窗戶裡送出，還得在屋頂上裝個巨大滑輪才能放下去。搬運老闆會吼叫揮手，大聲訓斥指揮工人搬運。街道用繩子圍住，警察得把人群趕到遠處。一有人要搬鋼琴，孩子們篤定會蹺課來看。鋼琴剛出來的場景最值得一看：那個被包起來的龐然大物剛從窗戶現身時總是先斜著，在空中轉上一陣，教人看了頭暈，然後才會正過來。接著鋼琴開始慢慢地、令人心驚膽戰地下降，孩子們在旁粗聲喊著加油。

搬鋼琴要花十五塊錢，這個價格是搬其他家具的三倍，因此原主人問凱蒂可不可以先放這裡，請她幫忙照看？凱蒂樂意地答應了。那個女子又戀戀不捨地囑託凱蒂不要讓鋼琴受潮受凍，冬天的時候把臥室門打開一點點，好讓廚房裡的暖氣也過來一些，免得鋼琴變形。

「你會彈嗎？」凱蒂問她。

「不會，」那個女子悲傷地說，「我們家沒人會彈。我希望我會。」

「那為什麼買呢？」

「這鋼琴原是一戶有錢人家的，他們要低價賣掉，我很想要就買了。沒錯，我不會彈，不過它很漂亮……往屋子裡一擺，蓬蓽生輝啊！」

凱蒂答應替她看管鋼琴，讓那女子有錢時再來搬。可是那女子一直沒有來，諾蘭家於是一直擁有這架漂亮的鋼琴。

鋼琴不大，是用一種黑色的木頭做成的，上了光，發出幽暗的光澤。鋼琴前頭的薄飾板上鏤有美麗的圖案；在這細緻的裝飾之後還有一塊暗玫瑰色的絲綢。和其他直立鋼琴不同，這鋼琴的蓋子不是分段上翻，而是能整個一片翻過來，靠在精美的花紋木上，如同一個漂亮、精緻的黑殼。鋼琴兩邊各有一個燭臺，可以放上白蠟燭，在燭光下彈琴。燭光在那象牙般奶白色的琴鍵上投下如夢似幻的陰影，蓋子上還可以看到琴鍵的影子。

諾蘭家租下房子後在屋裡四處查看，他們一走進客廳，法蘭西眼中就只有這架鋼琴，對其餘一切都視而不見。她想把鋼琴抱住，可是鋼琴太大，她抱不過來，只好抱一抱褪色的玫瑰色緞面琴凳。

凱蒂看著鋼琴，眼裡閃爍著光芒。她注意到樓下公寓的窗戶上有一張「教授鋼琴」的廣告。凱蒂有個主意。

琴凳像魔術道具一般，能根據身高升高或降低，還能旋轉。強尼坐在上面，開始彈奏起來。當然，他不會彈鋼琴，他根本就不識譜，但是他知道幾段和弦，能邊唱歌邊彈上一小段，聽上去就像真是在自彈自唱。他彈了個小和弦，看著女兒的眼睛，臉上露出了壞壞的微笑。法蘭西也笑了，她的心中充滿期待。強尼又彈了一個小和弦，按住。在鋼琴輕柔的回聲中，他用清晰的聲音唱道：

麥克維頓❶，峻峰秀嶺。
四野晨露，熠熠輝生。
（和弦——和弦）
吾愛安妮，俊俏無窮。
在山之側，吐露芳情。
（和弦——和弦——和弦——和弦）

法蘭西把臉轉向一邊，不想讓爸爸看到她臉上的淚水。她怕爸爸問自己為什麼哭泣，而自己又說不上來。她愛爸爸，愛這鋼琴，她也不知道自己為什麼不由自主地流下眼淚。

凱蒂說話了。她的聲音中有種溫柔，這溫柔過去常有，但近一年來強尼已經很少聽見了。「這是不是

❶此歌為蘇格蘭民謠，由威廉・道格拉斯（William Douglas, 1672-1748）為其當時心上人，麥克維頓準男爵的女兒安妮・羅瑞所作，此戀情最後無疾而終。

愛爾蘭民謠啊，強尼？」

「蘇格蘭民謠。」

「我從沒有聽你唱過。」

「是沒有唱過，但我知道這歌。我從來沒唱過這首歌，是因為在我工作那種吵吵鬧鬧的鬼地方，沒有人會喜歡這種歌。他們寧願聽《下雨的午後來找我》這類的，除了喝醉的時候。等他們醉了，就只能唱《甜蜜蜜的阿黛林》。」

他們很快在新家安頓下來。原本熟悉的家具現在看起來有些陌生，法蘭西坐在椅子上，很奇怪這椅子怎麼和在洛瑞姆街的時候感覺一樣。她自己感覺完全不同，為什麼椅子不會呢？

爸爸媽媽收拾一番後，前屋變得漂漂亮亮的。地上有一張鮮綠色的地毯，上面有漂亮的粉色玫瑰。窗戶上有奶白色的蕾絲窗簾，漿洗得乾乾淨淨。屋子中間有一張大理石面的桌子，還有一組三件套的綠色絨套沙發。角落裡有個竹架子，上面放著絨面相簿，相簿中有羅姆利姊妹嬰兒時的照片，有一張是她們趴在一塊毛地毯上，姑媽們表情安詳地站在椅子後，椅子上坐著的是她們的丈夫，一個個嘴上留著濃密的鬍子。小架子上還有些紀念杯，有粉色也有藍色；杯上有金邊鑲飾著藍色勿忘我或紅色「美國麗人」玫瑰的圖案。杯子上還有「勿忘我」和「友誼純真」之類的金色字樣。這些小杯子、小碟子是凱蒂過去的閨中好友送的，她不准法蘭西用它們來玩扮家家酒。

在架子底層是個骨白色的海螺殼，殼裡是美麗的玫瑰色。孩子們特別喜歡這貝殼，甚至給它取了個名字，叫它做「小愛」。法蘭西把它貼近耳朵的時候，它就會傳來大海的聲音。有時候為了討孩子開心，強尼會拿過貝殼聽一聽，然後伸開手臂，目光如炬地看著貝殼唱道：

我在大海邊，發現一貝殼。
我將它貼近耳邊，聽它歌唱，唱得我心歡喜。
那是一首大海的歌，甜美而清晰……

後來，強尼帶他們去卡納西❷，法蘭西第一次看到了大海。大海唯一出奇的地方，就是它聽起來就像那「小愛」貝殼發出的小小呼嘯聲。

❷布魯克林東南部一個地區。

16

社區商店是城市兒童生活重要的一環，開門七件事，商店樣樣可供應；孩子們想像得到的美麗，店裡都有儲存。這些商店裡有著孩子們夢寐以求的一切。

法蘭西最喜歡的卻可以說是當鋪，這倒不是因為人們一個個把寶貝東西往鐵條柵欄後的窗臺裡扔，也不是因為那些披著披肩的女子，會鬼鬼祟祟地從側門進入，而是因為當鋪上方掛著的三個大金球在陽光下熠熠生輝，有風吹過，三個大球還會懶洋洋地晃蕩幾下，如同沉重的金蘋果。

當鋪隔壁有家麵包坊，裡頭有賣美味的夏洛特俄式奶油蛋糕，蛋糕上頭抹著鮮奶油，鮮奶油上還放有紅色的櫻桃蜜餞；這蛋糕只有有錢人才買得起。

當鋪的另一側是格林德粉刷店，粉刷店裡前面有個檯子，上頭懸掛著一個盤子；盤子的中間裂開，裂縫處被誇張地修補起來。盤子下頭鑽了個洞，洞裡穿著一根鏈條，下面綁著一塊沉重的石頭，這是要證明**少校牌水泥**何等牢靠。有人說這盤子其實是鐵做的，外頭粉刷過，畫成瓷器裂開的樣子。但是法蘭西寧可相信這是真的瓷盤子，真的破裂了，真是用水泥奇蹟一般修補好了。

最有意思的商店是在一座小棚屋裡，這屋子的年紀可以追溯到印第安人還在威廉斯堡出沒的時候。小棚屋有一扇小小的窗戶，窗板和隔板也是小小的；屋頂是斜的，很陡峭。這家商店還有扇凸窗，窗板也很窄小。窗戶後頭坐著個模樣很體面的人，在桌子前捲雪茄——細細的深褐色雪茄，每四支賣五分錢。他一手拿菸，精心挑選外層的菸葉，然後放入其他深淺不一的褐色菸葉，熟練地捲起來，捲得又細又緊，兩端方方正正。他是個老派的工匠，對新潮的玩意兒嗤之以鼻。他不願意在店裡點煤氣燈，有時候天黑得過早，他還有很多雪茄沒有捲完，他就會點上蠟燭。他的店外有個木刻印第安人，一副兇神惡煞的樣子，站在一個木頭底座上，一手拿戰斧，一手拿雪茄。他腳踩羅馬鞋，鞋帶一直繞到膝部；下身穿一條短裙，頭上戴一頂作戰帽；他的衣服都漆成了鮮亮的紅、藍、黃色。製作雪茄的人每年給它新上四次油漆，下雨的時候還搬進屋子內。附近的孩子都叫這印第安人「馬蜜大姨」。

法蘭西還有個很喜歡的商店，裡頭除了茶葉、咖啡和香料，什麼都不賣。這地方饒有趣味，裡頭有一排排的漆櫃子，空氣中混雜各式香味，聞起來陌生而浪漫，充滿異國氣息。另外，還有十幾個紅色的咖啡櫃，上頭用中國毛筆橫寫著一些奔放的黑字：巴西！阿根廷！土耳其！爪哇！綜合！茶葉則放在小些的櫃子裡，都是很漂亮的小櫃子，上有斜拉的蓋子，櫃子上寫著：烏龍茶！福爾摩沙茶！上等紅茶！中國黑茶！杏花茶！茉莉花茶！愛爾蘭茶！香料則裝在櫃檯後的迷你櫃子裡，名字在架子上一長溜排下來：肉桂——丁香——生薑——多香果——肉豆蔻——咖哩——乾胡椒——鼠尾草——百里香——馬郁蘭。要是有人要買辣椒，老闆會當場用個磨子磨成胡椒粉給他。

店裡還有個很大的手磨咖啡機，咖啡豆放在一個亮晶晶的銅製漏斗裡，再用兩手轉動磨子，香香的咖啡粉就啪嗒啪嗒掉下來，落入一個紅色的勺子狀容器裡。

（諾蘭家自己磨咖啡。法蘭西很喜歡看媽媽在廚房裡開開心心地磨咖啡。她會把咖啡磨夾在雙膝間，左腕猛轉，邊磨邊抬起頭，興致勃勃地和強尼說話。屋子裡充滿濃郁宜人的新鮮咖啡粉氣味。）

賣茶的人有一架上好的天平。兩端的銅盤子二十五年如一日，天天擦拭，擦到如今只剩薄薄的一層，模樣精緻，如拋光過的金子。法蘭西去買一磅咖啡或是一盎司辣椒的時候，就會看著老闆將一個小小的銀秤砣（上有重量印記）放在一邊，然後會用一個貌似銀製的勺子把香噴噴的咖啡或胡椒粉舀到天平的另外一邊。法蘭西屏住呼吸看著店主小心翼翼地往裡添一點，或是取一點出來。那金色盤子最後終於平衡，一點都不晃動了。那是一個美麗而平和的時刻；在那個時刻，人會感覺到這個世界平衡了，再也不會有什麼動亂。

這兒還有一家中國人開的店，店裡只有一扇窗，法蘭西覺得它極為神祕。中國人腦後留著長辮，盤在頭上。聽媽媽說，留這長辮是為了日後回國；若是將辮子剪掉，中國就不會讓他回去了。他穿著黑色毛氈拖鞋，一聲不吭地來回走動，耐心地聽著顧客囑託他如何如何洗他們的襯衣。法蘭西跟他說話的時候，他把手籠在淡黃色棉褂的袖口裡，眼睛一直看著地。法蘭西覺得他很聰明，是在沉思、用心聆聽。但實際上他斗大的英文也識不了幾個，她說什麼他一句也聽不懂，他只知道「條條」❶和「衫衫」。

法蘭西將爸爸的髒襯衫拿來時，他會迅速地將衣服放到櫃檯下，拿出一片有神祕紋路的紙條，用毛筆蘸了墨水，在上頭寫了幾劃，然後將這神祕的文件交給法蘭西，換取一件普普通通的髒襯衣。在法蘭西看來，這是筆很美妙的交易。

店裡有一種乾淨而溫暖的氣息，似有若無的，就如同擺在炎熱屋子裡的有色無味的花朵。他是在某個神祕的密室洗衣服，而且一定是在三更半夜洗，因為從早晨七點到晚上十點他一直站在店裡，手裡拿著一只巨大的黑色熨斗，在一塊乾淨的熨衣板上來回熨燙。那熨斗裡頭大概是有汽油什麼的，不然不會一直這麼熱。但法蘭西不知道，她覺得老人不用爐子加熱，卻能熨這麼久，八成也是他那個民族的奧祕。她隱隱覺得大概是他在衣服裡沒放漿粉，而是放了什麼別的東西來產生熱量。

領衣服的時候，法蘭西就拿著一張紙條和一毛錢，從櫃檯上遞過來，老人便把包好的襯衫遞給她，還給她兩顆荔枝。法蘭西很喜歡這些荔枝；荔枝有脆脆的殼，一剝就開，裡頭的肉軟軟的、甜甜的；荔枝肉裡頭還包著個核。這核極硬，所有孩子都打不開。據說這核裡包著個小核，小核裡頭包著更小的核……如此一直下去。據說到最後，那裡頭的核會小到只有用放大鏡才能看見，再之後就小到眼睛根本看不見，但是它還是在那裡，一個包著一個。這是法蘭西第一次接觸「無限」的概念。

法蘭西最喜歡他找零錢的時候。他會拿出一個小小的木框子，裡頭有細細的杆子，穿著藍色、紅色、黃色、綠色的珠子。他會沿著那細細的銅杆子撥那些珠子，然後停下來想一想，接著又把木框子一抖，讓珠子歸回到原來位置，最後宣佈：「三毛九。」小珠子告訴他該收多少、該找多少錢。

法蘭西想，做個中國人多好啊！有這麼漂亮的玩具計算數學，荔枝想吃多少就有多少！真希望能和他一樣，知道熨斗如何不用在爐子上加熱，卻能一直保持那麼燙！真希望能像他那樣，拿支小刷子，手腕轉來轉去，就能在紙上寫出那樣神祕的符號來！真希望能像他那樣畫下那種黑色印記，雖然清楚，卻如蝴蝶翅膀般脆弱！這些就是布魯克林的神祕東方。

❶中國人早年在美國大多開洗衣房，取衣的時候要憑送衣時開的條子認領衣服，此條稱tickee。一九二〇年代曾有一部電影就叫No Tickee No Shirtee。

17

鋼琴課！魔術般的三個字！諾蘭家安頓下來後，凱蒂就開始按鋼琴課廣告上所留的聯繫方法去拜訪那位女士。對方是兩位婷莫爾小姐，莉琪小姐教鋼琴，瑪姬小姐教聲樂；收費是每節課兩毛五。凱蒂提議以工代酬，她給兩位婷莫爾小姐做一小時家務，抵每週一次的鋼琴課學費。莉琪小姐很不情願，說自己的時間比凱蒂的時間值錢。凱蒂則說，時間就是時間，沒有什麼值不值錢。最後凱蒂說服了莉琪小姐，讓她接受以時間換時間的方法，這麼定了下來。

第一節課如同一個重大歷史時刻的來臨，媽媽囑咐法蘭西和尼力坐在前屋，好好上課，眼睛要好好看，耳朵要好好聽。媽媽擺了一張椅子給老師坐，孩子們並排坐在鋼琴另一側。凱蒂很緊張，把椅子的位置調整了幾次，然後三個人便坐著等老師到來。

婷莫爾小姐五點鐘準時來了。她其實只是從樓下過來，但還是穿了一身正式的外出服，臉上還罩著一塊繃得緊緊的、有點髒的面紗。她的帽子是只紅色小鳥，鳥胸和翅膀用兩根帽針夾在中間，將那小鳥殘忍地一分為二。法蘭西一直瞪著那頂殘忍的帽子；媽媽將法蘭西拉到臥室，低聲說那小鳥不是真的，只是一些羽毛黏在一起，叫法蘭西不要盯著看。法蘭西相信媽媽，可是還是忍不住，不時瞟一下那受盡折磨的小鳥標本。

除了鋼琴外，婷莫爾小姐什麼都帶了。她帶了個廉價鬧鐘，還有一個破爛的節拍器。鬧鐘上顯示的時間是五點鐘，她把鬧鐘定時定到六點。她磨蹭著，耗費這寶貴的時間。她將珠灰色的小手套脫下，每個手指都吹一吹，摸一摸，摺好，然後放到鋼琴上。接著她又把面紗鬆開，往後一搭，搭在帽子上。手指都柔軟下來之後，她瞟了一眼鬧鐘，很滿意自己耗掉了足夠的時間。她啟動節拍器，坐到座位上，開始上課了。

法蘭西完全被那節拍器迷住了，婷莫爾小姐的話她很難聽進去，也無法專心看婷莫爾小姐把媽媽的手放在鋼琴上的樣子。在那動聽卻單調的嗒嗒聲中，法蘭西不一會兒就打起了瞌睡。至於尼力，他圓圓的藍眼睛跟著擺針晃來晃去，最後也把自己給催眠了。他的嘴巴張著，金髮腦袋靠在肩膀上，呼吸的時候，鼻子吹著小鼻涕泡。凱蒂不敢把他叫醒，怕驚動到婷莫爾小姐，被她發現她是付一個人的錢三個人學。

節拍器繼續響著，催人入夢，鬧鐘則彷彿憤憤不平一般在那裡滴滴答答。婷莫爾小姐好像對節拍器不信任，嘴裡還數著，一，二，三；一，二，三。凱蒂因工作而紅腫的手指忙不迭跟著節拍，彈她學的第一個音階。時間一分一秒過去，屋子裡漸漸黑了。突然，鬧鐘響聲大作，法蘭西嚇得心臟都差點跳出來，尼力則一股腦從椅子上摔了下去。第一節課就這麼結束了，凱蒂連聲道謝。

「我就是不再上課，您今日教的我也會牢牢記住。您教得真好。」

這話婷莫爾小姐聽了頗為受用，可是還是直接告訴凱蒂：「小孩我不另外收錢，可是我也要告訴你，你騙不了我。」凱蒂的臉紅了。孩子們被戳穿，難為情地低頭看著地。「我允許孩子留在屋子裡。」

凱蒂向她表示感謝。婷莫爾小姐起身等著，凱蒂便和她確認了上門幫她做家務的時間，但婷莫爾小姐還是待著沒走。凱蒂覺得對方似乎有所期待，最後終於開口問：「請問還有什麼事情？」

婷莫爾小姐一臉緋紅，但還是高傲地開口：「我教課的……那些女士……這個……她們……上課後總是給我泡杯茶。」她把手放在胸口上，含含糊糊地解釋，「這樓梯可不好爬。」

「您喝咖啡行不行？」凱蒂問，「我們家沒有茶。」

「很樂意！」婷莫爾小姐如釋重負地坐了下來。

凱蒂趕緊跑進廚房熱咖啡，咖啡一直都放在爐子上。熱咖啡的時候她還拿出一個甜麵包和一把小湯匙放在一個小小的圓形錫碟子上。

這個時候尼力已經倒在沙發上睡著了，婷莫爾小姐和法蘭西兩人則大眼瞪小眼對看著。最後，婷莫爾小姐問她：「你在想什麼呢，小女孩？」

「胡思亂想。」法蘭西說。

「有時候我看你坐在水溝邊，一坐幾小時。你那時候腦袋裡都想些什麼呢？」

「沒什麼，我只是說故事給自己聽。」

婷莫爾小姐嚴肅地告訴她：「小女孩，你長大後一定要當個小說家。」這句話聽上去不像一句陳述，更像是一道命令。

「好的，女士。」法蘭西出於禮貌這麼回答。

凱蒂端著碟子進來了：「這些和您過去品嘗的比起來或許寒酸了些，」她抱歉地說，「不過我們家也就這些了，招待不周還請見諒。」

「客氣了。」婷莫爾小姐文雅地說。然後，努力地克制自己不將麵包囫圇吞下去。

說實在的，兩位婷莫爾小姐其實是靠學生的「茶點」維生的。一天上幾回課，每次兩毛五，這些實在算不了什麼大錢，房租一繳，接下來就沒有什麼錢買吃的了。大部分她教課的女子只給她們淡茶和蘇打餅乾；雖然這些女子出於禮貌會奉上一杯茶，可是誰也不想繳了兩毛五後還要再管一餐飯。因此婷莫爾小姐開始期待到諾蘭家上課了，他們家的咖啡給人元氣，而且還總有甜麵包或是臘腸三明治果腹。

每回上課後，凱蒂就把她學的教給孩子們，她讓孩子們每天練習半個小時，最後，三個人都學會了彈鋼琴。

強尼知道瑪姬．婷莫爾小姐教聲樂後，覺得自己不能比凱蒂差，便提議幫婷莫爾小姐修壞掉的吊窗繩，好讓她幫法蘭西上兩次聲樂課。強尼這一輩子從來沒有看過吊窗繩，可他還是找了一把鐵錘、一把螺絲起子，將整個窗框卸下來。他看著那根斷掉的繩子，卻無能為力。他忙了一陣，但心有餘而技不足，不知該從何下手。最後他想把窗戶放回去，免得寒冷的冬雨往裡灌，打算之後再從長計議，考慮如何將斷掉的吊窗繩修好。但這麼一放回去，反而打碎了一塊玻璃，他與婷莫爾小姐的交易就此泡湯。婷莫爾小姐還是得找修窗戶的人來修，而且凱蒂還得另外給兩位婷莫爾小姐免費清潔兩次，算作賠償。法蘭西的聲樂課便這麼永久擱置了。

18

法蘭西急切盼望著開學的日子；她盼望那些開學後隨之而來的事物。她是個孤單的孩子，希望能和別的小孩一起玩；她想在學校院子的飲水機喝水，那水龍頭跟普通的上下顛倒，所以她想從那裡流出來的水一定不是一般的水，而是汽水吧！她聽爸爸媽媽說過學校的教室，她想看看那張能像百葉窗一樣拉下的地圖。最重要的是她對「學校文具」實在充滿嚮往，學校會發給他們一人一本筆記本、一本活頁簿，還有一個拉開式的鉛筆盒，裡面裝滿新鉛筆、橡皮擦、大炮形狀的削鉛筆機、拭筆具和一把六英寸、軟木做的黃尺。

所有學生都必須打預防針才能入學，這是法律規定，但這個規定引起了極大的恐慌。衛生部門費盡口舌，向那些窮人和不識字的家長解釋，說打預防針是給孩子種一種沒有危害的天花疫苗，好讓身體對致命的天花病毒形成免疫力。可是那些家長都不信，他們理解成是要把病菌注射到孩子健康的身體裡。一些外國出生的父母都不讓孩子打防疫針，於是孩子也上不了學；然後他們又因不讓孩子上學而被追究法律責任。他們便問，這叫什麼自由國家？人應該要能活到相當的年紀嘛！他們辯解，這個國家強迫讓小孩受教育，而為了讓他們上學還威脅到他們的生命，這叫哪門子自由國家？一些母親哭哭啼啼，拽著號啕大哭的孩子到衛生中心打疫苗，那樣子好像是押著孩子上刑場一般。孩子們一看到針頭，便歇斯底里地大叫起來。他們的媽媽在接待室裡聽到，便把圍巾搭在頭上，呼天搶地地哭號起來，好像在哭喪一般。

法蘭西當時七歲，尼力六歲。凱蒂拖著沒讓法蘭西如期上學，是想讓兩個孩子一起上學好有個照應，不被大孩子欺負。八月某個可怕的星期六下午，凱蒂在上班之前停在臥室門口跟兩個孩子說話。她把他們叫醒，囑咐他們該怎麼做。

「你們起床後先好好梳洗乾淨，到十一點時，去街轉角那，找到衛生中心，告訴他們說你們要打疫苗，想九月入學。」

法蘭西開始發抖，尼力則哭了起來。

「你和我們一起去行不行，媽媽？」法蘭西央求。

「我得上班。我要是不上班，我的事情誰做呢？」凱蒂問。她用憤怒掩飾自己的內疚。

法蘭西不再說話。凱蒂知道她讓兩個孩子失望了，可是她也沒有辦法。是的，她本可以一起去，也好給孩子一個心理安慰和精神依靠，可是她知道自己受不了那樣的折磨。不過，孩子們預防針總歸要打的，不管她當時在不在場，這個事實都無法迴避，既然這樣，三個人中為什麼不少一個人受折磨呢？另外，她安慰自己的良心說，這個世界本來就艱難苦澀，孩子們得在這樣的世界裡生活，早一點堅強起來，就早一點學會照顧自己。

「那麼爸爸跟我們一起去吧？」法蘭西滿懷希望地問。

「爸爸在工會總部等工作呢！他一整天都不會在家。你們也都不小了，自己可以去的。再說，打針也不痛的。」

尼力的哭聲又拔高了幾度，讓凱蒂幾乎無法承受。凱蒂很愛兒子，她不想去的一個重要原因，也正是不想看到兒子痛苦……哪怕只是針尖戳一下也不行。她差點忍不住，打算一起去了。不過不行，要是這半天的工作被耽誤，那麼星期天上午還得去補。另外，她要是去的話她心裡一定會很不好受。她不在，他們也會想法子應付過去的。就這樣，她匆匆趕去工作。

法蘭西想安慰嚇得魂不附體的尼力。一些大孩子說，到了衛生中心，他們會抓住你，把你的手臂砍掉。為了轉移他的注意，不讓他去想這些，法蘭西帶他到院子裡做泥巴派玩。他們玩到忘了媽媽的囑咐，沒將身體洗乾淨。

泥巴派讓人著迷，他們差點忘了十一點要去衛生中心，還把手和手臂都玩得髒兮兮。差十分鐘十一點的時候，嘉迪斯太太從窗戶裡伸出頭來喊他們，凱蒂請她快到十一點的時候提醒兩個小孩一下。尼力把最後一個派做完，淚水灑得上面到處都是。法蘭西牽著他的手，兩個人拖著腳步繞過街角。

他們在一張長椅上坐下，旁邊坐著個猶太媽媽，懷裡緊緊抱著個六歲男孩。那媽媽還在哭，不時狂熱地親著男孩的額頭。別的母親也一個個受苦受難地坐在那裡，臉上刻著深深的皺紋。一扇毛玻璃門之後就是那些施展酷刑的地方，裡頭不斷傳來號啕大哭，間或一聲尖叫，然後又是一陣號啕。接著一個臉色蒼白的小孩子走出來，左邊手臂上纏著一塊純白的紗布。他的媽媽會迅速跑過來，抓住他，用不知哪國語言罵上幾句，衝著那毛玻璃揮舞拳頭，然後趕緊將孩子帶出這行刑室。

法蘭西進去的時候渾身瑟瑟發抖，她截至目前短短的一生中還沒有見過醫生和護士呢！他們全都穿著白制服；那些亮亮的、殘酷的器具都隔著一張紙巾，放在一個小碟子上；到處都是消毒水的氣味。消毒器上印有血淋淋的紅色十字架，上面還煙霧蒸騰。這一切都讓法蘭西充滿無言的恐懼。

護士將她的袖子捲起來，在左邊手臂上擦出一塊乾淨地方。法蘭西看著那白衣醫生走過來，手裡拿著嚇人的針。他的身影越來越大，越來越大，直到最後似乎變成了一個巨大的針頭。她閉上眼睛，等著赴死。但什麼也沒有發生，她什麼感覺也沒有。她慢慢睜開眼睛，幾乎不敢相信事情已經結束。可是讓她痛苦的是，醫生還在，手裡也還拿著針頭。他厭惡地看著她的手臂，法蘭西也轉頭去瞧，看到她一片骯髒的黃褐色手臂當中有一小塊白色的地方。她聽到醫生向護士說：「髒、髒、髒死了！從早到晚都這樣。我知道他們窮，可是洗一洗很難嗎？水總歸是免費的，肥皂也便宜。護士，你來看看這手臂。」

護士過來一看，吃驚地咂了咂嘴。法蘭西站在那裡，一陣羞辱直湧上來，臉熱得發燙。醫生是個哈佛畢業生，在社區醫院實習。他一星期必須到這種免費診所工作幾小時，等實習結束了，他就會去波士頓神氣活現地開業。在寫給波士頓的未婚妻——一個上流社會的女子——的信中，他學本地人的說話方式，說來布魯克林這裡實習就如同經過煉獄一般。

護士是個威廉斯堡土生土長的女孩子，從口音中就能聽出來。她是個貧困的波蘭移民的女兒，野心很大，白天在某家血汗工廠上班，晚上上夜校，總之受了一些訓練。她希望有朝一日能嫁個醫生，所以不希望任何人知道自己來自貧民窟。

經過醫生這一頓爆發之後，法蘭西不由得低垂著頭。她是個骯髒的女孩，醫生就是這個意思。醫生此刻還壓低聲音，問護士這種人是怎麼活下來的。他說這種人家應該通通絕育，不要再生孩子，這樣世界就會太平了。他的意思是要她去死嗎？他會不會因為自己的手和手臂玩泥巴派玩髒了，就要把她處死呢？

她看了看護士。對法蘭西來說，所有女人都應該像自己的媽媽或者西西姨媽、艾薇姨媽一樣。她想護士或許會說：「這小女孩的媽媽或許在上班，早晨沒有時間幫她好好洗澡吧！」或者：「你知道的，醫生，孩子總喜歡玩泥巴的。」之類的話。可是護士真正說的是：「我知道。多糟糕啊！醫生，我真同情你。這些人活得這麼骯髒，實在不應該。」

一個艱苦奮鬥走出社會底層的人通常有兩個選擇：一是脫離當初的環境後，他可以忘本；或者他也可以在脫離這環境之後，永不忘記自己的出身，對在殘酷拚搏中不幸落敗的人充滿同情、充滿理解。護士選擇了忘本這條路。不過，站在那兒的時候，她知道，多年以後，她一定會陷入愧疚，痛悔自己沒有在這饑餓的小女孩受苦時，說出一句安慰的話，為拯救自己的靈魂積點功德。她知道自己年紀還輕，可是沒有作出不同的選擇，全然是缺乏勇氣的問題。

針扎下來時法蘭西毫無所覺，醫生的話激起潮水一般的傷痛，折磨著她全部的身心，讓她無法再有別的感覺。護士嫻熟地在她手臂紮上紗布，醫生將針放入消毒器，又拿出一支新的針。法蘭西說話了：「我弟弟是下一個，他的手臂和我一樣髒，所以請不要吃驚。你不用跟他說，跟我說就夠了。」這麼一個小人兒口齒清楚地說著這些話，讓醫生和護士都吃驚地瞪著她。法蘭西的嗓音有些哽咽：「你不需要跟他講這些。還有，你說了也沒什麼用，他是個男孩子，你說他髒，他也不在乎。」她轉過身，腳步有些踉蹌地離開了房間。門關上後，她聽到醫生吃驚的聲音：「我真的不知道我說這些話她居然都聽得懂。」然後聽到護士嘆了口氣說：「唉，算了。」

孩子們回到家裡的時候，凱蒂也回到家吃午飯了。她看著孩子們包紗布的手臂，眼神裡充滿痛苦。法蘭西激動地開口說：「媽媽，為什麼？這些人幫人打針……怎麼還……還說人壞話呢？」

「打預防針是好事，」媽媽看到針反正也打了便堅定地說，「這樣你就能區分左右手了。上學後，你得用右手寫字。那隻會痛的手臂會告訴你，不對，不是這隻手，用另一隻手。」

這個解釋法蘭西滿意了，因為她從來就分不清左右手。她吃飯、畫畫都用左手，凱蒂總是糾正她，讓她把粉筆或者縫衣針從左手換到右手。媽媽這麼解釋預防針，法蘭西就開始覺得打針是好事了。雖是付出了些代價，可是也解決了一個複雜問題，她從此就知道這兩隻手哪隻是左哪隻是右。打完預防針後，法蘭西開始慣用右手而非左手，從此再沒困擾過。

法蘭西那天晚上發了燒，打針的地方癢得要命。她告訴媽媽，媽媽也大驚失色，急忙囑咐她：「千萬不要抓，不管多痛多癢。」

「為什麼不能抓？」

「因為你若是去抓，整隻手臂都會發黑腫脹，最後直接斷掉，所以你別抓。」

凱蒂也不是有意嚇小孩。她自己也害怕得不得了。她相信如果用手碰手臂的話，會染上敗血症。她就是嚇也要嚇得孩子不敢去抓。

法蘭西只好努力不去抓，不管那打針的地方有多痛癢難耐。次日，她的整條手臂一陣陣發痛。睡覺之前，她看了一眼紗布下面，讓她驚恐的是，打針的那塊地方腫了，變成暗綠色，而且開始潰爛、發黃。法蘭西可沒有抓啊！她確定她沒有抓。不過等一等！會不會是前一天晚上睡覺作夢時抓的？一定是的。她不敢告訴媽媽，不然她會說：「我跟你說別抓吧！你就是不聽。現在你看看。」

這天是星期天晚上，爸爸出去工作了。法蘭西睡不著，她從小床上下來，走進前屋，坐在窗前，頭埋在臂間，等著死亡到來。

凌晨三點，法蘭西聽到格雷安大道的電車在街角剎住；這表示有人下車了。她挨近窗戶去看，是的，是爸爸。他正沿著街道悠哉悠哉地逛回來，腳下踩著輕快的舞步，嘴裡吹著《我的愛人在月亮上》的口哨。他穿著晚禮服，戴著圓頂禮帽，把圍裙整整齊齊地捲著夾在手臂下，整個人充滿生機和活力。他到門前的時候法蘭西叫了他一聲爸爸。他一抬頭，充滿騎士風度地伸手觸帽行禮。她把廚房門打開了。

「小歌后，怎麼這麼晚還不睡？」他問，「你知道，今天可不是星期六晚上喔！」

「我坐在窗戶前頭，」她低聲說，「等著我的手臂斷掉。」

他忍俊不禁。她把手臂的狀況告訴給他。他關上通往臥室的門，把煤氣燈調亮，把紗布揭開，看到那浮腫、潰爛的手臂，他的肚子一陣翻攪。可是他沒讓她知道，從來也沒讓她知道。

「寶貝，這沒什麼啊！根本沒有什麼。你該看看我打預防針的時候，腫得是你這兩倍大，而且顏色還不像你這樣的黃綠色，而是又紅又白又藍，可是你現在看我的手臂多結實。」他撒下漫天大謊，其實他根本沒打過預防針。

他在盆子裡放了些溫水，加了幾滴石炭酸，將那可怕的傷口洗了又洗。刺痛的時候法蘭西忍不住一縮，但是強尼說刺痛就是代表在癒合。他一邊洗，一邊唱著一首傻傻的、感傷的歌。

他從來不想離開篝火邊。

他從來不想四處亂走……

他四處要找塊乾淨的布當紗布，結果沒有找到，於是便將自己的外套和假襯衣脫掉，將裡頭的汗衫從頭頂脫下，誇張地從上面撕下一塊布條來。

「這是你的汗衫啊！」她抗議。

「沒什麼，反正上面也都是洞了。」

他將手臂包紮好。那布上有強尼的氣味，暖暖的，還有些雪茄味，不過對孩子來說是個很大的寬慰，它聞起來有保護、有關愛。

「看，都幫你處理好了，小歌后。你怎麼會覺得你的手臂會斷掉呢？」

「媽媽說如果我抓的話，手臂就會斷掉。我不想抓，可是我想我可能睡著的時候抓了。」

「或許吧！」他親了親她瘦瘦的小臉，「現在睡覺吧！」法蘭西倒下睡著了，睡得香香的。早晨醒來後，那一陣陣疼痛止住了，手臂也好了。

法蘭西睡著後，強尼又抽了根雪茄。然後他慢慢脫下衣服，上了凱蒂的床。她迷迷糊糊中知道他在，難得地表現出柔情來，把手搭在他胸膛上。他輕輕將她的手拿開，身子也慢慢挪開，離她遠遠的。他貼近牆，兩手交叉放在腦後，雙眼盯著無邊的黑夜，一宿無眠。

19

法蘭西對學校的期望很高。預防針一打，她頓時分清了左手右手，她想一進學校，還不知會發生多麼偉大的奇蹟呢！她想第一天上學回家後，一定就已經學會讀書寫字了吧！可是第一天結束，她不過是帶著個血淋淋的鼻子回家。那天她去飲水機喝水，發現水龍頭湧出的根本不是汽水，有個大一點的孩子跑過來，按住她的頭往水槽的石緣上撞，把她的鼻子撞出了血。

另外，本來一個人坐的桌子和椅子，她卻要和另外一個小女孩一起合用，她不由得覺得失望。上午，她驕傲地接過班長發的鉛筆，但三點的時候，鉛筆卻要被另外一個班長收走，她只好老大不情願地交出去。

在學校裡待了才半天，她就知道自己當不了老師的寵物了。這項特權是留給一小群女生的……她們的鬈髮清清爽爽，身上穿著乾乾淨淨的圍兜，頭上打著簇新的蝴蝶結。她們是附近那些有錢店鋪老闆家的孩子。法蘭西注意到老師布理格司小姐一見到她們就滿臉堆笑，把她們安排在前排最好的座位上，這些寶貝學生無需合用課桌椅。布理格司小姐和這些天之驕子講話的時候話音輕柔，但一見到多數那些邋邋遢遢的窮學生，便一張口就吼。

法蘭西和同類的孩子擠在一起，她第一天學的東西多到她自己都沒有意識到。她發現在這個偉大的民主國家，人竟也是有等級的。老師的態度也讓她困惑不解，而且傷心。顯然地，老師恨她，恨她這類學生，並非有什麼實際的原因，只不過是他們出身貧寒。看老師的臉色，他們這些窮人似乎根本就不該進校門，她是被逼著要忍受他們，於是她便變成了這麼一副樣子，將就著對付學生。至於教學，她也只是吝嗇地拋點零碎的知識餵餵他們。就像衛生中心的醫生一樣，她似乎也覺得這些孩子無權生活在人世間。

照說，那些棄兒般的學生應該自覺團結起來，一致對外，不讓外人欺負自己，但實則不然。老師恨他們，他們也互相仇恨。他們跟彼此說話的時候，也模仿老師那樣大吼大叫。

老師每回總能揪出一個倒楣的孩子當代罪羔羊。老師會揪住這可憐的孩子，嘮叨一通，折磨一番，或是把老處女的怨憤傾瀉出來，把孩子罵得狗血淋頭。等老師將這孩子修理完畢，其他孩子也有樣學樣，一個個來向這孩子興師問罪。老師心裡喜歡的那些學生，他們通常也會去拍拍馬屁，或許，這麼一來，他們就會離老師的浩浩天恩更近一步了。

學校的外觀醜陋，設施也簡陋，只能容納一千名學生，結果卻收了三千。孩子們中間常流傳些下流故事，其中一個故事的主角是菲佛小姐。菲佛小姐是一個皮膚蒼白的金髮女老師，常常咯咯笑，笑聲尖利。每當她囑咐班長看管班級，說她自己要「去辦公室一下」時，其實都是要到地下室和清潔工胡搞。還有一個故事在受害的小男孩中間流傳，與女校長有關。女校長是一個肥胖的中年婦女，皮厚心黑，性情暴戾，身上總穿著亮片洋裝，嘴裡總有生杜松子酒的氣味。這個校長大人有回把幾個調皮男生叫到辦公室，讓他們脫褲子，好讓她用籐杖抽打屁股（女孩子則隔著衣服打）。

當然，體罰是違反學校規定，可是外頭會有誰知道呢？誰會說出去呢？挨打的孩子是一定不會說的。這個社區有一個「優良傳統」，要是哪位家長聽說孩子在學校裡挨了打，回家還要補打一頓，以懲罰他在學校不聽話。所以這些孩子遭到懲罰也只有承受，不吭聲，多一事不如少一事。

這些故事最醜陋的一面是：它們髒歸髒，卻全都是真的。

一九〇八至一九〇九年間，該地區公立學校唯一的辦學方針就是粗暴。這時候的威廉斯堡還沒有人知道兒童心理學為何物；教師的資格要求倒是簡單：高中畢業，再上兩年師院就可以了。很少有幾個老師能真正勝任自己的工作，她們之所以去教書，因為這是少數幾個她們能找到的工作之一，而且教書比去工廠上班的錢多些，還有漫長的暑假，退休的時候還能拿退休金。她們去教書，是因為沒有人願意娶她們。那時候，結了婚的女子是不准教書的，所以老師很多都慾火中燒，行為舉止神經兮兮的。這些沒孩子的女人，靠著一種扭曲的權威，把自己滿腔的憤怒傾瀉給其他女人的孩子。

而且最殘酷的老師是出身類似於這些被她們虐待的孩子，彷彿對這些不幸的孩子嚴酷一些，她們就能把自己可怕的背景驅散一般。

當然，不是所有老師都這麼壞。偶爾也會出現幾個好老師。這老師會和學生同苦同悲，盡量幫助他們。不過，這些女老師都做不長，要不很快嫁人，離開教師這行；要不就被同行排擠，捲鋪蓋走人。

學校還有一事很可怕，就是雅稱為「出去一趟」這件事。學校叮囑孩子要在離家上學前解手，然後等到午餐時才可以上廁所。學校本有下課時間，但是很少有孩子能真正享受到該有的「休息」。通常情況下，廁所人太多太擠，孩子們根本擠不過去；即便能擠過去（五百個孩子卻只有十間廁所），地方卻都被學校裡十個最兇狠的孩子給占了。他們站在入口，擋住不讓任何人進去。面前大批孩子可憐巴巴地央求，這些小霸王卻不為所動。有幾個孩子交出一分錢的費用，但是大部分孩子都出不起錢。這些小霸王一直霸占著那裡，直到上課鈴響起。究竟這麼可怕的遊戲有何樂趣？鬼才會知道。老師從來不懲罰這些孩子，反正她們也不上學生的廁所。孩子們則一個個守口如瓶，一個字都不透露。再小的孩子都知道亂嚷嚷對自己沒好處。他們知道，要是打小報告，回頭會被被告狀那人整得死去活來。就這樣，這種邪惡的遊戲周而復始地繼續著。

理論上，孩子如若提出請求，是可以出去上廁所的。學校中有個隱晦的邏輯，豎一根手指在空中，代表自己想出去一下解決小號；豎兩根手指，則是要多待一會兒解決大號。不過，鐵石心腸的老師覺得煩了，就說這不過是孩子們想蹺課的花招。她們認定孩子們有足夠的下課時間和午餐時間可用，所以她們便私底下決定不再理會學生舉手休息的要求。

當然，法蘭西注意到，坐在前排那些衣著光鮮的孩子——老師的寵物——任何時間出去都可以，不過他們似乎本就不該一同而論。

至於其他孩子，其中一半人的生理時鐘配合老師的要求做了調整，另外一半孩子就只有長期尿褲子的分了。

法蘭西「出去一趟」的問題是西西姨媽幫她解決的。自從凱蒂和強尼規定她不許上門後，她就沒有見過兩個孩子，心裡實在很想念他們。她知道孩子們開學了，便下定決心要了解他們上學的情況。

這是十一月份的事情，工廠裡的事情不多，西西下了班，趁著學校放學的時候在學校那條街上晃蕩。她心想，要是孩子們回家說撞見了姨媽，聽起來也像是巧遇。在人群當中，她先看到的是尼力。一個大孩子把尼力的帽子掀掉，扔在地上踩了幾腳，然後跑開。尼力則找了個個頭更小的孩子，掀他的帽子，踩幾腳，然後同樣跑開。西西抓住尼力的手臂，可是尼力尖叫一聲，甩開西西的手，沿著街道跑走。西西很傷心，但意識到尼力長大了。

法蘭西一看到西西，便當場在街上與她擁抱、親吻。西西帶她去一家糖果店，給她買了一分錢的巧克力汽水，然後她讓法蘭西坐在椅子上，和她好好聊學校的事。法蘭西給姨媽看她的識字本，還有上面寫有大字的作業本，西西很驚奇。她盯著法蘭西瘦削的臉看了好久，發現孩子渾身顫抖。她注意到孩子身上的衣服單薄，不過是一件舊舊的布洋裝、一件破爛的小毛衣，腳上穿著薄薄的棉襪子，這些根本抵擋不了這十一月分的天氣。她把法蘭西摟過來，用自己的體溫溫暖她。

「法蘭西寶貝，你像片樹葉一樣在顫抖。」

法蘭西從未聽過這個說法，這讓她思考起來。她看著房子邊水泥地上的小樹，樹上還掛著幾片枯乾的樹葉，其中一片樹葉在風中抖動。像樹葉一樣顫抖。她在腦子裡記住了這個說法。顫抖……

「怎麼了？」西西問，「你身上冷冰冰的。」

法蘭西一開始不肯講，不過幾番哄勸之後，她把發燒的臉埋到西西的脖子邊，湊在她耳邊說了事情的原委。

「哦，我的天，」西西說，「怪不得你這麼冷呢！你怎麼不去……」

「我們舉手，但老師看都不看一眼。」

「也罷，別擔心，這事在誰身上都會發生。英國女王小時候也會尿褲子呢！」

可是，英國女王會不會這麼羞愧、這麼敏感呢？法蘭西哭了，聲音低沉而傷心，眼角流下了害羞和恐懼的淚水。她不敢回家，害怕媽媽取笑、羞辱她。

「你媽媽不會罵的……這種事情哪個小女孩不會有呢？不要說是我跟你說的，你媽媽是個小女孩的時候也尿褲子，你外婆小時候也尿。這種事情不新鮮，你又不是頭一個。」

「不過我都大了，只有小小孩才會這樣。媽媽會當著尼力的面取笑我的。」

「那麼你就不等她發現，主動跟她講，然後保證以後再也不會發生，這樣她就不會取笑你了。」

「這個我無法保證，老師不讓我們上廁所。」

「從現在開始，你任何時間想上廁所，老師都會讓你去。你相信西西姨媽的，是不是？」

「是啊！可是，你怎麼知道老師會怎麼想呢？」

「我會在教堂裡點上一支蠟燭。」

這個許諾讓法蘭西十分安心。法蘭西回家後，媽媽照例責備了一番，不過法蘭西想到西西說的話，想到尿褲子的歷史源遠流長，也就對媽媽的責備無所謂了。

第二天早上，離學校上課還有十分鐘前，西西坐在教室裡，質問老師：「你的班上有個小女孩叫法蘭西．諾蘭對不對？」她問。

「法蘭西斯．諾蘭。」布理格司小姐糾正她的稱呼。

「她聰明不聰明？」

「聰……明。」

「表現好不好？」

「她最好給我表現得好點。」

西西的臉向布理格司小姐湊近。她將聲音壓低，放得更為輕柔，但不知何故，布理格司小姐反倒後退了。

「我剛才是問你她表現得好不好，是不是？」

「是的，表現得還好，還好。」老師忙不迭地說。

「我是她媽。」西西撒了個謊。

「不會吧！」

「我就是。」

「你是不是要了解小孩功課各方面的情況呢？諾蘭太太……」

「你知道不知道，」西西又撒謊了，「法蘭西有腎病？」

「什麼腎病？」

「醫生說，如果她想上廁所，有人不讓她上，她腎的負擔太重，會立刻倒地身亡。」

「這話也太誇張了吧？」

「你想不想看到她在你的教室裡倒地身亡呢？」

「我當然不想，不過……」

「要是警車把你帶到警局裡，站在醫生和法官面前，說你不讓孩子上廁所，你覺得怎麼樣？」

西西是不是在撒謊，布理格司小姐也看不出來。這事情怪得很；這個女子分明是用十分輕柔、平靜的語氣在講話，說的卻盡是這些可怕的事。這時候，西西碰巧在窗外看到一名結實的員警在附近閒晃。她指向他：「看到那警察沒有？」布理格司小姐點點頭。「他是我老公。」

「法蘭西的爸爸？」

「不是他還是誰？」西西推開窗戶大叫，「喂，強尼！」員警大吃一驚，不由得站住朝上看去。西西給了他一個飛吻，那一瞬，員警心想，一定是哪個老處女老師想男人想瘋了。接著，他的男性虛榮心占了上風，心想一定是某個年輕女老師一直喜歡他，最終鼓起勇氣，來了這麼一招吧！他於是也投桃報李，送了個誇張的飛吻，還充滿騎士風度地伸手觸帽致意，然後繼續在街上遊蕩，嘴裡還吹著《魔鬼的舞會上》的口哨。「我還真是能招蜂引蝶啊！」他尋思，「真的，家裡都有了六個孩子還這麼厲害。」

布理格司小姐的眼睛差點瞪出眼眶。那員警真是相貌堂堂，身材結實。這時候，老師寵愛的一名學生來了，帶了一盒糖果給老師，上頭還紮著緞帶。布理格司小姐快樂地咯咯直笑，親吻孩子粉嫩的臉頰。西西的腦子比剛磨過的剃刀還利，任何風吹草動她都看得一清二楚。她知道這風是逆著像法蘭西這樣的孩子吹的。

「對了，」她說，「我猜你覺得我們沒錢吧？」

「我並沒有……」

「我們不是那種會擺闊的人家，現在耶誕節快到了。」她賄賂說。

「或許，」布理格司小姐讓步了，「法蘭西斯舉手的時候我沒有看到。」

「那麼她的座位在什麼地方，所以你看不到呢？」老師指了指一個陰暗的角落。「或許她靠前坐一點，你就能看清楚些。」

「座位都是固定的。」

「耶誕節就快到了。」西西暗示。

「我看我能怎麼處理吧！」

「這就好，最好能安排個你能看清楚的座位。」西西走到門口，然後轉回頭，「不光是耶誕節快來了，我老公還是個警察，你要是虧待法蘭西，小心他把你收拾個半死不活。」

這次家長會之後法蘭西再也沒有原來的煩惱。她的手就算只小心翼翼地舉一下，布理格司小姐也會馬上碰巧看到。有段時間，她甚至讓法蘭西坐在第一排第一位，直到耶誕節老師並沒收到貴重的禮物，法蘭西才又回到了陰暗的角落。

西西去學校的事情法蘭西和凱蒂都一無所知，不過從此以後，若是布理格司小姐對自己不好，法蘭西也不再感到羞怯了，至少布理格司小姐不會罵自己。當然，布理格司小姐知道那個女人說的話都很荒唐，不過幹嘛冒險呢？她不喜歡孩子，但也不是什麼兇神惡煞，她可不想看個小孩死在自己面前。

幾個星期後，西西讓她廠裡的一個女孩代她寫一張明信片給凱蒂。她希望凱蒂能既往不咎，允許她偶爾來拜訪，看看孩子們。凱蒂對這明信片置之不理。

瑪麗．羅姆利來幫西西當說客：「你和你西西姊，是姊妹啊！有多大的仇恨要記這麼久呢？」她問。

「這個我不能告訴你。」凱蒂回答。

「原諒是一份價值不菲的禮物，但一分錢都不用花。」瑪麗．羅姆利說。

「我有我自己的主張。」凱蒂說。

「唉。」她媽媽只好深深嘆了口氣，不再說什麼了。

凱蒂嘴裡不肯承認，可是心裡也很想西西。她想念她對人好得無邊無際的個性，想念她解決問題的直來直往。艾薇來看凱蒂時，對西西隻字不提；而自從那次調解未遂後，瑪麗・羅姆利也不再提起西西了。

凱蒂透過全家授權的官方記者——她家的保險員——了解西西的情況。羅姆利全家的保險都跟同一家保險公司買，每次都是同一個保險員來收錢。他每週都從各姊妹處收取零零碎碎的保險費，還來來往往為羅姆利家當信差，代為傳播消息和閒話。有一天，他帶話說西西又生了個孩子，但還沒來得及幫孩子買保險，因為孩子兩小時後就夭折了。凱蒂終於為自己對姊姊的嚴酷感到後悔了。

「下次你見到我姊姊，」她告訴保險員說，「告訴她別這麼客氣，想來就來。」保險員把這諒解的話帶了過去。西西又開始進出諾蘭家了。

20

孩子們開學後，凱蒂除蟲防疫的戰役就開打了。戰鬥是激烈的，過程是短暫的，而結果是成功的。孩子們住得擠，長些蟲子在所難免，而且會互相傳播。這不是他們的錯，可是卻要經歷一個孩子所能經歷過最為羞辱的防治過程。

學校護士每週過來一次，背對著窗戶站定；小女孩站成一排走過來，走到護士身邊就轉過身，把頭上的辮子放下，彎下腰。護士用一根細長的棍子查看孩子的頭髮，如果哪個小孩頭上發現了蝨子或蝨子卵，這個小孩就要站到一邊。檢查結束之後，這些小小賤民會站到班上最前面，聽護士向全班宣講這些小東西如何骯髒，大家要如何如何避免與她們接觸等等。然後護士會放這些賤民回家，並叫她們去奈普藥房買一種「藍色藥膏」，讓她們的媽媽在頭上擦藥。回到學校之後，這些孩子還會受同學的折磨；每個小小犯人的屁股後都會跟著一群孩子，高聲唱著：「髒兮兮啊，髒兮兮！老師說你髒兮兮。只好回家去啊，回家去，只能怪你髒兮兮啊髒兮兮。」

若是先前感染過的孩子後來再檢查時沒事通過，這樣的話，她就會掉頭折磨其他的小犯人，忘了自己也曾經被人折磨過。她們沒有從自己的痛苦中學到憐憫，她們當初的苦算是白受了。

凱蒂的日子過得這麼艱難，哪裡還能容忍別的煩惱；她是不會接受的。法蘭西第一天從學校回來後，說鄰座一個女孩頭髮上有蟲子爬上爬下，凱蒂立刻採取行動。她用她那塊又大又粗糙的清潔工專用黃肥皂刷洗法蘭西的頭髮，法蘭西的頭皮都給她刷痛了。第二天早晨，她又將髮梳泡進一碗煤油，用力地梳著法蘭西的頭，然後將她的頭髮編成小辮子，編得很緊很緊，緊到法蘭西太陽穴那裡都青筋暴露了。凱蒂囑咐法蘭西不要接近煤氣燈，然後就讓她上學去了。

法蘭西頭髮的氣味充滿了整間教室，她同桌的同學盡量遠離她，老師寫了一張紙條讓她帶回家，嚴禁凱蒂以後放煤油在法蘭西頭上。凱蒂說這是個自由的國家，對老師的紙條置之不理。她每週都用黃肥皂幫法蘭西刷洗一回，每天都在法蘭西頭上塗煤油。

學校爆發腮腺炎之後，凱蒂又立刻採取行動，向傳染病宣戰。她做了兩個法蘭絨袋子，裡面各縫入一顆大蒜，然後從馬甲上扯下一根乾淨的線穿上，讓孩子將大蒜掛在脖子上，藏在衣服下。

法蘭西就這麼上學了，身上帶著大蒜和煤油混合的氣味。每個人都對她退避三舍；在擁擠的庭院裡，她周圍總是有一片空地；在擁擠的電車上，人們都擠著避開諾蘭家的孩子。

不過這些東西都見效了！不知是大蒜具有女巫的魔力？還是那刺鼻的氣味殺死了細菌？或是染病的孩子都躲著法蘭西？或是她和尼力體質好？誰也不知道答案。不過，凱蒂的孩子上學時確實一次也沒病過，連感冒都沒得過，頭上也從未生過蝨子。

當然，法蘭西因為身上氣味強烈，人人都躲著她。不過，她已經習慣了孤獨。她習慣了一個人走路，習慣了被人看成「與眾不同」。她不覺得有多難受。

21

學校裡雖有這些讓人不恥的惡行、讓人不堪的折磨、讓人不快的舉措，法蘭西還是喜歡上學。大批孩子一起，同時在做同樣的事讓她有種安全感，覺得自己屬於某種東西，是為著某個具體的目標而聚集到某個領導者之下的。諾蘭家的人都是個人主義者，他們唯一的追求是在這個世界上活下去，除此以外，他們不順從任何世俗標準。他們有自己的生活準則，不屬於任何一個固定的社會團體。這當然對將他們的孩子也塑造成個人主義者是有利的，但是孩子們有時候難免對此不解，因此，法蘭西在學校裡能體會到一種安全和安穩。學校的日常生活殘酷而醜陋，但是至少它有自己的目標，有自己的發展步伐。

學校也不是完全暗無天日，每個星期也有半小時的黃金時間，那就是莫爾頓先生來上音樂課的時候。莫爾頓先生專教音樂，在附近一帶的小學輪流教。他來的時候就像假日一樣。他穿著燕尾服，打著飽滿的領結，整個人喜氣洋洋的，充滿了對生活的陶醉，一來就如同天神從雲端下凡了一樣。他的相貌普通，可是很紳士、很活躍。他了解兒童，熱愛兒童，而他們則對他徹底崇拜。老師們也喜歡他；他來的時候，教室裡就有一種狂歡節的氣氛。那時候連班導師都會穿上最好的衣服，也不那麼兇了。有時候她甚至還會把頭髮盤上去，身上灑點香水。莫爾頓先生就有這個本事，能讓她們這麼做。

他來的時候有如一陣龍捲風，教室的門會「砰」地一聲打開，莫爾頓先生翩翩而入，衣服後的燕尾翩然跟隨。他一躍而上，登上講臺，四處看看，滿臉微笑，嘴裡快樂地說：「不錯，不錯。」孩子們坐在那裡，大聲笑個沒完；而班導師會在一旁，臉上也蕩漾著微笑。

他在黑板上畫著音符，還在上面畫些小腿，彷彿它們要跑出五線譜一樣。平滑音他畫成了個小駝背；高音符號他會畫出一個鳥嘴一樣的長鼻子來。他還像小鳥一樣，嘴裡不時迸出一串美妙的歌聲來。有時候他的快樂太滿，滿到快溢出來，他便會跳上一曲。

他潛移默化地把好的音樂教給他們。他把那些古典曲目配上自己的歌詞，並取了一些簡單的名字，如《催眠曲》、《小夜曲》、《街頭曲》、《陽光燦爛曲》等。孩子們稚嫩地高聲唱出韓德爾的廣板樂章，卻把它叫做《讚美詩》。小男孩在一起打撞球的時候，嘴裡會哼唱德弗札克的《新世界交響曲》；要是有人問起這是什麼曲子，他們會說：「哦，是《回家》。」跳房子的時候，孩子們會哼唱《浮士德》中的《士兵合唱》，而他們則稱之為《光榮曲》。

伯恩斯通小姐沒有莫爾頓先生這麼萬人迷，可是也很受歡迎。這位老師是美術老師，也是每週來一次。她彷彿來自另外一個世界，那裡有淡綠色或石榴紅色的美麗洋裝。她的臉孔甜美、溫柔；和莫爾頓先生一樣，她愛這一大群一大群沒人洗沒人要的髒小孩，甚於愛那些人人寵個個愛的富家子弟。老師們卻不喜歡她；是的，當著面，她們奉承她；但她一轉身，她們就對她的背影怒目而視。她們嫉妒她的魅力、她的甜美、她對男人的吸引力。她溫暖，活潑，充滿女性魅力。她們知道自己不得不獨守空閨，但這位老師晚上可不會孤單。

這位老師說話語音輕柔，吐字清晰，聲音宛若歌唱。她的手很美，很靈巧，只要給她一點粉筆，或是一小截炭筆，她都能畫出東西來。蠟筆到了她手裡，就像有魔力一般。手腕轉動一下，就跑出一顆蘋果來；手腕再那麼輕輕轉動幾下，一個小孩手拿蘋果的形象就躍然紙上。下雨的時候，她不上課，而是用一張紙、一枝炭筆，幫班上最窮、最調皮的小孩畫素描。畫完了，在那畫上的小孩身上你看不到骯髒和調皮，只會看到天真，只會看到一個兒童過度早熟的悲哀。喔，伯恩斯通小姐多好啊！

學校的日子很漫長、很乏味，老師讓孩子們手背在身後，長時間機械地坐在位置上，而自己卻偷看擺在膝蓋上的小說。這樣的生活如同一條泥濘的大河，而每週來走訪上課的老師則如這河上閃爍的金光銀光。如果所有老師都像伯恩斯通小姐和莫爾頓先生，法蘭西就會像上了天堂一般。不過也罷，沒有烏黑、泥濘的河流，哪能襯托出太陽的燦爛光輝呢？

22

喔！孩子開始認字的那個時刻多麼奇妙啊！

法蘭西拼字母拼了一段時間，拼出來唸，然後將這些聲音加在一起，組成一個詞。突然有一天，她在一頁上看到「mouse」（老鼠）這個單字，便立刻知道了這個單字的意思。她看著這個單字，腦海裡浮現出一隻灰色的老鼠。她接著看下去，又看到「horse」（馬），腦海裡便迴響起馬蹄踏地的躂躂聲，想到陽光把馬背照得閃閃發亮。「running」（奔跑）這個單字重重打進她腦裡，她呼吸急促了起來，彷彿她自己在奔跑一樣。單個字母只有聲音，和單字的意思還有一層屏障；現在，這屏障沒有了。印在紙上的文字，只要看上一眼，就能立刻知道它是什麼意思。她快速看了幾頁，激動得差點暈倒。她想喊：她可以讀書了！她可以讀書了！

從此之後，只要翻開書本，她就坐擁全世界。她再也不會孤獨，再也不會因缺少朋友而寂寞。書就是她的朋友，不管是什麼心情，總有一種書與她相伴。寧靜時可以讀詩，寧靜夠了可以看驚險小說；到了青春期可以看浪漫愛情故事；想接近人就看傳記。從她開始閱讀的那一天起，她就發誓在有生之年她天天都要讀書，一天一本。

她也喜歡數字和加法。她想出了一個遊戲，把每個數字都當成一個家庭成員，「答案」則是家庭成員的一種組合，背後有個故事。數字0是一個被人抱在懷裡的寶寶，他不會添任何麻煩，他每次出現的時候，只要你「抱住」他、帶走著就行了。數字1是一個剛剛學會走路的小男孩。2是個能夠走一點路、說一點話的男孩，他進入大家庭時（數字之「和」，等等），也不會增添多大麻煩。3是個上幼稚園的男孩子，你得眼睛盯著他一點。4是小女孩，年紀跟法蘭西一樣大，和2一樣容易好對付。媽媽是5，溫柔而慈祥；遇到大數字，這個「媽媽」就會來幫忙，讓事情順利起來。父親是6，比其他數字難一些，但是很公正。7很壞，是個思想怪異的老祖父，都不知道他從哪裡冒出來的。祖母8也不簡單，不過比7好懂些。最難的是9；他是個夥伴，可是要將他塞入家庭生活是多麼困難啊！

法蘭西做加法的時候，總能給答案想出個小故事來。如果答案是924，她就想這是全家其他人都外出了，只有夥伴9來陪伴小男孩2和小女孩4；如果像1024這種答案出現，它意味著所有小孩都出來在院子裡玩耍；數字62說明是爸爸帶著小男孩散步；數字50是媽媽用小推車推著小嬰兒出去透透氣；78是冬天的晚上爺爺奶奶坐在家裡的火爐邊。每個數字的組合都是一個家庭的新組合，都有一個故事，沒有哪兩個故事是相同的。

學代數的時候她也用這個遊戲。她想像X軸是個男孩的情人，進入這個家庭，使得生活複雜起來；Y軸則是男孩的朋友，老惹麻煩。就是這樣，代數對法蘭西來說是很溫暖、很人性化的東西。陪伴著法蘭西度過很多孤單的時光。

23

學校的日子一天一天過去，有些日子裡充滿邪惡、粗暴和傷心，還有一些日子陽光燦爛，那便是伯恩斯通小姐或是莫爾頓先生到來的時候。不管在什麼樣的日子裡，每天總有魔術一般的學習。

十月裡的一個星期六，法蘭西在外頭散步，不巧走到一片陌生的社區。這裡沒有出租公寓，沒有嘈雜破舊的商店，淨是一些老式房子，歷史應該十分久遠，大概是華盛頓的軍隊馳騁在長島的時候就有了吧！這些房子古老而陳舊，不過四周都有尖頭木樁的籬笆，中間有大門，法蘭西真想推門而入。前面的院子裡有鮮豔的秋季鮮花，人行道上有深紅色或黃色樹葉的楓樹。在星期六的陽光下，這個社區顯得古老、寧靜、安詳。它有種冥想般的氣質，隱含著有一種寧靜、永恆、簡陋交織的安詳。法蘭西很高興，她覺得自己就像愛麗絲無意間走入魔鏡一樣，到了仙境。

她繼續往前走，看到一所小小的、古老的學校。古老的磚牆是石榴紅的顏色，在黃昏的陽光下閃閃發亮。學校的院子四周沒有籬笆，是草地而非水泥地。學校對面是一大片開闊的草地，草地上長著一枝黃、紫苑和苜蓿。

法蘭西心裡好高興。就是這個了！這就是她要上的學校。可是要怎麼才能上這所學校呢？法律嚴格規定要按學區就學，要是想上這所學校，她的父母必須搬家到這裡來。法蘭西知道，媽媽不會因為她想要換學校就答應搬家的。她慢慢散步回家，邊走邊想著這個問題。

那天晚上她一直坐著沒睡，等爸爸下班回家。最後強尼終於吹著《莫莉・馬龍》，一路小跑著上了臺階。他帶回一些剩下的龍蝦、魚子醬、碎肝香腸，一家人吃過之後，尼力和媽媽去睡覺了。爸爸抽最後一根雪茄時，法蘭西在一旁陪著。法蘭西湊在爸爸耳朵前跟他說起了那所學校的事情，他看著她，點點頭，然後說：「我們明天再看看。」

「你是說，我們可以搬到學校附近？」

「不是，不過應該有別的辦法。我明天和你一起去，我們再看看有什麼辦法沒有。」

法蘭西很興奮，一晚上都睡不著。七點鐘她就起床了，那時候強尼還在呼呼大睡。她不耐煩地等啊等，每次他在夢中嘆息，她都跑過去，看他醒了沒有。

他中午左右才醒，一家人坐在一起吃飯。法蘭西吃不下，她一直看著爸爸，不過卻沒看到他作出任何表示。他是不是忘了？他是不是忘了？不是。等到凱蒂倒咖啡的時候，他隨口說：「我想我和小歌后等會兒要去散散步。」

法蘭西的心激動得怦怦直跳。他沒有忘記！他沒有忘記！她等著，還要等媽媽回答。或許她會反對，或許她會問為什麼，或許她會說她也要一道去。不過，媽媽只說了聲：「好吧！」

法蘭西把碗洗了。洗碗之後，她還要去糖果店買星期日的報紙，然後去菸店給爸爸買五分錢的花冠牌雪茄。強尼一定要看報紙，而且每一版、每一欄都看，連他本不該有興趣的社會新聞版他也不放過。更糟糕的是，每看一則，還一定要向凱蒂發表一番高見。每次他把報紙放到一邊，跟媽媽說：「這什麼世界！你看這個。」法蘭西都快哭了。

四點鐘到了，雪茄早抽光了，報紙散落在地上。凱蒂受夠了強尼的新聞分析，便和尼力去看瑪麗．羅姆利了。

法蘭西和爸爸手挽著手出發了。他穿著僅有的一件晚禮服，戴著圓頂禮帽，看起來精神抖擻。這是十月裡燦爛的一天，陽光溫暖，和煦的風將海洋的氣息帶往每個角落。他們走了幾條街，轉過一個街角，就到了那個社區。也只有像布魯克林這麼大又這麼分散的地方，才會一區一區之間有那麼大的分別。這個地方是第五、六代美國人住的地方，而在法蘭西所住的地區，要是你能夠證明你是在美國出生，那地位可就不得了了，簡直不亞於坐五月花號輪船來美國的第一批移民！

確實，法蘭西還真是班上唯一父母雙方都在美國出生的學生。學期開始，老師在班上點名時，問及各個孩子的家族背景，得到的都是些典型的答案。

「我是波蘭裔美國人，我爸爸生於華沙。」

「愛爾蘭裔美國人，我爸媽生於科克郡❶。」

問到法蘭西的時候，法蘭西自豪地說：「我是美國人。」

「我知道你是美國人。」那個動輒生氣的老師不耐煩地說，「你祖籍哪裡？」

「美國。」法蘭西沒改口，更加自豪地說。

「你要不要告訴我你父母都來自哪裡？還是要我送你去校長辦公室？」

「我父母也都是美國人，他們生於布魯克林。」

所有的孩子都轉過來看法蘭西，十分詫異怎麼她父母不是從舊大陸來的。不過老師說：「布魯克林，嗯，看來你還真是美國人。」法蘭西很自豪，很開心。布魯克林多好啊！她心想，生於布魯克林，就天經地義成了美國人！

爸爸跟法蘭西談起這個陌生的社區：這裡的家庭都在美國一百多年了，他們大部分擁有蘇格蘭、英格蘭、威爾斯的血統。男人的工作多是製櫃師傅或做得一手好木工，也有一些金屬工，如金匠、銀匠、銅匠。

他答應法蘭西，有朝一日要帶她去看看布魯克林的西班牙區，那裡的人會做雪茄，而且大家會湊錢請

---

❶愛爾蘭最南部的一個郡。

人來在他們每天工作的時候讀東西給他們聽；這些人的文學修養都滿不錯的。

他們在星期日靜悄悄的街道上走著。法蘭西看到一片樹葉從樹枝上飄落，便跳過去抓住。這葉子整片都是紅色，邊緣卻是金色。法蘭西盯著葉子，懷疑世界上還有比這更漂亮的東西。一個女子從街角過來，濃妝豔抹，披了一條羽毛圍巾。她朝強尼笑著說：「要人陪嗎，先生？」

強尼看了她一下，然後輕聲說：「不用了，小妹。」

「你確定嗎？」那女人又撒嬌地問了一句。

「確定。」強尼心平氣和地回答。

她走了。法蘭西一蹦一跳地回來，拉住爸爸的手。

「那位女士是壞女人嗎，爸爸？」她急切地問。

「不是。」

「不過她看上去挺壞啊！」

「世上哪有那麼多壞人，很多人只是運氣不好罷了。」

「不過，你看她臉上的妝化得……」

「她的日子今不如昔啊！」他很喜歡這個說法，「是的，今不如昔。」他陷入了沉思。法蘭西又一蹦一跳跑到前面繼續撿樹葉了。

他們到了學校，法蘭西驕傲地指給爸爸看。黃昏的陽光把顏色柔和的牆磚照得暖暖的，嵌有小塊玻璃的窗戶似乎在陽光下跳著舞。強尼看了好久，然後說：「就這個學校了，就這個學校。」

強尼要是被什麼事感動了，或是有什麼情緒被激發了出來，一定得用歌曲才能表達。他將舊禮帽放在心口，直直地站著，看著學校的校舍，開始唱起來：

上學了，上學了，
待人如己好日子❷。
讀書、寫作、做算術……

強尼站在那裡，穿一身淡綠色的禮服、嶄新的亞麻布襯衣，手裡牽著一個衣衫襤褸的小女孩，在這街道上無所顧忌地唱著這毫無創意的歌曲。對路過的陌生人來說這樣子一定很傻，不過在法蘭西眼中，此情此景卻恰如其分，優美動人。

他們穿過街道，在人們稱之為「廢地」的草地上漫步。法蘭西摘了些一枝黃、野紫菀要帶回家。強尼說這片草地過去是印第安人的墳地，他說他小時候曾經來這裡找箭矢。法蘭西建議他們再找一找；他們找了半小時，結果一無所獲。強尼這時才記起他小時候也沒有找到過，法蘭西覺得這很滑稽，笑了起來。爸爸坦承或許這根本不是印第安墳地，或許這是什麼人胡謅出來的。強尼說得再對不過了，因為這整個故事都是他編的。

過了一會兒，該回家了，爸爸還是沒提轉學到這裡的事情，法蘭西的眼淚都開始在眼眶裡打轉了。他看到法蘭西的眼淚，便想出了一個辦法。

「寶貝，我跟你說我們怎麼辦吧！我們四周走走，找幢好的房子，把門牌號碼記下來，然後我們就寫信給你們校長，說我們要搬到這房子去住，要轉學到這裡來。」

他們找到一幢房子，只有一層樓的白房子，斜屋頂，院子裡長著晚秋菊花。他仔細地把地址抄下來。

「你知道我們做的事情並不對吧？」

---

❷原文為 Golden rule days。golden rule 指的是希望別人怎樣對待自己，就怎樣對待別人。

「是嗎，爸爸？」

「不過，做點壞事是為了成就更大的好事。」

「就像善意的謊言？」

「就像一個能幫人的謊言。做了這錯事，你就得加倍學好才能彌補。所以上學後千萬別做壞事、不要缺課、不要遲到。你可不要幹什麼壞事，讓學校寄信回家啊！」

「只要我能進這學校，我一定好好努力的，爸爸。」

「那好。現在我告訴你怎麼抄近路從小公園來上學。我很清楚要怎麼走。沒錯，我知道得一點不錯。」

他帶她去公園，告訴她可以斜穿過公園來上學。

「這樣你看行了吧！你來來回回還可以觀賞到四季變化。你看怎樣？」

法蘭西想起媽媽曾經唸過書中的一句話，就用這話回答說：「我的福杯滿溢。」[3]而且她是真心這麼覺得的。

凱蒂知道這個計畫後說：「隨你們的便，不過別把我牽扯進去。要是你提供假地址，警察上門來抓你，我會照實說我和這事無關。上哪個學校還不是一樣，又能好到哪裡？壞到哪裡？我也不知道她為什麼想轉學，不管上什麼學校，還不都是有功課要做。」

「那就這麼說定了。」強尼說，「法蘭西，這是一分錢。你去糖果店買張信紙和信封去。」

法蘭西跑下樓，很快又跑了回來。強尼開始寫信，說法蘭西將搬去某某地址和親戚一起住，所以希望轉學。他接著又說尼力會繼續住在家裡，所以不用轉學。他簽了名，然後鄭重地在下頭畫了一條線。

次日上午，法蘭西發抖地將信拿給校長看。那位女士看了看，嘴裡咕噥了幾句，還是同意轉學了。她將她的成績卡拿給她，叫她轉去吧，反正學校人也很擠。

法蘭西拿著這些文件來到新學校的校長面前。校長和她握手，說希望她在新學校裡會開心。一位班長將她帶到教室裡，老師停止上課，將法蘭西介紹給全班。法蘭西看著一排排的小女孩，大家的衣著也都破破爛爛的，但大多很乾淨。老師給她安排了個單獨的座位，她便快樂地開始適應新學校的生活了。

這裡的老師和學生不像老學校的那麼粗暴。不錯，有些小孩子還是很壞，不過是那種小孩子常有的壞，而非特意使壞。老師常常欠缺耐心，性情急躁，不過從來不會沒完沒了地折磨人，也不會體罰。這些學生的家長多半是美國人，對憲法賦予的權利十分清楚，遇到不公正的待遇可不會善罷甘休。他們不像移民和第二代美國人那樣好欺負，好壓榨。

法蘭西發現，這個學校感覺起來大不一樣的主因是清潔工。學校的清潔工是個面色紅潤、一頭白髮的老人，連校長都稱他詹森先生。他自己也有很多兒孫，對他們都很疼愛，對其他孩子們來說，他也像個父親一樣。下雨天的時候，要是有學生淋了雨，身上的衣服濕了，他會讓孩子到鍋爐房把衣服烘乾。他讓孩子們把濕鞋、濕襪脫下來，掛在繩子上晾，把孩子們那些破爛的小鞋子排排掛在鍋爐的前面。

鍋爐房是個溫馨的地方，四壁都粉刷得白白淨淨，只要看著漆成紅色的鍋爐就會覺得很安心。四壁的窗戶都很高，法蘭西喜歡在那裡坐著，享受那裡的溫暖，看著橙色和藍色的火苗在一層烏黑的小煤塊上方跳舞（孩子們來烘乾的時候清潔工會把爐門打開）。下雨的時候，她會提前出門，慢慢走到學校，好把自己渾身淋濕，這樣就可以享受去鍋爐房烘乾的待遇。

詹森先生讓孩子蹺課去鍋爐房烘乾，這個做法本來不合校規，但是大家都喜歡他、尊重他，所以也沒有人提出反對。法蘭西聽說過很多關於詹森先生的故事；她聽說他上過大學，學問比校長還高；她還聽說

❸原文為My cup runneth over。出自《聖經・舊約》〈詩篇〉23:5：你用油膏了我的頭，使我的福杯滿溢。

他有家室，孩子一出生，他發覺在學校教書賺的錢還不如當技工多，便決定改作技工。無論這些是真是假，他都受人喜愛、受人尊重。有一回，法蘭西看到他在校長辦公室裡，身上穿著整潔的條紋工作服，蹺著腿和校長談論政治。法蘭西聽說，校長也常下到詹森先生的鍋爐房去，點上滿滿一菸斗的菸，坐著和詹森先生聊上一陣。

要是哪個小孩子不聽話，他不會被送到校長辦公室修理，而是送到詹森先生的屋子裡，讓他教訓一番。詹森先生從來不罵壞學生，他會跟這學生聊他的小兒子——他的小兒子在布魯克林道奇隊當投手。他會跟這學生講民主，講何為良好的公民素質，還說要是每個人都盡力而為，這個世界會變得多麼美好。和詹森先生一席談話之後，壞學生就保證不會再次闖禍了。

畢業的時候，孩子們出自對校長一職的尊重，會請校長在自己的簽名本第一頁簽字，但是他們其實更看重詹森先生的簽名，總是把第二頁留給詹森先生。校長會草草簽字，筆跡潦草，可是詹森先生不會。他會鄭重其事地把簽名本拿到自己那張大大的翻蓋書桌上，點亮燈，坐下來，把眼鏡好好擦乾淨，接著選一枝鋼筆，蘸點墨水，看上一會兒，然後將墨水擦掉，重新蘸一次。隨後，他會用鋼版雕刻式的字體簽出自己的名字，然後小心修飾；他的簽名總是簽名本裡最棒的。如果你膽子夠大，還可以請他把簽名本帶回去，讓他那個在道奇隊當投手的小兒子簽名。男孩子都非常喜歡這樣，但是女孩子就不怎麼在乎了。

詹森先生的書法極好，只要請他幫忙填寫畢業證書，他一定答應。

莫爾頓先生和伯恩斯通小姐也來這所學校。他們上課的時候，詹森先生常常會過來，費力地擠進後排一個小小座位，一起開心地聽課。如果天冷，詹森先生會讓莫爾頓先生或伯恩斯通小姐到鍋爐房來，請他們喝上一杯熱咖啡後再去別的學校上課。他的小桌子上有個煤氣爐子，還有煮咖啡的配備。他用厚杯子裝上濃濃的、熱熱的黑咖啡給他們喝，這些來訪的老師都對這個好人滿心感激。

＊　＊　＊

法蘭西在新學校很開心，也很努力做個好學生。每天，她路過冒牌居住的房子時，都帶著感激和深情看著它。颳風的時候，要是有紙片在這房子的前頭飛，她就會跑過去撿起來，放入房前的排水溝。垃圾工人收完垃圾後，有時候會把裝垃圾的麻袋馬馬虎虎地放在路上，而不是放入院子。法蘭西若是次日早晨看到這些袋子放在路上，就會撿起來掛在院子的木柵欄上。住在屋子裡的人只覺得這小孩安安靜靜的，而且似乎有種奇怪的潔癖。

法蘭西熱愛這學校，但來這裡上學意味著她每天必須走過四十八個街區❹，不過她倒是喜歡走路，所以無所謂。她早晨必須比尼力早點走，晚上遲許多才到家。她並不介意，只是吃午飯有些困難。回家要過十二個街區，回學校又是十二個街區，而午休時間只有一個小時，吃飯的時間就很少了。媽媽不讓她帶飯到學校，她的理由是：「照她這樣，不久就會不顧家、不顧家裡人了。現在是小孩子，就得有小孩子的樣，跟小孩子一樣回家吃飯。她跑這麼遠上學是我的錯嗎？還不是她自己挑的？」

「不過，凱蒂，」爸爸爭辯說，「這學校可是所好學校啊！」

「那麼不好的地方她也就一起接受吧！」

午飯的問題就這麼決定了。法蘭西吃午飯的時間只有五分鐘，只來得及回去抓個三明治，帶在路上邊走邊吃。她也不覺得這樣吃虧，她在新學校實在太開心了，總覺得這麼好的事總得有所付出才正常。

轉到這所學校是好事，讓她得以看到在她生下來所接觸的世界之外還有別的世界，而別的世界也並非遙不可及。

❹兩條街之間為一街區（block）。

24

法蘭西計算一年的時間，不是按日子，也不是按月分，而是按節日來算的。她的一年從七月四日國慶日開始，因為那是學校放假後的第一個節日。七月四日到來前的一週她就開始收集鞭炮，她的每一分錢都用來買鞭炮，一小包一小包地買。她將這些鞭炮全放在一個盒子裡，塞在床底下。她每天至少把盒子拿出來十回，將這些鞭炮擺弄來擺弄去，久久看著外面一層淡紅色的紙和裡面捲了一層又一層的白紙，很好奇這些都是怎麼做出來的。她聞著粗粗的火絨的氣味；每次買鞭炮老闆都會免費提供這些火絨，它們可以悶燒幾個小時，用來點鞭炮。

那個大慶的日子來到時，她都捨不得將這些鞭炮放掉，擁有這些東西比用掉感覺還要好。有一年，日子過得特別緊，法蘭西和尼力一分錢也沒有，不能買鞭炮，只好收藏紙袋子。到了國慶日，他們就在紙袋裡裝滿水，將袋口擰上，從屋頂丟到街上。水袋落地時會發出「啪」的一聲，幾近鞭炮聲。差點被砸著的路人很火大，抬頭怒視，不過也不會拿他們怎樣，因為他們知道這是這些窮孩子慶祝國慶的方法。

下一個大節是萬聖節。尼力會用煤灰把臉塗黑，將帽子反戴，衣服裡外反穿，將媽媽的一只黑色長筒襪裡頭裝滿灰，和他的夥伴們在街頭瞎逛，將這自製的「皮錘」亂揮舞一氣，動不動尖叫一番。

法蘭西和其他小女孩一起拿著白粉筆在街上逛。每看到有人穿著大衣，便在他們身後畫一個十字。孩子們進行這些儀式是沒有什麼特別意義的，這個符號她們只知其然不知其所以然。這典故或許來自中世紀，可能是那時候的人們用十字在得瘟疫的人家做記號吧！又或許那時候的小頑童就惡劣地故意作弄無辜的人，在他們身上畫十字；然後這個做法代代相傳，到如今的萬聖節便成了個讓人摸不著頭腦的惡作劇了。

選舉日對法蘭西來說是最大的節日。和其他節日比起來，選舉日似乎更像是屬於他們社區的節日。或許全國其他地方的人也選舉，可是在法蘭西眼中，那些都和布魯克林沒法比。

強尼帶法蘭西到斯科爾斯街的一家牡蠣館。牡蠣館所在的屋子恐怕有上百年歷史，可以追溯到大酋長坦慕尼❶及其印第安勇士們還在這裡出沒的時候。這裡的炸牡蠣全州聞名；不過，這地方出名的還不只是炸牡蠣，這裡也是市政廳那些政客們祕密開會的地方。黨內的首腦們會在這裡祕密聚會，找個隱祕的房間，一邊吃著多汁的牡蠣，一邊討論讓誰當選，讓誰下臺。

法蘭西常常路過這家館子，又好奇又害怕地看著。這館子的店門上頭沒寫名字，窗戶上也空蕩蕩的，只有一盆蕨類。窗後的銅杆上掛著半面褐色的亞麻布簾子。有一回法蘭西看到門開了，有人進去。她朝屋子裡瞥了一眼，看到裡面暗暗的，點著有紅色罩子的燈，煙霧繚繞。

法蘭西和社區裡大一些的孩子會參加一些選舉的儀式，卻全然不知道那些儀式是什麼意思、為的是什麼原因。選舉日的晚上，她就排隊，把手搭在前面孩子的肩膀上，排成一條人龍隊伍，這隊伍在街道上蜿蜒前進，孩子們邊走邊唱：

大酋長，坦慕尼。
帳篷裡，把令施。
打仗了，勇士集。
了不起，坦慕尼。

❶坦慕民是一個印地安大酋長的名字，但下文中的坦慕尼指紐約民主黨內的一政治組織，或稱坦慕尼協會（十九世紀末和二十世紀初），希望透過腐敗和老板式的控制手段，獲取政治勢力。

法蘭西也喜歡聽爸媽辯論政黨的優缺點。爸爸是民主黨的衷心擁護者，媽媽則無所謂。媽媽批評政黨，告訴強尼說他的選票等於是扔到水裡了。

「別這麼說，凱蒂。」他抗議說，「總體來看，民主黨還是為人民做了不少好事。」

「作夢比較快。」凱蒂反唇相譏。

「他們要的只是家裡的男人投個票而已，看他們付出的回報有多大。」

「他們到底給了什麼回報？你倒是舉一個例子來啊！」

「比如說，你需要法律建議的時候，你不需要去找律師，問你的議員就可以了。」

「這還不是盲人騎瞎馬。」

「你別不相信，別看他們很多時候很笨，但是他們對紐約市的法律法規卻是倒背如流。」

「你去告告看紐約市，就知道坦慕尼協會會不會幫你了。」

「就比如說公務員資格考試吧。」強尼換了個角度又說，「他們知道警察、消防隊員和郵差的考試是什麼時候。要是選民感興趣，他們總會提醒的。」

「萊維太太的丈夫三年前就參加了郵差考試，但是到現在他還在開卡車。」

「說得好！這還不是因為他是共和黨；如果他是民主黨，他們就會把他的名字放在名單上最前面的位置。我聽說有個老師想轉到其他學校，坦慕尼協會就給辦妥了。」

「憑什麼？難道她長得漂亮？」

「不是。這是個精明的做法，老師是在教育未來的選民。比如這個老師，以後一有機會，她就會跟學生說坦慕尼協會的好話、拉票。每個男孩長大了都要投票的，這個你也知道。」

「為什麼要投票？」

「因為這是項權利。」

「權利！呸！」凱蒂冷嗤一聲。

「比如現在，假如你有一隻貴賓狗，狗死了，你會怎麼辦？」

「我怎麼會去養什麼貴賓狗呢？」

「你就不能假設你有這麼一隻死掉的貴賓狗，好讓我們繼續討論下去嗎？」

「好啦，我有隻貴賓狗死了，然後呢？」

「你就可以跑到黨部去，那些人會把死狗帶走。再設想一下，假如法蘭西想辦工作證件，但年齡卻太小了。」

「我想他們會幫她辦吧！」

「那還用說。」

「讓這麼小的孩子去工廠工作，你覺得合適嗎？」

「這麼說吧！假如你有個小男孩，在學校裡不學好，常常蹺課，在街上到處瞎闖，可是法律又不許他工作，這樣的話弄個假證件難道不是好事嗎？」

「這倒是件好事。」凱蒂退了一步。

「看看他們幫選民找的工作吧！」

「你知道他們是怎麼找這些工作的吧？他們去工廠審查，卻對工廠的違法行為視而不見，這樣，工廠老闆心裡也明白拿了他們的好處，會報答他們。缺人的時候，就去找坦慕尼協會的人，這樣，功勞便成了坦慕尼的了。」

「我再舉個例子給你聽。有人的親戚還在老家，由於諸多繁瑣手續所以過不來，可是坦慕尼能代為辦妥。」

「當然了，讓這些外國人申請過來，讓他們成為公民，然後叫他們投票給民主黨，否則讓他們捲鋪蓋回家。」

「不管你怎麼說，坦慕尼對窮人很好。比如有人病了，付不起房租，你想組織會不會讓房東把這人掃地出門呢？當然不會。如果他是民主黨，他就有這個保障。」

「那我猜房東都是共和黨了。」凱蒂說。

「不是。這個體系雙方都能照顧到。假如有個房東的房客是個無賴，要房租的時候要不到，房東鼻子反倒挨這無賴一拳，你想會怎麼樣？組織會替房東把這個無賴趕走。」

「坦慕尼給人民一點小好處，但是要求你雙倍的回報。你就等著看，等我們女人能投票的時候吧！」強尼笑了，打斷了她的話。「你不相信我們有一天能投票？這一天會到來的，你就記住我的話。等我們能投票了，我們會把這些腐敗政客送到他們該去的地方——也就是大牢。」

「等這個日子真來了，你會和我手挽著手，一起去投票站，我投誰你就投誰。」他用手摟住凱蒂，迅速擁抱了她一下。

凱蒂衝著他笑了。法蘭西發現媽媽的笑容斜斜的，看上去有點像學校禮堂畫像上那個叫蒙娜．麗莎的女子。

坦慕尼之所以有這般權勢，是因他們從孩子小時候就開始按照民主黨的方式培養他們。這些黨內大老的嘍囉們就算再笨，也知道時間不會一成不變，今日的小孩就是明日的選民，所以要把男孩女孩都拉攏到自己身邊。那時候女人還不能投票，可是這些政客知道布魯克林的女人對男人的影響力很大。要是小女孩能用民主黨的方式教育，一旦長大嫁人，還不是讓自己的男人投給民主黨。為了討孩子開心，馬蒂．馬奧尼協會每年夏天都幫孩子和家長舉辦短途旅遊。凱蒂對這個協會除了鄙視還是鄙視，不過她覺得這個機會倒是不錯，不去白不去。法蘭西聽說他們要出去旅遊，就像任何一個沒有坐過船的十歲小孩一樣，歡呼雀躍。

強尼不願意去，也不理解為什麼凱蒂要去。

「我熱愛生活，所以我要去。」她給了這麼一句奇怪的理由。

「這麼亂糟糟的日子也叫生活的話，你就是打折給我我都不要。」他說。

不過，最後他還是去了。他想這次坐船旅行或許也有什麼教育意義吧！既然要教育孩子，他可不能不在場。這一天悶熱無比，甲板上孩子很多，一個個欣喜若狂，跑來跑去，都玩得差點掉進哈德遜河。法蘭西盯著那河水看啊看，直到出現生平第一次頭暈。強尼告訴孩子們，多少年前，亨德里克．哈德遜❷就在這條河裡航行。法蘭西心想，哈德遜先生看著這流水，會不會像她這樣頭暈得要命呢？媽媽坐在甲板上，戴著翠綠的草帽，穿著她從艾薇姨媽家借來的黃色水玉瑞士布❸洋裝，看上去漂漂亮亮的。她周圍的人都在笑。媽媽很能聊，人們也喜歡聽她聊。

到了午後，船在上州❹一個林木茂密的山谷停泊，這時候民主黨員們下了船，開始忙了起來，孩子們也忙著花他們的「園遊券」。在旅行前一週，孩子們就拿到一疊寫了「熱狗」、「汽水」、「旋轉木馬」的園遊券，一疊券上有十張園遊券。法蘭西和尼力各拿了一疊，可是一些狡猾的男孩哄騙法蘭西跟他們玩打彈珠贏券的遊戲，他們告訴她，或許她能贏五十疊券，在出遊那天風風光光過上一天呢！可惜法蘭西打彈珠技不如人，很快就把券全輸光了。尼力手氣不錯，贏了兩疊券。法蘭西問媽媽，可不可以讓弟弟分張券給她，媽媽抓住這個機會對法蘭西說教賭博的事。

「你本來有券的，可是你自作聰明，想再去贏不屬於你的券。賭博的人個個都想贏，沒有哪個想輸。

---

❷Hendrick Hudson，即亨利．哈德遜（Henry Hudson, 1565-1611），是一位英國探險家，他成功地探測了北美地區，哈德遜河即以他來命名。

❸瑞士的一種印染風格，在布料上加上圓點圖飾。

❹紐約州的紐約市為「下州」，往西往北走，遠離紐約城，乃進入「上州」。

不過你記住：總得有人輸，不是別人就是你。你這回賭輸了十張券，要是能因此學到教訓，這個學費付得算是便宜的了。」

媽媽說得對。法蘭西知道她說得對，可是她的話還是一點都無法讓她開心起來。她想和別的孩子一樣坐旋轉木馬、想喝汽水。她在熱狗攤邊苦悶地站著，看著別的孩子在那裡大快朵頤。這時候有個男的跟她說話了；這人穿著警察制服，只是上面的金色更多一些。

「小女孩，你沒有券嗎？」他問道。

「我忘記帶了。」法蘭西撒了個謊。

「我小時候打彈珠也不在行。」那人從口袋裡拿出三疊券來，「我們每年都再送給輸掉的人一些券，不過女孩輸掉還比較少見，她們的券再少，都會牢牢守著不讓人贏走。」法蘭西將券拿過來，謝謝他。她離開的時候，那人問她：「坐在那邊戴頂綠色帽子的女士是不是你媽媽？」

「是的。」她等著，但是他沒有繼續說下去。法蘭西忍不住問：「怎麼了？」

「你每天晚上就向小花❺祈禱吧！許願你長大以後有你媽媽一半漂亮。最好現在就開始祈禱。」

「我媽媽旁邊的那位就是我爸爸。」法蘭西希望聽到這人說她爸爸也很英俊，不過那人瞪了她爸爸一眼，什麼也沒有說。法蘭西跑開了。

大會要小孩每隔半小時到媽媽那兒報到一次，法蘭西再回來的時候，強尼在免費啤酒桶邊喝酒。媽媽跟法蘭西打趣說：「你就和西西姨媽一樣──總喜歡和穿制服的人聊天。」

「他另外給了我一些券。」

「我看到了。」她裝著漫不經心的樣子，又隨口問了一句，「他問你什麼了？」

「他問你是不是我媽。」法蘭西沒把他誇媽媽漂亮的話說出來。

「是的，我猜他是問這個。」凱蒂盯著自己的手。這雙手在洗滌液裡泡得紅腫粗糙，上頭還有許多傷口。她從手提袋裡拿出一副縫補過的棉手套，天很熱，她卻還是把手套戴上了。她嘆了口氣：「我過得太辛苦了，有時候都忘了自己是個女人。」

法蘭西驚詫不已。她還是頭一回從媽媽口中聽到這種略帶抱怨的話，她不知道媽媽怎麼突然一下子會為自己的雙手感到羞愧。她一蹦一跳跑開時，聽到媽媽問身旁的一個女士：「那個朝這邊看的人，穿制服的，是誰啊？」

「那是邁克・麥克尚恩警官啊！他是你們轄區的警察。你怎麼不認識？這真好笑。」

快樂的一天還在繼續。每張長桌子末端都有個啤酒桶，免費供應給所有民主黨黨員。法蘭西也興奮到不行，和其他孩子一起跑來跑去，吵吵嚷嚷，打打鬧鬧。啤酒就像布魯克林雨後的水溝一樣，不停流淌。還有支銅管樂隊一直不停演奏，曲目包括《凱利舞者》、《愛爾蘭的眼睛在微笑》、《哈雷根，就是我》，他們還演奏《夏儂河》和紐約自己的民歌《紐約人行道》。

每次演奏前，指揮都會報告：「接下來馬蒂・馬奧尼樂隊為您獻上……」每首歌結束，樂隊所有成員都異口同聲一起喊：「馬蒂・馬奧尼加油！」每次倒完酒後，服務生也說：「馬蒂・馬奧尼敬贈。」所有的活動都以馬蒂・馬奧尼冠名，如「馬蒂・馬奧尼競走比賽」、「馬蒂・馬奧尼花生米比賽」。這一天結束時，法蘭西已經對馬蒂・馬奧尼的偉大深信不疑。

下午晚一些的時候，法蘭西突然起了個念頭，覺得她必須找到馬奧尼先生，親自感謝他讓自己度過了這麼一段美好時光。她找啊找，問啊問，可奇怪的是，居然沒有人認識馬蒂・馬奧尼，也沒有人見過他，

---

❺天主教的修女聖德雷莎（St.Thérèse）生前過著隱居、禱告的生活，自稱「耶穌的小花」。「小花會」（Society of the Little Flower）迄今仍然存在。

顯然他並不在這遊玩的人群當中，可是他又似乎無處不在，簡直像個隱形人。有個男人告訴她，或許馬蒂．馬奧尼根本不存在，只不過是一個代號，用來稱呼這個協會的領導者而已。

「我四十年如一日，都投同樣的票，」那人說，「候選人好像都只有那個馬蒂．馬奧尼，要不就是不同的人用同一個名字。我也不知道他是誰，小女孩，我只知道我一直投票給民主黨。」

回家的時候，船行駛在月光下的哈德遜河上，很多男人打起架來，這是回家路上唯一引人注意之處。而孩子們不是暈船了，就是被太陽曬暈了，一個個煩躁不安。尼力倒在媽媽膝上睡著了，法蘭西坐在甲板上，聽著爸爸媽媽聊天。

「你知道麥克尚恩警官嗎？」凱蒂問。

「我知道他是誰，人們都叫他正直警察，民主黨也在觀察他。如果他能選上議員，我一點都不吃驚。」

附近坐著的一個男子欠身過來，碰了碰強尼的手臂，說：「選上警察局局長還差不多，兄弟。」

「他這人生活怎樣？」凱蒂問。

「典型的艾爾吉❻式白手起家的故事。二十五年前，他從愛爾蘭過來，兩手空空，行李只有一個小箱子，往背上一揹都可以。他在碼頭砸大錘，晚上上夜校，後來進了警隊。進警隊後他還繼續唸書、考試，如今當了警官。」強尼說。

「我猜他一定娶了一個受過良好教育的女人當好幫手吧？」

「其實沒有。他剛來的時候，有戶愛爾蘭人家收留了他，照顧他直到他可以自食其力。這戶人家的女兒嫁給了一個無賴，蜜月之後不久他就跑了，後來跟人打架打死了，偏偏這個女孩卻懷孕了。不過，怎麼說鄰居也不會相信這女孩結過婚，這家人眼看就要丟人。結果麥克尚恩和她結了婚，讓孩子跟自己姓，算是報答這戶人家。當然，這不是為愛結合的婚姻，不過聽說他對這女孩很好。」

「他們有生自己的孩子嗎？」

「生了十四個，我聽說。」

「十四個！」

「不過只有四個活下來，其他的都沒有長大成人。他們生下來就得了肺結核，是他們媽媽傳染的，而他們的媽媽是從一個女孩那兒傳染到的。」

「這個人一輩子也夠可憐的。」強尼喃喃自語，「是個好人啊！」

「他夫人還在世吧！我想。」

「不過病得很重，聽說活不了多久了。」

「這種人才死不了呢！」

「凱蒂！」凱蒂的話讓強尼深感震驚。

「我才不管！我不能怪她嫁給一個無賴，還和無賴生孩子，這是她的權利。不過，我怪她為什麼到了時間不吃藥，為什麼把自己的麻煩轉嫁給一個好人？」

「話不能這麼說。」

「她早死早好。」

「別說了，凱蒂。」

「我就要說。她一死，她丈夫就可以重新娶別人——娶一個快樂、健康的女人，幫他生孩子，能活下來的孩子。每個好男人都有這種權利。」

強尼沒有回話。聽媽媽這麼講，法蘭西心裡覺得莫名的恐懼。她站起身，走到爸爸身邊，抓住他的

---

❻十九世紀的美國通俗小說家，寫下大約一百三十五本小說，多半描述主角如何白手起家，實現美國夢的經歷。

手，緊緊貼在自己身上。月光下，強尼的眼睛吃驚地瞪得老大。他把孩子拉過來，緊緊摟著她，但嘴裡只說：「你看月亮是怎麼在水上走的！」

這次出遊之後，民主黨開始為選舉日做準備。他們發放給社區小孩白色的胸釦，上面印有馬蒂的臉。法蘭西拿了一些，她久久盯著胸釦上的臉。馬蒂對她來說已經變得很神祕，法蘭西都把這人當作聖靈一般——看不見，可是他依然存在。這圖像上的人面色溫和，頭兩側的頭髮剃光，只剩中間一道，八字鬍，看起來和其他小政客沒什麼兩樣。法蘭西真想見他一次——哪怕就親眼見一次也好。

胸釦讓孩子們十分興奮，他們開始用它來交換東西、玩遊戲，成了流通貨幣。尼力將自己的陀螺賣給了一個男孩，換了十枚胸釦。糖果店老闆金皮收了法蘭西十五枚胸釦，給了她一分錢的糖果（他和民主黨暗中有交易，可以用胸釦再換錢回來）。法蘭西四處尋找馬蒂，但卻發現他無所不在。她看到男孩子用他的臉扔來扔去玩投擲遊戲；她看到他們把他的臉放在車子下面壓，變成跳房子用的小鐵塊；他的臉在尼力口袋裡，和其他零零碎碎的東西放在一起；她看到排水溝裡他的臉朝上浮在污水中；她看到他的臉掉在下水道過濾閘下的髒土裡；她看到教會奉獻的時候，她旁邊的彭克．帕金斯沒有和平時一樣，把他媽媽給他的兩分錢放進奉獻盤，而是放了兩個胸釦。她看到他彌撒結束後，跑到糖果店，用兩分錢買了四支甜卡牌香菸。她看到馬蒂的臉無所不在，卻從沒見到他本人。

選舉前那一週，她和尼力還有別的男孩一起去收集「選舉柴」。選舉柴就是木柴，用來在選舉之夜生篝火用的。她幫著把木柴儲存在地下室裡。

選舉日那天她起得很早，看到有人來敲門。強尼去開門的時候，那人問：「諾蘭嗎？」

「是的。」強尼回答。

「十一點鐘，投票站。」他在名單上強尼的名字旁畫了個勾，並遞給強尼一支雪茄。「馬蒂・馬奧尼敬贈。」然後他又去找下一位民主黨黨員。

「他們不來叫，你不是也去嗎？」法蘭西問。

「他們給每個人指定一個時間，這樣選舉就不會延誤……你知道，才不會所有人都成群結隊地同一個時間擠去。」

「為什麼啊？」法蘭西打破沙鍋問到底。

「因為嘛……」強尼閃爍其詞。

「我告訴你為什麼吧！」媽媽插話說，「他們希望知道誰投了票、怎麼投的。他們知道什麼時候什麼人該去投票站投票，要是不去投票給馬蒂的話，那可沒有好日子過了。」

「女人懂什麼政治。」強尼一邊說，一邊點著了馬奧尼送的雪茄。

選舉之夜，法蘭西幫尼力把木柴拖出來。他們這條街的篝火最大，這裡頭也有他們的功勞。法蘭西和其他小孩一起排成一排，在篝火周圍跳著印第安舞蹈，唱著「坦慕尼」的歌。篝火熄滅時，男孩子們把猶太商販的手推車上的東西一搶而空，還跑去偷馬鈴薯，放在灰燼裡烤；他們把這樣烤出來的馬鈴薯稱為「老鼠」。馬鈴薯不夠分，法蘭西一個也沒有吃到。

她站在街上，看著選舉結果出來。有人在街角一幢大房子的兩個大窗戶之間拉了張大床單，對面街上有人用一盞魔術般的提燈在這床單上打出數字。每次新的數字進來，法蘭西就和其他孩子一起大叫：「又有一區的結果出來了！」

馬蒂的圖像不時出現在螢幕上，人群歡呼得嗓子都啞了。那一年，一個民主黨人當選總統，民主黨州長獲得連任，但法蘭西只知道馬蒂・馬奧尼又贏了。

＊ ＊ ＊

選舉後，政客就把當初的承諾忘到了腦後，心安理得地休息起來，直到新年。到了新年期間，又要開始忙下次的選舉。一月二日是民主黨總部的婦女節，只有這一天女士們才會在這個男人天下的選區裡受歡迎。她們可以享用雪利酒，還有撒著堅果仁的小小蛋糕。這一天，女士們絡繹不絕地前往總部，馬蒂的黨羽們熱情招待她們，但馬蒂本人一樣從未露面。女士們離開的時候，便把自己裝飾精美的名片留在大廳桌子的刻花玻璃盤上。

凱蒂藐視這些政客，可是這並不妨礙她每年造訪黨總部。她會穿上刷燙得乾乾淨淨的灰色套裝，戴上翠綠色帽子，斜斜地扣在右眼上方。她甚至會掏出一毛錢給在總部外面臨時開店的人，幫自己製作一張名片。那人在名片上寫下「約翰·諾蘭夫人」，在大寫的字母上還畫了花朵、天使。這一毛錢本來是應該放進存錢筒的，不過凱蒂心想，一年就奢侈這麼一回吧！

一家人等著她的歸來，都想聽聽她去黨總部的情形。

「今年怎樣？」強尼問。

「還和以前一樣，還是那幫人。很多女人穿了新衣服，我猜她們是特地去買的。當然，妓女是穿得最好的。」凱蒂直截了當地說，「而且和往常一樣，妓女的人數是良家婦女的兩倍。」

25

強尼心裡有什麼想法的時候就會鑽牛角尖、想不開。他覺得生活太沉重，要借酒澆愁。法蘭西現在懂得分辨他喝醉時的模樣，他會直直走回家，走得很小心，卻還是有些歪歪倒倒；他不哭不唱也不鬧，卻會沉思起來。他不醉的時候反倒是喜歡唱歌、喜歡熱鬧，大家反而會以為他醉了。喝醉了酒，陌生人看到他，倒覺得他沉默寡言、滿腹心思，不管他人的閒事。

法蘭西很害怕爸爸喝酒的時候——倒不是因為酗酒不道德，而是爸爸一醉酒就變得陌生了。他會變得不和她講話，不和任何人講話；他會用陌生的眼神看著她，媽媽跟他說話，他也把頭轉開。

酒醒之後，他總是深覺歉疚，覺得對不起孩子，是個不稱職的父親。他覺得他應該教孩子一點什麼東西。他會戒一陣子酒，打算好好工作，把休息時間全部貢獻給法蘭西和尼力。他的教育觀和凱蒂的媽媽瑪麗·羅姆利一樣，他想將自己知道的所有東西都教給孩子們，好讓他們十四、五歲的時候就能有他三十歲時的見識。他想，從此之後，他們可以去學自己想學的東西。根據他的估算，等他們到了三十歲的時候，就會比他三十歲的時候聰明一倍。

他覺得他們最需要學的——這也是他臨時想到的——是地理、公民和社會學，於是他帶著他們前往布希威克大道。

布希威克大道是老布魯克林的高級區，大道開闊、綠樹成蔭，兩邊的房子都很豪華、很氣派，是用巨大的石塊砌成的，門口有長長的石臺階。這裡住著一些大政客、有錢的釀酒廠廠主，還有一些乘坐頭等艙而非廉價艙來美國的富裕移民家庭。他們把錢、雕像和那些灰暗的油畫一併帶到美國，定居在布魯克林。

汽車這時候已經出現了，但是這些人家大多還是乘坐漂亮的馬車。爸爸指點著向法蘭西描述這些馬車，法蘭西敬畏地看著馬車緩緩駛過。

這些馬車小小的，上了油漆，模樣精緻，四周都有白色緞帶，上面還有上流女士用的流蘇大傘。還有一種可愛的柳條馬車，由雪特蘭迷你馬拉著，馬車兩邊各有一張凳子，上面坐著那些幸運的兒童。法蘭西盯著那些看起來很能幹的家庭教師們陪著這些小孩子，她覺得這些女子都來自另外一個世界。她們披著披肩，頭上戴著漿洗過、繫著絲帶的軟帽，斜坐在座位上，駕駛著小馬車。

法蘭西還看到黑色的兩座馬車，由一匹高頭大馬的馬拉著，駕馬車的是個打扮得花俏的年輕人，手上套著小山羊皮手套，手套邊還反摺，像袖口反過來了一般。

她還看到幾匹馬一起拉的家庭馬車，馬車看起來很沉穩，馬看起來也穩重。不過，這些馬車倒沒有讓法蘭西覺得稀奇，因為威廉斯堡每個殯葬館都有這樣的馬車隊。

法蘭西最喜歡的是那種雙輪雙座出租馬車。這種馬車只有兩個輪子，乘客坐進去的時候門會自動關上，簡直神奇得不得了！（她天真地認為這門是用來保護乘客不被飛起來的馬糞砸著。）她心想，如果我是男孩，長大了就做這份工作，駕駛這種馬車，就那麼在後面高高坐著，讓一根伸手可及的皮鞭威風凜凜地插在身邊！像他那樣，穿著漂亮的厚大衣——大鈕釦、天鵝絨領子，頭上戴著凹頂的高禮帽，帽子上繫著絲帶打著結！像他那樣，把那模樣貴重的毯子摺著，放在膝蓋上！法蘭西低聲模仿趕車人的聲音。

「去凱瑞奇酒店嗎，先生？凱瑞奇？」

「任何人，」強尼還沉浸在自己的民主幻夢裡，「都可以坐這樣的馬車，只要他們有錢。」他又補了一句，「你看我們這個國家多麼自由。」

「如果得付錢的話還算哪門子自由呢？」法蘭西問。

「自由是這樣的：如果你有錢的話，你就可以坐馬車，不管你是什麼身分。在舊大陸啊，有些人就算有錢也是不能坐車的。」

「可是如果能不用付錢的話，」法蘭西堅持，「不是更自由嗎？」

「不。」

「為什麼？」

「因為那就會變成社會主義。」強尼得意洋洋地下了個結論，「我們這兒才不要這個。」

「為什麼？」

「因為我們有民主了，民主是世上最好的事！」強尼斬釘截鐵地說。

據傳下一位紐約市長將來自布魯克林，就住在布希威克大道。「你在這條街上找找看，告訴我我們未來的市長住在哪裡。」強尼興致高昂地說。

法蘭西看了看，然後垂下頭說：「爸爸，我不知道。」

「在那兒！」強尼像奏起凱歌般宣佈說，「就是這家，未來這間屋子的臺階下會立起兩根燈柱，到那時，在這個城市裡不管你怎麼逛，」他滔滔不絕地說，「只要你看到這兩根燈柱子，你就知道這個世界上最偉大的城市的市長就住在這裡。」

「他為什麼需要兩根燈柱子呢？」法蘭西好奇地問。

「因為這是美國，本來就是這樣嘛，」強尼的語氣含糊，但是絲毫不掩他那滿腔愛國之情，「你知道，這裡的政府是民享、民有、民治，和舊大陸上的國家不同，這個國家不會從地球上消失。」他開始低聲歌唱。不久，他就情不自禁地放聲唱起來，法蘭西和他一起唱。他們唱著：

你是一面古老而偉大的旗幟，

你是一面高高飄揚的旗幟，

願你永遠和平地飄揚……❶

人們好奇地看著強尼，一位好心的女士還扔了一分錢給他。

關於布希威克大道，法蘭西在記憶當中還把它和玫瑰香味聯繫在一起。那裡到處是玫瑰……玫瑰……街上沒有什麼人，人都擠在人行道上，警察把他們往後推；到處是玫瑰的香味。隨後，馬隊來了，警察騎馬開道，後面跟著一輛大敞篷車，裡面坐著一個風度翩翩、面貌和善的人，脖子上掛著玫瑰花環，有的人看到他便不禁高興地流淚。法蘭西抓住爸爸的手，她聽到周圍的人說：「想想看！他是布魯克林出身的呢！」

「**出身？他到現在還住在布魯克林呢！**」

「真的假的啊？」

「當然是真的，他就住在這布希威克大道。」

「你瞧瞧他！瞧瞧！」一個女人高聲說，「做這麼大的事，還這麼平易近人，簡直就跟我家丈夫一樣，只不過他長得更帥些。」

「我猜在那上頭一定很冷吧！」❷有個男人說。

「我在猜他的那個玩意兒有沒有被凍掉呢！」有個下流的男孩說。

有個臉色蒼白的傢伙拍了拍強尼的肩膀：「老兄，」他問道，「你真的相信地球頂端有什麼極杆❸嗎？」

「當然有。」強尼回答，「他不是爬到杆子上，把美國國旗掛了上去嗎？」

這時候一個小男孩叫喊：「他來了！」

「哇——」

車子所經之處人們都發出一陣羨慕的聲音，讓法蘭西很激動。因為感動，她也尖叫：「庫克船長加油！布魯克林加油！」

❶美國愛國歌曲，歌詞由喬治・科漢（George M. Cohan）所著。

❷車上的乘客為庫克船長（Dr. Freerick Cook），庫克船長生於一八六五年六月，為一名探險家和醫生。一九〇八年時他宣稱他到達北極，故文中男人才會出此言。

❸北極、南極的英文分別是North Pole、South Pole。Pole一詞又有杆的意思，故文中有「極杆」之說。

26

許多第一次世界大戰以前在布魯克林長大的孩子都對感恩節有溫馨的回憶，那一天，孩子們會穿上各式服裝，戴著廉價的面具，四處扮「流浪兒」、四處「捶門」。

法蘭西會精心挑選個面具。她買了個黃色的中國面具，上有薄薄的中式長鬚。尼力則買了個粉白的死人頭面具，面具上的表情咧嘴而笑，露出黑色的牙齒。爸爸最後時刻趕到，給兩個孩子各帶回一個便宜的牛角罐，紅的給法蘭西，綠的給尼力。

法蘭西覺得看尼力化裝簡直是一大享受！他會穿上媽媽不要的洋裝，把腳踝以下的裙襬裁掉，好讓他能走路，後面則髒兮兮地拖在地上。他把報紙疊起來塞在胸前，弄出大胸部；腳上則穿著破爛的鞋子，鞋尖包銅，從裙子下露出來。他怕凍著，還在這一身女人裝上再套一件破爛的毛衣。他就穿著這一身服裝，戴著死亡面具，頭上再斜戴著爸爸不要的舊禮帽；可惜這帽子太大，不肯安安分分地扣在他腦袋上，反而蓋著耳朵。

法蘭西則穿著媽媽的黃色胸衣、豔麗的藍裙子，束著紅色腰帶。她頭上披著紅色頭巾，用頭巾將那中國面具固定住，繫在下巴上。天很冷，媽媽讓她再戴上「毛帽」（這是凱蒂自己發明的一個詞，指的是一種毛絨帽）。法蘭西還帶了去年復活節撿彩蛋的籃子，裡面裝了兩個核桃作裝飾。

孩子們出發了。街上擠滿了戴面具的孩子，一個個晃著他們的牛角罐，發出震耳欲聾的聲音。有些孩子太窮，連廉價面具也買不起，於是用燒黑的軟木塞把自己的臉塗黑；家裡有錢的孩子穿的是從商店裡買的服裝，有薄薄的印第安服裝、牛仔裝、荷蘭女傭的粗棉服裝。有一些孩子比較馬虎，胡亂找了件髒床單往身上一套就當是化裝了。

熙熙攘攘之中，一群孩子把法蘭西擠到當中，法蘭西便跟大家一起挨家挨戶走動起來。很多店老闆把門關了，不讓他們進來，但是大部分都還是有東西給孩子們。糖果店老闆已經接連幾個星期都在收拾碎糖果，裝成了一個個小袋子，每個孩子來就給一個。他這也是萬般無奈，因為這些小孩子的硬幣可就是他活命的本錢，要是惹毛了他們，大家一起抵制起來不去他店裡買糖果，這可不是好玩的事。麵包店烤了大量的鬆軟餅乾發給這些孩子；社區最大的顧客群就是兒童，他們只會光顧對自己很好的商店，麵包店老闆深知這一點，所以才討好他們。蔬菜水果店送給孩子們的是熟過頭的香蕉，還有半好半爛的蘋果。有一些不做孩子生意的商店門便關起來，或是一毛不拔，還教訓他們一番，說乞討是如何不好。孩子們於是「投桃報李」，把他們的前門敲個震天響，所以才有「捶門」一說。

到了中午一切就結束了，法蘭西對她這一身笨重的衣服也膩煩了，面具也攪成一團（面具是用廉價棉紗做的，重重漿過，在模子裡晾乾而成）。有個男孩把她的牛角罐搶了過去，在膝蓋上一折兩半。尼力鼻子血淋淋地跑過來找她；有個男孩想搶尼力的籃子，尼力便和他打了起來。尼力沒說誰打贏了，不過他除了自己的籃子外還拿著那男孩子的籃子。他們回到家裡，好好享用了感恩節大餐，有燉肉，還有自製麵條。下午，大家便聽爸爸緬懷他童年時過感恩節的往事。

感恩節的時候，法蘭西生平頭一次撒了個精心編造的謊，結果被人識破，從此立志要當名作家。

感恩節前一天，法蘭西班上有個練習作業，四個被選中的女孩要上臺各朗誦一首關於感恩節的詩歌，手裡還要拿一個象徵感恩節的物品。一個孩子手拿著枯乾的玉米，一個拿著火雞爪（代表整隻火雞），一個孩子拿著一筐蘋果，最後一個孩子拿著個五分錢的南瓜派，大小有小碟子那麼大。

練習結束後，火雞爪和乾玉米扔進了垃圾桶，老師會把蘋果帶回家。她問有沒有人要那個南瓜派，三十張嘴都在嘸口水，三十隻手都想舉起來，但是沒有人舉。有些孩子很窮，更多孩子很餓，但是他們都有骨氣，不肯接受施捨的食物。由於沒有人舉手，老師便讓大家把派扔進垃圾桶。

法蘭西這時候忍無可忍了。那麼好的派怎麼能扔呢？她還從來沒有嘗過南瓜派呢！對她來說，這派只有那些乘坐著華蓋大馬車的人和那些印第安勇士才可以吃的，她太想嘗嘗了。她靈機一動，想出了一個謊言，於是舉手了。

「我很高興這派有人要。」老師說。

「我不是自己要。」法蘭西撒起謊來，故意驕傲地說，「我知道有個很貧窮的人家，我想把派送給他們家。」

「好。」老師說，「這就是感恩節的精神。」

那天下午，在回家的路上法蘭西就把派吃了。不知是良心受譴責，還是味道不熟悉，她並不喜歡南瓜派的味道，吃起來味同嚼蠟。下一個星期一上課前，老師在大廳看到法蘭西，便問那個貧窮人家喜不喜歡那塊派。

「他們很喜歡。」法蘭西說。她看老師似乎很有興趣，便加油添醋起來，「這戶人家有兩個小女孩，金色的鬈髮，大大的藍眼睛。」

「還有呢？」老師接著問。

「還有……還有……她們是雙胞胎。」

「真有意思。」

法蘭西心血來潮，接著說：「其中一個的名字叫潘蜜拉，一個叫卡蜜拉。」（這其實都是法蘭西給自己不存在的洋娃娃取的名字。）

「她們很窮很窮。」老師說。

「是的，她們很窮，她們都三天沒吃東西了。醫生說，要不是那塊派，她們會餓死的。」

「這麼一小塊派，」老師輕輕地說，「卻能救兩條人命。」

法蘭西知道自己撒了個大謊。她痛恨自己這麼鬼使神差地撒了個彌天大謊。老師彎下腰來，摟住法蘭西。法蘭西看到她的眼裡有淚。法蘭西崩潰了，悔意如潮水般湧來。

「這都不是真的。」她坦白承認，「我自己把派吃了。」

「我知道是你吃的。」

「您別寫信到我家。」法蘭西央求，想到那個地址並不是她真正的地址，「每天下午放學，我會留下來……」

「你有這麼好的想像力，我為什麼要懲罰你呢？」

老師和顏悅色地向她解釋了謊言和故事的區別，說人們說謊是因羞愧或怯懦；而故事則是現實的提煉，只是說故事的時候並不是按照實際情況描述，而是按想像中的情況講述。

聽老師這麼說著，法蘭西如釋重負。後來，她就養成了說話誇張的習慣，遇事她不如實敘述，而總要加油添醋一番。凱蒂對她這個習慣非常擔憂，常常警告法蘭西有一說一，不要天花亂墜。可是，法蘭西無法將事情原原本本、不加修飾地敘述，她非得添加點什麼不可。

凱蒂自己其實也喜歡在描述中增添色彩，而強尼更是活在半幻想的世界裡面，可是他們都壓抑孩子們的這些傾向。或許他們有好的理由；或許他們知道，自己的想像不過是給貧窮、殘酷的生活增添了些許瑰麗色彩，讓他們可以承受下去。凱蒂心想，要是沒有這樣的想像，他們的頭腦或許會更清晰些，能夠面對現實、看清現實、厭惡現實，然後想法子改善現實。

法蘭西總是記得那位好心老師的一席話。「你知道，法蘭西，或許有人會說你說的這些都是可怕的謊言，因為你的話不符合人們心中的事實。以後，你要跟人講一件事的時候，要如實敘述；可是寫的時候，你就可以寫成你理想中的樣子。說話說實話，寫故事靠想像，這樣，你就不會將二者混為一談了。」

這是法蘭西聽到過最好的建議。真相和想像在她頭腦中混成一團（其實哪個孤獨的小孩不是這樣呢？），她有時候無法正確分辨。不過，老師這麼一說她便豁然開朗了，從此以後，她會把自己的一些觀察、感受和經歷寫下來，寫成一個個小故事。最後，她也可以如實說話，只略帶一些發自本能的渲染。

法蘭西發現可以用寫作當作宣洩的那一年，她十歲。她寫了什麼不重要，重要的是，寫故事讓她釐清了現實和想像。

如果她沒有找到寫作這個出口，她長大以後，或許會成為一個滿嘴謊言的大騙子。

27

耶誕節是布魯克林的一段美妙時光。耶誕節還沒有到來，節日的氣氛就已經很濃郁了。耶誕節來臨的第一個跡象，是莫爾頓先生在各校上課時教唱的是耶誕頌歌；但是耶誕來臨的真正標誌，則是商店的櫥窗。

倘若不是孩子，你很難想像看到商店櫥窗裡的洋娃娃、雪橇等玩具，是多麼美好的感覺。而這種感覺法蘭西不用花錢去買就可以享受到，透過玻璃窗，她想怎麼看就怎麼看，彷彿自己擁有這些玩具一樣。

拐過街角，看到別的商店裝飾一新，法蘭西多麼激動啊！啊！那纖塵不染的櫥窗，底下鋪著的「地毯」竟是撒著閃光彩屑的白棉絮！窗裡有亞麻色頭髮的洋娃娃——但還有一種洋娃娃法蘭西更喜歡。她們的髮色如同加了很多奶油的咖啡，洋娃娃臉上的著色幾乎無可挑剔，她們穿的衣服法蘭西從未在世上見過。這些洋娃娃直直地站在不怎麼結實的紙箱裡，頸部和腳踝處用膠帶纏住，穿過盒子後面的洞固定住。那濃密的眼睫毛下有雙深藍色的眼睛，目光直射進一個小女孩的內心；那完美的小手伸出來，似乎是在請求：「買我吧！可不可以做我媽媽？」法蘭西只擁有過一個五分錢買的兩英寸高的小洋娃娃。

還有雪橇！它簡直就是孩子的天堂成真。一個新的雪橇，上面漆有夢境中才會出現的花朵——那是一種深藍色的花朵，有著鮮豔的綠葉；還有油漆得烏黑的馴鹿、用實木做成的光滑的駕駛杆。所有馴鹿身上都刷了一層清漆，名字也都印在各自身上：「玫瑰花蕾！」「木蘭！」「雪王！」「飛行者！」法蘭西心想：「要是我能有一個這樣的雪橇，我這一輩子就再也不向上帝求什麼了。」

櫥窗裡還有溜冰鞋，溜冰鞋是用閃亮的鎳做成的，鞋上有上等的褐色皮帶和看上去讓人緊張不安的銀色輪子，看起來萬事俱備、吹一口氣就能跑起來的樣子。兩隻溜冰鞋一隻架在另外一隻上面，躺在雲彩一樣的棉絮裡，上面撒著雪白的雲母粉。

櫥窗裡還有其他各樣寶貝，法蘭西看得目不暇給，她一路走，一路看，一路編著故事，看到她都感覺頭暈目眩了。

耶誕節前的一個星期，雲杉就陸續運到社區來。或許是為了便於運輸，雲杉的枝條被捆起來，等到耶誕節的時候才鬆開，讓它們得以伸展。小販們會在商店前的人行道上租塲地，豎起兩根杆子，拉根繩子，讓這些樹靠在上面，成了一條一側是雲杉樹的雲杉大道，芬芳四溢。一整天，這些小販在這雲杉大道上來回走動，不時抬起沒有戴手套的手，向著凍僵的手指呵呵氣，帶著渺茫的希望，看著停下來看樹的人。有些人會看中一棵，買下來當耶誕樹；別的人會停下來講講價格，看一看，考慮考慮；更大部分人只是來摸一摸雲杉枝條，乘人不備就偷偷折下一束，好帶走點樹的香氣。空氣寒冷、沉靜，到處都是松樹和橘子的氣味；這些橘子只有耶誕節的時候才出現在商店，於是在這條不那麼友好的街道上，也有了這麼一些討人喜歡的日子。

這個社區有個殘酷的傳統。如果快到了耶誕夜的半夜時樹還沒有賣掉，那要如何處理呢？有個說法是，如果能等到那個時候，就不用花錢買樹，他們會「拋售」給你。真的是「拋」。

耶穌誕辰日前夜的半夜，孩子們會跑到還沒有賣掉的樹那兒，賣樹人會把樹從大到小，一個個拋出去。孩子們自願站出來接樹，若樹拋過來沒有把他砸倒，那麼樹就是他的了；如果他倒下，那麼就喪失了「競拋權」。只有最頑強的孩子和一些少年才會站出來接最大的樹，別的孩子識相地站在一旁，伺機而動，看有什麼樹自己能接得下來。最小的孩子只能等著，等那些小小的、一尺來高的小樹拋過來，要是能接住不倒，就會高興地尖叫一番。

法蘭西十歲、尼力九歲那年的耶誕夜，媽媽同意讓他們下去接樹；這可是他們人生第一次。法蘭西其實白天就已經選好了自己要的樹，她下午和晚上一直站在這樹附近，祈禱別讓人買走。讓她高興的是，直到晚上，都一直沒有人來買。這是社區最大的一棵樹，可是標價很高，這一帶的人都買不起。這樹足足有十英尺高，枝條用乾淨的白繩子捆住，頂部露出乾淨俐落的樹尖來。

那人將這樹第一個拿出來，法蘭西還沒有張口，社區一個十八歲的小霸王彭克・帕金斯就已經站出來，要賣樹人將樹拋給他。那人很討厭這小子這麼不可一世的樣子，便看看四周，問：「還有沒有別的人要試一下？」

法蘭西挺身而出，說：「我，先生。」

這麼一說，賣樹人發出不屑的嗤笑，孩子們也交頭接耳竊笑起來，有幾個在一旁看熱鬧的大人則放聲大笑。

「算了，你還是閃開吧！這麼小接個什麼接。」賣樹人說。

「我和我弟弟兩人一起就不小了。」

她把尼力拉過來。那人看了看他們倆，一個是饑餓的小女孩，身材瘦小，臉蛋凹陷，下巴卻還有點嬰兒圓。另外那個小男孩，尼力・諾蘭，金色頭髮，圓圓的藍色眼睛，一臉天真可信的樣子。

「兩個一起上不公平。」彭克吼道。

「閉上你的臭嘴。」那人回敬了一句；在這個小時內他可是掌握絕對權力的角色，大家都要聽他的。

「這兩個孩子膽子挺大的。各位閃開一下，瞧瞧這兩個孩子怎麼接樹。」

邊上的人閃出一條有些參差不齊的空路來，法蘭西和尼力站在另外一端，等那個大塊頭把樹向他們倆拋過去。兩邊的人幾乎圍成了一個漏斗，漏斗嘴那頭是法蘭西和尼力。那人伸展了一下自己的手臂，準備拋樹。他這時候注意到不遠處的兩個孩子是何等弱小，突然間，拋樹人有了和耶穌在客西馬尼園❶一樣的體驗。

「啊，耶穌基督！」他的靈魂痛苦地掙扎，「我幹嘛不直接把樹給他們，然後說聲耶誕快樂就讓他們走人呢？這樹對我來說算什麼？今年是賣不出去了，又留不到明年。」孩子們看著他站在那兒嚴肅地沉思著。「可是，」他又冷靜了下來，「如果我這麼做的話，其他人就都會希望我把這些樹白送給他們，這樣到了明年，還有誰會來買我的樹呢？都會等我把樹白白送上門。我可沒有這麼慷慨，沒有這麼偉大，我沒辦法做這樣的事。我也要考慮自己，考慮我家的孩子。」他終於下定了決心，「算了，管他媽的，這兩個孩子也要活在這世上，也得習慣這世界，不習慣不行。他們得學會給予、學會受罰。不過，說實在的，這也不是什麼給予，這個破世界，只知道從你身上索取、索取、索取！」他用盡全力把樹拋出，心裡卻在哭泣，「這他媽是個什麼混帳王八蛋世界啊！」

法蘭西看到樹離開了他的手。在那短短的一瞬間，時間和空間似乎都沒有了意義，整個世界靜止了，只有一個黑忽忽的龐然大物在空中向自己飛來。她忘掉一切，忘掉自己曾經活過。一切都不存在了，只剩下那濃郁的黑暗，那個衝向自己、越來越大的黑影。樹砸到他們身上的時候，她踉蹌了一下，尼力則被砸得跪倒在地，但趁他還沒有倒地前，法蘭西猛地將他拉起。樹「嗖」地一聲轟然倒下，眼前的一切都是暗暗的、綠綠的、刺刺的。接著，法蘭西感到一陣劇痛，樹幹砸到了她頭的一側，她發現尼力也在顫抖。

可是一些大孩子把樹挪開的時候卻發現法蘭西和尼力都還手牽著手，站得筆直。尼力臉上被刮破，流著血。他的藍眼睛困惑地睜得大大的，鮮紅的血液把他的白皮膚襯得更白了，此刻的他看起來更像個嬰兒。不過他們兩人都在微笑，他們贏了這個社區最大的一棵樹！有些孩子大叫：「勝了、勝了！」還有幾個大人在鼓掌。賣樹人以罵代誇，吼著：「你們兩個小雜種，快點把樹拖走，滾開吧！」

打從法蘭西聽得懂話以來耳邊就沒少過髒話，在這些人當中，髒話和壞話都沒有什麼特別的意思。這些小人物駕馭語言的能力都不強，沒懂得多少字詞，這些髒話就像方言一樣，看這些話怎麼說、說的時候是什麼語氣和語調，語義都會有所不同。法蘭西這時候聽人罵她小雜種，反倒對那個善良的賣樹人露出靦腆的一笑。她知道那人的意思其實是：「再見——上帝保佑你們。」

把大樹拖回家可不簡單，他們必須一寸一寸往回拖，拖的時候還有人搗亂。一旁有個男孩子吼著：「免費坐車囉！一齊上車！」他跳到樹上騎著，害得法蘭西和尼力必須連他一起拖著走。不過，那男孩後來玩膩了就跑走了。

從某種意義上說，樹這麼久才拖回家也是一件好事，他們可以慢慢品嘗自己的勝利。他們聽到一名女士說：「我從來沒見過這麼大的樹！」法蘭西高興得滿臉發光。還有一個男人跟在後面喊：「你們這兩個孩子搶銀行啦？怎麼有錢買這麼大的樹？」街角的員警將他們攔住，看了看樹，鄭重地表示他願意出一毛錢購買——要是他們能送到他家，他願意出一毛五。雖然她知道員警不過是開玩笑，但法蘭西還是幾乎抑制不住驕傲。不過她說，就是給她一塊錢，她也不會賣。他搖頭說她真傻，這麼好的交易都不接受。他接著把價格抬高到兩毛五，但是法蘭西還是微笑著搖頭說不要。

這簡直就像在演一齣耶誕戲，場景是一個街角、一個寒冷的耶誕夜，劇中人是一個好心的警察、法蘭西自己和弟弟。法蘭西對所有對話都了然於胸；員警把臺詞唸得恰如其分，法蘭西也開開心心順著他的臺詞往下講；情景說明就是對話之間的微笑。

他們得找爸爸把樹搬上狹窄的樓梯。爸爸跑著下了樓，讓法蘭西如釋重負的是他的步子直直的，沒有歪歪倒倒，說明他還沒有大醉。

看到這麼大一棵樹爸爸十分吃驚，他的表情讓法蘭西十分開心。爸爸假裝說這樹大概不是他們家的

❶耶穌被羅馬士兵抓捕前曾在客西馬尼園禱告，當時他經歷了相當痛苦的靈魂的掙扎，見〈路加福音〉22:43–44。

吧！法蘭西說服他相信這就是他們家的，不用懷疑。兩人這麼一來一往，讓法蘭西開心不已，雖然她心裡知道爸爸是在逗她玩。爸爸在前面拉，法蘭西和尼力在後面推。強尼激動不已，不顧夜深，在前面高聲唱起《平安夜》。狹窄的樓梯間接收了他清晰、甜美的歌聲，停頓一下，然後又迴蕩出來，聽來加倍甜蜜。一扇扇的門「吱」地打開了，一戶戶人家聚到走廊上來，享受這生命中的小小意外之喜，心裡非常感激、非常驚奇。

法蘭西看到婷莫爾姊妹一起站在門口，灰色頭髮上夾著髮捲，漿洗過的睡衣皺巴巴的，外頭披著寬鬆的長袍。她們也和強尼一起唱了起來，那聲音柔弱而憂傷。小絲・嘉迪斯、她的媽媽、她那個害肺結核快要死的弟弟韓尼也都站在家門口。韓尼在哭，強尼看到了便把聲音放小，歌聲逐漸消散。他以為是歌聲害韓尼傷心。

小絲穿著化裝禮服，等人來帶她去參加午夜之後舉辦的化裝舞會。她站在那裡，穿著克朗代克舞女的服裝：純黑的長襪，高跟鞋，膝間繫有吊襪帶，手裡晃蕩著一個黑面具。她看著強尼的眼睛笑著，把手放在臀後，斜靠著門框，扮出風情萬種——或者說她自以為如此——的姿態。

強尼說：「小絲，我們的耶誕樹頂上還欠個天使呢！你上去扮演一下怎麼樣？」他這麼說其實並無他意，只為了逗笑韓尼而已。

小絲很想來上一句不雅的回答，說她要是像天使一樣飛那麼高，風非得把她的底褲吹跑不可。不過，她想想又改變了主意。那棵龐大的耶誕樹那麼巍然，現在這麼被人拖著又顯得那麼謙卑；這些孩子微笑著；那些鄰居難得地表現得如此友好；走道的燈昏黃亮著。這一切的一切，都教她那不雅的回答未曾出口就已經無地自容。她最後只是淡淡說了一句：「呀，強尼・諾蘭，你可真會開玩笑。」

凱蒂站在最後一段臺階上，雙手相握放在身前。她聽著歌聲，看著下面大家慢慢把樹往上挪。她沉思著：「他們覺得這樣很好。」她想，「他們覺得這樣很好。他們弄到免費的耶誕樹，他們的爸爸也迎合他們，一起唱歌，鄰居們也開心。他們覺得很幸運，他們都還活著，一年一度的耶誕節又來了。但是，他們看不到自己住的街有多麼骯髒、這屋子有多髒。這裡的人一個個都沒有什麼出息，但強尼和孩子們卻看不到鄰居們生活在這樣的骯髒和污穢的環境裡頭，也只能這麼苦中作樂。這是多麼可悲的事情啊！我的孩子必須擺脫這些，他們必須勝過強尼、我，還有周圍所有這些人。可是，怎樣才能擺脫呢？每天讀一頁書、在存錢筒裡存錢？這些還不夠。我們缺的是錢！錢會不會改善他們的生活呢？一定會的，一定會讓生活容易些。不過不行，光有錢也還不夠。街角的酒吧是麥克加洛迪開的，他很有錢。他老婆都戴鑽石耳環，可是她的孩子卻不如我的孩子乖、不如他們聰明。他們對人很壞、很貪婪，因為他們有錢，就有辦法戲弄窮人。我曾經看到麥克加洛迪家的一個女兒在街上吃一袋糖果，一群饑餓的孩子眼巴巴地望著她。我看到這些孩子望著她，一個個都在心裡哭泣。她吃到再也吃不下了，便把剩下的扔進排水溝，而不是給那些孩子吃。不，光有錢還是不夠。麥克加洛迪的女兒每天換一種蝴蝶結髮飾，這些蝴蝶結五毛錢一個，都夠我們一家四口吃上一天了。可是她的頭髮那麼稀薄，要紅不紅的。我的尼力的毛帽子上面有大洞，都變形了，可是他的頭髮濃密鬈曲、金黃燦爛。我的法蘭西頭上從不打蝴蝶結，可是她的頭髮又長又亮。錢能買到這些嗎？不能。也就是說，一定有什麼東西比錢更重要。傑克遜小姐在社區中心❷任教，她沒錢，在慈善機構當志工。她住在頂層的一間小屋子裡，她只有一件洋裝，可是她總是把洋裝洗得乾乾淨淨、燙得服服帖帖的。你和她說話，她的眼睛會直視你；似乎光聽她講話就能幫你治好病。她明白事理，這個傑克遜小姐；她明白事理。她能住在這麼骯髒的社區，卻出污泥而不染，就好像是演員在演戲，可以遠遠地看著，可是又優雅得不可觸摸。她和麥克加洛迪夫人真是天壤之別啊！麥克加洛迪夫人那麼有錢，卻那麼胖，還

❷社區中心是在貧民區供貧窮人家使用的教育、娛樂和社會服務中心。

和給丈夫送啤酒的人搞在一起。她和一貧如洗的傑克遜小姐究竟有何區別?」

凱蒂突然想到了答案。這個答案其實很簡單，從她腦海裡一閃而過，就像突然感到的一陣頭痛一般。是教育!對了，是教育造成了這種不同!教育會讓他們擺脫污穢骯髒的底層。證據?傑克遜小姐受過教育，而麥克加洛迪夫人沒有。一點都沒錯啊!這就是她媽媽瑪麗・羅姆利這些年一直跟她說，卻始終無法確切說出的字眼:教育!

她看著孩子們費力地把樹拖上樓梯，聽他們的聲音還是那樣的童稚，她想到了該如何教育孩子。

「法蘭西很聰明。」她想，「她一定要上高中，或許再接受更高等的教育。她悟性高，有朝一日會有出息的。可是等她受了教育就會跟我疏遠，不是嗎?她現在就已經跟我疏遠了。她不像兒子那樣愛我，我覺得她在疏遠我;她不理解我。她唯一能理解的就是我不理解她。或許等她受了教育後，她會以我為恥，比如我的言談等等。不過她品性好，就算感到羞恥也會藏著不表示出來。她會來改造我，她會來找我，想讓我按更好的方式生活，而我不會對她好，因為我心裡知道她比我強。等她長大了，會看透很多世事;看得越透，生活就會越不幸福。她會發現跟她比起來，我更寵愛兒子。我這也是不由自主，可是她不會了解。有時候，我覺得她現在就已經察覺到了這一點，她現在就已經和我有些疏遠了，再過不久她就會想掙脫出去、離開我。轉學去那所很遠的新學校不就是她脫離我的第一步嗎?可是尼力永遠不會離開我，這就是我偏心他的原因。他會黏著我、了解我。我希望他長大後能當個醫生，他一定要當醫生。或許他還可以拉小提琴，他有音樂細胞，這是遺傳他爸爸的。他鋼琴學到現在，水準已經遠在法蘭西和我自己之上。是的，他繼承了父親的音樂細胞，可是這音樂細胞對強尼又有啥好處?只是毀了他。要是他不會唱歌，那些人哪裡會要他留在身旁、請他一起喝酒?他唱得再好，也不能讓他、讓我們抬起頭來過日子。可是兒子不一樣，他會受到教育，我必須想想辦法。我不能讓強尼在我們身邊久待。親愛的上帝啊!以前我多麼愛他——我現在有時候還是愛他，不過他實在百無一用……百無一用。願上帝原諒我發現了這一點。」

就這樣，就在他們爬樓梯的時候，凱蒂把一切想通了。人們看著她，看著她那張光滑、美麗、活潑的臉，永遠不會知道她在一番內心掙扎之後，狠心下了決定。

他們將耶誕樹放在前屋，底下墊了一張床單，好擋住松針不要掉到粉色玫瑰的地毯上。耶誕樹放在一個大錫桶裡，用磚頭支撐著，不讓它倒掉。繩子剪開之後，枝條伸開，幾乎充滿了整個屋子。他們用布蓋住鋼琴，可還是有幾張椅子沒處擺，就放在枝條之間。他們沒有錢買裝飾品和燈，不過這麼大一棵樹放在屋裡也就足夠了。屋子裡很冷，這一年他們很窮——窮得沒錢買煤在前屋的壁爐裡燒。屋子裡的氣味寒冷、乾淨、清香。樹放在那裡的每一天，法蘭西都會帶上毛帽，進去坐在樹下。她會坐在那兒，享受著樹的氣息，享受著樹的青翠。

啊，大樹是多麼神祕啊！卻被囚禁在這麼一間出租公寓的前屋，囚禁在一個錫製洗衣桶裡。

那一年他們很窮，可是還是過了個很愉快的耶誕，孩子們也拿到了很多禮物。媽媽送給每個人一件連身的羊毛襯衣，還有一件長袖羊毛衫，裡面扎得讓人發癢。艾薇姨媽合送了他們倆一份禮物：一盒多米諾骨牌。爸爸教他們遊戲規則，但尼力不喜歡這個遊戲，所以爸爸便和法蘭西一起玩，輸的時候還故作十分羞惱。

瑪麗．羅姆利外婆帶來了一份很棒的禮物，是她親手做的；她幫每人做了一件肩衣。她從鮮紅色的羊毛織布上剪出兩塊橢圓形，一面用亮藍色的紗線繡了個十字架，另一面繡了個金色的心形，上有荊棘冠冕❸；一柄黑色的匕首穿過這個心形，從匕首的頂端流出兩滴鮮血。這十字架和心都很小，是用極其細小的針繡出來的。兩個橢圓形縫在一起，繫著一根馬甲上的線。瑪麗．羅姆利將這肩衣帶來之前，已經先拿

❸耶穌被釘死在十字架之前，人們在他頭上戴了一頂荊棘做的王冠，取笑他自稱為猶太人的王。

到神父那裡讓他祝福過。她把肩衣從法蘭西頭上套下來的時候，嘴裡用德文說著：「神聖耶誕節」，然後補充說：「願你走到哪裡都有天使陪伴。」

西西姨媽給了法蘭西一個小小的包裹。她打開一看，裡面是個小小的火柴盒，樣子十分精緻，上面有縐紋紙，縐紋紙上還畫著小小的紫藤。法蘭西將火柴盒輕輕打開，裡面有十個小圓片狀的東西，分別用粉色紙巾包裹著。法蘭西打開一看，原來全是金色的一分錢分幣。西西解釋說，她買了點金粉，上了幾滴香蕉油，將每個分幣塗成了金色。法蘭西最喜歡西西的禮物，收到這禮物後的一小時內她就將火柴盒慢慢打開了十來次，心滿意足地看著那鈷藍色的紙和火柴盒內壁的薄木片。金色硬幣用那夢幻般的紙包著，就如同奇觀美景一般，看也看不厭。大家都說這金幣太寶貴了，不能花掉。不過，那天內法蘭西就弄丟了兩枚金幣，媽媽建議說把金幣放到存錢筒裡還安全些；她保證打開存錢筒的時候，一定把這些金幣還給法蘭西。法蘭西覺得媽媽說得對，分幣放在存錢筒裡還安全些，只是要將這樣的金幣丟進那黑揞之中還是讓她心如刀絞了一番。

爸爸也有件特殊的禮物要給法蘭西。是一張明信片，上面有個教堂。教堂屋頂上貼著碎雲母，看起來比真正的雪還要閃亮，而教堂的窗戶是小小的橘色透明紙。這明信片的妙處是法蘭西將它舉起來的時候，光會透過紙窗戶照過來，在那晶亮的白雪上投下金色的陰影，美輪美奐。媽媽說，上面沒有寫字，法蘭西可以留起來，明年送給別人。

「不行。」法蘭西說。她雙手緊緊地把卡片貼放在胸前。

媽媽笑了：「法蘭西，你不要這麼開不起玩笑吧！不然的話，日子可不好過啊！」

「耶誕節別教訓人啊！」爸爸說。

「耶誕節教訓人不行，喝醉酒倒行？」媽媽大怒。

「我只喝了兩杯，凱蒂。」強尼求饒，「是別人過節特意請我喝的。」

法蘭西回到自己房間，把門關上。她不忍聽媽媽責罵爸爸。

晚飯前，法蘭西將她替大家準備的禮物送出去。她送給媽媽一個帽針插；她從奈普藥局買了一個便宜試管，在外面裹上一層緞帶，再縫上一條嬰兒用的髮帶。這帽針插是要讓媽媽放在梳粧臺上放帽針的。她送給爸爸一條懷錶帶，是用一個纏線用的線軸做出來的。她在線軸上釘了四根釘子，拿了兩根鞋帶，在四個釘子之間和周圍纏繞，這麼繞著繞著，線軸下面就編出了一根越來越長的錶帶。強尼其實沒有懷錶，不過他拿了一個鐵墊圈，繫上這錶帶塞在背心的口袋裡，冒充懷錶，戴了一整天。法蘭西還有件很好的禮物送給尼力：一顆五分錢的大彈珠，大到看上去不像彈珠，反而像顆大號貓眼石。尼力有一盒子「小不點」，就是一些褐色藍點的黏土做的小彈珠，一分錢二十個；可是他沒有什麼好彈珠，沒法參加重要的比賽。法蘭西看著他彎起食指，將彈珠勾住，後面用大拇指抵著，那姿態看起來很悅目、很自然。她很高興她改變了主意，沒給他買五分錢的玩具槍，而買了這彈珠。

尼力把彈珠塞進口袋，宣稱他也有禮物送。他跑到臥室，爬到小床下，掏出一個黏答答的袋子，塞給媽媽，說：「你來發！」然後退到角落。媽媽打開袋子，裡面有四根條紋棒棒糖。媽媽高興極了，說這是她見過最漂亮的禮物。她親了尼力三次，顯然更把尼力的禮物當回事，法蘭西努力壓抑著自己的嫉妒。

那一週法蘭西又撒了個大謊。艾薇姨媽帶來兩張戲票，是某個新教團體發放給窮人的，不管是什麼信仰都可以入場。舞臺上會有一棵裝飾過的耶誕樹，表演內容包括一齣耶誕戲和讚美詩獻唱，還會給每個孩子一件禮物。凱蒂本來不想答應，天主教的孩子去參加新教的晚會是怎麼回事？但艾薇勸她寬容些，媽媽最終屈服了，法蘭西和尼力於是去參加晚會。

晚會在一個大禮堂裡舉辦，男孩子們坐在一邊，女孩子們坐在另外一邊。表演都還不錯，可惜那舞臺劇是宗教節目，有些乏悶。教會裡的女士們從走道走下，依次給孩子們發送禮物。女孩子拿到棋盤，男孩拿到的是紙牌。又唱了一會兒詩歌，一個女士上臺來，宣佈接下來有一個特別的驚喜要給大家。

這個驚喜是個可愛的小女孩；她穿著一身精美的衣服，從舞臺側翼走過來，手裡拿著個漂亮的洋娃娃。洋娃娃有一英尺高，黃色的真髮，藍眼睛可以睜開閉上，還有真正的眼睫毛。這位女士將女孩帶到前面，開始說起話來：「這位小姑娘名叫瑪麗。」小瑪麗笑了笑，鞠了個躬。觀眾中的小女孩衝她笑了起來，一些接近青春期的男孩吹起了尖銳的口哨。「瑪麗的媽媽買了這個洋娃娃，還給娃娃做了一身衣服，就和瑪麗身上穿的衣服一樣。」

小瑪麗站到前面，將洋娃娃舉起來，然後把它交給那位女士，自己拉開裙角行了個屈膝禮。法蘭西看到那位女士說的沒錯，洋娃娃穿著藍色的蕾絲絲裙，頭髮上繫著粉色的蝴蝶結，腳上穿著黑色的高級皮鞋和白色絲襪，渾身上下和漂亮的小瑪麗一模一樣。

「現在，」那位女士說，「這位小瑪麗要把和她同名的洋娃娃送出去。」小女孩又一次露出優雅的笑容。「瑪麗想把這娃娃送給這裡一位叫瑪麗的窮孩子。」下面觀眾席上的小女孩發出一陣竊竊私語，如風吹拂過青青的玉米林。「在座有哪位窮孩子叫瑪麗的？」

大家突然沉默下來。觀眾席上至少有一百個瑪麗，不過「窮孩子」這個詞讓大家啞口不語。這些孩子不管心裡多麼想要那洋娃娃都不肯站出來，成為窮孩子的代表。她們交頭接耳，說自己並不窮，家裡的洋娃娃更好，衣服也比她更光鮮，只是他們不想穿而已。法蘭西坐在那裡就如同傻了一般，她全副心思只想著要得到那個娃娃。

「什麼？」那位女士問，「沒有叫瑪麗的？」她等了一下，然後又說了一遍剛才的話，但還是沒人回應。她遺憾地說：「可惜啊，下面各位沒有叫瑪麗的，看來小瑪麗要將娃娃帶回家了。」那小女孩又露出微笑，鞠躬，轉過身，眼看就要帶著娃娃離開舞臺。

法蘭西再也抑制不住，這和那回老師要把南瓜派扔進垃圾桶一樣。她站了起來，把手高高舉起來。那位女士看到她舉手，便叫住要離開舞臺的小女孩。

「啊！我們果然有個叫瑪麗的，很害羞，可還是個瑪麗。上臺來吧，瑪麗。」

法蘭西臉上一陣燒紅，十分難為情，但還是沿著長長的走道走到臺上。她在臺階上絆了一下，所有小女孩都竊笑起來，男孩們則放聲大笑。

「你叫什麼名字？」那位女士問。

「瑪麗．法蘭西斯．諾蘭。」法蘭西低聲說。

「說大聲點，對著觀眾說出來。」

可憐的法蘭西轉過身，面向觀眾，大聲說：「瑪麗．法蘭西斯．諾蘭。」臺下一張張的臉就像用粗繩繫住的大氣球，法蘭西心想，要是自己一直這麼看著，這些氣球般的臉就會飄起來，飄到天花板上去呢！

那個漂亮的小女孩走過來，把洋娃娃塞到法蘭西懷中。法蘭西的手臂自然地彎起來，迎接那娃娃，彷彿這手臂生來就是在等著這娃娃一般。漂亮的小瑪麗伸出手等著法蘭西來握，法蘭西這時難堪、困惑極了，但還是注意到那隻漂亮的白白小手，上面能看到細細的青筋，橢圓的指甲就如同精美的粉色貝殼，閃閃發亮。

法蘭西一面尷尬地走回位置上時，那位女士一面在臺上說：「這就是耶誕節的精神。你們都看到了，小瑪麗家裡很有錢，耶誕禮物中有很多這樣漂亮的洋娃娃。可是她並不自私，她想讓一個沒有她那麼幸運的瑪麗開心，所以她把娃娃送給一個也叫瑪麗的窮人家小女孩。」

法蘭西的眼裡流出了心酸的眼淚。「他們為什麼，」她痛苦地想，「不直接送出娃娃？而非得要說我多窮、她多有錢呢？為什麼不直接送出去，不要這樣說來說去呢？」

法蘭西的羞恥還沒有完，沿著走道走下來的時候，很多小女孩側身過來，壓低著嗓子狠狠地說：「臭乞丐，臭乞丐，臭乞丐。」

就這樣，她走在走道上，一路上就這麼「臭乞丐，臭乞丐，臭乞丐」地被人罵著。這些女孩覺得自己比法蘭西富有，其實她們和法蘭西一樣窮，只不過她們身上有法蘭西身上沒有的東西——自尊。法蘭西也知道這一點。當眾撒謊、冒名領取那個布娃娃，她並不自責，因為她為這個謊言、為這個娃娃，付出了放棄自尊的代價。

她記得她的老師說過，謊言是可以寫、不可以說的；或許她本不該上臺冒領，而應該寫成一個故事才對。不過不行！絕對不行！擁有一個洋娃娃怎麼都也比只是一個故事強。結束的時候，大家一起站起來唱《星條旗之歌》。法蘭西把頭低下來，臉貼著洋娃娃的臉。娃娃身上有漆過的瓷器那種涼爽而美好的氣味，它頭髮的氣息也讓人聞了難忘，娃娃身上嶄新的薄紗衣服摸起來更讓人欣喜。娃娃的眼睫毛碰到她的臉，她開心地渾身發抖。孩子們唱著：

在這自由的國度，
在這勇士的故鄉……

法蘭西的手緊緊地抓著娃娃的小手。她大拇指的神經跳動了一下，她以為是娃娃的手在動；她幾乎把娃娃當成活的了。

她告訴媽媽這個娃娃是個獎品。她不敢告訴她真相，媽媽厭惡任何帶有慈善意味的東西，要是她知道了真相，會把娃娃扔掉的；尼力也沒有出賣她。就這樣，法蘭西擁有了那個娃娃，可是她的心靈裡也多了個謊言的負擔。那天下午，她寫了個故事，說一個小女孩想要一個洋娃娃想得要命，為了擁有這個娃娃，她寧願放棄自己永生的靈魂，跌入煉獄。這是個感情充沛的好故事，不過法蘭西讀過一遍之後，心想：「故事中小女孩的作為合情合理，可是為什麼我的感覺沒有好一些呢？」

她想下個星期六去做懺悔。她想不論神父給她什麼樣的苦修，她都要三倍地去做，可是她還是感覺很糟糕。

她突然想到一個主意！或許她可以弄假成真呢！她知道天主教的小孩進行堅信禮❹時，有時候可以選個聖徒的名字當中間名。這個解決辦法可真簡單！她受堅信禮的時候，就用「瑪麗」這個名字吧。

那天晚上看完聖經和莎士比亞之後，法蘭西便問媽媽：「媽媽，我受堅信禮的時候，可不可以取『瑪麗』這個中間名？」

「不行。」

法蘭西的心一沉：「為什麼？」

「因為你受洗的時候已經用了安迪女兒的名字，取名為法蘭西。」

「我知道。」

「可是，你也根據我媽媽的名字取名為瑪麗。你真正的全名是瑪麗．法蘭西斯．諾蘭。」

法蘭西帶著娃娃一起睡覺。她躺著一動不動，怕吵著娃娃。每次夜裡醒來，她都要輕聲說聲「瑪麗」，用手指輕輕摩挲娃娃的小小鞋子。摸著那薄薄、柔軟、光滑的皮革，她都會激動得發抖。

這是她第一個洋娃娃，也是最後一個。

---

❹又稱受膏禮、堅振禮。基督宗教的聖禮之一，受堅信禮象徵再次與上主建立鞏固的關係，以天主教而言，通常是受過嬰兒洗的信徒到了青春期後，再次行堅信禮表示確認對上帝的信仰。

28

在凱蒂眼中，未來就近在眼前。她常用她那特有的口氣說：「說著說著耶誕節就來了。」假期開始時她也會說：「說著說著學校就開學了。」入春了，法蘭西開心地扔掉了連身襯衣，媽媽卻要她撿回來，還說：「用不了多久你就又要穿了，說著說著冬天就來了。」媽媽這不是亂說嗎？春天才剛剛開始呢，冬天恐怕永遠也不會來吧！

小孩子對未來一無所知，他們的心目中，未來頂多只有下週那麼遠。在他們的心目中，兩個耶誕節之間的一整年漫長得和永恆無異。法蘭西就是這樣看待時間的，一直到她十一歲那年。

在她十一歲和十二歲的生日之間，有些東西變了；未來的步子更快，日子更短，每週的天數似乎也少了。韓尼．嘉迭斯死了，這或許也是時間加快的一個原因吧！她早就聽說韓尼快死了，也不知道聽了多少遍，後來終於相信韓尼真的會死，不過她總覺得這事遠在天邊。現在這遠在天邊的事一下子近到眼前；一個曾經的未來如今變成了現在，而且還會成為過去。法蘭西心想，是不是得有人去世，小孩子才能明白這個問題呢？不過，也不是。羅姆利外公去世的時候她才九歲，那是她領第一次聖餐的一週以後，那時候感覺耶誕節似乎還早著呢！

現在變化來得太快，法蘭西都糊塗了。尼力比她小一歲，個子卻突然猛抽，比她高出了一個頭。茉迪．多納文搬走了，三個月後她回來遇到法蘭西，法蘭西發現她也變了。這三個月一過，茉迪身上多了種女人味。

法蘭西過去總覺得媽媽什麼都對，現在她發現媽媽也有閃失的時候。她發現一些她深愛的爸爸的特點，在他人眼中卻是個笑話。現在，去那茶店，再也不覺得那天平的托盤閃亮了，那些箱櫃也是油漆剝落，模樣粗劣。

她也不再每個星期六晚上偷看陶莫尼先生從紐約回家了。突然間，她覺得陶莫尼很傻、很可笑，他住在這兒，卻一心想去紐約，捨不得離開那兒。他有的是錢，既然那麼喜歡紐約，幹嘛不搬到紐約去住？

一切都在改變。法蘭西很慌，她的世界從腳下溜走，可是有什麼新東西來取代這個世界呢？而且真有什麼不同了嗎？和往常一樣，她還是每天晚上看一頁聖經、看一頁莎士比亞；她還是每天彈一小時鋼琴；她還是將錢一分一分地往存錢筒裡存。垃圾站還在那兒，其他商店也都還是老樣子。一切都沒有變，變的是她。

她和爸爸講過此事。她爸爸讓她伸出舌頭，還給她把脈，然後做出悲哀狀搖搖頭說：「你病了，病得很重。」

「什麼病？」

「成長病。」

成長是很掃興的事，它會破壞一些饑餓時玩的遊戲。過去家裡沒東西吃的時候，他們會玩遊戲來度過。如果錢見底、家裡快沒食物吃時，凱蒂和孩子們就假裝是在北極探險，遇到暴風雪被困在山洞裡。山洞裡沒有什麼糧食，他們必須等著救援到來。媽媽會把食物分成小份，放在櫥櫃裡，說那是「配給」。孩子們吃完飯如果還是餓，她會說：「勇敢點，同伴們，救援很快就會到來。」如果有了點錢，媽媽會買很多食物，還買個小蛋糕慶賀。她會在蛋糕上放面廉價的小旗，說：「我們成功了，同伴們！我們到北極了！」

在一次這樣的「營救」之後，法蘭西問媽媽：「探險者挨餓受苦總有個理由，最終能做成大事；他們發現了北極。但是，我們這麼餓為的是什麼？」

凱蒂突然顯得疲憊不堪，她說了句法蘭西那時無法理解的話。她說：「讓你了解『代價』兩字。」

成長也破壞了法蘭西心目中的劇院——這麼說吧！破壞的不是劇院，是上演的節目。她發現她越來越不喜歡那些巧得太剛好的情節。

法蘭西過去很喜歡劇院。她一度想當風琴女，後來又想當老師，第一次領聖餐後她想當修女。而到了十一歲的時候，她夢想成為一名演員。

威廉斯堡的小孩或許無知，但他們對自己的劇院瞭若指掌。那年頭社區附近有不少家劇院，如布萊尼劇院、考斯．佩頓劇院，還有菲力浦演講廳；演講廳就在街角。當地居民一開始稱它為「廳子」，後來改稱為「廳院」。除了暑假演講廳關門的時候之外，法蘭西只要能湊出一毛錢，每個星期六下午都會去那裡。她會在走廊上等著，常常還提前一個小時就排隊，好買到第一排座位的票。

她十分喜愛演男主角的哈洛德．克萊倫斯。星期六的日場演出後，她會在後臺入口等著，跟著他走到他家褐色的砂石房前，他就住在裡頭一個模樣平凡、裝飾簡陋的房間裡。即便是在街上，他走起路來也是雙腿挺直，一副舊時演員的樣子；他的臉色像嬰兒般粉嫩，彷彿還抹著青春的油彩一樣。他走路時雙腿挺直，步伐悠閒，目不斜視，嘴裡叼著一根模樣不凡的雪茄。進屋前他將雪茄扔掉，因為房東太太居然不讓這位偉大的人物在她的出租公寓裡吸菸。法蘭西站在人行道邊，恭敬地看著那扔掉的雪茄屁股。她將雪茄外頭的紙套拿下來，在手指上戴上一個星期，假裝這是他給她的訂婚戒指。

星期六，哈洛德和他的劇組會演出《牧師的情人》。劇中帥氣的鄉村牧師愛上了女主角吉瑞．摩爾赫斯。不知怎地，劇情安排女主角要在一間雜貨店工作，而劇中的女反派也愛上了年輕帥氣的牧師，並要去加害女主角。她大搖大擺地走進商店，身上又是裘皮又是鑽戒，一副珠光寶氣的樣子，不像尋常村婦。她以富貴逼人的口吻，要了一磅咖啡。接下來，她的話讓所有觀眾繃緊神經：「給我磨碎！」觀眾席上發出了痛苦的哼聲。咖啡機恰巧太重，美麗的女主角力量不夠，轉動不了那大輪子；但偏偏女主角的工作就是要轉動那大磨子，她費盡九牛二虎之力，可是那輪子動也不動。她央求女反派，說她實在需要這工作，要她別為難她。但那女反派只是再說了一次：「給我磨碎！」女主角眼看著就要失敗收場，這時候英俊的哈洛德出場了，他一張粉紅的臉，身上穿著牧師裝束。了解事情原委後，他便以一種極其戲劇化、不可能發生在現實生活中的方式，將那寬大的牧師帽子扔到舞臺另一頭，昂首闊步走到咖啡機旁，將咖啡磨碎，救下了女主角。新鮮的咖啡味充滿戲院，看戲的人先是肅然起敬，鴉雀無聲，然後出現了大大的騷動。真正的咖啡啊！真是假戲真做啊！所有人都看過磨咖啡不下千次，但看到舞臺上磨咖啡還真是破天荒。那女反派咬牙切齒地說：「又砸了！」哈洛德抱住吉瑞，讓她露出驕傲的面容；這時候巨幕落下。

中場休息時，法蘭西沒和其他孩子一樣跑去向雅座（一張票要三毛錢）的觀眾吐口水；她在思考落幕時的情景。男主角及時出現，英雄救美，代磨咖啡，這很好；可是，如果他沒有出現，那又會怎麼樣呢？女主角會被開除。那好，接著又怎樣呢？等她餓極了，自然會出去找另外一份工作，她會去幫人家擦地板，就像媽媽一樣；或者她像小絲．嘉迪斯那樣，吃男人的閒飯。雜貨店的工作很重要，還不是因為劇情安排的。

下一個星期六的戲她也不滿意。戲中久無蹤跡的丈夫突然回家，及時還了債；如果他有事耽擱，不能及時趕到又會如何？房東會限家人三十天內搬出去，至少布魯克林是這樣的。那一個月內或許會有意外變化；如果沒有，他們就得走人，想法子繼續過日子。美麗的女主角可能會去工廠做計件的零工，她那個敏感的弟弟得出去賣報紙，他們的媽媽白天得去幫人家做清潔工。不過他們會活下來，他們一定會活下來，法蘭西冷冷想著，死沒有那麼容易。

法蘭西不能理解為什麼那個女主角沒有嫁給那個壞人，這樣房租的問題不就解決了。她不要的那男人反倒為她奔波，足以說明他有多愛她；這樣的男人怎可忽略？至少，男主角在虛無縹緲地追求夢想的時候，那個男人還在身邊。

她為這戲寫了第三幕——「如果」真的發生了話會發生什麼事。她全以對話描寫，發現這種寫法很容易。寫小說，你得對人們的行為作出解釋，寫對話就不用；在對話中人們便自然解釋了一切。法蘭西輕易就相信了自己寫下的這些對話。她又一次改變了自己的志願。她決定不做演員了，她要做劇作家。

29

同一年夏天，強尼突然想到，孩子們越來越大，不能連布魯克林旁的大海都沒見識過。強尼覺得他們應該乘船出海；他想到做到，便決定帶他們去卡納西划船，順便出海釣魚。他從來沒有釣過魚，從來沒划過船，可是這想法一來，擋都擋不住。

強尼還有另外一個想法，也不知道他到底是怎麼想的，硬是把這個想法和出海划船釣魚連在一起：他想把小蒂麗一起帶去。小蒂麗是鄰居家的四歲孩子，他從來沒遇到過這個孩子，事實上他見都沒有見過，不過他為了蒂麗的哥哥「古希」的緣故，想帶蒂麗出海去玩。所有這些想法都和卡納西之行牢不可分。

古希是個六歲男孩，也是這一帶惡名昭彰的傳奇人物。這孩子生性刁蠻、邪惡，下嘴唇肥厚。他也和其他孩子一樣是從媽媽肚子裡生下的，喝媽媽的奶長大的，可是除此以外，他和世間其他孩子——不管是死的活的——沒有任何相似點。九個月的時候，古希的媽媽想幫他斷奶，但他不接受；不給他喝媽媽的奶，他就不吃不喝，連用奶瓶餵奶也不行。他躺在搖籃裡嗚咽，他媽怕他餓死，只好繼續餵奶。他滿足地吸了起來，別的什麼食物都不吃，只靠他媽媽的奶水養，一直長到兩歲。那時候他媽又懷了另一個孩子，奶水便斷了。接下來的九個月裡他一直悶悶不樂、耐心等待。任何形式、任何包裝的牛奶他都不願意喝，卻喜歡上了黑咖啡。

小蒂麗出生了，她媽媽再一次奶水充足。古希第一次看到小寶寶喝奶，幾乎歇斯底里起來。他躺倒在地，哭啊喊啊，還猛把腦袋往地上撞。接下來四天，他不吃東西，不上廁所，人瘦了一圈。他媽嚇壞了，心想那就再讓他喝一次奶吧，應該不會怎樣。但這一喝就糟了，他就像犯了很久毒癮的癮君子一樣，一開始吸就再也放不下了。

從此以後，古希霸占了媽媽所有的奶水，病懨懨的蒂麗只好喝奶瓶。

古希那時三歲了，體型比一般同齡的孩子還要大。和其他孩子一樣，他穿及膝短褲，腳蹬銅頭厚鞋。一看到媽媽解開胸前的釦子，他就立刻跑過來。他站著喝奶，手肘就搭在媽媽膝蓋上，兩腳神氣活現地交叉著，眼睛滴溜溜地轉啊轉，看著屋子四周。站著喝奶不算什麼了不起的事，反正他媽媽的奶子大得如同小山，一解開衣服，奶子都垂到了膝蓋上。古希喝奶的樣子很可怕，就像個大男人把腳搭在吧檯的腳墊上，嘴裡叼著一支粗大、淡色的雪茄。

鄰居們知道了古希的狀況，便在背後議論起他的病態。古希的父親也很煩惱，甚至沒法和老婆同床共枕，他覺得老婆在養妖怪。這可憐的女人絞盡腦汁想辦法斷奶，古希的塊頭已經太大了，她決定一定要把奶斷掉，他都快四歲了，她也怕他換牙時牙長不齊。

有一天，她拿了一罐爐用黑塗料和一把刷子，將自己關在臥室裡，把左邊奶子塗得烏黑烏黑，然後用口紅在乳頭附近畫了個醜陋的嘴巴，上面有嚇人的牙齒。然後她又將衣服扣上，走進廚房，坐到窗戶邊餵奶的椅子上。古希看到她，便把正在玩的骰子扔到洗衣盆下面，跑過來要喝奶。他的腳交叉著，手肘搭在媽媽膝蓋上等著。

「古希要喝奶？」他媽媽緩緩地誘導他。

「要！」

「好吧！古希來好好喝奶。」

突然間，她將衣服扒開，將那可怕的奶子湊到他臉前。古希幾乎嚇癱了，愣了一下，然後尖叫著跑開，躲在床底下，一躲就是二十四小時，最後才渾身顫抖地出來。他又恢復了喝黑咖啡的習慣，而且每次看到媽媽的胸部就瑟瑟發抖。就這樣，古希的斷奶了。

媽媽把她成功的消息四處宣揚，繼而形成了一種新的風潮。她這種斷奶方式被廣為應用，人稱「古希斷奶法」。

強尼聽說過這個故事，輕蔑地將古希排除在腦外。他關心的是古希的小妹妹蒂麗。他想，蒂麗被人奪走了一些很寶貴的東西，日後恐怕會在這種受挫的心理下長大。他想，帶她去一趟卡納西海灘，或許可以將她那變態哥哥對她的傷害抵銷掉一些。他派法蘭西下樓去問蒂麗家人是否願意讓蒂麗和他們一起去，那飽受折磨的母親愉快地答應了。

到了接下來的星期天，強尼和三個孩子一起出發前往卡納西。法蘭西已經十一歲，尼力十歲，蒂麗則剛過三歲。強尼穿上禮服，戴上禮帽，還換上新的假襯衣和紙領子，法蘭西和尼力仍然穿著平常的衣服。小蒂麗的媽媽為了這樣特別的日子，特地讓蒂麗穿上一件廉價但是很華美的蕾絲洋裝，邊上飾有深粉色的絲帶。

坐電車的時候他們坐在前排，強尼和司機交上了朋友，兩人談起政治。他們在最後一站，亦即卡納西下車，找到了一個小小的碼頭，碼頭上有座簡陋的屋子。幾條進了水的小船在水裡漂來蕩去，破破爛爛的繩子繫著它們，拴在碼頭上。小屋上有個牌子，上面寫著：「漁具和船隻出租。」

下面有個更大的牌子，上面寫著：

此處有活魚出售，可帶回家。

強尼和船老大討價還價，三兩下便征服了老闆，兩人成了朋友。那人請他到小屋裡開開眼界，說裡頭有個好傢伙，是他自己睡前酒專用的。

強尼在裡頭開眼界的時候，尼力和法蘭西在一旁尋思著一杯睡前酒能開什麼眼界呢？小蒂麗穿著蕾絲洋裝站在那裡，什麼話都沒有說。

強尼出來了，手裡拿著釣魚竿還有生鏽的錫罐子，裡面裝著帶泥巴的蚯蚓。那個友好的船老大挑了艘稍微好些的小船，將繩子解開，交到強尼手裡，祝他好運，然後自己便回小屋了。

強尼把漁具放到船底，幫忙孩子上船，接著蹲在碼頭上，手裡拿著那繩子，和孩子們講解起上船的方法。

「上船有對的方法，也有錯的方法。」強尼說。其實他自己除了那回選舉辦的旅行之外，一次船都沒有坐過。「對的方法就是把船推上一把，趁它還沒有漂出去前，趕緊跳進去。像這樣。」

他站起身子，將船推了一下，然後跳過去……撲通一聲掉進了水裡。孩子們都驚呆了，爸爸剛才還直直站在碼頭上，一剎那間，就掉到他們船下的水裡了。水漫過了他的脖子，然後淹到了他上了蠟的小鬍子上；他的禮帽並沒有淹到，還扣在他頭上。強尼自己和孩子一樣吃驚，瞪了他們一會兒，說：「你們這群臭小孩一個都不准笑！」

他爬上船，差點把船弄翻。他們不敢出聲笑，可是法蘭西在肚子裡笑了個半死，笑到自己的肋骨都痛了；尼力不敢看姊姊，他知道兩人要是眼睛一對，準會一起爆笑出聲；小蒂麗則依舊什麼都沒有說。強尼的假襯衣和紙領子都濕乎乎的成了一團廢紙，他將它們扯掉，扔到水裡。他開始划槳出海，動作有些遲疑，但又一副沉靜、尊嚴的樣子。划到一個地方後，他覺得好像這地方不錯，便宣佈他要「下錨」了。孩子們很失望，他們總覺得「下錨」是件多浪漫的事，結果原來爸爸不過是將繫在繩子上的一塊鐵扔到了水下。

他們膽戰心驚地看著爸爸噁心地將蚯蚓穿到魚鉤上。釣魚開始了，整個過程包括：上魚餌，戲劇性地拋出魚線，等上一會兒，然後再拉上來。拉起魚竿後，魚餌沒了，一點魚的影子也沒有。然後，再次重複這個過程。

太陽越來越曬，氣溫越來越高。強尼的禮服乾了，變成一件僵硬、發綴的淡綠色外套，孩子們被太陽曬得頭昏腦脹。似乎過了幾個小時後，爸爸終於說要吃飯了，孩子們如釋重負，十分欣喜。他將漁具收好放好，將錨拉起，開始划向碼頭；但船似乎在打轉起來，反而離碼頭越來越遠。最後，又划了幾百碼，他們終於上了碼頭。強尼將船繫好，上了碼頭，叫孩子們在船上等著，說他要給孩子們準備一頓豐盛的午餐。

過了一會兒，他回來了，腳步踉踉蹌蹌，手裡拿著熱狗、越橘餡餅和草莓汽水。他們坐在搖搖晃晃的船上，船連著破破爛爛的碼頭，船下是黏滑的綠色海水，海水裡透出死魚的氣息。就這樣，他們在船上吃了午餐。強尼在碼頭上喝了點酒，這酒一喝，他良心發現，後悔早先衝著孩子們吼叫。他告訴他們，要是他們現在想笑他落水儘管笑。不過不知怎地，他們笑不出來了，時機已經過了。爸爸很好玩，法蘭西心想。

「這才是生活啊！」他說，「遠離塵囂。啊，有什麼能和坐船出海比呢？我們遠離了一切。」最後，他意味深長地說了這麼一句。

吃過這頓難忘的午飯之後，強尼再次划船出海。他的禮帽下汗如雨下，小鬍子尖上的蠟都化了，那精心修飾的鬍鬚變成了嘴上的一團亂毛。不過強尼感覺好得很，邊划槳邊聲音洪亮地唱起來：

划啊，划啊，划到波浪洶湧的大海上。

他划啊划，但是船老在打轉，無法出海。後來他兩手起泡，划不下去了了，便用戲劇性的聲音宣佈他要靠岸了。他划啊划，最後圈子兜得越來越小，好不容易終於靠近了碼頭。他沒有注意到三個孩子身上若不是曬得如甜菜一般通紅，就是臉色像豌豆一樣碧綠。他要是先知先覺，就該知道熱狗啊、越橘餡餅啊、草莓汽水啊和鉤子上穿蚯蚓這些，對孩子們可沒多大好處。

到了碼頭，他跳了上去，孩子們如法效仿。所有人都跳了上去，小蒂麗除外。她掉進水裡，強尼趴到碼頭上，伸手下去，把她給撈了上來。小蒂麗在那兒站著，一身蕾絲洋裝全濕透了、毀了，可是她也沒有說話。儘管這時候酷熱難耐，強尼還是把自己的禮服外套脫下來，跪在地上，將小女孩裹起來。看到禮服的兩只袖子在沙子裡拖著，強尼便把她抱起來，在碼頭上大步走來走去，手拍著她的後背，為她唱著催眠曲。小蒂麗對當日發生的一切一點也不了解，她不知道她為什麼被帶上船，不知道為什麼會掉進水裡，也不知道為什麼這個男的會對自己這麼操心。不過，她還是一句話都沒說。

強尼覺得安慰得差不多了，便將她放下來，走進那個他先前去開眼界或是喝一杯睡前酒的小屋裡，花了兩毛五分錢，從船老大手裡買了三條比目魚。他拿著濕漉漉的魚出來，魚包在報紙裡。他告訴孩子們，他答應媽媽會帶現釣的魚回家。

「關鍵就是：」爸爸說，「我帶回了在卡納西釣來的魚。是誰釣的有什麼關係呢？重要的是我們去釣魚了，也帶魚回家。」

孩子們知道他是想哄騙媽媽說自己釣到魚了。爸爸並沒有叫他們撒謊，他只是叫他們不要太拘泥於真相而已。孩子們心領神會。

他們上了一輛電車，電車上有兩排面對面的長椅，他們坐在同一排，模樣頗為滑稽。坐在第一個的是強尼；他穿著皺巴巴、浸過鹽水後變得僵硬的綠色褲子，上身只有一件汗衫，汗衫上破了許多大洞，頭上戴著禮帽，鬍鬚亂糟糟的。第二個是蒂麗；她被強尼的禮服包得嚴嚴實實，裙襬滴著鹽水，在地上滴出了鹹腥的一小灘水窪。再接著是法蘭西和尼力；他們的臉紅得像磚頭，身子挺直，努力不讓自己暈到趴下。

人們陸續上車，坐在對面，好奇地盯著他們。強尼坐得筆直，魚放在膝蓋上，努力不去想汗衫上的破洞。他的目光從乘客們的頭上看過去，假裝在研究黃酚酞巧克力緩瀉片的廣告。

越來越多的人上車，車子裡擁擠了起來，但是誰也不願意坐在他們這一干人隔壁。終於，有條魚從濕透的報紙裡掙脫出來，掉在滿是灰塵的地上。小蒂麗實在受不了了，看著魚兒光溜溜的眼睛，什麼也沒有說，一聲不響地吐起來，吐得不遺餘力，將強尼的禮服吐了個遍。法蘭西和尼力就像接到了信號一般，跟著吐起來。強尼坐在那裡，膝蓋上放著兩條赤裸的魚兒，腳下還有一條，眼睛盯著廣告，不知道該如何是好。

這次悲壯的出海之旅終於結束了，強尼把小蒂麗帶回家，覺得自己有必要解釋一番。可是蒂麗媽媽根本沒有給他機會，一看到孩子一身髒兮兮還滴著水，她就放聲尖叫起來。她將裹著孩子的外套扒掉，向著強尼的臉扔過去，還罵他是「開膛手傑克」。強尼千方百計要解釋，但她怎麼都不聽。小蒂麗依舊一言不發，最後，強尼終於有了個插嘴的機會，便說：「女士，我想小女孩是不是不會說話啊？」

這麼一說，那個母親更是歇斯底里了：「是你害的，是你害的！」她衝著強尼大吼。

「你能不能讓她說點什麼？」

那個母親抓住小女孩，用力搖晃她：「說話啊！」她尖叫，「說點什麼啊！」最後，小蒂麗張開嘴，露出了開心的微笑，說：「謝謝。」

凱蒂脣槍舌劍地責備了強尼一番，說他根本不配有孩子。「涉案」的孩子此時正因為中暑身體忽冷忽熱，凱蒂看到強尼唯一的禮服被毀掉時差點就哭了，要是拿去洗好燙好，起碼得要一塊錢，而且很難恢復原狀。至於魚也已經開始腐敗了，最後只好扔進垃圾桶。

孩子們上床了。他們一會兒熱，一會兒冷，一會兒噁心想吐，可他們還是把頭埋在被子下，不出聲，在被窩裡暗笑得很起勁。兩個都還在想爸爸站在水裡的狼狽相呢！

＊　＊　＊

強尼坐在廚房窗戶邊，坐了很久，直到夜色深沉。他在想，怎麼會搞成這樣呢？他唱過很多和坐船有關的歌，其中不乏出海的主題，歌中呼喊著口令。他不解，為什麼現實不像歌曲所唱的那樣呢？孩子們本該興致勃勃地回來，離開的時候充滿對大海的熱愛，他自己也應該帶回各種各樣自己釣到的魚兒。但是，結果卻和歌裡唱的大不一樣，這是為什麼，為什麼呢？為什麼手會起泡？為什麼衣服會毀掉？為什麼孩子會中暑、嘔吐？為什麼蒂麗的媽媽就不能念及他的好心，對最終結果睜一隻眼閉一隻眼呢？他想不通——他想不通。

大海的歌曲背叛了他。

30

「今天，我變成了一個女人。」法蘭西十三歲那年的夏天在日記中寫下。她一邊看著這個句子，一邊漫不經心地抓著光腿上一處蚊子咬的包。她低頭看了看自己瘦瘦長長、還沒有發育完全的腿，將這句話劃掉，重新起頭。「很快，我就會成為女人了。」她又低頭看看胸部，發現還是平得像塊洗衣板，便將這一頁撕了，換新一頁重寫。

「狹隘，」她用鉛筆用力地寫著，「會導致戰爭、大屠殺、宗教迫害、私刑處死。狹隘讓大人虐待小孩，狹隘導致人們殘酷對待彼此。世界上大部分的邪惡、暴力、恐怖、傷心、墮落，都是狹隘造成的。」她大聲唸出這些話。這些話聽來有如罐頭食物，新鮮味都已經給煮掉了。她將日記本合上，收起來。

那年夏天的那個星期六，本應是她一生中最快樂的一天，因為她第一次看到自己的名字被印成了鉛字。學校出了一份校刊，學年結束的時候，老師會將各年級最優秀的一篇作文發表在上面。法蘭西的作文題目為〈冬日〉，被選為七年級的發表作品。校刊一毛錢一本，法蘭西要等到星期六才能買。可是學校在星期五就因暑假關閉，法蘭西很擔心她買不到校刊。不過，詹森先生說他星期六會上班，要是她帶一毛錢來，他就把校刊給她。

下午她早早站在自家門口，把雜誌翻到刊有自己文章的那一頁，希望有人過來，她好展示給他們看。

午飯的時候她拿給媽媽看，但是媽媽趕著要回去上班，沒空看。在吃午飯當中，她反覆說自己有文章被發表了，提了起碼有五次。

媽媽終於說：「是的，是的，我知道。而且我還知道你以後會有更多文章被發表，你會習慣的。現在你就不要太把它當回事了，還有碗要洗呢！」

爸爸在工會總部，要等到星期天才能看到校刊，但是法蘭西知道他會很開心的。她站到街上，將自己的榮耀夾在手臂下。這校刊她幾乎捨不得放手，她不時看一下自己被印成鉛字的名字，心中的激動不曾稍減。

她看到一個叫瓊安娜的年輕女子從她家那棟樓裡走出來，推著嬰兒的小車出來透透氣。一些出來購物的家庭主婦見到她便停下，交頭接耳地說起閒話。你瞧，瓊安娜還沒有出嫁呢！她這下闖禍了？她這個孩子是私生子啊——在這個社區中，私生子的代名詞就是「雜種」。這些良家婦女覺得瓊安娜沒有權利這麼拋頭露面，把自己當作驕傲的母親。她們覺得她沒有權利在光天化日之下帶孩子出門，應該要找個黑暗的地方把嬰兒藏起來才對。

法蘭西對瓊安娜和孩子很好奇，她聽媽媽爸爸說起過她們。小推車過來的時候她忍不住盯著嬰兒看，孩子坐在推車裡，樣子很漂亮。或許瓊安娜是個壞女人，可是她的這孩子又漂亮又神氣，她帶孩子的辦法比那些良家婦女都強。孩子戴著一頂花邊軟帽，穿著乾淨的白裙子，圍著圍兜。小推車上的翻蓋纖塵不染，翻蓋上有刺繡，花紋處處都透出母親的愛心。

瓊安娜在一家工廠上班，孩子由瓊安娜的媽媽帶。瓊安娜的媽媽不好意思把孩子帶出去，所以只有等週末瓊安娜不上班的時候，孩子才有機會出來透透氣。

是的，法蘭西斷定，這孩子真是漂亮，看上去就像瓊安娜。法蘭西記得爸爸媽媽那天談起瓊安娜的時候，爸爸是怎麼描述的。

「她的皮膚就像木蘭花花瓣。」（強尼從來沒有見過木蘭花。）「她的頭髮黑的像渡鴉的翅膀。」（他也沒見過渡鴉長什麼樣。）「她的眼睛深邃烏黑，好比森林裡的水池。」（他從來沒有進入過森林，他知道的池子也只有賭池。賭池裡幾個男人每人扔一毛錢進去，大家猜道奇隊的比分，誰猜對錢就歸誰。）不過，瓊安娜的相貌還真被他說得八九不離十，她的確是個大美女。

「或許是吧！」凱蒂說，「不過長相又不能當飯吃，這女孩就壞在相貌太好上。我聽說她媽媽也沒有結婚，未婚生了兩個孩子。現在那女孩的哥哥在新新監獄，女孩自己生了這個私生子。這家人是不是血統有問題？你也犯不著替他們難過。當然，」她突然用一種超脫的語氣說，她時常會突然冒出這種口氣，「這些關我什麼事，我反正也不能怎樣。我不會因為她做錯事就跑出去啐她一口；同樣，也不會因為她做錯事就收留她。她生孩子時受的苦，和結了婚的生孩子受的苦一樣。她要真的心地不壞的話，那麼這麼受苦受辱過來，就該學到教訓，不要再犯同樣的錯誤。要是她的心地不好，大家怎麼對她她也無所謂。所以強尼啊，我要是你的話，就不會同情她了。」突然間她轉向法蘭西，「記住，瓊安娜就是你的前車之鑒！」

那個星期六下午，法蘭西看著瓊安娜來回走著，心想她究竟是什麼樣的「前車之鑒」呢？瓊安娜好像對她的孩子很驕傲，這難道就是「前車之鑒」？瓊安娜才十七歲，對人友善，也希望人人都對她友善。她看到那些良家婦女時笑咪咪的，可是看到她們橫眉以對，笑容便消失了。她衝著在街上玩耍的小孩子笑，有些孩子也報以微笑。她對法蘭西微笑，法蘭西也想以微笑回她，可是卻沒有笑。那個「前車之鑒」是不是說不要善待像瓊安娜這樣的女子呢？

那些良家婦女懷裡抱著一袋一袋蔬菜，或是牛皮紙包裝的肉，好像那天下午也沒別的事情幹，就三三兩兩湊在一起咬耳朵。每回瓊安娜走過的時候，她們的閒話就停住，而等她一走開，她們就繼續說。

每回瓊安娜路過，她的臉頰就更粉嫩，頭昂得更高，裙襬擺得更有挑戰意味。她似乎是每走一步就更加漂亮一分、高傲一分。她動不動就故意停下來，整理孩子身上的小被單。她摸著孩子的小臉蛋，溫柔地對孩子微笑。這些更是讓一旁的女人看得怒不可遏。真是膽大包天！真是膽大包天啊！她們心想，她哪有權這麼做？

這些良家婦女也有孩子，多半是一路吼叫、一路掌摑著帶大的。她們很多人都痛恨晚上睡在自己身邊的丈夫。她們對床笫之歡已無任何興奮之感，只是硬著頭皮了事，一邊做一邊祈禱別再弄出一個孩子來。這種苦悶、這種順從，讓男人在她們心中變得醜陋、粗暴。對她們很多人來說，床笫之歡成了雙方的床笫之虐，越早結束越好。她們恨這個女子，因為她和那孩子的父親之間似乎不是這麼回事。

瓊安娜意識到她們的仇恨，可是絲毫不為之退卻。她不會讓開她們，把孩子帶進屋。一定得給她些教訓。那些良家婦女受不了了，她們忍無可忍，覺得自己得做點什麼。等瓊安娜再一次路過的時候，其中一個精瘦的女人叫：「你就不覺得丟臉嗎？」

「丟什麼臉？」瓊安娜反問。

這話讓那女人勃然大怒：「她還問丟什麼臉。」她跟身邊的女人說，「我來告訴你丟什麼臉吧！因為你不要臉，你下賤！你有什麼權利這麼神氣活現地帶著個雜種在街上跑來跑去，讓那些無辜的孩子們看到？」

「我想這是個自由的國家。」瓊安娜說。

「你這種人有什麼自由可言？給我滾出這條街，滾出這條街！」

「你有種就試試看！」

「滾出這條街，你這婊子。」那個精瘦的女人喝斥。

女孩的嗓音開始顫抖：「你可不要血口噴人啊！」

「對婊子說話我們還有什麼好講究的？」另外一個婦女插話了。

有個男人路過，停留了片刻，聽她們吵架。他碰了碰瓊安娜的手臂，勸說：「好了，小妹，你幹嘛不等這些潑婦閒一閒再說？你跟她們鬥是鬥不贏的。」

瓊安娜甩開自己的手臂：「少管閒事！」

「我是好意，小妹。對不起！」他接著走了。

「你幹嘛不和他一起走呢？」精瘦的女人嘲笑道，「或許花上兩毛五，他就能讓你銷魂呢！」其他那些人笑了。

「你們只是嫉妒。」瓊安娜平靜地說。

「她說我們嫉妒。」那個女人說，「嫉妒什麼呢，你？」（她把「你」字說得重重的，彷彿這就是瓊安娜的名字。）

「嫉妒什麼？你們嫉妒男人喜歡我。幸虧你已經結婚了，」她對那精瘦的女人說，「不然的話你哪裡找得到男人？我猜你和男人完事後，男人都往你身上吐口水。我猜他會這樣。」

「臭婊子！你這個臭婊子！」精瘦的女人歇斯底里地叫起來。然後，出自一種從耶穌基督時代就已經非常強烈的人性本能，她從水溝裡撿起一塊石頭來，砸向瓊安娜。

其他女人就如同聽到號令一般，紛紛開始向瓊安娜砸石頭。其中有個女人更搞笑，拿了一團馬糞來砸。有一些石頭砸著了瓊安娜，可是一塊尖尖的石頭卻砸到了孩子的前額，立刻有條細細的血流從孩子臉上淌下來，淌到孩子乾淨的圍兜上。孩子嚶嚶地哭起來，伸手要媽媽抱。

幾個女人本來還想接著砸石頭，這下子全都默默把石頭放回水溝。她們的騷擾告一段落了，這些女人突然覺得羞愧起來。她們本來沒想傷害孩子，她們只想把瓊安娜趕出街道。她們默默散開，各自回家。有些在一旁站著看熱鬧的孩子也繼續玩自己的去了。

瓊安娜哭了，將孩子從小車上抱起來。孩子好像沒有權利放聲大哭似的，只是嚶嚶哭泣。瓊安娜的臉頰貼著嬰兒的臉，眼淚和著孩子的血一起流下。這些女人贏了，她把孩子抱進屋，小推車就丟在外頭人行道中間。

這一切法蘭西都看在眼裡，每一句話她都聽到了。她想起瓊安娜是怎樣對自己微笑，而自己是怎樣轉過頭去，沒有以微笑回應她。她為什麼不笑臉以對？她為什麼不笑臉以對？現在該她良心受到折磨了——在以後的日子裡，只要想到自己沒有微笑回應瓊安娜，她都會懊惱。

幾個小男孩圍著空的小推車玩起了追人的遊戲，追來追去，把小推車拉出了好遠。法蘭西將他們趕走，將小推車推回到瓊安娜家門口，放好煞車。這裡有條不成文的規定，任何物品，只要放在物主家門口，任何人就都不得去碰。

她手上還拿著那本載有她文章的校刊，她站在小推車旁，再一次看著校刊上的標題：〈冬日〉，作者法蘭西斯．諾蘭。她想她該做點什麼，以彌補自己沒有對瓊安娜微笑的錯誤。她想到了自己寫的作文，她對這篇作文十分自豪，她很想秀給爸爸、艾薇姨媽和西西姨媽看。她想永久保留每回讀文章時都會有的那種溫暖而美好的感覺。如果她把校刊送出去，她再也無法買到另外一份，不過她還是把校刊翻到了她作文的那一頁，放到嬰兒的枕頭下。

她看到嬰兒雪白的枕頭上有幾滴小小的血滴。她彷彿又一次看到了那嬰兒，看到那細細的血流從臉上流下來；她彷彿看到嬰兒伸出小手要媽媽抱的樣子。一陣難過湧上法蘭西心頭，這陣難過過了之後，她覺得渾身無力。但難過接著又如潮水般湧來，又再次消退，一遍又一遍。她摸索著下到屋子的地下室，找了個暗處，坐在麻袋上等著；那難過依舊一陣陣向她湧來。一陣難過消退、集聚力量準備重新沖刷她的時候，她都忍不住發抖。她只有緊張地坐在那裡，等著它消失；如果不消失的話她會死的——她真的會死的。

過了一段時間，這些感覺越來越弱，每次間隔也越來越長了。她開始思考了，她覺得她現在知道瓊安娜給自己的「前車之鑒」是什麼了，只是這並不是她媽媽所想的「前車之鑒」。

法蘭西記得瓊安娜。晚上從圖書館回家時，她常常會路過瓊安娜家的房子，看到她和一個男孩在門廳裡緊緊地抱在一起。她看到那男孩溫柔地拂著瓊安娜的頭髮，瓊安娜也抬手摸他的臉。在街燈下，瓊安娜的面容安詳，如癡如夢。這樣的開端，卻造就了這些羞辱，帶來了這個孩子。為什麼？為什麼？那個開端是如此溫柔、如此合理。為什麼會是這個結局？

她記得有個扔石頭的女人也是結婚才三個月就生了孩子的。法蘭西還記得，參加婚禮的人群一起去教堂的時候她就和其他孩子站在人行道上看呢！新娘爬上雇來的馬車之前，法蘭西看到了那象徵處女的婚紗下，新娘挺著個大大的肚子。她看到新娘父親的手緊緊抓住新郎的手臂；新郎黑著眼圈，看起來很悲傷。

瓊安娜沒有父親，沒有男性親屬，沒有人拽著男孩的手臂拉他到舉行婚禮的祭壇前。這就是瓊安娜的罪過，法蘭西想。她其實並不壞，只是沒法把男孩子帶到教堂裡去結婚。

事情的來龍去脈法蘭西無從得知。事實上，那個男孩愛瓊安娜，而且願意在讓她遇上所謂的「麻煩」之後迎娶她。可惜這男孩家裡有媽媽和三個姊姊，大家七嘴八舌一勸，他便打消了這個想法。

別傻了，她們告訴他。她一無是處，她一家人都一無是處。再說了，你怎麼知道孩子是你的？她能跟你這樣，說不定也跟他人一樣。哎呀，女人的狡猾你不知道的多了。我們知道，我們也是女人。你這人太善良了，心腸太好了，她說孩子是你的你就信了。她在撒謊呢！孩子啊，你可不要上當哪！兄弟啊，你別上鉤啊！你要是真想結婚，就找個良家女子，一個神父不辦婚禮就不跟你上床的女子。你要是和這個女的結婚，你就不是我兒子，你就不是我們的弟弟。孩子是不是你的根本不清楚，你就算是去上班都得為這事情操煩。你上午去上班，天知道誰會溜上你的床，有你操不完的心呢！是的，孩子啊（兄弟啊），女人什麼事都幹得出來，我們可清楚了。我們是女人，我們清楚得很。

那男孩就這麼被說服了。他家的女人給了他一筆錢，他在紐澤西找了個地方住，找了份新工作。她們不肯跟瓊安娜講他去哪裡了。他再也沒有見到她。瓊安娜後來沒有結婚，卻把孩子生下來了。

* * *

法蘭西猛然間驚恐地發現她似乎有病。這樣一想，那傷痛的潮水便停住了，不再沖刷她。她伸手放在心口，想感受她皮肉下那鋸割般的感覺。她不知道聽爸爸唱過多少關於心的歌曲：心碎的滋味，心痛的感覺，心在跳舞，心的沉重，心喜極而跳，心憂傷無比，心的反覆，心的寧靜。她相信心真的會有這些動作和感受。她很害怕，擔心她的心已經因為瓊安娜的孩子而破碎了，血流出她的心臟、也流出了她的身體。

她跑上樓，回到自家的屋裡照鏡子。她的眼睛下面掛著黑眼圈，她的頭很痛。她躺在廚房一張舊的皮沙發上，等著媽媽回家。

她把地下室裡的感受告訴了媽媽；她沒有提瓊安娜。凱蒂嘆了口氣說：「這麼快？你才十三歲，我以為還要再過一年。我是十五歲的時候來的。」

「那麼……那麼……這沒什麼？」

「很自然，所有女人都會遇到。」

「我還不是女人。」

「遇到這事，就代表你正從女孩變成女人。」

「那會不會停住啊？」

「過幾天就好了。一個月後又繼續。」

「這樣會多久啊？」

「會很久，等你到了四、五十歲才會停。」她沉思了一會兒，「我媽媽生我的時候都五十了。」

「哦，原來這和生孩子有關係。」

「是的。所以記住，你得給我規規矩矩的，因為你現在可以生孩子了。」瓊安娜和孩子在法蘭西的腦海裡閃過。「你不能讓男孩親你。」媽媽又說。

「親我我就會生孩子？」

「不會。不過這麼親一親，就會發生些別的事，別的事情會讓你生孩子。」她又補充了一句，「你就想想瓊安娜好了。」

凱蒂並不知道街上發生的事情，她只是碰巧想到瓊安娜而已。可是，法蘭西以為媽媽有過人的洞察力，她現在對媽媽有了全新的崇敬感受。

記住瓊安娜，記住瓊安娜。法蘭西哪裡忘得掉呢？從那時候起，想到那些扔石頭的女人，法蘭西心裡就恨女人。她痛恨她們的陰險邪惡，她不信任她們的本能，厭惡她們對彼此的不忠和殘酷。在所有扔石頭的人當中，沒有一個人為那女孩子說一句話，唯恐給自己惹禍上身，被當成是和瓊安娜一樣的人。唯有那個路過的男子說了幾句人話。

多數女人都有個共同點：生孩子時都受了很大的痛苦。這本該將她們聯繫在一起，應該讓她們互相關愛、互相保護，齊心對付男人的世界。可是，生孩子的痛苦似乎讓她們的心靈和靈魂都萎縮了，她們湊在一起的時候只有一種結果：踐踏別的女人……扔石頭，或者是說惡毒的閒話。她們只有在做起這些壞事的時候，相互之間才有些忠誠。

男人就不同。他們或許相互仇恨，可是他們會團結起來對付世界，對付任何一個讓男人倒楣的女人。

法蘭西打開日記本——她拿了一本筆記本當日記本——在關於狹隘的那一段之下，她空了一行寫道：

「只要我活著，我就不會結交任何女性朋友。我不會再相信任何女人，媽媽或許可以例外，有時候艾薇姨媽和西西姨媽也可以例外。」

31

法蘭西十三歲那年發生了兩件大事：歐洲爆發了戰爭；一匹馬愛上了艾薇姨媽。

艾薇姨媽的丈夫和他那匹叫「鼓手」的馬已經當了八年的死敵。他對馬很壞；他踢馬、打馬、咒馬，拉馬轡也過分使勁。那匹馬對威利．費里曼姨丈也不客氣；馬對路線都熟了，平常情況下，到了送貨的地點，牠會自動停下來，等費里曼上了馬車再繼續往前走。可是最近，費里曼剛下馬車去送奶，馬便動起來，而且還是小跑步，害得費里曼常常要跑半條街以上才能追上。

到了中午，費里曼牛奶就送完了。他會回家吃飯，然後將馬和馬車帶回馬廄——他本該在這裡洗馬、洗馬車，可是這匹馬有個陰險的招數，常常費里曼姨丈在牠下面洗牠肚子的時候，牠就在費里曼身上撒尿。別的傢伙站在一旁，就等著看這個場面好取笑一番。費里曼忍無可忍，於是開始在自家門口洗馬。夏天這倒沒有什麼，到了冬天可就有些麻煩了。到了寒冬，艾薇姨媽也會下樓，跟費里曼說這麼冷的天不該用冷水洗馬。馬似乎知道艾薇姨媽站在自己一邊，艾薇和丈夫在爭吵的時候，馬會撒嬌一般地低聲嘶叫，還把頭靠到她肩膀上。

在某個寒冷的日子，鼓手決定親自動手解決問題——或者用艾薇姨媽的話來說，親自動「蹄」解決問題。艾薇姨媽告訴諾蘭家這故事時，法蘭西饒有興味地聽著。說起故事來，艾薇姨媽真是罕有對手。她會逐個表演不同的角色，包括馬也是。而且她在描述當中，還繪聲繪影地加進大家當時心裡的獨白。根據艾薇姨媽的描述，事情經過是這樣的：

威利在樓下用冷水和硬硬的黃肥皂給瑟瑟發抖的馬洗澡，艾薇站在窗戶邊觀看。威利側身下來要洗馬肚子，馬繃緊了身子。費里曼以為馬又要尿在自己身上了；這個飽受折磨、毫無辦法的小個子已經忍無可忍，趕緊閃開，還在馬肚子上擂了一拳。馬抬起後腿，不偏不倚踢中費里曼的腦袋。費里曼倒了，滾到馬肚子下，不省人事。

艾薇跑了下來。馬看到她，快樂地嘶叫起來，可是艾薇沒有理睬牠。馬兒回頭，看到艾薇是要將費里曼從牠肚子下拖走，牠就開始走動起來。牠或許是要把馬車拖走，離開昏迷的那個傢伙，或許是一不做二不休，要讓馬車從費里曼身上輾過去。艾薇叫道：「小子，停住、停住。」鼓手及時停下。

有個小男孩去找警察，警察幫忙找了救護車。救護車上的醫生說他無法判斷費里曼是頭骨裂開還是腦震盪，於是將費里曼帶到了格林龐特醫院。

好啦，現在馬背後還拉著一馬車空牛奶瓶等著回馬廄。艾薇從來沒有駕過馬，不過她想應該也沒什麼難。她穿上丈夫的舊大衣，頭上圍了一條圍巾，爬上車座，拉起韁繩，喊了聲：「走啦，鼓手。」馬把頭一甩，回頭含情脈脈地看了她一眼，然後興高采烈地小跑起來。

艾薇根本不知道馬廄在哪裡，幸運的是，馬認識路。這馬其實很聰明，每回到十字路口都會停下來，讓艾薇左看右看。如果左右都沒有人，艾薇就說：「走咧，小子。」如果有別的馬車，艾薇就說：「等等，小子。」就這樣，他們順順利利地到了馬廄。馬一溜煙地回到自己的位置。其他馬車車夫在洗馬車，看到一個女車夫很是吃驚，喧譁起來，把馬廄老闆都驚動了。老闆跑了出來，艾薇將事情原委告訴他。

「發生這件事我一點都不吃驚。」老闆說，「費里曼從來不喜歡那馬，那馬也不喜歡他。算了，我們另外找人來頂替吧！」

艾薇怕丈夫因此丟了工作，便問丈夫住院期間她可不可以來趕馬。她說牛奶反正是天色還黑的時候運送，換了個人大家也不知道。老闆笑了。她說他們很需要每週那二十二塊五。她苦苦央求，模樣小巧可人，活潑可愛，老闆終於答應了。他給了她客戶名單，說早晨時小夥子們會幫她把牛奶裝上，他又說，路線馬都知道，想來也不算難。其中一個車夫建議她應該帶上馬廄的狗陪伴她，免得小偷偷牛奶。老闆同意了，叫艾薇凌晨兩點來報到。於是艾薇便成了這條路線上的第一個女送奶工。

她做得挺不錯，馬廄的那些同事都喜歡她，說她比費里曼能幹。別看艾薇姨媽是個很現實的人，她其實還是很溫柔、很有女人味的，男人就喜歡聽她那喃喃細語的說話方式。馬也很開心，盡量配合她，到了訂戶的門口牠會主動停下，等艾薇回來，穩穩坐上車後才重新出發。

和費里曼一樣，她回去吃飯的時候也把馬帶回家。天太冷，她於是在床下找了床舊棉被，披在馬身上，這樣馬在等候的時候就不會感冒。她還把馬吃的燕麥拿上樓，先在烤箱裡加熱一會兒才餵牠，她想燕麥要是冷冰冰的恐怕不好吃；馬很喜歡加熱過的燕麥。等馬吃完燕麥，她還會給馬吃個蘋果或是一塊糖。

艾薇覺得天太冷，不能當街給馬洗刷，便將牠帶回馬廄裡洗。她想那黃色肥皂一定很扎馬身，於是拿了一塊甜心牌肥皂，還拿了一塊大大的浴巾用來擦乾。馬廄的同事們說要代她刷洗馬和馬車，她謝絕了，堅持自己來。兩個男的爭著給她洗馬車，爭到還打起架來。艾薇說要不兩人一人一天輪流，便把問題順利解決了。

她用老闆辦公室的煤氣爐子幫鼓手加熱洗澡水，她絕對不會用冷水給牠洗澡的。她用溫水洗，用香香的肥皂洗，再用毛巾一點點擦乾。她洗的時候馬從沒對她撒尿過，反而快樂地噴氣、嘶叫。艾薇幫牠擦乾的時候，馬身欣喜地一陣陣抖動著；艾薇在胸脖周圍擦洗的時候，馬就把碩大的腦袋靠在艾薇小小的肩膀上。毫無疑問，這馬深深愛上艾薇了。

費里曼復原之後回來上班，但鼓手拒絕由他駕著馬車離開馬廄，馬廄只好給費里曼另派一匹馬，另換一條路線。不過，鼓手也不肯跟其他馬夫共事，老闆心想要不然把馬賣掉；但他突然想到一個主意，馬夫中間有個小夥子陰陰柔柔的，像個女生，說話口齒不清。馬廄讓他駕費里曼的馬車，鼓手看來心滿意足了，願意和這名娘娘腔的車夫一起出去送牛奶。

就這樣，鼓手重新挑起自己的職責，只是每天中午牠都會來到艾薇家的那條街，站在她家門口。如果艾薇不出來一會，給牠吃個蘋果或者一塊糖，摸摸牠的鼻子，叫牠一聲好小子，牠就不肯回馬廄。

「這馬真好玩！」法蘭西聽完故事後說。

「牠或許好玩，」艾薇姨媽說，「可是牠也很清楚知道自己要什麼啊！」

32

法蘭西十三歲生日那天，在日記裡這樣寫道：

十二月十五日。今天開始我不再是小孩，而是少女了。未來的日子會帶來什麼呢？我在想。

根據日記記載，這一年並沒有帶來什麼。隨著日子推移，日記越寫越少。法蘭西之所以寫日記，是因為她看到小說中的女主角都寫日記，裡面充滿許多愁思；法蘭西覺得她自己的日記也會是這個樣子。不過，除了對演員哈洛德．克萊倫斯的一些浪漫描述外，這些日記都是流水帳。一年快結束的時候，她隨手翻了翻日記。

一月八日：瑪麗．羅姆利外婆有個精緻的雕花盒子，是一百年前她的曾祖父在奧地利做的。盒子裡放著一件黑色洋裝、一件白色襯裙，還有鞋子、襪子。這些都是她給自己準備的壽衣，因為她不想身纏那種裹屍布。威利．費里曼姨丈說他希望死後火化，骨灰從自由女神像上撒下。他希望下輩子能投胎做小鳥，這樣就會有有好的開端。艾薇姨媽說他已經是鳥了，杜鵑鳥❶。媽媽因為我笑而責備了我。火葬比土葬好嗎？我在想。

一月十日：爸爸今天病了。

三月二十一日：尼力從麥卡瑞恩公園偷了貓柳送給葛蕾琴．哈恩。媽媽說他這麼小就想女孩子很不妥，以後有的是時間，她說。

四月二日：爸爸三個星期沒有上班了。他的手有些不大對勁，抖得厲害，什麼都拿不住。

四月二十日：西西姨媽說她要生孩子了。我不相信，因為她的肚子還是平平的。我聽她對媽媽說她的孩子裝在背後。我很好奇。

五月八日：爸爸今天病了。
五月九日：爸爸今天晚上上班去了，可是後來又回來了，說人家不需要他。
五月十日：爸爸病了。他白天也會作噩夢，尖叫起來，我只好去找西西姨媽。
五月十二日：爸爸一個多月沒有工作了。尼力想辦工作證，輟學工作。媽媽說不行。
五月十五日：爸爸晚上去上班了，說從現在起他要負起責任來。他為辦工作證的事情罵了尼力一頓。
五月十七日：爸爸生病回家了。有幾個孩子在街上跟著他，取笑他。我恨小孩子。
五月二十日：尼力開始送報紙了。他不讓我幫他送。
五月二十八日：卡尼今天沒有捏我的臉，他捏了別的地方。我猜我已經太大，不適合賣破爛了。
五月三十日：佳恩達小姐說她要將我那篇描寫冬日的作文發在校刊上。
六月二日：爸爸今天又生病回家了。尼力和我幫媽媽把他扶上樓梯。爸爸哭了。
六月四日：今天我的作文得了「優」。我們的題目是〈我的志願〉。我只犯了一個錯誤。我寫的是「劇本作家」，佳恩達小姐說應該是「劇作家」。
六月七日：今天兩個男的把爸爸攙扶回家，他又病了。媽媽不在家，我把爸爸安頓到床上，給他喝黑咖啡。媽媽回家的時候說我做得對。
六月十二日：婷莫爾小姐教我彈舒伯特的《小夜曲》。媽媽比我學得快，她已經彈到了唐懷瑟的《夜空之星》。尼力說他比我們兩個都學得快，他不看樂譜都能彈《亞歷山大的爵士樂隊》。
六月二十日：去看戲。看了《金色西部的女郎》。這是我看過最棒的演出，看到血從天花板上滴下來，那場景很真實。

❶cuckoo一詞指杜鵑鳥，也指瘋狂、癡傻的人。

六月二十一日：爸爸連續兩天晚上沒有回家，我們也不知道他去了哪裡。回家的時候他生病了。

六月二十二日：媽媽翻開我的床墊，找到了我的日記，從頭看到尾。凡是我寫「醉」的地方，她都讓我劃掉，改成「病」。幸虧我沒有寫媽媽什麼壞話。如果我有孩子，我不會看他們的日記，因為我相信孩子也需要隱私的。如果媽媽再次來看，讀到這話，但願她會懂。

六月二十三日：尼力說他交了個女友。媽媽說他還小。我也不知道這事是對是錯。

六月二十五日：晚上威利姨丈、艾薇姨媽、西西姨媽還有她的約翰一起來了。威利姨丈喝了不少啤酒。他說他新分到的馬「貝西」更壞，做出的事情比在他身上撒尿還要糟糕。我笑了起來，被媽媽罵了一頓。

六月二十七日：我們今天把聖經看完了，現在我們得重新開始。莎士比亞我們已經看四遍了。

七月一日：狹隘……

法蘭西將手放在這一天的日記上，把那些字遮住。那一瞬間，她以為當時那傷痛的感覺會重新向她席捲過來。不過那種感情已經不復存在。她翻了一頁，繼續看起。

七月四日：麥克尚恩警官把爸爸帶回家了。我們一開始以為是爸爸被逮捕了，後來發現不是。他病了。麥克尚恩給了我和尼力每人兩毛五分錢。媽媽讓我們還回去。

七月五日：爸爸又病了。我在想，他還會不會去上班呢？

七月六日：我們今天又開始玩北極的遊戲了。

七月七日：北極。

七月八日：北極。

七月九日：北極。只是救援並沒有到來。

七月十日：我們今天打開了存錢筒，裡面有八塊兩毛錢。我的金幣變黑了。

七月二十日：錫罐裡所有的錢都沒有了，媽媽又去給麥克加洛迪太太洗了些衣服。我幫她燙，但是在麥克加洛迪太太的內褲上燙了個洞。媽媽再也不讓我燙了。

七月二十三日：我在亨德勒餐廳找了個暑期打工，在午飯和晚飯生意忙的時候洗碗，用桶裝液體清潔劑洗。星期一，有個男的來拿走三桶油渣，星期三又拿來一桶清潔劑。這個世界上什麼東西都能派上用場，都不會浪費。我一週能賺兩塊錢，還包吃。工作倒是不累，可是我不喜歡那清潔劑。

七月二十四日：媽媽說我要不了多久就會變女人，我也不知道是真是假。

七月二十八日：小絲・嘉迪斯和法蘭克打算等他加薪後就結婚。法蘭克說威爾遜總統要是繼續這麼胡來，我們很快就會被捲進戰爭。他說他要結婚，是因為他想有老婆、孩子，這樣可以躲避兵役。小絲說這個說法不對，他們之間是因為相愛而結婚。我也不知道哪個對。我還記得多年前法蘭克洗馬的時候，小絲是怎麼追他的。

七月二十九日：爸爸今天沒有生病。他說他要去找工作，他說媽媽不能繼續給麥克加洛迪太太洗衣服，我也必須停止工作。他說他會有錢的，大家會搬到鄉下去住，不知是真是假。

八月十日：西西說她快有孩子了。我不知道是真是假，她的肚子平得像煎餅似的。

八月十七日：爸爸工作三週了，我們晚飯都吃得很好。

八月十八日：爸爸又病了。

八月十九日：爸爸病了，因為他丟了工作。亨德勒先生不讓我再回去，說我靠不住。

九月一日：艾薇姨媽、威利姨丈晚上來了。威利在唱《法蘭克和強尼》，裡面夾雜著一些髒話。艾薇姨媽站到椅子上，衝他的鼻子就是一拳。我大笑，媽媽罵了我一頓。

九月十日：開學了，這是我在學校的最後一年。佳恩達小姐說，如果我作文一直得優，她就讓我寫畢業公演的劇本。我有個很好的點子：戲中有一個女孩，穿著白色的洋裝，頭髮從背後披下來，她的名字叫「命運」。其他的女孩會上臺，訴說她們的願望，而命運會告訴她們各自的真實結果。最後，一個穿藍色洋裝的女孩會出來，伸開雙臂問：「活著值得嗎？」大家會齊聲說：「值得！」當然，到時臺詞會用韻文。我將這個劇情講給爸爸聽，可是爸爸病得厲害，不知道我講了什麼。可憐的爸爸。

九月十八日：我問媽媽我可不可以剪個短短的雙馬尾髮型。媽媽說不行，這髮型是女人的成年加冕髮型。她不是說我很快就要變成女人了？但願如此。我想自己做主，我想剪我喜歡的髮型。

九月二十四日：今天晚上我洗澡時發現自己變成女人了。也該是時候了。

十月二十五日：等這本日記本寫完了我會高興死，我寫煩了，從來也沒有什麼大事發生。

法蘭西看到最後一篇。只剩下最後一頁了。她想快點寫完，讓日子早點結束，這樣她就不用再擔心了。她將筆蘸了點墨水。

十一月二日：性無可避免地進入每個人的生活。人們寫文章反對它；牧師講道抨擊它；人們甚至立法禁止它。可是不管怎樣，它還是會到來。學校裡所有女孩說來說去的話題不外乎就是性和男孩，她們很好奇。我是否好奇呢？

她看了最後一句，右眼眉梢處皺了一皺，將那句話劃掉，重寫成：「我對性感到好奇。」

33

是的，威廉斯堡這些青春期的孩子對性頗為好奇，平日裡大家也常常談論這個話題。小孩子當中有一些「表現主義者」（你給我看，我就給你看）；虛偽一些的，就假裝玩「辦家家酒」或者「看醫生」的遊戲；一些百無禁忌的孩子則乾脆直接「來髒的」。

但是在社區裡「性」這個話題是個禁忌，孩子們提問的時候，父母親也不知道該怎麼回答，不過主要還是因為不知道用什麼合適的語言和孩子講解。每對結了婚的夫婦在夜深人靜的時候，在床上都有自己的一套「悄悄話」，不過很少有哪位母親敢把這些話拿到光天化日之下來跟孩子講。孩子長大後，他們也會發明自己的一套悄悄話，同樣無法傳給自己的孩子。

不管是心理或生理上，凱蒂．諾蘭都絕非懦弱之徒。問題來了她就面對，嫻熟地解決。她並不會主動談性的話題，可是法蘭西問起來時她也不避諱，盡力回答她。法蘭西和尼力還小的時候，他們就約好了找媽媽來問一些問題。有一天，他們倆一起站在凱蒂面前，發言人是法蘭西。

「媽媽，我們是從哪裡來的？」

「是上帝把你們賜給我的。」

這些孩子都是在天主教傳統下長大，所以能接受這個答案，可是接下來的問題就有些棘手：「上帝是怎麼把我們賜給你的？」

「這個我不能解釋，因為一解釋起來，我就要用一些很難的字，你們聽不懂的。」

「你就說說看嘛，看我們懂不懂。」

「如果你們聽得懂，我就不需要告訴你們了。」

「那你就用別的詞，告訴我們孩子是怎麼到世上來的。」

「不行，你們還小。我要是跟你們講了，你們會跑出去跟別的孩子講，這些孩子會跟他們的媽媽講，他們的媽媽就會跑到我這裡來，罵我這人下流，大家會吵架的。」

「那麼，跟我們說說男孩和女孩有什麼區別吧！」

媽媽想了一會兒，說：「主要區別是女孩蹲著上廁所，男孩站著上廁所。」

「不過，媽媽，」法蘭西說，「我在那個黑黑的廁所裡害怕的時候，也會站著撒尿啊！」

「我也是，」尼力也坦承，「我也會蹲著啊，如果是解……」

媽媽不等他說完便打斷：「男人身上都會有一點女人特徵，女人身上也都有些男人特徵。」

孩子們覺得這個太複雜，不想深究，談話於是到此結束。

如法蘭西日記所寫，她發現自己開始變成女人了。這時候她對性產生好奇，便跑去問媽媽。凱蒂這次把自己知道的直截了當地告訴她。在解釋過程中，凱蒂有時候得用下流的詞語，可她也是放心大膽地用，因為她也不知道有什麼其他的說法。她跟女兒說的這些話，沒有別人告訴過她，那時候，也沒有什麼書可以教像凱蒂這樣的媽媽如何正確地和孩子談論性問題。凱蒂用詞直接，說法不雅，不過也不令人反感噁心。

法蘭西比社區大部分的孩子都幸運，她在該懂的時候全都弄懂了，她不需要溜到黑黑的走廊裡，和其他女孩一起鬼鬼祟祟地交流各自的想法。她從來不需要用彆扭的方式學習性。

如果說正常的性行為是一個謎的話，犯罪性行為卻是街談巷議的公開話題。在任何一個貧窮、擁擠的城區，總會有些偷偷摸摸的性犯罪惡魔，他們是所有家長的噩夢，好像每個社區都有一個這樣的人。法蘭西十四歲那年，威廉斯堡就出了這麼一個。很長時間內，他一直找小女孩下手，侵犯她們。警方一直在查，可是一無所獲，原因之一是小女孩遭到侵犯後，家長瞞著不講，不想讓別人對自己的孩子另眼相看，害她無法和其他孩子一起過正常的童年生活。

有一天，法蘭西那條街上的一個小女孩被殺了，這件事才終於爆開。那個受害的孩子是個可憐的七歲小孩，文靜、乖巧、聽話。放學後她沒有回來，媽媽也不擔心，以為是去什麼地方玩了。晚飯後，他們出去找她，問遍了她所有的玩伴，可是自從放學後就一直都沒有人見到她。

恐懼席捲了整個社區。家長紛紛把街上玩的孩子叫回家，關在家裡。麥克尚恩警官帶著六、七個員警過來，搜查各屋子的屋頂、地下室。

孩子最終還是找到了，是她十七歲的粗魯哥哥發現的。在附近一幢房子的地下室裡，她小小的屍體橫趴在一輛破爛的嬰兒車上，洋裝和內衣都已經被撕爛，鞋子和小小的紅色襪子被扔在一堆灰燼上。女孩的哥哥被叫去偵訊，他很激動，說起話來結結巴巴，警方將他當成嫌犯抓了起來。不過麥克尚恩可不傻，他這是要放鬆罪犯的警惕。麥克尚恩知道殺手現在覺得自己安全了，會再次動手，而這一回，他若是動手，警方會等著他。

家長們也行動起來，他們告訴孩子（這時候鬼才管什麼用詞呢）這個狂魔的所作所為。家長告訴小女孩不要接受任何陌生人的糖果，不要和陌生男人說話；放學後，媽媽們都會在自己家門口等孩子回來。街上沒人了，彷彿是花衣吹笛人❶將孩子們全拐到山裡的某個城堡，整個社區籠罩在恐懼之中。強尼很擔心法蘭西，他甚至為此去弄了一把槍。

＊　＊　＊

❶德國民間故事中將漢姆林鎮上小孩拐走的花衣吹笛人，《格林童話》中也曾描述過這個故事。

強尼有個朋友叫波特，是街角銀行的夜班警衛。波特四十歲了，娶了個只有他年齡一半的女孩。他為這女孩吃醋吃到發瘋，無時無刻不在懷疑這女人趁他值夜班的時候和別的男人上床。這事他想來想去，最後覺得，要是真發現了這個結果反倒能鬆一口氣；他寧可面對讓他心碎的現實，也不想繼續這折磨靈魂的懷疑。就這樣，夜深時，他讓強尼代他看守銀行，自己偷偷溜回家。他們之間有個信號，晚上波特實在痛苦不堪、非回家不可時，他就叫值班員警去按三下諾蘭家的門鈴。如果按門鈴時強尼在家，他會像消防隊員一樣從床上跳下，胡亂把衣服穿好，跑到銀行去，急得就好似遇到了什麼自己性命攸關的事情一樣。

等警衛溜出去後，強尼躺在波特窄窄的床上，頭能感覺到薄薄枕頭下的手槍。他希望有人會來搶銀行，好讓他有機會保護這裡的錢財，成為英雄；可是他在看守時一直平安無事。要是警衛捉姦成功，好歹也讓人振奮一下，可是連這個結果都沒有發生。每回這名丈夫偷偷溜回自己家，都發現那女孩一個人熟睡在床上。

強尼聽說有小女孩被姦殺的事情後，便去銀行找巨匕的好友波特，他問銀行警衛有第二把槍嗎？

「當然有。怎麼了？」

「可不可以借用一下，波特？」

「為什麼，強尼？」

「我們那條街上有壞人出沒，殺了個小女孩。」

「強尼，我真希望他們趕快逮到這人，我真希望他們趕快抓到這狗娘養！」

「我自己也有女兒。」

「是，是，我知道，強尼。」

「所以我想借你的槍。」

「不過這違反了『蘇利文法』❷。」

「你每天晚上溜出銀行，把我丟在這裡，一定也犯了什麼法。說不定你引狼入室，我本來就是一個強盜呢？」

「得了，強尼，你才不會。」

「我想，一不做二不休，犯了一個法，再犯一個又怎樣？」

「好了，好了，我借給你。」他打開抽屜，拿出一把手槍，「現在我來教你怎麼用。如果你想把誰幹掉，你就拿槍這麼指著他，」他將槍指向強尼，「然後扣動這東西。」

「我知道了，現在來試試。」他將槍指向波特。

「當然了，」波特說，「這個勞什子我也沒真射過。」

「這是我第一次手裡拿槍。」強尼說。

「那你小心啊！」波特小聲地說，「裡頭可上滿了子彈。」

強尼嚇得哆嗦了一下，他小心地放下槍：「媽呀，波特，你不說我還不知道呢！我們差點互相把對方幹掉。」

「天啊，你說得對！」波特也嚇得一哆嗦。

「手指扣一下，就是一條人命。」強尼思索。

「強尼，你該不是想不開要自殺吧？」

「才不會，我寧願喝酒喝死。」強尼突然笑起來，又突然停住。他帶著槍離開的時候，波特說：「抓住那雜種的話跟我說一聲。」

「我會的。」強尼答應。

---

❷Sullivan Law，紐約州的槍枝管制法。

「那好，再見。」

「再見，波特。」

強尼把一家人都叫過來，跟他們解釋槍的功用。他警告法蘭西和尼力不要去碰：「這小小的輪子裡可是裝著五條人命哪！」他語氣誇張地解釋說。

法蘭西覺得那手槍模樣怪異，就像人伸手指招呼人，只是這手指指向的是死亡，是呼喚死亡，讓死亡加快到來。她看到爸爸把槍放到自己枕頭下她很高興，眼不見為淨。

槍在強尼的枕頭下一放就是一個月，從來沒有動過。社區沒再出事，那個惡魔似乎跑到別的地方去了。孩子們的媽媽開始放鬆了下來，不過和凱蒂一樣，還有幾個媽媽到了放學時還是會到門口查看。殺手的習慣是躲藏在陰暗的走廊對人下手，凱蒂想小心一點總歸沒錯。

等大部分人都鬆懈下來，覺得沒事了，那個變態狂又再次下手了。

一天下午，凱蒂正在自己家隔壁的一幢樓房裡打掃，聽到孩子們在街上說話，就知道放學時間到了。她在想要不要回去在自家走廊等法蘭西，那樁謀殺案後她一直都這麼做。不過法蘭西快十四歲了，能照顧自己了。此外，殺手一般也只會對六、七歲的孩子下手；也或許他已經在其他社區被抓獲，現在穩穩地鎖在大牢裡了。不過……凱蒂遲疑了一下還是回去了，反正再過不到一個小時她也要換塊新肥皂，不如一舉兩得。

她在街上來回查看，沒見到法蘭西，不由得緊張起來，後來才想起法蘭西上學的路比較遠，回來會比其他孩子略遲。回到家裡，凱蒂決定加熱咖啡，喝一杯，等她喝完咖啡，法蘭西也該回來了，她也就放心了。她到臥室裡，看槍還在不在枕頭下。當然還在，她覺得自己在發傻。她喝了咖啡，拿了塊黃肥皂，準備回去繼續幹活。

法蘭西在原來時間回家了。她打開大廳的大門，看了看狹長的大廳，沒有發現什麼異樣。她把結實的木門關上，大廳暗了下來。她沿著大廳走向不遠處的樓梯，剛踏上第一級臺階時她就看到他了。

那人從通往地下室的樓梯間下現身。他的步子很輕，卻很快。他很瘦小，穿著破爛的黑西服，裡面穿著襯衫，襯衫上沒有領子，也沒有打領帶。他的頭髮濃密茂盛，從額頭上披下來，幾乎蓋住了他的眉毛。他的鼻子是鷹鉤鼻，嘴唇薄薄的，有些歪斜。即便在這昏暗當中，法蘭西都能看到他濕濕的眼睛。她又上了一級臺階，可是，等她看清這人後，她的腿就像灌滿了鉛一般，抬不起自己的雙腿，一級也走不上去！她雙手抓住樓梯欄杆，抓得緊緊的。她之所以動彈不得，是因為那人露出下體，朝著她走了過來。看到他身體那裸露的部分，法蘭西就嚇癱了。那塊地方是蟲一樣的白色，和他的臉、手那醜陋、幽暗、病態的顏色形成鮮明對比。她覺得噁心，就像過去看到老鼠屍體上的一團肥蛆一樣。她想尖叫一聲「媽媽」，可是她的嗓子啞住了，出來的只有自己的氣息。這就像置身一場噩夢之中，想喊卻喊不出來。她絲毫不能動彈！她絲毫不能動彈！她的手抓扶欄都抓痛了，她甚至在想這扶欄怎麼沒有被她抓斷？現在，他向她跑了過來，可是她卻不能跑！她不能跑！上帝啊！她祈禱，趕緊讓哪個房客出來吧！

這時候，凱蒂正拿著黃肥皂，邁著安靜的步子下樓。到了最後一段樓梯的頂部，她往下一看，看到有個男的正往法蘭西走去；她還看到法蘭西嚇呆了，手扣在欄杆上。凱蒂沒有發出任何聲音；下面兩個人都沒有看到她，她不聲不響地轉身，順著樓梯跑到家門口。她的手還是很穩，從腳墊下拿出鑰匙打開門。此刻時間很寶貴，她卻下意識地先跑去把肥皂放在洗衣盆的蓋子上。接著她進屋從枕頭下拿了槍，放在圍裙下。現在，她的手開始發抖了。她把另外一隻手也放到圍裙下，用雙手把槍穩住。就這樣，她拿著槍，跑下樓梯。

那個殺人犯到了樓梯最下面，繞了過去，跳上兩級臺階，然後，快得有如一隻貓一般，他的一隻手臂勒住法蘭西的脖子，手掌蓋住法蘭西的嘴，不讓她喊叫。他的另外一隻手摟住她的腰，開始要將她拉走。他滑了一下，那身體裸露的部分碰到了法蘭西的光腿上；法蘭西的腿像被火燙了一般，迅速閃開。這時候她雙腿不再癱軟，她開始踢、開始掙扎。那個變態狂用自己的身體貼住她的身體，把她壓到欄杆上。他開始摳她緊抓著的手指，一個一個地摳開。他鬆開法蘭西的一隻手，扭到法蘭西身後，狠狠用身體壓住，然後開始摳另外一隻手。

突然有聲音響起。法蘭西抬頭一看，發現媽媽從最後一段樓梯上跑下來。凱蒂跑步的樣子很奇怪，畢竟她兩隻手都在圍裙下。那個男的看到了她，卻不知她有槍。他很不情願地鬆開法蘭西，往下退了兩級，眼睛盯著凱蒂。法蘭西站在那兒，一隻手還抓著欄杆；她無法把手鬆開。那個男的下了樓梯，靠住牆，開始貼著牆往地下室門口那兒走。凱蒂停住了，跪在一級樓梯上，將圍裙下的傢伙舉到兩根欄杆之間，緊盯那人身體裸露的部分，扣動了扳機。

「砰」的一聲巨響。凱蒂圍裙上的洞還在悶燒，發出煙味來。那個變態的嘴唇咧開，露出了一口骯髒的爛牙。他雙手捂住肚子，倒了下去。倒地的時候，他的手鬆開了，那處蟲一樣白的地方現在全部是血。窄窄的大廳裡飄滿了煙塵。

女人們尖叫起來。一扇扇門被推開，大廳裡全是跑動的腳步聲。街上的人也開始湧進大廳，一時間，門口擠住了，大家進不得也退不得。

凱蒂抓住法蘭西的手，想把她拉上樓，可是這孩子的手在欄杆上凍住了，手指鬆不開。情急之下，凱蒂用槍柄敲了一下法蘭西手腕，那麻木的手指這才放鬆下來。凱蒂將她拉上樓，經過樓梯間時，一路都是從屋子裡出來的女人。

「怎麼回事?怎麼回事?」她們尖叫著問。

「沒事了，沒事了。」凱蒂告訴她們。

法蘭西跌跌撞撞，雙腿癱軟，不停跪下。經過最後一段走廊時，凱蒂乾脆任由她膝蓋著地，就這麼把她拖著走。她把法蘭西帶回家，讓她躺到廚房的椅子上，然後小心地把門口的鏈門插上。她把槍小心地放在黃肥皂旁，手無意間碰到了槍口，她發現槍口還有些熱，不禁又驚又怕。凱蒂對槍一無所知，她以前從來沒有開過槍，所以她很怕這槍會因為發熱而自動發射。她打開洗衣盆的蓋子，把槍丟進水裡，和一些泡著的髒衣服放在一起。由於黃肥皂與這一切似乎有密不可分的聯繫，她一道也將肥皂扔了進去，然後走向法蘭西。

「他傷著你沒有，法蘭西？」

「沒有，媽媽。」她呻吟道，「不過，不過他……我的意思是……那東西碰到了我的腿。」

「哪裡？」

法蘭西指了指藍襪子上方的一處地方。那裡的皮膚還是白白的，毫無損傷。法蘭西吃驚地看著，她還以為那人的動作會在她腿上形成一個洞。

「這裡沒怎樣。」媽媽說。

「可我還是覺得那東西碰到我了。」她呻吟著說，大哭起來，「我想把腿砍掉。」

外頭有人在捶門，想問到底發生什麼事了。凱蒂置之不理，不去開門。她給法蘭西倒了一杯滾燙的黑咖啡讓她喝下，然後在房間裡踱來踱去。她現在開始發抖了，她不知道接下去該怎麼做。

槍聲響起的時候尼力正在街上遊蕩，他看到人們湧進他們那幢房子的大廳，自己便也擠了進去，跑到樓梯上，從扶欄上方往下看。他看到那個變態狂在倒下的地方縮成一團，一群女人將他的褲子扯下，用自己的鞋跟踩他，別的人也在踢他，向他吐口水，所有人都在罵他髒話。尼力聽到了姊姊的名字。

「法蘭西．諾蘭？」

「是的，法蘭西．諾蘭。」

「你肯定？法蘭西．諾蘭？」

「我就跟你說我親眼看到了。」

「她媽媽後來……」

「法蘭西．諾蘭！」

他聽到了救護車的呼嘯聲，以為是法蘭西被人殺了。他哭著跑上樓梯，捶著門大叫：「讓我進去，媽媽！讓我進去！」

凱蒂把他放了進來。看到法蘭西躺在椅子上，他哭聲更大了，法蘭西也號啕大哭起來。「別哭了！別哭了！」凱蒂尖叫。她狠命地搖晃尼力，直到尼力完全停止哭泣。

「趕緊去找你爸回來。給我到處找，找到為止。」

尼力在麥克加洛迪的酒吧找到了爸爸，強尼正打算在這裡悠哉悠哉地喝一個下午的酒。尼力把事情一告訴他，他立刻把酒杯放下，跟尼力一起跑出去。公寓裡還是擠不進去，救護車就在門口，四個警察在人群中推擠，想把救護車上的醫生放進去。

強尼和尼力從隔壁的地下室進到院子裡，互相幫忙，翻過了木籬笆，進到自家院子裡，然後從消防梯往上爬。凱蒂看到強尼的禮帽從窗戶外露出來，嚇得尖叫起來，慌亂地四處找槍。好在她忘記把槍丟哪兒了，強尼這才躲過一劫。

強尼跑到法蘭西跟前，彷彿法蘭西還是小嬰兒一樣，他將她抱起來，搖晃著她，哄她入睡。法蘭西堅持要把腿砍掉。

「那人傷著她沒有？」強尼問。

「沒有，不過我打到他了。」凱蒂冷冷地說。

「你開槍射他？」

「還能用什麼？」她指了指圍裙上的洞。

「射準了沒有？」

「能多準就多準。不過，法蘭西老是說自己的腿，那人的……」她眼睛看了看尼力，「……那玩意兒，你知道我的意思，碰到她腿了。」她指了指那地方。強尼看了看，什麼也沒有看到。「太糟糕了，這樣的事情發生在法蘭西身上。」凱蒂說，「她記性這麼好，以後恐怕都不會結婚了，如果她一直記在心上的話。」

「這腿我來想辦法。」爸爸許諾。

他把法蘭西放回椅子上，拿出石炭酸來，用這刺激的東西擦那塊地方。法蘭西很喜歡石炭酸造成的刺痛感，她覺得這樣一來，那人身體的罪惡觸摸也一同擦去了。

有人在捶門。他們一家還是不回話、不開門，他們現在不希望家裡有外人。一個愛爾蘭口音的聲音高聲叫：「開門，是警察。」

凱蒂打開門。一名員警進來，後面跟了一個救護實習生，提了個提包。那員警指向法蘭西：「那人要傷害的就是她？」

「是的。」

「這位醫生要檢查一下。」

「我不允許。」凱蒂反對。

「這是法律規定。」員警平靜地說。

凱蒂只好讓實習生將法蘭西帶進臥室。法蘭西嚇壞了，但還是一定要接受不雅的檢查。那位模樣活潑的實習生飛快但又認真地檢查了一遍，然後直起身，開始把儀器往提包裡放回去。他說：「她沒事，那人沒有傷到她。」然後他舉起她腫脹的手腕，問：「這怎麼回事？」

「她的手抓著欄杆鬆不開，我只好用槍砸。」凱蒂解釋說。

那人又注意到法蘭西膝蓋的傷痕：「這個呢？」

「我得將她沿著走廊拖回來。」

他接著又看到了她腳踝上方那塊燙傷似的痕跡：「我的天，這又是怎麼回事？」

「她爸爸用石炭酸洗的，那人的身體碰到了她這地方。」

「我的天！」實習生忍無可忍，大爆發了，「你想給她三級燙傷？」他又打開提包，拿出冷卻藥膏塗在燙傷處，然後精心包紮好。「我的天！」他又說，「你們兩個人造成的傷口比那罪犯還要大。」他將法蘭西的裙子放下，拍拍她的臉說：「小女孩，你沒事。現在我給你點東西，讓你好好睡上一覺。等你醒來了，就當是作了一回噩夢。就是這樣，作了一回噩夢。聽到沒有？」

「聽到了，先生。」法蘭西感激地回答。她又一次看到一根針頭，她想起了很久以前的一個經歷，她開始擔心她的手臂是否乾淨？他會不會說……

「真是個勇敢的孩子。」那人說，針扎了下去。

「啊，他是跟我站一邊的。」法蘭西迷迷糊糊地想。針打完之後，她立刻沉沉睡去。

凱蒂和醫生進到廚房。強尼和員警坐在桌子邊，員警那寬大的手裡握著枝鉛筆，費力地在一個小本子上密密麻麻地寫著什麼。

「孩子沒事吧？」員警問。

「沒事，」那實習生說，「就是受到驚嚇，再有就是得了『父母折騰症』。」他衝著員警擠了擠眼睛。

「等她醒來，」他對凱蒂說，「記住告訴她說她是作了噩夢，沒別的說法。」

「我該付你多少錢，醫生？」強尼問。

「一分錢都不用，老兄，這算在紐約市頭上。」

「多謝。」強尼低聲說。

那實習生看到強尼的手在發抖，便從屁股後的口袋裡拿出一品脫裝的酒瓶子遞給他。「拿去！」強尼抬頭看他。「喝吧，老兄。」那位實習生堅持說。強尼滿懷感激地喝了一大口。實習生又將瓶子交給凱蒂：「夫人，你也喝一口吧！看來你也需要。」凱蒂也喝了一大口。員警開口了：「你把我當什麼了？沒人問的孤兒啊？」

實習生從員警手裡把酒瓶拿過來時，裡面只剩一點酒了。實習生長嘆一口氣，一飲而盡。員警也跟著嘆了口氣，然後轉向強尼。

「好，你把槍放在哪兒？」

「在枕頭下。」

「去把槍拿來，我要將它帶回局裡。」

凱蒂忘了自己把槍放哪裡了，她回臥室的枕頭下去找，回來的時候她一臉著急：「不知怎地那槍不見了！」

員警笑了：「當然了，你不是拿出去打那渾球了嗎？」

凱蒂花了好長時間才想起自己把槍放哪裡了。她去取了出來，員警將槍擦乾淨，將子彈拿出來。他問了強尼：「你有持槍證沒有，老兄？」

「沒有。」

「這可不大好辦。」

「這又不是我的槍。」

「誰給你的？」

「沒——沒人。」強尼不想給銀行警衛招惹麻煩。

「那你是怎麼弄到的？」

「我撿到的。是的，我在水溝裡撿的。」

「這可是上過油、裝了子彈的啊！」

「我說的是實話。」

「你的解釋就這個？」

「就這個解釋。」

「我接受，老兄。記住你的說法，不要翻來覆去。」

救護車司機在走廊上喊，說要將人犯送醫院了，問醫生要不要一起走。

「醫院？」凱蒂問，「這麼說我沒有把他打死？」

「沒死。」實習生說，「我們得把他治好，讓他能夠自己走上電椅。」

「真抱歉，」凱蒂說，「我是想把他打死的。」

「暈過去之前，他向我招供了。」員警說，「隔壁那邊的小女孩是他殺的。他還幹過其他兩回。我錄了他的口供，有人證，都簽了字的。」他拍拍口袋，「要是局長聽到這些，說不定會幫我升職。」

「但願。」凱蒂冷冷地說，「總得有人從這事情中間得到點好處。」

法蘭西次日醒來，爸爸在她身邊跟她說她作了噩夢。隨著時間一天天過去，這確實越來越像個噩夢。她並未留下醜陋的回憶，身體遭遇的恐怖反倒讓她的情緒感受為之模糊。樓梯上的那段驚嚇時間並不長，只有三分鐘，而恐懼就如同一種麻藥，反而麻痺了她的感受。因為那針催眠藥水的反應，接下來的事件她腦子裡都記不清了，即便後來的法庭聽證會也如同一部虛構的戲劇，而她的臺詞很短。

接下來是上法庭作證。但是，他們提前告訴凱蒂這純粹是形式而已。這個過程法蘭西記得不多，只知道她和凱蒂分別講述了自己的經過，不需要多少話。

「我放學回來，」法蘭西作證說，「進入樓梯間的時候，這個男人跑出來，抓住我，我連喊都來不及喊。他要將我從樓梯上拖走的時候，我媽下來了。」

凱蒂說：「我下樓看見這個人要把我的女兒拖走，我就上去拿槍（沒用多久），那人看到我，想溜到地下室，被我開槍打中了。」

法蘭西想，媽媽開槍打人會不會被捕？不過，最後媽媽沒有被捕，法官還和媽媽握手，也和她握手。

對諾蘭家來說，報紙的報導幸運多了。一個喝醉酒的記者按例行公事打電話給警察局，打聽當日的犯罪消息，聽到了這個故事，但是卻將諾蘭的名字和值班員警的名字搞混了。布魯克林報紙上出現了小小一篇文章，說威廉斯堡的歐理瑞夫人在自家的樓梯間裡開槍打中了一個色魔。第二天，紐約的兩份報紙又用兩英寸大的篇幅報導說威廉斯堡的歐理瑞夫人在自家的樓梯間裡被一個色魔開槍打中。

最後這件事漸漸淡化了。凱蒂一度被社區居民當成英雄，可是隨著時間推移，人們忘記了那個變態狂，只記得凱蒂．諾蘭開槍射人。聊天的時候，大家只是說這個女人不能惹，說不定看你不順眼就給你來上一槍。

石炭酸在法蘭西腿上留下的傷痕一直沒有消，可是縮到了只有一枚一毛錢硬幣的大小。法蘭西後來習慣了，等她長大後，也很少去注意了。

強尼因違反「蘇利文法」——無證持槍，被罰款五塊錢。對了！還有銀行警衛的老婆最終還是和與自己年齡相仿的一個義大利人私奔。

過了些天，麥克尚恩警官來找凱蒂。他看到凱蒂拖著一大桶垃圾到人行道上，不由得動了惻隱之心，幫了她一把。凱蒂道謝，抬起頭看他。馬蒂．馬奧尼之行上他曾問法蘭西，凱蒂是不是她媽媽，自從那次後，她只見過他一次，便是強尼喝得爛醉如泥，回不了家，他幫忙把他送了回來。凱蒂聽人說麥克尚恩夫人因為得了肺結核絕症，進休養院去了，看來是活不了多久了。「他會不會再娶呢？」凱蒂心想。「當然他會了。」她自己回答，「他長得帥，身強體壯，工作也好，一定有女人來勾引他的。」他和她說話的時候將帽子取了下來。

「諾蘭夫人，局裡的大家和我都要感謝你，幫我們抓到了那個殺人犯。」

「不用客氣。」凱蒂客套地回答。

「可是那些傢伙只是嘴上感激，又有什麼行動呢！」他拿出一個信封。

「是錢嗎？」她問。

「是的。」

「別給我！」

「你當然需要，你家男人沒有固定工作，孩子們又什麼地方都要錢。」

「不過這不關你的事，麥克尚恩警官。你也知道我工作很努力，我們不需要任何人幫忙。」

「說得也是。」

他將信封放回口袋，這中間一直看著她。「這個女子，」他心裡想，「身材這麼好，皮膚又白皙漂亮，一頭黑色鬈髮。她的勇氣六個女人加起來都比不上。我是個四十五歲的中年男人，」他的思緒繼續，「而她還年輕呢！」（凱蒂已經三十一歲，不過看上去年輕得多。）「我們的婚姻都不幸。確實不幸。」麥克尚恩對強尼一清二楚，知道他這樣下去撐不了多久。他對強尼充滿同情，對自己的妻子莫莉也是充滿同情。他不會去傷害他們兩個人，他從來沒有想過對自己患病的妻子不忠，做什麼出軌的事。「可是，內心裡有沒有希望過傷害這兩個人呢？」他問自己，「當然了。還要等，要等幾年？兩年？五年？算了，反正我不抱任何幸福的希望不也都等過來了。再等長一點有什麼不可呢？」

他再次感謝她，正式地與她道別。和她握手的時候，他心裡想：「總有一日，她會成為我的老婆，如果上帝願意，她也願意的話。」

凱蒂不知道他在想什麼。（她真不知道嗎？）或許吧！因為她突然想了到什麼，叫住了他：「麥克尚恩警官，但願有一天你能幸福，你值得的。」

34

當聽到西西姨媽跟媽媽說她要「有」孩子時，法蘭西就想，為什麼西西姨媽不是和其他女人一樣說她要「生」孩子了呢？她後來發現，西西姨媽說「有」而不說「生」是有道理的。

西西有過三任丈夫。柏樹山那邊的聖約翰墓地裡，有十個小小墓碑都屬於西西的孩子的；在所有墓碑上，孩子的出生和死亡日期都是同一天。西西現在三十五歲了，作夢都想要孩子，凱蒂和強尼常常說起此事，凱蒂總擔心西西哪天會綁架一個小孩回家。

西西想領養一個小孩，可是她的約翰不願意。

「我可不會幫別的男人養小雜種，明白吧？」這是他的說法。

「你難道不喜歡小孩嗎，寶貝？」她又甜言蜜語地說。

「我當然喜歡小孩，可是必須是我親生的，不要是什麼別的混混生的。」他回答，一不小心把他自己也給罵了。

在大部分的問題上，西西都可以像捏麵團一樣將她的約翰玩弄於股掌之間，可是唯獨在這件事上約翰不會任由西西。他一直說，要是要孩子，一定得是自己的孩子，不能是別的男人生的。西西知道這是他的真心話，她甚至對他這種態度有些敬意，可她真是想要一個活生生的小孩。

碰巧，西西發現馬斯佩斯有個漂亮的十六歲女孩身陷麻煩：她跟一個已婚男子往來，懷孕了。女孩的父母是剛從歐洲移民來的西西里人，他們將女孩關進了暗室，不讓醜聞繼續傳播。她的父親只讓她吃麵包喝水，他以為這樣下去她的體力會衰竭，到了臨產時，母子二人就會同歸於盡。這位父親還怕老婆趁自己不在時偷偷給女兒送其他東西吃，所以早晨上班的時候家裡一分錢都不留；他每天回家的時候都只買一袋食物，親眼看著大家把食物吃光，一點都不留給女兒。一家人吃過了，才給那女孩送去當日的配給：半塊麵包、一罐水。

西西聽說這女孩挨餓受虐的殘忍故事後震驚不已，她想出了個辦法，她想要是那家人願意，孩子生下來可以送人；其實這和那家人的想法不謀而合。西西決定去看看這戶人家，若是他們正常、健康，她就提議自己把孩子要走。

她來訪的時候那女孩的母親不讓她進屋。西西第二天又回來了，衣服上扣了個徽章，再一次敲門。門剛剛打開一條縫隙，她便指著徽章給她看，嚴肅地要求她開門。那位母親嚇壞了，以為她是移民局的人，趕緊放她進去。這位母親不識字，要不然她就知道那徽章上寫的是「家禽檢查員」。

西西開始「執法」了。那位年輕的未來媽媽很害怕，卻也很倔強。由於飲食不足，她瘦得不成人形。西西威脅那位母親，說要是不好好對待這女孩，她要將她繩之以法。那位母親淚流個不停，用結結巴巴的英語將女孩做的醜事說了出來，也說出了女孩的父親要將女兒和胎兒餓死的計畫。西西和這位母親及女兒露西亞聊了一整天，不過大部分時間大家只是在比手畫腳猜啞謎。最後，西西總算讓她們明白，孩子一生下來，她願意帶走。那位母親終於明白過來之後，抓起西西的手不停地親吻。從此以後，西西就成了這家人忠實的朋友。

她的那位約翰上班之後，西西就把自己的屋子收拾乾淨，做上一鍋好吃的，帶到那義大利人家裡去。她用半愛爾蘭半德國的料理餵她，她覺得只要孩子在出生前攝取這樣的食物，身上就不會有太強的義大利特徵了。

西西把露西亞照料得很好，天氣好的時候，她還帶她去公園，讓她曬太陽。在這段不尋常的友誼關係期間，西西是一個忠實的朋友、一個快樂的伴侶。露西亞對西西喜歡得不得了，在這片新大陸上只有西西對她這麼好，全家人（除了蒙在鼓裡的父親）也都喜愛西西。母親和其他幾個孩子暗中瞞住此事，不讓父親發現。聽到父親上樓的腳步聲，她們便把露西亞送回暗室鎖起來。

這家人不會說多少英語，西西也不懂義大利語。可是隨著時間推移，這家人跟西西學會了一些英語，西西也跟她們學會了一些義大利語，就這樣，大家漸漸能夠一起聊天了。西西從來沒有跟她們說過自己的名字，她們稱她為「自由女神」；這個舉著火炬的自由女神像是他們到了美國之後看到的第一個女人。

女孩、胎兒以及他們全家都由著西西擺佈。一切安排妥當，大家也都說定了後，西西便跟親朋好友說自己又在「做人」了。誰也沒把她的話當回事，西西什麼時候不是在做人呢？

西西找了個不知名的接生婆，提前把接生的錢付了。接生婆給了她一張紙，紙上她讓凱蒂寫了西西的名字、她家約翰的名字和她娘家的姓。她叫接生婆在孩子生下來之後立刻去衛生部門登記。那個可憐的女人並不會說義大利語（西西找她的時候正是看上這一點），以為紙上寫的就是孩子親生父母的名字。西西把出生證的事辦得妥妥當當的。

西西真是把這次懷孕裝得有模有樣，甚至在最初幾個星期還裝出孕吐的樣子。露西亞說她感到胎動的時候，西西就跟自己的丈夫說她感到胎動了。

露西亞開始陣痛的那天下午，西西回到家，上了床。她的那位約翰下班回家，她就跟他說她快生孩子了。約翰看了看她，她明明就苗條的像個芭蕾舞者。他和她爭論起來，可是她堅持要他去把她媽媽找來。

瑪麗．羅姆利來了，她看到西西便說不可能，她不可能生孩子。西西二話不說，慘叫了一聲，以示陣痛之苦。瑪麗若有所思地看著她，她也不知道西西葫蘆裡裝的是什麼藥，可是她知道和她爭一點用都沒有。如果西西說她要生孩子，那麼她就會生孩子，沒二話可講。可是那位約翰卻抗議了起來：「你看她瘦的！她肚子裡哪能有什麼孩子？看到沒有？」

「或許孩子會從她腦袋裡出來，你瞧她的頭也夠大的。」瑪麗．羅姆利說。

「得了，別胡說這些。」約翰說。

「你怎麼能這麼說？」西西說，「聖母瑪利亞不也是嗎？她不用男人都能生孩子，要是她行，我生孩子只會更容易、更簡單，好歹我結婚了，有男人！」

「誰知道呢？」瑪麗說。她轉向那個暈了頭的丈夫，輕聲說：「世上有好多事情你們男人不明白。」她叫這個糊裡糊塗的丈夫不要多想了，把她做的晚飯吃掉，然後上床好好睡一覺。

那個可憐的昏頭丈夫在妻子身邊躺了一宿。他哪裡能夠安心睡覺？他不時醒來，用手臂支著側過身，瞪大眼睛看著西西，不時用手去摸西西平平的肚皮；西西則一夜睡得香甜。

次日約翰上班前，西西宣佈，等他下班回家，他就升級當爸爸了。

「算了，你贏了。」這位被折磨得痛苦不堪的丈夫叫道，然後繼續去那通俗雜誌社上班了。

西西趕緊跑到露西亞家。父親離開後一小時，那女孩就把孩子生下來了。這是個很漂亮、很健康的女孩。西西高興死了，她要露西亞先餵上十天奶，有個好的開始，然後她再帶回家。她出去買了隻烤雞和麵包坊烤的派，那母親還用義大利的料理風格加工了烤雞。西西又去街道上的義大利雜貨店賒了瓶奇揚第紅酒，大家一起飽餐了一頓，就像在過節似的，每個人都很高興。露西亞的肚子幾乎恢復了原狀，不再顯眼、宣揚她的恥辱了。現在，一切都會恢復到從前……或者說等西西把孩子領走後，一切就會恢復從前。

西西每小時為孩子洗一次澡；一天當中，她就為孩子換了三回上衣和頭飾帶。她不管有沒有必要，每五分鐘就換一次尿布。她也為露西亞洗了澡，把她洗得乾乾淨淨的，抹得香香的，還把她的頭髮刷啊刷，弄得像絲緞一樣發亮。西西無法停止照顧露西亞和孩子，一直拖到那女孩的父親回來之前，她才一百二十個不情願地離開。

那父親回來了，進到暗室，給女兒送當日的飯食。他打開煤氣燈，卻發現露西亞面色紅潤，還有個健康的胖寶寶睡在她身邊。他驚呆了，這些麵包！這些水！沒有用啊！他開始害怕起來。這是個奇蹟！顯然，聖母瑪利亞在暗中幫助自己的女兒。在義大利，人們都知道聖母瑪利亞是很靈驗的；或許他會因為殘酷地對待自己親生骨肉而受到懲罰。百般懺悔之下，他為她端來一盤子義大利麵，但露西亞不吃，說她吃麵包、喝水都習慣了。她的母親也站在露西亞這一邊，解釋說沒有麵包和水，就沒有這個健康的寶寶。這位父親越發懷疑是發生神蹟奇事了，他慌亂地想對露西亞好，可是一家人都在懲罰他，不讓他對女兒表示任何善意。

西西的約翰回家時，西西安詳地躺在在床上。他開玩笑般地問：「你今天把孩子生下來沒有？」

「生了。」西西有氣無力地回答說。

「好吧，你就接著掰吧！」

「你上班後一小時生的。」

「不可能！」

「我向你發誓！」

他在家裡四處看：「那麼現在孩子在哪兒？」

「在科尼島的保溫箱裡。」

「在哪兒？」

「七個月就出生，不足月啊！你知道的。嬰兒才三磅重，所以你才看不出來啊！」

「你在跟我撒謊，對不對？」

「等我身子復原了，我就帶你去科尼島親眼瞧瞧，隔著玻璃箱看一看。」

「你到底想怎樣？是不是要把我逼瘋呢？」

「過十天我就帶她回家，等她長出指甲了我就帶回來。」她即興發揮說。

「你到底是怎麼了，西西？你今天早晨沒生孩子，你心裡清楚得很。」

「我生了，三磅重。他們帶她到保溫箱了，要不然她會死。我過十天就帶她回來。」

「我不管了！我不管了。」約翰叫道。他走出家門，去喝了個大醉。

十天後，西西將孩子帶回家。這孩子很大，幾乎有十一磅重。她的約翰最後一次爭辯：「才十天的孩子，居然能長這麼大啊！」

「你自己塊頭也不小啊，寶貝。」她低聲說，她看到他臉上露出了一絲滿足。她將他抱住：「我現在沒事了，」她對他耳語說，「可以跟我一起睡了，如果你想的話。」

「你知道，」完事之後約翰說，「孩子還真有點像我呢！」

「特別是耳朵周圍。」西西迷迷糊糊地說。

那戶義大利人家幾個月後回義大利了。他們很高興離開美國，因為在這片新大陸除了悲傷、貧窮和恥辱，他們一無所獲。西西後來再也沒有聽到他們的消息。

所有人都知道孩子不是西西的——不可能是西西自己生的，可是她一口咬定自己的說法，而既然沒有別的解釋，大家也就漸漸接受了。畢竟，這個世界上什麼怪事都可能發生。她給孩子取名莎拉，但是沒過多久，所有人都叫她小西西。

西西只把孩子的來歷告訴凱蒂一人。她請凱蒂寫出生證上的名字時，把真相告訴了她；不過法蘭西也知道。法蘭西睡到半夜，常被媽媽和西西的說話聲吵醒；她們在廚房談論孩子。法蘭西發誓一定替西西保密。

除了那戶義大利人家外，強尼是唯一知道此事的人；凱蒂把真相告訴了他。他們以為法蘭西睡熟了，便聊起這事。爸爸站在西西丈夫的立場說話：「這個做法對男人很不公平，很不公平！總得有人把真相告訴他。我去說。」

「千萬不要！」凱蒂厲聲說，「他很快樂，你就讓他這樣去吧。」

「快樂？家裡弄個別人的孩子養還快樂？哪裡快樂？」

「他愛西西，總是害怕西西會離開他，要是西西離開，他會死的。你也知道西西，她換男人就像換衣服，總是想換丈夫改改運氣，看能不能有個孩子。要不是這個孩子，西西也快離開這個男人了。從此之後，西西會變成一個不同的女人，你記住我的說法，她一定會安頓下來，變成一個好妻子，好到他不配擁有。這個約翰又算老幾呢？」她自言自語般地說，「她會做個好母親。這孩子會成為她生活的全部，她不用再找別的男人了。所以，強尼，你就別找碴了。」

「你們羅姆利家的女人我們男人搞不懂。」強尼說。突然間，他想到了什麼：「你跟我說！你是不是也這樣耍弄我？有沒有？」

凱蒂為了回答他，把孩子全叫起床，讓他們穿著長睡袍站在他面前。「你好好看看他們。」她下令。強尼看著兒子，就像在看什麼魔鏡一樣，看到了小了幾碼的自己。他又看看法蘭西，完全是凱蒂的臉蛋，只是更嚴肅了些，眼睛也有些不同；那眼睛像強尼。法蘭西突發奇想，拿了個盤子放在心口，就像強尼唱歌時拿帽子的模樣。她開始唱起他喜歡唱的歌來：

他們都叫她莎爾，
輕狂活潑女孩兒……

她的表情和手勢都和強尼一模一樣。

「我知道了，我知道了。」爸爸低聲說。他親吻了孩子們，拍拍每個人的背，要他們去睡覺。他們離開後，凱蒂將強尼腦袋壓低，對著他耳朵裡說了些什麼。

「不會吧？」他吃驚地說。

「是的，強尼。」她平靜地說。強尼把帽子戴上。「你去哪裡，強尼？」

「出去。」

「強尼，你回家可不要……」她望著臥室門口。

「不會的，凱蒂。」他許諾。他輕輕親吻了她一下，然後出去了。

法蘭西半夜裡不知什麼原因突然醒來。對了，是爸爸還沒有回家！是因為這樣，爸爸不回來，她總是睡不熟。一旦醒來，她便開始思考；她想到了西西的孩子，想到了出生，想到了和出生一起到來的東西：死亡。她不願意去思考死亡，可是每個出生的人最後都難逃一死。她正在努力壓抑關於死亡的這些想法時，就聽到爸爸輕輕上樓的腳步聲，聽到爸爸在唱《莫莉．馬龍》的最後一段。法蘭西渾身顫抖，爸爸從來沒有唱過這一段。從來沒有！難道……

她得了熱病死去，
沒有人能救她。
我就這樣失去了，
莫莉．馬龍寶貝……

法蘭西一動不動。通常若是爸爸回家遲了都是媽媽去開門，她不想讓孩子們連覺都睡不好。歌唱完了，但媽媽沒有聽見——她沒有起來。法蘭西從床上跳起，她到門前時歌聲已經結束了。開門的時候爸爸靜靜地站在那裡，手裡拿著帽子，眼睛直直地看著前面，目光越過法蘭西的頭頂。

「你贏了，爸爸。」她說。

「是嗎？」他問。他沒有看她，走進了屋子。

「你先把歌唱完了。」

「也是，我猜我唱完了。」他坐到窗戶邊的椅子上。

「爸爸……」

「把燈關了，回去睡覺吧！」（他回來之前燈一直點著，只是燈火調到最低。）她把燈關了。

「爸爸，你有沒有……生病？」

「沒有，我沒有醉。」他在黑暗之中清晰地說。法蘭西知道他說的是真話。

她回到床上，把頭埋進枕頭。不知怎地，她哭了。

35

又到了耶誕節的前一週。法蘭西剛過十四歲生日，尼力呢，用他自己的話來說，隨時都會滿十三歲。這年耶誕節的情況不妙，強尼好像不大對勁。他不喝酒了，當然，過去強尼也有不喝醉的時候，不過那是他上班的時候。但現在他不喝酒了，也不工作了，可奇怪的是，他現在不喝酒，卻表現得像喝了酒一樣。

他大概兩個星期沒跟家人講話了，法蘭西記得爸爸最後一次跟自己講話，是他沒有喝醉酒，回來還唱著《莫莉．馬龍》最後一段那一回。回想起來，那天晚上之後，再也沒有聽到他唱歌，他進進出出都悶不作聲。晚上他在外面待到很晚，回家時也沒有醉酒，誰也不知道這些時候他都去了哪裡。他的手抖得很厲害，吃飯的時候連拿叉子都有困難。突然間，他蒼老了好多。

昨天大家吃晚飯的時候他回來了，他看著大家，似乎要說點什麼，可是終歸沒說，而是把眼睛閉上了一會，然後回到臥室。他的作息規律完全亂掉，白天、晚上，他不拘時間隨意進出；在家的時候也只是和衣躺在床上，眼睛閉著。

凱蒂一聲不吭。她身上有種不祥的預兆，好像體內藏著一個巨大的悲劇。她的臉瘦了下去，雙頰凹陷，可是她的身體卻比以前更豐滿。

耶誕前這一週她又接了另外一份工作。她起得比平時更早，飛快將公寓打掃好，下午很早就做完。她然後趕到格蘭街波蘭區那一端，到格爾靈百貨店裡繼續工作。她在那裡從四點做到七點，為那些女銷售員送咖啡和三明治。耶誕期間是旺季，生意繁忙，店裡不讓這些女孩出去吃晚飯。凱蒂這樣每天能多掙七毛五，這對一家人來說是雪中送炭。

快到七點了，尼力送完報紙回家，法蘭西也從圖書館回家了。屋子裡沒有生火，他們只能等媽媽回家，才有錢去買木柴。屋子裡很冷，孩子們都穿上了外套，戴上了毛帽。法蘭西看到媽媽在晾衣繩上掛了些衣服，她想收回來，可是衣服都凍得奇形怪狀，不好從窗戶拉進來。

「來，讓我來。」尼力說。他是要幫忙拿長睡衣，但長睡衣的褲腿叉開凍住了，尼力怎麼使勁也無濟於事。

「讓我把這混蛋褲腿打鬆。」法蘭西說。她狠命拍打著，那睡衣發出碎裂聲，終於鬆了下來。她拚命拉呀拉，她這時候的樣子很像凱蒂。

「法蘭西？」

「什麼？」

「你……你剛才說髒話了。」

「我知道。」

「上帝會聽到的。」

「哎呀，真見鬼。」

「是的，祂會聽到的。人的一言一行祂都知道。」

「尼力，你覺得祂會看顧我們這個又小又破的房子嗎？」

「當然會了。」

「尼力，你竟然真的相信！祂老人家太忙了，又要照顧小麻雀不讓牠們從天上掉下來，又要照顧花朵讓它們開出花來，哪裡有空管我們啊！」

「法蘭西，別這麼說。」

「我偏要這麼說。如果祂真像你說的，會挨家挨戶來看我們，那祂就該看到我們這裡都是什麼樣子。祂會看到我們在這裡挨餓受凍，也會看到媽媽沒有那麼好的身體做這麼多事情，祂會看到爸爸是什麼樣子，祂會改變他。沒錯，要是祂真的看顧我們，就該這樣做！」

「法蘭西……」尼力不安地環視屋子四周。法蘭西看到他是真的緊張便想：「我這麼大了，也不該再取笑他了。」結果她大聲說：「好吧，尼力。」於是他們說起別的事情，直到凱蒂回家。

凱蒂匆匆忙忙回到家中，帶回一捆她花了兩分錢買的木柴、一罐煉乳，還有袋子裝著的三根香蕉。她將紙和木頭塞進爐子裡，不一會兒就生起火來。「好了，孩子們，我想我們晚飯得吃燕麥了。」

「又吃燕麥？」法蘭西痛苦地低聲說。

「不會太差啊，我們還有煉乳，我還買了香蕉，可以切了放上面。」

「媽媽，」尼力說，「不要把我的燕麥和煉乳攪到一起。煉乳就放上面。」

「將香蕉切了，跟燕麥一起煮。」法蘭西提議。

「我想吃整根香蕉。」尼力提出反對的意見。

「我給你們每人一根香蕉，你們想怎麼吃就怎麼吃，好吧？」媽媽就這樣止息了紛爭。

燕麥做好後，凱蒂裝了兩大盤子，放在桌子上；在煉乳罐子上打了兩個洞，在兩個盤子邊上各放了一根香蕉。

「你不吃嗎，媽媽？」尼力問。

「我等會兒吃，我現在不餓。」凱蒂嘆了口氣。

法蘭西說：「媽媽，你要是不想吃飯就去彈鋼琴嘛，這樣我們就像在飯店裡吃飯一樣。」

「前屋很冷。」

「把油爐子點上。」孩子異口同聲地說。

「好吧！」媽媽從壁櫥裡拿出了個攜帶式油爐，「不過你們知道我彈得不好。」

「你彈得棒極了。」法蘭西誠心誠意地說。

凱蒂很高興。她跪下來將油爐點著，問：「你們希望我彈什麼呢？」

「《來吧，小葉子》。」法蘭西說。

「《美好春光歡迎你》。」尼力叫道。

「那我先彈《小葉子》吧！」媽媽決定，「因為我還欠法蘭西一個生日禮物。」她走進冰冷的前屋。

「我想把我的香蕉切了，放在燕麥上面。我會切得很薄，這樣就有很多香蕉片。」法蘭西說。

「我要整根吃，」尼力決定，「我會慢慢吃，這樣能吃很久。」

媽媽彈奏起法蘭西點的歌，這是莫爾頓先生在學校教孩子們唱的。法蘭西跟著音樂唱起來：

來吧，小葉子，風兒說。
跟我一起到草地，我們一起玩。
穿上你的紅衣金衣……

「得了，這是小孩子唱的歌。」尼力打斷她，法蘭西不唱了。等凱蒂把法蘭西點的歌彈完，開始彈奏魯賓斯坦的《F大調旋律》。莫爾頓先生也教了這歌，配的詞是《美好春光歡迎你》。尼力開始唱起來：

歡迎你，美好的春光，我們用歌聲歡迎你。

唱到「歌聲」這兩個字的高音時，尼力一下子走音唱成低音。法蘭西咯咯笑起來，尼力自己也跟著笑，笑到唱不下去。

「媽媽要是在這裡，你知道她會說什麼嗎？」法蘭西問。

「說什麼？」

「她會說：『說著說著春天就來了』。」兩個孩子都笑起來。

「耶誕節就快來了。」尼力說。

「你記得我們還是孩子的時候，」法蘭西說，她自己也剛剛過完十三歲，「是怎樣去聞耶誕節是不是快來的嗎？」

「我們看看現在還能不能聞得到。」尼力衝動地說。他將窗戶打開一條小縫，把鼻子湊過去。「還是能。」

「你聞到味道？」

「雪的氣味。記得我們還是小孩時，我們會抬頭朝天上喊：『小毛孩，小毛孩，抖點羽毛下地來』。」

「下雪的時候我們都認為是有個羽毛男孩在天上撒羽毛。讓我來聞聞。」她突然說道。她也把鼻子湊近縫隙：「是的，我能聞到，還有橘子皮和耶誕樹混雜的氣味。」他們把窗戶關上。

「那回你撒謊說自己是瑪麗，領走那洋娃娃，我一直都沒有出賣你。」

「是啊。」法蘭西感激地說，「但是那一回你用咖啡渣做香菸，紙著火燒了起來，掉到你襯衫上，燒了個大洞，我也沒有告發你啊！我還幫你把襯衫藏起來呢！」

「你知道，」尼力沉思了片刻說，「媽媽找到了那襯衫，在洞上縫了個補丁，也沒有問我是怎麼破的。」

「媽媽很有意思。」法蘭西說；兩人沉思了一會兒媽媽難以捉摸的行為。火苗漸漸熄滅，可是廚房裡仍然暖和。尼力坐在離爐子較遠的地方，那裡比較不燙。媽媽告訴過他坐在熱爐子上會長痔瘡，可是尼力也不在乎，他只想背後烤得暖暖的。

孩子們此刻幾乎可以說是幸福的。廚房裡暖暖的，他們肚子吃得飽飽的，媽媽在彈奏鋼琴，琴聲帶來無限平安和舒暢。他們回憶著過去的耶誕節，或者用法蘭西的話來說，他們在懷舊。

正說話的時候，有人捶起門來。「是爸爸。」法蘭西說。

「不是，爸爸上樓的時候一定會唱歌，好讓我們知道是他回來了。」

「尼力，爸爸自從那天晚上之後，就再也沒唱過歌了……」

「讓我進來！」強尼吼道。他死命捶門，彷彿要破門而入一般。媽媽從前屋跑過來，她那白皙的臉上，一雙眼睛顯得特別黑沉。她把門打開，強尼大步衝進來，大家瞪著他。他們從來沒有看過爸爸這副樣子，他總是整整齊齊的，可是現在，他的一身禮服就如同在水溝裡滾過一般，禮帽也癟得不成樣子。他沒有穿大衣，也沒有戴手套，凍紅的雙手顫抖不停。他衝到桌前。

「沒有，我沒有喝醉。」

「沒有人說……」凱蒂開口了。

「我現在終於不喝酒了。我討厭酒，我討厭酒，我討厭酒！」他捶打著桌子，他們知道他說的是實話。「那天晚上之後我就滴酒不沾……」他的聲音忽然低了下來，「可是沒有人相信我。沒有人……」

「好了，強尼。」媽媽安慰著他。

「怎麼了，爸爸？」法蘭西問。

「噓！別煩你爸爸了。」媽媽說。她又對強尼說：「還有早上剩的咖啡，還是熱的，還有牛奶可以加呢！我等著你回來一起吃飯呢！」她給他倒了咖啡。

「我們已經吃過了。」尼力說。

「別說話！」媽媽告訴他。她把牛奶倒進咖啡裡，坐在強尼對面：「喝吧，強尼，趁熱喝。」

強尼瞪著杯子。突然他把杯子一把推開，摔到地上；凱蒂倒吸了一口冷氣。強尼抱頭痛哭，凱蒂走到他身旁。

「怎麼了，強尼，出了什麼事？」她安慰地問。

他終於哭著說了出來：「他們今天把我從侍者工會趕出去了。他們說我是無賴、酒鬼，他們說這一輩子也不會再給我事情做了。」他停止了啜泣，然後又用恐懼的聲音說：「一輩子！」他又痛哭起來，「他們要我把工會的徽章交回去。」他把手放在外套翻領上那枚小小的、綠白相間的徽章上。法蘭西的嗓子噎住了，她想起爸爸一直像別著一朵玫瑰一樣，把這徽章別在領子上；他一直對自己工會成員的身分十分自豪。「不過，我不會放棄的。」他哽咽著說。

「沒關係的，強尼。你好好休息一陣，不久就會復原，他們會樂意讓你回去的。你是個優秀的侍者，也是他們最好的歌手。」

「我現在不行了，我唱不了了，凱蒂，我唱歌的時候他們就發笑。我上幾回的工作，他們是請我去逗人發笑的。都到這個地步了，我完蛋了。」他大哭起來，哭得好像永遠也停不下來。

法蘭西想跑到臥室，把頭埋到枕頭下。她慢慢溜到門口，媽媽看到了。

「待在這兒別走！」她尖著嗓子叫住法蘭西。凱蒂接著又跟強尼繼續說：「好了，強尼，你休息一陣子，感覺就會好一點的。油爐還點著呢，我拿到臥室來，裡頭就會又舒服又暖和。我陪著你，直到你睡著。」她伸手擁抱著他。輕輕地，他將她的手推開，獨自走進臥室，仍然在低低啜泣。凱蒂跟孩子們說：「我去陪爸爸一會兒，你們繼續聊天，或是繼續做你們剛才做的事情。」孩子們愣愣地看著她。「你們這樣看著我幹嘛？」她的嗓音變了，「沒事的。」他們把頭扭向一邊。凱蒂走到前屋去拿油爐。

法蘭西和尼力好久沒有對望。最後，尼力終於說：「要不要聊一聊過去呢？」

「不要了。」法蘭西說。

36

三天後，強尼去世了。

那一天晚上，他上了床，凱蒂坐在他身邊陪著，直到他睡著。後來她去和法蘭西睡，以免吵著他。晚上不知什麼時候，他爬起來，默默穿好衣服，走了出去；第二天晚上他沒有回來。接下來的那天大家開始找他，他們四處找，把他平常去的地方都找遍了，但那些地方的人都說強尼已經一個星期沒有來了。

次日晚上，麥克尚恩把凱蒂帶到附近的一間天主教醫院。路上，他盡量用安慰的口氣把強尼的情況告訴她。強尼那日凌晨被人發現，當時他蜷縮在一戶人家的門口，員警發現的時候他已經不省人事。他的禮服都扣了起來，遮住內衣，員警看到他脖子上掛著聖安東尼像，便叫來了天主教醫院的救護車。他身上沒有任何證明身分的文件，後來員警在警局裡報告時，描述了昏迷者的樣貌。麥克尚恩例行檢查報告時無意中看到了這些描述，第六感告訴他這人是誰。他跑到醫院一看，發現果然是強尼．諾蘭。

凱蒂到醫院的時候強尼還活著。他得了肺炎，醫生告訴她，沒有救活的機會了，他只能再活幾個小時，他已經到了瀕臨死亡的昏迷階段。他們帶著凱蒂去看他，病房長長的，像走廊一般，病房裡還有其他五十來張病床。凱蒂謝過麥克尚恩警官，然後與他道別。麥克尚恩知道她要和強尼獨處，便識趣地離開。

一面充滿死亡意味的簾子圍在強尼的病床四周。他們拿來一把椅子讓凱蒂坐；凱蒂在那兒坐了一整天，看著強尼。強尼的呼吸沉重，臉上有淚痕。凱蒂一直待在那裡，直到他斷氣。強尼一直沒有睜開眼睛，沒給老婆留下一句話。

凱蒂回家的時候天已經黑了。她決定天亮再告訴孩子。「他都走了，讓他們睡一宿好覺吧。」她想，「再無憂無慮地睡一晚上。」她只是告訴孩子們父親病重，進了醫院，再沒說別的話。她看上去有些異樣，孩子們也不敢多問。

天亮的時候法蘭西醒了，看到媽媽坐在尼力床邊。她的眼圈發黑，似乎在那兒坐了整整一晚。她看到法蘭西醒來，便叫她立刻起床，穿好衣服。接著她把尼力搖醒，同樣輕聲告訴他起床穿衣。她自己則走進廚房。

臥室裡又陰又冷，法蘭西穿衣服的時候凍得直打顫。她等尼力，不想一個人去見媽媽。凱蒂坐在窗戶邊，他們走過去等媽媽開口。

「你們的父親去世了。」她告訴他們。

法蘭西麻木地站在那裡，既不感到驚訝，也不感到悲痛。她什麼感覺也沒有。媽媽說的話似乎沒有一點意義。

「你們不要為他哭。」她下令說，接下來的話也很荒謬，「他現在解脫了，或許比我們都還要幸運。」

醫院有個護理員收一個殯葬店老闆的回扣，強尼一死，他立刻向殯葬店老闆通報消息。這名精明的殯葬店老闆比其他同行棋高一招：別人等生意上門，他則是追著生意跑。

一大早，這名殯葬店老闆就來找凱蒂了：「諾蘭夫人，」他偷偷看了一眼護理員給的紙條後說道——那紙條上寫著凱蒂的姓名和住址。「我對您的喪親之痛深表同情。我只能這麼和您說：您現在的遭遇，我們以後也都要經歷。」

「您要什麼？」凱蒂開門見山地問。

「想成為您的朋友。」不等她誤解他便又匆匆接著說，「關於這個……這個……」他又匆匆看了一眼手裡的紙條，「關於諾蘭先生的遺體，我請您把我當成您的朋友，一個提供安慰的朋友……值此……會給您……這麼說吧，我的意思是請您把一切交給我來辦。」

凱蒂明白了，問：「我想一切從簡，請問要多少錢？」

「關於錢多錢少您就不用操心了。」他顧左右而言他，「我會把葬禮辦得好好的。我對諾蘭先生崇敬有加，崇敬有加。」（他其實根本不認識諾蘭先生。）「我一定會辦到最好，此事包在我身上，錢您不要擔心。」

「我是不用擔心，反正我也沒錢。」

他舔了舔嘴唇：「當然，除了保險的理賠之外。」他這句話是個問句，而非陳述。

「保險是有的，只有一點。」

「啊！」那人高興地直搓手，「那我就能幫上忙了。保險的理賠過程很複雜，要過很久才能拿到錢，您不如就讓我來接手此事好了，我還不另收錢呢！您在這裡簽個字就好。」他迅速從口袋裡拿出一張紙來，「保險的事情就交給我好了。葬禮的錢我先自己墊上，收到保險錢就從裡面拿出來抵扣。」

所有的殯葬店都提供這項「服務」，這是他們的一個小手段，要先確認保險能賠償多少錢，知道金額後，他們會把葬禮的費用控制在理賠金額的百分之八十，得留下一點錢給死者家屬買喪服，這樣大家才能皆大歡喜。

凱蒂拿出了保單，放在桌上。殯葬店老闆那久經磨練的眼睛掃了一下，就看出了保險金額：兩百塊。不過，他還是裝出沒看保單的樣子。凱蒂簽字的時候，他說了一些其他的事情，最後，似乎是要下結論似的說：「告訴您我會怎麼做吧，諾蘭夫人。我會為死者風光大葬的，用四輛馬車和鎳把手的棺材，只收您一百七十五；平時我收兩百塊的，我不賺您一分錢。」

「那你幹嘛接這生意？」凱蒂問。

這話並沒有打退他：「這樣做嘛，是因為我喜歡諾蘭先生。他人多好啊！又那麼勤快。」他留意到凱蒂臉上露出驚訝的表情。

「我不知道。」她猶豫說，「一百七十五……」

「這還包括彌撒的費用。」他又匆匆補充說。

「那好吧。」凱蒂悶悶地說了聲，她也不想為這事繼續和他爭了。

殯葬店老闆拿起保單，假裝第一次看到金額的樣子。「您看！這裡是兩百塊呢！」他用誇張的口氣說，「也就是說，葬禮完了之後您還有二十五塊錢。」他把雙腿伸直，伸手到口袋裡去掏。「我總是說啊，在這種艱難的時候，手頭有點現錢總是好的……其實要我說的話，平時有些現錢在腰包裡總不是壞事。」他裝出一副善解人意的樣子笑說，「這樣吧，我先自己掏腰包，給您提前支付二十五塊。」他拿出二十五塊錢的現鈔放在桌子上。

凱蒂謝過他。他可不是在愚弄她，她也沒去和他爭辯。她知道事情就是這樣子，那人不過是做生意而已。那人後來又叫凱蒂找負責的醫生開死亡證明，「記住提醒他們，我會來處理屍……遺……我是說我會來帶諾蘭先生走的。」

凱蒂回到醫院，被人帶進了醫生辦公室。教區的神父也在，正在費力地回想相關資訊，好讓醫生填寫死亡證明。看到凱蒂來了，神父在胸前畫了個象徵祝福的十字，然後和她握手。

「我知道得也不多，具體情況你問諾蘭夫人。」神父說。

醫生例行公事地問了些問題：強尼的全名、出生地、生日，等等。最後，凱蒂問了他一個問題：「你證明裡寫的是什麼？我是說，他的死因是什麼？」

「過度酗酒和肺炎。」

「聽說他是死於肺炎的。」

炎就好了。」

「這是直接原因，但酗酒才是根本原因。說句實在的，這或許是最主要的原因。」

「我不希望你寫這個。」凱蒂慢條斯理卻又語氣堅定地說，「你不要寫他死於飲酒過度，寫他死於肺炎就好了。」

「夫人，我必須實話實說啊！」

「他人都死了，他的死因是什麼對你又有什麼影響？」

「法律規定……」

「聽著，」凱蒂說，「我有兩個很不錯的孩子，都在長大，有朝一日還會很有出息。他們的父親這樣……死於你說的原因，這可不是他們的錯。如果你只說他死於肺炎，那就算是幫了我大忙了。」

神父也插手了：「醫生，就這麼做吧！」他說，「這種事情對別人有利，又不傷害自己啊！這個可憐的傢伙都不在了，你計較什麼呢？就寫肺炎吧，這又不是撒謊。這位女士以後都會為你禱告的。再說，」他又說了句很現實的話，「你真的在乎他的死因嗎？」

突然間，醫生想到了兩件事：第一，神父是醫院董事會的成員；第二，他想當這家醫院的主任醫師。

「好吧！」他讓步了，「我就這麼寫吧！不過，這事可別跟別人講。神父，我這可是看您的面子啊！」他在「死因」後的空白處寫下「肺炎」。

就這樣，沒有任何文字記錄說明約翰・諾蘭死時是個酒鬼。

凱蒂用那二十五塊買了喪服；她給尼力買了一身嶄新的黑長褲西裝。尼力對這套新衣百感交集，他驕傲、快樂，但又痛苦。凱蒂自己買了一頂新的黑帽子，還根據布魯克林的習慣，買了三英尺長的寡婦面紗。法蘭西有了新鞋，她早就該換新鞋了。凱蒂沒幫法蘭西買黑色外套，因為法蘭西長得快，今年買的衣服到了明年冬天就不能穿了。媽媽說法蘭西可以穿她的舊大衣，袖子上圍上一個黑袖章就可以。法蘭西很高興，因為她本來就討厭黑色，正擔心媽媽讓自己穿上一身黑色喪服。買完這些之後還剩下一點點錢，他們便把錢存進存錢筒。

殯葬店老闆又來了，說強尼已經安置在殯儀館，打扮得體體面面，晚上就可以送回家。凱蒂直截了當告訴他不要把這些細節告訴孩子。

這時候一個重大打擊來了。

「諾蘭夫人，你得把地契給我。」

「什麼地契？」

「墓地啊！我得有地契，不然挖不了墓啊！」

「我還以為一百七十五塊就全包了。」

「不不不！我都已經給您打折了，光是棺材就花了我……」

「我不喜歡你。」凱蒂還是用她那種毫不拐彎抹角的方式說話，「我不喜歡你們做生意的方式，可是呢，」她又用那種出奇的超脫口氣說，「有人死，就得有人去埋。墓地要多少錢？」

「二十塊。」

「我的老天，我上哪兒去弄這……」她話沒說完就打住了，「法蘭西，拿螺絲起子去。」

他們撬開了存錢筒，裡面有十八塊兩毛錢。

「不夠啊！」殯葬店老闆說，「不過剩下的就我出吧！」他伸手來拿錢。

「錢我會湊齊。」凱蒂說，「不過，地契不到手，錢我不會給。」

那人又是爭又是吵，最後還是走了，說他會把地契拿來。媽媽讓法蘭西去西西家借兩塊錢。殯葬店老闆拿著地契回來了，凱蒂想起了她媽媽十四年前說過的話，便將地契從頭到尾細細看過，還讓法蘭西和尼力也看了一遍。殯葬店老闆先是一隻腳單腳站著，然後又換了隻腳。等諾蘭家三口人全部看完，確認地契無誤後，凱蒂才將錢交給他。

「諾蘭夫人，我幹嘛騙您呢？」他一邊小心地把錢收好一邊可憐巴巴地說。

「世上的人幹嘛要騙人？」凱蒂回答，「可是騙人的人還不是照騙不誤。」

錫製的存錢筒放在桌子中間。存錢筒用了十四年之久了，邊上的錫條都破爛了。

「要不要我釘回去，媽媽？」法蘭西問。

「不用了。」媽媽慢慢說道，「我們不需要了。你看，我們有塊地了。」她將摺好的地契放在破爛的星形錫罐上頭。

棺材抬進前屋的時候法蘭西和尼力一直在廚房裡；他們甚至在廚房裡睡覺，他們不想看到爸爸躺在棺材裡的模樣。凱蒂似乎也能理解，不強迫孩子去看他們的父親。

屋子裡擺滿了鮮花。侍者工會在強尼死前不到一個星期才將他掃地出門，這回卻送來了一大捧白色康乃馨，像個大枕頭一般，上面斜拉著一根紫色絲帶，上有用燙金字寫著「我們的好兄弟」。轄區的員警也來了，為紀念諾蘭家抓到謀殺犯的功勞，送來了一個插成十字架形狀的紅玫瑰花束；麥克尚恩警官個人也送來了一束百合花。強尼的媽媽、羅姆利一家和一些鄰居也送了花，強尼還有幾十個朋友也送來了花，有的人凱蒂聽都沒有聽說過。酒吧老闆麥克加洛迪也送了一個人造月桂樹葉做的花圈，艾薇看了隨花圈送來的卡片後說：「我要把這東西扔進垃圾桶裡。」

「不用，」凱蒂輕聲說，「我也不怪麥克加洛迪先生。又沒有人逼強尼去那兒。」

（強尼死的時候還欠麥克加洛迪三十八塊錢，不知什麼原因，這個酒館老闆對凱蒂隻字不提，私下把帳銷了。）

玫瑰、百合、康乃馨的香味混雜在一起，濃得讓人噁心。自此之後法蘭西對這些花深惡痛絕，可是凱蒂很欣慰大家這麼想念強尼。

給強尼棺材上蓋之前，凱蒂走進廚房到孩子們面前，她把手搭在法蘭西肩膀上，輕聲說：「我聽到鄰居們在說閒話，說你們嫌棄父親，不願意去見他最後一面。」

「他是個好父親！」法蘭西憤怒地說。

「是的，他是好父親。」她等著，讓孩子們自己決定。

「來吧，尼力。」法蘭西說，兩個孩子手牽著手一起去看父親。尼力匆匆看了一眼，他害怕他會哭出來，便一下跑出屋外；法蘭西站在那裡，眼睛看著地上，不敢看爸爸。最後，她終於抬眼望去。她無法相信父親已經去世，他還是穿著那身禮服，但禮服已經洗淨燙好；他還穿上了假襯衣和紙領子，還有精心打好的領結。他的外套翻領上別了朵康乃馨，在康乃馨上面，別著他的工會徽章。他的頭髮依舊閃亮、金黃、鬈曲，全和以前一樣。有一束頭髮沒有梳齊整，落在他的前額上。他的眼睛閉著，彷彿半醒半睡。他看起來又年輕又英俊，養尊處優的樣子。法蘭西第一次注意到爸爸眉毛的曲線多麼完美，他的小鬍子也修過了，還是那麼文雅迷人。所有的痛苦、哀愁和悲傷都不再出現在他臉上；這臉乾乾淨淨的，看起來像個大男孩。強尼死時三十四歲，可是他的遺容比實際上更年輕，就像二十剛過的小夥子。法蘭西看著他的手，那手輕鬆地交叉在一起，放在一個銀十字架上。他的右手無名指上有一圈白色皮膚，那地方以前戴著凱蒂結婚時給他買的圖章戒指（凱蒂把戒指取下來了，準備等尼力成年時給他。）記憶中爸爸的手總是發抖，現在看到它們這麼安靜，法蘭西反而覺得有些奇怪。在修長的手指襯托下，爸爸那手顯得窄小而優美。法蘭西盯著手看，似乎看到它們在動。她突然驚慌起來，想跑開，可是屋子裡很多人在看著她，他們會說她之所以跑開，是因為……不，他是好父親。他是！他是！她把手放到他的頭髮上，將那一束落下的鬈髮拂回原位。西西姨媽走了過來，伸手摟住她，低聲說：「是時候了。」法蘭西退到媽媽身邊，看著人們將棺材蓋闔上。

彌撒時，法蘭西和尼力分別跪在媽媽兩邊，法蘭西低頭看著地上，這樣她就不用看著棺材。棺材放在祭壇前的架子上，上面擺滿鮮花。法蘭西偷偷看了媽媽一眼，發現媽媽眼睛直視前方，在那寡婦面紗下，她的臉白皙、沉靜。

神父走下來，在棺材的四周繞，在棺材的四個角上灑聖水。走道對面有個女子放聲大哭，即便在這時候，凱蒂醋意仍然不減，占有欲仍然那麼旺盛。她扭頭去看，想看看是哪個女人這麼放肆，敢為強尼這麼大哭。她好好看了一眼那女人，然後把頭轉回來。她的思緒紛亂，如風中的紙屑。

「希爾蒂・歐黛兒看起來真老。」她心想，「那黃頭髮上似乎撒了粉似的，不過她也不比我大多少啊……現在應該三十二、三歲吧！我十七那年她十八。你走你的路，我走我的路吧！你的意思是說你走她的路吧」！希爾蒂，希爾蒂……凱蒂・羅姆利，他是我男友……希爾蒂……希爾蒂……不過她是我最好的朋友……我不是什麼好男人，不該給你錯誤的期待……你走你的……希爾蒂，希爾蒂。就讓她哭吧！」凱蒂想，「讓愛強尼的人為他哭吧！我還哭不出來呢！讓她……」

凱蒂、強尼的媽媽、法蘭西和尼力同乘一輛馬車，緊跟在靈車後面。孩子們背對著車夫，法蘭西很高興她不用看著送葬隊伍最前面的靈車。她看到了後頭跟著的馬車，艾薇姨媽和西西姨媽兩個人坐在馬車裡；她們的丈夫都在上班，不能來，瑪麗・羅姆利外婆則留在家幫西西看孩子。法蘭西很希望她也能坐在那輛馬車裡。露西・諾蘭一路走一路哀哭，凱蒂則像塊石頭一樣，文風不動、無聲無息。馬車是封閉的，裡面有發潮的草料氣味混雜著腐臭的馬糞味。那氣味、那擁擠、那反向坐著的奇怪感受，還有當時的緊張相互交織，讓法蘭西感覺到一陣從未有過的噁心。

墓地有個深坑，邊上放著個模樣尋常的木盒子。送葬的人將布遮蓋著的棺材連同棺材上閃亮的把手放進木盒子裡。他們將棺材放下去的時候，法蘭西眼睛躲開不去看。

這一天天氣陰沉，寒風凜冽。法蘭西的腳邊不時有凍住的灰塵在打轉。不遠處有個才一週左右的新墓，有幾個男人在將花架子上凋謝的花拆下。他們拆得很仔細，將枯花堆成整整齊齊的一小堆，將花架子整整齊齊地擺在一起。他們這也是正當生意，做這件事還要向墓地管理官員付費。拆卸後的花架子他們賣給花店，花店會回收使用。沒有人抱怨他們這麼做，畢竟拆花的人也敬業，會等到花完全凋謝後才來拆。

有人塞了一把冷潮的泥土到法蘭西手裡。她看到媽媽和尼力在墓邊，將手裡的土撒下去。法蘭西慢慢走到墓穴邊，閉上眼睛，慢慢把手張開。一會兒，她就聽到了泥土掉落的沉悶聲音，那噁心感又來了。

葬禮之後馬車分道揚鑣，把每個送葬人帶回各自的家。露西．諾蘭和幾個住在附近的送葬人一起走了，她甚至沒有道別；整個葬禮過程中，她堅決不和凱蒂以及孩子們說話。西西姨媽和艾薇姨媽與凱蒂、法蘭西、尼力上了同一輛馬車，馬車裡坐不下五個人，法蘭西於是坐在艾薇的膝蓋上。回家路上大家都沉默著，艾薇姨媽想逗大家開心，便說起威利和他新馬的故事，可是沒有人聽，沒有人笑。

快到家時，媽媽叫車夫把馬車停在附近街角的理髮店前。

「進去！」她告訴法蘭西，「去把爸爸的杯子拿回來。」

法蘭西不知道她是什麼意思。「什麼杯子？」她問。

「你就說要他的杯子。」

法蘭西走了進去。裡面有兩個理髮師，卻一個顧客都沒有。一排椅子靠著牆，其中一把上坐著個理髮師，左腳搭在右腳膝蓋上，懷裡抱著一把曼陀林，在彈著《我的太陽》。法蘭西知道這首歌曲，莫爾頓先生曾經教過他們，說歌名叫《陽光》。另外一個理髮師坐在一張理髮椅上，照著一面長鏡子。看到小女孩過來，他從椅子上下來。

「什麼事？」他問。

「我要我父親的杯子。」

「什麼名字？」

「約翰・諾蘭。」

「對了，知道。太糟糕了。」他嘆了口氣，從架子上拿下一個杯子。這是個厚厚的白色杯子，上面有「約翰・諾蘭」的燙金花體字。杯子底有塊用得差不多的白肥皂，還有一把破爛的刷子。那理髮師把肥皂摳出來，將它和刷子都放到一個沒有寫名字的杯子裡，然後將強尼的杯子洗好。

法蘭西邊等邊四處張望。她從來沒有進過理髮店，店裡有肥皂、乾淨毛巾和月桂油的氣味。屋子裡還有個煤氣爐子在嘶嘶燒著，那聲音很溫馨。那理髮師已經把歌曲彈完了，接著又從頭彈起。在暖暖的理髮店裡，曼陀林的聲音很清脆，也很憂傷。法蘭西在心裡唱著莫爾頓老師教的歌詞：

啊，親愛的，這一切何等美好，
陽光啊如此燦爛。
風暴終於過去，
天空澄淨碧藍。

每個人都有自己不為人知的一面，法蘭西心想。爸爸從來沒有提過這理髮店，可是他每週來這裡刮鬍子修面三次。強尼凡事追求盡善盡美，學有錢人家還帶來自己的杯子。他不用普通杯子裡的肥皂泡沫來刮鬍子，不，這樣不符合強尼的風格。他每週來這裡三次——只要他有錢——他會坐在椅子上，照著鏡子，和理髮師天南地北地聊天，說布魯克林今年球隊的表現，說民主黨人勝算幾何，諸如此類。或許，理髮師彈奏曼陀林的時候他還跟著唱呢！是的，法蘭西確定他在這裡唱過歌，歌唱對強尼來說比呼吸還自然。法蘭西還想，那椅子上放著的《員警公報》不知道爸爸等候的時候是否看過呢？

理髮師把洗好、擦乾的杯子交給法蘭西。「強尼．諾蘭是個好人啊！」他說，「告訴你媽媽，說是我，他的理髮師說的。」

「謝謝。」法蘭西懷著感激低聲說道。她走了出去，在憂傷的曼陀林聲中把門帶上。

回到馬車上，她拿出杯子給媽媽。「這是給你的，」媽媽說，「爸爸的圖章戒指給尼力。」法蘭西看著爸爸燙金的名字，低低說了聲「謝謝」。五分鐘不到，這是她第二次道謝了。

強尼在世三十四年；不到一個星期前，他還在這樣的街道上行走。如今，除了那杯子、那戒指、那兩條未曾熨燙的侍者圍裙，他沒有留下任何東西可證明他在人世間走過這一遭。他沒留下什麼遺物，因為他穿著自己所有的衣服下葬，帶走了他的裝飾鈕釦，和那十四K金的衣領釦子。

回到家裡，他們發現鄰居已經來過，將屋子收拾好了。前屋的家具都放回了原位，凋謝的花朵和葉子都被掃了出去。大家把窗戶打開，讓屋子透透氣。鄰居還帶了煤過來，在廚房爐子裡生了火。他們還在桌子上鋪上了白色桌布，婷莫爾姊妹帶來了自己烘烤的蛋糕，切好放在盤子裡；小絲．嘉迪斯和她媽媽帶來了很多切好的大臘腸，堆了整整兩盤子；廚房裡還有一大籃子現切的黑麥麵包；咖啡杯也放好在桌上了，爐子上有一壺暖暖的咖啡；還有人在桌子中間放了一大瓶真正的奶油。他們趁諾蘭家不在家的時候做好了這些，然後離開，把門鎖上，把鑰匙放回門口的墊子下。

西西姨媽、艾薇、媽媽、法蘭西和尼力坐在桌邊，艾薇姨媽倒了咖啡，凱蒂盯著自己的杯子看了很久。她想起最後一回和強尼坐在桌子前的情形，她像強尼一樣，伸出手臂將杯子推走，然後趴在桌子上，不顧形象地號啕大哭起來。西西伸手過去擁抱著她，用她那輕柔、寬慰的聲音說：「凱蒂，凱蒂，別再這麼哭了。再這麼哭，孩子生下來會是個苦命的孩子。」

37

葬禮次日，凱蒂在床上躺了一天。法蘭西和尼力不知所措，愣愣地在屋子裡晃來晃去。快到傍晚的時候凱蒂下了床，做了些晚飯。吃完後，她讓孩子們出去走一走，透透氣。

法蘭西和尼力沿著格雷安大道向百老匯走去。外頭陰冷、安靜，不過倒還沒有下雪。街上空空如也，耶誕節已經過了三天，別家的孩子都在家裡玩他們的新玩具。街燈的燈光慘白，一陣從海面上吹來的刺骨寒風貼著地面吹來，將一些骯髒的紙屑吹得在水溝邊打轉。

法蘭西和尼力的童年就在過去這幾天結束了，耶誕節不經意地溜走，他們的父親在那天死去。尼力的十三歲生日似乎也在過去這幾天丟了，不知丟到了什麼地方。

他們到了一個玥亮的歌舞劇院牆壁前，兩個孩子都會閱讀，而且見到什麼都讀，所以他們停下來，不由自主地看起這一週的表演節目單。在第六個節目下，寫著一個大大的通知：「下週特別節目！情歌王錢西．奧斯本光臨本劇院！千萬不可錯過！」

情歌王……情歌王……

父親死後法蘭西沒有流過一滴眼淚，尼力也沒有。現在，法蘭西覺得自己所有的眼淚在喉嚨裡凍住，結成一塊，漸漸擴大……擴大。她覺得，若喉中這塊東西再不趕緊融化，變回眼淚，她會死掉的。她看了一眼尼力，看到尼力在流淚，她的眼淚一下子就跟著潰堤。

他們走到一條偏僻的小街，坐在人行道邊上，腳踩在水溝裡。尼力雖然在哭，還是不忘在人行道上墊了塊手帕才坐上去，以免把新褲子弄髒。他們倆又冷又孤單，緊緊靠在一起，坐在這淒冷的街上，不聲不響地哭了好久。最後，他們覺得無淚可流了便說起話來。

「尼力，爸爸為什麼要死？」

「我想是上帝想要他死吧。」

「為什麼？」

「或許是懲罰他吧！」

「為什麼要懲罰他呀？」

「我也不知道。」尼力悲悽地說。

「你相信是上帝讓爸爸來到這個人世的嗎？」

「相信。」

「那麼祂也想讓爸爸活的，不是嗎？」

「我想是吧！」

「那麼為什麼又讓他這麼早死？」

「或許是要懲罰他吧！」尼力又重複了一次這個回答，他也不知道該回答什麼別的。

「這樣有什麼用呢？爸爸都死了，哪裡知道什麼懲罰不懲罰。上帝把爸爸造成這個樣子，然後自言自語說：『我看你能怎樣。』我敢打賭祂這麼說過。」

「或許你不該這樣說上帝。」尼力憂心忡忡地說。

「人人都說上帝多偉大，」法蘭西輕蔑地說，「說祂無所不知、無所不能。要是祂真這麼偉大，為什麼不幫助爸爸，反而像你說的那樣懲罰他呢？」

「我是說**或許**啊！」

「如果上帝掌管全世界，」法蘭西說，「管天管地，管日月星辰，管花草樹木，管飛禽走獸，還管全人類，你不覺得祂太忙，有太多事情，不會有時間來懲罰爸爸這樣的人嗎？」

「我想你不該這麼說上帝，」尼力不安地說，「搞不好祂會打雷把你劈死。」

「那就來吧！」法蘭西憤怒地喊著，「就在這兒，在這水溝裡，把我劈死吧！」

他們戰戰兢兢地等著，可是什麼也沒有發生。法蘭西再次說話時，語氣平靜了許多：「我相信我主耶穌基督和祂的母親聖母瑪利亞。耶穌過去也是個活生生的嬰兒，夏天的時候也和我們一樣光腳走路；我看過祂的一張畫像，看到祂有穿鞋。祂成人之後也釣過魚，和爸爸釣魚那次一樣。人們能傷害耶穌，但是傷害不了上帝。耶穌不會四處去懲罰人，祂太了解人了，所以我永遠相信耶穌基督。」

和天主教徒一樣，提到耶穌名字的時候他們會畫個十字。然後法蘭西把手放在尼力的膝蓋上，低聲說：「尼力，這話除了你我誰都不會說，我不相信上帝了。」

「我想回家。」尼力說，他渾身都在發抖。

凱蒂為他們開門的時候，看到他們面容雖然疲倦，卻很平靜。「看來是哭一哭發洩過了。」她心想。

法蘭西看了一眼媽媽，然後迅速把眼睛轉開。「我們不在家的時候，」她想，「她一定把眼淚都哭乾了。」可是他們三個人一個都沒提到哭泣。

「我想你們回家的時候應該都凍僵了，」媽媽說，「所以我幫你們準備了一個溫暖的驚喜。」

「是什麼？」尼力問。

「看到就知道了。」

這驚喜原來是「熱巧克力」。熱巧克力其實是用可可粉和煉乳拌水，攪一攪煮出來的。凱蒂將這又濃又稠的飲料倒進杯子。「還不只呢！」她又補充道。她從圍裙口袋的一個紙袋子裡拿出三塊棉花糖來，每個杯子裡放了一塊。

「媽媽！」孩子們異口同聲、興奮異常地叫了起來。「熱巧克力」是特別又特別的東西，一般只有過生日的時候才喝得到。

「媽媽真了不得。」法蘭西心想。她用湯匙裝著棉花糖往熱巧克力裡放，看著它融化，變成白色圈圈浮在黑巧克力上。「她知道我們哭過了，可是什麼也沒問。媽媽從來不……」她突然想到了一個很貼切的詞語：「媽媽從來不笨手笨腳。」

是啊！凱蒂從不笨手笨腳。她那雙手美麗而粗糙，可是做起事情穩穩當當，不管是把碎掉的花朵丟進水裡，還是擰擦地的抹布（右手和左手同時行動，右手向裡擰，左手向外擰），她都是那麼俐落。她說話的時候，也是有一說一，一語中的，從不拐彎抹角；她的思維果斷而直接。

媽媽說著：「尼力大了，不適合再跟姊姊睡一間房間，所以我把你……」她稍作停頓，然後又接著說，「把你爸爸和我的房間整理了一下，現在是尼力的臥室了。」

尼力的眼睛猛地向媽媽看過去。他自己的房間！真是夢想成真，好事成雙啊！新長褲、自己的房間……可是他的眼神隨即又悲傷起來：他想到了這些東西是怎麼來的。

「我和你合用一個房間，法蘭西。」凱蒂出自本能地用了點心思，沒說：「你和我合用我的房間。」

「我也想要有自己的房間啊！」法蘭西心裡湧出嫉妒，「不過我想這也沒有辦法，畢竟只有兩個房間，他總不能和媽媽一起睡。」

凱蒂也猜出了法蘭西的想法，便說：「如果天暖了，法蘭西就可以去前屋睡。我們把她的床搬過去，白天放個好床罩在上面，就好像是個私人小客廳一般。怎麼樣，法蘭西？」

「好的，媽媽。」

過了一會兒，媽媽又說：「這幾天我們沒有讀書，現在我們重新再來吧！」

「看來一切要照舊了。」法蘭西心想。她有些吃驚，但還是把聖經從壁爐上方拿下來。

「既然，」媽媽又說，「今年我們錯過了耶誕節，我們就把這章節跳過去，直接看耶穌誕生那章吧！我們繼續讀，你先來，法蘭西。」

法蘭西開始讀起來。

……他們在那裡的時候，瑪利亞的產期到了。她生下她第一個兒子，用布包起來，放在馬槽裡，因為旅店裡沒有地方。❶

凱蒂長嘆了一聲。法蘭西停下，疑惑地抬頭看向媽媽。媽媽說：「沒事，你接著讀。」

「是的，沒事。」凱蒂心想，「這時候該胎動了。」那個未出生的孩子在她肚子裡微微動了一下。「是不是他知道又有了這個孩子，」她又在默默想著，「才終於下定決心戒酒？」那一晚，她低聲跟他說她又懷孕了，他是不是在知道之後才有那些改變？是不是因為他知道了這些，才想改頭換面重新做人？強尼……強尼……」她又長嘆了一聲。

他們接著讀，輪流讀，他們一面讀著耶穌誕生的故事，一面想著強尼的死，可是大家心照不宣，誰都沒說出自己的想法。

孩子們要上床前，凱蒂做了個很不同尋常的舉動。之所以說不尋常，是因為她素來不是感情外露的人，但這天晚上她卻把孩子們一個個抱到懷裡，吻著他們的臉，向他們道晚安。「從現在開始，」她說，「我不只是你們的媽媽，也是你們的爸爸。」

❶〈路加福音〉2:6-7。

38

耶誕假期結束前，法蘭西告訴媽媽她要輟學。

「你不是喜歡上學嗎？」媽媽問。

「是啊，我是很喜歡，不過我都十四歲了，很容易拿到工作證。」

「你為什麼想去工作？」

「補貼家用啊！」

「不用了，法蘭西，我想你還是回去上學吧，好歹念到畢業，不過剩幾個月時間，一晃眼就到了，到了暑假再辦工作證也不遲；或許尼力也一起辦。不過到了秋天，你們都得給我去上高中，所以還是別再想工作證這些事吧！繼續回去上你們的學。」

「不過，媽媽，我們現在這樣怎能挨到夏天？」

「會有辦法的。」

凱蒂說得輕鬆，內心卻毫無想法。這個時候，她對強尼的思念無以復加。強尼生前雖然沒有固定工作，可是到了星期六、星期天，偶爾還是能找到事做，賺個三、兩塊錢。要是日子實在太緊，強尼也有辦法提振精神，幫一家人度過難關。可是現在沒有強尼了。

凱蒂開始盤算起來：只要她能幫忙打掃三間出租公寓的清潔，房租就有著落了；尼力每週送報紙有一塊五的進帳，這錢足夠買煤禦寒，如果他們只在晚上生火的話。不過等等！每週還得從中拿出兩毛錢繳保險呢（凱蒂每週的保險費是一毛錢，孩子是每人五分錢）！少燒點煤，早點上床，大概就能解決這個問題。衣服？想也不用想，幸虧法蘭西買了新鞋，尼力也買了一套西裝。最大的問題是食物，或許麥克加洛迪太太願意重新讓她去洗衣，那樣的話，一週又能賺個幾塊錢，然後她再找些其他的清潔工作。是的，他們會挨過去的。

他們挨到了三月底，到了那個時候，凱蒂的身子已經沉重不堪（孩子預產期是五月分），她挺著大肚子，在廚房的熨衣板前面站著，或是用四肢著地的笨拙模樣跪在地上擦洗地板。那些雇她清潔的人看到都閃到一邊，不敢正眼看她；出於同情，她們只得出手幫她。可是，不久她們發現自己等於是在花錢雇人，自己打掃，沒多久，她們就陸陸續續告訴凱蒂說不需要她了。

終於有一天保險員上門的時候，凱蒂沒錢付那兩毛錢的保險費了。保險員是羅姆利家的老朋友，對凱蒂的情況瞭若指掌。

「諾蘭太太，這些保單畢竟繳了這麼多年，我真不想看到它失效！」

「你不會因為我稍微遲點繳保費，就讓我的保單失效吧？」

「我是不會，可是公司就難說了。這樣吧，你為什麼不把孩子們的保單換成現金呢？」

「我不知道可以這麼做。」

「沒多少人知道。他們沒錢了就停繳保費，公司也不吭聲，隨著時間過去，公司就默默地把繳過的錢留在自己口袋。要是公司知道我跟你說這些，我的飯碗都會保不住。不過我想：你父母、你們羅姆利家三個女兒、你們三個人的丈夫和孩子的保險都是我辦的。還有，該怎麼說呢，這些年我一直幫你們來來回回傳話，你們家的生老病死我都了解，我覺得自己已是你們家的一員了。」

「我們沒你也不行。」凱蒂說。

「諾蘭夫人，你就這樣做吧！把孩子們的保單換成現金，自己的繼續保留。我說句不吉利的話，要是孩子有個三長兩短，你總歸有辦法把他們葬了。我再說句不吉利的話，要是你自己有個不測，他們沒有錢，沒法將你下葬，對不對？」

「也是，他們還沒這能耐。我得繼續付我的保險，我可不想死後草草被收葬到公共墓地❶裡啊！要是這樣，他們一輩子都會抬不起頭來的，他們的孩子也抬不起頭。好，就照你說的，我的保險照付，孩子們的保險就換成現金，你告訴我該怎麼做吧！」

凱蒂將孩子的保險換成了二十塊錢，這筆錢幫他們熬到了四月底。再過五個星期，孩子就要出生了。再過八個星期，法蘭西和尼力就要畢業了。這八個星期還是得想個法子熬過去。

羅姆利三姊妹坐在凱蒂家廚房的桌前召開家庭會議。

「要是有可能，我當然會助一臂之力。」艾薇說，「可是你們也知道，威利被那馬踢過一腳後，人就不大正常了。在老闆面前他是新人，和同事關係很僵，現在，所有馬都不願意跟著他出去。他們讓他留在馬廄做事，做做清掃馬糞、清掃碎瓶子這些。他的工資降到了每週十八塊，我們也有三個小孩，手頭也很吃緊，我自己都在找臨時的清潔工作呢！」

「要是我能想到什麼辦法的話。」西西開口了。

「不用了。」凱蒂堅定地說，「你讓媽跟你們一起住已經幫很大忙了。」

「對啊！」艾薇也說，「凱蒂和我總是擔心她，她過去一個人住在一間小屋子裡，偶爾還出去幫人打掃，就為了賺幾分錢。」

❶原文為Potter's Field，此詞出自聖經〈馬太福音〉，猶大出賣耶穌後覺得很後悔，將出賣耶穌得到的三十個銀幣還給大祭司，大祭司就用這筆錢買了一塊墳地，叫「Potter's Field」，當作埋葬外鄉人的公墓或義塚。

「媽媽用不了多少錢，也沒給我們添什麼麻煩。」西西說，「我家約翰也不介意她跟我們一起住。當然，他的工資才每週二十塊，現在又有了孩子，錢是有些緊，所以我想回原來的地方上班。可是媽年齡太大，帶孩子也不行了，畢竟她也八十三了。如果我回去做事，我得雇人來照顧媽媽和孩子。如果我有了工作，倒是可以幫助你，凱蒂。」

「這你也無能為力，西西。」

「現在只剩下一個辦法。」艾薇說，「你讓法蘭西輟學，讓她去辦工作證。」

「不過，我想看到她畢業，我的孩子會成為諾蘭家最先拿到畢業證書的人。」

「畢業證書畢竟不能當飯吃啊！」艾薇說。

「你難道就沒有男性朋友能幫忙嗎？」西西問，「你長得這麼漂亮，你也知道。」

「或許吧，等她身材恢復吧！」艾薇說。

剎那間凱蒂想到了麥克尚恩警官。「沒有。」她說，「我沒有什麼男性朋友。我從來都只有強尼，再無他人。」

「我想艾薇說得也對。」西西也下了斷語，「我很不想這麼講，可是只有走法蘭西退學這條路了。」

「可是，如果沒拿到畢業證書，她以後就無法上高中了。」凱蒂反對。

「唉，」艾薇說，「還有那些天主教慈善機構啊！」

「如果到了要去慈善機構這個地步，」凱蒂平靜地說，「我就把門窗關嚴，等孩子睡熟後，把煤氣閥門全打開。」

「別胡說！」艾薇尖聲說，「你還是想活下去的，是不是？」

「是啊！可是活著也得要有目標啊！我不想去慈善機構領救濟，然後吃飽飯有力氣後再回去繼續領救濟。」

「那我們又回到原點了。」艾薇說，「法蘭西必須退學，開始工作。而且還只有法蘭西能退，尼力才十三歲，辦不到工作證。」

西西將她的手放在凱蒂的手臂上：「這也不是多可怕的事。法蘭西腦子聰明，又喜歡看書，這孩子早晚能繼續學業的。」

艾薇站起來：「好了，我們得走了。」她在桌上留下五毛錢。她知道凱蒂會反對，便先發制人地說：「我不是白送給你啊，你早晚得還我。」

凱蒂笑了：「你不用這麼喊，自己的姊妹拿錢給我，我難道還會介意？」

西西更直接些。她靠過來吻別凱蒂時，在她圍裙口袋裡塞了一塊錢。「你要是需要的話，」她說，「就來找我。我會來的，哪怕是深更半夜。不過你讓尼力來找我，女孩子在街上走夜路很不安全，特別是靠近煤場那一帶。」

凱蒂坐在廚房桌邊看著黑夜。「我只要兩個月……只要兩個月。」她想著，「親愛的上帝啊，給我兩個月的時間吧！到了那時，孩子出生，我體力也恢復了，孩子們也從公立學校畢業了。等我頭腦清楚、身體恢復了，我就不會再向祢求什麼了，可是現在我力不從心啊！只能求祢幫忙了。就兩個月，就兩個月……」她希望能看到一陣溫暖的光芒，證明她和她的上帝溝通成功。可是什麼也沒有，她又試了一次。

「聖母瑪利亞，耶穌的母親，祢一定了解這種滋味，您也曾懷孕過。聖母瑪利亞……」她等著。可是還是沒有任何回應。

她將西西和艾薇的錢放在桌子上。「這樣能撐三天，」她想，「然後呢？」她不知不覺低語起來：「強尼，不管你在哪裡，就再幫我們一次吧！再一次，只要一次……」她等啊等，這次，光芒來了。

＊　＊　＊

而且巧合的是，真的是強尼顯靈，幫助了他們。

酒吧老闆麥克加洛迪無法忘記強尼。不是因為他良心發現，不，全然不是這回事。他沒有強迫顧客到他酒吧來，除了把門鏈上好油，讓門一推就開，他也沒有什麼別的招數誘人到他的酒吧來；他提供的免費晚餐也不比其他地方好；除了顧客自己的即興發揮，這裡也沒有什麼特別引誘人的娛樂活動。不，這和他的良心無關。

他只是想念強尼，只是這個原因。這也和錢無關，畢竟一直都是強尼欠他。他就是喜歡強尼待在這裡，強尼為他的地方增添了品味。想想看吧！在一群卡車司機和挖溝工人中間有這樣一個斯斯文文的年輕人！「當然，」他又承認，「強尼．諾蘭喝酒是貪杯，把自己身體喝壞了。可是他不來我這裡，也會去別的地方。不過他不粗俗，不會喝上幾杯就罵人、打架、發酒瘋。是的，」麥克加洛迪心想，「強尼是個好人。」

麥克加洛迪最懷念的是強尼的侃侃而談。「那小子可真能聊。」他想，「他能跟你說南方的棉花田啊！阿拉伯的沙灘啊！陽光燦爛的法國啊！說得活靈活現，好像他真去過一樣，其實還不是他從歌裡知道的。我還真想念他跟我講述的這些遙遠的地方呢！」他想，「不過，我還是最喜歡聽他說他家人的事。」

麥克加洛迪以前對家庭有自己的夢想。這個夢想的家庭遠離酒吧，遠到他早晨幫酒吧鎖好門後，要坐電車才能回家。在這個夢想的家庭中，妻子溫柔賢慧，等他回家時，已經給他做好好吃的，煮好了熱咖啡。吃完了，他們就開始談心，談的都是和酒吧無關的事。他也有夢想的兒女——他們乾淨、漂亮、聰明，不屑自己的父親經營酒吧。但他會為他們的不屑而自豪，因為這說明他有能力養出有素養的孩子。

唉，這些不過都是夢想中的婚姻罷了。後來他與梅結婚了；梅是個曲線分明的性感女郎，暗紅色頭髮，大嘴巴。可是結婚之後不久，她就開始暴肥，也邋遢起來，成為布魯克林人所熟知的「酒吧型」女人。婚姻生活的頭一兩年還好，可是忽然有一日，麥克加洛迪一覺醒來，發現這婚姻大大不妙。梅變不成他夢想中的妻子，她喜歡酒吧，不想去法拉盛買房子，堅持要把酒吧上面的屋子租下來住；她也不想做家務，喜歡整天坐在酒吧的後屋裡，和顧客們一起喝酒說笑。她生的孩子在街上亂跑，一個個就跟小流氓一樣，還到處跟人吹噓自己的父親是酒吧老闆；讓他痛苦失望的是，他們還以此為豪。

他知道梅對他不忠，他也無所謂，只要別的男人不在背後取笑他便好。他對梅已經沒有性欲，也不吃她的醋了；他漸漸不想和她，也不想和任何其他女人睡覺了。不知怎地，在他心目當中，良好的談吐和良好的性關係聯繫在一起，他希望有個可以推心置腹的女人；他希望這女人可以跟他講話，話語溫暖、智慧、親密。他想他只有遇到這樣的女人，才能恢復男人氣概。他就這麼暈頭轉向、傻裡傻氣地追求著心智、靈魂、肉體的統一。隨著年歲推移，他想和親近的女人說些知心話更是想到快入魔。

做生意的時候他觀察人性，並從中得出了自己的一些結論。這些結論一沒有智慧二沒有創意；事實上，結論本身都很乏味，不過它們對麥克加洛迪先生很重要，因為這些都是他自己琢磨出來的。婚後頭幾年，他跟麥克加洛迪太太說這些時，她都只回了一句：「我想是吧！」有時候她也會改變一下說法，說：「我想就是吧！」因為不能和她推心置腹地交流，他漸漸就失去了做丈夫的能耐，她也開始不忠起來。

麥克加洛迪是個靈魂裡有著深重罪惡感的人。他恨自己的孩子；他的女兒愛琳和法蘭西同齡，愛琳的眼睛是粉紅色的，頭髮淡紅——其實也可以稱之為粉紅。這女孩很壞也很蠢，她留級了許多次，到了十四歲還在讀六年級。麥克加洛迪的兒子吉姆才十歲，除了臀部肥大，差點把褲子撐破之外，別無出眾之處。

麥克加洛迪還有個夢想，就是梅有一天會來向他懺悔，說孩子不是跟他生的；這個夢讓他快樂。他心想，這兩個孩子要是是她跟別的男人生的，他反倒能喜歡他們，他就能客觀地看待他們的邪惡和愚蠢，繼而同情他們、幫助他們。可如今，在他的眼中，兩個孩子集他和梅所有的缺點於一身。他恨他們。

強尼光顧麥克加洛迪酒吧的八年間，他每天都跟麥克加洛迪誇讚凱蒂和孩子。麥克加洛迪一直在私底下玩一個祕密的遊戲，他假裝他就是強尼，而強尼說起自己家人的時候，他就假裝是他在說梅和自己的孩子。

「我給你看個東西。」強尼有一回自豪地說。他接著從口袋裡拿出一張紙來：「我女兒寫的作文得了優，她才十歲呢！你聽，我讀給你聽。」

強尼讀作文的時候，麥克加洛迪就想像這是他家女兒寫的故事。還有一天，強尼從學校帶來一對手工粗糙的書擋，放在吧檯上炫耀。

「給你看個東西。」他自豪地說，「這是我家小子尼力在學校做的。」

麥克加洛迪看著書擋，在心裡自豪地跟自己說：「這是我家小子吉米在學校做的。」

還有一回，麥克加洛迪想與強尼聊天，便說：「強尼，你看，我們會不會打仗？」

「真巧，」強尼回答說，「昨天凱蒂和我聊了一通宵說的就是這件事。我們一直談到天亮，最後我終於說服了她，說威爾遜不會讓我們參戰的。」

麥克加洛迪心想，他要是和梅整晚坐著說這事會是什麼情景？要是梅最後跟他說：「你說得對，吉姆」，那又會是什麼樣的情景呢？他無法知道，因為他知道這永遠不會發生。

強尼一死，麥克加洛迪的所有夢想便隨之破滅。他試圖自己跟自己玩這個遊戲，可是不管用，他需要有強尼這樣的人替他起頭。

羅姆利三姊妹在凱蒂的廚房裡討論的時候，麥克加洛迪在家裡想了個主意。他的錢多到不知道該怎麼花，而除了錢他一無所有。或許，藉由強尼的孩子，他可以買回當初那些作夢的方式。他懷疑凱蒂的手頭緊，或許他可以給強尼的孩子一些輕鬆的工作，讓他們放學後做。他會幫助他們……上帝知道，錢他有的是，或許他還可以得到一些回報呢！或許這兩個孩子就像強尼一樣，會跟自己說說話。

他告訴梅他要去找凱蒂，給凱蒂的孩子一些事情做。梅這回倒是乾脆，說凱蒂一定會毫不客氣地把他趕走；麥克加洛迪心想凱蒂不會毫不客氣地將自己趕走的。出發之前，他刮著鬍子，這時候他想起凱蒂上門感謝他送花圈的事情來。

強尼的葬禮之後，凱蒂挨家挨戶向送花的人表示感謝。她不顧寫有「女士入口」的邊門，直接從前門走進了麥克加洛迪酒吧。她也不管酒吧裡那些傻了眼的男人，逕自走到麥克加洛迪跟前。麥克加洛迪看到她來，便把圍裙一角紮進腰帶，說明他當時不值班，從吧檯走過來見她。

「我來感謝你送的花圈。」凱蒂說。

「喔，這件事啊！」他如釋重負地說了聲；他還以為她是來吵架的。

「讓你費心了。」

「我喜歡強尼。」

「我知道。」她伸出手。他傻傻地看了一會兒才回過神來，想起她是要和他握手。他緊緊握住她的手，問：「你不怪我？」

「怪你什麼呢？」她回答說，「強尼是自由之身，還是個白人，也超過二十一歲了。」說完，她便轉身離開了酒吧。

不會的，麥克加洛迪先生斷定，只要自己是帶著好意前往，這樣一位女子是不會將自己轟出去的。

麥克加洛迪侷促不安地坐在凱蒂廚房的桌前，和凱蒂說話。孩子們這時候本該在作作業，可是法蘭西假裝低頭看書，耳朵卻聽著麥克加洛迪先生說話。

「我和我夫人說過了，」他夢囈一般地說，「她和我都同意雇用你家女兒。你知道，我們不會讓她做什麼重活，只不過是鋪鋪床、洗幾個碗。樓下也能雇用你兒子，他可以幫我們剝雞蛋，給乳酪切塊，這都是晚上供應免費晚餐用的。他不用接近吧檯，我會安排他在後廚幫忙。他們倆放學後來做一個小時，星期六來做半天，我給他們每人每週兩塊錢。」

凱蒂心中狂喜。「每週四塊錢，」她暗自尋思，「外加投遞報紙的一塊五，這樣兩個孩子都可以繼續上學，也有足夠的錢買東西吃了。我們這一關能過了！」

「你覺得這樣行不行，諾蘭夫人？」他問。

「這得看孩子們的意見。」她回答說。

「既然是這樣，」他轉向法蘭西問，「你覺得行不行？」

法蘭西裝出剛剛在專心看書，聽到問話才抬頭的樣子。「您說什麼？」

「你可不可以幫麥克加洛迪太太做點家務呢？」

「可以的，先生。」法蘭西說。

「你呢？」他又轉向尼力。

「可以的，先生。」尼力也答應了。

「那就這麼定了。」他轉向凱蒂，「當然，這只是臨時安排，最終我們還是要找固定人手，接管家務和廚房裡的工作。」

「我也希望他們倆只是臨時做做。」凱蒂說。

「你或許手頭有些緊。」他伸手進口袋裡，「我先預支第一個星期的薪水吧！」

「不用了，麥克加洛迪先生。他們既然要去工作，就有權利親自在工作結束之後把薪水帶回家。」

「好的。」不過，他還是沒有把手從口袋裡拿出來，而是握住了一卷厚厚的鈔票，他心想：「我這麼多錢，但什麼也買不到，他們卻什麼都沒有。」他突然想到一個辦法。

「諾蘭夫人，你知道強尼和我過去有個交易，我讓他賒帳，他把小費給我。他死的時候還餘了些錢在我這裡。」他拿出厚厚一卷鈔票來。看到這麼多錢，法蘭西的眼珠子差點都瞪了出來。麥克加洛迪本意是想說強尼剩下了十二塊，接著把錢給凱蒂。他一面把橡皮筋拿下來，眼睛一面看著凱蒂。但他的眼睛一瞇，腦子裡的想法也跟著變了。他知道十二塊錢全給凱蒂是怎麼都不會相信的。「當然，這錢不多，」他故意漫不經心地說，「只有兩塊錢。不過我想該是你的就是你的。」他拿出兩塊錢，遞給凱蒂。

凱蒂搖了搖頭：「我知道你不欠我們錢。如果你實話實說的話，說不定還是我們欠你。」麥克加洛迪被識破了，很不好意思，便把錢放回口袋。那卷鈔票貼著大腿，讓他感覺很不舒服。「不過，麥克加洛迪先生，我感謝你的好意。」凱蒂說。

她最後這句話讓麥克加洛迪打開了話匣子，他開始滔滔不絕地說了起來。他說到了他在愛爾蘭的童年、他的父母、他的眾多兄弟姊妹，還說到了自己夢想的婚姻；他把藏在心裡多年的話一股腦全傾訴了出來。他沒有說到自己的妻子兒女，他把他們完全排除在故事之外。他還說到了強尼，說起強尼每天講述自己老婆孩子的情景。

「比如這窗簾！」麥克加洛迪說，邊將他那肥大的手掌揮向那半扇玫瑰花紋的印花布窗簾，「強尼告訴我說，你將自己的一件舊洋裝撕了，改成廚房窗簾。他說這麼一來廚房變得很好看，就好像是吉普賽馬車的內裝。」

法蘭西這時候也不再裝著在作作業了。她留意到了麥克加洛迪最後的話：「吉普賽馬車的內裝。」她思索著，這話讓她用新的眼光去看窗簾了。「原來爸爸說過這話，我當時還以為爸爸沒有注意到這窗簾呢！至少他沒有說什麼。不過，他真是注意到了，還跟這個人稱讚了窗簾。」聽到麥克加洛迪這麼說強尼，法蘭西幾乎都快相信強尼還活在世上呢！「原來爸爸跟這個人說過這些。」她懷著新興趣盯著麥克加洛迪看。這人身材矮胖，雙手肥大，脖子粗短且紅，頭髮稀少。「光看這人外表，」法蘭西心想，「誰能想到他有如此不同的內心？」

麥克加洛迪一口氣說了兩個鐘頭，凱蒂認真地聽著。她倒不是在聽麥克加洛迪訴說，她想聽的是麥克加洛迪談強尼。他稍微停頓的時候，她會穿插幾句追問式的回應，例如：「是嗎？」、「然後呢？」他在考慮措詞的時候，她會提醒他，而他會感激地接受她的提示。

這麼說著說著，一件奇妙的事情發生了。麥克加洛迪覺得自己身上的男子漢氣概在暗潮湧動。這倒不是因為凱蒂和他同在一屋裡，凱蒂這時候的身體臃腫變形，他連看了都害怕。他的變化和這個女子無關，是談話造成了這個變化。

屋子裡漸漸黑了，麥克加洛迪停了下來。他嗓子啞了，人也累了，不過這是一種新的、寧靜的疲倦感。他一百個不情願地想到自己得回去了，這時正是工人下班回家，路過酒吧，停下來喝點餐前酒的時候。他不喜歡梅在吧檯後照應這群男人，他慢慢站起來。

「諾蘭夫人，」他邊說邊用手摸索自己的褐色禮帽，「我能不能偶爾來一下，和你聊聊天呢？」她慢慢搖了搖頭。「就是說兩句話，行不行？」他又帶著央求語氣，重複了一次。

「不行，麥克加洛迪先生。」她盡量輕柔地說。

他嘆了口氣，離開了。

法蘭西很喜歡忙，一忙起來，就不會老去想著爸爸了。她和尼力早晨六點起來，幫媽媽做一點清潔工作，然後兩人才去上學。媽媽現在不能做太多事，法蘭西替她擦拭三個門廳的門鈴銅底座，還用上過油的布擦樓梯欄杆；尼力清掃地下室，還有鋪了地毯的樓梯。兩個人每天都把裝滿的垃圾桶拖到人行道上。這個有些麻煩，就算兩個人一起使勁，也無法挪動那個沉重的垃圾桶。法蘭西想了個辦法，他們先把垃圾桶側倒，將垃圾倒在地下室的地上，將空桶運到馬路邊，然後再將垃圾運過去重新裝進去。這個辦法還算管用，只是要上上下下跑地下室好幾趟。他們只把鋪了油氈的走廊留給媽媽洗刷；有三個租戶說他們會自己打掃走廊，直到凱蒂生下孩子；這幫了她很大的忙。

放學後，因為春季兩個人都要舉行堅信禮了，所以要去教會上牧道班。上完牧道班後，他們就去麥克加洛迪的酒吧幫忙。確如麥克加洛迪所承諾的，那裡的工作很輕鬆。法蘭西鋪了四張亂七八糟的床，洗了幾個早餐的碗，把房間清掃了一下。這一共花不到一個小時。

尼力的時間安排和法蘭西一樣，只是多了投遞報紙這一項，有時候他會忙到八點鐘才回家吃晚飯。他在麥克加洛迪的後廚幫忙，他的工作包括：剝四、五十個煮熟的雞蛋，將乳酪切塊，在每塊乳酪上插一根牙籤，還有將大醃黃瓜切成條。

麥克加洛迪等了幾天，讓孩子們適應他這裡的工作。後來他決定應該是時候讓他們跟他聊天了，就像強尼過去那樣。他進到廚房裡，坐了下來，看著尼力幹活。「這孩子和強尼簡直是一個模子裡印出來的一樣。」麥克加洛迪心想。他等了好久，想讓這孩子習慣他在這裡，然後他清了清嗓子，問：「最近還有做木書擋沒有？」他問。

「沒有……先生，沒有。」尼力結結巴巴地回答。這個問題很奇怪，叫他猝不及防。

麥克加洛迪等著。為什麼這孩子不說話呢？尼力剝雞蛋剝得更快了。麥克加洛迪又嘗試了一次：「你認為威爾遜總統會不會讓我們參戰呢？」

「我不知道。」尼力說。

麥克加洛迪等了好久。尼力以為他是來檢視自己的工作，他很想討他歡心，所以三兩下便把事情提前忙完。他將最後一個剝了殼的雞蛋放進玻璃碗裡，抬頭看了看。「啊！現在他終於要跟我講話了。」麥克加洛迪心想。

「您今天就讓我做這些嗎？」尼力問。

「就這些。」麥克加洛迪等著。

「那我是不是可以回去了？」尼力大著膽子問。

「好吧，孩子。」麥克加洛迪嘆了口氣。他看著孩子從後門走出去。「要是他轉身說點什麼……隨便什麼……私底下的話多好。」麥克加洛迪心想。可是尼力沒有轉身。

次日，麥克加洛迪又跑到法蘭西那裡去嘗試。他上樓到了公寓裡，坐著一言不發。法蘭西有些害怕，開始邊掃地邊往門邊走。「如果他要非禮我，」她心想，「我可以跑出去。」麥克加洛迪靜靜坐了很久，以為自己只是讓法蘭西習慣他，一點也不知道他讓法蘭西害怕。

「最近寫了什麼好作文，拿到優，得了第一名呢？」他問。

「沒有，先生。」

他等了一會兒，又問：「你覺得我們會參戰嗎？」

「我……我不知道。」她慢慢溜到門口。

麥克加洛迪心想：「她怕我，以為我和那個想在樓梯間傷害她的傢伙是同樣的人呢！」他大聲說：「不要怕，我這就走。如果你想的話，走的時候隨手把門鎖上。」

「好的，先生。」她說。

等他走了，法蘭西心想：「我想他只是想來聊天吧！可是我沒有話跟他說啊！」

梅・麥克加洛迪上來了一次。她上來的時候法蘭西正跪在地上，想剔出洗臉臺下方水管後的灰垢。梅叫她起來，不要管那灰垢。

「主愛你，孩子。」她說，「也別把自己忙死。日後就算我們都死了，這屋子還會在這裡。」

她從冰箱裡拿出一大塊玫瑰色的果凍，切成兩半，一份放在另一個盤子裡。她在上頭澆上很多鮮奶油，放了兩個大湯匙在桌子上，自己先坐下，然後招呼法蘭西坐下。

「我不餓。」法蘭西撒謊說。

「不餓也吃點，不要那麼不合群嘛！」

這是法蘭西頭一回吃果凍和鮮奶油，這味道實在太好吃了，她好不容易才控制住自己不狼吞虎嚥，露出難看的吃相。她吃的時候心裡還想著：「看來麥克加洛迪夫人不錯，麥克加洛迪先生也還好。我想他們兩個人只是相互之間合不來吧！」

梅．麥克加洛迪和吉姆．麥克加洛迪和平常一樣，坐在酒吧後頭一張小小的圓桌旁，默不作聲地匆匆吃著晚飯。梅出人意料地伸手放在他的手臂上，這個突如其來的觸摸讓他打了個冷顫。他那小而發亮的眼睛看著梅桃花木顏色的大眼睛，他從中看到了同情。

「不管用的，吉姆。」她溫柔地說。他的心裡激動地一陣翻騰。「她知道！」他想，「看來……看來……她能理解！」

「俗話說得好，」梅繼續說，「錢買不到一切。」

「我知道，」他說，「那麼我把他們辭了？」

「再等幾個星期，等嬰兒出生再說吧！就讓他們做下去吧！」她站起身，走出了酒吧。

麥克加洛迪坐在那兒，心裡百感交集。「我們談話了。」他心裡充滿驚奇，「我們沒有提及任何名字，話也都沒有說出來，可是她知道我在想什麼，我也知道她在想什麼。」他匆匆去追自己的老婆，他想保持這分心有靈犀的感覺。他看到梅站在吧檯末端，一個卡車司機用手挽著她的腰，正在她耳邊低聲說著什麼，她伸手掩嘴而笑。麥克加洛迪進來後，那卡車司機把手偷偷拿開，退開和其他一群男人站在一起。麥克加洛迪到了吧檯後，看著妻子的眼睛，那眼神是一片空白，什麼「靈犀」也沒有。麥克加洛迪開始忙起晚上的工作，臉色又回復和過去一樣，悲傷而失望。

瑪麗．羅姆利老了，她無法自行在布魯克林走動，她很想在走不動之前看看凱蒂，便託保險員帶了個口信。

「女人生孩子的時候，」她告訴他，「死神會握住她的手一會兒，有時候他握住就不肯放開了。你就告訴我小女兒，在那時候之前我還想再看她一次。」

保險員把話帶到了。下個星期日，凱蒂帶著法蘭西一起去看媽媽。尼力向他們請假，說滕．艾耶克街的球隊要在空地舉辦一次球賽，他答應了要去當投手。

西西的廚房開敞、溫暖、明亮、一塵不染。瑪麗．羅姆利外婆坐在爐子邊一張低低的搖椅上。這是她唯一一件從奧地利帶過來的家具，在此之前這搖椅在她家小屋的爐子邊已經放了一百多年了。

西西的丈夫坐在窗戶邊，抱著孩子，用奶瓶餵奶。凱蒂和法蘭西向瑪麗、西西打過招呼後，也向西西的丈夫打了招呼。

「你好，約翰。」凱蒂說。

「你好，凱蒂。」他回答。

「你好，約翰姨丈。」

「你好，法蘭西。」

後來他就沒再說一個字。法蘭西盯著他，揣測著。羅姆利全家都以為他是個過渡人物，就如同西西過去那幾任丈夫和情人一樣。法蘭西心想，他會不會也覺得自己是過渡人物呢？他的真名是史蒂夫，可是西西總叫他「我家約翰」；家裡人提到他的時候，也說「那個約翰」，或者「西西的約翰」。法蘭西心想，在他工作的那個出版社，大家是不是也叫他「約翰」呢？他反對過沒有？有沒有這樣說過：「哎，西西，我的真名是史蒂夫，不是約翰。你也跟你家姊妹幾個說，以後叫我史蒂夫。」

「西西，你長胖了些。」媽媽說。

「女人生孩子後體重增加一些是很正常的。」西西說得面不改色一點不心跳。她看著法蘭西笑了笑，問：「法蘭西，你要不要抱抱孩子？」

「當然要！」

西西的丈夫一言不發地站起來，把孩子和奶瓶交給法蘭西，然後又一言不發地走出了房間。沒有人對他的離開說一句話。

法蘭西坐在他離開後空出的椅子上。她以前從來沒有抱過孩子，她用手指摸著孩子嫩嫩的、圓圓的臉蛋，就像瓊安娜摸她孩子的臉蛋一樣。一陣激動從她的指尖開始，經過手臂彌漫至全身。「等我長大了，」她決定，「家裡一定一直都要有個嬰兒。」

她抱著孩子聽媽媽和外婆聊天，看著西西做起一個月份的麵條。西西拿出一個硬硬的、黃黃的麵團，用擀麵棍擀平，然後捲起來，捲得如同果凍卷。她接著用快刀將捲好的麵團切成薄如紙張的麵條，然後又將這麵條抖開，掛在爐子前面用細木釘做的架子上，把麵條晾乾。

法蘭西覺得西西變了，不再是過去的那個西西姨媽。這個變化不在於她的身材；雖然，她的身體沒有過去那麼苗條，可是，法蘭西覺察到的變化未必和她的外貌有關。法蘭西尋思起這變化究竟是什麼。

瑪麗·羅姆利很想將大家的近況都問清楚，凱蒂也一五一十地講給她聽，先講現狀，然後倒敘回去。她先是跟媽媽說孩子們現在在麥克加洛迪那兒打工，說他們賺的錢讓他們得以維持生活。然後她說到麥克加洛迪是如何坐在她家廚房，和她聊起強尼。最後她說：「我告訴你，媽媽，要不是冒出了這個麥克加洛迪，我真不知道怎麼過下去呢！我的手頭實在太緊，之前幾天晚上，我還祈禱強尼暗中幫我呢！這有點傻，我知道。」

「不傻。」瑪麗說，「他聽到你的祈禱，來幫你了。」

「鬼是不能幫助人的，媽媽。」西西說。

「鬼也不光是從門縫裡進出的那東西啊！」瑪麗·羅姆利說，「凱蒂說約尼❷過去經常和這個酒吧老闆聊天，透過這些年的談話，約尼將他自己的點點滴滴留給了這個人，所以凱蒂求自己的男人幫忙時，約尼留在這個人身上的點點滴滴就匯聚起來了，是這酒吧老闆靈魂裡的約尼聽到了凱蒂的請求，特地來幫忙呢！」

法蘭西在腦海裡思考著這一席話。「如果是這樣的話，」她心想，「那麼麥克加洛迪先生在那次長談當中，將爸爸的一點一滴還給了我們。現在他的心裡沒有爸爸了，或許正因為這個，他想和我們聊天，我們卻無話可說吧！」

該離開的時候西西給了凱蒂一鞋盒的麵條，讓她帶回去。法蘭西跟外婆吻別的時候，瑪麗．羅姆利將她緊緊摟住，用自己的語言低聲跟她說：「接下來的一個月，你要格外聽媽媽的話，尊重媽媽。她這時候特別需要大家的愛和理解。」

外婆的話法蘭西一個字都沒有聽懂，可是她還是回答：「好的，外婆。」

坐電車回家的路上法蘭西將鞋盒放在自己的膝蓋上，因為媽媽現在連膝蓋都被肚子擋住了。法蘭西在車上陷入了深思。「如果瑪麗．羅姆利外婆的話沒錯，那麼人其實都不會死。爸爸不在了，可是他還以很多方式活著。尼力長得和他一樣，所以他活在尼力身上；他也和媽媽相處很久，所以也活在媽媽身上；他還活在他自己的媽媽身上，因為是他的媽媽給了他生命，而她仍然健在。或許有一天，我也會有個兒子，就和爸爸一樣，有爸爸身上所有的優點，卻不喝酒；然後這個兒子會有他的兒子。或許實際上死亡並不真正存在。」她又想到了麥克加洛迪，「誰會想到這種人身上有爸爸的影子呢？」她想到了麥克加洛迪夫人，想到她照顧自己，讓自己坐下吃果凍的那次。突然間，她明白西西為什麼身上出現這些變化了。她跟媽媽說：「西西姨媽好像不用濃香水了，是不是，媽媽？」

「是啊，她現在不需要了。」

「為什麼呀？」

「她有孩子了，又有個男人照顧她和孩子。」

法蘭西想接著問下去，可是媽媽的眼睛閉上了，頭靠到了後面的椅背上。她看上去臉色蒼白，十分疲憊的樣子，法蘭西不想再打擾她，她得自己把這些問題想明白。

「一定是這樣的，」她想，「用濃香水和女人想要孩子有關。她們用香水吸引男人，好找個男人和她一起生孩子，然後照顧她和孩子。」她將她這個寶貴的知識收藏起來，和她其他一直在收藏的知識放在一起。

法蘭西有些頭痛。她不知道是因為抱孩子太過激動，還是因為電車太晃蕩，還是想念爸爸想念的，還是思考西西的香水思考出來的；或許只是她早晨起得太早，成天忙碌的緣故吧！也有可能是到了每個月的那幾天，照例都會頭痛吧！

「嗯，」法蘭西最終斷定，「我想讓我頭痛的東西是生活本身——一定就是這個。」

「別傻了。」媽媽靜悄悄地說。她的眼睛還是閉著，頭還斜靠在椅背上：「西西的廚房裡太熱，我自己都頭痛了。」

法蘭西跳了起來。媽媽怎麼會連閉著眼睛都能將她的心思一眼看穿呢？這時候她才想起前面的想法她沒有說出口，而最後一句話她是講出聲來的。她笑了起來，這是爸爸去世之後她第一次笑。媽媽也睜開眼，看著她笑了。

❷瑪麗將「強尼」（Johnny）唸成了德語口音的「約尼」（Yohnny）。

39

法蘭西和尼力五月份行了堅信禮。那時法蘭西快十四歲半了，尼力比她小一歲。精通縫紉的西西幫法蘭西做了一條樸素的白色平布洋裝。凱蒂設法籌了點錢，給這個渾身潔白的女兒買了雙鞋和白色長絲襪；這是法蘭西第一次穿長絲襪。尼力則穿著父親葬禮時買的黑西裝。

這個社區有個傳說，說在堅信禮那天許的三個願望以後都可以實現。這三個願望的其中一個要是幾乎沒指望實現的，一個是可以藉由自己的努力實現的，第三個願望是關於長大以後的。法蘭西那個「幾乎沒指望的願望」，是希望自己褐色的直髮能變成金黃的鬈髮，就像尼力的一樣；她的第二個願望是能擁有像媽媽、艾薇姨媽和西西姨媽一樣的好嗓音；她的第三個願望是長大後能環遊世界。尼力的願望分別如下：一、發財；二、成績單上有好成績；三、長大後不像爸爸那樣愛喝酒。

布魯克林還有個鐵則，就是堅信禮那天孩子們一定要找個正規攝影師拍照。凱蒂沒錢幫他們拍照，只好讓小絲．嘉迪斯用她的盒式照相機照了張快照。小絲讓他們站在人行道邊拍攝。在她按下快門的時候沒留意到有一輛電車碰巧從孩子們身後經過。小絲將這快照放大，裱框，送給法蘭西作為堅信禮禮物。

照片送來的時候西西也在，凱蒂拿著照片，所有人站在她身後一起看起相片。法蘭西以前從來沒有照過相，她頭一回像個旁觀者一樣審視自己。她在人行道上挺胸收腹，站得筆直，背對著水溝，裙襬被風吹到一側。尼力挨近她站著，比她高一個頭，穿著熨燙得服服帖帖的黑西裝，顯得貴氣、英俊。太陽從屋頂上斜射下來，尼力站在陽光下，臉清晰而明亮，而法蘭西站在陰影當中，顯得陰暗而憤怒。在兩人後面，是電車駛過時留下的模糊側影。

西西說：「我猜這是世界上唯一一張有電車入鏡的堅信禮照片。」

「照得不錯。」凱蒂說，「他們在街道上拍比較自然，強過在攝影師那裡，站在紙盒做的教堂窗戶前頭拍。」凱蒂將照片掛在壁爐臺上方。

「你選了什麼名字啊？」西西問。

「爸爸當初取的名字。現在我是哥留尼．約翰．諾蘭。」

「這名字聽起來像個外科醫生。」凱蒂說。

「我用了媽媽的名字。」法蘭西鄭重其事地說，「現在我的全名是瑪麗．法蘭西斯．凱薩琳．諾蘭。」法蘭西等著，可是媽媽並沒有說這個名字聽起來像個作家。

「凱蒂，你有沒有強尼的照片？」西西問。

「沒有，只有一張我們結婚時的合照。你問這個幹什麼？」

「只是隨便問問。只有時間會這樣流逝，不是嗎？」

「是啊！」凱蒂嘆了口氣，「也只有這件事是一定不會變的。」

堅信禮結束了，法蘭西不用再去上牧道班，於是每天多出一個小時來。她用這個時間寫小說，想向新來的英語老師佳恩達小姐證明她確實知道美是什麼。

自從父親去世後法蘭西就不再寫鳥、樹木、我的印象之類的事了，她真的很思念父親，於是寫起關於他的小故事。她想傳達儘管父親有一些毛病，但他還是個好父親、好人。她寫過三篇這樣的故事，可是都沒有得優，而是得了丙。第四次作文發回來後，法蘭西看到上面寫了一行字，叫她放學後留下。

所有的孩子都回家了，教室裡只有佳恩達小姐和法蘭西，還有那本碩大的字典。法蘭西最後四篇作文放在佳恩達小姐的桌子上。

「法蘭西斯，你的作文怎麼了？」佳恩達小姐問。

「我不知道。」

「你是我最好的學生之一。你文章寫得很漂亮，我很喜歡看你的作文。可是這四篇……」她輕蔑地翻了翻。

「我拼寫都查過了，書寫也盡量保持工整，還有……」

「我是說你的題材。」

「您說題材可以自己選的。」

「不過貧困、饑餓、醉酒這些題目都不該選。我們承認這些東西存在在世上沒錯，可是沒有人會去寫它們。」

「那麼大家該寫什麼呢？」法蘭西下意識地接著老師的話問。

「人們應該在想像中尋找美。作家就和藝術家一樣，永遠要以寫美為己任。」

「美是什麼？」

「我想濟慈把美說得最透澈：『美即是真，真即是美。』」

法蘭西斗膽說了句：「可是我寫的都是真的啊！」

「胡說！」佳恩達小姐發火了。然後，她的口氣柔和下來，接著說：「所謂真，說的是星星永遠在那兒，太陽每天升起，還有人的尊貴、母愛、愛國這些。」她虎頭蛇尾地解釋了一番。

「明白了。」法蘭西說。

佳恩達小姐繼續說，法蘭西在心裡卻憤憤不平地和她爭辯。

「酗酒既不真也不美，酗酒是一種罪惡。酒鬼的出路是監獄，而不應被寫成故事來歌頌。再比如貧困，貧困是沒有什麼藉口可言的。社會上的工作夠多，只要想工作一定都有，人會窮只是因為懶得工作，懶惰說不上有任何美感。」

（難道媽媽也是懶惰！）

「饑餓不美，也不必要，我們有規畫嚴密的慈善機構，人們都不需要挨餓。」法蘭西簡直是咬牙切齒。在所有文字當中，她媽媽最討厭的詞語就是「慈善機構」。在她的教育之下，孩子們也對這個詞非常反感。

「我可不是勢利眼。」佳恩達聲明，「我家也不富有。我父親是個牧師，薪水很低。」

（不過好歹還是拿薪水啊，佳恩達小姐。）

「能幫我媽媽的也只是一些沒有經過訓練的女傭，大部分是鄉下的女孩子。」

（我明白了，佳恩達小姐，您是窮，有女傭還叫窮。）

「很多時候家裡沒有女傭，好多家事只好媽媽自己去做。」

（佳恩達小姐，我媽媽不僅做自己的家事，還有十倍份量的清潔工作。）

「我想上州立大學，可是我們上不起，我爸爸只好送我去上我們宗派所屬的一個學院。」

（好歹您還能上大學。）

「相信我，上這種大學的都是窮人，我知道饑餓是怎麼回事。我父親的薪水時不時就遲發，家裡有時也沒錢買食物。有一次，我們得靠喝茶、吃吐司挨了三天。」

（所以，您也知道饑餓的滋味啊！）

「可是，我如果別的都不寫，光寫這些貧困啊、饑餓啊，這樣就很乏味了，是不是？」法蘭西沒有回答。

「是不是？」佳恩達小姐又加重語氣問了一遍。

「是的，老師。」

「現在我們來談你畢業公演的事情。」她從桌子抽屜裡拿出一本薄薄的草稿本，「有些部分寫得非常好，有些地方你寫得有些不妥。例如，」她翻到一頁，「命運說：『還有你，年輕人，你的志願是什麼？』那男孩回答說：『我要做一個治療者。我會將男男女女破碎的身體修補好。』這確實寫得很好，法蘭西斯。可是這裡，你就寫壞了。命運：『或許你會成為治療者，可是你看，你最終會變成這樣。』光線照射在一個老人身上，老人正在焊接一個垃圾桶的底部。老人：『啊，過去我也想修補他人。如今，我卻要修補……』」佳恩達突然抬起頭來，「你這不是在開玩笑吧！法蘭西斯？」

「不是，老師，不是。」

「經過我們的談話之後，你應該知道為什麼我們不能拿這個當畢業公演的劇本了吧！」

「我知道了。」法蘭西的心幾乎碎了。

「碧翠絲．威廉姆斯有個好主意，她想到可以讓一個仙女揮魔杖，然後同學們穿著象徵一年各個節日的服裝出來，每人朗誦一首詩歌，歌頌各自代表的節日。這個主意非常好，但是遺憾的是碧翠絲不會寫詩。你可不可以採用這個主意，寫寫這些詩歌呢？碧翠絲不會介意的。到時候我們會在節目單上寫故事發想者為碧翠絲，這樣很公平，對不對？」

「是的，老師。可是我不想用她的主意，我想用自己的。」

「當然，你的心意值得表揚，那麼我也就不再堅持了。」她站起來，「我花了這麼多時間跟你談，是因為我真心相信你有潛力。現在我們話也說清楚了，我相信你不會再去寫這些污穢的故事了。」

污穢。法蘭西思忖著這個詞，她不知道是什麼意思。「污穢……請問是什麼意思？」

「我說過的，遇到新單詞，伸手翻什麼？」佳恩達小姐像唱歌一樣地說，模樣頗為滑稽。

「對，我忘了！」法蘭西跑到大字典前，去查那個單詞。污穢：骯髒。骯髒？她想到了一生中每天都整整齊齊穿著假襯衣和紙領子的爸爸。爸爸的皮鞋雖舊，可是至少每天擦兩次。骯髒？爸爸在理髮店還放著自己的杯子！第二個解釋是卑鄙，法蘭西跳了過去，她不知道這是什麼意思。第三個意思是噁心。當然不會！爸爸舞跳得才好呢！他身材勻稱，行動快捷，他的身體才不噁心呢！污穢的意思還有：粗魯、低下。父親身上的千般柔情和萬種細心，她都一一記得；她記得別人是多麼熱愛她的父親。她的臉火辣辣的，她無法再往下看了，紙在她的眼裡變成了紅色。她轉向佳恩達小姐，她那張臉因為憤怒而扭曲。

「你再敢用這個詞語形容我們試試！」

「我們？」佳恩達小姐茫然地問，「我們是在說你的作文啊。怎麼了，法蘭西斯？」她的聲音中表現出震驚，「我很吃驚！你本來是個好學生，要是你媽媽知道你對老師無禮，她會怎麼說呢？」

法蘭西害怕了。在布魯克林，對老師無禮幾乎是能讓人進少年管教所的行為。「請原諒我，請原諒我。」她可憐巴巴地說，「我不是這個意思。」

「我明白。」佳恩達小姐輕聲說。她伸手摟住法蘭西，帶著她走到門口：「我們這次談話看來對你發揮作用了。污穢是個醜陋的詞語，我很高興你不喜歡我用這個詞，這說明你聽懂了。或許你會因此討厭我，可是你要相信，我這是為你好。有朝一日，你會記得我說過的話，會因此感謝我的。」

法蘭西真希望大人不要老是對她這樣說話。這個「有朝一日你會感謝我」已經給她夠多負擔了。她心想，將來長大成人後，是不是要花大部分時間，把這些人一個個找出來，向他們依次表示感謝呢？

佳恩達小姐將這些「污穢」的作文還有她的劇本交給她，說：「等你回家了，把這些東西放在爐子裡燒了。你自己點火柴，當火焰升起的時候，你就不斷說：『我在焚燒醜陋，我在焚燒醜陋。』」

法蘭西在回家路上想著這件事。她知道佳恩達小姐並不壞，她是為自己好才說這些話的，可是這些話對她似乎沒有什麼好處。她開始意識到，自己的生活在他人眼中或許顯得很噁心。她也在想，日後長大成人，她會不會以自己的背景為恥？她會不會以自己的親人為恥？會不會以自己英俊、快樂、善良、善解人意的爸爸為恥？會不會以勇敢、直爽的媽媽為恥（媽媽可是以自己的媽媽為榮的，儘管外婆不識字）？會不會以善良、誠實的尼力為恥？不！不會的！要是受到了教育，便會變得以自己的背景為恥，那麼不受教育也罷。「我會讓佳恩達小姐看到，」她發誓，「我要讓她看到我是有想像力的。我一定會讓她看到。」

從那天開始，她便寫起了自己的小說。小說的主人翁是雪麗・諾拉，一個含著銀湯匙出生的富家女；題目則是《這就是我》。這個故事和法蘭西的真實生活完全相反。

法蘭西已經寫了二十頁了。到目前為止，她還只是在寫雪麗家的奢華陳設和雪麗的精美服飾，或是不厭其煩地描述女主角吃的每一道菜。

故事寫完後，她打算請西西的約翰拿去他的雜誌社，幫她出版。法蘭西的腦中開始幻想把書送給佳恩達小姐時的情景，她統統設想好了，臺詞是這樣的：

法蘭西

（她將書遞給佳恩達小姐。）

我想您在這篇裡看不到任何污穢了。就當是我的學期作業吧！我出版了它，希望您不要介意。

（佳恩達小姐張大了嘴，可是法蘭西視而不見。）

印成鉛字好讀一些，是不是？

（佳恩達小姐在閱讀的時候法蘭西漠不關心地盯著窗外。）

佳恩達小姐

（讀完後。）

法蘭西斯，這寫得太好了！

法蘭西

什麼？

（這才想起似的。）

哦，這小說啊！是我平時找零碎時間寫的。不知道的東西寫來不需要花太多時間；寫現實的東西反倒更難些，因為還得先經歷過才寫得出來。

法蘭西將這話劃掉。她不想讓佳恩達小姐察覺到她的情感受到傷害。她重寫如下：

法蘭西

什麼？

（記起。）

哦，對了，小說啊！我很高興您喜歡。

佳恩達小姐

（怯怯地）

法蘭西斯，我可……不可以……請你幫我簽個名呢？

法蘭西

當然可以。

（佳恩達小姐將鋼筆蓋拿開，筆尖朝著自己，將筆遞給法蘭西。法蘭西在書上寫下：「M.法蘭西斯・K.諾蘭敬贈。」）

佳恩達小姐

（看著簽名。）

多麼獨特的簽名啊！

法蘭西

不過是我的名字罷了。

佳恩達小姐

（怯怯地）

法蘭西斯？

法蘭西

您還是像過去那樣隨意地和我說話吧。

佳恩達小姐

可否斗膽請你在簽名上方寫上「敬請我的朋友繆麗爾．佳恩達雅正」？

法蘭西

（略作停頓後。）

寫寫無所謂。

（露出了狡詐的微笑。）

我一直都是按照您的要求寫作的。

（寫字。）

佳恩達小姐

（低聲說。）

謝謝你。

法蘭西

佳恩達小姐……這個其實無所謂……不過可否請您給這個作品打個分數呢？像過去的老樣子那樣。

（佳恩達拿出紅筆，在書上寫了個大大的特優。）

這個幻夢實在美妙，法蘭西深受鼓舞，便帶著狂熱開始寫起下一章。她會一直寫一直寫，好讓夢想快點變成現實。她寫下：

「派克，」雪麗．諾拉問自己的貼身女傭，「今天晚上廚師讓我們吃什麼？」

「我想是松雞胸❶用玻璃罩罩著、溫室蘆筍、進口蘑菇和鳳梨奶油慕斯吧，雪麗小姐。」

「聽上去多無聊啊。」雪麗說。

「是的，雪麗小姐。」女傭恭恭敬敬地說。

「你知道，派克，我想隨便再點些別的。」

「您請說，我們悉聽尊便。」

「我想要有很多甜點，可以自己選擇當晚餐。你拿十幾份俄式凍甜品來，還有草莓蛋糕，還要一夸脫的霜淇淋——要巧克力口味的。另外，還有十幾個鬆脆餅和一盒法國巧克力。」

「好的，雪麗小姐。」

一滴水滴到了紙上。法蘭西朝上一看，不，屋頂並沒有漏水，是她自己的口水。她很餓，很餓很餓。她走到爐子邊，看看鍋裡，裡面只有一根顏色淡淡的骨頭，四周全是水。麵包盒裡有一些麵包，有一點硬，可是總比沒有強。她切了一小片麵包，倒了一杯咖啡，將麵包浸在咖啡裡，泡軟再吃。吃麵包的時

❶將烤好後的松雞放在玻璃罩下以保溫、保濕。

候，她看了看剛寫的文字，她突然發現了一個以前沒有想到的事。

「你看，法蘭西．諾蘭，」她自言自語，「在這個故事裡，你寫的正是佳恩達小姐不喜歡的那種故事。在這裡，你是在寫你很餓，只是你用這種扭曲、迂迴、愚蠢的方式描述而已。」

她對這小說怒不可遏。她將抄寫本撕了，塞進爐子裡。火焰開始吞噬這抄寫本，她更火大了，她跑到房間，將一盒子文稿全部拿出來。她把四篇寫爸爸的文章放到一邊，剩下的全部塞進了爐子。她把自己所有得優的華麗作文都燒了。這些作文上的句子在著火之前有如迴光返照一般顯得更加清晰，然後發黑、燒捲了起來。「一棵巨大的白楊，高聳入雲，寧靜安詳，屹立在藍天下。」另一句是：「蒼穹如弓。這是個完美的十月天。」還有一個句子的末尾是：「……蜀葵如同凝固的落日，燕草如同濃縮的天空。」

「我從來沒有看過白楊，蒼穹如弓這個說法也是我在什麼地方看來的。除了在種子目錄上之外，我從來沒有看到過這些花朵。因為我是撒謊高手，我才老是得優。」她捅了捅這些紙，好讓它們燒得更快些。這些紙化作灰燼的時候，她嘴巴裡喃喃自語：「我在焚燒醜陋，我在焚燒醜陋。」等最後一點火星也熄滅了，她面對著火爐，戲劇性地宣佈：「我的寫作生涯就此告一段落。」

突然間，她覺得又害怕又孤獨。她想爸爸，她想爸爸。他不可能死了的，他不可能死了。過一會兒，他就會唱著《莫莉．馬龍》跑上樓。她會去開門。他會說：「你好，小歌后。」她會說：「爸爸，我作了個噩夢，我夢見你死了。」然後她把佳恩達小姐的話告訴他，而他會搜腸刮肚地想法子向她證明一切都好。她等著，聽著，或許這真是個夢。不過不會的，沒有什麼夢能作這麼久。這是真的，爸爸已經永遠不在了。

她低頭趴在桌子上哭了。「媽媽不像愛尼力那樣愛我。」她哭著，「我費力讓她愛我，我總挨著她坐，她去哪兒我就去哪兒，她要我幹嘛我就幹嘛，可我就是沒法讓她像爸爸那樣愛我。」

接著她回想起電車上的媽媽，臉色蒼白，頭靠在後面，眼睛閉著。她想起媽媽看起來多麼蒼白、多麼疲憊。媽媽確實愛她；當然媽媽愛她，只是和爸爸的表達方式不一樣罷了。媽媽的心地也真是很好，現在，隨時要生孩子了，她還在工作。假如媽媽生產時死掉會怎樣呢？這個想法讓法蘭西的血液幾乎都凝固了。沒有媽媽，她和尼力該怎麼辦？他們能去哪裡？艾薇和西西都太窮了，收留不了他們，他們會沒有地方住。這個世界上他們除了媽媽就沒有別人了。

「親愛的上帝啊！」法蘭西禱告，「請祢別讓媽媽死。我知道我告訴過尼力說我不相信祢，不過我其實還是相信祢的！我相信！我那回只是嘴上說說。不要懲罰媽媽，她沒有做過什麼壞事，不要因為我說我不相信祢，祢就把媽媽帶走。如果祢讓媽媽活著，我會把我的寫作奉獻給祢。只要祢讓她活著，我一個字不寫都行。聖母瑪利亞，讓祢的兒子耶穌去上帝那裡求情，別讓我媽媽死吧！」

可是她覺得自己的禱告一點用都沒有。上帝會記得她說過的她不相信祂，祂會把媽媽帶走的，就像祂把爸爸帶走一樣。她嚇得幾乎歇斯底里，覺得媽媽真的已經死了。她衝出屋子去找媽媽，但是媽媽不在他們那棟公寓裡打掃。她又去另一棟公寓，跑了三層樓，邊跑邊喊：「媽媽，媽媽！」她也不在這棟樓裡。法蘭西又跑到最後一棟公寓裡，媽媽不在一樓，不在二樓。只剩最後一層樓了，如果媽媽也不在這裡，那她一定死了。她大叫：「媽媽！媽媽！」

「我在這上面呢，」凱蒂平靜的聲音從三樓傳來，「你別亂喊啊！」

法蘭西如釋重負，人也差點癱倒。她不想讓媽媽知道她哭過，於是開始找自己的手帕。手帕沒有找到，她便用裙子擦了擦眼睛，然後慢慢上了樓梯。

「你好，媽媽。」

「是不是尼力出了什麼事情？」

「沒有，媽媽。」（她總是先想著尼力。）

「那就好，你也好。」凱蒂笑著說。凱蒂猜大概是學校裡出了什麼事，讓法蘭西難受。但如果她想告訴她……

「你喜歡我嗎，媽媽？」

「我要是連自己的小孩都不喜歡，那我不成了怪人了？對不對？」

「你覺得我和尼力一樣好看嗎？」她焦急地等著媽媽的回答，因為她知道媽媽不會撒謊。媽媽想了好久才回答。

「你的手很漂亮，頭髮直直的，而且很濃密、很漂亮。」

「可是，你是不是覺得我和尼力一樣好看呢？」法蘭西不屈不撓地繼續問，甚至希望媽媽撒謊騙她。

「法蘭西，我知道你心裡大概有什麼事，可是我現在太累了，沒力氣跟你兜圈子。你再耐心等會，等孩子出生吧！你和尼力我都喜歡，我覺得你們兩個都漂亮。好了，現在就別再讓我操心了。」

法蘭西頓時懊悔萬分。看見媽媽肚裡懷著即將臨盆的孩子，雙手和膝蓋著地，用笨拙的姿勢趴在地上洗地，她的心裡充滿了關愛。她跪在媽媽身旁。

「起來，媽媽，走廊我幫你洗完吧，我有時間。」她把手伸到水桶裡。

「不要！」凱蒂尖聲說。她把法蘭西的手從水裡拿出來，用自己的圍裙擦乾。「不要把手伸進那水裡，裡面有蘇打和鹼液，你看把我的手都弄成什麼樣子了。」她伸出自己形狀完美，但傷痕累累的手，「我不希望你的手也變成這樣，我希望你的手一直都是好好的、嫩嫩的。再說我也快擦完了。」

「如果我不能幫忙，我坐樓梯上看行不行？」

「要是你沒別的事情，那就坐著看好了。」

法蘭西坐著看媽媽擦地。知道媽媽還活著，就在自己身邊，這種感覺好極了；即便那擦洗的聲音聽起來也很悅耳，讓人感覺平安。那刷子發出沙沙沙的聲音，拖地的時候拖把發出呼呼呼的聲音；媽媽將拖把和刷子扔到水裡的時候，發出撲通撲通的聲音；媽媽拖著水桶到另外一個地方的時候，發出吱吱吱的聲音。

「法蘭西，你沒有女生的朋友可以聊天嗎？」

「沒有，我討厭女人。」

「這不正常。有時候跟同齡的女孩說說話，對你有好處。」

「媽媽，你有女生朋友嗎？」

「沒有，我討厭女人。」凱蒂說。

「你看，你和我一樣。」

「不過，我過去有個女生朋友，我是因為她才認識你爸爸的。你看，有個女生朋友有時候還挺管用的呢！」她開玩笑地說。可是她的刷子似乎不聽使喚了，它發出的聲音好像在說：「你走你的路，我走我的路」。她壓抑住自己的眼淚：「是的，」她接著又說，「你需要朋友。除了尼力和我，你從不跟人講話，你只是看你的書，寫你的故事。」

「我不寫了。」

凱蒂頓時知道了，不管法蘭西心裡有什麼事，一定和她的作文有關。「你是不是今天作文的分數不好？」

「不是的。」法蘭西撒了個謊，可是對媽媽料事如神的本事深感敬佩。她站起身，說：「我想我該去麥克加洛迪酒吧了。」

「等等！」凱蒂把刷子和拖把放進桶裡。「我今天也做完了，」她伸出手，「拉我起來。」

法蘭西抓住媽媽的手，凱蒂用力拉，笨拙地站起來：「跟我一起走回家，法蘭西。」

法蘭西拿著桶子，凱蒂一隻手扶著欄杆，一隻手搭在法蘭西肩膀上。她下樓下得很慢，重重地靠著法蘭西。媽媽的步子搖搖晃晃，法蘭西盡量和她保持同步。

「法蘭西，我現在隨時都有可能生孩子，如果你就在我附近的話，我會安心得多。盡量待在我身邊，要是我去上班，不時來找我一下，看看我是什麼狀況。我真是全靠你了，這種時候指望不了尼力，這種事男孩子一點都派不上用場。我現在特別需要你，你在附近，我就覺得安全得多，所以盡量待在我身邊。」

法蘭西心裡對媽媽湧出無限溫情。「我永遠都不會離開你的，媽媽。」

「我女兒就是乖。」凱蒂用手壓了壓她的肩膀。

「或許，」法蘭西心想，「她不像愛尼力那樣愛我，可是她更需要我。我想，被人需要和被人愛一樣好，或許更好呢！」

40

兩天後，法蘭西回家吃午飯，下午就沒有回去上學了。媽媽躺在床上，她讓尼力去上學。法蘭西想去找西西或艾薇，可是媽媽說時候還沒有到。

法蘭西開始獨當一面，這讓她頗感自豪。她把家裡打掃得乾乾淨淨，檢查了一下食物，將晚餐安排好。每隔十分鐘，她就去把媽媽的枕頭拍鬆，問媽媽要不要水。

三點後不久，尼力就氣喘吁吁地衝進來，把書丟到角落裡，問要不要去找人。看著他的一臉著急，媽媽微笑了，說不到萬不得已，不要打擾艾薇和西西做事。尼力去上班了，媽媽還叮囑他幫法蘭西請假，並問麥克加洛迪可否讓他幫法蘭西把事情一起做掉，因為法蘭西要和媽媽待在一起。麥克加洛迪先生不僅答應了，還幫尼力一起準備當日的免費晚餐，這樣一來，四點半的時候尼力就把事情做完了。他們早早吃了晚飯，尼力送報送得越早，也就結束得越早。媽媽說她不需要什麼，只想要一杯熱茶。

等法蘭西把茶沏好，媽媽又不想喝了。法蘭西很擔心，因為媽媽什麼都不吃。尼力去送報紙了，法蘭西給媽媽端來一碗燉菜，要媽媽吃。凱蒂衝她大吼，叫她別來煩她，說要是她想吃，她自己會開口的。法蘭西於是將菜倒回鍋裡，努力抑制住受傷的眼淚。她只是想幫忙啊！媽媽又在叫她，好像不生氣了。

「幾點了？」凱蒂問。

「差五分鐘六點。」

「你這鐘沒有慢吧？」

「沒有，媽媽。」

「那可能快了。」她看上去憂心忡忡的樣子，法蘭西於是從前窗看出去，看到沃倫諾夫珠寶店附近的大街鐘。

「我們的鐘是對的。」法蘭西說。

「天黑了嗎？」凱蒂無法知道天色為何，因為即便在陽光明媚的中午，也只有一些灰灰的光線從通氣窗透過來。

「沒有，外面還很亮呢！」

「這兒這麼黑。」凱蒂煩躁不安地說。

「那我點晚上用的蠟燭吧。」

一個小小的架子釘在牆上，上面是聖母瑪利亞的石膏像。她穿著一身藍衣，請求似的伸出雙手。石膏像下方有個厚壁紅玻璃杯，裡面裝著黃色的蠟和燭芯。蠟燭杯旁是一個花瓶，裡面裝有紙做的紅色玫瑰。法蘭西擦火柴點著蠟燭，燭光透過厚厚的玻璃壁，顏色暗紅，光線微弱。

「現在幾點了？」凱蒂過了一會兒又問。

「六點十分。」

「你確定這鐘不慢也不快嗎？」

「不慢也不快。」

凱蒂似乎滿意了。可是五分鐘後她又問起時間了，似乎她有什麼重要約會，害怕會遲到一樣。過了六點半，法蘭西又告訴她一次時間，說尼力過一個小時後就會回來。「等他一回來，馬上叫他去找艾薇姨媽。叫他不要用走的，這樣會耽誤時間，就給他五分錢讓他坐車，告訴他去找艾薇，因為艾薇比西西近些。」

「媽媽，假如孩子突然生下來，我又不知道該怎麼做怎麼辦？」

「我哪能那麼幸運，孩子說生就生下來。現在幾點了？」

「過二十五分鐘七點。」

「確定嗎？」

「確定。媽媽，雖然尼力是男孩子，可是他和你在一起會更好些吧！」

「為什麼？」

「因為他總是能給你很大安慰。」她說這話時既沒有惡意，也沒有嫉妒。「可是，我……我……我不知道說什麼能讓你感覺好受些。」

「現在幾點了？」

「再過二十四分鐘七點。」

凱蒂沉默了一會兒。她開口說話的時候，語氣很平靜，似乎是在自言自語：「不，這種時候男人在場不好，可是好多女人總是強迫男人這時候要站在她們身邊，希望男人聽到自己的每一聲呻吟，看到她們流的每一滴血，聽到肉體的每一次撕裂。讓男人站在一旁一道受苦，享受這種變態的樂趣，她們又能得到什麼？她們似乎是在報復，因為上帝讓她們做了女人。現在幾點了？」還沒等到法蘭西的回答她便接著說：「女人結婚前，要是有男人看到她們頭上頂著一頭髮捲，或是沒穿馬甲就尋死覓活的；如今要生孩子，卻把自己最難看的一切強迫男人看。我不知道為什麼，我不知道為什麼。男人想到跟她在一起會給她帶來這麼萬般痛苦，結果他的一些狀況就不好了。很多男人有了孩子後就開始對妻子不忠……」凱蒂根本都不知道自己在說什麼，她實在太想強尼了，才這麼拚命為他不在身邊開脫。「再說，如果你愛一個人的話，那有苦就自己承受，不要往別人身上攤。等你的時候來了，也不要讓男人在家裡待著。」

「是的，媽媽。現在七點五分了。」

「你去看尼力回來了沒有。」

法蘭西看了看，只能回說還沒有看到尼力。法蘭西剛才提到尼力是個安慰的話重又浮上凱蒂心頭。

「不，法蘭西，現在你才是我的安慰。」她嘆了口氣，「如果是男孩，我們就叫他強尼。」

「媽媽，等我們家裡又成了四口人生活就會好過些。」

「是的，會好過些。」凱蒂之後好久沒有說話。她再一次問起時間的時候，法蘭西告訴她現在是七點十五分，尼力就快回家了。凱蒂叫她把尼力的睡衣、牙刷、一塊乾淨毛巾和一小塊肥皂用報紙包好，尼力晚上要去艾薇家睡。

法蘭西夾著這個包裹，到街上跑了兩趟，後來終於看到尼力回來了，從街上跑過來。法蘭西跑過去，把包裹給他，又給了他車費，將媽媽的叮囑轉告給他，叫他快點去。

「媽媽怎樣？」他問。

「挺好。」

「確定嗎？」

「確定。我聽到有電車來了，你快去吧！」尼力跑開了。

法蘭西回來的時候，看到媽媽一頭大汗，下嘴唇有血，似乎咬穿了一樣。

「哎呀，媽媽，媽媽！」她晃著媽媽的手，將手貼近自己的臉頰。

「拿條毛巾用冷水擰乾，然後擦擦我的臉。」媽媽低聲說。法蘭西擰乾、擦好之後，媽媽又將沒有說完的話說了出來：「當然，你對我是個安慰。」她的思緒又跳到一個似乎毫不相關，但其實十分關聯的話題上：「我一直想看你得優的作文，可是我一直沒時間。現在我有一點時間了，你可不可以幫我讀一篇？」

「我不能讀，都燒了。」

「你構思，寫出來，交上去，拿到成績；然後你再思考了一回，然後燒了。這過程中我一篇都沒有看過。」

「沒關係，媽媽。反正也寫得不好。」

「我良心不安啊！」

「它們真的沒什麼好，媽媽，我也知道你沒有時間。」

凱蒂心想：「可是兒子做什麼我都有時間；我會為了他擠出時間來。」她接著將自己心裡的話大聲說了出來：「不過，尼力需要更多鼓勵。你好強、自動自發，就跟我一樣，但尼力總是需要外界的鼓勵。」

「沒關係，媽媽。」法蘭西重複說。

「我也是逼不得已。」凱蒂說，「不過，我還是良心不安啊！現在幾點了？」

「快七點半了。」

「再擦一次毛巾，法蘭西。」凱蒂的腦子似乎想抓住什麼東西：「難道你一篇都不剩，沒東西可唸了？」

法蘭西想到了寫父親的那四篇，還有佳恩達老師說的話，便回答說：「沒有。」

「那就讀莎士比亞給我聽吧！」法蘭西拿來莎士比亞的書。「你就讀『這樣的夜晚』那段，我希望孩子出生前，心裡能想著美好的東西。」

書上的字很小，法蘭西只有點亮了煤氣燈才能讀。燈點亮後，她好好看了媽媽的臉一眼，那張臉灰若塵土，扭曲變形。媽媽不像媽媽了，而像是處在痛苦中的瑪麗·羅姆利外婆。凱蒂避開燈光，法蘭西很快把煤氣燈關了。

「媽媽，這些戲我們看過好多遍，我都能背了。我不用燈光，甚至看都不用看，媽媽。你聽。」她開始背誦起來：

這樣的夜晚，月光如此皎潔。

那甜美的風，親吻著樹兒。
這樣的夜晚，悄無聲息，特洛伊羅斯……❶

登上了特洛伊城牆，
發一聲長嘆，遙望希臘營房，
夜間的克瑞西達棲身在那營帳……

「幾點了？」
「七點四十。」

「後來你搞清楚特洛伊羅斯是誰了嗎，法蘭西？還有克瑞西達？」
「搞清楚了。」
「有朝一日，等我有時間了，你講給我聽。」
「好的，媽媽。」

凱蒂呻吟起來，法蘭西再一次把她臉上的汗擦掉。凱蒂像那天在走廊上一樣，向法蘭西伸出手。法蘭西抓住她的手，腳用力撐著。凱蒂用力拉，那一刻法蘭西感覺自己的手臂都有可能從關節處斷開。終於，媽媽放鬆下來，放手了。

又過了一個鐘頭。法蘭西背誦著那些爛熟於心的篇章——波西亞的法庭陳述、安東尼奧的葬禮致詞、「明日復明日」——那些莎士比亞劇本中耳熟能詳的片段。有時候凱蒂會問個問題。有時候她只是掩面而泣。她不自覺地一直問時間，回答了她卻似乎也沒聽進去。法蘭西隔段時間就給她擦一次臉。一個小時之內，她三、四次伸手拉法蘭西。

艾薇在八點半時到了，法蘭西大大鬆了口氣。「西西姨媽再過半小時也就到了。」艾薇說。她匆匆走進臥室，看了看凱蒂的臉之後，艾薇從法蘭西的床上取來一張床單，一頭拴在凱蒂的床柱上，另外一頭遞給凱蒂：「你換著拉這個試試。」她建議。

凱蒂扯著那床單好一陣，出了一身汗，然後低聲問：「現在幾點了？」

「你管這做什麼？」艾薇樂呵呵地說，「你又沒要去哪兒。」凱蒂想笑，可是笑容很快被一陣痛苦取代。「要是光線強一點就好了。」艾薇說。

「可是煤氣燈很刺眼。」法蘭西反對。

不過，艾薇還是將玻璃球狀的煤氣燈從客廳的燈架上拿過來，用肥皂在上面抹了一層，放在臥室的燈架上。煤氣燈點著後，漫出一片柔和、發散的光線，不刺眼了。這時是五月的夜晚，可是艾薇還是在爐子裡生了火，她向法蘭西發號施令，法蘭西跑來跑去，將水壺裝滿水，放到火上。她又把搪瓷臉盆洗好，倒了一瓶橄欖油進去，放在爐子後。洗衣籃裡的髒衣服法蘭西都倒了出來，裡面放上一條破爛但是乾淨的毯子，放在靠近爐子的兩張椅子上。艾薇將廚房裡所有的盤子都拿到烤箱裡加熱，然後叫法蘭西把熱盤子放到籃子裡，等它們涼下來了，就拿出來，再換上熱盤子。

「你媽媽有沒有寶寶的衣服？」

「你認為我們是什麼人，連寶寶衣服都不準備？」法蘭西帶著嘲諷的口氣說。然後，她拿出全套嬰兒衣服來：四件手工做的法蘭絨小袍服、四條頭飾帶、一打手工縫邊的尿布，還有四件有些脫線的小襯衫；這襯衫是她和尼力小時候穿過的。「除了襯衫外，其他都是我做的。」法蘭西自豪地說。

❶出自《威尼斯商人》。

「嗯，看來你媽期望會生個男孩。」艾薇邊看著袍服上藍色的羽毛狀刺繡針腳邊說，「這個嘛，我們就等著瞧吧！」

西西到了之後，兩姊妹都進了臥室，讓法蘭西在外面等。法蘭西聽著她們談話。

「該去找接生婆了。」西西說，「法蘭西知不知道她住哪兒？」

「我沒請接生婆，」凱蒂說，「家裡哪裡有五塊錢請接生婆啊！」

「這個，其實西西和我可以湊合，」艾薇說，「如果你……」

「等等，」西西說，「我生過十個——不——十一個孩子。你生過三個，凱蒂兩個。我們三人一共生過十六個孩子，應該是接生專家了吧？」

「也罷。我們自己來接生。」艾薇也拿定了主意。

她們關上了臥室門，法蘭西還是能聽到講話聲，可是聽不清內容。她不喜歡兩個姨媽這樣把自己關在外頭，要知道，她們沒來的時候，這裡還是她做主呢！她把冷盤子從籃子裡拿出來，放進烤箱，又拿出兩個熱盤子。她突然感到無限的孤寂，她多麼希望尼力在家，兩個人可以一起聊小時候的事情。

法蘭西睜開眼睛的時候吃了一驚，她不可能是在打瞌睡吧！她想，不可能的！她摸了摸籃子裡的盤子，是涼的。她趕緊換上熱盤子，籃子必須保暖，好迎接寶寶。她聽著臥室裡的聲音，自她打盹後，這聲音似乎變了，裡面不再是慢悠悠的走動，也沒有了那種輕鬆的交談。兩個姨媽似乎在裡面腳步匆匆地跑來跑去，說話也是用急促的短句。她看了看鐘，現在是九點半。艾薇從臥室出來，順手將門關上。

「這兒是五毛錢，法蘭西，你去買四分之一磅奶油、一盒蘇打餅乾、兩個臍橙。告訴那人你要臍橙，就說是幫一個生病的女士買的。」

「可是，現在所有商店都關門了。」

「去猶太城，他們從來不關門的。」

「我明天早晨去。」

「聽我的。」艾薇厲聲說。

法蘭西不情願地去了。下到最後一段樓梯時，她聽到了一聲慘叫。她停住了，猶豫是要回去還是繼續走。她想起了艾薇姨媽嚴厲的命令，便繼續下樓。到了外面大門口的時候，又傳來一聲聲痛苦萬狀的慘叫，她如釋重負地走到街上。

在公寓中的一間房裡，那猿猴般的卡車司機不顧妻子的十二萬分不情願，令她準備上床。這時候他聽到了凱蒂的慘叫，說了聲：「天哪！」第二聲慘叫傳來時，他說：「但願她不要讓我一晚都睡不好。」他那個孩子般的妻子一面哭一面寬衣解帶。

小絲．嘉迪斯和她媽媽坐在廚房裡，小絲又在縫製一件白緞子的禮服，她與法蘭克的婚事一拖再拖，這禮服是她和法蘭克婚禮上要穿的婚紗。嘉迪斯夫人在給韓尼編織一只灰襪子，當然韓尼已經死了，可是他媽媽一輩子都在幫他編灰襪子，現在已經是積習難改。嘉迪斯夫人聽到那聲慘叫時漏了一針。

小絲說：「男人尋歡作樂，女人呢，就只有受苦。」她媽媽一言不發，聽到凱蒂的慘叫，她渾身顫抖起來。「這婚紗居然要縫兩個袖子，」小絲說，「多搞笑啊！」

「是的。」

她們各自忙著手上工作，都沒有說話。後來小絲打破沉默：「我在想這值得嗎？我是說生孩子。」

嘉迪斯夫人想到了死去的兒子和一隻手臂傷殘的女兒。她什麼也沒說，一味低頭編織。她已經回到漏針的地方，她努力想把漏掉的地方補起來。

＊　＊　＊

婷莫爾家兩個乾癟的老處女躺在堅硬而冷清的床上，她們在黑暗中摸到對方的手。「你聽到了嗎，姊姊？」瑪姬小姐問。

「她的時候到了。」莉琪小姐說。

「這就是老早以前哈維向我求婚，我卻沒有答應的原因。我就怕這個，怕死了。」

「我不知道怎麼說才好，」莉琪小姐說，「有時我覺得受點痛苦，遭遇些不快，奮鬥一陣，喊一陣，甚至活受罪，都比這樣……平安無事好。」她等著，直到最後一次尖叫消失，「至少她知道她活著。」

瑪姬小姐無言以對。

諾蘭家對面的屋子空著。公寓裡另外一戶人家是個波蘭裔的碼頭大錘工，和他的妻子以及四個孩子住在一起。他正從罐裡往桌子上的玻璃杯裡倒啤酒時，突然聽到凱蒂的喊叫。

「這些女人！」他輕蔑地哼了聲。

「你給我閉嘴！」他老婆厲聲說。

這棟公寓裡的女人每聽到一次凱蒂的叫聲，她們都一陣緊張，隨著她一起受苦。這是女人唯一的共同點；她們唯一能一致認同的，就是生育的痛苦。

法蘭西沿著曼哈頓大道走了好久，才找到一家還開著的猶太人奶品店。不過，她還得去別的商店才買到餅乾，後來又找了一個水果攤，買到了臍橙。回來的時候，她看了看奈普藥房的大鐘，發現快到十點半了。她其實不在乎時間，只是媽媽好像很看重。

走進廚房，她感覺到一些異樣。屋子裡有了一種新的平靜，還有一種說不出來的氣味；新的氣味，淡淡的香氣。西西背對著籃子站著。

「你添了個小妹妹了。」她說，「你覺得怎麼樣？」

「媽媽怎樣？」

「你媽媽沒事。」

「你們就是為了這個打發我出去的吧！」

「我們覺得你才十四歲就已經懂太多了。」艾薇從臥室裡出來說。

「我只想知道一件事，」法蘭西憤怒地說，「是不是媽媽打發我離開的？」

「是的，法蘭西，是她吩咐的。」西西輕聲說，「她好像說了不要讓自己愛的人跟著受苦之類的話。」

「那好吧！」法蘭西覺得寬慰許多。

「你不想看看小寶寶嗎？」

西西站到一邊。法蘭西將毯子從寶寶頭上掀開，這寶寶長得很漂亮，皮膚白白的，頭髮黑黑的、捲捲的、軟軟的，長到了額頭前，就像媽媽一樣。寶寶的眼睛稍微睜開，法蘭西注意到她的眼珠是奶藍色。西西解釋說所有新生的孩子眼睛都是藍的，或許隨著年齡增長，顏色會越來越深，最後變得像咖啡豆一樣。

「寶寶像媽媽。」法蘭西說。

「我們也是這麼想的。」

「寶寶沒事吧？」

「完全沒事。」艾薇告訴她。

「沒有那裡畸形吧？」

「當然沒有。你哪裡來的這些想法？」

法蘭西想到媽媽臨盆前不久還手腳並用，跪在地上刷地，她就怕因為如此造成嬰兒畸形，不過她沒有跟艾薇講這些。

「我可不可以進去看看媽媽？」她謙卑地問。在自己家裡，她倒顯得像個陌生人了。

「你順便把盤子拿進去給她。」法蘭西將盤子拿了進去，盤子上放著塗了奶油的餅乾。

「你好，媽媽。」

「你好，法蘭西。」

媽媽看來恢復了原狀，只是顯得疲憊不堪。她沒法抬頭，因此法蘭西手拿著餅乾給她吃。餅乾吃完後，法蘭西手裡拿著空盤子，媽媽一言不發，法蘭西覺得母女二人又形同陌路了，過去幾天的親近已經蹤影全無。

「媽媽，你選的是男孩的名字呢！」

「是啊，可是生女兒也好，真的。」

「她很漂亮。」

「她的頭髮會是黑色的鬈髮，尼力是金色鬈髮，可憐的法蘭西是褐色的直髮。」

「我就喜歡褐色的直髮。」法蘭西回敬了一句。她巴不得知道孩子的名字，可是媽媽這會兒顯得像個陌生人，她不想在這個時候直接問。「要不要我把出生資料寫下來，交給衛生局？」

「不用。神父會來洗禮的，洗禮後他會將出生資料報過去。」

「這樣啊。」

凱蒂發覺法蘭西語氣裡的失望，便說：「你將紙筆拿來，我讓你把她的名字寫下來。」

法蘭西從壁爐架上拿下十五年前西西順手牽羊弄到的基甸聖經。她看著扉頁上的四行記載，前面三個是強尼用他那漂亮的書法一筆一畫寫的。

一九〇一年一月一日，凱薩琳．羅姆利和約翰．諾蘭結婚。
一九〇一年十二月十五日，法蘭西斯．諾蘭出生。
一九〇二年十二月二十三日，哥留尼．諾蘭出生。

第四個是凱蒂用左傾斜體寫的，筆跡剛勁。

一九一五年十二月二十五日，約翰．諾蘭去世，享年三十四歲。

西西和艾薇隨法蘭西一起進了臥室，她們也想知道凱蒂給孩子取什麼名字。莎拉？艾娃？露絲？伊莉莎白？

「寫下來，」凱蒂唸著，「一九一六年五月二十八日，安妮．蘿莉．諾蘭出生。」

「安妮！這名字太普通了吧！」西西咕噥道。

「怎麼了，凱蒂？為什麼取這個名字？」艾薇耐心地問。

「這是強尼過去唱過的一首歌。」凱蒂解釋。

法蘭西寫這個名字的時候，彷彿又聽到了爸爸彈琴的聲音，彷彿聽到了爸爸的歌唱。「安妮．蘿莉，俊俏無窮……」……爸爸呀……爸爸……

「他說這歌來自一個更好的世界。」凱蒂接著說，「要是他在天有知，也一定喜歡我用他的歌給孩子命名。」

「蘿莉這名字很美。」法蘭西說。

就這樣，孩子的名字確定是蘿莉了。

41

蘿莉是個乖孩子，大部分時間都心滿意足地在睡覺，醒來了，也是用那深褐色眼睛看著自己的小拳頭。

凱蒂用母乳餵孩子，這不只是出於本能，而且她根本也沒錢買鮮奶。孩子不能單獨留在家裡，所以凱蒂每天早晨五點鐘就起來工作，先清掃另外兩棟公寓，忙到快九點才回來，那時候法蘭西和尼力該去上學了，回來她接著清掃自己那棟公寓，清掃的時候就把自家的門半掩著，這樣的話，如果蘿莉哭起來她還能聽見。凱蒂每天晚上一吃完飯就去睡覺，法蘭西很少見到她，感覺媽媽似乎已經離開了一般。

麥克加洛迪並沒有照原計畫，等凱蒂的孩子出生後便將法蘭西和尼力兩個解雇。他的生意在一九一六這年春天突然熱絡起來，酒吧一直爆滿。這個國家在發生巨大變化，他的顧客和其他地方的美國人一樣，必須找個地方討論問題，而街角的酒吧就是窮人的俱樂部，是他們唯一能聚會的地方。

法蘭西在酒吧樓上的公寓裡做事，透過薄薄的地板，她聽到下頭的高談闊論。很多時候，她會停下手頭工作，專心聽他們講話。是的，世事風雲突變，這一回她確定是世界在變，不是她自己在變。她從這些人的談話中覺察出世事的變化。

這是事實。他們再過幾年就不造酒了；再過幾年整個國家全部禁酒。

我們這些人都是辛苦人，喝點啤酒的權利總該有的吧！

這些話你跟總統說，看你能怎樣。

這可是民主的國家，如果我們不希望禁酒，那就不該禁酒。
當然這是民主的國家，不過他們照樣會禁止，管你喜歡不喜歡！
我的天，那我自己釀酒好了，我老頭子過去在老家就會自己釀。你用一蒲式耳的葡萄……
得了，女人投什麼票！
這可難說。
真到了那地步，我投誰，我老婆就跟著投誰，不然的話，我把她脖子扭斷。
我家老婆子才不會去投票站，跟那些混混和酒鬼一起呢！
……女人當總統。有可能啊！
他們是不會讓女人來管理政府的。
現在管理的可不就是個女的。
什麼鬼話！
威爾遜連上個廁所，老婆不點頭他都不敢去。
威爾遜自己也是個老女人。
幸虧有他我們才沒有參戰。
他就像個大學教授！
白宮裡需要的是個正經的政客，不是一個老師。
……汽車。不用多久馬就要被淘汰了。底特律那個傢伙的汽車造價很低，再過段時間，每個勞工都買得起車了。

勞工也能開自己的車！這有指望，值得一等哪！

飛機！說說而已啦！持久不了的。

電影這玩意看來是會繼續下去了，布魯克林的劇院一家家關門了。就說我吧！我就喜歡卓別林那些玩意，可是我老婆還是喜歡考斯特．佩頓❶劇院的這些。

……無線電。有史以來最偉大的發明！人講話能在空中傳播，你聽著，這可是連電線都不需要呢！用一種什麼機器，就能把這些話語收下來，還要戴耳機聽……

他們說這玩意兒叫半麻醉，說用了這東西，女人生孩子就一點感覺都沒有了。我這個朋友把這件事告訴我老婆，她說早就該發明這種東西了。

你在胡說什麼呀！煤氣燈老掉牙了，現在連最便宜的出租公寓裡都裝電燈了。

不知道如今的孩子是怎麼回事，一個個跳舞跳瘋了。跳舞……跳舞……跳舞……

所以我把名字從舒爾茨改成了史考特。法官問我想去哪裡，改名做什麼？舒爾茨這個名字不錯啊！法官自己也是德國人，所以知道了吧？老弟啊，我是說……我就是這麼跟他說的，管他法官不法官，我要跟老家一刀兩斷了，我說。就憑他們對比利時嬰兒做的那些事，我就不想和德國再有什麼瓜葛了。我現在是美國人了，所以我也要換個美國名字。

我們是要打仗呢！老哥，我看仗遲早要打起來的。

我們只要秋天再選威爾遜就行了，他不會讓我們去打仗的。

別對這些政見太認真了。要是選了民主黨的總統，也就等於選了個打仗總統。

林肯是共和黨。

不過南方選出了個民主黨總統，還不是他挑起了內戰。

我倒是要問問各位，我們還要忍耐多久？那夥渾球又擊沉了我們一艘船，他們還要擊沉我們多少艘船我們才會鼓起勇氣，過去好好教訓這些渾球呢？

我們不能參戰。我們國家現在這樣挺好，讓他們自己的打仗去吧！別把我們捲進去。

我們不要打仗。

要是宣戰了，我明天就去入伍當兵。

你只是說說罷了。你都五十好幾了，就是去了，人家也不要啊！

我寧可去坐牢，也不去打仗。

可是人總得為自己信奉的原則而戰吧！要我去的話，我就去。

我沒有什麼好操心的，我有雙疝氣。

打仗就打仗吧！這樣他們就需要我們這些勞工去造槍炮修輪船，需要農民去種莊稼，生產食物了。那時候，就換那些混蛋來拍我們馬屁。我們這些做苦力的，到時候就可以收拾那些該死的資本家了。到時就不再是他們作主，是他們要聽我們的。我對上天起誓，我會好好收拾他們的。我倒是希望打仗，早打早好。

　　就和我跟你說的一樣，現在什麼都是機器生產。我前幾天聽到一個笑話，一個工人和老婆兩人的

---

❶原文為Corset Payton。應為前文所提過的Corse Payton劇院。此處說話者將Corse誤說成Corset（馬甲），或有諧趣意味。

食物和衣服都靠機器製造，所以他們到一個寶寶機器前，投了錢進去，果然出來了一個寶寶。那小子轉身說：把過去的好日子還給我。

過去的好日子，怕是一去不復返了吧！

吉姆，幫我把杯子裝滿。

法蘭西一面掃地，一面不時停下來聽，費力地將這些話拼在一起，她想知道周圍的世界處在什麼樣的劇變和紛亂之中。在她看來，在蘿莉出生之後到她畢業之前這段時間，世界出現了翻天覆地的變化。

42

法蘭西還沒習慣和蘿莉相處，畢業典禮就來到了。凱蒂分身乏術，不能兩場畢業典禮都去，最後決定她去尼力的，畢竟不能因為法蘭西當初換學校，就錯過尼力的畢業典禮；這個理由無可厚非，法蘭西也理解，但心裡還是難過。要是爸爸還在，他一定會來參加她的畢業典禮。最後大家商定由西西參加法蘭西的畢業典禮，艾薇留下看蘿莉。

一九一六年六月最後一個晚上，法蘭西最後一次走到她深愛的學校。西西生了孩子後性情變了，不怎麼說話了，默默跟在法蘭西後面走。兩個消防隊員經過西西身邊，她也幾乎沒有注意到，過去，她可是一見到穿制服的就興奮的。法蘭西真希望西西還是以前的樣子，她這一變，法蘭西覺得很孤獨。她伸手過去牽西西的手，西西抓住捏著，法蘭西這才覺得寬慰了些。骨子裡，西西還是那個西西。

畢業班的學生坐在禮堂的前面幾排，來賓坐在後面。校長向孩子們發表了一場誠懇的演說，說他們即將走進一個紛亂的世界，說美國必然會參戰，但是戰爭會結束的，他希望同學們在戰爭之後能建立一個新世界。他建議同學繼續接受高等教育，才有能力建設新世界。這篇演講讓法蘭西很受感動，她暗暗發誓，一定會把校長交的火炬接過來。

然後是畢業公演的演出。流不出的眼淚灼痛了法蘭西的眼睛，那些乏味的對話在耳邊沒完沒了。法蘭西心想：「我的劇本會好很多。我可以把垃圾桶那部分拿掉，要是老師讓我寫，我會完全按她的要求去寫。」

公演之後，大家開始走上臺領畢業證書，終於正式成為畢業生。典禮的壓軸戲是向國旗宣誓，唱《星條旗之歌》。

接下來，法蘭西要面對她的客西馬尼考驗了。

學校有個慣例，女畢業生可以收鮮花，不過禮堂裡不能帶鮮花進來，所以花都送到了教室，老師會將這些花放到畢業生的課桌上。

法蘭西必須回到教室才能拿到成績單，還有她的鉛筆盒和紀念冊。她站在門外，踟躕掙扎不已。她想一定只有她的課桌上沒有鮮花，她知道家裡沒什麼閒錢，也就沒有把這慣例告訴媽媽。

到了這時候，她決定早死早超生，便硬著頭皮進去，逕自走到老師的講桌前，根本不敢看自己的課桌。空氣中散發出濃郁的花香，她聽到女孩們在嘰嘰喳喳，為自己收到的鮮花開心。她聽到同學之間在誇說這些鮮花有多美，個個都是驕傲的語氣。

她拿到了成績單，上面有三個優，一個丙下；得丙下的是她的英語成績。過去，她可是全校寫作最好的學生，但最後卻差點不及格。突然間，她恨起了這間學校，恨所有老師，尤其是佳恩達小姐。她也不指望收到鮮花，無所謂，反正這個傳統也很蠢。「我反正就去我自己的課桌，拿我的東西。」她決定，「要是有人跟我說話，我就叫他們閉嘴。然後我永遠離開學校，不跟任何人道別。」她抬眼看去。「沒有鮮花的就是我的課桌。」可是沒有一張課桌是空著的，每張課桌上都有鮮花。

法蘭西走到自己課桌前，心想是不是哪個女孩把自己多得到的鮮花拿出一束，暫時放她這兒。她決定走過去，拿起來，還給主人，冷冷地跟她說：「不介意我把花拿開吧？我要從桌子裡拿東西。」

她將花拿起來——兩打暗紅色的玫瑰，插在一束蕨葉中。法蘭西像其他女孩一樣，將花捧在懷裡，想要假裝一下這就是自己的鮮花。她在卡片上找花主人的名字，怪了，是她自己的名字！她的名字！卡片上寫著：**獻給法蘭西，恭賀畢業。愛你的爸爸。**

爸爸！

筆跡是他那工整、漂亮的筆跡，是用家裡壁櫥裡的黑墨水寫的。看來這是場夢，一場讓人不明就裡的夢境。蘿莉是一場夢，在麥克加洛迪家打工是夢，畢業話劇是夢，英語成績不好也是夢，她現在才醒來。現在一切都會好轉的，爸爸一定就在外面大廳等著自己。

可是大廳裡只有西西。

「那麼爸爸還是去世了。」她說。

「是的，」西西說，「都六個月了。」

「可是這不可能啊！西西姨媽。爸爸送花給我了。」

「法蘭西，大約一年前，他就給了我這張卡片，卡片都寫好了，還有兩塊錢。他說：『等法蘭西畢業的時候，你送給她一束花——我怕自己忘記。』」

法蘭西哭了起來。現在她知道一切都不是夢，都是真實的。這些日子的辛勞，對媽媽的擔心，沒能寫畢業公演劇本的失望，英語低分的委屈，還有對收不到鮮花的過度心煩，這一切，全湧上心頭，讓她的情緒霎時間如破堤之水，一瀉千里。

西西把她帶到女廁，將她推到一個隔間裡。「好好哭，大聲哭出來。」她命令，「不過快點，不然你媽媽會問我們怎麼磨蹭了這麼久。」

法蘭西站在隔間裡抓著玫瑰哭著，每次廁所門打開，聽到女孩嘰嘰喳喳著進來的時候，她就沖一下廁所，掩飾自己的哭聲。很快地，她這一陣傷心就過了。出來的時候，西西遞給她一條用冷水打濕過的手帕，法蘭西用手帕擦著自己的眼睛，西西問她是不是感覺好些了。法蘭西點頭，並且要西西等等，好讓她去跟各人告別。

她進了校長辦公室，和他握手告別。「別忘記母校，法蘭西斯。有空回來看看。」他說。

「我會的。」法蘭西許諾。她又跑回去跟班導師告別。

「我們會想念你的。」老師說。

法蘭西從課桌裡拿出了鉛筆盒與紀念冊，開始跟其他女孩道別。她們圍到她身邊，一個女孩伸手摟住她的腰，另外兩個女孩親吻她的臉。她們大聲說著道別的話。

「有空到我家來找我玩吧，法蘭西斯。」

「寫信給我吧，法蘭西斯。把你的近況告訴我。」

「法蘭西斯，我們現在有電話了，有機會打電話給我們，明天就打。」

「在我紀念冊上寫點什麼好嗎，法蘭西斯?等你成名了我可以賣個好價錢呢！」

「我要去參加夏令營，我抄地址給你。寫信給我吧！法蘭西斯，聽到沒有？」

「我九月份要上女子高中。你也到女子高中來吧，法蘭西！」

「不要，跟我一起去東城區高中吧！」

「女子高中！」

「東城區高中！」

「伊拉斯姆斯豪高中最好。法蘭西斯，你上這裡吧，我們高中再接著做同學。你要是來，我就把你當我唯一的朋友。」

「法蘭西斯，你沒讓我在你的畢業紀念冊上留言呢！」

「我也沒寫。」

「給我，給我。」

她們在法蘭西幾乎空無一字的紀念冊上寫了起來。「她們不錯啊！」法蘭西心想，「這些年來我本來可以和她們交朋友的，一定是我自己的問題。」

女孩們在紀念冊上寫了起來，有些字跡很小很擠，有的寫得很鬆散，但是看起來都是孩子的筆跡。她們寫的時候，法蘭西跟著唸：

我祝你好運，祝你快樂。
祝你先生一個兒子，
兒子頭髮開始捲曲時，
祝你再生一個女兒。

佛洛倫斯・菲茨傑拉德

等你成親了，
如果你的丈夫對你發火，
就拿起火鉗，猛揍他一頓，
然後跟他離婚。

珍妮・雷

當星星如一顆圖釘，將夜幕釘上，
記住我還是你的朋友，
哪怕你在海角天邊。

諾琳・歐理瑞

碧翠絲・威廉姆斯翻到最後一頁寫道：

在這遙遠的後面，在這看不見的地方，

簽下我的名，權作解恨。

她簽名寫道：**文友碧翠絲．威廉姆斯**。「她居然會寫『文友』。」法蘭西心想；畢業公演的事情她餘怨未消。

法蘭西最後終於脫身，到了大廳裡，她跟西西說：「還有一個人我要去道個別。」

「就你拖那麼久才能畢業。」西西假意抱怨。

佳恩達坐在自己的辦公桌後，屋子裡光線明亮，但是只有她一個人。她並不怎麼受歡迎，所以一直到現在都沒有人來跟她道別。法蘭西進來的時候她抬頭望向法蘭西，眼神中透出熱切。

「你是來跟你的英語老師道別的吧！」她開心地說。

「是的，老師。」

佳恩達老師不想就此結束，就算到了最後她還是想擺教師的架子：「你的成績是這麼回事，你這學期後來都沒交作業，我本該當掉你的，可是最後想想，還是讓你及格，好讓你和其他同學一起畢業。」她等著，但法蘭西什麼話都沒有說。「怎麼，不說聲謝謝嗎？」

「謝謝你，佳恩達小姐。」

「記得我們那次的談話嗎？」

「記得，老師。」

「你後來怎麼那麼固執，不交作業了？」

法蘭西無言以對。其中心境的轉折她不知道該從那裡和佳恩達小姐說起，於是她只是伸出手：「再見了，佳恩達小姐。」

佳恩達小姐吃了一驚：「好了，再見吧。」她說。她們握了個手。「等到以後，你就會發現我是對的，法蘭西斯。」法蘭西一言不發。「是不是？」佳恩達老師厲聲問。

「是的，老師。」

法蘭西走出了教室。她不再恨佳恩達小姐了，她不喜歡她，卻也覺得她可憐。這個世界上，佳恩達唯一能肯定的東西就是她一定是對的。

詹森先生站在學校的臺階上，他用雙手和每個學生握手，嘴裡還說：「再見了，上帝保佑你。」他還特地為法蘭西多說了一句：「好好過，好好加油，為母校增光。」法蘭西答應說她會的。

回家的路上，西西說：「我們就不要把送花的事情告訴你媽吧！不然又害她胡思亂想，讓她想你爸。蘿莉出生後，她身體都還沒有完全恢復過來呢！」她們約好說花是西西買的，法蘭西將卡片拿掉，放進鉛筆盒。

她們將謊言告訴媽媽時，媽媽說：「西西，真不該讓你這樣破費。」可是法蘭西能看出媽媽心裡很高興。

一家人看著兩張畢業證書，都說法蘭西的更漂亮，這多虧了詹森先生那優美的筆跡。

「這畢業證書在諾蘭家史無前例呢！」凱蒂說。

「但願不會到此為止。」西西說。

「我保證我的幾個孩子每人都拿三張畢業證書，初中、高中、大學。」艾薇說。

「再過二十五年，」西西說，「我們家族的畢業證書堆起來都有這麼高。」她踮起腳尖，比畫了六英尺的高度。

媽媽最後一次檢視成績單，尼力的品行和體育得了乙，其他都是丙。媽媽說：「兒子，不錯啊！」她然後又看法蘭西的；她跳過那些甲，專門看那丙下。

「法蘭西！這很令人意外，怎麼回事啊？」

「媽媽，我不想說。」

「還是英文呢！你不是最擅長這科嗎？」

法蘭西的聲音提高了幾度：「媽媽，我不想說。」

「她的作文一直是學校裡最好的。」凱蒂對西西和艾薇解釋說。

「媽媽！」法蘭西幾乎是尖叫著說。

「凱蒂！不要這樣！」西西厲聲下令。

「那好吧。」凱蒂突然發覺自己的嘮叨，她為自己感到羞愧。

艾薇換了個話題，插話進來：「我們要不要去參加慶祝派對呢？」她問。

「我把我的帽子戴上。」凱蒂說。

西西和蘿莉留在家裡，艾薇、媽媽還有兩個畢業生去喜福麗冰淇淋店參加派對。喜福麗冰淇淋店裡到處都是慶祝畢業的人，坐得滿滿的。孩子們都拿著證書來了，女孩子還帶了自己的鮮花。每張桌子上都有爸爸或者媽媽陪著，有的雙方都在。諾蘭家在冰淇淋屋後面找到了一張空桌子。

店裡到處都是大呼小叫的孩子、笑容滿面的父母和腳步匆匆的服務生。有些孩子十三歲了，有幾個十五歲，但是大部分孩子和法蘭西一樣都是十四歲。大部分的男孩都是尼力的同學，尼力滿屋子四處向人打招呼，忙得不亦樂乎。法蘭西和那些女孩子原本不熟識，可她還是開開心心地向她們招手，大聲打招呼，彷彿和她們是多年的密友。

法蘭西為媽媽感到驕傲。別人的媽媽有的頭髮發白，大部分胖得椅子背都罩不住她們的贅肉。但媽媽的身材苗條，根本不像快三十三歲的樣子。她的皮膚依然那麼平滑，她的頭髮還和過去一樣，是一頭烏黑的鬈髮。「要是讓她穿一身白洋裝，」法蘭西心想，「手裡再捧一束玫瑰，她都可以假裝十四歲的女生了——只是自從爸爸去世後，她眉宇間的皺紋越來越深了。」

她們點了冰淇淋。法蘭西腦子裡有張單子，上面列有各式各樣蘇打口味的冰淇淋。她按照這個單子從前往後吃，這樣以後她就可以跟人說全世界所有口味的蘇打冰淇淋她都吃過。這一次，輪到鳳梨口味了，她於是點了這個。尼力要了他常點的巧克力蘇打冰淇淋，凱蒂和艾薇則選了平常的香草冰淇淋。

艾薇說故事給他們聽，逗得法蘭西和尼力開懷大笑。法蘭西不時看向媽媽，艾薇的玩笑媽媽都沒有發笑。她慢慢品嘗著冰淇淋，眉宇間的皺紋更深了。法蘭西知道她在想事情。

「我這兩個孩子，」凱蒂心想，「十三、十四歲時所受的教育，就勝過了三十二歲的我，可是這些還不夠。想想我在他們這個年齡的時候有多麼無知。是的，即便我結婚生孩子了，還是這麼無知。我那個時候還相信巫婆的符咒呢！接生婆跟我說那魚市上的那女人，我居然相信。我這兩個孩子起點比我高，他們永遠不會那麼無知。」

「我幫他們從初中畢業了，但我也撐不下去了。我所有的計畫……尼力當醫生，法蘭西上大學……都行不通了。現在又多了個寶寶……他們肚子裡是不是裝夠知識，能有點進步了？我不知道。莎士比亞……聖經……他們會彈鋼琴，可是現在也不練了。我教導他們乾淨、誠實，不受施捨，不過這些夠嗎？」

「不久，他們就有老闆要取悅，要和新的人相處。他們會走別的路：這是好，還是壞？他們成天工作，晚上就不會和我在一起了。尼力會去找他的哥兒們，法蘭西呢？看書……去圖書館……看演出……聽免費講座或者演奏會。當然，我還有寶寶。寶寶，她的起點會更好。等她畢業了，她的哥哥、姊姊或許還能看她上高中呢！我一定要讓蘿莉過更好的日子，比哥哥、姊姊更好。兩個大的小時候老吃不飽、穿不暖，我再怎麼努力都不夠，現在他們還是小孩子就要去工作了。唉，要是我能讓他們上高中多好！求求祢上帝。我寧可少活二十年，我會日夜工作。不過當然，我不能不在，如果我不在了，誰來照顧寶寶？」

一陣響徹屋宇的歌聲打斷了她的思緒。有人唱起一首流行的反戰歌謠，其他人也跟著唱起來。

我們生下兒子，並非要他當兵打仗。
我們養大兒子，為的是驕傲和榮光……❶

凱蒂繼續沉浸在她的思緒裡。「沒有人能幫助我們。沒有人。」她的腦海裡閃過麥克尚恩警官。蘿莉出生的時候，他送了一籃水果來。她知道麥克尚恩今年九月將從警隊退休，準備競選他老家皇后區的議員，人人都說他篤定能當選。她聽說麥克尚恩警官的妻子病得很重，或許活不到丈夫當選的那一天。「他會再娶的。」凱蒂心想，「當然，他會去找那種會社交的女子……幫助他……就像其他那些政客的妻子一樣。」她看了自己的雙手好久，然後放到桌子下，彷彿為這雙手感到羞愧似的。

法蘭西注意到了。「她在想麥克尚恩警官呢！」她猜想。她還記得那次郊遊，麥克尚恩警官看向她的時候，她給自己戴上了棉手套。「他喜歡媽媽，」法蘭西心想，「不知她知不知道？她一定知道，她似乎無所不知。我猜她要是想，是可以和他結婚的。不過，他別指望我叫他爸爸，我的爸爸去世了，不管媽媽是否和他結婚，對我來說他始終都只是某某某先生。」

這些人的歌也快唱完了。

要是所有媽媽都說，
不生兒子上戰場，
世上哪有戰爭可言？

「……尼力今年十三歲，」凱蒂心想，「等戰爭來了，打完了，他還不足入伍年齡，感謝上帝。」艾薇姨媽輕輕地唱著，篡改他們的歌曲。

誰敢貼鬍鬚在他肩。

「艾薇姨媽，你的歌怎麼編得這麼糟。」法蘭西說，她和尼力狂笑起來。凱蒂突然從自己的思緒中回過神來，抬頭看著他們，也笑了。等服務生拿帳單過來的時候，大家都不講話了，全看著凱蒂。

「她可別一時糊塗，留小費給他。」艾薇心想。

「媽媽知不知道該留五分錢小費？」尼力在想，「但願！」

「不管媽媽怎麼做，」法蘭西心想，「她都是對的。」

平時在冰淇淋店裡不需要留小費，但是遇到特別場合，如派對，便應該留五分錢的小費。凱蒂看到帳單上寫的是三毛錢，她的舊錢包裡有一枚硬幣，是五毛錢；她將這錢放在帳單上。服務生拿了過去，拿回四個五分錢硬幣，排成一排。他在附近站著，等著凱蒂拿起三枚硬幣。凱蒂看了看四枚硬幣。「四塊麵包啊！」她想。四雙眼睛看著凱蒂的手，凱蒂毫不猶豫地伸出手，毅然決然地將四枚硬幣推給服務生。

「不用找了。」她豪氣地說。

法蘭西好不容易才控制住自己，才沒有從椅子上站起來為媽媽喝采。「媽媽真了不起！」她自言自語。服務生開心地將五分硬幣一個個收起，匆忙走開了。

「兩份蘇打啊！」尼力咕噥。

「凱蒂，凱蒂，你真傻。」艾薇抗議，「我猜你也只剩下這些錢了。」

「是的，可是這或許是我們最後一次慶祝畢業呢！」

---

❶出自《生子並非為當兵》（*I Didn't Raise My Boy to Be a Soldier*）一歌，作詞者艾爾佛瑞德．布萊恩（Alfred Bryan），作曲者艾爾．皮昂塔多西（Al Piantadosi）。版權由李奧．菲斯特公司於一九一六年登記，一九四三年由該公司延續。本書獲授權使用上述歌詞。——原註

「麥克加洛迪明天會發給我們四塊錢。」法蘭西為媽媽辯解。

「明天他也會把我們給炒了。」尼力說。

「這樣的話，在他們找到新工作之前，就只能靠這四塊錢了。」艾薇說。

「無所謂。」凱蒂說，「我們至少該嘗一次做百萬富翁的感覺，如果多花兩毛錢就能買來這種富貴的感覺，價錢倒挺便宜的。」

艾薇記起凱蒂讓法蘭西把咖啡倒掉的事，便不再說什麼了。她這個妹妹很多時候她也搞不懂她。

派對就要結束了。一個雜貨店闊老闆的兒子艾爾比．賽德摩爾走到她們的桌邊。「能邀法蘭西明天晚上一起看電影嗎？」他一口氣說了出來。「我請客。」他又匆匆補充了一句。

（有一家電影院讓畢業生五分錢看兩場日場電影，但前提是他們得出示畢業證書。）

法蘭西看了看媽媽。媽媽點頭同意。

「當然可以，艾爾比。」法蘭西答應了。

「回頭見。兩點，明天。」他小跑著離開了。

「這是你的第一次約會啊，」艾薇說，「許個願吧！」她伸出小指，法蘭西也伸出自己的小指和她拉勾。

「但願我能夠一直這樣，穿白洋裝，拿紅玫瑰；願我們一直能像今晚這樣揮金如土。」法蘭西許了個願。

第四卷

43

「你看清楚了吧！」女組長跟法蘭西說，「不用多久，你就會成為一個熟練的花莖工人了。」她走開，法蘭西只能靠自己了。這是她的第一份工作，第一個小時。

按照女組長的說明，法蘭西左手拿起一段一英尺長長亮閃閃的金屬線，右手拿起裁成窄條的墨綠色紙條，將紙條的一端蘸一下濕海綿，然後雙手的拇指、食指、中指一起用力，將紙條搓到金屬線外，將金屬線纏繞起來。她將纏繞好的金屬線放到一邊，就成了「花莖」了。

每隔一段時間，滿臉痘子的雜務工馬克就把一些「花莖」送給「花瓣工」。花瓣工將紙做的玫瑰花瓣纏上花莖。接著又有一個女孩在玫瑰花下綁上花萼，然後交給「花葉工」。花葉工從葉堆中摘下一簇（三片為一簇）深綠色的閃亮葉子，編到花莖上，然後交給「收二人」。收工人會拿出一張更厚的、有花紋的綠紙，從花萼周圍開始，沿著花莖一直裹下去。這樣，花枝、花萼、玫瑰便成了一體，渾然天成。

法蘭西覺得背好痛，肩膀也傳來一陣陣劇痛，她想她一定纏了上千根花莖吧！應該到吃飯時間了，她轉過去看鐘，卻發現才做了一個小時。

「看著鐘工作。」一個女工嘲笑她。法蘭西抬頭看了看，吃了一驚，但是沒有說話。

她開始按著節奏纏花莖，這樣似乎容易了些。第一步，將包好的金屬線放到一邊。第一步半，拿起一根新的金屬線和一張紙來。第二步，打濕紙條。第三四五六七八九十步，金屬線就裹好了。過了一會兒，這個節奏似乎成了本能，她數都不用數，也不用聚精會神了。她的背部鬆弛下來，肩膀也不疼了。她的思緒獲得釋放，便開始考慮起事情來。

「或許這樣也是一輩子。」她心想，「每天忙八個小時，靠纏這金屬線，賺錢供應吃住，活下來，回來繼續纏這些金屬線。有人活一輩子，從早到晚就是為這個而忙。當然，有些女工會結婚，對象也是從事這份工作的男人。她們能得到什麼呢？或許是在工作之後，睡覺之前，能夠有人說說話吧！」可是她知道這項好處也長久不了。她看過太多藍領家庭了，夫妻生下孩子後，帳單越來越多，溝通越來越少，一溝通就是一場大吵。「這些人都被困住了。」她想，「可是為什麼呢？因為，」（她想起了外婆堅信不疑而且一再重複的話來）「她們的教育程度不高。」法蘭西頓時感到害怕起來。或許她永遠上不了高中，或許她的教育已經到此為止，或許她一輩子都要這樣纏金屬線下去……纏金屬線……第一步……第一步半……第二步……第三四五六七八九十步。就和十一歲那年在羅許麵包坊外看到那噁心的腳趾一樣，她突然生出一種莫名的恐懼。驚慌之下，她加快了纏花莖的速度，好集中精神工作，不去胡思亂想。

「新人啊！」一個收工人用嘲諷的口氣說。

「想討好老闆呢！」一個花瓣工說。

不久，即便加快的動作也變成了一種自發反應，她的腦子又有空去想東想西了。她偷偷打量長桌子上的那些女工，大概有十幾個，有波蘭人，也有義大利人。最小的一個看上去才十六歲，最老的那個有三十歲了，個個皮膚黝黑。不知道是什麼緣故，大家都穿一身黑洋裝，顯然沒有發覺黑皮膚襯黑裙子是多麼難看。法蘭西是唯一穿格紋平布裙的，她覺得自己顯得傻裡傻氣，像個小孩。那些眼光敏銳的女工們發覺法蘭西在看自己，便用她們獨有的尖酸刻薄來回敬她。侮辱是從桌子一頭的一個女工開始的。

「這張桌子上有個人的臉很髒。」她宣佈。「不是我。」桌前的女工一個接一個說。到了法蘭西的時候，她們便把手頭的工作停住，等著。法蘭西不知道怎麼回答才好，便一言不發。「新來的這個沒說話啊！」那個領頭的說，「看來就是她臉髒。」法蘭西的臉發燙，但她加快了動作，希望大家一會兒就把這些全部忘掉。

「這兒有人的脖子髒！」又來了。「不是我。」大家又一個個說。到了法蘭西的時候，她也說：「不是我。」可是這話一說更糟糕。

「新來的這位說她脖子不髒。」

「她真這麼說啊？」

「她怎麼會知道？她能看到自己的脖子嗎？」

「就是髒，她自己也不會承認啊！」

「她們是想激我嗎？」法蘭西很納悶，「可是要我做什麼呢？難道是想激我生氣，咒罵她們？她們是不是要我放棄這工作？還是她們想把我惹哭，就像以前那個打板擦的小女孩把我弄哭一樣？不管她們想把我怎樣，我都不會順她們的意。」她低頭纏金屬線纏得更快了。

這個乏味的遊戲持續了一上午，雜務工馬克過來的時候，法蘭西才總算能鬆口氣。那段時候她們放法蘭西一馬，矛頭轉去對付馬克。

「新來的女工，你要對馬克小心點啊！」她們警告，「他曾因為強暴罪被抓兩次，還因拐賣婦女被抓一次。」

這些指控簡直荒謬絕倫，因為那個馬克顯然女人味十足。可憐的小夥子每次被她們取笑，臉都紅得像塊磚，法蘭西十分同情他。

上午一直這麼煎熬著，折磨彷彿沒完沒了，好在突然間午餐的鈴聲響了，女工們停下手邊的工作，將裝在紙袋裡的午餐拿出來，並將紙袋撕開鋪在桌上當桌布，拿出那些點綴著洋蔥的三明治開始吃起來。法蘭西的手又熱又黏，她想在吃飯之前先清洗一下，就問隔壁女工洗手間在哪裡。

「不未梭英語。」那個女孩用初學英文者似的口音說。

「聽勿懂。」另外一個人說；可是明明一上午她都在用道地的英語嘲笑人呢！

「什麼是洗手間？」一個胖女孩問。

了。

「生產『洗手工』的地方吧！」一個自作聰明的女孩說。

馬克過來收盒子。他站在門邊，兩隻手都占得滿滿的，喉結上下動了兩回。法蘭西第一次聽到他開腔：

「耶穌就是死在為你們這些人準備的十字架上的，」他激動地說，「你們連告訴新來的女孩廁所在那裡都不肯。」

法蘭西吃驚地盯著他。她覺得他的話聽來實在好笑，便忍不住大笑起來。馬克喉嚨吞嚥了一下，然後轉身，消失在走廊上。之後一切都變了，桌子上傳來一陣低語。

「她笑了！」

「喂！新來的笑了！」

「笑了！」

一個年輕的義大利女工挽住法蘭西的手說：「來，我告訴你廁所在哪裡。」

到了洗手間她替法蘭西打開水，在玻璃罐子上捶了幾下，將洗手乳捶下來。法蘭西洗手的時候她在一旁殷勤地站著，法蘭西正要用那沒有什麼人用過的白毛巾擦手時，她的嚮導將她抓了過去。

「新來的，別用那毛巾。」

「為什麼？看起來很乾淨啊！」

「很危險的。有個在這裡上班的女孩有淋病，你要是用這條毛巾，也會染上的。」

「那我怎麼辦？」法蘭西揮了揮一雙濕手。

「就跟我們一樣，在裙子上擦擦吧！」

法蘭西驚恐萬分地看了看那恐怖的毛巾，手在裙子上擦了擦。

回到工場，她看到大家已經把她的紙袋攤平，將媽媽為她準備的兩個大臘腸三明治拿了出來。她發現有人在她的紙上放了個上好的紅番茄，那些女孩微笑著歡迎她回來。那個一上午都在帶頭取笑她的女工拿出一個威士忌酒瓶來，喝了一大口，然後遞給她。

「喝一口吧，新來的！」她下令說，「這些三明治乾巴巴的，不配點喝的根本吞不下。」法蘭西退縮了，趕緊拒絕。「喝吧！只是涼茶罷了。」法蘭西想到了廁所裡的毛巾，便誇張地了搖搖頭。「啊！」那女工說，「我知道你為什麼不喝，安娜塔西亞在廁所裡嚇你的吧！新來的，你可別相信她。這淋病的說法都是從老闆那裡傳來的，他不過是不希望大家用那條毛巾，這樣他每個星期可以少花幾塊洗滌的錢。」

「是嗎？」安娜塔西亞說，「我也沒有看到你們用那條毛巾啊！」

「去你的，午飯時間才半小時，哪有時間洗手？喝吧，新來的。」

法蘭西拿過瓶子來，喝了一大口。涼茶的味道很濃，很提神。她謝過那女工，然後謝謝那個給她番茄的人，可是這時候所有女工都否認起來了。

「你說什麼？」

「什麼番茄？」

「沒看到什麼番茄。」

「新來的這位帶了番茄來，自己倒忘記了。」

她們就這樣取笑起來，不過這次的取笑讓人感到溫暖，感到友好。法蘭西很喜歡吃飯這個時段，她終於知道她們希望從她身上得到什麼了。她們希望她笑。這東西多簡單啊！可是搞了大半天才明白。

接下來的下午都很愉快，女工們叫她不要那麼死趕，她們說這工作是季節性的，等秋天訂單完成後她們都會被解雇；她們這訂單完成得越早，就越早被炒魷魚。法蘭西很感謝這些老手將內情告訴她，她也順從地將工作的節奏放慢。她們一整個下午都在說笑話，不管這些笑話是真好笑還是只是下流，法蘭西都笑。後來她也和其他人一起取笑起可憐的馬克，也不再感到多內疚了。這個馬克就跟個殉道者似的，其實，只要他笑一笑，他在這工廠裡的問題就會煙消雲散，只可惜他不知道這點。

這天是星期六，中午才過了幾分鐘。法蘭西站在百老匯電車的法拉盛大道車站旁等著尼力，她手裡拿著一個信封，信封裡裝著她第一週的五塊錢工資。尼力也會拿到五塊錢，他們約定一起回家，慶祝一下，風風光光地把錢一起交給媽媽。

尼力在紐約市區的一家交易所打雜。西西的約翰透過在那裡工作的一個朋友幫尼力找到這份差事。法蘭西很嫉妒尼力，因為他每天都可以經過那座偉大的威廉斯堡大橋，到那個陌生的大城市上班；而法蘭西則是步行去布魯克林北邊上班。和法蘭西一樣，第一天上班的時候，尼力是帶飯去的，可是那些男孩取笑他，叫他布魯克林鄉巴佬。從此之後，媽媽每天給他一毛五分錢讓他買午餐。他告訴法蘭西他吃飯的地方叫「自助快餐店」，你放五分錢到一個小槽裡，咖啡和奶油就會一起出來，不多不少，正好一杯。法蘭西真希望自己也能穿過大橋上班，去自助快餐店吃飯，而不是天天從家裡帶三明治。

尼力沿著電車的軌道奔跑，手臂下夾著一個扁平的袋子。法蘭西注意到他放下腳的時候整隻腳都放到臺階上，而不只是腳後跟踩在地上，這樣他就能站得很穩；爸爸下樓的時候也總是這個樣子。尼力不告訴法蘭西袋子裡裝的是什麼，他說一講出來就不是驚喜了。他們在社區銀行停下，銀行正好再過一會兒就要關門了，法蘭西請一位出納把她的舊鈔票換成新鈔票。

「你要新鈔票幹什麼？」出納問。

「這是我們第一次領薪水，我們想拿新鈔回家。」

「啊，第一次領薪？」那個出納說，「這倒是勾起我的回憶了，實在是勾起我的回憶了。我記得我第一次拿薪水回家的時候，我那時還是個孩子……在長島曼赫斯特做事。是的，先生……」他開始了自己的生平簡介，而在後面排隊的人騷動不安起來。最後出納說：「……我把我的第一筆薪水交給我媽，眼淚在她眼眶裡打轉。是的，眼淚在她眼眶裡打轉。」

他撕開了一捆新鈔的包裝紙，換掉他們的舊錢。然後他說：「這是給你們的禮物。」他從收銀屜裡拿出兩枚一分硬幣給他們，是新鑄的一分錢，看起來像金子一樣。「這都是一九一六年新發行的。」他解釋說，「這是這一帶的首批分幣。你們別用，留著吧！」他從自己口袋裡拿出兩枚舊硬幣放進收銀屜裡作為補償；法蘭西向他致謝。他們離開的時候，法蘭西看到隊伍後面那人把手肘撐在櫃檯上，也說了起來：「我記得我給我老媽帶回第一筆薪水的時候……」

他們出去的時候，法蘭西心想，這些排隊的人說不定都在回憶自己第一次領薪的經歷呢！「人只要上班，」法蘭西說，「都會有這番經歷，都會有第一次領薪水的時候。」

「是啊！」尼力表示同意。

他們轉過一個街角，法蘭西若有所思地喃喃說：「眼淚在她眼眶裡打轉。」她以前沒聽過這種說法，這話激起了她的想像。

「這怎麼可能？」尼力很想知道，「眼淚沒有長腿，能怎麼『轉』呢？」

「我想他不是這意思。他的意思大概就好比我們說：『我一整天在床上打轉』。」

「可是用『打轉』這個詞不大對勁吧！」

「是這樣的，」法蘭西反擊說，「在布魯克林，『打轉』就是『留』的過去式。」

「我猜是吧！」尼力說，「我們不要走格雷安大道，走曼哈頓好了。」

「尼力，我有個主意，我們自己來做個存錢筒，就釘在你的壁櫥裡，不要告訴媽媽。我們就從這些新分幣開始存，以後媽媽給我們零用錢，我們就放一毛錢進去。到了耶誕節的時候我們打開存錢筒，幫媽媽和蘿莉買禮物。」

「還有我們自己。」尼力提議。

「是的，你幫我買個東西，我幫你買個東西。到時候，我會告訴你我要什麼。」兩人就這樣約定了。

他們步子輕快，很快就超過了那些從垃圾站回來、邊走邊逛的孩子。經過斯科爾斯街的時候，他們路過了卡尼垃圾回收站，也看到了查理廉價雜貨店外的那群孩子。

「臭小孩。」尼力輕蔑地說，把自己口袋裡幾個硬幣晃得叮噹作響。

「尼力，還記得我們賣垃圾的事情嗎？」

「好久以前了。」

「是啊。」法蘭西同意。事實上，他們最後一次拖垃圾到回收站，不過是在兩週以前。

尼力將扁平的袋子交給媽媽。「給你和法蘭西的。」他說。媽媽將袋子打開。裡面是一磅洛夫牌花生糖。「而且我不是用工資買的。」尼力神祕兮兮地說。他們又讓媽媽進臥房一會兒，將十張鈔票擺在桌子上之後，才把媽媽叫了出來。

「給你的，媽媽。」法蘭西神氣活現地一揮手。

「哦，天哪！」媽媽說，「我不敢相信自己的眼睛！」

「還不只。」尼力說，他又從口袋裡拿出八毛錢的零錢放在桌子上。「這是我做事俐落拿到的小費。」他解釋說，「我存了一整個星期，其實還有更多，不過我買了那罐花生糖。」

媽媽將那些零錢推還給桌子另一頭的尼力：「你賺的小費你自己留著花。」她說。

（就像爸爸那樣，法蘭西心想。）

「哇！那好，我也給法蘭西兩毛五。」

「不用。」媽媽從破杯子裡拿出五毛錢給法蘭西，「這是法蘭西的零用錢，每週五毛。」法蘭西很高興，她沒想到自己可以拿這麼多零用錢，孩子們對媽媽感謝得不得了。

凱蒂看了看糖果，看了看新鈔，看了看兩個孩子。她咬住嘴唇，突然轉身回到臥室，把門關上。

「她是不是因為什麼事情生氣了？」尼力低聲問。

「不是，」法蘭西說，「她不是生氣，她只是不要我們看到她掉眼淚。」

「你怎麼知道她是要哭？」

「因為，她看著那些錢的時候，我看到眼淚在她眼眶裡打轉。」

44

法蘭西才上了兩個星期的班就面臨解雇了。當老闆宣佈只是休息幾天時，幾個女孩子交換了一下眼色。

「幾天也就是六個月。」安娜塔西亞向法蘭西解釋。

女工們去格林龐特的一家工廠，那邊要趕冬季的耶誕紅和冬青束的訂單。等到那個地方也解散的時候，她們就會再換個地方打工，如此不斷重複。她們是布魯克林的流動工人，從一個區到另一個區，打季節性的短工。

她們要法蘭西一起去，不過法蘭西想做點新的工作。她心想，反正都得工作，不如多換幾種，有機會換的時候就換不一樣的，這樣，就像她按順序吃蘇打冰淇淋一樣，以後就可以說她什麼工作都嘗試過了。

凱蒂在《世界報》上看到了一則廣告，說有人要聘雇一名檔案員，可考慮新手，年齡十六歲，要說明宗教背景。法蘭西花了一毛錢買了信紙信封，工工整整地寫了求職信，寄給廣告上說的信箱。她其實才十四歲，不過她自己和媽媽都覺得說她十六歲也不會被人識破，所以她就在信中說自己是十六歲。

兩天後法蘭西就收到了回信，信上有個有模有樣的正式信頭，圖案是剪刀、漿糊放在折疊起來的報紙上。來信的地方是紐約運河街的模範剪報社，信中邀請諾蘭小姐前往面試。

西西和法蘭西一起去採買，西西幫她選了一件成人的洋裝，還有法蘭西的第一雙高跟鞋。她把這些新衣服、新鞋穿上，媽媽和西西都發誓說她絕對像十六歲，就是頭髮有點不像。她紮了辮子，顯得很孩子氣。

「媽媽，你幫我剪短髮吧！」法蘭西懇求。

「你這頭髮是花了十四年才留起來的，」媽媽說，「我不會讓你剪掉的。」

「哎喲，媽媽，你不要太老土了。」

「你幹嘛想剪得像個男孩子？」

「短頭髮好整理啊！」

「整理頭髮是女人的一大樂趣。」

「不過，凱蒂，」西西也幫腔，「現在所有女孩都流行剪短髮了。」

「那麼她們都是傻瓜。女人的頭髮就是她的奧祕；白天，我們用夾子夾起來，晚上跟男人在一起，就把夾子拿掉，讓頭髮自由自在地披下來，如同閃閃發光的披肩。這麼一來，女人在男人面前就有了幾分神祕。」

「燈一拉，白貓灰貓還不都成了黑貓。」西西不懷好意地說。

「少多嘴。」凱蒂不客氣地回了一句。

「我的頭髮要是短一點，就跟愛琳・卡瑟一樣了。」法蘭西還是不肯放棄。

「猶太女人結婚的時候會把頭髮剪掉，這樣別的男人就不會看她們了；修女也把頭髮剪掉，證明自己已經了結塵緣。小女孩沒事剪頭髮做什麼？」法蘭西正要回答，就聽到媽媽說：「不要和我爭了。」

「好吧。」法蘭西說，「不過等我十八歲，自己能做主了，你看吧。」

「等你到了十八歲，你剃個光頭我也不管。還有……」她把法蘭西的辮子盤到頭上，從自己頭髮上拿下一根骨頭做的髮夾，將法蘭西的辮子固定住。「你看！」她退到後面看著女兒，「就像閃閃發亮的后冠啊！」她誇張地宣稱。

「這麼一來她還真像十八歲呢！」西西也說。

法蘭西去照鏡子，她果然顯得大了很多。她很高興媽媽把她的頭髮盤成這樣，不過嘴上還是不肯服氣。

「我一輩子頂著這一頭頭髮會頭痛呢！」法蘭西還在抱怨。

「你要是一輩子只需要為這些頭髮頭痛，那你就該謝天謝地啦！」媽媽說。

次日早晨，尼力陪姊姊去紐約。火車離開瑪西大道車站、上了威廉斯堡大橋的時候，法蘭西注意到車上的人幾乎都不約而同地站了起來，然後又坐下去。

「他們這樣幹嘛，尼力？」

「剛上大橋的時候能看到一個銀行，銀行掛著個大鐘，大家都起來看上班遲到了沒有。我敢打賭，每天看這鐘的人不下百萬。」尼力猜想。

法蘭西以為她過威廉斯堡大橋的時候會大為激動；結果過大橋雖然激動，卻比不上穿大人的服裝那樣令人興奮。

面試很快就結束了，她被錄用了，不過公司得先試用她一段時間。上班時間是九點到五點半，中間半個小時吃午飯，起薪是每週七塊錢。老闆還帶她參觀了模範剪報社。

剪報社內有十個閱讀員人坐在長長的斜面桌子前，各州報紙拿來之後她們每人都分到一些。這些報紙每天、每小時都從美國各州像雪片似的往剪報社裡送。女工們把它們做上標記，將需要的裝箱，總數寫下，然後將自己的工號寫在正面。

這些做好記號的報紙收集起來，接著送給印刷工。印刷工有個印刷器，上面有活動的日期和一排排活字。印刷工將日期調好，將活字排成報紙名、所在城市和州名，然後一張張印到一張紙上。

接著，紙張和報紙就到了裁剪工那裡。裁剪工站在一張大斜面桌子前，用一把鋒利的彎刀切割做過標記的報紙（雖然信頭上有剪刀，但是這整個地方一把剪刀都沒有）。裁剪工一面裁剪，一面將廢棄報紙扔到地上，每隔十五分鐘這些報紙就疊得齊腰高。有人將廢紙收走，拿出去打包。

那些剪裁下來的報紙然後交給貼報工，貼報工會將剪下來的剪報貼在紙條上。然後，這些剪貼好的東西會歸檔、收集、裝在信封裡郵寄出去。

這套歸檔系統法蘭西很快就熟悉了；只用了兩星期，她就記住了大約兩千個名字和檔案櫃標籤。然後老闆安排她做實習閱讀員，兩個星期內，她唯一做的事情就是研究客戶的資料；資料卡比檔案櫃的標籤詳細些。後來她參加了一次非正式考試，證明她已經記住了所有的訂單，就分到了奧克拉荷馬州的報紙來讀。她讀的報紙在送往裁剪工之前，老闆會先檢查一遍，看有無錯誤。後來她熟能生巧，不需要檢查了，老闆於是又加上了賓州的報紙；又過不久，她又分到了紐約州的報紙，現在她一共要讀三個州的報紙。到了八月底，她看的、標記的報紙，超過了社裡所有人。她剛來上班，很想做出點成績。她眼睛明亮，視力也好（她是唯一沒戴眼鏡的閱讀員），而且過目不忘，不管是什麼內容，她掃上一眼，就知道要不要標出來。她每天讀一百八十份到兩百份的報紙，效率第二好的閱讀員每天也不過讀一百到一百一十份報紙。

是的，法蘭西是社裡讀報最快的——薪水卻也最低。她的週薪漲到了每週十塊，可是僅次於她的那個閱讀員每週拿二十五塊，其他閱讀員每週至少也拿二十塊。法蘭西沒和其他的女孩打成一片，所以她們也就沒有告訴她工資的事；她被蒙在鼓裡，也不知道自己的待遇其實很低。

法蘭西喜歡看報紙，每週有十塊錢進帳她也很自豪，可是她並不快樂。能來紐約上班，起先她十分興奮。既然連像圖書館褐碗裡的花這樣的小東西都能讓她激動成那樣子，到了紐約這麼大的城市她自然會更激動百倍吧！但事實並非如此。

首先讓她失望的是大橋。從自己家屋頂看它的時候，她還以為能過大橋會讓她開心到幾乎登天。可是實際上，坐車經過大橋和坐車從布魯克林街上經過沒什麼兩樣。大橋也和街道一樣，有車道，有人行道，車軌也還是那個車軌，火車從橋上穿過並沒什麼特異的感受。紐約也讓人失望。沒錯，大樓是更高些，人更稠密些，但除此之外，一切都和布魯克林並無二致。她心想，會不會從此以後其他的新事物都會讓她失望呢？

她經常研究美國地圖，想像自己闖過那些平原與高山，沙漠與河流。這個想像十分美好，但現在她想，假如真去看了這些風景，她會不會也一樣失望呢？她在想，假如她要穿越這個國家，她會在七點起床，一腳前一腳後地向西前進，一腳挨著一腳走，好丈量距離；這樣一來，在走的過程當中，她會忙著數自己的步子，想著自己的步子是從布魯克林開始，一段接一段走過來的。那樣的話，她的思緒就不會放在這些大山與大河、沙漠與平原上頭，她只會注意到有些東西跟布魯克林很像，所以很奇怪；有些東西和布魯克林很不像，那也很奇怪。「我想這個世上沒新鮮事吧！」法蘭西悶悶不樂地想著，「如果有什麼新的、不同的東西，包羅萬象的布魯克林也一定什麼都有一點，只不過我們習以為常了，視而不見罷了！」法蘭西憂心地想著。她和亞歷山大大帝一樣，已經悲嘆再無新世界去征服了。

她習慣了紐約人分秒必爭的工作節奏。上班過程緊張而痛苦，要是她提前一分鐘趕到，那一切無事；但要是遲到一分鐘，她就會很緊張，因為要是老闆心情不好，這一天她自然就成了出氣筒。因此，她學會分秒必爭：火車到站前很久她就先擠到門口，這樣門一開，她就可以馬上下車；下了火車，她跑得像鹿一樣快，在人群中穿梭，第一個趕到通往街道的樓梯口；走向辦公室的路上，她貼著建築物走，這樣她就可以急轉彎；過馬路時她斜插著過，省得要上下人行道；進了大樓，就算電梯服務人員說：「滿了！」她還是會擠進去。如此折騰，就是為了早一分鐘而不是遲一分鐘。

有一次，她提前十分鐘離開家門，希望時間能更寬裕一些。這回她沒有必要那麼趕，可是還是習慣性地擠出火車，奔上臺階，斜穿街道，擠入電梯，最後早到了十五分鐘。上班的大辦公室空蕩蕩的，連說話都會有回聲，她感覺孤獨而失落。快到九點時，其他工人一個個急急忙忙趕來，法蘭西感覺自己像個叛徒似的。次日，她照原樣多睡了十分鐘，回到原來的節奏。

她是剪報社裡唯一來自布魯克林的女工，其他人都是來自曼哈頓、霍博肯、布朗克斯，還有一個從紐澤西貝永坐車遠道而來。兩個年齡最大的閱讀員是姊妹，來自俄亥俄州。法蘭西第一天上班的時候，兩姊妹中有一個告訴她：「你有布魯克林口音。」這話聽來有種譴責的意味，於是她對自己的咬字小心了起來，唯恐把「女孩」說成「女孩兒」，把「預約」說成「預噎」之類。

社裡只有兩個人，法蘭西和他們說話的時候可以毫無顧忌，其中一個人是老闆，哈佛畢業生，說話的時候常常把a音拉長，可是除此以外，他說的話倒是通俗易懂，不像閱讀員那樣用詞矯揉造作。這些閱讀員也不過是高中畢業，只不過多年閱讀下來，詞彙量極大。法蘭西處得比較好的另外一個人是阿姆斯壯小姐，她是除大老闆之外僅有的一個大學畢業生。

阿姆斯壯是指定的紐約市閱讀員，她的辦公桌放在屋子最好的一處角落，北邊和東邊都有窗戶，光線極適合閱讀。她只讀芝加哥、波士頓、費城和紐約市的報紙。紐約市的報紙剛印好，立刻就有專門的送報員給她送來。她讀完報紙之後，不需要和其他閱讀員一樣，一起去幫落後的閱讀員；在等候下一期報紙到來的時候，她會打毛線衣或修剪指甲。她的週薪有三十塊，是社裡最高的。阿姆斯壯小姐待人和善，有心幫助法蘭西，一有機會就找她講話，不想讓她太孤單。

有一回在洗手間法蘭西聽到有人說阿姆斯壯小姐是老闆的情人。「情人」這兩個字法蘭西只聽說過，可是她還沒見過這種稀罕生物。聽說阿姆斯壯小姐是情人後，法蘭西特地留意起她身上的「情人」特徵來。她注意到阿姆斯壯小姐並不漂亮，臉就像隻猴子，嘴巴寬闊，鼻孔粗大，體形勉強能及格。法蘭西看了看她的腿，這雙腿倒是修長而秀美。她的絲襪精美得無可指摘，腳掌弧線優美，穿著昂貴的高跟鞋。「原來情人的奧祕是美腿啊！」法蘭西終於下了定論。她看看自己的瘦腿。「我完蛋了，我這輩子恐怕和情人無緣了。」她嘆了口氣，放棄那種罪惡的生活了。

＊　＊　＊

剪報社裡有好幾種階級，不過這也都是裁剪工、印刷工、黏貼工、包紙工和投遞工自己創造出來的。這些工人都不怎麼識字，但腦子倒是都很機靈。他們稱自己為「俱樂部」，認為那些受過教育的閱讀員瞧不起自己，為了報復，他們極盡挑撥之能事，破壞閱讀員之間的關係。

法蘭西的立場很矛盾，論出身和教育，她屬於「俱樂部」；可是論才智能力，她又屬於閱讀員。俱樂部那夥人很精明，察覺到法蘭西所擁有的矛盾，便以她為中間人，將各種互相挑撥的閒話傳遞給她，希望藉由她傳給那些閱讀員，製造些紛爭出來。可是法蘭西和那些閱讀員相處得並不融洽，於是流言沒有散佈出去，反而到她這裡便戛然而止。

有一天，裁剪工告訴法蘭西，說阿姆斯壯小姐九月份會離職，老闆會提拔法蘭西當紐約市閱讀員。法蘭西以為這也是流言，目的是想引起其他閱讀員的嫉妒，畢竟大家都指望阿姆斯壯離職後能接她的位置。她覺得自己不過十四歲，才初中畢業，怎麼可能接手大學畢業、年齡三十歲的阿姆斯壯小姐的職位呢？

快到八月底了，法蘭西擔心起來，上高中的事情媽媽連提都沒有再提。她好想回去上學；媽媽、外婆和姨媽們一直都說接受高等教育有多好多好，不僅激起她的興趣，還害得她為自己未接受高等教育的現狀自卑。

她想念起在自己紀念冊上簽名的那些女孩來。她真想回到她們中間，成為她們的一員。大家一開始也都是同樣的背景，也不比她強多少，她理應和她們一起去上學，而不是和一些年齡比自己大的女工一起競爭、打拚。

她不喜歡在紐約上班，那裡的熙熙攘攘讓她渾身發抖。她覺得自己還沒有做好準備，就一下子被推進了這樣的生活當中。其中她最害怕的就是擠高架列車。

有一回，她在車上的時候，手裡拉著吊環，車子裡擠得連站的地方都沒有，她的手想放都放不下來。這時候她感覺有個人的手放在她身上，不管她怎麼扭怎麼動，都擺脫不了那隻手。後來車子拐彎，她和人群一起擺動，可是那雙手居然壓得更緊了。她甚至無法扭頭去看那人是誰；她毫無辦法，只有一直站著，忍受這樣的侮辱。她本來可以大叫，可是她又不敢吸引大家的注意力，讓人看到自己被非禮。過了好長一段時間，人群稀少了，她才換到車上別的地方。從此之後，每回擠車都是一場折磨。

有個星期天，她和媽媽帶著蘿莉去看外婆，法蘭西告訴西西車上的那隻手，以為西西會安慰她，卻沒想到西西覺得這是個大笑話。

「啊，有男人在車上捏了你？」她說，「要是我遇到就無所謂，這說明你身材發育好啊！男人見到身材好的女人哪裡能忍得住呢？唉！我一定是老了，這幾年坐高架列車都沒有人捏我了。之前那時候，我哪一回坐車回來身上不是青一塊紫一塊的。」她自豪地說。

「這有什麼好吹噓的？」凱蒂問。

西西沒理睬她。「法蘭西啊！」她接著說，「等你到了四十五，身材變得像中間打結的燕麥袋，那時候再回頭看看，你還會懷念上車有人捏你呢！」

「她要是真懷念起來，」凱蒂說，「也是你教壞她的，才不是這東西真有什麼好懷念。」她轉向法蘭西，「下次坐地鐵，記住不要拉吊環，手放下面，口袋裡放根長長的尖針。要是哪個男人伸手來摸，你就用針扎死他！」

媽媽的叮囑法蘭西一一照辦。她學會了不拉吊環站在車裡，手在口袋裡拿著一根兇巴巴的長針。她希望再有人來捏她，讓她這長針派上用武之地。「西西說身材好有人捏是好事，可是我不希望有人在後面捏我。等我到了四十五歲，我希望有別的東西可以懷念，而不是上車被陌生人捏。西西真該感到羞恥……」

「我是怎麼了？站在這兒批評西西，而西西對我是那麼好。還有，我對自己的工作不滿意，可是我至少還有份工作，一份挺有意思的工作，上班就是讀報紙，反正我喜歡閱讀，我該知足了。人人都說紐約是世界上最好的城市，我怎麼就喜歡不起來？看來我是全世界最挑剔的人吧！我真是希望我再年輕起來，覺得世上所有一切都是那麼美好！」

勞動節之前，老闆將法蘭西叫到自己的私人辦公室，通知她阿姆斯壯小姐因為結婚要辭職了。他清了清嗓子，說阿姆斯壯小姐要嫁的就是他本人。

法蘭西對情人的想法一下子就崩潰了。她以前總以為男人不會娶情人，情人不過是用過就扔的舊手套。看來，阿姆斯壯小姐不是舊手套，反而正式結婚了呢！這該怎麼說呢？

「因此我們需要新招募一名紐約市閱讀員。」老闆說，「阿姆斯壯小姐說我們……啊……可以讓你來試試，諾蘭小姐。」

法蘭西的心跳加速了。她，紐約市閱讀員！這是社裡最讓人羨慕的工作！看來「俱樂部」那些人的話沒錯！她又一個成見被打破了，她還以為所有的流言都是假的呢！

老闆打算給她每週十五塊的薪水。他心裡盤算，這位新閱讀員的工作能力和自己的未婚妻不相上下，薪水卻只有一半，這女孩也一定很開心——她這麼小，就能每週賺十五塊了。她說她已經十六歲，但看起來只有十三歲。當然她的年齡和他無關，只要她工作稱職就行。雖然他雇用童工，但追究起來，他只要說是她自己欺瞞了真實年齡，法律就拿他沒轍。

「以後做久了還會加薪。」他好意說。法蘭西開心地笑了，這時他倒擔心起來。「我是不是多此一舉？」他想，「或許她根本沒希望我加薪。」他迅速將自己的想法掩藏起來。「……我們會看你表現如何，然後有一點小小的加薪。」

「我不知道耶……」法蘭西舉棋不定地說。

「嗯，她一定有十六歲了，」老闆心想，「她接著就要向我獅子大開口，要我大大加薪了。」為了阻止她，他說：「我們每週十五塊，從……」他猶豫了一下，心想不能太好說話，「……從十月一號開始。」他往後面椅子上一靠，感覺自己簡直就跟上帝一樣仁慈。

「我的意思是，我不想長做。」

「她在跟我講價呢！」老闆心想。他又大聲問：「為什麼呢？」

「我打算勞動節後就去上學，我本來是想安排妥當了再告訴你。」

「上大學？」

「高中。」

「那我得安排平斯基做紐約市閱讀員了。」他想，「她現在的週薪是二十五，要是請她做，她會要求三十塊，那樣又是一切照舊。這個諾蘭可比平斯基好多了。該死的艾爾瑪！誰說結了婚就不能上班的？阿姆斯壯接著做不是很好嗎……？肥水不流外人田……我們就可以賺錢買房子啊！」

他又向法蘭西說：「這樣啊，我覺得很遺憾。不是說我不贊成高等教育，不過呢，我覺得讀報這種教育也很好啊，這是一種高品質的教育，活的教育，不斷成長的當代教育。而在學校裡……只不過是看書。讀死書。」他輕蔑地說。

「我……我跟我媽媽商量看看吧！」

「一定一定！你就說老闆說教育是怎麼怎麼一回事，把我的話原原本本告訴她。」他閉上眼睛，心裡感覺自己縱身一躍，「你就說我們每週的薪水二十塊，從十一月一日開始。」他剝掉了一個月。

「這可是一大筆錢啊！」法蘭西老實說。

「我認為我們必須用高薪挽留人才。還有，啊，諾蘭小姐，這薪水你別說出去。這可比其他人都高啊！」他撒了個謊，「要是有人發現……」他無奈地攤開雙手。「你懂吧？不要在洗手間傳這些閒話。」

法蘭西很感激，跟老闆說自己不會在洗手間亂傳閒話；這麼一說，自己也覺得好過一點。老闆開始在他的信上簽字了，表示面談已經結束。

「就這些了，諾蘭小姐。我勞動節後第二天等你回話。」

「好的，先生。」

每週二十塊！法蘭西嚇呆了。兩個月前，她每週賺五塊錢還覺得很高興呢！威利姨丈都四十歲了，每週也不過賺十八塊；西西的約翰很聰明，每週也只有二十二塊五。附近的男人很少有人每週賺二十塊的，更何況他們還要養家餬口。

「有了這些錢，我們就不用再受苦了。」法蘭西心想，「我們可以租間三房的公寓，媽媽不用去工作，蘿莉也就不用常常一個人留在家裡了。要是這樣的話，我的地位一下子就提高了。」

「可是我想回去讀書！」

她想起家人不斷灌輸教育的重要性。

外婆：讀書可以出人頭地啊！

艾薇：我的三個孩子每人都要拿三張畢業證書。

西西：等媽媽百年之後——願上帝保佑她長壽，孩子也能上幼稚園了，我就出去工作。我會把收入存起來，等小西西長大了，我要讓她上最好的大學。

媽媽：我不希望我的孩子以後和我一樣，是辛苦勞動的命。受了教育，他們的日子就會變好。

「可是呢，這工作真是不錯呢！」法蘭西心想，「至少目前不錯，不過做久了眼睛會壞掉。那些年長的閱讀員都戴眼鏡，阿姆斯壯小姐說閱讀員靠的是眼睛，眼睛壞了就不能再做了。其他的閱讀員一開始的時候速度跟我一樣快，可是現在她們的眼睛……我得保護眼睛……下班後不能再看書。」

「要是媽媽知道我一個星期能賺二十塊，或許她就不想再送我回去上學。這我也不怪她，我們畢竟窮了那麼久。媽媽做事情總是很公平，但這些錢或許會改變她的一些看法，可是這也不是她的錯。我想我先不告訴她加薪的事，等她決定要不要讓我上學再說。」

法蘭西向媽媽提到再上學的事。媽媽說，沒錯，晚餐後他們得商量一下。

喝完晚上的咖啡，凱蒂多此一舉地宣佈學校就要開學了，她不說大家也知道。「我希望你們兩個人都能去上高中，可是今年秋季你們兩個只有一個能上。你們的薪水我每一分錢都存了起來，好讓明年你們兩個都能上。」她等著。她等了好久，兩個孩子都不回答。「怎麼啦？你們不想上高中嗎？」

法蘭西說話的時候連嘴唇都僵硬了。一切都要看媽媽的決定，她希望能給媽媽留個好印象。「媽媽，我真的很想去上高中呢！只要能上高中我別無所求。」

「我不想。」尼力說，「別讓我回去上學，媽媽。我喜歡上班，明年年初我的薪水還會再漲兩塊呢！」

「你不想當醫生嗎？」

「不想。我想當交易員，跟我那些老闆一樣大把大把賺鈔票。我想去炒股，或許哪天能賺一百萬呢！」

「我的兒子會是個很好的醫生。」

「這個誰知道呢？或許我會像茂吉街的許勒醫生那樣，在地下室開個診所，襯衫總是髒兮兮的。總之，我該學的都學了，我不會回去上學。」

「尼力不想回去上學。」凱蒂說，她幾乎是在央求法蘭西了。「你知道這意味著什麼，法蘭西。」法蘭西咬住了自己的嘴唇，哭沒有用，她得保持冷靜，她得想清楚。「這意味著，」媽媽說，「**尼力必須回去上學**。」

「我不回去！」尼力叫道，「不管你說什麼，我都不會回去上學！我現在工作賺錢了，我想繼續下去。現在大家也很看重我，要是回去上學，我就又變成小孩子了。再說，媽媽，你也需要錢啊！你總不會想繼續這麼窮下去吧？」

「你給我回去上學。」凱蒂靜靜地宣佈，「法蘭西一個人賺錢就夠了。」

「為什麼他不想上學你卻讓他上學，」法蘭西哭了，「我想上學你卻不讓我去上？」

「是啊！」尼力也同意。

「因為我要是不逼他，他就永遠都不會回去上學，」媽媽說，「可是法蘭西你呢，總會繼續爭取，會想辦法回去的。」

「你怎麼這麼肯定呢？」法蘭西抗議，「再過一年我就太大了，想回也回不去了。尼力才十三歲，他明年回去也不遲。」

「胡說，明年你才十五。」

「十七了，」法蘭西糾正她，「就快十八了，太大了，沒法再上學了。」

「這是什麼鬼話？」

「不是鬼話。上班的時候我是十六歲，不能當自己是十四歲。我看上去要像十六歲，做事要像十六歲。到了明年，我的實際年齡是十五歲，可是卻要表現得比實際年齡長兩歲，我無法再變回學生了。」

「尼力下週上學去，」凱蒂固執地說，「法蘭西明年繼續上。」

「我恨死你們兩個了。」尼力大叫，「你真要逼我回去，我就離家出走。對，我會離家出走！」他跑了出去，砰一聲摔上大門。

凱蒂頓時愁眉苦臉，法蘭西為她難過，便安慰說：「別著急，媽媽。他不會離家出走的，他只是說說罷了。」媽媽的臉上剎那間又開朗了起來，但這反倒讓法蘭西憤怒了起來。「不過我會走的，我要走就不告而別，不會跟你長篇大論。等你不需要靠我賺錢的時候，我說走就走。」

「我的兩個孩子以前都那麼乖，現在是怎麼了？」凱蒂傷心地說。

「是我們長過頭了。」

凱蒂困惑不解。法蘭西解釋：「我們從來沒有去辦工作證。」

「不過，這些證件本來就難辦。神父每人收一塊錢才能辦洗禮證❶，然後我還得和你們一起去市政廳。我那時候每兩個小時就要給蘿莉餵一次奶，也走不開。我們都知道，讓你們冒充十六歲能省掉那些麻煩，這樣還比較簡單。」

「這些都不是問題，不過既然我們說自己十六歲，那就得把自己當十六歲看，你卻還把我們當十三歲的小孩。」

「真希望你們的爸爸還活著。你們的心思有些他能了解，而我不了解。」法蘭西的臉上剎時充滿痛苦。這一陣痛苦過後，她告訴媽媽她的工資到了十一月分會翻一倍。

「二十塊！」凱蒂的嘴吃驚地張大了。「我的天哪！」每回有什麼東西讓她吃驚，她都是這種表情。

「星期六。」

「你現在才告訴我？」

「是的。」

「你是覺得，要是我知道你能賺這麼多錢，就會要你繼續上班？」

「是的。」

「你什麼時候知道的？」

「可是我說應該讓尼力回去上學的時候並不知道啊！你看，我只是做了該做的事，並沒有考慮錢的因素，這你看不出來嗎？」她懇求說。

「我看不出來。我只知道你偏心尼力，你什麼都為他安排好。而我呢？你就讓我自己想辦法。媽媽，總有一天我會騙過你，只做對自己有利的事，說不定還會違背你的想法。」

「這個我倒是不擔心，我相信我自己的女兒。」凱蒂的話裡透出一種質樸的尊嚴來，法蘭西剎時為自己感到羞恥。「我也信得過自己的兒子。他現在不情願，我跟他來硬的，他自然不高興。不過他終會想通的，會在學校表現良好。尼力是個好孩子。」

「是的，他是好孩子。」法蘭西承認，「但如果他壞，你也不會注意到。可是說到我……」她開始哽咽起來。

凱蒂深深嘆了口氣，什麼話也沒說。她站起身，開始清理桌子。她伸手要去拿杯子，這時法蘭西生平頭一次發現媽媽的手已不像過去俐落。那手在發抖，抖到幾乎抓不住杯子。法蘭西將杯子遞過去給媽媽，她注意到杯子上有道大裂口。

「以前，我們一家人就像這個結實的杯子，」法蘭西心想，「完整，東西也都裝得好好的。但是爸爸死了，杯子出現了第一道裂口；今晚我們吵架，又出現了一道裂口。不用多久，這個杯子上就到處都是裂口，杯子會碎掉，再也不完整了。我不希望這樣，但我還是故意造出了這道大裂口。」她深深嘆了一聲，樣子和凱蒂一模一樣。

媽媽走到洗衣籃邊。雖然大家吵吵鬧鬧，寶寶還是睡得很熟。法蘭西看到媽媽用發抖的手把寶寶從籃子裡抱起來，坐到窗戶邊的搖椅上，把寶寶抱得緊緊的，搖晃著。

法蘭西心中充滿了關愛。「我不該對她這麼壞。」她心裡想，「她除了勞累吃苦還有過什麼？她現在居然要靠寶寶來安慰了。或許她在想，別看她現在這麼愛蘿莉，蘿莉也會

❶洗禮證可代替出生證。

和她正面衝突，就像我現在這樣。」

她笨拙地伸手去摸媽媽的臉：「沒事的，媽媽，我不是有意的。你說得對，我會按你說的做！尼力一定要回去上學，我們一起來說服他。」

凱蒂把自己的手放在法蘭西手上：「真是我的好女兒。」她說。

「媽媽，你不要因為我跟你吵而生氣。你自己也教我說要為自己爭取，對的地方就要爭取……我那時認為我是對的。」

「我知道。我也很高興你能爭取自己應得的東西，最後無論如何，結果都會是好的。你這點像我。」

「問題就在這裡，」法蘭西心想，「我們太像，可是我們連自己都不了解，怎麼能了解對方？爸爸和我是完全兩種人，我們反而能相互理解。媽媽和尼力不一樣，所以她能理解尼力。我真希望我像尼力那樣，和媽媽截然不同。」

「那現在我們沒問題了，是嗎？」凱蒂笑著問。

「當然。」法蘭西也笑著，親了親媽媽的臉。

但是在各自的心裡，她們都知道兩人之間已經有了隔閡，她們之間再也不會相同。

45

又是一年耶誕節。但是今年耶誕有錢買禮物，冰箱裡有不少食物，屋子裡也總是有暖氣。法蘭西從冰冷的街上回來，那暖氣就如同情人的臂膀一樣，把她一下子擁進屋子。她同時也會想，情人的臂膀究竟是怎樣的一種感覺呢？

想到不能上學法蘭西還是很難受，好在她能賺錢，讓家裡日子好過一些，這是個很大安慰。媽媽也算公平，法蘭西的薪水漲到二十塊的時候，媽媽每週給她五塊錢，讓她付車費、吃午餐、買衣服。另外，凱蒂每週以法蘭西的名義在威廉斯堡儲蓄銀行存五塊錢，她解釋說是存給法蘭西上大學用的。這樣法蘭西賺的錢還剩十塊，加上尼力拿回家的一塊錢，足夠讓凱蒂手頭寬裕。雖然這些都算不上什麼大錢，可是一九一六年時的物價也還算便宜，諾蘭一家的日子總算還過得去。

尼力發現從前好多夥伴們都上了東城區高中，既然又能重新和他們做同學，他便高高興興地回去上學了。放學後，他繼續在麥克加洛迪酒吧做事，每賺兩塊錢，媽媽就留一塊錢讓他零用。他在學校裡是號人物，因為他的零用錢比任何小孩都多，還能把《凱撒大帝》倒背如流。

他們打開錫罐存錢筒的時候裡面有將近四塊錢，尼力又放了一塊錢進去，法蘭西放了五塊，這樣一共就有十塊錢買耶誕禮物了。三個人在耶誕節前的那天下午出去買東西，連蘿莉也一道帶著。

他們先去幫媽媽買一頂新帽子。在帽子店裡，媽媽坐在椅子上試戴帽子，懷裡抱著寶寶；法蘭西和尼力兩個站在她身後。法蘭西希望她買一頂翠綠色的天鵝絨帽，可是威廉斯堡沒有這個顏色。媽媽覺得她應該買頂黑色的帽子。

「是我們在買帽子，不是你在買。」法蘭西告訴她，「而且不要再戴喪帽了吧！」

「試試這頂紅色的吧，媽媽。」尼力建議。

「不了，我還是試試櫥窗裡那頂墨綠色的。」

「這是新色。」那個女老闆說，將帽子拿了下來，「我們叫這顏色苔蘚綠。」她將帽子平戴在凱蒂的眉毛上方。凱蒂不耐煩地一擺手，將帽子斜扣在眉上。

「這就對了。」尼力下結論。

「媽媽，你好漂亮啊！」法蘭西也說。

「我喜歡。」媽媽決定了，「多少錢？」她問那女人。那女人長吸了一口氣，諾蘭一家都知道討價還價的時候來了，他們一切就緒，準備迎戰。

「是這樣……」那女人開腔了。

「多少錢？」凱蒂毫不拐彎抹角。

「在紐約，這帽子要賣十塊，可是……」

「我要是要花十塊錢買帽子，那還不如去紐約買。」

「話不能這麼講，同樣款式，一模一樣的帽子，在沃納梅克要賣七塊五。」一陣意味深長的停頓後，女老闆又說，「我同樣的帽子五塊賣你。」

「我只打算花兩塊錢買帽子。」

「你們從我的店裡滾出去！」那女子誇張地吼道。

「好吧！」凱蒂抱起孩子，站了起來。

「不用這麼急嘛，」那女人又推她入座，將帽子放進一個紙袋。「我四塊五賣給你。相信我，我婆婆用這個價格來買我都不賣。」

「我相信你。」凱蒂心想，「要是你婆婆跟我婆婆一樣，就更好理解。」她大聲說：「這帽子不錯，不過我只付得起兩塊錢。別的地方還有其他的帽子店，我花兩塊錢就能買一頂。或許比不上這頂，可是一樣擋風。」

「你聽著。」那個女人的聲音變得低沉、誠摯起來，「大家都說猶太人把錢看成一切，可是我不這麼想，好帽子遇到漂亮的主顧，我也滿足了。」她把帽子放在心口。「我……賺不賺錢無所謂。我白送給你。」她將帽子送到凱蒂手裡，「四塊錢就讓你帶走，這已是我的進價了。」她嘆了口氣，「相信我，我這人不適合做生意。我應該去畫畫。」

就這樣，她們繼續討價還價。價錢壓到兩塊五的時候，凱蒂知道再也無法往下壓了。她假裝離開，那女人也不再攔她。法蘭西向尼力點了點頭，尼力便給了那女人兩塊五。

「你別告訴別人你是用這個價格從我這裡買的。」那女人警告他們。

「我們不會說的。」法蘭西說，「帽子裝盒子裡吧！」

「盒子另收一毛——這也是進價。」

「給我個袋子就夠了。」凱蒂抗議。

「這是你的耶誕禮物啊，」法蘭西說，「不用盒子怎麼行呢？」

尼力又拿出一毛錢。帽子用紙巾包好，放進盒子裡。「我賣這麼便宜，下回若再買帽子，記得要回來照顧我的生意啊！不過，下次我可不給你這麼低的價格了。」凱蒂笑了。他們離開後，那女人還說：「祝你戴了帽子身體健康。」

「謝謝你。」

門一關上，那女人憤憤地低聲說：「外邦狗！」並在他們身後啐了一口。

到了街上，尼力說：「怪不得媽媽五年才買一次帽子，買帽子好麻煩啊！」

「麻煩？」法蘭西說，「麻煩什麼？我覺得很有意思！」

接著他們到了塞格勒的店裡幫蘿莉買耶誕節的毛線套裝。塞格勒看到法蘭西，嘴裡便滔滔不絕罵了起來：「你看！你最後還是到我店裡來了！到底是怎麼回事？別家服裝店缺貨，你才到我這裡碰碰運氣嗎？是不是別家的假襯衣便宜沒好貨買到的是壞的？」他然後轉向凱蒂解釋說：「這小女孩多少年來一直都在這裡幫她爸爸買假襯衣和紙領子，可是現在都一年了她才過來。」

「她父親一年前過世了。」凱蒂解釋說。

塞格勒先生用手掌心猛拍自己的腦袋說：「哎呀！你看我這人真是大嘴巴，一不小心就會說錯話，老是說錯話。」他向他們道歉。

「沒關係。」凱蒂安慰他。

「我這裡就是這樣，大家什麼事情都不告訴我，我也什麼事都不知道。」

「我了解的，沒關係。」凱蒂說。

「好了，」他又馬上回到主題，「請問想看點什麼？」

「我要幫我七個月大的寶寶買件毛線衣。」

「我正好有這個尺寸。」

他從一個盒子裡拿出一件藍色毛線套裝來。可是他們拿到蘿莉身上比試，那毛線衣只搆得著寶寶的肚臍，褲腿只到膝蓋下面一點點。他們又找了些其他尺寸，最後找到了一件兩歲小孩穿的，正好合身。塞格勒先生一陣驚呼。

「我做了二十年生意，格蘭街上十五年，格雷安街上五年，這輩子還沒見過哪個七個月大的寶寶有這麼大呢！」諾蘭一家人聽了這話都得意洋洋。

在這裡不用討價還價，因為塞格勒的店裡是不二價。尼力掏出三塊錢，當場就把衣服給寶寶穿上。寶寶穿上這一身新衣，頭上又戴了頂毛帽子，一直套到耳朵上方，看起來十分可愛。在那鮮藍色的襯托下，她的皮膚顯得更是白裡透紅了。寶寶高興得不得了，對誰都笑，露出兩顆小牙齒，彷彿也知道幫她買了禮物。

「但願你喜歡它！」塞格勒先生十指交叉，用德文禱告似的說，「願她穿著這些衣服能從此平平安安。」這一次，他不像之前那個老闆那樣壞心，在他們身後吐口水，抵銷掉那些祝福的好話。

媽媽帶著孩子和新帽子回家去了，法蘭西和尼力繼續耶誕大採購。他們給費里曼家的幾個孩子買了些小禮物，也給西西的寶寶買了點禮物，然後輪到他們自己了。

「我告訴你我想要什麼，你照著買好了。」尼力說。

「好的。什麼？」

「鞋套。」

「鞋套？」法蘭西嗓門都提高了。

「珍珠灰的。」尼力堅定地說。

「你真想要這個的話……」法蘭西又疑惑地問了一次。

「中號的。」

「你怎麼知道要什麼尺碼？」

「我昨天來試過。」

他給了法蘭西一塊五，她把鞋套買了下來，請店裡的人用禮盒包好。到街上之後，她把盒子交給了尼力，兩人都皺著眉頭，一臉莊重的樣子。

「我送給你的禮物。耶誕快樂！」法蘭西說。

「謝謝你。」他正式地回答，「那你要什麼？」

「靠近工會大街那家商店，我要那件黑色的蕾絲舞衣。」

「這是不是什麼女人的玩意兒？」尼力不安起來。

「不是。腰二十四，臀三十二。兩塊錢。」

「你自己去買，這我沒辦法開口。」

法蘭西買下了嚮往已久的東西：用小塊黑蕾絲做的內衣和內褲，中間用細細的黑色緞帶相連。尼力不太喜歡這些，法蘭西向他道謝，他老大不情願地說：「不客氣。」

他們經過了路邊的耶誕樹市場。「還記得那時候嗎？」尼力說，「我們讓那人把最大的耶誕樹拋給我們。」

「你問我記得不記得？我每回頭痛，都是被樹砸的那地方在痛。」

「還有爸爸唱著歌幫我們把樹搬上樓梯。」尼力回憶說道。

那一天，爸爸的名字被提了好幾次，每次提起，法蘭西心裡就湧現出一種溫柔，而不是過去那樣的傷痛。「我是不是漸漸遺忘他了呢？」她心想，「會不會再過些時候，我就把他忘得一乾二淨？記得瑪麗·羅姆利外婆說過：『時間會帶走一切。』第一年很難過，因為我們會說到他的最後一次選舉、最後一次和我們吃感恩節晚餐；可是再過一年，就成了『他兩年前如何如何』了……隨著時間過去，最後能記得的越來越少，時間也越來越難計算。」

「你瞧！」尼力抓住她的手臂，手指向一個木頭盆子裡兩英尺高的冷杉。

「樹還在長呢！」她叫。

「你以為呢？樹一冒出土就那麼高？」

「我知道。可是我們只看過樹被砍掉之後的樣子，它好像生來就是讓人砍的。我們把它買下來吧，尼力！」

「可是這太小了啊！」

「不過它也有根啊！」

他們把樹帶回家，凱蒂看了看，眉頭皺了起來，好像在想些什麼。「是的，」她說，「過了耶誕節，我們就把它放在消防梯上，好讓它能曬到太陽；還要經常澆水，每個月加點馬糞。」

「不要，媽媽。」法蘭西連忙反對，「你可別叫我們去拾馬糞啊！」

拾馬糞這個苦差事孩子們避之唯恐不及。瑪麗．羅姆利外婆以前在自己的窗臺上養了一排鮮紅的天竺葵，香味濃郁，色澤鮮豔，就是因為法蘭西和尼力每個月去街上拾馬糞。他們每次都用雪茄盒子裝回兩盒子光溜溜的馬糞團，送給外婆後外婆會給他們兩分錢。法蘭西對拾馬糞很不好意思，有次她向外婆抗議，外婆回答：「哎呀，這真是一代不如一代，以前在奧地利，我的幾個兄弟每次都能裝回兩車的馬糞，他們可都是又強壯又體面的人呢！」

「做這些事，」法蘭西心想，「還可真『強壯』、『體面』啊！」

凱蒂說：「既然我們買了這棵樹，就得好好照顧它，讓它長大。要是你們不好意思，那就等天黑再去拾馬糞好了。」

「現在馬這麼少，大部分都是汽車，沒那麼好撿啊！」尼力說。

「那就去沒什麼車子的石子路上找；要是找不到馬糞，就等馬來，跟在馬後頭，等到有馬糞為止。」

「我的老天，」尼力抗議了，「我們帶這樹回來真是自討苦吃。」

「我們是怎麼啦？」法蘭西說，「現在和之前不一樣了，我們現在有錢了，可以給街上別的孩子五分錢，讓他們幫我們拾馬糞不就好了？」

「是啊！」尼力如釋重負。

「我覺得，」媽媽說，「這是你們自己的樹，為什麼不用自己的雙手去照料它呢？」

「這就是有錢和沒錢的差別了。」法蘭西說，「窮人什麼事情都是靠自己的雙手，富人可以花錢雇人做事。我們現在也不窮，可以花錢雇人做事了。」

「那麼我還寧可窮下去，」凱蒂說，「我偏偏喜歡靠自己的雙手。」

媽媽和姊姊抬槓，尼力覺得乏味，為了轉換話題，他說：「我猜蘿莉和那棵樹一樣大。」他們把寶寶抱起來，跟樹比高。

「就是這個尺寸。」法蘭西模仿塞格勒先生的口氣說。

「不知道哪個長得快些？」尼力說。

「尼力，我們從來也沒養過什麼小貓小狗，不如就把這棵樹當成寵物吧！」

「算了吧，哪裡有把樹當寵物的。」

「怎麼不行？它也會長，也會呼吸，不是嗎？我們幫它取個名字。安妮！樹的名字就叫安妮，寶寶叫蘿莉，兩個湊在一起，不就像歌裡唱的那樣？」

「你知道嗎？。」尼力說。

「知道什麼？」

「你神經病，就是這樣。」

「我知道，這不是很好嗎？今天，我不覺得自己是諾蘭小姐，是假冒的十七歲，是模範剪報社的首席閱讀員。此刻就像我們還是小時候拾破爛那樣，我現在感覺自己像個小孩子。」

「你不就是小孩子嗎？」凱蒂說，「一個剛滿十五歲的孩子。」

「是嗎？要是你看到尼力幫我買的耶誕禮物，保證你就不把我當小孩了。」

「這可是你叫我買的。」尼力立刻糾正了她的話。

「對對對，你聰明，是我說錯了。那把你叫我買給你的東西給媽媽看看。給她看看嘛！」她催促尼力。

尼力給媽媽看那東西的時候，凱蒂的嗓音提高了，就像法蘭西說「鞋套啊？」時的口氣一樣。

「給我的腳踝保暖用的。」尼力解釋說。

法蘭西又讓媽媽看她的那套黑色蕾絲內衣，媽媽吃驚地說：「我的天！」

「你覺得這是不是街上的女子穿的衣服？」法蘭西滿懷希望地問。

「要是她們穿這些，八成都會得肺炎。現在我們想想看，晚上吃什麼？」

「你不反對？」看媽媽沒對這衣服小題大作，法蘭西有些失望。

「不會，所有女人都會經歷一段迷戀黑色蕾絲內衣的時期，你只不過比其他人早一些，過一段時間也就好了。我想我們把湯熱熱，就喝湯，還有湯裡的肉和馬鈴薯……」

「媽媽覺得自己什麼都懂。」法蘭西覺得有些憤憤不平。

耶誕節上午他們一起去望彌撒，凱蒂禱告，願強尼的靈魂安息。

媽媽戴著新帽子，顯得很漂亮；寶寶也穿上了新衣，看起來很可愛。尼力穿著新鞋套，帶著十足的男子漢氣概要求幫忙抱孩子。他們穿過斯塔格街，路過一家糖果店，店外一些小孩子對尼力噓起來。尼力的臉紅了，法蘭西知道他們是取笑他的鞋套，為了幫他解圍，她想把寶寶抱過來，好讓他以為小孩子們是為了寶寶噓他。尼力拒絕了；他和法蘭西一樣清楚，是這鞋套害他被取笑。想到威廉斯堡人的狹隘，尼力就滿心憤懣。他決定回家之後要把鞋套裝進盒子裡，再也不穿，等他們搬到一個更好的社區再說。

法蘭西穿著蕾絲內衣，冷得要命。只要刺骨寒風吹來，將外套掀起，吹進她薄薄的洋裝裡，她就感覺像沒穿內衣一樣。「哎呀！要是穿上了我的法蘭絨燈籠褲就好了。」她發愁起來，「媽媽說得對，人穿這衣服真的會得肺炎呢！不過我不能告訴她，讓她稱心如意。我猜我這套內衣等下得收起來，等夏天再穿。」

進了教會，他們坐在第一排，把蘿莉放在長條凳上躺著，一家人占了一排。幾個遲到的人以為寶寶躺著的地方是空位，走到第一排外彎下腰來，正要踏進去，卻看到寶寶占了兩個座位，便狠狠地瞪了凱蒂一眼。凱蒂坐著一動不動，加倍兇狠地瞪了回去。

法蘭西覺得這是布魯克林最漂亮的教堂。教堂是用玄武石建造的，兩個尖頂齊指天空，比最高的出租公寓還要高。教堂裡是高高的穹頂，深鑲的彩色玻璃窗戶，還有精心鏤刻的祭壇，看起來就像大教堂一般，只是規模小些。中間祭壇的左側是羅姆利外公半個多世紀前雕的，法蘭西為此頗感驕傲。羅姆利外公那時候還年輕，剛從奧地利移民，因為小氣，便用這種方式以工代替奉獻。

這個節儉的人將自己雕刻剩餘的碎木收集起來帶回家，不辭辛勞地將這些被賜了福的木頭黏起來，做成三個小十字架。瑪麗在三個女兒的婚禮上將十字架傳給她們，並交代她們把這些十字架傳給各自的長女。

凱蒂的十字架高懸在家裡壁爐的上方，等法蘭西結婚的時候就會傳給她。法蘭西很驕傲這十字架是祭壇用的木頭做的。

今天，祭壇前擺滿鮮紅的耶誕紅、樅樹枝，四周點上蠟燭；燙著金頭的白色蠟燭在枝葉之中熠熠生輝。耶穌誕生的馬棚蓋著草頂，放在祭壇的欄杆裡。法蘭西知道，那小小的木刻瑪利亞、約瑟夫、三博士、牧羊人，還有馬槽裡聖嬰擺放的位置，一定都還像一百年前剛從舊大陸帶來時一樣。

神父進來了，身後跟著祭壇侍童。神父外面套著一件緞子做的白色彌撒袍，前後各有一個金色十字架；法蘭西知道這彌撒袍象徵耶穌的無縫袍。相傳無縫袍是瑪利亞親手做的，在耶穌被釘上十字架之前被剝下來。耶穌死在髑髏地❶時，兵士們捨不得把衣服撕碎，還曾擲骰子來決定要分給誰。

法蘭西滿腦子念頭，一不小心就錯過了彌撒的開頭。現在她跟上了進度，聽著從拉丁文翻譯過來的啟應經文：

神啊，我的神，我要彈琴稱讚祢。我的心哪，你為何憂悶？為何在我裡面煩躁？神父用他那渾厚的聲音吟唱。

應當仰望神，因我要頌讚祂。祭壇侍童回應。

願頌贊歸於聖父、聖子、聖靈。

從起初到今時到永遠，到世界的末了，阿門。祭壇侍童回應。

我就要走到神的祭壇。神父吟誦。

神啊，年輕的時候你帶給我喜樂。祭壇侍童回應。

我們得幫助，是在乎倚靠造天地之耶和華的名。

神父接著鞠躬，背誦起《悔罪經》。

法蘭西全心全意相信祭壇就是那髑髏地，耶穌再一次被獻上作為犧牲。她聆聽著聖體和聖血❷的祝聖禱告詞，覺得神父的話語如一把奇妙的劍，冥冥之中將耶穌的身體和血分開。她也知道，在那樣的一刻，在那金色聖杯和金色的無酵餅托盤間，耶穌的聖體、聖血、聖靈和聖父完完全全地同在，歸為一體，只是

❶耶穌被釘在十字架上的地方。
❷彌撒上用無酵餅象徵聖體，用葡萄汁象徵聖血。

她對這一切尚不知如何解釋。

「這是多麼優美的一個宗教啊！」她默想，「我真希望自己能再多懂它些。不，我不想完全理解，它的美就在於神祕，就像上帝本身也神祕一樣。有時候我說我不相信上帝，但那只是惱火時說的氣話……我相信！我相信！我相信上帝，相信耶穌，相信聖母瑪利亞！我不是個好天主教徒，因為懺悔時，若是得為一些不得不做的事情深深懺悔，我還會牢騷抱怨。不過不管好壞，我終歸都是天主教徒，不會是別的。」

「當然，我不是自願生下來就是天主教徒，就像我不是自願要做美國人一樣，但是我很高興我兩者皆是。」

神父沿著弧形臺階，走到講壇後。他用那莊嚴的語調說：「請大家為約翰．諾蘭的靈魂祈禱，願安息歸給約翰．諾蘭。」

「諾蘭……諾蘭……」從穹頂傳出迴聲。

將近有一千人跪下，為諾蘭的靈魂作了短短的祈禱，那聲音嘈嘈切切，如泣如訴。禱告的人當中，其實只有十來個人認識強尼本人。法蘭西也開始為煉獄裡的靈魂禱告起來：

好耶穌啊，祢總是心懷他人的苦難，求祢垂憐我們在煉獄裡的親人。神啊，祢也愛自己的兒子，求祢一樣地傾聽我的哀告懇求……

46

「再過十分鐘，」法蘭西宣佈，「就到一九一七年了。」

法蘭西和弟弟並排坐在爐子前，腳上穿著長襪，腳搭在爐子裡。媽媽已經在床上睡著了，睡前叮囑他們務必提前五分鐘叫她起來。

「我感覺，」法蘭西接著說，「一九一七年會比過去任何一年都重要。」

「你每年都這麼說。」尼力說，「你先是說一九一五年比任何一年都重要，然後是一九一六年，現在又說一九一七年。」

「確實會是重要的一年嘛！首先，一九一七年我就真的十六歲了，而不只是在辦公室裡冒充十六歲。還有其他重要的事也開始進行了呀，房東在安裝電線，過幾個星期我們就有電，不用煤氣了。」

「隨你怎麼說。」

「然後他要把這些爐子拆掉，裝上暖氣。」

「啊呀，那我可會想念這些舊爐子。記得從前，」（才兩年前！）「我都坐在爐子上。」

「那時候我總怕你著火。」

「我現在也想坐上去。」

「去坐啊！」尼力坐到爐子最邊上的地方，離燒火處有些距離，這樣就暖而不熱。「記得嗎？」法蘭西接著說，「那時候我們就在這壁爐的底石上算題目，爸爸後來給我們弄了個真的板擦，壁爐底石就像真的成了黑板，只不過是平躺著的。」

「記得啊！那是好久以前了。哎，你說一九一七年會是最重要的一年，是因為我們會有電、會用暖氣，可是別的公寓都用了好多年了，這算不上多重要的事。」

「今年最重要的事情是我們要參戰。」

「什麼時候？」

「快了，下週……下個月。」

「你怎麼知道？」

「我每天都看報紙啊，老弟——兩百份咧！」

「我的天！但願能打到我可以入伍，加入海軍的時候。」

「誰要加入海軍啊？」他們倆吃驚地四處看了看，發現媽媽已經站在臥室門口。

「我們只是在聊天呢，媽媽。」法蘭西說。

「你們忘了叫我，」媽媽責備說，「我好像聽到了一聲嗚笛，大概已經新年了吧！」

法蘭西打開窗戶。這是一個霜冷寒夜，一絲風都沒有，四處靜悄悄的。院子對面，那些屋子的背面陰沉沉的，彷彿在思考一般。他們站在窗前，聽到了教堂喜樂的鐘聲。鐘聲的前一段未了，後一段又接踵而至，接著喇叭聲次第響起，間或出現一陣尖利的汽笛聲。黑漆漆的窗戶此時一扇扇「砰」地打開，牛角罐子也紛紛搖響起來，匯入這年夜的交響樂之中。有人放了一聲空槍，喊叫聲、口哨聲接著響起。

一九一七年到了！

這一切聲音漸漸淡去，空氣中充滿期待。有人開始唱歌：

怎能忘記舊日朋友，

心中從不懷念？

諾蘭一家跟著唱了起來，鄰居們也一個個跟著唱起來，所有人都唱了起來。唱著唱著，突然出現了一些不和諧的聲音。一群德國人也開始用德文唱起來，跟他們《友誼地久天長》的歌聲混在一起。

啊，這是一座小花房，
小花房，小花房。
啊，你真美麗，
啊，你真美麗，
啊，你這美麗的小花房。

有人叫了起來：「閉嘴，你們這些骯髒的德國佬！」德國人不甘示弱，唱得更響了，淹沒了《友誼地久天長》的歌聲。

為了報復，愛爾蘭人模仿他們的歌詞唱起來，歌聲飄過了陰暗的院子。

啊，這是一首該死的歌，
該死的歌，該死的歌。
啊，你真骯髒，
啊，你真骯髒，
啊，你這骯髒的德國歌。

猶太人和義大利人不管了，紛紛把窗戶關上，任由德國人和愛爾蘭人去鬥。德國人唱得更大聲了，吞没了那模仿的歌聲，也吞没了《友誼地久天長》的歌聲。德國人贏了。他們高叫著將那沒完沒了的歌唱完。

法蘭西發抖起來：「我不喜歡德國人。」她說，「他們太……太執著，要是想要什麼東西就一定要得到手，總是爭強好勝。」

夜晚又一次安靜了下來。法蘭西抓住媽媽和尼力的手：「我們一起來。」她下令。三個人頭伸出窗外喊道：「各位，新年快樂！」

沉寂片刻後，黑暗中傳來一個粗厚的愛爾蘭口音：「諾蘭家的，你們也新年快樂！」

「那又是誰？」凱蒂納悶。

「新年快樂，你這骯髒的愛爾蘭佬！」尼力叫道。

媽媽將他的嘴捂住，把他拖走，法蘭西則趕緊把窗戶拉下。三個人都歇斯底里地大笑起來。

「這回你可真是！」法蘭西笑得上氣不接下氣，眼淚都擠出來了。

「他知道我們是誰，他是會來幹……幹……幹架的。」凱蒂還在咯咯笑，笑到有氣無力，虛脫到得扶桌子。「這……這……這人是誰？」

「歐布萊恩那老頭。上週我去他院子，被他罵了出去，這個骯髒的愛爾蘭……」

「別說了！」媽媽喝止他，「你知道新年一開始你做什麼，一年就會那樣繼續下去。」

「你大概不希望像一張壞掉的唱片那樣，不斷跳針在『骯髒的愛爾蘭佬』這句上，是不是？」法蘭西說，「再說，你也是愛爾蘭佬。」

「你不也是？」尼力反唇相譏。

「我們都是，除了媽媽。」

「我不是嫁給愛爾蘭人了嗎？」

「那我們愛爾蘭人要不要在跨年夜喝上一杯？要不要？」法蘭西問。

「當然。」媽媽說，「我去調酒。」

麥克加洛迪送了一瓶上好的陳年白蘭地給諾蘭家，作為耶誕禮物。凱蒂用小杯子量出白蘭地，倒入三個高腳玻璃杯。杯子裡還有空，她打了雞蛋放進去，又加進牛奶和糖。她還把肉豆蔻碾碎，撒了上去。

她調酒的時候手很穩，不過她心裡清楚，今晚喝酒是一件大事。她常常擔心孩子們沾染爸爸酗酒的毛病。她希望家裡對喝酒這件事都有健康良好的態度，她覺得，如果喋喋不休地反對，孩子們說不定會對這被禁止的事更有興趣，畢竟他們都是些個人主義者，行為難以預料；可是反過來說，如果她太淡化這事，又怕孩子們覺得喝醉酒稀鬆平常。於是她決定，既不要不聞不問，也不要小題大做，只要培養一顆平常心，讓他們覺得喝酒不過是一件平常事，節慶時偶爾為之，並不沉迷即可；而新年正是一大節慶。她給了每個人一個杯子，此刻就要看他們的反應了。

「我們為什麼乾杯？」法蘭西問。

「為希望乾杯。」凱蒂說，「希望我們家一直像今天晚上這樣，團結在一起。」

「等等！」法蘭西說，「把蘿莉抱來，她也是一家人啊！」

凱蒂將安安靜靜睡著的蘿莉從搖籃裡抱起，抱進暖暖的廚房。蘿莉睜開眼睛，抬起頭，迷迷糊糊地笑了，露出兩顆牙齒來。然後她又低下頭，靠在凱蒂肩膀上睡著了。

「好了。」法蘭西舉起杯子，「為永遠在一起乾杯！」

他們一起碰杯、喝酒。尼力喝了一小口，皺了皺眉頭，說他寧可裡頭只放牛奶。他將酒倒掉，重新倒來一杯冷牛奶。法蘭西一口乾掉白蘭地，看得凱蒂很擔憂。

「不錯，」法蘭西說，「很不錯，不過還沒有香草冰淇淋蘇打一半好喝。」

「我擔憂什麼呢？」凱蒂在內心歡唱，「畢竟他們是諾蘭家的人，也是我們羅姆利家的人是不喜歡喝酒的。」

「尼力，我們上屋頂吧！」法蘭西衝動地說，「去看看世界如何迎接新的一年到來。」

「好。」尼力同意。

「先把鞋子穿上，」媽媽下令，「還有外套。」

他們沿著搖搖晃晃的樓梯爬上去。尼力將通往屋頂的蓋子推開，兩人爬上了屋頂。

夜色醉人，空氣清涼，一絲風都沒有，空氣寒冷而安靜。閃爍的星星低垂在天幕下，滿天的繁星將夜空襯托成鈷藍色；沒有月亮，可是星星比月亮還要亮。

法蘭西踮著腳，張開雙臂：「哦，我多想擁住這一切！」她叫，「我想擁抱這寒冷卻無風的夜色；我想擁抱這伸手可摘的燦爛繁星。我想將這一切擁住，緊緊地擁住它們，直到它們說：『放開我！放開我！』」

「不要靠屋簷那麼近，」尼力不安地說，「搞不好你會從屋頂掉下去。」

「我想有個人，」法蘭西急迫地想著，「我想有個人。我想緊緊擁住某個人。我需要的不只是這樣的擁抱，我還需要有人理解我此時的感受。理解應該是這擁抱的一部分。」

「我愛媽媽，我愛尼力和蘿莉，可是我需要另外一種方式，去愛另外一個人；那和對他們的愛不一樣。」

「如果我跟媽媽說這些，她會說：『是嗎？這樣啊，你既然有了這種感覺，那麼就不要在幽暗的走廊裡和男孩子廝混。』她會擔憂，怕我會變成西西那樣。可是這和西西不一樣，我對理解的需要超過擁抱。如果我跟西西和艾薇姨媽講，她們會和媽媽說一樣的話，儘管西西十四歲，艾薇十六歲就結婚了；媽媽結婚的時候也還是個少女。不過，她們已經忘了當初的自己……她們會說我還小，不該有這些念頭。或許我還年輕，才十五歲，不過，在有些事情上面，我比我的實際年齡要大。我沒有人可以擁抱，沒有人理解。

或許有一天……有一天……」

「尼力，如果人終歸一死，這時死去豈不是最好？這時候的一切，就像今晚的夜色一樣完美無缺。」

「你知道你這是怎麼回事嗎？」尼力問。

「不知道，怎麼了？」

「是喝那牛奶調酒喝的，就是這麼回事。」

她握緊拳頭走向他：「你不要這麼說，千萬不可以這麼說！」

他退後了，她一臉怒容讓他害怕。「沒……沒……沒有關係。」他結巴了，「我自己也醉過。」

好奇之下，她的憤怒消退了，問：「是嗎，尼力？你沒有撒謊？」

「真的。有個傢伙拿了幾瓶啤酒，我們到地下室裡喝。我喝了兩瓶，喝醉了。」

「喝醉是什麼感覺？」

「首先，整個世界都顛倒了，然後，就像我們在雜貨店用一分錢買的那個萬花筒一樣，從小的這一頭看，轉動大的那一頭，就能看到彩紙飛落，每次的組合都不一樣。不過，更主要的感覺是頭暈。我後來還吐了。」

「那麼我也醉過。」法蘭西承認。

「也是喝啤酒？」

「不是。去年春天我在麥卡瑞恩公園生平第一次看到鬱金香。」

「你以前沒有看過，怎麼知道那是鬱金香？」

「我看過圖片。我看著它，看著它生長，看著葉子，看著那鮮紅的花瓣、黃色的花心，那時候我也得天旋地轉，就像你說的，就像看萬花筒一般。我頭暈得很，只得坐到公園長椅上。」

「你也吐了嗎？」

「沒有。」她回答，「今天晚上，我在屋頂也是這種感覺；我知道這和喝牛奶調酒無關。」

「我的天！」

她想起了什麼，又說：「媽媽給我們那調酒的時候是在試探我們。我知道的。」

「可憐的媽媽。」尼力說，「不過我她是不用擔心，我不喜歡嘔吐，所以我不會再醉酒了。」

「她也不用為我擔心。我不喝酒都會醉；我看鬱金香，或者像今天晚上這樣，都能醉倒。」

「我想今天晚上真是不錯。」尼力也同意。

「是如此寂靜、明亮……甚至有些……神聖。」

她等著。如果爸爸此刻在她身邊……

尼力唱了起來。

平安夜，聖善夜。

萬暗中，光華射。

「他好像爸爸。」法蘭西開心地想。

她向著布魯克林眺望，星光之下，布魯克林半隱半現。她眺望著那些平頂的屋子，看它們高低交錯，間雜穿插著舊時的斜頂屋。她看到了參差的煙囪……一些煙囪上還有昏暗的鴿子籠，有時候，還能隱隱聽到鴿子在夢中的咕咕聲……還有教堂的兩個尖頂，像是在那幽暗的蒼穹下默默沉思……在街道的末端，那座大橋如同一聲嘆息般跨於東河之上，然後在河的對岸迷失……迷失……橋下那幽暗的東河，還有遠處霧濛濛的灰色紐約城輪廓，宛如一個紙板剪出的城市。

「沒有任何一個地方像這裡一樣。」法蘭西說。

「像哪裡？」

「布魯克林啊！這是個魔術般不真切的城市。」

「這兒和別的地方沒什麼兩樣啊！」

「不一樣！我每天去紐約，紐約就不一樣。我還去過一次貝永，去探望一個生病在家的同事，貝永也不一樣。布魯克林有些神祕，就像——對了——就像夢境。這裡的房子和街道都不像真的，人也不像真的。」

「他們夠真的了——你瞧他們打架、罵人的樣子，還有那種貧窮和骯髒的模樣。」

「可是這裡的貧窮和打架還是像在夢裡一樣。他們並不是真的有這些感受，這一切彷彿都是發生在夢裡。」

「布魯克林和其他地方沒有什麼兩樣，」尼力堅定地說，「只是你的想像讓它不同。不過這沒有關係，」他又寬宏大量地說了聲，「只要你高興就行了。」

尼力！和媽媽那麼像！又和爸爸那麼像！兩人的優點都集中在他身上。她愛自己的弟弟，她想擁抱他，親吻他，不過他像媽媽，不喜歡人們感情過於外露，如果她親吻他，他一定會生氣地將她推開。於是，她只是伸出手來。

「新年快樂，尼力。」

「也祝你新年快樂。」

他們莊重地握了個手。

47

耶誕節轉瞬即逝，諾蘭家過得很快樂，彷彿昔日重來了一樣。可是，新年一過，大家又各自分別回到強尼死後的新軌道上。

首先，鋼琴課停下來了，法蘭西已經幾個月沒練習了，尼力則晚上在冰淇淋店演奏。他的切分爵士曲子彈得不錯，爵士樂更勝一籌；大夥兒都說他能讓鋼琴說話。他的演奏很受歡迎，他用演奏換免費汽水；到了星期六，喜福麗有時候還會給他一塊錢，讓他彈一整個晚上。法蘭西不喜歡這些做法，並向媽媽告了一狀。

「我不會讓他這樣下去的，媽媽。」她說。

「有什麼關係呢？」

「你應該也不希望養成他彈奏鋼琴換取免費飲料的習慣吧，就像……」她遲疑了一下，凱蒂把她的話接了下去。

「就像你父親？不，他不會跟他一樣的。你父親從來不唱他真心喜歡的歌，像《安妮．蘿莉》，或者《夏日最後一朵玫瑰》之類。他唱來唱去，都是人們喜歡的歌，比如《甜蜜蜜的阿黛林》或《磨房溪畔》。尼力不同，他總是彈奏他自己喜歡的，別人喜歡不喜歡他根本不管。」

「你是說爸爸是提供娛樂給人，尼力是在玩藝術？」

「怎麼說呢……算是吧！」凱蒂挑釁似的承認了。

「您這是不是溺愛啊？」

凱蒂皺了皺眉，法蘭西就住口不談了。

自從尼力上高中後，他們晚上就不再讀聖經和莎士比亞了。尼力說學校正在讀《凱撒大帝》，另外每次集會校長都讀聖經，這對尼力來說就已經足夠了。法蘭西則已經看了一整天的報紙，眼睛受不了，巴不得晚上不用再讀東西。凱蒂沒有堅持，覺得他們也大了，讀與不讀，就由他們自己決定吧。

法蘭西晚上很孤單。諾蘭家現在只有晚飯的時候會聚在一起，連蘿莉都坐到餐桌前的嬰兒高腳椅上。晚飯後尼力會出門，找他那群死黨，或是去冰淇淋店演奏。媽媽在家讀報紙，到晚上八點就和蘿莉一起睡覺（凱蒂還是五點鐘起床，趕在法蘭西和尼力在家的時候做完打掃工作）。

法蘭西很少去看電影，電影的畫面太過跳躍，傷她的眼睛。現在也沒什麼戲劇表演可看了，很多老劇團都倒閉了。此外，她已經在百老匯上演的高斯華綏的《法網》一劇中看到過巴利摩❶，品味一下子提高了，看不上那些老劇團的演出了。去年秋季，她還看過一部《戰爭新娘》，主演者是娜茲默娃❷；她很喜歡這部電影，很希望再看一遍，不過她從報上得知，因為戰爭在即，這部片被禁了。她也還清楚地記得，她曾去過布魯克林一個奇怪的地區，去看偉大的莎拉·貝恩哈特❸在基斯歌舞雜耍戲劇院表演的單幕劇。這位偉大的演員已經七十多歲了，不過在舞臺上看起來只像三、四十歲。法蘭西不懂法語，但還是能猜出這戲是圍繞著這個被鋸斷的腿的女演員展開的。貝恩哈特扮演一位在戰爭中失去一條腿的法國士兵，演出中間還常常出現「臭老德」這個對德國人不敬的稱呼。法蘭西永遠忘記不了貝恩哈特那一頭如火的紅髮，

---

❶約翰·巴利摩（John Barrymore, 1882-1942）美國著名演員，常被人稱為該時代最偉大的演員，曾演出多齣舞臺劇及電影，他的家族中有多人都投身演藝事業。

❷娜茲默娃（Alla Nazimova, 1879-1945）俄裔美國演員，製作人，劇作家。

❸莎拉·貝恩哈特（Sarah Bernhardt, 1844-1923），法國舞臺劇演員，一八七〇年代在歐洲登臺後名聲即席捲全歐，並及於美洲，因此有人稱她為「有史以來最著名的演員」。

還有她那金子一般的嗓音。法蘭西還將節目單放進自己的剪貼簿裡，珍藏下來。

不過，這也只是一個月又一個月中的其中三個夜晚。

那年春天來得早。甜美和煦的夜裡她輾轉難眠，就會出去散散步，沿著街道穿過公園。每到一處，總能看見男男女女成雙成對，手挽著手走在一起，或是互摟著一同坐在公園長凳上，或是一起默默站在門廳前。除了法蘭西外，世界上每個人都有情人或朋友，整個布魯克林似乎只有她形單影隻。

一九一七年三月，整個社區談論的話題都是戰爭，大家認為戰爭是躲也躲不掉了。出租公寓裡有個寡婦，家裡有個獨子，她十分害怕孩子會被迫應徵入伍，到前線當炮灰，於是她幫兒子買了把短號，讓他學著吹奏，她想這樣一來，他入伍後就可以進樂隊，只在遊行和檢閱的時候吹吹號，不用上前線。那孩子天天練，時時吹，卻又總是五音不全，把出租公寓裡的住戶折磨得痛不欲生。有個人不堪其苦，想了一個辦法，告訴那位母親說他有內幕消息，他說軍旅樂隊要率領士兵，衝鋒在前，要當炮灰的話，也是他們最早當。那母親一聽，當即把短號送到當鋪當了，拿到當鋪票也馬上撕掉。那把大家折磨得慘兮兮的練習終於戛然而止。

每天晚上吃晚飯的時候凱蒂都會問法蘭西：「打仗了嗎？」

「還沒有，不過隨時會開戰。」

「那還不如早點打。」

「你難道希望打仗？」

「怎麼會，我怎麼會希望打仗?不過如果真的要打，遲打不如早打。開始越早，結束越早。」

可是，後來西西發生的事讓諾蘭家把戰爭暫時擺到了一旁。

西西現在已經痛改前非，不像過去那麼放蕩了，照理說應該安安靜靜地過日子，心滿意足地度過她的中年生活。可是這時候，她卻瘋狂地愛上了她已經嫁了五年多的約翰，害得全家雞犬不寧。非但如此，她還發生了一連串大事：當了寡婦、離了婚、結了婚又懷了孕，這一切還都是十天之內發生的。

有天下午快下班的時候，送報員照例將威廉斯堡最受歡迎的《標準聯合報》送到法蘭西桌子前。像往常一樣，她把報紙帶回家，讓凱蒂晚飯後看；法蘭西次日會把報紙再帶回去閱讀、標記。法蘭西下班後從不看報，也不知道那一期報紙上說的是什麼內容。

晚飯後，凱蒂坐在窗前看報。翻到第三版時她突然大叫：「我的天哪！」震驚不已。法蘭西和尼力都跟著跑到她身後來看。凱蒂指向一則標題：

英雄消防員在沃勒拜特市場大火中喪生

下面有行小標題：「本欲下月退休，開始領退休金」。

看完內容，法蘭西發現這位英雄消防員原來是西西的第一任丈夫。報上有一張西西的照片，是二十年前拍的，那時候西西一頭往後梳的頭髮，定過型，高聳在頭頂，身上穿公主袖的洋裝；那時西西才十六歲。西西的圖片下面有行字：「英雄消防員的遺孀」。

「我的天哪！」凱蒂又說了一次，「看來他後來沒有再結過婚。他一定一直帶著西西的照片，人死後，其他人在遺物中把西西給找了出來。」

「我現在就得去。」凱蒂脫去圍裙，拿了頂帽子，邊走邊解釋：「西西的約翰每天都會看報紙。她跟他說她離婚了，現在真相大白他會把她殺掉的，不殺也會要她走人。」她接著說，「西西帶著媽媽和孩子，能去哪裡啊？」

「他看起來人不錯啊！」法蘭西說，「我想他不會這樣的。」

「我們哪裡知道他會做出什麼事情來？我們對他一無所知，他和我們的距離一直很遠，以前是這樣，將來也會是這樣。上帝保佑我早點趕到。」

法蘭西堅持要一起去，尼力答應留下來照顧小孩，不過要求她們倆之後一定要把發生的事原原本本地告訴他。

到了西西家，他們發現西西激動得滿臉通紅。瑪麗．羅姆利外婆已經把寶寶抱走，到前屋休息了，她在黑暗中默默祈禱事情能有好結果。

西西家的約翰開口了。

「我在公司上班，這些傢伙跑到家裡來，跟西西說：『你丈夫死了，你知道嗎？』西西還以為是我死了。」他突然轉向西西，問，「你有沒有哭？」

「哭得隔兩條馬路都能聽見呢！」她向他保證。他似乎很滿意。

「他們問西西遺體怎麼辦？西西就問有沒有保險，知道吧？後來發現有保險，足足有五百塊，是十年前付的，用的還是西西的名字。結果西西就開始忙了起來！她請他們把遺體送進斯派希特殯儀館，你知道吧？她安排了個五百塊的葬禮。」

「我不這樣做不行啊！他活著的親屬就剩我一個。」西西道歉說。

「不只如此，」約翰接著說，「現在他們還打算付給西西退休金。這我可不同意！」他突然大叫起來，「我跟她結婚的時候，」他的語氣又平靜了些，「她跟我說她離婚了。現在才發現不是。」

「可是天主教不准離婚啊！」西西強詞奪理。

「你又不是在天主教會結的婚。」

「我知道啊。就是因為不是經過教會，所以我從來不覺得自己結過婚啊！沒結婚幹嘛離婚呢？」

他雙手伸向空中，痛苦地說：「我認輸！」這手勢、語氣，跟當初西西堅持說自己生了孩子那個時候一樣。「我跟她結婚是相信她，知道吧？但你們看看她做了什麼？」他自問自答似的說，「她這麼一搞，我們兩個都成了通姦犯。」

「別這麼說！」西西厲聲說，「我們不是通姦，是重婚。」

「那麼現在馬上就給我停止，知道嗎？你第一個丈夫死了，現在你得跟第二個離婚，然後你才可以跟我結婚，知道嗎？」

「好的，約翰。」她溫順地說。

「我的名字不叫約翰！」他咆哮了起來，「是史蒂夫！史蒂夫！史蒂夫！」他每重複一次名字，手就在桌子上猛捶一次，藍色玻璃糖碗邊掛的湯匙上下晃動，敲打著碗沿。他突然又伸手指向法蘭西的臉。

「還有你！從現在開始，我是史蒂夫姨丈，明白嗎？」

法蘭西一言不發，被他突然其來的變化嚇傻了。

「怎麼？你說話啊？」他大聲叫道。

「你……你……你好，史蒂夫姨丈。」

「這就對了。」他的語氣終於緩和了些。他從門後的一根釘子上取下帽子，戴到頭上。

「你去哪裡啊，約翰……不，史蒂夫？」凱蒂擔心地問。

「聽著！我小的時候，我老爹總會在客人來家裡的時候去買些冰淇淋回家。這可是我的家，知道嗎？現在我家有客人，那我就去弄一夸脫草莓冰淇淋回來，知道嗎？」他走了。

「人真不錯啊，是不是？」西西嘆了口氣，「這種人啊，女人想不愛都難。」

「看來羅姆利家族終於有個男人了。」凱蒂乾巴巴地說了聲。

法蘭西走進幽暗的前屋。在街燈的燈光下，她看到外婆坐在窗前，懷裡抱著西西的寶寶。外婆手上垂著念珠，手在發抖。

「外婆，不用禱告了。」她說，「一切都沒事了，他去買冰淇淋去了，知道嗎？」

「願榮耀歸於聖父聖子聖靈。」瑪麗・羅姆利讚美說。

史蒂夫以西西的名義，寫了封信給西西的第二任丈夫，寄往西西記得的最後一個地址，信封上還寫了「煩請轉交」的字樣。西西請第二任丈夫同意離婚，好讓她改嫁。一週後，她收到了從威斯康辛寄來的一個厚信封，是西西的第二任丈夫寄來的，他說他很好，七年前在威斯康辛離了婚，旋即再娶，然後定居威斯康辛，後來找了份好工作，也有了三個孩子。他寫說他很幸福；他還用挑戰的口吻威脅說他希望能繼續這樣下去，並特意在這些話上畫了底線。他還隨信寄來一份舊剪報，證明離婚聲明已經通報送達。他還送來一份影印的離婚證，上面寫著離婚的理由為遺棄。他另外還附上一張快照，上面是三個神氣活現的小孩。

西西很高興，這麼快就把婚離了，甚至還寄了一個鍍銀的酸菜盤給他，作為遲到的結婚禮物。她還覺得自己應該寄一封祝賀信，但史蒂夫拒絕幫她寫，西西於是請法蘭西代勞。

「就說我祝他幸福。」西西說。

「可是西西姨媽，他都結婚七年了，現在都安定下來了，不管幸福不幸福都是那樣了。」

「但是，第一次聽到人家結婚還是得祝他們幸福美滿，這是禮貌問題，你就照著寫吧！」

「好吧。」法蘭西寫了下來，又問：「還有呢？」

「寫幾句誇獎他的孩子……說他們多乖多漂亮……比如說……」她的話在喉嚨裡就哽住了。她知道他寄來這些照片，是想證明西西那些死胎的孩子不是他的問題，這讓西西很受打擊。「就說，我也有個女兒，很漂亮，很健康，你在健康這兩個字下面畫上底線。」

「不過，史蒂夫的信中說你打算再婚，這個人知道你這麼快就有了孩子會不會覺得奇怪？」

「你就按照我說的寫，」西西命令，「就說我下週還要再生一個。」

「西西！真的假的啊？」

「當然不是真的，不過你就這麼寫。」

法蘭西寫了，又問：「還有什麼嗎？」

「謝謝他寄來的離婚文件，然後就說我比他早一年就拿到了離婚證明，不過我自己忘記了。」她牽強地說。

「但這是撒謊啊！」

「我真的比他早離婚，在我腦子裡。」

「好吧，好吧。」法蘭西投降了。

「就寫我很快樂，而且會一直這樣下去。你也學他在這些話下面畫線。」

「天哪，西西，你非要占上風不可嗎？」

「是的。你媽、艾薇還有你，還不都是這樣！」

法蘭西不再反對了。

史蒂夫拿了結婚證書，和西西重辦了次婚禮，這回是個衛理公會牧師主持的。這是西西頭一次在教堂結婚，她終於相信她是真的結婚了，兩人將至死不渝。史蒂夫很幸福；他愛西西，老怕失去她。她離開以前那些丈夫都是說散就散，毫不後悔，他怕她也會離開自己，而且把他寵愛的寶寶一起帶走。他知道西西很信教會，不管是什麼教會，天主教、新教都一樣；他知道在教會舉辦的婚禮西西不敢說散就散。在他們相處的幾年中，這是他頭一次覺得自己幸福、安全、能幹；西西也發現自己不可收拾地愛上了他。

＊　＊　＊

有天晚上，凱蒂上床後，西西過來找她。她叫凱蒂不要起床，說一會就去臥室跟她說話。法蘭西正坐在廚房桌子前，將一些詩詞剪貼到舊筆記本上。她在辦公室裡放了把刀片，將她喜歡的詩和故事裁剪下來，貼進剪貼簿。一本剪貼簿命名為《諾蘭古典詩集》，另外一本命名為《諾蘭現代詩集》，第三本是《安妮·蘿莉之書》，書中收藏了一些童謠和動物故事，準備等蘿莉大些時讀給她聽。

黑暗的臥室裡傳來的談話聲有一種讓人安心的節奏感，法蘭西剪貼的時候聽著媽媽和姨媽交談，她聽到西西說：「……史蒂夫，真好，真是個識大體的人。我發現到這一點時，真為以前的那些人痛恨我自己——我是說丈夫之外的那些人。」

「你沒有跟他說還有其他人吧？」凱蒂憂心忡忡地問。

「我有那麼傻嗎？不過，我真心希望他是我的第一個也是最後一個男人。」

「女人這麼說的時候，」凱蒂說，「就意味著她的生活要發生『變化』了。」

「你怎麼知道的？」

「如果她從來不曾戀愛過，一旦變化發生，她就會亂搞一氣，想著自己該有卻沒得到過的歡樂，想著機會稍縱即逝，想著現在機會不再這些念頭。要是她以前的情人太多，又會說自己過去做得如何如何不對，現在如何如何後悔，可是她還是會照老樣子下去，因為她心裡也清楚，不用多久，她的女人味就會慢慢消散、消失。要是她一開始就不覺得男人有什麼好，那麼變化發生的時候，她反倒更能接受。」

「我可不希望再發生什麼變化。」西西憤憤地說，「第一次結婚時我太年輕了，第二回嘛我是受不了。」

「我們有朝一日都要面臨的。」凱蒂嘆了口氣。

西西的話音裡帶著恐懼，「不能再生孩子……不陰不陽……長成肥婆……下巴上長出短鬚來。要是這樣，倒不如去死！」她傷心地哭了。「但是不管怎樣，」她又得意洋洋地補充道，「我還不到那種變化的時候，我現在又有了。」

暗暗的臥室裡一陣響動。法蘭西能想像媽媽用手肘撐著坐起的樣子。

「不，西西！不！你不會又有身孕了吧？都十次了，十個孩子都是死嬰，而這一次你快三十七了，恐怕更困難吧！」

「這個年紀要生孩子不成問題。」

「是沒錯，可要是生下來再有個三長兩短，你會受不了啊！」

「你不用擔心，凱蒂，這孩子會活下來的。」

「你每次都這麼說。」

「這次我確定上帝會站在我這一邊。」她用一種平靜而自信的口吻說。過了一會兒，她又說：「我把小西西的來歷都跟史蒂夫老實說了。」

「他怎麼說？」

「他說他一直都知道我沒有生小西西，不過我說得那麼篤定，把他也弄糊塗了。他說現在也沒關係了，只要小西西不是我跟其他男人生的就行。再說小孩也是一開始就抱過來的，跟親生的沒什麼兩樣。說來也巧，小孩居然跟他很像。她的黑眼睛像他，下巴也像他一樣圓圓的，耳朵也一樣是小小的，貼近頭部。」

「她的黑眼睛來自露西亞，而世界上有一百萬人都長著圓下巴和小耳朵。不過，要是史蒂夫因為孩子像他而開心，這樣也好。」一段漫長的沉默之後，凱蒂又開口：「西西，你有沒有問過那戶義大利人家，這孩子的父親究竟是誰？」

「沒有問。」西西也等了好久，才接著說：「你知道是誰告訴我那女孩是如何受困，還有她住在哪兒的嗎？」

「誰？」

「史蒂夫。」

「哦，我的天！」

兩人都沉默了好久，然後凱蒂說：「當然，這純屬巧合。」

「當然。」西西也同意，「他說是公司裡有個同事跟他說的，那個同事就住在露西亞那條街。」

「當然。」凱蒂又重複一次，「你知道布魯克林這地方，莫名其妙的事情也不知道有多少。比如說有時候我在街上走，腦子裡想到一個五年沒見的人，你知道怎麼樣？一轉過街角，就會看到這人朝我走來。」

「我知道。」西西回答，「有時候我在做這輩子從來沒做過的事時，會突然覺得這事我做過，或許是上輩子做過……」她的聲音淡了下去。過了一會兒她又說：「史蒂夫總是說他不可能接受別人的孩子。」

「所有男人都這麼說，生活就是這麼滑稽。」凱蒂接著說，「一、兩件事情碰巧湊在一起，人們就會生出各種稀奇古怪的解釋。你認識那女孩只是湊巧；那個傢伙可能跟店裡十幾個人都說過這件事，只是史蒂夫碰巧跟你提到，碰巧那孩子是圓下巴而不是方下巴。這甚至不叫巧合，叫什麼呢……？」凱蒂停下來想找個字眼。

法蘭西在廚房裡，對這些談話產生了濃厚的興趣，甚至忘記自己本不該偷聽。因此當媽媽詞窮的時候，她不經意脫口而出：「你是要說緣分吧，媽媽？」她大聲說。

臥室裡靜了下來，寂靜中透出震驚。接著談話又再次響起，但這次只剩模糊不清的耳語。

48

法蘭西桌子上放著一張報紙，是一張「號外」，直接從印刷廠送過來的，標題的油墨還沒有乾。這報紙已經送來五分鐘了，她還沒有提筆做標記。她瞪著上面的日期。

一九一七年四月六日。

標題只有兩個字，**戰爭**。這兩個字有六英寸高，字邊都毛了，彷彿這兩個字在發抖。

法蘭西看到了未來的一個景象。五十年後，她會告訴她的孫子們，那一天她是如何到辦公室來，坐在閱讀員的桌子後，照常上班，突然看到宣戰的消息。她經常聽外婆嘮叨，知道人老後總愛緬懷過去。不過她不想回憶；她想生活。要是無從選擇新生活，再去實際體驗過去的生活也好，總比回憶強。

她決定將這一刻定格下來，或許這樣她就可以守著它，把它當作有生命的活物，而不是只是往後的一個回憶。

她的目光轉移到桌子上，看著木頭的質地。她的手指摸過放鉛筆的凹槽，也將這凹槽的觸感收入自己的腦海。她用一片刀片在一枝鉛筆上刻了一個小點，然後將報紙解開。她將橡皮筋拿在手裡，用食指去摸，去感受那邊緣的紋路。她將橡皮筋丟進金屬做的廢紙簍裡，數著它跌落所需的秒數。她認真聽著，甚至不願錯過它跌落時小到幾乎聽不見的聲音。她的指尖壓住油墨未乾的標題，看著自己帶著油墨印的指尖，然後將指印按到一張白紙上。

她沒有理睬第一、第二版可能會出現的客戶名稱便將第一版裁下來，小心翼翼地摺成長方形，用拇指壓出摺痕來。她將摺好的報紙放入社裡用來郵寄剪報的一個黃色信封裡。

法蘭西打開抽屜拿錢包，這是她頭一次聽到抽屜打開的聲音，她也注意到錢包按扣「喀嗒」一聲打開的聲音。她撫摸著錢包，記住錢包的氣味，端詳著那黑色的波紋綢襯裡。她看著零錢包裡硬幣的日期，看到了一枚一九一七年的分幣；她把分幣放進信封裡。她打開口紅蓋，用口紅在指印下面畫了道線，口紅那清晰的顏色、質地和氣味讓她愉悅。她又看著粉盒裡的脂粉、指甲銼上的刻紋、硬邦邦的梳子，還有手帕上的線頭。錢包裡有張陳舊的剪報，這是她從一份奧克拉荷馬報紙上剪下來的。寫詩的人在布魯克林長大，上的是布魯克林公立學校，年輕時還編輯過《布魯克林飛鷹報》。她又看了一遍這首詩，一字不漏地把它記到腦海裡——這是她第二十次讀這詩了。

我屬於老年和青年，屬於愚者與賢者，
漠視別人老是關懷別人，
是慈母又是嚴父，是幼童又是成人，
充滿著粗糙的素質，也充滿精緻的素質。❶

那殘破的詩歌剪報她也裝進了信封。在粉盒的鏡子裡，她看到自己的辮子是如何盤在頭上的；她注意到自己的睫毛，黑黑的，直直的，長短不一。她然後審視自己的鞋子；她伸手摸自己的長襪，第一次發現這長絲襪摸起來並不平滑，反倒有些粗糙。洋裝的布是用很細很細的線織成的，她將裙邊翻過來，看到裡面襯裙的蕾絲滾邊是菱形圖案。

「如果我把這一切全記在腦子裡，就能永遠守住這個時刻。」她想。

她用刀片割下一縷頭髮，包在那張有自己指印和口紅印的方形紙上，將紙摺好，放進信封裡，然後將信封封起來，在信封上寫下：

一九一七年四月六日，法蘭西斯．諾蘭，現年十五歲零四個月。

她心想：「如果我五十年後再打開信封看這些東西，那我就會和現在一樣，就永遠不會老去。不過五十年好久……有好幾百萬小時呢。不過，我已經在這裡坐一個小時了……我的生命已經少了一個小時……我生命之中的一個小時已經溜走了。」

「親愛的上帝啊！」她祈禱，「讓我生命的每個小時、每一分鐘都能過得充實！讓我喜，讓我憂；讓我冷，讓我暖；讓我餓……讓我飽。衣衫襤褸也好，光鮮也好；讓我真誠也好，狡詐也好；誠實也好，說謊也好；讓人敬仰也好，罪大惡極也好。無論如何，讓我的每一分鐘都充實、受到保佑。當我睡覺時，也讓我一直作夢，不讓我虛度人生的每一分鐘。」

送報員來了，又送了一份報紙過來，這回的標題是三個大字：

宣戰了！

她看著地面，覺得天旋地轉，眼前五色雜陳。她低下頭，看著未乾透的油墨，低聲哭了。一個年長些的閱讀員從洗手間回來，在法蘭西辦公桌前停頓了片刻。她看到了報上的標題，看到法蘭西在哭。她頓了頓，覺得自己明白了。

「啊，打仗了！」她嘆了口氣，「你一定有個情人或者弟弟，然否？」她用那種閱讀員特有的那種文縐縐腔調問。

「是的，我有個弟弟。」法蘭西實照回答。

「我深表同情，諾蘭小姐。」閱讀員回自己辦公桌去了。

❶美國著名詩人惠特曼的詩作。

「我又醉了，」法蘭西心想，「這回是看報紙標題看的。我好像有嗜哭症，這可不妙。」

戰爭從遠方滲透過來，影響著模範剪報社，社裡的業務日漸凋敝。宣戰次日，社裡最大的客戶——一位每年花幾千塊錢訂閱巴拿馬運河等報的客戶來了，說自己的地址暫時不能確定，他每天要親自來拿剪報。

幾天後，兩個行動緩慢、步履沉重的男子上門找老闆。其中一人將自己的手伸到老闆面前，老闆一看他掌心的東西，臉「唰」地就白了。他從那位大客戶的檔案櫃中拿出一大堆剪報，這兩人檢查了一遍，又還回給老闆。老闆將這些剪報裝進信封裡，又把信封放進他的桌子裡。兩個人進了老闆的廁所，門半掩著。他們在那裡等了一整天，到了中午的時候，他們讓跑腿的男孩出去幫他們買了一袋三明治和一盒咖啡，就在廁所裡把午飯解決了。

巴拿馬運河客戶四點半時過來，老闆像是慢動作一般，將信封交給他。客戶要把信封放進內口袋的時候，藏在廁所裡那兩個壯實的傢伙衝了出來，其中一人拍了一下客戶的肩膀。客戶嘆了口氣，將信封交出去。第二個傢伙也拍了一下他的肩膀，客戶兩腳併攏，僵硬地鞠了個躬，然後被兩人一左一右帶了出去。老闆那天回到家裡後，患了嚴重的消化不良。

那天晚上，法蘭西跟媽媽和尼力說，一個德國間諜當場在她辦公室裡被逮捕。

次日，有個模樣機靈的傢伙提個公事包出現了。老闆回答了很多問題，那機靈的人將這些答案一一寫在表格的空白處，然後，讓人心痛的一幕出現了，老闆得開出一張將近四百塊的支票來——這是客戶被迫撤銷訂閱後老闆該還的餘款。那個機靈人一走，老闆立刻四處借錢，以免支票跳票。

從此以後，社裡的業務江河日下。老闆不問是非黑白，什麼背景的客戶都不敢再接；劇院演出季節一結束，演員客戶也丟了。過去圖書業在春季出版時會帶來幾百個作者客戶，這些客戶每人會花五塊錢臨時訂閱剪報；另外還有會花幾百塊訂閱的出版商客戶。但現在，從前客戶熙熙攘攘的局面結束了，只剩下涓涓細流。出版社在觀望，希望事態能平息，這期間一些重要出版品他們也延遲不出；很多研究人員考慮到自己會應徵入伍，也取消了訂閱。不過即便業務量不變，模範剪報社也撐不下去了，因為員工也在流失當中。

政府預期自己會產生人手短缺的情況，便在三十四街的大郵局舉辦了招聘考試，向全社會招收女性員工。很多閱讀員參加了考試，順利通過，馬上就去上班了。至於那些從事體力勞動的「俱樂部」成員幾乎是一起離職，應徵去一家戰時工廠上班，非但工資漲成了原來的三倍，而且大家還給他們「愛國者」的美稱。老闆的妻子重操舊業，回來當閱讀員，除了法蘭西之外，老闆把其他的閱讀員都解雇了。

辦公室只剩下三個人，以一抵十地包辦所有事情，大屋子裡顯得空蕩蕩的。法蘭西和老闆的妻子讀報、歸檔並照應辦公室其他事務；老闆有氣無力，像砍東西一樣胡亂裁著報紙，地址條印得模糊不清，剪報也貼得東倒西歪。

到了六月，他終於放棄了。他要人把辦公室設備賣掉，房子違約退掉；至於退款給客戶的問題，他的解決辦法很簡單：「讓他們告我好了。」

在紐約，法蘭西只知道另外一家剪報社，她打了電話過去，問他們要不要閱讀員。對方說絕對不會招聘新的閱讀員。「我們對本社的閱讀員很好，」那人用一種爭論的口氣告訴她，「永遠不需要換人。」法蘭西心想這家剪報社真不錯，她把話說了出來，然後將電話掛了。

上午其餘的時間她都在社裡看求職欄。她不想找辦公室的工作，因為知道自己就算獲聘，還是得從檔案管理做起。在辦公室裡，除非是從速記員或者打字員開始做，否則根本沒有機會。而且她還是比較喜歡去工廠做事，她更喜歡工廠裡的人，也喜歡雙手保持忙碌，但頭腦可以騰出來想東想西。不過當然了，媽媽是不會讓她再去工廠打工的。

她看到了一則廣告，上面的工作似乎是工廠和辦公室工作的完美結合：在辦公室裡操作機器。一家通信公司在招收培訓員工，教女學徒使用電傳打字機。在訓練期間就能拿錢，每週十二塊半，工作時間是下午五點到凌晨一點。要是能得到這份工作，起碼她晚上就有事情做了。

她去向老闆道別的時候，老闆說她最後一個星期的薪水先只能欠著。他說他有法蘭西的地址，到時候會寄過去。法蘭西跟老闆、老闆夫人和自己最後一星期的薪水道別了。

那家通信公司的辦公室在一棟摩天大樓裡，從大樓上可以俯瞰紐約市區的東河。法蘭西將前老闆熱情洋溢的推薦信遞了出去，然後和另外十幾個女孩一樣，填了一份求職表。她還參加了一項能力測驗，測驗的題目頗有些愚蠢，比如一磅鉛和一磅羽毛哪個重。當然，這個考試她通過了，公司給了她一個號碼、一把儲藏櫃鑰匙（她還交了兩毛五分錢押金），叫她次日五點來上班。

法蘭西回到家的時候還不到四點鐘。凱蒂在公寓裡清掃，看到法蘭西上樓她露出不安的神色。

「別這麼憂心的樣子，媽媽。我又沒有生病或出事。」

「那就好。」凱蒂如釋重負，「我還以為你工作丟了呢！」

「是丟了。」

「我的天！」

「最後一個星期的薪水也拿不到了。不過我又找了個新工作……明天就去上班……每週十二塊五。之後我想還會加吧！」凱蒂開始問問題。「媽媽，我累了。媽媽，我現在不想講話，我們明天再說。我也不想吃晚飯了，我想現在去睡覺！」法蘭西上了樓。

凱蒂坐在臺階上，開始擔憂起來。自從戰爭開始，食品等物價飛漲。過去這個月凱蒂甚至沒辦法在法蘭西的銀行帳戶裡存錢。每週十塊錢不夠用啊！蘿莉每天要喝一夸脫牛奶，奶粉又貴，還要喝柳丁汁。現在每週只有十二塊五……扣除了法蘭西的零用錢，剩下的比以前還少。不過就快放假了，尼力暑假也可以打工。可是入秋之後怎麼辦？尼力要繼續上高中，法蘭西到了秋天也一定要入學。怎麼辦才好呢？怎麼辦?她坐在那裡，心裡很著急。

法蘭西進屋後略略看了一眼睡著的寶寶，然後把衣服脫掉，躺到床上。她雙手交疊抱在腦後，眼睛盯著灰色的天窗。

「我現在十五歲了，」她心想，「但卻一無所成。我工作還不到一年，就已經換了三份工作。以前我還覺得換工作很好玩，但現在我卻害怕了。前兩份工作我又沒做錯任何事，但卻都被人裁掉。我做每份工作都盡心盡力，現在卻又得從頭來過。現在我知道害怕了，這回新老闆要是說『你跳一下』，我會為他跳兩下，免得又把工作丟了。我真害怕!家裡還靠我賺錢養家呢。以前我沒工作的時候大家是怎麼過下去的呢?當然，現在有了蘿莉，尼力和我那時候也小，沒什麼需求，爸爸也能幫忙。」

「好吧……再見吧大學!不能上大學，其他一切也就都再見吧!」她把臉轉了過去，不想再看那灰色的天窗，眼睛也閉上了。

法蘭西在一間大房間內，坐在一臺電傳打字機前。法蘭西的打字機上方拴了個鐵蓋，把鍵盤擋住，不讓她看見。房間前面釘著一張巨大的鍵盤示意圖，法蘭西眼睛看著圖，手摸著蓋子下面的字母鍵盤，第一天就這樣過了。第二天，公司給了她一疊舊電報讓她試打，她的眼睛從電報看到示意圖，手指則摸著字母。第二天結束，打字機上的字母位置她就都已經記住，不用去看圖了。一週後，公司把那上面的蓋子拿走，不過現在有沒有蓋子都已經無所謂，法蘭西學會盲打了。

有個講師過來，告訴大家電傳打字機的原理。那一天，法蘭西先收發模擬電報，然後她被分派到負責紐約—克里夫蘭的線路。

她心想，自己在這打字機前打出來的字能傳到千里之外的俄亥俄州克里夫蘭，再從那邊機器的捲筒紙上列印出來，簡直是個奇蹟。同樣神奇的是，俄亥俄州克里夫蘭那邊女孩打的字也能從法蘭西這邊印出來。

這工作很簡單。法蘭西一個小時發，一個小時收，換班的時候有兩次十五分鐘的休息時間，到了晚上九點還有半個小時的「午飯」時間。她分到一條線路後工資漲到了每週十五塊。基本上，這工作還不賴。

家人也適應了法蘭西的新工作時間，她在下午四點後不久出門，凌晨兩點前回到家中。她按三下門鈴後才進到走廊裡，這樣能把媽媽叫醒，注意法蘭西有沒有被藏在走廊裡的壞人偷襲。

法蘭西每天上午睡到十一點，和蘿莉一起待在家裡，因此凱蒂也不用早起了。她每天從自己的公寓開始打掃，等她去清掃另外兩幢樓的時候，法蘭西已經起床，可以幫忙照顧蘿莉。法蘭西星期天晚上也得上班，不過星期三休息個一晚上。

法蘭西很喜歡這種新安排，這樣一來她晚上就不怕寂寞了，對媽媽也好。此外，法蘭西每天還能帶蘿莉去公園待個一、兩小時，曬曬太陽，這對她和寶寶都有好處。

凱蒂想了個辦法，她跟法蘭西商量。

「他們會不會要你一直上晚班？」她問。

「他們會不會？他們才求之不得呢！哪個女孩想上晚班啊？不然怎麼會安排新手值晚班？」

「我在想，到了秋天，你可以白天去上學，晚上繼續上班。我知道這樣很難，不過應該有辦法的。」

「媽媽，不管怎麼說，我不想上高中了。」

「可是去年你還跟我鬧著要去呢！」

「去年是去年。現在時機過了，太晚了。」

「不晚，你別使性子。」

「可是現在上高中我能學到什麼東西？不是我自負，畢竟每天讀八小時的東西，讀了近一年，我也學到了不少東西。歷史、政治、地理、寫作、詩詞，樣樣我都有自己的想法。我也認識了不少人，看到人們做什麼、如何生活。我看過英雄事蹟，也看過犯罪行為。媽媽，我什麼都看過，哪能和一群小孩子一起，坐在教室裡聽老處女老師跟我們胡說八道地講課？我一定會動不動就跳出來糾正她的；不然我就得裝好人，默默吞下這些，可是這樣又會覺得自己不爭氣，什麼都不敢。總之，我絕對不會去上高中了。不過，有一天我會去上大學的。」

「不上高中，誰會讓你上大學？」

「上高中要四年……不，五年；一定會有什麼事讓我不能一口氣讀完，然後又是四年大學。等我讀完都二十五歲了，變成沒用的老姑婆了。」

「不管你喜歡不喜歡，不管你做什麼，二十五歲都一定會來的。那還不如在二十五歲到來之前受點教育。」

「媽媽，我再說最後一遍，我不上高中了。」

「到時候再說吧！」凱蒂咬緊牙關說。

法蘭西也沒有說話，可是她那咬緊牙關的樣子和媽媽一模一樣。

可是這次談話倒是啟發了法蘭西。如果媽媽覺得她可以白天上課，晚上上班，把高中讀完，她自己為什麼不用這個方法讀大學呢？她找了報紙廣告，發現布魯克林最老、最著名的大學刊出了暑期課程的廣告，廣告對象有大學生有高中生；大學生是那些希望修習高級課程，或者需要補課、修必修課的大學生，高中生則是針對那些希望提前修大學學分的高中生。法蘭西想她應該算後一類，雖然嚴格地說她不算高中生，可是她在資歷上不亞於高中生，於是她去要了一本課程目錄。

她從課程目錄上選了三門下午的課，這樣她一樣可以睡到十一點，下午去上課，放學後直接去上班。她選了「法語入門」、「基礎化學」，還有一門課程叫「復辟時期戲劇」。她算了一下學費，學費加上實驗費用，大約是六十塊出頭。她的儲蓄帳戶裡存了一百零五塊，她去找凱蒂。

「媽媽，能不能從我的大學基金裡領六十五塊出來？」

「做什麼？」

「當然是上大學啊！」她故意輕描淡寫地說。

果然，媽媽高聲跟著問：「大學？」

「暑期大學。」

「可、可、可是——」凱蒂都結巴了。

「我知道，我沒上高中。可是我可以告訴他們我不需要證書，也不要成績，我只想修課。」凱蒂從壁櫥架子上取下她的綠色帽子。

「你去哪裡啊，媽媽？」

「去銀行領錢啊！」

看媽媽急急忙忙的樣子，法蘭西笑了：「都下班了，銀行關門了呀！再說，也不用這麼急，離註冊還有一週呢！」

大學就設在布魯克林高地，這裡也是法蘭西從未涉足過的陌生地區。填寫申請表的時候，她的筆在「教育程度」一欄停住了；這一欄後面有三個選項：小學、高中、大學。略略思考後，她將這些通通劃掉，寫上：「私人教育」。

「仔細想想，這也是實話。」她這樣自我安慰。

沒想到遞交表格的時候對方絲毫沒有為難她，讓她大大鬆了一口氣。那出納只管收錢，收到錢後便拿了一張學費收據給她。她領到了一個註冊號、一張圖書館借書證、課程表，以及所需教科書的書目清單。她跟著人群一起到街上的學校書店買書。她看著書目清單，她要買《法語入門》和《基礎化學》。

「要新的還是二手的？」店員問。

「我不知道耶，應該買哪個？」

「新的。」店員說。

有人拍拍她的肩膀。她轉身一看，是個相貌英俊、衣著體面的男孩。他說：「買二手的。反正都一樣，二手的價格還便宜一半呢！」

「謝謝你。」她又轉向店員：「二手的。」她堅定地說。接著她又要買戲劇課的兩本課本，又有人在她肩膀上拍了一下。

「不用，不用。」那個男孩阻止她，「你只要上課前後，還有中間休息的時候在圖書館看就可以了。」

「再謝謝你！」她說。

「不客氣。」他回答，然後便悠閒地走開了。

法蘭西看著他離開書店。「哇，他真是高大英俊！」她心想，「大學真是個好地方。」

她坐電車去辦公室，路上緊緊抓著那兩本書。電車行駛在軌道上，那規律的節奏聽起來像在說：「大學、大學、大學」。法蘭西覺得有些暈眩，儘管自己上班都快遲到了，她還是不得不先在下個車站下車。她靠在一個投幣體重計旁，心裡想自己到底是怎麼了？會不會是吃壞了什麼東西，但是她根本忘記了吃午飯。這時候她霍然領悟。

「我的外公外婆、祖父祖母都不識字，他們之前的那些祖先也不識字。我媽媽的姊姊不識字，我自己的父母不過是小學畢業。我從來沒上過高中。可是現在，我，M.法蘭西斯．K.諾蘭，上大學了。你聽到了嗎，法蘭西？你上大學了！」

「天哪，我真暈了。」

49

法蘭西上完第一堂化學課出來時開心得不得了。只用了一小時，她就懂得了世界上的一切都是原子組成的，原子不停地持續運動。她總結世上的一切都不會消失，也不會毀滅，哪怕東西燒了、爛了，也不會從地球上消失，而是變成了其他東西，例如氣體、液體或者粉末。上完第一堂化學課後，法蘭西認定，化學裡生機勃勃，根本不存在死亡。讓她納悶的是，為什麼學過化學的人沒有把化學當成一門宗教呢？

「復辟時期戲劇」唯一的不足是要花大量時間閱讀課本，除此之外倒挺容易的，畢竟她讀過很多年的莎士比亞。她不擔心這門課和化學，可是「法語入門」她卻學得一頭霧水。這門課並非入門課程，老師認定學生以前不是學過，就是沒有及格來補修，或是在高中階段修過，所以基礎部分跳過不講，一開始就要大家翻譯。法蘭西連英語文法、拼音和標點都還不能完全把握了，何況法語？這樣下去她一定不及格，她唯一的辦法就是天天背單字，硬著頭皮學下去。

坐電車的時候她在念書，休息的時候她在念書，吃飯的時候她也把書架在前面看。她在通信公司訓練室的一架電傳打字機上打自己的作業。她從不遲到、不缺課，只希望自己至少能過兩門課。

她在書店結識的那男孩成了她的守護天使。他的名字叫班．布萊克，是個了不起的傢伙。他是馬斯佩斯高中的應屆畢業生，擔任學校校刊編輯、班長、橄欖球隊中衛，還是榮譽學生。之前三個暑假他一直在修大學課程，高中畢業時他也修完了一年的大學課程。

除了在學校外，他下午還去律師事務所打工。他在那裡寫摘要、處理傳票、看契約、卷宗、查找判例。他熟悉本州的法律，甚至上法庭打官司也沒問題。他不但成績好，每週還能賺到二十五美元。他所在的律師事務所希望他畢業後直接來事務所全職工作，兼讀法學學位，最終通過律師資格考試。可是班看不起沒上過大學的律師，他已經選好了一所中西部的學校，打算先拿到一個文學學士學位，然後再開始讀法學院。

班才十九歲，可是未來都已經規劃得有條不紊。通過律師資格考試後，他會去一所鄉村律師事務所執業。他相信，在小鎮執業，以後從政的機會大些。他甚至選好了執業地點；他會繼承一個遠親的業務。那位遠親已經年邁，經營的事務所已相當成熟。他和這位親戚常有聯繫，對方每週都會寫封長信指導他。

班希望能接手遠親的業務，然後等候時機，成為郡檢察官（根據協定，該小郡的檢察官職位由各律師事務所的人輪流擔任）。他會以此為起點，走上從政之路。他會努力工作，增加知名度，贏得人們信任，最終當選為該州的眾議院議員。他會熱誠忠心，勤勉做事，獲得連任，然後回到本州競選州長。這就是他的計畫。

更奇妙的是，認識班的人都說他的計畫會完全實現。

那時候，在一九一二的年夏天，他夢想的目標──那個中西部的大州──還在草原烈日下作著夢呢！它夢想著大片的麥田、無邊無際的晚熟蘋果、鮑德溫蘋果、北方金紅蘋果果園，不知道一個布魯克林的小夥子日後會過來，住進州長府邸，成為最年輕的州長。

這就是班．布萊克。他西裝革履，性情開朗，相貌英俊，思維敏捷，充滿自信，男孩子喜歡他，女孩子仰慕他。法蘭西．諾蘭顯然是愛上了他。

她每天都看到他。他的鋼筆在她的法語作業上留下註記，他幫她檢查化學作業，他為她解釋復辟時期戲劇中那些晦澀難懂的地方；他幫法蘭西安排下個暑假課程的計畫，還好人做到底，順道幫她擬定人生規劃。

暑期課程快結束的時候有兩件事讓法蘭西很傷心：不久，她就不能每天看到班了；另外一件事則是擔心法語會不及格。後面這件事情她私下跟班說了。

「別傻了。」班輕快地說，「學費也付了，每堂課也不缺席，你又不笨，怎麼會不及格？Q.E.D.❶」

「就是會，」她笑了，「我P.D.Q.❷就會被當掉。」

「那麼期末考試前我們來惡補，補一整天。有哪裡可去？」

「上我家？」法蘭西羞怯地說。

「不行，家裡會有人。」他想了一會兒，「我知道一個好地方。星期天早晨九點你來找我，我們在蓋茨和百老匯的街角碰頭。」

她下電車的時候班已經等在那裡了。她毫無頭緒他為什麼會選擇這個社區。他把她帶到一個劇院的門口，這劇院是一些百老匯劇首演的地方。劇院大門開著，門口有一個白髮老人，斜靠在椅子上曬太陽。班只說了聲：「老爹，早安」，就進了那神奇的大門。法蘭西這時候發現這個了不得的小夥子星期六晚上還在劇院當引座員。

她之前從來沒到過後臺，進去後激動得渾身發熱，簡直像是在發燒。舞臺很開闊，劇院的屋頂很高，高得彷彿不存在似的。她上了舞臺，放慢腳步，根據自己記憶中哈洛德·克萊倫斯走路的樣子，學他用那種緩慢、僵直的小步子走著。班說話的時候她慢慢轉過身，用一種十分戲劇化的渾厚口音說：「你」（停頓：然後意味深長地說）「說話了？」

「要不要看個東西？」他問。

他將布幕拉開，法蘭西看到那石棉布幕如同巨人的窗簾一樣慢慢捲起來。班把舞臺的腳燈打開，法蘭西走到布幕前方，看著下面幽暗的座位，一排又一排，整整齊齊地空在那裡等候著。她歪著頭，對著最後

---

❶拉丁文quod erat demonstrandum（且待證明）的縮寫。

❷Pretty damn quick的縮寫，意為「很快」。

一排的座位高聲喊：「喂，你好！」她叫道。她的聲音在一片空寂中迴盪著，似乎將她的聲音放大了百倍。

「喂，」班好脾氣地問，「你是對劇院感興趣，還是對法語感興趣？」

「當然是劇院了。」

這是真的。在那一刻，她放棄了自己所有的追求，回到了她最初的興趣：戲劇。

班笑著把腳燈關掉，然後又讓帷幕降下。他拖來兩把椅子，面對面放著。他不知道用了什麼辦法，弄到了過去五年的法語考古題。他從這些考題中選出最常考和最不常考的題目，重新設計了一份考卷。這一天，他大部分時間就用這些考題教法蘭西，然後他又要法蘭西背誦了莫里哀《偽君子》中的一頁和那一頁的英譯。

他解釋：「明天考題中要是有一題你完全看不懂，你也不要嘗試回答，就老實說你不會，說你另選了個答題方法，就是莫里哀的劇作節選並附上譯文，然後默寫下你今天背的部分，這樣你就會過關。」

「可是，假如真考到了這題，考的就是這一段呢？」

「不會的，我選的是個不大出名的章節。」

果然，她過關了，通過了法語考試。她的成績墊底，可是通過就是通過，她只能這麼安慰自己了。不過，她的化學和戲劇考試成績都很好。

按照班的指示，一週之後她回來領成績單，並在事先約定的時間與他碰面。他帶她去海伊勒喝巧克力蘇打。

「你多大了，法蘭西？」班在兩人喝汽水的時候問。

法蘭西的腦子飛轉。她在家是十五歲，上班的地方是十七歲；班十九歲，要是知道她才十五歲，他是不會再和她說話的。

他看到她在猶豫，開玩笑說：「任何你說的話都會成為呈堂證供。」

她鼓起了勇氣，可是聲音還是發顫：「我今年……十五歲。」她羞愧地低下頭。

「嗯。我喜歡你，法蘭西。」

「我愛你。」法蘭西在心裡想。

「我以前也碰過不少女孩子，可是我對你的喜愛不亞於她們任何一個。不過，我可沒有時間陪女孩子。」

「星期天抽一兩個小時都不行？」她大膽地問。

「我只有幾個小時空閒，這幾個小時屬於我媽媽。我就是她的一切。」

在這之前法蘭西從沒聽說過布萊克夫人，可是她恨這個老夫人。只有這幾個小時的空閒還必須被她占走，要是能給法蘭西，她會有多幸福啊！

「可是我會想你。」他繼續說，「如果有時間，我會寫信給你。」（他和她的住處只隔半小時路程。）「不過，如果你需要我的話——當然不是一些雞毛蒜皮的小事——就寫信給我，我會設法來見你的。」他給了她一張律師事務所的名片，名片角落裡印著他的全名：班傑明．法蘭克林．布萊克。

他們在海伊勒的店門口道別，兩人熱情地握手。「明年暑假見。」他走後回頭又說。

法蘭西站著，目送他走到街角。明年暑假！現在才九月呢！明年暑假似乎是一百萬年之後那麼遙不可及。

法蘭西很喜歡這個暑期課程，想再接再勵，繼續在同一所學校註冊秋季班，可是她是不可能湊到三百塊學費的。有天上午，她跑到四十二街的紐約圖書館查詢課程目錄，發現一所女子學校可讓紐約居民免費入學。

她信心滿滿地拿著成績單跑去學校註冊，沒想到對方告訴她，沒有高中學歷，不能讓她入學。她解釋，暑假她都去大學上課了。啊！那是另外一回事，那些課程只能拿到學分，但是並不會發證書。法蘭西接著又問：那麼只上課不拿學位行不行？不行，除非她超過二十五歲，那樣她可以以特殊學生的身分入學，但是不能拿學位。法蘭西很遺憾地承認她還沒滿二十五歲。不過還有別的辦法，如果她能通過入學考試，或是高中畢業會考，那麼不管修不修高中課程，照樣可以入學。

法蘭西參加了這些考試，可是除了化學外，全部不及格。

「算了！我怎麼一點先見之明都沒有。」她跟媽媽說，「如果上大學這麼容易，誰還要去上什麼高中。不過媽媽，你也不用擔心，我現在知道入學考試是怎麼回事了，之後我會去買書好好用功，明年我會考過的。我考得過，而且一定要過。你等著瞧吧！」

但即便她能上大學，也無法排出上課的時間——公司安排她值日班了。她打字很快，已經是熟練的電傳打字員，公司希望她在最繁忙的白天時段上班。他們還許諾只要她想，到暑假就重新幫她排成晚班。她再度加薪，現在她每週能賺十七塊半。

接著又是無盡的孤獨長夜。美好的秋季夜色下，法蘭西在布魯克林街道上四處走著，心裡想著班。

（「如果你需要的話，寫信給我，我會設法來見你的。」）

是的，她需要他。可是如果她寫：「我很孤獨，你來陪我散散步、說說話吧！」他一定不會來。他的人生那麼充實，是找不到「孤獨」二字的。

* * *

附近社區似乎沒什麼改變，不過多少還是有了些不同，一些出租公寓的窗戶上出現了陣亡士兵的金星標誌，孩子們還是在街角，在廉價雜貨店前三三兩兩相聚，可是現在很多孩子們都穿上了卡其服。男孩們站在一起合唱，他們唱著《破落鄉的破落屋》、《鬱金香來頭上插》、《親愛老婆》、《不該讓你哭》等等的歌。

有時候士兵還教他們一些戰爭歌曲，如《那裡》、《凱蒂之歌》，還有《無人之地的玫瑰》。不過，不管他們唱什麼，壓軸的歌曲總是一首布魯克林民歌，像《馬克瑞媽媽》、《愛爾蘭眼睛微笑時》、《讓我叫你小甜心》或是《樂隊繼續演奏》。

晚上法蘭西從他們身邊走過，心想這些歌曲為何都如此憂傷。

50

西西的預產期是十一月底，凱蒂和艾薇拚命設法避開這個話題不談，她們倆認定西西這回一定又會產下死嬰，她們覺得現在和西西聊得越少，將來西西就越不會記得這件事。不過西西做了個驚天動地的決定，弄得大家想避開這個話題都沒辦法。她宣佈，臨產前，她要上醫院，要找醫生替她接生。

她的媽媽和妹妹都嚇呆了。羅姆利家的女人從來沒上醫院生孩子過，從來沒有！這件事看起來不大對，生孩子得找接生婆、鄰居家的某個女人，或者自己的媽媽；這種事情只能偷偷關起門來做，不能讓男人在場。生孩子是女人的事；至於醫院，大家都說那是等死的地方。

西西說她們都落伍了，接生婆已經過時了。她還驕傲地宣佈，這一切都不是她的主意，是她家史蒂夫的主意，他堅持要上醫院，找醫生。這還沒完，西西的醫生是佢猶太人！

「怎麼啦，西西？為什麼要這樣？」兩個妹妹吃驚地問。

「遇到這種時候，猶太醫生比基督徒醫生更有同情心。」

「我對猶太人沒有意見，」凱蒂開口了，「可是……」

「這樣說吧！艾倫斯坦醫生他們猶太人看著大衛之星禱告，基督徒看著十字架禱告，可是這些東西和醫術毫無關係啊！」

「不過，找醫生也該找個有同樣信仰的吧！畢竟這個關係到……」（凱蒂本來想說「生死」，還好沒說出口）……「出生。」

「算了吧你，寶貝兒！」西西輕蔑地說。

「物以類聚嘛！也沒看哪個猶太人找基督徒醫生啊。」艾薇說，還以為自己一針見血。

「他們幹嘛要找呢？」西西反駁了，「誰不知道猶太醫生比較聰明？」

西西生孩子的過程和以前一樣，只不過有醫生幫忙，生得更輕鬆些。孩子生下來後，她緊緊閉上眼睛；她不敢看。在生產之前她一直篤定孩子活得下來，可是真到了這時候，她又覺得孩子可能活不成了。最後，她還是把眼睛睜開，看見孩子躺在附近一張桌子上，靜靜的，全身發青。她把頭轉開。

「又是這樣。」她心想，「一次一次又一次，每次一樣，都十一回了。我的上帝啊！為什麼不給我一個活得下來的孩子？十一個孩子當中怎麼就不給我一個活得下來的？再過幾年，我就無法再生孩子了。一個女人這一輩子，沒生過半個活得下來的孩子，難道這一生就……唉，上帝啊！為什麼要這麼詛咒我？」

這時候她聽到了一個詞，一個她以前從來沒聽到過的詞。她聽到了「氧氣」兩個字。

「快點！氧氣！」她聽到醫生說。

她看到醫生在孩子周圍忙碌，一個巨大的奇蹟發生了。她媽媽以前講過不少聖徒的奇蹟，但是西西這回目睹的奇蹟比那些都更奇妙：她看到那青色變成了充滿生命力的白色，她看到一個沒有生命氣息的嬰兒吸了一口氣，發出一聲啼哭；這是西西第一次聽到自己生下來的嬰兒啼哭。

「孩子……是不是……活的？」她問。她簡直不敢相信。

「不是活的是什麼？」醫生不容置疑地聳聳肩，「你這兒子很健康，不亞於我以前看過的任何一個孩子。」

「你確定他會活下去？」

「這有什麼好懷疑？」他又聳聳肩，「除非你讓他從三樓上掉下去。」

西西把醫生的手抓過來，親吻個沒完。對這種展露的情感猶太人總是會覺得難為情，但艾倫．艾倫斯坦醫生絲毫不覺得困窘。

西西把這孩子取名為「史蒂芬．艾倫」。

「我從來沒看走眼過。」凱蒂說，「一個不育的女人領養個孩子，眼睛一眨，奇蹟就來了！只要一、兩年，她自己一定就能生一個。這就像上帝終於明白了她的善心。也好，西西這樣就有兩個孩子，兩個總比只有一個好。」

「小西西和小史蒂芬只差兩歲。」法蘭西說，「就跟我和尼力一樣。」

「是啊，兩個人可以互相作伴。」

西西生下活嬰一事在全家引起莫大的騷動，直到威利．費里曼姨丈給了他們一個新話題。威利想去當兵，可是被刷了下來。他就乾脆把牛奶公司的工作辭了，回到家裡，宣佈自己是個窩囊廢，然後上了床。第二天早晨到了，他不肯起床；又過了一天，他還是不肯起床。他說他就這樣躺在床上，再也不起來了。他聲稱他一輩子都是窩囊廢，乾脆就這樣窩囊廢到底，一直窩囊到死，早死早好。

艾薇只好找兩姊妹求助。

艾薇、西西、凱蒂和法蘭西站在那張巨大的銅床前，看著一個窩囊廢如何安頓自己。威利掃了一眼這些堅強的羅姆利女子，哭著說：「我是個窩囊廢。」然後他將毯子扯起來，蓋住自己的頭。

艾薇將丈夫交給西西；法蘭西看著西西如何應付他。西西將這可憐的小個子抱到自己胸前，好言相勸。她說並非所有大丈夫都得上戰場——有很多英雄人物在軍工廠上班，每天也一樣冒著生命危險。她跟他一直說，把威利說到都激動了起來。威利覺得自己也可以為戰爭出一臂之力，於是從床上一下跳起，要艾薇姨媽幫他找褲子和鞋子；艾薇姨媽為他七手八腳忙亂了一陣。

史蒂夫現在在摩根大道的一家軍工廠上班，已經做到領班了。他幫威利找了個事做，收入不錯，加班還發一倍半的薪水。

羅姆利家族有個傳統，男人的小費他們可以自己留起來。第一次拿到加班費後，威利幫自己買了一個銅鼓和鐃鈸。晚上不加班時，他就在自家前屋練習敲鑼打鼓。耶誕節時，法蘭西送了把口琴給他，他將口琴拴到一根棍子上，棍子綁在腰上，這樣不用拿著口琴也可以吹奏，就好比騎自行車不用扶車把手一樣。他想試著同時演奏吉他、口琴和鑼鼓，弄個一人樂隊。

就這樣，只要到了晚上，他就坐在前屋，吹口琴、彈吉他、敲著鑼鼓，吹吹彈彈，敲鑼打鼓，並為自己的窩囊憂傷。

51

天氣變冷了，無法繼續散步，法蘭西便去社區中心註冊了兩門課：縫紉和舞蹈。

她學會了如何認紙樣，如何使用縫紉機，她希望之後她能為自己做衣服。

她學會了在所謂「正式舞會」上跳的交際舞，只是她和她的舞伴都不覺得有機會參加任何正式舞會。有時候她的舞伴是社區裡塗著髮油的花花公子，舞跳得很好，讓她跳得很緊張；有時候她的舞伴是個穿短褲的十四歲男孩，這時就變成舞伴跳得很緊張。她對舞蹈的才能似乎是天生的，一學就喜歡。

同時這一年也開始走向了尾聲。

「你在看什麼書，法蘭西？」

「是尼力的幾何課本。」

「什麼是幾何？」

「反正是大學入學考試要考的東西，媽媽。」

「好吧，不過你也不要熬得太晚。」

「我媽媽和姊姊那邊有什麼消息？」凱蒂問保險員。

「我剛幫你姊姊的孩子莎拉和史蒂芬保了險。」

「他們不是一出生就投保了嗎？每週五分錢的那種險？」

「這次是不同的，是升學理財險。」

「那是什麼？」

「他們不用等到死後才能獲得理賠。到了十八歲，他們就分別能拿到一千塊；這錢是讓他們上大學用的。」

「我的天哪！先是找醫生上醫院生孩子，現在又保了上大學的保險，接下來還有什麼花樣？」

「有沒有信，媽媽？」法蘭西每天下班回家總會這麼問。

「沒有，只有一張艾薇寄來的卡片。」

「她說什麼？」

「沒有什麼，就說因為威利打鼓的緣故，她又要搬家了。」

「這回又要搬去哪？」

「艾薇在柏樹山那邊找到了一棟獨門獨戶的房子。柏樹山在布魯克林嗎？」

「在東邊，靠近紐約那兒，是布魯克林和皇后區交界的地方。在克里森特街附近，那是百老匯電車的最後一站；不過當然了，自從他們把電車路線延伸到牙買加站去之後，那裡就不是最後一站了。」

瑪麗·羅姆利躺在她窄小的白床上，頭上方的牆上除了一個十字架之外什麼也沒有。她的三個女兒和長孫女法蘭西站在她的床前。

「唉，我今年八十五歲了，這一病，大概也就爬不起來了。生活給了我勇氣，讓我能勇敢面對死亡。我不會假裝跟你們說：『等我死了，別為我悲傷。』我愛過我的孩子，也盡力做個好母親，孩子們為我悲傷沒什麼不對。不過你們也別太傷心，哀傷一陣子也就算了，然後就聽天由命吧！你們知道我會快樂的，我會見到我熱愛了一輩子的那些聖徒。」

法蘭西在休息室展示照片給一群女孩看。

「這是安妮·蘿莉，我的小妹妹。她才十八個月，已經可以滿屋子亂跑了。而且她講起話來才有趣呢！真希望你們也能聽到。」

「她很可愛。」

「這是我弟弟哥留尼，他以後要當醫生。」

「他很可愛。」

「這是我媽媽。」

「她很可愛，而且看起來很年輕。」

「這是我在屋頂上。」

「屋頂很可愛。」

「是我很可愛。」法蘭西假裝生氣。

「我們都可愛。」女孩們笑了，「我們的主管也可愛——那個老牛破車！但願她早點翹辮子。」

大家笑啊笑地停不下來。

「大家都笑些什麼呢？」法蘭西問。

「沒什麼。」大家笑得更樂了。

「你叫法蘭西去，我上次去買德國泡菜，他把我趕了出去。」尼力抱怨說。

「你這傻瓜，現在要叫自由菜❶了。」法蘭西說。

「別亂罵人啊！」凱蒂隨口責備了一聲。

「你知不知道他們把洪堡大道改名成威爾遜大道了？」法蘭西問。

「一打仗，人就容易做蠢事。」凱蒂嘆了口氣。

＊　＊　＊

「你會不會告訴媽媽？」尼力憂心忡忡地問。

「不會。不過你還小，怎麼能和這種女孩來往呢？大家都說她是個野女孩。」法蘭西說。

「誰喜歡鄰家女孩啊？」

「我不管，不過你對這個——啊——她的個性，可是一無所知啊！」

「我知道得比你多。」他的手放到屁股上，故意尖著嗓子含混不清地說：「哎呀，媽媽！有男人親我了，我會不會生孩子啊？會不會啊，媽媽？會不會？」

「尼力！你那天居然偷聽我講話！」

「當然了！我就在走廊上，一字一句我都聽得清清楚楚。」

「你太卑鄙了……」

「你不也偷聽嗎？有時候媽媽、西西、艾薇姨媽說話的時候你應該在床上睡覺，可是我看你也在偷聽。」

「那不一樣，我是要了解情況！」

「這不就對了！」

「法蘭西！法蘭西！七點了，起來！」

「起來做什麼？」

「你八點半得上班啊！」

「你跟我說點新鮮的好不好，媽媽。」

---

❶此時德美交戰，德國貨受歧視，有人建議將德國泡菜（sauerkraut）改稱自由菜（liberty cabbage）。就如美國攻打伊拉克時，由於法國立場不一致，一些美國人建議將薯條（French fries）改稱自由薯條（freedom fries）一樣。

「你今天十六歲了。」

「跟我說點新鮮的好不好，我已經連續兩年都十六歲了。」

「那你乾脆再過一年十六歲。」

「我可能一輩子都會是十六歲。」

「真這樣我也不覺得稀奇。」

「我不是在偷看。」凱蒂生氣地說，「我得找五分錢付煤氣費，我想你也不介意我看看的。你不也經常翻我的皮夾找零錢嗎？」

「那不同。」法蘭西說。

凱蒂手裡拿著一個小小的紫色盒子，裡面有有香味的濾嘴香菸；菸盒裡缺了一支。

「好吧，現在最糟糕的都被你看見了。」法蘭西說，「我抽了一支麥洛牌香菸。」

「還挺香的。」凱蒂說。

「好了，媽媽，你就長篇大論地唸我一頓吧，然後就別再提這事了。」

「有那麼多士兵在法國戰死，你偶爾抽一支菸，我看也不至於就到了世界末日。」

「唉，媽媽，你總是掃興──去年也是，我穿蕾絲內衣你也一聲都不反對。算了，把香菸扔掉吧！」

「扔掉幹嘛？我要將這些香菸撒在我的五斗櫃裡，這樣我的睡衣就會聞起來香香的。」

「我在想，」凱蒂說，「今年耶誕節我們就不要互相買禮物了。我們把錢湊一湊，買一隻烤雞，再去麵包坊買個大蛋糕，還有一磅好咖啡，還有……」

「我們又不是沒錢買吃的，」法蘭西抗議，「用不著動到耶誕節的錢。」

「我是說送給兩位婷莫爾小姐當禮物。現在沒人請她們教音樂了──大家都說她們落伍了。她們沒多少可吃的，而且莉琪小姐又對我們那麼好。」

「好吧！」法蘭西同意了，可是語氣不是那麼熱情。

「唉呀！」尼力惡狠狠地踢了一下桌腳。

「別擔心，尼力，」法蘭西笑了，「你會收到禮物的。今年我幫你買雙鹿皮色的鞋套。」

「算了，你給我閉嘴！」

「不要說叫人閉嘴這種話。」凱蒂心不在焉地責備了一句。

「我想問您的看法，媽媽。我在大學暑期課的時候遇到了個男孩，他說他可能會寫信給我，可是從來沒有寫過。我想問，送給他一張耶誕卡片會不會顯得唐突。」

「唐突？廢話！想送賀卡就送啊！我最討厭女人這樣扭扭捏捏。人生苦短，你要是找到了合適的男人，不要只顧低頭傻笑，把時間無端浪費掉。看到合適的，就直接上前對他說：『我愛你。我們結婚怎麼樣？』沒什麼好說。」接著她又匆匆加了一句，並擔心地看了女兒一眼：「但當然是等你成熟了，知道自己在想什麼的時候。」

「我送賀卡就好了。」法蘭西決定。

「媽媽，尼力和我決定我們今年喝咖啡就行了，不要牛奶調酒。」

「好。」凱蒂將白蘭地瓶子放回櫥櫃裡。

「咖啡麻煩您煮熱、煮濃些，杯子裡放一半熱咖啡一半熱牛奶，我們就過個『歐蕾咖啡』的一九一八年。」

「請，拜託您。」尼力用法語說。

「是是是。」媽媽說，「我也懂點法語的。」

凱蒂一手提咖啡壺，另一隻手端著一鍋牛奶，兩個同時往咖啡杯子裡倒去。「我記得，」她說，「從前家裡沒有牛奶的時候。如果家裡有奶油，你爸爸就會在咖啡裡放些奶油。他說奶油本來就是牛奶，放咖啡裡一種味道。」

爸爸……！

52

法蘭西十六歲了，這一天春光明媚，她走出了辦公室，那時下午是五點，陽光燦爛。法蘭西看到和她同一排的電傳打字員安妮塔站在通信大樓的門口，兩邊各站著一名士兵。兩名士兵一個矮矮胖胖，容光煥發，緊緊抓住安妮塔的手臂不放；另外一個高高瘦瘦，尷尬地站在那裡。安妮塔從那士兵手裡掙脫出來，把法蘭西拉到一邊。

「法蘭西，你一定要幫我個忙。喬伊這是最後一次放假，然後他的連隊就要派駐國外，我們可是訂了婚的。」

「你連婚都訂了，萬事大吉，還要人幫什麼忙呢？」法蘭西和她開玩笑。

「我是說幫另外那個傢伙；喬伊擺脫不了他，真要命！他倆好像是哥兒們，形影不離。那個傢伙是從賓州一個小鎮來的土包子，在紐約一個熟人都沒有。我知道他會黏著我們，害我和喬伊無法獨處。你一定要幫我！已經有三個人回絕我了。」

法蘭西帶著評估的眼光，向十英尺開外的那個賓州人看去。那人真是不起眼，怪不得那三個女孩都不願意幫助安妮塔。可是當他望過來，和法蘭西四目相對的時候，他慢慢露出了個羞澀的微笑。不知怎麼，他的樣子雖然不夠帥，可是看起來卻頗善良。那羞澀的微笑讓法蘭西下定了決心。

「這樣，」她告訴安妮塔，「如果我能趕在我弟弟下班前找到他，就能請他帶口信回去給我媽媽；如果我弟弟已經走了，那我就得回家，不然我媽媽會擔心我怎麼不回家吃晚飯。」

「那你快點吧，打電話給你弟弟吧！」安妮塔催促她，還伸手去拿自己的皮夾。「我給你五分錢，你去打電話。」

法蘭西從街角的菸店打電話，正好尼力還在麥克加洛迪酒吧裡；她讓尼力帶話回家。等她回來，發現安妮塔和喬伊都已經走了，剩那個笑容羞澀的士兵一個人站在那裡。

「安妮塔去哪裡了？」她問。

「我想她是丟下你自己跑了吧！她和喬伊一起走了。」

法蘭西有些沮喪，她本來還以為大家能湊成兩對，結伴一起，可是現在她要如何應付眼前這個高個子陌生人呢？

「我也不怪他們。」他說，「他們不過是想兩個人單獨在一起。我自己也是訂過婚的人，我知道是怎麼回事。這是他最後一次休假，想和自己心上人在一起。」

「訂婚了？」法蘭西心想，「那至少他不會和我裝浪漫。」

「可是，你也不必和我綁在一起。」他接著又說，「如果你告訴我要怎樣坐地鐵去三十四街——這個城市我根本不熟——我就可以回旅館。沒別的事做，寫寫信總可以。」他又露出了孤獨而羞澀的微笑來。

「我已經打電話給我的家人說我不回家了。你要是願意……」

「願意？我的天！我今天太走運了！我的天，多謝多謝，你貴姓……」

「諾蘭。法蘭西斯・諾蘭。」

「我叫李・萊諾。其實我的全名叫李奧，可是大家都叫我『李』。很高興認識你，諾蘭小姐。」他伸出手。

「我也很高興認識你，萊諾下士。」他們握了握手。

「啊，你注意到這些軍銜的橫槓了。」他開心地笑了，「你上班忙了一整天，現在一定餓了。晚飯……我是說晚餐……我請客。你有什麼喜歡的地方沒有？」

「晚飯這種說法也行。我倒是沒什麼特別想去的地方，你呢？」

「我想去嘗嘗這裡的炒雜燴，我聽人介紹過。」

「四十二街有家雜燴不錯，那裡還有音樂伴奏呢！」

「那我們走吧！」

往地鐵車站的路上，李問她：「諾蘭小姐，你介意我叫你法蘭西斯嗎？」

「不介意；不過大家都叫我法蘭西。」

「法蘭西！」他重複著這個名字，「法蘭西，我再請問：我可不可以假裝你是我的女友呢——就只今天晚上？」

「嗯，」法蘭西想，「這倒是直截了當啊！」

他似乎猜到了她的想法，便說：「我猜你是覺得我太急躁，可是是這樣的：我已經一年多沒接觸過女孩了，再過幾天，我就要坐船去法國，誰知道以後會發生什麼事。因此，這幾個小時，要是你肯答應，可真是幫了我的大忙。」

「我不介意。」

「多謝！」他示意她挽住他的手臂，「牽好了，女朋友。」他們就要進地鐵的時候，他停頓了一下，說：「叫我『李』。」他下令。

「李。」

「說：『哈囉，李，很高興又見到你，親愛的。』」

「哈囉，李，很高興又見到你，親愛的。」她羞怯地說。他挽緊了自己的手臂。

露比餐館的服務員端上了兩碗雜燴，還在他們中間放了一大壺茶。

「你幫我倒茶，這樣看起來更親近。」李說。

「要多少糖？」

「我不加糖。」

「我也不加。」

「你瞧！我們兩個口味一樣，不是嗎？」他說。

兩人都很餓，於是不再說話，埋頭吃起那滑溜溜的雜燴來。法蘭西每次抬頭看他，他都報以微笑。他每次低頭看她，她也都開心地一笑。等雜燴、米飯和茶都一掃而空了，他往後靠著，拿出一盒菸來。

「要不要抽菸？」

她搖了搖頭：「我抽過一次，不是很喜歡。」

「很好，我不喜歡女人抽菸。」

然後他打開了話匣子，把自己一生拉拉雜雜能記得的告訴她了。他跟她說到他在賓州的童年（那個小鎮的名字她以前在剪報社上班時看過，現在還記得）；他跟她說到自己的父母和兄弟姊妹；說到他的學生生涯；說到他參加過的那些派對、做過的工作。他還說他今年二十二歲，二十一歲的時候應徵入伍；他說到他在軍營裡的生活，說到他如何成為下士。他把自己的生活翻箱倒櫃，全跟她說了，就是沒提那個和他在家鄉訂了婚的女孩。

法蘭西也告訴了他自己的生活；她只挑那些快樂的事情說。她說爸爸如何帥氣，媽媽如何睿智，尼力如何可愛，小妹妹如何伶俐；她跟他說到了自己在圖書館看到的那只褐色的碗，還有新年夜她和尼力在屋頂聊天的時光。她絲毫沒提到班．布萊克，因為她也壓根沒想到他。

她說完後，李說：「我一輩子都很孤獨。在擁擠的派對上我孤獨，吻著一個女孩子的時候也孤獨，在幾百人的大兵營裡我都感到孤獨。可是現在，我不再孤獨了。」他慢慢露出了他那特別的、羞怯的微笑。

「我也是，」法蘭西坦言，「只是我還沒親吻過男孩。不過現在，我也破天荒地不再感到孤獨了。」

他們的水杯幾乎還是滿的，但服務生又往裡倒了一點。法蘭西知道這是暗示他們在這裡待得太久了，別人還在等桌位呢。她問李現在是幾點，他說快十點了！他們居然聊了四個小時！

「我得回家了。」她遺憾地說。

「我送你回家。你家是不是靠近布魯克林大橋？」

「不是，在威廉斯堡。」

「我還希望是在布魯克林大橋那邊呢！我以前就想過，如果我有機會到紐約來，一定要走過布魯克林大橋。」

「有何不可呢？」法蘭西提議，「我可以從布魯克林那頭坐格雷安大道電車回家，電車直通到我家那邊的街角呢！」

他們坐 I. R. T. 地鐵❶到了布魯克林大橋。下了地鐵出來，兩人開始穿越大橋。走到一半，他們停下來看橋下的東河。他們靠在一起，他挽住她的手。李看著曼哈頓那邊的城市輪廓。

「紐約！我一直都想來看看，這回算是如願以償了。這裡真的像人們說的那樣，是世界上最棒的城市。」

「布魯克林更好。」

「可是沒有紐約這些摩天大樓吧？」

「沒有，不過布魯克林有種特別的感覺——到底是什麼感覺我也說不上來，只有住過布魯克林的人才能體會到。」

「我們有朝一日會住在布魯克林的。」他靜悄悄地說。她的心猛跳了一下。

❶Interborough Rapid Transit的縮寫，即區際快速交通，同名公司一九〇四年開始營運的地鐵線路，公司也有一部分地面軌道的交通業務。一九四〇年公司業務收歸紐約市。

她看到一名執勤的員警向他們走來。

「我們最好走吧！」她不安地說，「布魯克林海軍船廠就在那兒，那邊那艘上了迷彩的船是運輸船，警察總是在留意這兒有沒有間諜出沒。」

警察向兩人走來，李說：「我們不是來放炸彈的，我們倆只是在這裡看看東河。」

「當然，當然。」警察說，「這樣一個美好的五月夜晚，多麼美妙啊！我自己也年輕過，而且還不到你們想像的那麼早之前咧！」

警察向二人微笑，李也對他微笑。法蘭西看著兩人，也笑了。警察看了看李的袖口。

「好了，再見，將軍。」警察說，「到了那邊，好好教訓那些傢伙。」

「一定一定。」李答應。

警察走了。

「不錯的傢伙！」李說。

「這裡的人都很不錯。」法蘭西高興地說。

到了布魯克林那頭，她說剩下的路不用他陪。她解釋說她以前上夜班，回來很遲，經常一個人回家，所以不用擔心。要是他從她住的地方回紐約，他自己反倒會走丟。布魯克林的路不好走。你得在這裡生活一段時間，才會熟悉該怎麼走。

其實，她是不希望他看到自己住的地方。她喜歡自己的家、自己的社區，她並不以它為恥；可是一個不像法蘭西這樣知道這地方的陌生人，恐怕會覺得這裡是處糟糕、破落的地方。

她告訴他如何乘電車回紐約，然後他們走到她搭電車的車站。他們經過了一家紋身店，店裡只有一扇窗戶。紋身店裡坐著個年輕水手，袖子捲著。紋身師傅坐在他前面的凳子上，面前放著一個盤子，裡面備齊各種紋身墨水。紋身師傅在那年輕水手的手臂上紋了一顆被箭射穿的心。法蘭西和李停下來觀望，水手用他另外那隻手臂向他們揮手，他們也同樣揮手致意。師傅抬頭看了看，示意歡迎他們進來。法蘭西皺了皺眉，搖頭說：「不用了。」

他們離開紋身店，李語氣中帶著驚奇：「那傢伙還真紋身呢！不可思議！」

「千萬千萬不要讓我抓到你紋身。」她故作嚴肅地告訴他。

「遵命，媽媽。」他順從地回答。兩人都笑了。

他們站在街角等電車，兩人中間出現了一陣尷尬的沉默。他們隔著一段距離站著，李不停點菸，抽不到一半又熄掉。終於，電車來了。

「我的車來了。」法蘭西說。她伸出右手。「晚安，李。」

他把剛點著的菸扔掉。

「法蘭西？」他張開雙臂。

她迎上前，他親吻了她。

次日早晨，法蘭西穿著嶄新的海軍藍綾紋綢套裝，裡面配上薄紗襯衫，還穿上了平常只有星期天才穿的漆皮皮鞋。她和李並沒定下約會，也沒有約好什麼時候再次見面，可是法蘭西知道他五點鐘一定會等她下班。法蘭西快出發的時候尼力正好起床，法蘭西叫他跟媽媽說她晚上不回家吃飯了。

「法蘭西終於交到男朋友了！法蘭西終於交到男朋友了！」尼力覆誦著。

他跑去找蘿莉。蘿莉正坐在窗邊的高腳椅上，椅子前的托盤上放著一碗燕麥，蘿莉正忙著用湯匙把燕麥舀出來往地上倒。尼力在她下巴上拍了拍：「喂，小笨蛋！法蘭西終於交到男朋友了。」

這個兩歲的孩子聽不懂，右邊眉毛下出現了一道細細的紋路（凱蒂稱之為羅姆利家族紋）。

「法蘭——妮？」她困惑地說。

「聽著，尼力，我喊她起床，幫她做了燕麥，現在餵她是你的事情了。還有，別叫她小笨蛋。」

她穿過走廊，走到街上。突然聽到有人在喊她的名字，她抬頭一看，是尼力。他穿著睡衣，從窗戶裡探出頭來，扯著嗓子唱：

你看看她，就要出門，
穿上一身盛裝啊，去見情人……

「尼力，你唱得太爛了，太爛了！」她衝著窗戶大喊；尼力假裝沒聽清楚。

「你說他太爛了？他是不是個大鬍子，還禿頭？」

「你最好去餵寶寶去。」她也衝著他吼了一聲。

「你是說你要生寶寶了嗎，法蘭西？你是說你有寶寶了嗎？」

一個路過的行人朝法蘭西擠了擠眼睛，還有兩個手挽著手走過的女孩咯咯笑個沒完。

「你這個該死的臭小子！」法蘭西怒火中燒，卻又無計可施，只有衝著尼力大叫。

「你罵髒話！我要跟媽媽講，我要跟媽媽講，我要跟媽媽講你罵髒話。」尼力又在覆誦。

她聽到電車駛來的聲音，趕緊拔足奔去。

她下班的時候他果然在等她，他帶著那特有的微笑迎接她。

「哈囉，我的女友。」他將她的手挽過來。

「哈囉，李。很高興又見到你了。」

「……親愛的。」他提醒了聲。

「親愛的。」她補上。

他們去自助快餐店吃飯；這也是他想看看的地方。不過這裡不准抽菸，但李不抽菸就坐不久，於是他們喝完咖啡、吃完甜點後便不再逗留。他們決定去跳舞；他們在百老匯外找到了一家舞廳，價格很便宜，軍人還可半價。他花了一塊錢，買了一聯二十張票。他們開始跳起舞來。

一首還跳不到一半，法蘭西就發現他的笨拙都是騙人的，他舞跳得好極了。他們緊緊摟著，跳啊跳的，根本就不用說話。

樂隊正演奏著法蘭西最喜歡的歌曲之一《週日清晨》。

有個週日的清晨，
天氣是那麼晴朗。

唱到合唱的地方，法蘭西跟著歌手一起哼了起來。

身穿花格洋裝，
我會是美麗新娘。

她感覺李的手臂摟緊了她。

我知道我的女生朋友，
一定都羨慕無比。

法蘭西高興極了，又跳了一圈，那歌手又唱了一次副歌，但這次歌詞略有改變，獻給在場的士兵。

身穿卡其新衣，
你會是帥氣新郎。

法蘭西的手臂摟緊了他的肩膀，臉靠在他的外衣上。她這時所想的就像十七年前凱蒂和強尼在一起跳舞時一樣：只要一直和這個男人在一起，什麼困難她都不怕，什麼犧牲她都願意。而她也和凱蒂一樣，沒有想到會和自己一起辛苦的孩子。

一群士兵離開了舞廳，按照傳統，樂隊停下當時演奏的曲子，開始演奏《期待重逢》。每個人都停下舞步，為士兵們唱起道別的歌曲。法蘭西和李手拉手一起唱，只是歌詞兩人都有些不清楚。

……當雲彩從頭上飄過，
我會回到你的身旁，
那時候的天會更藍……

大家喊著：「再見了，戰士們！」「祝你們好運，戰士們！」「後會有期，戰士們！」於是那些即將離開的士兵便站成一隊，唱起歌來。李拉著法蘭西出門。

「我們得走了，好讓這一刻成為完美的回憶。」

他們沿著樓梯慢慢走下去，歌聲跟在他們身後。他們到了街上，聽著歌聲慢慢淡去。

……每天晚上為我祈禱，
直到我們重逢的那一天。

「就讓這首歌成為我們的歌吧！」他低聲說，「每次聽到了，就請你想想我。」

他們走在路上，天空突然下起雨來。他們只好跑到一家空商店的門口躲雨。他們站在安全、幽暗的門口，拉著手，看著雨一滴滴落下。

「人們總以為幸福遙不可及，」法蘭西想，「覺得幸福複雜、難得。不過，其實只要一些小小的事情就能讓人感到幸福，比如下雨的時候有躲雨的地方，心情不好的時候喝上一杯濃濃的熱咖啡。男人只要能抽支菸就滿足了。一個人的時候，捧著本書也是種幸福。和自己相愛的人在一起……這一切都能讓人覺得幸福。」

「我明天一早就動身。」

「不會是去法國吧？」她突然從幸福中跳脫出來。

「不是，是要回家。我媽媽希望我出發前有一、兩天時間……」

「喔！」

「我愛你，法蘭西。」

「可是你訂婚了。這可是你一開始就跟我說的。」

「訂婚，」他憤懣地說，「誰沒訂婚？小鎮上，大家不是訂婚，就是結婚，要不就是惹麻煩。在小鎮裡除了這些事還能做什麼？」

「在小鎮裡，你上學，跟一個女孩一起走回家，或許只是因為大家碰巧住在同一個地方。然後大家長大了，她請你參加她家舉辦的派對。之後你去別的派對，大夥兒就說，你把女友一起帶來吧，然後你得送她回家。不久，就沒有別人來約她了，大家都覺得她是你的女朋友。之後呢，要是不叫她，就覺得自己好像心術不正。然後呢，也沒有別的事情好做，所以大家乾脆便結了婚。如果她是個正派女孩（大多數情況下都是），你也是半個正派男人，那也沒什麼不好。兩人之間雖然沒有什麼激情，但有一種親密、一種知足的關係。然後兩人生了孩子，把欠缺對方的愛都灌注到孩子身上。到頭來孩子是最大的受益人。

「是的，我是訂婚了沒錯。可是我和她之間，與我們倆之間完全不一樣。」

「可是你會跟她結婚？」

他等了好久才回答。

「不會。」

她又開心了。

「說吧，法蘭西。」他低聲說，「說吧。」

她說：「我愛你，李。」

「法蘭西，」他的語氣透出急迫，「或許我會一去不復返，我害怕……害怕。我會死……什麼都沒有過就死去……從來沒有過……法蘭西，我們可不可以在一起一會兒？」

「我們是在一起啊！」法蘭西天真地回答。

「我的意思是在一間屋子裡，單獨……在一起……直到我明天離開？」

「我……不行。」

「你不想嗎？」

「我想啊！」她老老實實回答。

「那為什麼……」

「我才十六歲。」她勇敢地說出實話，「我從來沒有跟任何人……我不知道該怎樣做。」

「這沒有關係。」

「我從來沒有在外過夜過，我媽媽會擔心死的。」

「你就跟她說晚上你在女朋友家過夜。」

「她知道我沒有女生朋友。」

「明天……你可以找個藉口。」

「我不需要找藉口，我會跟她實話實說。」

「你會？」他吃驚地問。

「我愛你，我要是跟你在一起……事後不會覺得羞恥。我會覺得驕傲、快樂。我不會撒謊的。」

「我不知道，我不知道。」他自言自語般地低聲說。

「你不希望這事情弄得……偷偷摸摸，是不是？」

「法蘭西，請原諒我。我不該問的，我不知道。」

「知道什麼？」法蘭西很納悶。

他緊緊抱住她。她看到他在哭。

「法蘭西，我害怕……我很害怕一旦我走了，我就會失去你……再也見不到你。如果你要我明天別回家，我就不回去，我會留在這裡。我們明天、後天還可以在一起。我們一起吃飯，我們到處散步，或者我們去公園，或者坐在公車的頂層一起聊天。叫我留下吧！」

「我想你還是走吧。你馬上就要……你還是回去看看你媽媽……我也不知道，可是我覺得這樣做才對。」

「法蘭西，等戰爭結束了，如果我活著回來，你願意和我結婚嗎？」

「等你回來了，我就和你結婚。」

「會嗎？法蘭西，拜託，會嗎？」

「會的。」

「再說一次。」

「李，等你回來了，我就和你結婚。」

「還有，法蘭西，我們會住在布魯克林。」

「你想住哪裡，我們就去哪裡。」

「那我們就住布魯克林吧！」

「只要你願意的話，李。」

「你能不能每天寫信給我？每天都寫？」

「每天都寫。」她允諾。

「你今天晚上回到家後就寫，說你多麼愛我，這樣我一到家，家裡就有信等著我，好不好？」她也答應了。「你能不能答應不要讓別人親吻你？不和別的人談戀愛？只等我，不管等多久？如果我不回來，你也不嫁給別人，行不行？」

她答應了。

他就像定下一次簡單的約會一樣，要對方約定終身；而法蘭西也就像伸手歡迎或道別一樣，輕易地許諾了自己的一生。

過了一會兒，雨停了，星星出來了。

53

法蘭西遵守諾言，當晚就寫了一封長信，傾訴自己的愛慕之情，並將自己的承諾又寫了一遍。她提早下班到三十四街的郵局寄信。郵局窗口後的職員向她保證信下午一定能送到。這天是星期三。她希望星期四晚上能收到回信，但是也不抱多大希望，畢竟間隔時間太短，除非他也是兩人分別之後就立刻寫信給她；不過當然了，他還得收拾行李，早起趕火車（她沒有想過她其實也是擠出時間寫信的）。星期四晚上沒有來信。

星期五，因流感肆虐，公司人手不足，她連上了十六個小時的班，凌晨兩點前才回到家裡。她看到廚房桌子的糖碗旁放著一封信，便迫不及待地撕開。

「親愛的諾蘭小姐。」

她的快樂頓時消散。這不可能是李寫的，如果是他，他會寫：「親愛的法蘭西。」翻過一頁，她看到了署名，署名是「伊莉莎白・萊諾（夫人）」。唉，是他媽媽，或者嫂子什麼的。或許他病了，沒辦法寫信；或許軍隊有規定，不許士兵出征前寫信，所以他才請人代筆。當然，一定是這個原因。她開始讀信。

「李把你的事都告訴我了。在紐約期間，承蒙友善關照。他星期三下午回家，但是次晚就要回部隊，他只有一天半時間在家，我們安排了婚禮，沒有什麼排場，就是雙方家人和三、五個好友……」

法蘭西把信放下。「我連續上了十六個小時的班，」她想，「我累了。一天也不知道看了多少電報，現在看什麼都看不進去。總之，我在社裡養成了壞習慣，一眼就掃完一欄，只看到其中的一個字。我要先洗把臉、喝點咖啡，打發掉瞌睡，回頭再來讀這封信。這次一定要看清楚。」

熱咖啡的時候她在臉上灑了點冷水，希望看到「婚禮」的時候，上面說的是：「李當伴郎。如你所知，結婚的是他弟弟。」

凱蒂醒著，躺在床上，聽著廚房裡法蘭西的動靜。她緊張地躺在那裡……等著；她也不知道自己在等什麼。

法蘭西又看了一遍來信。

「……婚禮，沒有什麼排場，就是雙方家人和三、五個好友。李讓我寫信解釋他為什麼不回信。再次感謝在紐約時你對他的盛情招待。此致 伊莉莎白．萊諾（夫人）」

然後又補充了幾行字：

「又及：我看了你寫給李的信，他不該假裝和你相愛，這話我也告訴他。他讓我轉達他十二萬分的歉意。E.R. ❶」

法蘭西狂抖起來，牙縫裡擠出一些含糊不清的話語：「媽媽，」她呻吟，「媽媽！」

凱蒂聽她講完了事情的來龍去脈。「終於來了。」她心想，「這個時刻終於來了，無法再呵護孩子，不讓他們遇見不幸了。從前家裡吃的東西少，可以假裝自己不餓，讓孩子多吃一些；夜裡寒冷，可以起床，把自己的毯子蓋在他們身上，好讓他們不受凍；誰想傷害他們，你會跟他們拚命，好像那一回在走廊上我是真拚命要把那傢伙幹掉的。可是終歸在陽光燦爛的某天，純真的他們走出門外，就這麼遭逢不幸。你拚了一生不讓他們遭遇痛苦，但痛苦終究會找上他們。」

法蘭西把信遞給了她。凱蒂慢慢讀完，認為自己應該已經了解事情的來龍去脈。這男人二十二歲，用西西的話來說，是個「老手」；而女孩則才十六歲，比對方小六歲。別看她塗了鮮紅的口紅，穿著大人的衣服，還有許多東拼西湊來的知識，但還是天真得不行，依舊是個小女孩。她曾經面對世界的邪惡，也見識過人世間大多數的艱難，奇怪的是，她還是未沾染世俗的習氣。是的，她能理解法蘭西對那人的感情。

她能說什麼呢？說他不是什麼好人，或者只是個可憐蟲，饑不擇食見誰都上？不，這麼說太殘酷了；另外，女兒也不會相信。

「說話啊！」法蘭西說，「幹嘛不說話？」

「我能說什麼呢？」

「就說我年輕，說我會熬過去的。說啊！就這樣說啊！撒謊也行。」

「我知道大家都會這麼說，說你會熬過去的。我也會這麼說，不過我知道這話不是真的。噢，你以後會找到幸福的，這個不用擔心，可是你永遠不會忘記。以後你每次戀愛遇到的男孩，都會讓你想起他來。」

「母親……」

母親！凱蒂想起來了，她和強尼結婚之前，一直管自己的母親叫「媽媽」，等到那一天，她說：「母親，我要嫁給……」從此之後，她再也沒有用「媽媽」稱呼母親。不再叫母親「媽媽」的那刻，就代表小

---

❶伊莉莎白．萊諾的字母縮寫。

孩已經長大成人。現在輪到法蘭西了……

「母親，他當初要我晚上陪他，你覺得我那時候應該答應他嗎？」

凱蒂的腦子飛快轉著，思索著該怎麼開口。

「不要撒謊，母親，說實話。」

凱蒂找不到合適的字眼。

「我答應你，我以後不到結婚的時候，絕不和男人一起——如果我哪天真結婚的話；要是我還沒有結婚就有那想法，我也會提前告訴你的。我向你莊重地發誓，所以你可以跟我說實話，不用擔心我明知故犯。」

「有兩種真相。」凱蒂終於開口了，「作為母親，我會說一個女孩剛認識一個陌生人，一個認識不到四十八小時的人，就要跟他上床，那簡直糟糕透頂。或許你會遇到很大的不幸，或許你的一生就這樣毀掉；作為媽媽，這是我要跟你說的實話。」

「可是作為女人……」她猶豫了一下，「我也跟你說一個女人心裡的話。這個經歷本來應該很美的，一生只有這麼一回，你會去無所顧忌地去愛。」

法蘭西想：「那我當時應該跟他去的。我以後不會這樣去愛了。我本來想去，可是我沒有去，現在他屬於別人了，我不可能再那樣愛他了。我本來想去，可是我沒有去，現在晚了。」她趴在桌上哭了。

過了一會兒，凱蒂說：「我也收到信了。」

她的信是幾天前送來的，可是她一直等著合適的機會說；現在就是合適的時機。

「我收到信了。」她又重複。

「誰……誰寫的？」法蘭西哭著問。

「麥克尚恩先生。」

法蘭西哭得更大聲了。

「你沒有興趣聽嗎？」

法蘭西試著停住啜泣。「好吧，他說了什麼？」她沒精打采地問。

「沒什麼，就說他下週來看我們。」她等著。法蘭西好像並不特別感興趣的樣子。「你覺得讓麥克尚恩當你父親怎樣？」

法蘭西的頭猛然抬起：「母親！有人寫信給你，說要到我們家，你就馬上自作多情起來。你憑什麼老是什麼都知道的樣子？」

「我不知道。其實我真的不知道，我只是有種感覺，要是這感覺夠強烈，那我就說我知道。總之，你喜不喜歡他當你父親？」

「我自己的生活都搞得這麼糟，」法蘭西憤懣地說（凱蒂沒有笑），「哪有什麼資格出主意！」

「我不是讓你出主意，我只是想知道孩子們對他是什麼感覺。」

法蘭西懷疑媽媽提出麥克尚恩是在耍花招，想分散她的注意力。這個花招差點成功了，這讓她有點生氣。

「我不知道，母親。我什麼都不知道，我現在什麼也不想說。你走開！你走開，讓我獨自待一會兒。」

凱蒂回去睡覺了。

可是人總不會一直哭下去，哭完了總會做點什麼。現在是清晨五點，法蘭西心想她七點就要起床，現在去睡也睡不成了。她突然感到十分饑餓，從昨天中午到現在，除了日、夜班之間吃的一個三明治，她什麼都沒吃。她煮了一壺咖啡，做了點吐司，炒了幾個雞蛋，她吃驚地發現這些東西都美味極了。吃飯的時候她眼睛看著信，眼淚又流了下來。她把信放進水槽，用火柴點著，接著她打開水龍頭，看著那黑色灰燼流進水管。然後她接著吃起早飯。

過後，她從壁櫥裡拿出一疊信紙，坐下來寫信。她寫道：

「親愛的班：你說過要是我需要你就寫信給你，因此我動筆……」

她將信紙一撕兩半。

「不！我不想需要任何人。我要讓別人需要我……我要別人需要我。」

她又哭了，可是這次沒有那麼傷心了。

54

法蘭西第一次看到麥克尚恩沒穿制服，而穿了身雙排釦的灰大衣，看起來是花了不少錢訂做的；法蘭西覺得這衣服看起來很神氣。當然，他沒有爸爸那麼帥氣，可是他個子更高，身材更壯。儘管他的頭髮有些灰白，但法蘭西還是覺得他有一種別樣的英俊。可惜，他跟媽媽一比實在是太老了。沒錯，媽媽也不年輕，眼看著就要三十五了，但離五十歲還早得很。不過麥克尚恩也算一表人才，女人嫁他也不丟臉。麥克尚恩是個政客，處事精明，不過做人表裡如一，說話也是慢條斯理的。

他們一起喝咖啡，吃蛋糕。法蘭西痛苦地發現麥克尚恩正坐在爸爸的位置上。凱蒂剛跟他講完強尼死後發生的一切，麥克尚恩對他們生活的改善大為吃驚。他看著法蘭西。

「這小女孩去年暑假上過大學呢！」

「今年暑假她還要上。」凱蒂驕傲地宣佈。

「真好呢！」

「另外，她還上班，每週可賺二十塊呢！」

「除此之外，身體也健康吧？」他問，語氣中透出驚奇；那驚奇絲毫不是裝出來的。

「兒子高中也上了一半了。」

「不會吧！」

「下午和晚上他還會打零工。就靠放學打工，有時候他每週能賺到五塊錢呢！」

「小夥子不賴啊，真是厲害！你看他那身體真結實，你看你看！」

法蘭西心想他怎麼老是說到身體好壞呢？他們一向覺得這很自然，沒怎麼多想。但她突然記起麥克尚恩自己的孩子大部分生下來就有病，未成年就夭折了；怪不得他對身體好壞這麼大驚小怪。

「寶寶好嗎？」他又問。

「去把寶寶抱來，法蘭西。」

寶寶在前屋的搖籃裡。這房間本來是法蘭西的，但是大家一致認為前屋空氣好些，應該讓寶寶睡這裡。法蘭西將睡著的寶寶抱了起來，法蘭西一抱，她就醒了，把眼睛睜開，一副已經準備就緒，幹什麼去都行的樣子。

「再見，法蘭妮？公園？公園？」她問。

「不是，寶寶，我帶你認識個人。」

「人？」蘿莉疑惑地問。

「是的，一個大人。」

「大人！」孩子高興地跟著說。

法蘭西將她抱到廚房裡。寶寶穿一身嬌嫩的粉色法蘭絨睡袍，一頭柔軟而濃密的鬈髮，寬間距的眼睛，烏溜溜的眼珠，暗玫瑰色小臉蛋，真是個漂亮的小傢伙。

「啊，寶寶，寶寶。」麥克尚恩低聲說，「她是一朵玫瑰花，一朵愛爾蘭野玫瑰。」

「要是爸爸在這裡，」法蘭西心想，「他一定會唱起『我的愛爾蘭野玫瑰』。」她聽到媽媽嘆了口氣，心想媽媽是不是和自己心有靈犀，想到同一件事呢……

麥克尚恩將寶寶抱起來。孩子坐在他膝蓋上，挺直背，離開他的懷抱，帶著疑惑盯著他看。凱蒂希望她不會哭起來。

「蘿莉！」她說，「麥克尚恩先生。你叫一聲『麥克尚恩先生』。」

孩子低下頭，視線透過睫毛向上看，似乎想到什麼地笑了笑，搖頭說：「不要。」

「不要，大……大。」她又說，「大人！」她得意地叫起來，「大人！」她笑嘻嘻地看著麥克尚恩，用甜甜的口吻說：「蘿莉再見？公園？公園？」然後她將臉靠在他的大衣上，閉上了眼睛。

「哎喲喲，哎喲喲。」麥克尚恩哼唱著。

寶寶在他的懷裡睡著了。

「諾蘭夫人，你或許疑惑我今天晚上來是為了什麼，現在我就直說了吧，我來是要問個私人問題。」法蘭西和尼力起身要走。「不用，孩子們，不要走，這個問題關係到你們媽媽，也關係到你們。」他們又坐了下來。他清了清嗓子：「諾蘭夫人，你丈夫過世已經——願上帝保佑他靈魂安息……」

「是的，兩年半了。上帝保佑他的靈魂安息。」

「上帝保佑他的靈魂安息。」法蘭西和尼力也跟著說。

「我妻子——也過世一年了，上帝保佑她的靈魂安息。」

「上帝保佑她的靈魂安息。」諾蘭一家也跟著說。

「我等了好多年，現在說出來也應該不會對死者不敬了。」

「凱薩琳．諾蘭，我想和你在一起。不，我應該這麼說：『我們秋季就結婚。』」

凱蒂很快掃了一眼法蘭西，然後皺起眉頭。媽媽怎麼了？法蘭西沒有笑，她連想都沒想。

「我可以照顧你和三個孩子。我有退休金，有薪水，在伍德海文、里奇蒙山那邊還有房產，每年總共有一萬塊的進帳。我有保險，我會供孩子上大學。過去我是忠實的丈夫，我保證將來也是。」

「這事你認真考慮過沒有，麥克尚恩先生？」

「我連想都不用想。那回在馬奧尼園遊會上看過你一眼之後，我就下定決心了。我那時候就問你女兒你是不是她媽媽。」

「我不過是個清潔工，沒受過什麼教育。」她陳述事實般地說，語氣中並沒有羞愧的意思。

「教育！當然啦，是誰教會我讀書寫字的？我完全是靠自學。」

「可是你好歹是個公眾人物，你得找個上得了檯面的賢內助，幫你招待那些要人、貴客。我不是這種女人。」

「我要招待公事上的朋友會在辦公室招待，家裡是生活的地方。我倒不是說你幫不上我的忙——你會助我一臂之力，讓我變成一個更好的人。不過，事業上我倒是不需要女人來幫忙，我自己能應付，謝謝你的好心。還是你需要我說我愛你……」他猶豫片刻，然後直呼其名，「……凱薩琳？你是不是要考慮一下呢？」

「不用，我不用考慮了。我決定嫁給你，麥克尚恩先生。」

「我不是貪圖你的錢，雖然你說的情況我也聽到了。一年一萬塊，很大一筆收入呢！對我們這樣的人家來說，連一千塊都是大數目。我們沒有什麼錢，不過沒錢的日子我們也習慣了。我也不是圖你能供孩子上大學這一點，不管有沒有你幫忙，我們都會想到辦法的；當然有你幫忙，我們會輕鬆很多。我也不是看上你的公職，不過話說回來，有個值得驕傲的丈夫也不錯。

「我想嫁給你，是因為你人好，我想要你做我的丈夫。」

這是實話。凱蒂早就下定了決心，如果他來求婚，她就答應嫁給他。她覺得一個女人沒有男人愛的生活是不完整的；這和她對強尼的感情無關，她會一直愛著強尼，而她對麥克尚恩的感情更沉靜一些，她敬佩他，尊重他，知道自己會做個好妻子。

「謝謝你，凱薩琳，沒想到我竟能娶到這樣漂亮的妻子，擁有三個健康的孩子。」他真誠而謙虛地說。

他轉向法蘭西，問：「你是長女，你同意嗎？」

法蘭西看看媽媽，媽媽也在等著她開口。法蘭西又看看弟弟，尼力點了個頭。

「我想我和弟弟都希望你來當……」她想起了自己的父親，頓時熱淚盈眶，最後那個詞她說不出口。

「好了，好了，」麥克尚恩安慰她說，「你不用擔心。」他轉向凱蒂：「我不會要求兩個大孩子要叫我『父親』，他們有自己的父親，是上帝賜給他們的最好的父親。別的不說，光想想他那一副好歌喉吧！」

法蘭西覺得自己的喉嚨發緊。

「我也不要他們跟我姓，姓諾蘭挺好的。」

「可是，我現在抱著的這個小的從來沒見過親生父親一面，能不能讓她叫我父親，讓我合法地領養她，當我的女兒，跟著我們兩人姓呢？」

凱蒂看了看法蘭西和尼力；讓自己的妹妹姓麥克尚恩而非諾蘭，他們怎麼想呢？法蘭西點頭同意，尼力也點頭了。

「這孩子我們讓你領養。」凱蒂說。

「我們不能叫你『父親』，」尼力突然說，「可是或許我們可以叫你『爸爸』。」

「謝謝你。」麥克尚恩直率地道謝。他放鬆了下來，衝著他們微笑：「我在想我現在能不能抽根菸？」

「怎麼，不用問呀！隨時想抽就抽。」凱蒂驚訝地說。

「我可不想透支我的權利！」他解釋。

法蘭西把睡著的寶寶抱走，好讓他抽菸。

「幫我把她抱上床吧，尼力。」

「怎麼了？」尼力很喜歡這場面，根本不想走。

「你幫我鋪搖籃啊！我抱著她，總得有人鋪床吧！」尼力難道真這麼不開竅？不知道媽媽和麥克尚恩先生說不定想獨處，哪怕只是一會兒也好？

在幽暗的前屋裡，法蘭西低聲問弟弟：「你覺得怎樣？」

「也好，媽媽這下也可以鬆口氣了。當然他不是爸爸……」

「當然，爸爸……誰也替代不了。可是除此之外，他倒是個好人。」

「蘿莉以後的日子要好過多了。」

「安妮．蘿莉．麥克尚恩！她不會像我們那樣吃苦的，對不對？」

「對。不過，也不會有我們那些快樂。」

「對啊！我們從前有好多開心的事，是不是，尼力？」

「是啊！」

「可憐的蘿莉。」法蘭西同情地說。

第五卷

55

有人拍了法蘭西的肩膀一下，法蘭西跳了起來。接著她放鬆下來，笑了。當然，現在已經清晨一點，她該下班了，她的「救援」趕到了，要接著用她同一臺電傳打字機。

「我再發一則吧！」法蘭西懇求。

「你看有人多敬業啊！」「救援」笑說。

法蘭西帶著滿腔熱情，慢慢打完了最後一封電報。她很高興這電報是為出生報喜，而不是為死亡報信。這封電報就是她最後的道別。她就要離職了，可是她還沒有告訴任何人，她害怕若是一個個道別她會崩潰，會忍不住哭起來。和媽媽一樣，她不希望感情太過外露。

她沒有直接到自己的儲物櫃，反而到了大休閒室。休閒室裡一群女孩正充分利用二五分鐘的休息時間在這裡玩樂。她們圍在一個彈鋼琴的女孩身邊，一起在唱著：「喂，總部，讓我進攻無人地帶。」

法蘭西進來時，彈鋼琴的女孩看到她的灰色秋裝和灰色小山羊皮低跟皮鞋，便彈起了另外一首曲子。女孩們跟著唱起《教友城中的教友》來。一個女孩用手臂摟住法蘭西的肩膀，將她拉到人群中來。法蘭西開始和她們一起唱起來：

她心中知道，自己並不笨……

「法蘭西，你怎麼穿了這一身灰？」

「我也不知道，可能是小時候看到某個演員這麼穿吧！我不記得她的名字了，但是我記得那戲的名字叫《牧師的情人》。」

「很可愛。」

教友城中我那小教友，

用那眼神跟我說，請你過來找找我……

嘟嘟嘟……小教友……嘟嘟嘟……教友城，女孩們齊聲合唱，畫下一個完美的結局。

接著她們又唱《老迪克西去了法國》❶。法蘭西站到那巨大的窗戶前，看著二十層樓下的東河。這是她最後一次從這窗戶看東河了；任何的「最後」都帶著一種死亡般的憂傷。她在想，如今看到的這一切，日後都無法再用同樣的方式重現了。最後一次看到的一切，都猶如突受光照，被放大了一般。這時候，你會感到悲傷，你會後悔沒有好好把握平日擁有的。

瑪麗·羅姆利外婆是怎麼說來著？「看任何事物，都要像是第一次或最後一次看到，如果這樣，你在世上的日子就會充滿榮光。」

啊，瑪麗·羅姆利外婆！

外婆最後那次生病後就一病不起，一拖幾個月，最後走了。死訊是史蒂夫天亮前來通報的。

「我會想念她的。」他說，「多偉大的一位女士。」

「你的意思是一個偉大的『女人』。」凱蒂說。

❶一首戰時黑人老歌，歌頌在法國與德國人作戰的黑人士兵。

法蘭西很困惑，不知道威利姨丈為什麼選擇那個時候離家出走。法蘭西看著一艘船從橋下滑過，然後回到自己的思緒當中。是不是少了個羅姆利家的女人，他離家出走就能少點愧疚？還是外婆的死亡讓他想到了解脫？或者像艾薇說的那樣，他本來就心術不正，所以才在外婆治喪期間混水摸魚地溜之大吉？無論是什麼原因，反正威利消失了。

威利・費里曼！

他死命練習彈奏，終於能夠同時演奏所有樂器。後來他參加了一家電影院的業餘表演比賽，他的單人樂隊贏了頭獎，得到獎金十塊錢。

他拿著這十塊錢和樂器就走了，家裡再也沒有人見過他。

他們偶爾會聽到他的消息，他似乎在布魯克林的街上賣藝，表演單人樂隊，靠人們施捨的小錢謀生。

艾薇說，等天冷下雪了，他自然會回來，可是法蘭西表示懷疑。

艾薇在他以前上班的工廠裡找了個差事，每週賺三十塊錢，日子還過得去。只是到了夜間，和所有羅姆利家族的女人一樣，她覺得沒有男人的日子很難熬。

法蘭西站在窗戶邊，一面俯瞰著下面的東河，一面回想著威利姨丈。她一直覺得他身上有種夢幻的氣質，可是話說回來，很多東西她想起來都像夢一般。那個走廊上的男人，那一定是一場夢吧！還有麥克尚恩年復一年苦等著媽媽的事也像是一場夢。爸爸的死像場噩夢，不過現在爸爸更顯得遙不可及，就如同他從未存在過一般。蘿莉是父親去世五個月之後生下的孩子，這樣奇特的出生也像一場夢。整個布魯克林就像一場夢，那裡發生的一切彷彿一場幻覺，不可能是真的；或者這一切全都是真真切切，只有她法蘭西在作白日夢！

總之，她去密西根之後就會知道了，如果去了密西根之後還有夢一般的感覺，那一定是她天生愛作夢。

安娜堡！

密西根大學就在那兒。再過兩天，她就要乘火車去安娜堡了。暑期課程結束了，她通過了選修的四門課，在班的惡補下，她也通過了大學入學考試，也就是說，才十六歲的她可以上大學了，而且她已經修完大學一年級一半的課程。

她本想上紐約的哥倫比亞大學或是布魯克林的阿德爾菲大學，可是班告訴她，適應新環境也是教育的一部分。她母親和麥克尚恩也同意，甚至連尼力都說她去遠方上大學才好，可以把她的布魯克林口音改掉。不過法蘭西並不想改掉，改掉口音就跟改掉自己的名字一樣無法接受。有口音，代表這人有個歸屬。她是個布魯克林女孩，有著一個布魯克林名字，說話帶布魯克林口音，她不想東改西改以致面目全非。

密西根大學是班替她選的，他說這是個自由派的州立大學，英語系不錯，學費也低。法蘭西很納悶，要是這所大學真那麼好，他自己為什麼不去，反而選擇了另外一個中西部州的大學呢？班解釋說，他最終要在那個州執業、從政，那還不如提前去那裡和一些未來的要人當同學。

班已經二十歲了，在大學預備役軍官訓練班，穿上軍裝儀表堂堂。

啊，班！

她看著左手中指上的戒指，那是班的高中戒指，上面刻著：「M.H.S.❷1918」；戒環內側則刻有「B.B. 贈 F.N.」❸。他跟法蘭西說，他知道自己的心意，可是法蘭西還小，想法還不成熟。他送她這只戒指，是當成一種默契。而且當然了，五年內他也不打算結婚，他說。到了五年之後，等她可以自己下決定了，如果當初的默契還在，他會送她另外一種戒指。法蘭西心想，反正還有五年時間呢，她絲毫不急著決

---

❷馬斯佩斯高中的縮寫。

❸ B.B. 和 F.N. 分別是班（Benjamin Blake）和法蘭西（Frances Nolan）名字的字母縮寫。

定要不要嫁給班。

了不起的班！

他一九一八年一月從高中畢業後立刻上了大學，修的課多到讓人吃驚，暑假則回布魯克林繼續修課，做更多工作，而且還要抽時間跟法蘭西在一起——這是他期末時向法蘭西坦承的。到一九一八年九月，他就要回學校上大三了。

好個班啊！

他正派、可敬、聰明。他的腦子很清楚，不會前一天向一個女孩求婚，第二天離開後就跟別的女孩結婚；他不會要她寫情書，卻讓別人來讀。班不會這麼做，不會。是的，班很好，法蘭西很高興有班這樣的朋友，可是她也想到了李。

李！

李現在在哪裡？

他乘船去法國了。那船一定就像她現在看到的那艘船，那是一艘長船，正駛離碼頭。船上面塗著各式迷彩，船上有上千個士兵的面孔，一個個慘白又安靜，從上面看下去，那船就像一個很長、很難看的釘墊子，上面插滿白色的大頭釘。

（「法蘭西，我害怕……我很害怕一旦我走了，我就會失去你……再也見不到你。叫我別走……」）

（「我想你還是走吧！你馬上就要……你還是回去看看你媽媽……我也不知道，可是我覺得這樣做才對。」）

他分在彩虹師。該師士兵現在還在向艾爾貢森林挺進。還是他已經死了？埋了？墳墓上只有一個平平淡淡的白色十字架？要是他死了，誰會告訴她？那個住在賓州的女人一定不會。

（「伊莉莎白·萊諾（夫人）」）

安妮塔幾個月前就辭職，去別的地方上班了，沒有留地址。沒有人可問……也沒有人會告訴她。

她突然惡狠狠地希望他死了，讓那賓州女人永遠無法得到他。可是她旋即又想，開始禱告起來：

「啊，上帝，可別讓他死掉，我不會抱怨了，不管是誰擁有他都無所謂。拜託，拜託了！」

啊，時間……時間快點流逝吧！讓我忘掉這些吧！

（「你以後會找到幸福的，這個不用擔心。可是你永遠不會忘記。」）

母親錯了。她一定是錯了。法蘭西真的很想忘記。她從認識他到現在已經四個月了，可她還是忘不掉。（「會找到幸福的……可是你永遠不會忘記。」）要是忘不掉，她又如何能找到幸福呢？

啊，時間，你能療治一切傷痛，就請你流逝得快點，好讓我忘卻吧！

（「以後你每次談戀愛遇到的男孩，都會讓你想起他。」）

班笑起來也是慢慢的；不過她去年暑假時就以為自己愛上了班——在遇到李之前就愛上了他，所以那句話不成立。

李！李！

休息時間結束了；又來了一群女孩，現在換她們休息了。她們圍繞在鋼琴周圍，開始彈奏一系列關於「微笑」的歌曲。法蘭西知道接下來會是什麼。

跑吧，跑吧，你這傻瓜！免得那傷痛的感覺席捲而來。

可是她動彈不了。

她們在彈奏泰德·路易斯的歌曲《寶貝向我微笑》。毫無疑問，這一曲終了，接下來會是《有些微笑讓你開心》。

來了。

跟我吻別的時候請你微笑……

（「……每次聽到了，就請你想想我……」）她跑出休閒室，匆匆從儲物櫃抓出自己的灰帽子、新的灰色錢包和手套，奔向電梯。

她在那峽谷般的街道上來回張望。街上幽暗、荒涼，一個高個子軍官站在隔壁一幢大樓昏暗的門口前，他從那灰暗中走出來，帶著羞怯、孤獨的微笑向她走來。

她閉上了眼睛。外婆說過，羅姆利家的女人有一種特殊的能力，她們愛的人死後，她們能看到他們的鬼魂出現。法蘭西從來不相信這個，因為她從來沒有看見過爸爸。可是現在……現在……

「你好，法蘭西。」

她睜開眼睛。不是，不是鬼魂。

「我就知道你最後一天上班會有點傷感，所以我來接你回家。吃驚吧？」

「不吃驚，我知道你會來。」她說。

「餓嗎？」

「快餓死了。」

「你想去哪裡？去自助快餐店喝點咖啡，還是去吃炒雜燴？」

「不要！不要！」

「奇爾德餐館？」

「好，我們去奇爾德餐館，去吃奶油蛋糕、喝咖啡。」

他把她的手拉過來挽著。

「法蘭西，今天晚上你有點奇怪。你不是生我的氣吧？」

「不是。」

「很高興我來了？」

「當然。」她平靜地說，「見到你真好，班。」

56

星期六！在老房子裡的最後一個星期六。明天凱蒂就要結婚了，婚禮結束後凱蒂就要直接搬到新家；搬家的人星期一會過來搬他們的東西。大部分家具他們都會留下來，送給新的清潔工，他們只會帶走自己的私人物品還有前屋的家具。法蘭西還想帶那塊印著巨大粉紅玫瑰花的綠色地毯、奶白色的蕾絲窗簾，還有那架可愛的小鋼琴。到了新家，法蘭西會專門有一間給她的小房間，這一切都會擺在法蘭西的房間裡。

凱蒂堅持最後這個星期六上午還是要繼續工作，她拎著掃把和水桶出去的時候大家都笑了。麥克尚恩幫她開了個帳戶，裡面存了一千塊當成送她的結婚禮物。根據諾蘭家的標準，凱蒂現在已經很有錢，什麼工作也不用做了，可是她堅持要做到最後一天。法蘭西懷疑她只是依戀這些房子，所以想在離開之前，再好好打掃一回。

法蘭西厚著臉皮在媽媽的錢包裡翻看她的支票本，在那本神奇的支票本中她只看到一張存根，上面寫著：

支票號碼：1
日期：一九一八年九月二十日
付至：艾薇・費里曼
付款原因：因為她是我姊
總額：一千元
本次支付：二百元

餘額：八百元

法蘭西在想：為什麼是二百塊，而不是五十塊或五百塊？後來她明白了，兩百塊是威利姨丈的保險賠付額，要是威利姨丈死了，姨媽能拿到兩百塊。無疑，凱蒂是當威利死了。

凱蒂沒有開支票訂婚紗，她解釋說在她和送她這筆錢的人結婚前，不會把錢花在自己身上。為了買婚紗，她向法蘭西借錢，從她給法蘭西的存款帳戶中提領，她許諾婚禮結束後她會立刻還錢。

最後那個星期六上午，法蘭西讓蘿莉坐在雙輪嬰兒車上，綁好帶子，推著她上街。她在街角站了好久，看著孩子們拖著他們撿的破爛，沿著曼哈頓大道向卡尼回收站走去。她跟著也朝那個方向走去，一直走到查理廉價雜貨店。趁著店裡沒人來買東西的時候，她走到櫃檯前，拿出五毛錢，說她要將所有抽獎的獎品都買下來。

「啊呀，法蘭西，你看你現在！法蘭西，不得了啊！」他說。

「我懶得挑，把那板子上所有東西都給我吧！」

「哎呀，你聽聽！」

「還有，查理，你那抽獎的盒子裡是不是根本就沒有中獎號碼？」

「老天爺，法蘭西，我們總得混口飯吃吧！我們這一行，錢得一分一分地掙，來之不易啊！」

「我一直就覺得這些獎是假的。怎麼這麼騙小孩子啊——你也不害臊？」

「可別這麼說。他們花一分錢，我給一分錢的糖果；設這個獎，不過是讓買賣變得更有趣。」

「你設這個獎，他們就會心懷希望，所以才老是回來啊！」

「話說回來，他們不上我這裡，也會去對面金皮的糖果店，所以還是到我這裡好，畢竟我有家室，我得養家餬口。」他一臉正派地說，「再說，我也不會把小女孩帶到後面屋子裡去，對不對？」

「喔，我明白了。我想你說得也有道理。對了，你有沒有五毛錢一個的洋娃娃？」

老闆從櫃檯下掏出一個面貌醜陋的洋娃娃來：「我只有這個，六毛九一個，可是我就按五毛賣給你吧！」

「這樣吧，你掛上去，規規矩矩地讓小孩子贏去，錢我來出。」

「可是法蘭西，一旦讓哪個小孩子贏了一次，其他孩子也就會跟著期望要贏，這不是什麼好先例！」

「看在耶穌的分上，」法蘭西說，她的語氣中並無褻瀆的意思，倒是像在祈禱，「你就讓人家贏一次行嗎？」

「好啦！好啦！幹嘛生這麼大的氣？」

「我只是希望有哪個小孩可以抽到獎品。」

「我會把它掛起來，你走後我也不把中獎號碼從盒子裡拿走。這下滿意了吧？」

「那就謝了，查理。」

「那我就跟中獎的人說這娃娃的名字叫法蘭西，好不好？」

「不用了，不用了！這麼醜的娃娃，怎麼能叫我的名字？」

「法蘭西，我跟你說。」

「什麼？」

「你現在長成大女孩了。你今年多大了？」

「再過幾個月就十七了。」

「我記得你過去身材瘦瘦的，腿又長，我一直認為你有朝一日會長成大美女；其實也不能說是大美女，我是說氣質獨特。」

「你這說的是什麼話？不過還是謝了。」她笑了。

「你的小妹妹？」他向著蘿莉點了個頭。

「沒錯。」

「不用多久，她就會拖著破爛去賣，然後拿著硬幣到我這裡買糖了。這裡的孩子長得快。」

「她不會拖破爛去賣的，她也不會來你這裡。」

「沒錯，聽說你們要搬家了。」

「是的，我們要搬家了。」

「那好，法蘭西，祝你好運。」

她推著蘿莉去公園，把她從車子上抱起來，讓她在草地上亂跑。一個賣蝴蝶餅的小男孩跑過來，法蘭西花一分錢買了一個。她將餅捏成碎屑，撒在草堆裡。一群黑乎乎的麻雀不知從哪裡飛了過來，搶著吃碎屑。蘿莉搖搖擺擺地跑去抓麻雀，麻雀也是閒著沒事，逗著她玩，總是等她快到跟前的時候才展翅飛走。每次一有麻雀飛走，蘿莉就高興地又笑又叫。

法蘭西推著小車，帶蘿莉去看她以前的學校最後一眼。學校離她每天去的公園只隔幾條街，但不知為何，自從畢業那天後她就再也沒有回去過。

學校現在看起來很小，這不禁讓她感到吃驚。她在想，學校大小應該並沒有變，變的是她的眼界，她的眼界變開闊了。

「法蘭西以前就是上這個學校的。」她告訴蘿莉。

「法蘭妮上學。」蘿莉跟著說。

「有一天，爸爸跟我一起來到了這裡，他還唱了一首歌。」

「爸爸？」蘿莉不解地問。

「我忘了，你沒有親眼看過爸爸。」

「蘿莉看爸爸了。人。大人。」她以為法蘭西說的是麥克尚恩。

「對。」法蘭西說。

離開學校兩年後，法蘭西就從一個小女孩長大成女人了。

她路過那座借用過地址的房子，房子現在看起來又小又破舊，不過她還是很喜歡。

她也路過了麥克加洛迪的酒吧，不過現在麥克加洛迪已經不再是這裡的老闆了。他夏初搬了出去，私底下他曾經跟尼力說過，他，麥克加洛迪，有未卜先知的能耐，知道禁酒令就要來了。他都準備好了，他在長島亨普斯特收費公路附近買了一大片地方，在地窖裡儲藏了大量的酒，等禁酒令一下，他就開個所謂的「俱樂部」。俱樂部的名字他都想好了，就叫「梅．瑪莉」。麥克加洛迪先生還說他的妻子會穿著晚禮服當招待，這正合她意。法蘭西知道麥克加洛迪太太一定會樂意做女招待，她希望麥克加洛迪有朝一日也能找到自己的幸福。

午飯之後，她最後一次去圖書館還書。圖書館員在她的借書卡上蓋好戳記，將借書卡推還給她。和往常一樣，她的頭連抬都沒有抬一下。

「你能不能幫一個小女孩推薦一本好書呢？」法蘭西問。

「多大？」

「十一歲。」

圖書館員從桌子下面拿出來一本書，法蘭西看到書名是《一夜春夢》。

「我不想借了，」法蘭西說，「而且我也不是十一歲了。」

圖書館員頭一次抬頭看法蘭西。

「我從小就來這裡看書，」法蘭西說，「可是你一直沒有抬頭看過我。」

「孩子這麼多，」圖書館員焦躁地說，「我哪有時間每個都看。還有別的事嗎？」

「我只想說那只褐碗……它對我意味著很多東西……還有裡面那長年盛開的花。」

圖書館員看了看那褐碗，裡面有一些粉色的野紫菀花。法蘭西覺得那圖書館員好像也是頭一次看到這褐碗。

「啊，這個喔，是清潔工把花放裡面的，或者是其他人放的，我也不知道。還有什麼事情？」她不耐煩地問。

「我要交還我的借書卡。」法蘭西把那蓋滿日期戳、捲巴巴的借書卡還給圖書館員。圖書館員拿過來、正要撕成兩半時，法蘭西又搶了回來。

「那我還是留著吧！」她說。

她走了出去，最後看了一眼這破爛的小圖書館。她知道她不會再看到它了。看過新事物之後，人的眼光會改變的。日後，假如她還回來，她會有新的眼光，看東西又和現在不同了。她想記住它現在的樣子。

不，她永遠不會再回到過去生活的地方了。

還有，再過幾年，老社區也將不復存在了。戰爭結束後，市政府計畫拆掉一些老舊的出租公寓，那所女校長會鞭打小男孩的醜陋學校也會拆掉。這裡會建成模範住宅區，在住宅區裡，陽光和空氣都會衡量過，平均分配給每個居民。

凱蒂將水桶和掃把「砰」一聲扔進角落，宣示自己收工回家。但接著，她又將掃把和水桶拿起來，輕輕放好。

她開始換衣服，等等還要出門去最後一次試穿那翠綠色的天鵝絨婚紗。已經九月底了，天氣卻還沒有涼下來，凱蒂怕明天穿鵝絨婚紗會太熱，不由得焦躁起來。今年的秋天姍姍來遲讓她很生氣。法蘭西告訴她已經入秋了，她還和法蘭西爭了一番。

法蘭西知道入秋了。讓風熱熱地吹，讓天氣繼續炎熱吧！但秋天的腳步還是來到布魯克林了。一旦天黑，街燈亮起來的時候，那個賣栗子的人就會開始在街角擺攤，法蘭西從這裡判斷秋天來了。那人架起炭火，放上平底鍋，蓋上蓋子，在裡面烤著栗子。那人手裡拿著還沒烤過的栗子，用一把鈍鈍的刀在上面切出小小的十字形口子，放進平底鍋裡。

是的，賣栗子的人一到，就表示秋天一定是來了，哪怕夏日的餘威猶在。

法蘭西把蘿莉放到嬰兒床裡，蓋好被子讓她睡午覺，然後她開始收拾最後幾件東西，放到一個菲爾斯—耐普薩牌的肥皂盒裡。她把十字架和她和尼力堅信禮的照片從壁爐上取下，將這些東西包在她第一次領聖餐時戴的面紗裡，放進盒子。她還把爸爸的兩條侍者圍裙摺好，放進盒子裡。接著，她將爸爸的刮鬍杯（上面用燙金大字寫著「約翰．諾蘭」的那個杯子）用一件薄紗縐紋襯衫包著；這件襯衫被洗得嚴重脫紗，凱蒂將它放進「待送出」的籃子裡，法蘭西看到後拿了回來。那個下雨的晚上，她就是穿著這件襯衫和李站在門口。法蘭西接著把那個叫瑪麗的洋娃娃，還有以前裝有十個裝飾硬幣的漂亮小盒子放到了木盒裡；她那貧乏的藏書也收進了盒子，包括那本基甸版聖經、《威廉．莎士比亞全集》，一本破爛的《草葉集》，還有三本剪貼本：《諾蘭現代詩集》、《諾蘭古典詩集》和《安妮．蘿莉之書》。

然後，她走進臥室，掀開床墊，在床墊下面找到一本日記本。那上面有她十三歲那年斷斷續續寫的日記，還有一個方形的黃色信封。她跪在盒子前，打開日記本，隨手翻到三年前的九月二十四日寫的日記：

今天晚上我洗了個澡，發現自己變成女人了。是時候了！

她咧嘴一笑，把日記本放進盒裡。她拿起信封，看到了封面上的字：

內容物：
一個將於一九六七年開封閱讀的信封
一張畢業證書
四篇故事

那四篇故事就是佳恩達老師讓她燒掉的那四篇。沒錯，法蘭西記得她跟上帝許諾過，要是媽媽不死，她就停止寫作，她也的確信守諾言。可是現在她也對上帝有了更深刻的認識，她知道，即便她重新寫作上帝也不會介意的；有朝一日，她或許會重新拿起筆來。她將圖書館的借書卡一併放進信封裡，在信封上寫下新加進去的內容物，然後將信封放到大盒子裡。就這樣，她收拾完了。除了衣服之外，她擁有的一切全都在這盒子裡了。

尼力吹著《黑人區舞廳》❶的口哨跑上樓來。他衝進廚房，把外套扒掉。

「法蘭西，我趕時間，有沒有乾淨襯衫給我換？」

「有一件洗過了，可是還沒有熨。我幫你熨一下。」

她加熱熨斗，在襯衫上灑上水，在兩張椅子間架起了燙衣板。尼力從壁櫥裡拿出擦鞋的工具，在已經閃閃發亮的皮鞋上又上了一層鞋油。

❶黑人作曲家謝爾敦・布魯克斯於一九一八年創作的一首著名的爵士樂曲。

「要出門嗎？」法蘭西問。

「是啊，剛有時間去看表演。他們這次有范和尚克，乖乖，尚克的歌唱得真好！他這樣坐在鋼琴前，」尼力坐在餐桌前比畫給法蘭西看，「斜坐著，蹺起二郎腿，看著觀眾。然後將左肘放在樂譜架上，一邊唱，一邊用右手彈。」尼力開始模仿起他的偶像，唱起《離鄉千里》，學得唯妙唯肖。

「沒錯，他真是一級棒，唱得都有點像爸爸過去的樣子了。」

爸爸！

法蘭西找到尼力襯衫上的工會標籤，從標籤開始燙起來。

（「標籤就如同配件……就像你戴的玫瑰花一樣。」）

諾蘭家買什麼東西都盡量買帶工會標籤的，這是他們紀念強尼的方式。

尼力照著洗手臺上方的鏡子。

「你覺得我要不要刮鬍子呢？」他問。

「五年之內都還不用。」

「算了，你閉嘴！」

「你們不要說叫人閉嘴這種話啦！」法蘭西學著媽媽的口氣說。

尼力笑了，開始擦洗自己的臉、脖子、手臂和手，邊洗邊唱著：

　　你那眼神彷彿來自埃及，

　　你那舉止有開羅的氣息……

法蘭西心滿意足地熨著襯衫。

尼力終於穿好了。他穿著暗藍色雙排釦的西裝和剛熨過的白襯衫，白襯衫有著下翻的軟領子，打著圓點領結。他剛清洗好，渾身散發出清爽的氣息，金色的鬈髮閃閃發亮。

「我看起來怎麼樣啊，小歌后？」

他神氣地將外套扣起，法蘭西看到他戴上了父親的圖章戒指。

是的，沒錯，正如外婆說的那樣，羅姆利家的女人能看到死人的鬼魂歸來。法蘭西看到父親了。

「尼力，你還記得《莫莉．馬龍》嗎？」

他一隻手伸到口袋裡，背轉向她，開始唱起來：

在美麗的都柏林，
姑娘們美麗動人……

爸爸……爸爸！

尼力和爸爸一樣，嗓音清晰而真誠，而且他帥得過分！他才十六歲，可是就帥到了連在街上走過的時候，女人都會看著他嘆息。他實在太帥了，帥到法蘭西走在他身旁都會覺得自己像醜小鴨似的。

「尼力，你說我好看嗎？」

「這樣，你幹嘛不連續九天向聖泰瑞莎修女祈禱，或許會出現什麼奇蹟，那你就得救了。」

「少來這套，我跟你說真的。」

「你為什麼不把頭髮剪短，用個髮捲，就跟其他女孩一樣？不要這麼紮一大把辮子盤在頭上。」

「媽媽不讓，我得等到十八歲才能剪。你說我好看嗎？」

「等你長胖點再來問我。」

「拜託，告訴我吧！」

尼力仔細看了看她，說：「你還算及格。」這話無論如何她都只有接受了。

他一開始說自己很急，可是現在又好像不想走了。

「法蘭西！麥克尚恩……我是說爸爸，晚上要來吃晚飯，晚飯後我要去上班，明天是婚禮，婚禮完晚上會在新家辦派對，接著星期一我就要上學了，我上學的時候，你就要坐火車去密西根了，我沒機會跟你單獨道別，所以現在先跟你說再見吧！」

「我會回家過耶誕的，尼力。」

「可是那時就已經不一樣了。」

「我知道。」

他等著。法蘭西伸出右手，但他推開她的手，把她拉進懷裡和她擁抱，親吻了她的臉頰。法蘭西抱住他，開始哭起來。他推開她。

「得了，你們女孩子真讓我噁心，」他說，「總這麼多愁善感。」可是他嗓子也有點啞，他自己也要哭了。

他轉過身，跑出了屋子。法蘭西跑到走廊上，看著他跑下樓梯。他在那井般的幽暗樓梯底下停了一下，回頭看她。儘管下面很黑，他站的地方卻彷彿有道光。

太像爸爸……太像爸爸了，她想。可是他臉上有比爸爸更堅毅的神情。他向她揮了揮手，然後離開了。

四點了。

法蘭西決定先去換衣服，然後準備晚餐，這樣等班來找她的時候，她就已經準備就緒。班買了票，他們要去看亨利．赫爾演的《歸來者》。這是他們耶誕節前的最後一次約會了，因為班明天就要回大學。她喜歡班，非常喜歡班；她希望她能愛他。如果他不是老這麼自以為是就好了，要是他偶爾也犯點錯，哪怕一次也好；要是他也需要她就好了。也罷，她還有五年時間可以決定呢！

她穿著白色無袖內衣站在鏡子前，將手臂抬起來，從頭上彎過去，準備梳洗。這時候她突然想起小時候，她是如何坐在消防梯上，看著院子對面梳洗著準備去約會的大女孩們。現在會不會有人像她那時候一樣，在對面看著自己呢？

她朝那些窗戶望去。是的，隔著兩個院子，她看到了一個小女孩坐在消防梯上，膝蓋上放著一本書，手裡拿著一袋糖果。那女孩透過柵欄，向法蘭西這邊看過來。法蘭西也知道這個小女孩，她才十歲左右，個頭小小的，叫做佛洛莉・文迪。

法蘭西梳了梳自己的長髮，紮成辮子，然後將辮子盤在頭上。她穿上了新的長襪，穿上白色高跟鞋，在把一件粉色亞麻布的新洋裝套上之前，她拿出一塊方形棉墊，在上面撒了點紫羅蘭香粉，然後將棉墊塞到自己的胸罩下。

她覺得自己聽到弗萊波的馬車駛進來了，她從窗戶裡伸出頭向外看，是的，是來了，只不過這回不是馬車，而是一輛暗紅色的小汽車，兩邊都燙有金字；洗車的人也不是臉色紅撲撲的法蘭克，而是一個不用當兵的O型腿傢伙。

法蘭西的目光越過院子，看到佛洛莉還在消防梯上透過柵欄看著自己。法蘭西揮手喊道：「你好，法蘭西。」

「我不叫法蘭西。」小女孩叫，「我叫佛洛莉，你也知道的啊！」

「我知道。」法蘭西說。

她看著下面的院子。那天堂樹的葉子之前像一把把小傘，在消防梯四周捲曲、環繞著。可是那些家庭主婦抱怨樹的枝條老是和她們的曬衣繩纏在一起，於是房東派來兩個人，把樹砍了。

可是那樹沒有死……沒有死。

在那樹樁上又發出一棵新樹來。新的樹幹沿著地面長，一直長到沒有曬衣繩的地方，然後又蓬勃地向著天空長起來。

他們家那棵名叫安妮的耶誕樹一直都有澆水施肥，最後卻還是病了、死了；而院中這棵樹儘管被人砍掉，被人堆在樹樁邊焚燒——他們希望這樹連同樹樁一起燒掉，化作一團篝火——可是這樹居然活了下來！

它還活著！什麼也摧毀不了它。

她再一次看著在消防梯上讀書的佛洛莉．文迪。

「再見了，法蘭西。」她低聲說。

她關上了窗戶。

後記・我愛生活

貝蒂・史密斯 首刊於《本週雜誌》

孩提時候的我喜歡傾聽，常聽大人說：「啊，過去我也有雄心大志！」、「過去我也有夢想！」還有幾乎人人都會說的：「要是我能從頭再來一次……」我想這些人多多少少都錯過了生活的充實。

但是我不會，我不會和生活的充實失之交臂。十四歲那年我就暗下決心，在一本有些舊的抄寫本上，把我一生要做的事一條一條寫了下來，發誓要一條一條實現。

但這些計畫根本沒有實現。我成人後大部分時間都得拚命工作，養家餬口，生活的充實有不少耗在商業世界的競爭裡了。不過我還年輕，還樂觀，我告訴自己這些都是暫時的，總有一日，我的夢想都會實現。

可是一年過去，一年又來，轉眼到了中年。孩子們離開了，去了別的地方，追求自己充實的生活。我也開始想：「要是我從頭再來一次啊……」

一個雨夜，我下樓去雜貨店準備買一本平裝書，以打發睡前的時間。我拿起一本艾米爾・左拉的書，我站在那裡，拿著這書，費力地回憶很久以前曾看過的一句話，後來終於想了起來。左拉說：「所謂充實的生活，便是『養個孩子、栽棵樹、寫本書』」。

我感覺四周寂靜了下來。我意識到我有孩子……我種過一棵樹……事實上我甚至寫過一本書；不過，我肯定左拉說的「書」是種象徵，指的是任何具有建設性的誠實工作。

就這樣，根據一個偉人的信條，我有了自己充實的生活。孩子成長期間總給我帶來無限喜悅，育兒之樂雖波瀾不驚，但卻無窮無盡。二十五年前，我將一棵被人拋棄的樹苗栽下來，如今這棵小小樹苗已經長成參天大樹，高過我的屋子，給我帶來陰蔽；我的兒孫得以樹蔭下玩耍，假如天增人壽，或許我可以活到曾孫輩在樹下玩耍的時候。我甚至有幸出了一本書，書內記載了我的希望、我的恐懼、我的夢想。

所有這些都沒有寫在當初的抄寫本上，因為這些都是我自然而然的一部分，是我視為理所當然的東西，例如，從意識到自己的女人之身時，我就知道自己未來會生養孩子；人們將租屋院子裡的樹砍掉的時候我流下了童稚的眼淚，但那時候我就知道，不管未來生活在什麼地方，我都會栽一棵樹；八歲時，我的作文得了「優」，我就知道有朝一日我會寫一本書。

我得出了一個結論，一個放諸四海皆準的結論，那就是活著、奮鬥著、愛著我們的生活、愛著生活饋贈的一切悲歡，那就是一種實現。生活的充實常在，人人皆可獲得。

布魯克林有棵樹

A Tree Grows in Brooklyn

作　　者——（美）貝蒂・史密斯（Betty Smith）
譯　　者——方柏林
封面設計——萬勝安
責任編輯——劉曉樺、劉素芬、張海靜
內文排版——林鳳鳳
行銷業務——王綬晨、邱紹溢
行銷企劃——曾志傑、劉文雅
副總編輯——張海靜
總 編 輯——王思迅
發 行 人——蘇拾平
出　　版——如果出版社／大雁文化事業股份有限公司
地　　址——台北市松山區復興北路333號11樓之4
電　　話——（02）2718-2001
傳　　真——（02）2718-1258
發　　行——大雁出版基地
地址　台北市松山區復興北路333號11樓之4
24小時傳真服務（02）2718-6639
讀者服務信箱E-mail　andbooks@andbooks.com.tw
劃撥帳號　19983379
戶名　大雁文化事業股份有限公司
印　　刷——中原造像股份有限公司
出版日期——2023年7月　三版
定　　價——520元
ISBN　978-626-7334-04-1（平裝）

國家圖書館出版品預行編目資料

布魯克林有棵樹／貝蒂・史密斯（Betty Smith）
著；方柏林譯・—— 三版 —— 臺北市：如果
出版：大雁出版基地發行，2023.07
面；　公分
出版80週年紀念版
譯自：A tree grows in Brooklyn
ISBN 978-626-7334-04-1(平裝)
874.57　　99013160

如果